Die letzte Insel am Ende der Welt

W0215177

Tropen

STUART TURTON

DER LETZTE MORD AM ENDE DER WELT

KRIMINALROMAN

AUS DEM ENGLISCHEN
VON DOROTHEE MERKEL

TROPEN

MIX
Papier | Fördert gute Waldnutzung
FSC® C014496
FSC www.fsc.org

Tropen
www.tropen.de
J. G. Cotta'sche Buchhandlung Nachfolger GmbH
Rotebühlstr. 77, 70178 Stuttgart
info@klett-cotta.de

Die Originalausgabe erschien unter dem Titel
»The Last Murder at the End of the World« im Verlag Raven Books,
an imprint of Bloomsbury Publishing Plc, London
© 2024 by Stuart Turton
Für die deutsche Ausgabe
© 2025 by J. G. Cotta'sche Buchhandlung Nachfolger GmbH, gegr. 1659, Stuttgart
Alle deutschsprachigen Rechte sowie die Nutzung des Werkes für Text und
Data Mining i. S. v. § 44 b UrhG vorbehalten
Cover: Zero-Media.net, München
unter Verwendung der Daten des Originalumschlags
Vorsätze und Illustration auf Seite 6: © Emily Faccini, 2024
Gesetzt von C.H.Beck.Media.Solutions, Nördlingen
Gedruckt und gebunden von GGP Media GmbH, Pößneck
ISBN 978-3-608-50261-9
E-Book ISBN 978-3-608-12390-6

Für Resa,

dafür, dass Dein Herz doppelt so groß ist wie das aller anderen Menschen. Dafür, dass Du Witze reißt, selbst wenn Du griesgrämig bist. Dafür, dass Du zuhörst. Dafür, dass ich Dir etwas bedeute. Und für die vielen Tassen Tee. Dafür, dass Du lächelst, wenn ich den Raum betrete. Für die Lebenskraft, die Du verströmst wie Sonnenlicht. Dass Du bei mir bleibst, selbst dann, wenn Dir das nicht leichtfällt. Du bist meine beste Freundin. Du bist der Mensch, den ich auf der ganzen Welt am meisten liebe. Wenn Du mich das nächste Mal dabei ertappst, wie ich Dich ansehe, und Du mich fragst, woran ich gerade denke, dann ist es genau das. Es ist immer genau das.

Wie gewünscht habe ich eine Liste von Personen zusammengestellt, deren Leben – oder Tod – für die Verwirklichung Deines Plans vonnöten sein wird. Beobachte diese Leute genau. Sie alle werden im Folgenden eine wichtige Rolle spielen.

DIE ERMITTLER

Emory & ihre Tochter Clara

DIE FAMILIE DER ERMITTLER

Matis (Emorys Großvater)
Seth (Emorys Vater)
Jack (Emorys verstorbener Ehemann)
Judith (Emorys verstorbene Mutter)

DIE WISSENSCHAFTLER

Niema Mandripilias
Hephaistos Mandripilias
Thea Sinclair

EINIGE WICHTIGE DORFBEWOHNER

Hui (Claras beste Freundin)
Magdalene (Emorys beste Freundin)
Ben (der neueste Zuwachs der Dorfgemeinschaft)
Adil (Magdalenes Großvater)

PROLOG

»Gibt es denn gar keine andere Möglichkeit?«, fragt Niema Mandripilias entsetzt. Sie stellt ihre Frage laut in den leeren Raum.

Sie hat olivfarbene Haut, einen Tintenfleck auf ihrer kleinen Nase, leuchtende, auffallend blaue Augen mit grünen Sprenkeln und lange graue Haare. Sie sieht aus, als wäre sie etwa fünfzig Jahre alt, doch genau so hat sie bereits während der letzten vierzig Jahre ausgesehen. Sie sitzt über ihren Schreibtisch gebeugt, der von einer einzigen Kerze beleuchtet wird, und hält einen Kugelschreiber in ihrer zitternden Hand. Vor ihr liegt ein Geständnis. Seit einer Stunde bemüht sie sich vergeblich, es zu Ende zu schreiben.

»Ich sehe keine andere Möglichkeit«, antworte ich in ihren Gedanken. »Es muss jemand sterben, damit dieser Plan funktioniert.«

Niema hat plötzlich das Gefühl, keine Luft mehr zu bekommen. Sie hastet durch ihr Zimmer, zerrt das Laken beiseite, das als provisorische Tür dient, und tritt in die schwülwarme Nachtluft hinaus.

Draußen ist es stockdunkel. Der Mond wird von Gewitterwolken belagert. Regen prasselt auf das in dichten Nebel gehüllte Dorf herab und füllt ihre Nase mit dem Geruch von nasser Erde und Zypressen. Sie kann gerade noch das obere Ende der in silbernes Mondlicht getauchten Mauer erkennen, die das Dorf umschließt. Von irgendwoher schallen das entfernte Kreischen von Maschinen und der gleichmäßige Rhythmus zahlloser Schritte zu ihr herüber.

Sie bleibt vor der Tür stehen und lässt zu, dass ihre Haare und ihr Kleid vom warmen Regen durchnässt werden. »Ich wusste, dass es uns etwas kosten würde«, sagt sie mit erstickter Stimme. »Mir war nur nicht klar, dass der Preis so hoch sein würde.«

»Du kannst den Plan wieder verwerfen, es ist noch nicht zu spät«, sage ich. »Behalte deine Geheimnisse auch künftig für dich und lass die anderen ihr Leben ganz normal weiterführen, so wie sie es immer getan haben. Es muss niemand sterben.«

»Dann wird sich nichts ändern!«, entgegnet sie wütend. »Ich habe neunzig Jahre lang vergeblich versucht, die Menschheit von ihrer Selbstsucht, ihrer Gier und ihrem Hang zur Gewalt zu befreien. Und jetzt habe ich endlich einen Weg gefunden, wie mir genau das gelingen kann.«

Sie berührt Trost suchend das alte, stumpf gewordene Kreuz, das um ihren Hals hängt. »Wenn dieser Plan funktioniert, erschaffen wir eine Welt ohne Leid. Zum ersten Mal in der Geschichte der Menschheit werden alle vollkommen gleich sein. Ich kann das nicht aufgeben, nur weil ich nicht die Kraft habe, zu tun, was nötig ist.«

So wie Niema redet, klingt es, als wären ihre Träume Fische, die ihr bereitwillig ins Netz schwimmen. Aber die Gewässer, mit denen sie es zu tun hat, sind äußerst trüb und bergen sehr viel schlimmere Gefahren, als sie zu erkennen vermag.

Die Perspektive, die ich in ihrem Bewusstsein – und in dem aller anderen Personen auf der Insel – einnehme, ermöglicht es mir, die Zukunft mit einem hohen Maß an Genauigkeit vorherzusagen. Wenn man Zugang zu den Gedanken jedes Einzelnen hat, kann man aus einer Kombination von Psychologie und Wahrscheinlichkeitsrechnung die entsprechenden Schlüsse ziehen.

Jetzt, von diesem Moment an, spaltet sich die Zukunft in zahllose unterschiedliche Verlaufsformen auf, wie ein Fluss, der sich in verschiedene Ströme zerteilt. Jedes dieser Zukunftsszenarien wartet darauf, Wirklichkeit zu werden, indem es durch ein zufälliges Ereignis, einen beiläufig ausgesprochenen Satz, ein Missverständnis oder eine belauschte Unterhaltung heraufbeschworen wird.

Falls ein Violinkonzert nicht vollkommen fehlerlos vorgetragen wird, bekommt Niema ein Messer in den Bauch gerammt. Falls die falsche Person durch eine seit Langem geschlossene Tür tritt, wird ein riesiger Mann mit narbigem Gesicht sämtliche Erinnerungen preisgeben müssen, und eine junge Frau, die alles andere als jung ist, wird freiwillig in den Tod rennen. Wenn keines von diesen Dingen geschieht, wird die letzte noch auf der Erde verbleibende Insel vollständig vom Nebel verschluckt werden, und alles wird in dieser Finsternis den Tod finden.

»Mit ein wenig Vorsicht können wir diese Gefahren meiden«, sagt Niema, während sie den Blitzen zuschaut, die den Himmel zerreißen.

»Dir bleibt nicht genug Zeit, um vorsichtig zu sein«, insistiere ich. »Sobald du dich einmal für diesen Plan entschieden hast, werden Geheimnisse ans Licht kommen, alte Feindseligkeiten aufflammen, und Personen, die du liebst, werden das Ausmaß deines Verrats erkennen. Falls auch nur eines dieser Vorkommnisse die Ausführung deines Plans verhindert, wird die Menschheit in einhundertundsieben Stunden aussterben.«

Niemas Herz macht einen Satz, und ihr Puls beginnt zu rasen. Einen Moment lang zaudert sie, doch dann gewinnt ihre Arroganz wieder die Oberhand, und ihr Entschluss ist gefasst.

»Die größten Errungenschaften waren schon immer mit den größten Risiken verbunden«, sagt sie störrisch und betrachtet die Gestalten, die in einer langen Reihe mit steifen Beinen durch die Dunkelheit stapfen. »Beginne deinen Countdown, Abi. In vier Tagen haben wir entweder die Welt verändert oder sind bei dem Versuch zugrunde gegangen.«

107 STUNDEN BIS ZUM AUSSTERBEN DER MENSCHHEIT

1

Zwei Ruderboote treiben am Ende der Welt auf dem Wasser, zwischen ihnen eine straff gespannte Leine. In jedem der Boote sitzen drei Kinder mit ihren Schulheften und Bleistiften und hören Niemas Unterricht zu.

Sie selbst sitzt im Bug des rechten Bootes und gestikuliert gerade in Richtung einer schwarzen Nebelwand, die sich von der Meeresoberfläche aus zu einer Höhe von anderthalb Kilometern auftürmt. Die Strahlen der untergehenden Sonne schimmern durch die rußschwarze Düsternis, sodass es den Anschein erweckt, als stünde das Meer in Flammen.

Abermillionen von leuchtenden Insekten schwirren im Innern der Nebelwand umher.

»... sie werden von der Barriere abgehalten, die von den dreiundzwanzig an der Küste der Insel positionierten Emittern erzeugt wird ...«

Seth hört Niemas Unterricht nicht zu. Er ist der Einzige, der ihr keine Aufmerksamkeit schenkt. Während die Kinder erst zwischen acht und zwölf Jahre alt sind, ist Seth bereits neunundvierzig, hat ein runzliges Gesicht und eingesunkene Augen. Seine Aufgabe ist es, Niema und ihre Schüler auf das Meer hinaus- und nach Ende des Unterrichts wieder zurückzurudern.

Er wirft einen prüfenden Blick über den Bootsrand und lässt seine Finger durch das Wasser gleiten. Der Ozean ist warm und klar, aber das wird nicht mehr lange so bleiben. Es ist Oktober, und in diesem Monat kann man sich auf nichts verlassen. Herrlichster Sonnenschein wechselt sich mit plötzlichen Stürmen ab, die ihrerseits rasch wieder verebben, sich kleinlaut davonmachen und einen strahlend blauen Himmel zurücklassen.

»Die Emitter wurden dafür ausgelegt, Hunderte von Jahren zu funktionieren, es sei denn …« Niema verliert den Faden und verstummt.

Seth schaut zum Bug des Bootes hinüber und stellt fest, dass Niema ins Leere starrt. Seit er denken kann, hat sie jedes Jahr dieselbe Unterrichtsstunde erteilt, und er hat es noch kein einziges Mal erlebt, dass sie über eine Formulierung gestolpert wäre.

Irgendetwas stimmt nicht. Sie ist schon den ganzen Tag so, schaut durch Leute hindurch, hört nur halb zu. Das sieht ihr nicht ähnlich.

Eine Welle spült einen toten Fisch an die Oberfläche, er treibt an Seths Hand vorbei. Sein Leib ist zerfetzt, seine Augen sind weiß und leer. Weitere Fische folgen, prallen mit einem dumpfen Geräusch einer nach dem anderen gegen den Rumpf des Bootes. Es sind Dutzende, die aus dem schwarzen Nebel heraustreiben, alle genauso in Stücke gerissen wie der erste. Ihre kalten Schuppen streifen seine Haut, und er zieht rasch die Hand wieder ins Boot.

»Wie ihr sehen könnt, tötet der Nebel alles, was er berührt«, sagt Niema zu ihren Schülern und zeigt auf die Fische. »Unglücklicherweise bedeckt er die gesamte Erde – außer unserer Insel und einem etwa einen Kilometer breiten Ozeanstreifen, der sie umgibt.«

2

Magdalene sitzt im Schneidersitz am Ende der langgestreckten Mole aus Beton, die in das funkelnde Wasser der Bucht hinausragt. Sie hat ihren wirren roten Haarschopf notdürftig mit einem gelben Leinenfetzen zu einem Dutt zusammengebunden. So wie sie dort sitzt, ähnelt sie einer Galionsfigur aus alten Zeiten, die von ihrem Schiff herabgefallen ist.

Es ist früh am Abend, und in der Bucht tummeln sich Schwimmer, die ihre Runden drehen oder sich von den Felsen links von Magdalene ins Wasser stürzen, angespornt vom Echo ihres eigenen lauten Gelächters.

Magdalene starrt zu den entfernten Ruderbooten hinüber und fügt die Gestalten der Kinder mit einigen wenigen Strichen ihres Kohlestifts der Zeichnung hinzu, die auf ihrem Schoß liegt. Sie wirken so unendlich winzig vor dem Hintergrund der gewaltigen schwarzen Nebelwand.

Sie erschaudert.

Ihr elfjähriger Sohn Sherko ist eines der Kinder, die in diesen Booten sitzen. Sie hat noch nie verstehen können, warum Niema darauf beharrt, mit den Kindern den weiten Weg bis zum Ende der Welt zu rudern, um ihnen diese Unterrichtsstunde zu erteilen. Es wäre doch bestimmt ebenso gut möglich, ihnen die Geschichte des Nebels zu erklären, ohne dass sie sich in dessen Reichweite befinden.

Sie erinnert sich daran, wie sie selbst als kleines Mädchen dort draußen war und dieselbe Lektion von derselben Lehrerin gelernt hat. Sie hat während der gesamten Fahrt geweint und wäre beinahe über Bord gesprungen, um nach Hause zu schwimmen, als sie dort draußen Anker warfen.

»Die Kinder sind bei Niema sicher aufgehoben«, sage ich, um sie zu beruhigen.

Magdalene läuft erneut ein Schauer über den Rücken. Sie dachte, es würde ihre Angst ein wenig mindern, wenn sie diesen Moment zeichnet, aber sie erträgt es nicht länger, zuzusehen. Ihr Sohn wurde ihr erst vor drei Jahren gegeben, und sie glaubt fälschlicherweise immer noch, er sei über die Maßen zerbrechlich.

»Wie spät ist es, Abi?«

»17:43 Uhr.«

Sie notiert die Zeit zusammen mit dem Datum in einer Ecke ihrer Zeichnung und fixiert so für einen kurzen Moment den sich wild windenden Lauf der Geschichte.

Dann bläst sie den Kohlestaub von der Zeichnung, steht auf und dreht sich zum Dorf um. Früher diente es als Marinestützpunkt. Von ihrem gegenwärtigen Blickwinkel aus wirkt es sehr viel unwirtlicher, als es in Wirklichkeit ist, denn die Gebäude im Innern werden von einer hohen, mit uraltem Graffiti überzogenen Mauer geschützt, aus deren Rissen und Spalten überall das Unkraut sprießt. Kuppelförmige Dächer ragen über die Mauerkrone hinaus, Dachrinnen hängen lose herab, und die auf den Dächern angebrachten Solarmodule werden zu gleißenden Spiegeln, in denen sich der helle Sonnenschein bricht.

Magdalene folgt der asphaltierten Straße und durchquert ein verrostetes Eisentor. Die alten Wachtürme zu beiden Seiten des Tors sind derart von Pflanzen überwuchert, dass sie eher einer hohen Hecke ähneln.

Hinter den Türmen kann sie nun die Kaserne erkennen – ein n-förmiges, vier Stockwerke hohes Gebäude aus rissigen Betonblöcken. Die gesamte Außenmauer ist bemalt, mit Dschungelpflanzen, Blumen, Vögeln und Raubtieren, die durch das Unterholz schleichen. Es ist ein Fantasieland, ein Paradies, von einem Volk geschaffen, das mit dem Anblick ausgetrockneter Erde und kahler Felsen aufgewachsen ist.

Über wacklige Treppen und rostige Balkone gelangt man zu den Schlafräumen im Innern, von denen kein einziger über Türen oder Fensterscheiben verfügt, nur noch die leeren Rahmen sind übrig. Einige Dorfbewohner hängen gerade ihre Wäsche zum Trocknen über die Balkongeländer oder haben sich auf die Treppenstufen gesetzt, um jeden noch so kleinen Windhauch genießen zu können, der es über die Mauer schafft. Magdalenes Freunde begrüßen sie fröhlich und rufen sie zu sich, doch sie ist zu besorgt, um darauf zu antworten.

»Wo ist Emory?«, fragt sie, während ihr Blick unruhig über die vor ihr versammelten Gesichter schweift.

»Im Hof neben der Küche, zusammen mit ihrem Großvater.«

Magdalene geht in den Hof hinüber, der zwischen den beiden Flügeln der Kaserne liegt, und sieht sich nach ihrer besten Freundin um. Der Hof diente früher einmal als Truppenübungsplatz, doch drei Generationen von Dorfbewohnern haben ihn nach und nach in einen Park umgewandelt.

Entlang der Hausmauern sind Blumenbeete angelegt, und eine alte, herabgestürzte Radarschüssel wurde zusammengeflickt und in eine Vogeltränke umgewandelt. Vier verrostete Jeeps dienen als Hochbeete für Kräuter, und aus Granatenhülsen wachsen Zitronen- und Orangenbäume. Es gibt eine überdachte Bühne für musikalische Darbietungen und eine Küche im Freien mit sechs langen Tischen für die gemeinsamen Mahlzeiten. Jeden Abend versammeln sich hier sämtliche Dorfbewohner zum gemeinsamen Essen.

Es wohnen hundertzweiundzwanzig Personen im Dorf, und die meisten davon halten sich gerade in diesem Innenhof auf. Manche spielen Spiele, andere üben auf ihren Instrumenten, wieder andere schreiben Gedichte. Auf der Bühne werden Aufführungen geprobt. Ein paar sind damit beschäftigt, Essen zu kochen und neue Gerichte auszuprobieren.

Überall wird gelacht.

Die allgemein herrschende Freude ist so groß, dass Magdalenes Sorge für eine Sekunde ein wenig nachlässt. Sie sieht sich suchend nach Emory um, die nicht schwer zu finden ist. Der Großteil der Dorfbewohner ist gedrungen und breitschultrig, aber Emory ist zierlicher und kleiner als die meisten anderen, mit ovalen Augen und einem gewaltigen Schopf braungelockter Haare. Sie wäre selbst die Erste, die sagt, dass sie einer Pusteblume ähnelt, wenn auch einer recht merkwürdigen.

»Halt still!«, verlangt Matis, während er hinter der Skulptur hervorschaut, die er gerade von Emory anfertigt. »Ich bin gleich fertig.«

Matis ist fast sechzig und damit der älteste Mann im Dorf. Er hat kräftige Arme, einen grauen Schnurrbart und buschige Augenbrauen.

»Mich juckt's«, beschwert sich Emory und versucht, sich an ihrer Schulter zu kratzen.

»Ich habe dir vor einer halben Stunde eine Pause zugestanden.«

»Für eine Viertelstunde!«, ruft sie. »Ich stehe hier seit sechs Stunden mit diesem dämlichen Apfel.«

»Kunst hat eben ihren Preis«, entgegnet er wichtigtuerisch.

Emory streckt ihm die Zunge raus, nimmt dann wieder ihre Pose ein und hält den glänzenden Apfel in die Höhe.

Matis brummt vor sich hin, während er sich wieder an die Arbeit macht und einen Splitter vom Kinn der Skulptur herunterschlägt. Er steht so dicht davor, dass seine Nase fast den Stein berührt. Während der letzten zehn Jahre hat sein Sehvermögen stark nachgelassen, aber es gibt nichts, was wir dagegen tun könnten. Und selbst wenn wir könnten, hätte es wenig Sinn. Morgen wird er tot sein.

3

Emory sieht Magdalene mit einem ihrer Skizzenbücher unter dem Arm auf sich zukommen. Sie geht mit steifen Schritten, als sei sie vor Angst wie verknotet.

Emory braucht gar nicht erst zu fragen, was los ist. Magdalene ist wie besessen von der Sorge um ihren Sohn. Sie glaubt, dass in jedem Grasbüschel eine giftige Schlange und unter jeder ruhigen Wasseroberfläche ein lebensgefährlicher Strudel lauert. Jeder Splitter zieht eine Blutvergiftung nach sich, und jede Krankheit ist tödlich. In Magdalenes Augen ist die Insel mit tausend Krallen bewaffnet, die sich allesamt drohend nach ihrem Kind ausstrecken.

Emory löst sich aus der Pose, die sie für ihren Großvater eingenommen hat, und umarmt ihre Freundin.

»Mach dir keine Sorgen, Mags, Sherko wird schon nichts passieren«, sagt sie tröstend. Magdalene hat den Kopf in Emorys Schulter vergraben und sagt mit erstickter Stimme: »Es braucht nur eine einzige Welle und –«

»Sie liegen vor Anker«, sagt Emory. »Niema fährt seit ewigen Zeiten mit den Kindern dort hinaus, schon lange bevor wir geboren wurden. Und dabei ist noch nie jemand zu Schaden gekommen.«

»Das schließt nicht aus, dass es heute passieren könnte.«

Emory schaut in den blauen Himmel. Die Sonne ist hinter dem Vulkan verschwunden, der das Dorf überragt, und der Mond steht bereits am Himmel. In einer Stunde wird alles in schwarze Schatten getaucht sein.

»Sie werden bald heimkommen«, sagt Emory tröstend. »Komm, wir decken den Tisch für die Begräbnisfeier, das wird dich ablenken.«

Ihr Blick huscht schuldbewusst zu Matis hinüber. Sie sollte diese letzten Stunden mit ihrem Großvater verbringen, aber er scheucht sie wortlos fort.

Vierzig Minuten später kommen die sechs Schulkinder durch das Eisentor gerannt. Das ganze Dorf jubelt. Magdalene schließt Sherko in die Arme, der sich kichernd windet. Auch alle anderen Kinder werden umarmt und geküsst. Man schiebt sie von einem Erwachsenen zum nächsten, bis sie schließlich lachend und mit verwuschelten Haaren bei ihren Eltern landen.

Ein freundliches Raunen geht durch die Menge, und sie teilt sich, um Niema durchzulassen. Es gibt drei Älteste im Dorf, und sie werden alle hochgeachtet, aber nur Niema wird geliebt. Die Dorfbewohner streichen ihr zärtlich über die Arme, während sie an ihnen vorbeigeht, und ihre Gesichter leuchten vor Verehrung.

Niema schenkt jedem von ihnen ein Lächeln und drückt ihnen die Hände. Die anderen beiden Ältesten, Hephaistos und Thea, bleiben für sich, doch Niema isst jeden Tag zusammen mit den Dorfbewohnern zu Abend, tanzt zur Musik der Band und singt aus vollem Halse ihre Lieder mit.

Jetzt legt sie die Hand tröstend auf Magdalenes Schulter und hebt ihr Kinn mit der Fingerspitze an. Niema ist einen Kopf größer als die meisten Dorfbewohner. Magdalene ist gezwungen, den Kopf in den Nacken zu legen, um ihr ins Gesicht sehen zu können.

»Ich weiß, was dir Sorgen macht, aber ich würde niemals auch nur ein einziges dieser Kinder einer Gefahr aussetzen«, sagt sie. Ihre Stimme ist tief und rau. »Es sind nur noch so wenige von uns übrig. Wir haben die Pflicht, jeden Einzelnen sorgfältig zu beschützen.«

Magdalene treten Tränen in die Augen. Ihr Gesicht ist zugleich von Ehrfurcht und Dankbarkeit erfüllt. Im Gegensatz zu Emory hat sie das leise Zögern, den kaum wahrnehmbaren Anflug von Zweifel in Niemas Stimme nicht bemerkt.

Nachdem Niema noch eine Weile mit den Dorfbewohnern geplaudert hat, löst sie sich aus der Menge, hakt sich mit einer graziösen Armbewegung bei Emory unter und geht mit ihr zusammen zur Kaserne zurück.

»Das sollte ihr für ein paar Tage reichen«, sagt sie, sobald sie außer Hörweite sind. »Komm mich das nächste Mal doch besser sofort holen, wenn sie anfängt, sich Sorgen zu machen. Ich hatte schon Angst, sie würde zu den Booten hinausschwimmen.«

»Ich versuche seit einer Stunde vergeblich, sie zu beruhigen«, sagt Emory, während sie Magdalenes verzückten Gesichtsausdruck betrachtet. »Wie hast du das gemacht?«

»Das ist bloß mein Alter«, antwortet Niema fröhlich. »Wenn junge Leute Runzeln sehen, glauben sie immer, das sei dasselbe wie Weisheit.« Sie senkt verschwörerisch die Stimme und klopft Emory auf die Hand. »Komm mit, ich habe ein neues Buch für dich.«

Emory hüpft das Herz vor Freude.

Arm in Arm durchschreiten sie in kameradschaftlichem Schweigen die feuchte Luft, in der mit einbrechender Dämmerung immer mehr Glühwürmchen schweben. Dies ist Emorys liebste Tageszeit. Der Himmel leuchtet rosa und violett, und die steinerne Mauer, die das Dorf umgibt, ist in ein warmes, rötliches Licht getaucht. Die glühende Hitze, die tagsüber geherrscht hat, ist einer angenehmen Wärme gewichen, alle sind wieder ins Dorf zurückgekehrt, und ihre Freude füllt jeden noch so kleinen Raum aus.

»Wie läuft es mit dem Schreinern?«, fragt Niema.

Sobald die Dorfbewohner mit fünfzehn Jahren die Schule abgeschlossen haben, steht es ihnen frei, unter den Beschäftigungen, die der Dorfgemeinschaft nützlich sind, eine auszuwählen. Doch Emory hangelt sich seit einem Jahrzehnt von einem Job zum nächsten, ohne dass es ihr gelungen wäre, auch nur in einem einzigen irgendwelche Fortschritte zu machen.

»Ich habe es aufgegeben«, gesteht sie.

»Oh? Warum?«

»Johannes hat mich geradezu angefleht, die Finger davon zu lassen«, antwortet Emory verlegen. »Offenbar bin ich nicht besonders gut darin, Holz zuzusägen, einen Balken zu hobeln oder eine Nut-Feder-Verbindung herzustellen. Und er fand, ein krummer Schrank sei es nicht wert, dass man deswegen einen Finger verliert.«

Niema lacht. »Wie steht es denn mit dem Kochen? Was ist da passiert?«

»Katia hat mir mitgeteilt, das Kleinhacken einer Zwiebel müsse den Anfang meiner Kochkünste bilden und dürfe nicht meine größte Errungenschaft bleiben«, erklärt Emory niedergeschlagen. »Davor hat Daniel mir gesagt, es sei vollkommen egal, auf welche Weise ich die Gitarre halte, weil alles, was ich ihr entlocke, gleichermaßen furchtbar klinge. Mags hat mir einen halben Tag lang ihre Farben geliehen und dann eine Woche lang nicht mehr mit dem Lachen aufgehört. Offenbar bin ich ein hoffnungsloser Fall. Ich bin zu nichts zu gebrauchen.«

»Du hast eine sehr gute Beobachtungsgabe«, bemerkt Niema behutsam.

»Was nützt das schon, wenn Abi ohnehin alles sieht, was wir tun«, entgegnet Emory traurig. »Ich möchte irgendetwas Nützliches für das Dorf tun, aber ich habe keine Ahnung, was das sein könnte.«

»Ehrlich gesagt habe ich mich gefragt, ob du nicht vielleicht mit mir zusammen in der Schule arbeiten magst?«, fragt Niema vorsichtig. »Ich werde jemanden brauchen, der meinen Platz einnimmt, und ich denke, du würdest dich hervorragend dazu eignen.«

Emory runzelt die Stirn. Einen Moment lang ist das die einzige Reaktion, die sie auf diesen Vorschlag hin zustande bringt. Niema ist seit jeher die einzige Lehrerin im ganzen Dorf gewesen. Niemand kann sich daran erinnern, dass dies jemals anders gewesen wäre.

»Du willst aufhören?«, fragt Emory überrascht. »Warum?«

»Das Alter«, antwortet Niema, während sie zu ihrem Schlafraum hochsteigt. Die Stufen der rostigen Treppe scheppern bei jedem Schritt. »Kinder zu unterrichten ist großartig für die Seele, aber eine

Qual für den Rücken. Ich habe ein langes Leben hinter mir, Emory, aber meine glücklichsten Erinnerungen stammen aus dem Schulzimmer. Es ist jedes Mal wieder beeindruckend, wenn man die Begeisterung auf dem Gesicht eines Kindes sieht, das endlich ein schwieriges Konzept begriffen hat.« Sie bleibt einen Moment lang stehen und dreht sich nach Emory um. »Ich bin davon überzeugt, dass dir diese Aufgabe sehr liegen würde. Ganz ehrlich.«

Emory ist äußerst begabt darin, eine Lüge als solche zu erkennen, und wegen Niemas veränderter Tonlage war diese hier besonders leicht zu durchschauen.

Die junge Frau kneift misstrauisch die Augen zusammen. »Und welche meiner charakterlichen Eigenschaften hat dich zu dieser Überzeugung gelangen lassen?«

Niemas Antwort kommt wie aus der Pistole geschossen und klingt, als hätte sie sie eingeübt. »Du bist klug und wissbegierig, und du kannst gut mit Leuten umgehen.«

»Ich habe eher den Eindruck, dass die Leute genervt von mir sind«, entgegnet Emory. »Hast du etwa mit meinem Vater geredet?«

Niema gerät ins Stocken.

»Kann schon sein, dass er beiläufig erwähnte, dass du noch immer keine passende Tätigkeit gefunden hast«, gibt Niema schließlich zu. »Aber ich hätte dir das Angebot auch gemacht, wenn er nicht –«

»Sag ihm, dass ich gerade ein Theaterstück schreibe!«

Niema sieht sie von der Seite an. »Du schreibst schon seit einem Jahr an deinem Theaterstück.«

»Ich möchte nichts überstürzen.«

»Diese Gefahr scheint nicht zu bestehen«, murmelt Niema und schiebt das schmuddelige Laken vor ihrem Schlafraum beiseite. Das Laken ist eine Marotte von ihr. Keinem der anderen Dorfbewohner machen die leeren Türrahmen etwas aus. So etwas wie Privatsphäre ist bemerkenswert wenig wert, wenn man von Geburt an eine Stimme im Kopf hat, die alles hören kann, was man denkt.

Im Laufe der Jahre haben die Dorfbewohner ihr Möglichstes getan, um die Schlafsäle zu reparieren, aber bei einem derart alten Gebäude lässt sich nicht besonders viel ausrichten. Die Betonwände sind voller Spalten und Löcher, die grauen Bodenfliesen zerborsten, und die Balken, die das Dach stützen, sind morsch. Überall liegt der Geruch nach Schimmel in der Luft.

Ein derartiger Grad des Verfalls hat etwas äußerst Trostloses. Die Dorfbewohner wehren sich dagegen, indem sie die Räume mit Leben und bunten Farben füllen. Niema hat einen großen Teppich auf der Erde ausgebreitet und eine Vase mit frischen Schnittblumen auf das Fensterbrett gestellt. Die Wände sind mit zahllosen Gemälden vollgehängt, die von allen Künstlern stammen, die es jemals im Dorf gegeben hat. Die meisten davon sind nicht besonders gut. Emory fragt sich, warum sich Niema dazu entschieden hat, sie aufzuheben. Bei vielen dieser Werke sähe der nackte Beton, der darunterliegt, wesentlich besser aus.

Niema hat die Fensterläden geschlossen, um die Insekten fernzuhalten, und zündet deshalb eine kleine Kerze an, die auf dem wackligen Schreibtisch steht. Ihr flackerndes Licht fällt auf einen halbfertigen Brief, den Niema hastig in eine Schublade wirft.

»Wie viel von dem Theaterstück hast du denn schon geschrieben?«, fragt sie und hält schützend eine Hand vor die Flamme der Kerze, während sie sie zu einem überfüllten Bücherregal hinüberträgt, das neben einem eisernen Bettgestell steht.

»Vier Seiten«, gesteht Emory.

»Sind sie gut?«

»Nein«, antwortet Emory verzweifelt. »Wie sich herausgestellt hat, bin ich im Schreiben nicht besser als im Schustern, Tischlern oder Drachenbasteln. Meine einzige Begabung scheint darin zu bestehen, Dinge zu bemerken, die die Leute lieber verbergen wollen, und Fragen zu stellen, die die Leute lieber nicht beantworten wollen.«

»Oh, da würde ich mir mal keine Sorgen machen«, sagt Niema,

während sie mit dem Finger auf der Suche nach einem bestimmten Band über die Buchrücken streicht. »Manche Leute werden mit dem Wissen geboren, wozu sie bestimmt sind. Andere brauchen etwas länger, um das herauszufinden. Ich bin hundertdreiundsiebzig Jahre alt, aber ich habe mit dem Unterrichten erst angefangen, als ich schon über achtzig war, und danach wollte ich nie wieder etwas anderes tun. Dir könnte es genauso gehen, wenn du es mal ausprobieren würdest.«

Emory verehrt Niema von ganzem Herzen, aber sie hat eine Art, derart achtlos über ihr Alter zu sprechen, dass es oft etwas Kränkendes hat. Keiner der Dorfbewohner wird jemals auch nur halb so lange leben, und man könnte den Umstand, dass Niema ihre Langlebigkeit so häufig erwähnt, schon fast als grausam bezeichnen. Heute, da ihr Großvater dem Tod so nahe ist, empfindet Emory das als besonders schmerzhaft.

»Aha!«, ruft Niema und zieht ein zerfleddertes altes Taschenbuch aus dem mittleren Regal. »Hier ist es! Es trägt den Titel *Samuel Pipps und der Geisterturm*. Hephaistos hat es vor ein paar Wochen in einem verlassenen Bahnwaggon gefunden.«

Als sie Emory das Buch in die Hand drückt, fällt ihr deren betroffener Gesichtsausdruck auf.

»Ich weiß, ich weiß, Sherlock Holmes wäre dir lieber«, sagt sie und klopft mit dem Finger auf das reißerische Buchcover. »Aber gib dem Buch hier mal eine Chance. Es wird dir gefallen. Es passieren drei Morde darin!«

Ihre Stimme hat sich fast zu einem Flüstern gesenkt. Sie weiß, dass ich es nicht gutheiße, wenn man sich im Dorf über Mord unterhält oder dieses Wort auch nur offen ausspricht.

Der letzte Mord hat sich vor über neunzig Jahren ereignet, kurz bevor die Welt endete. Zwei Freunde haben sich in einem Treppenhaus in Nairobi über eine Beförderung gestritten. In einem Anfall rasender Eifersucht hat der eine den anderen die Treppe hinuntergestoßen, und er hat sich das Genick gebrochen. Der Mörder hatte gerade genug Zeit, sich zu fragen, ob er ungestraft davonkommen würde, als der Nebel aus der Erde stieg. Er ist eine Sekunde später ums Leben gekommen, zusammen mit allen Menschen, die er jemals kannte, und dem Großteil der übrigen Menschheit, den er niemals kennengelernt hat. Seitdem ist kein weiterer Mord mehr geschehen. Dafür habe ich gesorgt.

Kein anderer im Dorf darf diese Bücher lesen. Für Emory habe ich jedoch eine Ausnahme gemacht, denn die darin enthaltenen Rätsel sind das Einzige, was ihre unstillbare Neugier für eine Weile in Schach halten kann.

»Denk daran, du darfst es niemandem sonst zeigen«, sagt Niema, als die beiden Frauen den Raum verlassen und auf den Balkon hinaustreten. »Es würde ihnen nur Angst einjagen.«

Emory hält das verbotene Buch eng an die Brust gepresst. »Danke, Niema.«

»Du kannst dich damit revanchieren, dass du morgen zur Schule kommst.«

Als sie sieht, wie sich Emorys Lippen schon zu einer ablehnenden Antwort formen, fügt sie hastig hinzu: »Nicht, weil dein Vater das möchte, sondern mir zuliebe. Wenn es dir nicht gefällt, kannst du ja mit dem Nichtschreiben deines Theaterstücks weitermachen.«

Niemas Blick fällt auf etwas hinter Emory, und die jüngere Frau wendet sich um. Niemas Sohn Hephaistos kommt durch das eiserne Tor gestapft. Er hält den kahlrasierten Kopf gesenkt und die gewaltigen Schultern gebeugt, als würde die Last des Himmels ihn zu Boden drücken.

Hephaistos taucht immer nur dann auf, wenn etwas repariert oder neu gebaut werden muss. Die meiste Zeit über lebt er jedoch allein in der Wildnis – eine Vorstellung, die Emory so fremd ist, dass allein der Gedanke daran sie mit Unbehagen erfüllt.

»Was macht der denn hier?«, fragt sie sich unwillkürlich laut.

»Er will zu mir«, sagt Niema.

Emorys Blick wandert zu Niemas Gesicht zurück. Sie hatte geglaubt, sämtliche Gemütslagen ihrer Lehrerin zu kennen, aber jetzt huscht ein Ausdruck über deren Gesicht, den sie noch nie zuvor darin gesehen hat. Es könnte Unsicherheit sein, oder sogar Angst.

»Ist alles in Ordnung?«, fragt Emory.

Niema begegnet ihrem Blick, aber es ist deutlich zu sehen, dass sie mit ihren Gedanken noch immer bei ihrem Sohn ist.

»Morgen Abend werde ich ein Experiment durchführen, das bei jedem Versuch bisher gescheitert ist«, sagt Niema und scheint sich dabei vorsichtig von Wort zu Wort zu hangeln. »Aber wenn es auch diesmal scheitert …« Sie verstummt und legt sich nervös die Hand auf den Bauch.

»Wenn es auch diesmal scheitert …«, hakt Emory nach.

»Werde ich etwas Unverzeihliches tun müssen«, sagt Niema und sieht zu, wie Hephaistos hinter der Küche verschwindet. »Und ich bin noch immer nicht sicher, ob ich die Kraft dazu haben werde.«

4

Adil späht durch sein Fernglas und sieht mit wild klopfendem Herzen zu, wie Emory und Niema sich auf dem Balkon vor der Kaserne unterhalten. Sein Beobachtungsposten befindet sich auf halber Höhe des östlichen Vulkanhangs. Auf dem Weg hierher musste er sich einen Weg durch die Lavahöhlen erkämpfen, von denen dieser Teil des Bergs durchlöchert ist. Der Boden ist mit Asche bedeckt, und die schwarzen Felsen haben messerscharfe Kanten. Es ist, als hätte er mit der zerstörerischen Kraft seiner Gedanken das umliegende Land versengt.

Adil befindet sich fast fünf Kilometer vom Dorf entfernt, aber er hat sich diesen Aussichtspunkt ausgesucht, weil man von hier aus eine direkte Sichtlinie über die Mauer hat. Er kann sehen, wie Emory Niema tröstet und liebevoll ihre Hand auf deren Arm legt. Jede Sekunde dieses Anblicks brennt ihm in der Seele und vergiftet das Blut in seinen Adern. Ich versuche gar nicht erst, ihn zur Güte oder Freundlichkeit zu ermahnen. Es würde nichts nützen. Während der letzten fünf Jahre hat er an nichts anderes als an Rache gedacht. Wenn ich ihn nicht immer wieder ans Essen erinnern würde, wäre er schon längst verhungert. Und wenn er sich dann widerstrebend auf Nahrungssuche begibt, geht er äußerst ungeduldig vor, zerrt Gemüse aus der Erde oder reißt einen Armvoll Obst von einem Baum.

Er ist achtundfünfzig, sieht jedoch mindestens zehn Jahre älter aus. Seine Haut spannt sich straff über die darunterliegenden Knochen. Sein Gesicht ist ausgezehrt, seine ursprünglich schwarzen Haare sind grau geworden, die braunen Augen trübe. Seine Haut ist blass und fleckig, und wenn er hustet, rasselt es in seiner Brust –

ein deutliches Zeichen der Krankheit, die in seinem Körper wütet. Normalerweise würde ich ihn zurück ins Dorf beordern, damit man sich dort um ihn kümmern kann oder er wenigstens während der letzten ihm noch verbleibenden Tage nicht allein sein muss.

Unglücklicherweise ist das nicht möglich. Er ist der einzige Kriminelle auf dieser Insel und wurde für sein Verbrechen mit dem Exil bestraft.

»Sie glaubt, Niema wäre ihre beste Freundin«, murmelt er leise vor sich hin – eine Angewohnheit, die er sich seit seiner Verbannung angeeignet hat. »Sie hat keine Ahnung, was Niema ihr gestohlen hat.«

Nachdem Emory fortgeeilt ist, das Buch fest an die Brust gedrückt, schaut Niema zu dem Vulkan hoch. Sie kann Adil aus dieser Entfernung nicht sehen, aber sie weiß, dass er dort ist. Ich erstatte ihr stündlich einen genauen Bericht darüber, was er gerade so treibt. Er ist eine der wenigen gefährlichen Personen auf dieser Insel, und sie möchte zu jeder Zeit wissen, wo er sich aufhält.

Er holt tief Luft, starrt auf sein Messer herab und stellt sich vor, wie er es ihr in den Bauch rammt. Er will zusehen, wie ihrem Körper das Leben entweicht. Er wünscht sich das sehnlicher als irgendetwas sonst.

»Und welchen Nutzen wird dir die Rache bringen?«, frage ich. »Hast du mal darüber nachgedacht? Hast du dich gefragt, wie dein Leben aussehen wird, nachdem du jemanden getötet hast? Hast du dich gefragt, wie du dich dann fühlen wirst?«

»Ich werde mich so fühlen, als hätte ich nur die Hälfte meiner Aufgabe erfüllt«, antwortet er. »Niema ist zwar die Schlimmste von ihnen, aber ich werde keine Ruhe finden, bis man nicht auch Thea und Hephaistos in den Brennofen geschmissen hat. Solange die noch am Leben sind, werden wir niemals frei sein.«

»Du machst dich lächerlich«, sage ich. »Was auch immer du für einen Plan ausheckst – ich werde sie warnen. Du wirst nie auch nur in ihre Nähe kommen.«

Du kannst mich nicht ewig beobachten, denkt er.

Da irrt er sich. Ich bin seit dem Tag seiner Geburt in seinen Gedanken, und ich werde in seinen Gedanken sein, wenn er stirbt. Ich habe über seine Vorfahren gewacht und werde über seine Nachfahren wachen. Es sind nur noch so wenige Menschen übrig, dass jeder Einzelne von ihnen unbedingt beschützt werden muss. Und das Dorf ist der Schlüssel dazu. Seine Sicherheit muss gewährleistet werden. Um jeden Preis.

5

Die Dämmerung ist hereingebrochen. Die Sichel des Mondes schneidet ein Loch in den dunkelblauen Himmel.

Das Dorf wird vom Schein zahlreicher Kerzen erhellt, und überall sind Gelächter und Musik zu hören.

Die Band spielt ein Stück nach dem anderen, und die meisten Leute – zu denen auch Niema gehört – tanzen vor der Bühne. Matis' Begräbnis ist vorbei. Es gibt keinen Grund mehr zur Trauer. Jetzt nicht mehr.

Die Reste des Abendessens stehen noch auf den langen Tischen, die von flackernden Kerzen und den darüber hängenden Trauerlaternen erleuchtet werden. Die Laternen sind aus buntem Reispapier und hängen an mehreren Seilen, die zwischen den beiden Flügeln der Kaserne aufgespannt wurden. Es gibt eine Laterne für jeden einzelnen Dorfbewohner, und jede von ihnen enthält ein Stück Papier, auf dem ein Liebesdienst oder ein Gefallen vermerkt ist, den Matis der jeweiligen Person erwiesen hat.

So ehren sie die Toten. Auf diese Weise soll daran erinnert werden, was die jeweilige Person der Welt gegeben hat und was nun alle anderen tun müssen, um die Lücke zu füllen. Es gibt keine Gebete, keine Gedanken an ein Leben nach dem Tod. Die Belohnung für ein gutgeführtes Leben besteht darin, dass man es gelebt hat.

Matis sitzt in der Mitte eines der langen Tische und ist von seinen engsten Freunden umgeben. Sie lachen, tauschen Erinnerungen aus und wissen, dass auch ihre eigenen Tage bald ein Ende finden werden. Alle sterben an ihrem sechzigsten Geburtstag, ganz gleich, wie gesund sie noch sind. Sie genießen die zu ihren Ehren veranstaltete

Begräbnisfeier und schlafen danach ganz normal ein. Irgendwann in der Nacht hören ihre Herzen auf zu schlagen. Nach einem lebenslangen Dienst an der Gemeinschaft ist ein friedlicher, schmerzfreier Tod in ihrem eigenen Bett das Mindeste, was ich für sie tun kann.

Emory geht durch das eiserne Tor in der hohen Dorfmauer, tritt auf die Mole hinaus und lässt den Lärm der Feier hinter sich.

Tränen laufen ihr über die Wangen, aber sie möchte nicht, dass irgendjemand mitbekommt, wie egoistisch sie sich gerade verhält. Im Gegensatz zu vielen anderen Angehörigen seiner Generation hat es ihr Großvater tatsächlich bis zum Alter von sechzig Jahren geschafft. Er hat jeden einzelnen Tag seines Lebens dem Dienst der Gemeinschaft gewidmet und wird nun ohne jedes Bedauern aus der Welt scheiden.

Weil er über den genauen Zeitpunkt seines Todes Bescheid wusste, konnte er sich den Luxus leisten, sich ausgiebig zu verabschieden. Während der vergangenen Woche hat er mit jedem gesprochen, den er zu sprechen wünschte. Alle, die einen Platz in seinem Herzen haben, wissen, was er für sie empfindet, und er ist seinerseits mit dem Wissen um ihre Liebe gesegnet. Nichts ist ungesagt geblieben.

Emory kann nur hoffen, ebenso erfüllt zu sterben wie er, aber dennoch lastet die Trauer auf ihrer Brust, zerreißt ihr das Herz.

Ihre Mutter ist an einem Fieber gestorben, als sie zwölf Jahre alt war, und ihr Vater schien daraufhin auf gewisse Weise ebenfalls zu verschwinden. Ihre Großmutter war längst tot, und so war es Matis, der Emory am Abend Geschichten vorlas und ihr tagsüber kleine Aufgaben zuteilte – stumpfsinnige, undankbare Aufgaben, die nur dazu dienen sollten, sie vom sinnlosen Nachgrübeln über den Verlust ihrer Familie abzuhalten.

Selbst heute noch spendet es ihr Trost, wenn sie das Klirren seines Meißels auf einem Steinblock hört, und die Vorstellung, dass sie dieses Geräusch nun nie wieder hören wird, ist ihr unerträglich.

Aus der Richtung des Kiesstrandes in der Bucht zu ihrer Linken kommt ein rhythmisches Hämmern. Es ist viel zu dunkel, um die Ursache des Geräuschs auszumachen, aber sie hat da so eine Ahnung.

Sie folgt dem Geräusch und bahnt sich mit vorsichtigen Schritten einen Weg durch vier am Ufer vertäut liegende Boote. Dahinter findet sie Seth, der beim Licht einer kleinen Laterne den Rumpf von »Charons Barke« repariert. Es ist Flut, und die Wellen kitzeln spielerisch seine Fersen. Das Knirschen der Kiesel verrät ihm ihr Kommen, und er wirft ihr einen raschen, verärgerten Blick zu.

Er hat eine breite, tiefe Stirn, eine schiefe Nase und einen quadratischen Kiefer, der beim Essen laut knackt. Aus seinen breiten Schultern ragen zwei dicke Arme, die von dunklen, sich kräuselnden Haaren bedeckt und mit öligen Flecken übersät sind. Früher waren diese Arme einmal von großer Kraft erfüllt, doch nun geben die Muskeln allmählich nach, und die sich darüberspannende Haut beginnt schlaff zu werden.

Wenn man Seths Äußeres mit dem der übrigen Dorfbewohner vergleicht, könnte man den Eindruck gewinnen, als wäre er eine Art grober Entwurf gewesen – als hätte sich die Natur einen Klumpen Ton genommen, ein paar Augen hineingedrückt und das Ganze dann als gescheitert verworfen.

»Du arbeitest?«, fragt sie überrascht.

Sie ist in der Erwartung hierhergekommen, ihn in derselben Trauer vorzufinden, die auch sie selbst empfindet, doch jetzt wird ihr klar, dass diese Erwartung idiotisch war. Das Leben jedes Dorfbewohners ist ein Dienst an der Gemeinschaft. Ein jeder sorgt sich um das Wohl der anderen, bevor er sich um sein eigenes Wohl kümmert, und ihr Vater hat sich diesem Ideal mit ganzer Seele verschrieben. Er wird nicht weinen, bevor er nicht jedes Schlagloch gefüllt, jedes Dach geflickt, jedes Stück Obst und Gemüse geerntet und den Brennofen angefeuert hat, in dem sein Vater eingeäschert werden soll. Seiner Ansicht nach ist Trauer nichts als Egoismus – ein Gefühl, das eher Mitleid als Verachtung verdient.

»Das Boot hat ein Loch im Rumpf«, sagt er und beginnt aufs Neue, den Hammer zu schwingen.

»Möchtest du Matis denn nicht noch einmal sehen?«

»Wir haben uns heute früh gesehen«, antwortet er unwirsch.

»Er ist dein Vater.«

»Deshalb haben wir uns ja auch heute früh gesehen«, wiederholt er und setzt einen weiteren Nagel an.

Emory beißt sich auf die Lippe. Eine altbekannte Erschöpfung ergreift sie. Jedes Gespräch mit ihrem Vater verläuft so. Er ist ein Felsen, den man immer wieder den Hügel hinaufrollen muss.

»Niema hat mir heute einen Job angeboten.«

»Das hat sie mir erzählt«, antwortet er, während er den Nagel ins Holz schlägt. »Du solltest das Angebot annehmen. Es ist eine große Ehre, und alles andere hast du ja schon ausprobiert. Es ist höchste Zeit, dass du endlich einen Weg findest, wie du dem Dorf dienen kannst.«

Sie nimmt die Rüge schweigend hin und schaut zu, wie das schäumende Wasser über die Kiesel plätschert. Sie ist fast versucht, ein wenig hinauszuschwimmen, aber es ist zu kurz vor der Sperrstunde. Sie begnügt sich damit, ein paar Schritte ins Wasser hineinzugehen und ihre nur in Sandalen steckenden Füße von den Wellen umspielen zu lassen. Ihre Sandalen sind am Ende eines jeden Tages immer fürchterlich dreckig.

»Irgendetwas bereitet Niema Sorgen«, sagt sie, um das Thema zu wechseln. »Weißt du, was das sein könnte? Sie hat mir erzählt, sie müsse ein Experiment durchführen, aber mehr wollte sie mir nicht sagen. Es klang wichtig.«

»Keine Ahnung«, antwortet er und setzt den nächsten Nagel an. »Mir ist aufgefallen, dass sie in Gedanken versunken war, aber sie hat mir gegenüber nichts erwähnt.«

»Hast du sie danach gefragt?«

»Das steht mir nicht zu.«

»Ich wünschte, sie würde uns helfen lassen.«

»Genauso gut könntest du dir wünschen, einen Tag lang die Sonne auf deinen Schultern zu tragen.« Ein weiterer Nagel wird ins Holz getrieben. »Im Vergleich zu Niemas Belangen sind die unsrigen klein und nichtig. Wenn sie Hilfe braucht, wird sie einen der Ältesten fragen. Wir sollten uns auf die Dinge konzentrieren, die wir auch kontrollieren können.«

Er legt eine bedeutungsschwangere Pause ein und kommt dann auf das Thema zu sprechen, das ihm schon eine Weile auf der Seele liegt. »Wie geht es Clara?«

Emorys Tochter wurde kürzlich dazu auserwählt, eine von Theas Lehrlingen zu werden, und hat als Teil ihrer Ausbildung die letzten drei Wochen damit verbracht, die Insel zu erkunden. Es ist eine gewaltige Ehre. Sie war eine von nur zwei Bewerbern, die das Auswahlverfahren erfolgreich durchlaufen haben. Jetzt wird sie in Mathematik, in Ingenieurwesen, Biologie und Chemie ausgebildet und lernt Dinge, die den Horizont der meisten Dorfbewohner weit übersteigen.

»Ich habe ihr durch Abi ein paar Nachrichten zukommen lassen, aber sie hat auf keine davon geantwortet«, sagt Emory, während sie wie gebannt auf den schwarzen Ozean hinausstarrt. »Ich glaube, sie ist immer noch wütend.«

Seths Hammer schwankt in der Luft und saust dann auf einen Nagel herab. Er ist so angespannt, dass die Muskelstränge an seinem Hals hervortreten.

»Na los, rede es dir von der Seele!«, sagt Emory kurz angebunden. Ihr ist die Stimmung, in der er sich gerade befindet, nur zu bekannt.

»Es ist nichts«, brummt Seth.

»Sag's doch einfach, Papa«, insistiert sie. »Du wirst dich besser fühlen, wenn du ein bisschen rumgebrüllt hast.«

»Es ist der Traum eines jeden Kindes, Theas Lehrling zu werden«, sagt er durch seine zusammengebissenen Zähne. »Kannst du dich nicht für Clara freuen? Kannst du nicht wenigstens so tun, als ob? Du bist nicht einmal zu ihrem Abschiedsessen gekommen.«

»Ich kann nicht etwas feiern, was ich mir niemals für sie gewünscht habe«, sagt Emory.

Sobald die Ausbildung ihrer neuen Lehrlinge beendet ist, setzt Thea sie bei den verschiedensten Arbeiten ein – bei Experimenten in ihrem Labor oder bei der Suche nach vielversprechenden Technologien, die sich noch auf der Insel befinden und die sich in irgendeiner Form nutzbar machen lassen. Es ist eine Position, die man ein Leben lang innehat, aber die meisten von Theas Lehrlingen überleben keine zehn Jahre. Das, was sie tun, ist überaus gefährlich, und Emory hat bereits ihren Ehemann und ihre Mutter an diese Arbeit verloren. Sie hat alles versucht, um ihre Tochter von einer Bewerbung abzuhalten – sehr zu Seths Empörung.

»Dieses Abschiedsessen war der glücklichste Tag in Claras Leben«, sagt er. Allmählich steigert er sich in eine heftige Wut hinein. »Ich habe sie nicht mehr so viel lächeln sehen, seit ihr Vater starb. Sie wollte ihre Mutter dort bei sich haben, damit sie mit ihr zusammen feiert, aber du hast dich irgendwo verkrochen und geschmollt.«

»Ich habe nicht geschmollt.«

»Was war es dann? Du bist der einzige Mensch, der jemals die Chance ausgeschlagen hat, bei Thea in die Lehre zu gehen. Du konntest von Clara wohl kaum verlangen, dass sie dasselbe tut.«

»Ich habe die Chance nicht ausgeschlagen«, entgegnet Emory und lässt sich in die wohlvertraute, tief eingekerbte Furche ihres immer gleichen Streits hineingleiten. »Ich habe es ausprobiert, und es hat mir nicht gefallen. Du weißt doch, wie dieses Leben aussieht. Man latscht über die Insel, stochert in Ruinen und stümpert an irgendwelchen Maschinen herum, deren Funktionsweise wir nicht im Geringsten verstehen. Wie viele von Theas Lehrlingen sind dabei verletzt worden? Wie viele von ihnen sind noch am Leben?«

»Also war es Feigheit?«, zischt er bitter.

»Es war gesunder Menschenverstand«, entgegnet sie entrüstet. »Mir ist aufgefallen, dass Thea nie auch nur in der Nähe der Maschinen steht, wenn sie explodieren.«

»Das ist eine der Ältesten, über die du da gerade redest«, brüllt er und schleudert seinen Hammer auf die Kiesel. »Etwas mehr Respekt, bitte!«

Emory starrt ihn wütend an. Vor lauter Zorn bringt sie kein Wort mehr heraus.

»Die Ältesten sind unsere letzte Verbindung zur alten Welt«, fährt Seth fort und bemüht sich, die Beherrschung wiederzuerlangen. »Sie verfügen über Kenntnisse, für deren Aneignung wir Hunderte von Jahren brauchen würden. Ohne sie wären wir gezwungen, ganz von vorn anzufangen. Glaubst du denn wirklich, dass auch nur ein einziges unserer Leben genauso viel wert ist wie ihres?«

Emory hat diese Geschichte schon so oft gehört, dass sie sie mit exakt der gleichen Tonlage wiedergeben könnte wie ihr Vater: Vor neunzig Jahren taten sich auf sämtlichen Kontinenten der Erde gewaltige Krater auf, die ganze Städte verschluckten. Aus dem Innern dieser Krater stieg ein seltsamer schwarzer Nebel auf, in dem es vor leuchtenden Insekten wimmelte, die alles, was sich ihnen in den Weg stellte, in Stücke rissen. Der Nebel breitete sich immer weiter aus, trotz aller Versuche, die die Nationen der Welt unternahmen, um ihn aufzuhalten.

Nach dem Verlauf eines Jahres bedeckte er die ganze Erde. Die menschlichen Gesellschaften brachen durch interne Machtkämpfe und Barbarei auseinander, lange bevor der Nebel sie zerstörte. Der einzige Hoffnungsschimmer war eine Funknachricht, die Niema abgesetzt hatte und die alle Überlebenden aufforderte, zu einer kleinen griechischen Insel zu kommen.

Sie war damals die leitende Wissenschaftlerin eines riesigen Labors namens Blackheath Institut. Diesem Institut war es gelungen, eine Barriere zu errichten, die den Nebel abwehren konnte. Niema versprach allen, die es schafften, sich zur Insel durchzukämpfen, eine sichere Zuflucht.

Am Ende gelang dies nur ein paar hundert durchnässten, zerlumpten Überlebenden. Doch das Erreichen der Insel war, wie sich herausstellte, erst der Beginn der Zerreißprobe. Die Flüchtlinge waren in einer Welt aufgewachsen, in der man sich die Nahrung aus den Regalen holte, in der man Medizin in Geschäften kaufte und in der das Überleben des Einzelnen von seinen finanziellen Mitteln abhing und nicht von seiner Geschicklichkeit. Sie hatten jede von ihnen benötigte Information von ihren Bildschirmen abgelesen, und als diese Bildschirme verschwanden, stand ihnen kein Wissen mehr zur Verfügung, auf das sie hätten zurückgreifen können. Sie wussten nicht, wie man das Land bewirtschaftet, wie man in der Wildnis nach Nahrung sucht oder wie man die baufälligen Häuser repariert, auf die sie für ihr Obdach angewiesen waren.

Es kamen und gingen harte Jahre, und die Zahl der Überlebenden schrumpfte in sich zusammen. Fast jeden Monat wurde jemand von herabfallendem Mauerwerk erschlagen oder kam bei einem Brand ums Leben. Die Menschen rissen sich aus Versehen mit rostigen Nägeln die Haut auf und starben schweißgebadet und schreiend vor Schmerzen. Sie verwechselten giftige mit essbaren Pilzen und gingen während der Monate schwimmen, in denen es im Meer vor Quallen und Haien wimmelte.

Überleben war schwer, und Sterben war leicht, und viele gaben den Kampf von ganz allein auf. Doch zum Glück für den Fortbestand der Menschheit hinterließen sie Kinder, und diesem Genpool entstammen die heutigen Dorfbewohner.

Die drei Ältesten sind die einzigen Personen, die von den einhundertsiebzehn Wissenschaftlern übrig geblieben sind, die sich in Blackheath aufhielten, als der Nebel auftauchte, und in dem Blut, das durch ihre Adern fließt, sind immer noch all die Impfungen, Verbesserungen und technologischen Errungenschaften enthalten, die es gab, bevor die Welt endete. Sie altern nur langsam, bleiben von allen Krankheiten verschont und werden von den Dorfbewohnern mit einer instinktiven Ehrfurcht behandelt, die – wenn man Emory fragt – außer Niema keiner von ihnen verdient hat.

»Warum musst du so –« Seth presst die Stirn gegen das raue Holz des Bootsrumpfes. Er ist immerhin noch so freundlich, seine Gedanken nicht klipp und klar auszusprechen, aber nicht freundlich genug, um nicht immer wieder auf sie anzuspielen.

»Anders sein?«, führt sie seinen Satz zu Ende.

Er wirft frustriert einen Arm hoch, in Richtung des Gelächters und der Musik, die durch das offenstehende Tor zu ihnen herüberschallen. »Alle anderen sind glücklich, Emory. Sie sind einfach nur glücklich. Es ist nicht kompliziert. Sie wissen, was wir haben, und sie sind dankbar dafür. Warum musst du immer alles hinterfragen?«

»Aber was haben wir denn, Papa?«, fragt Emory mit leiser Stimme. »Ein Dorf, das in Ruinen liegt. Eine Insel, die wir ohne Erlaubnis nicht erkunden dürfen.«

»Weil es zu gefährlich ist«, ruft er automatisch dazwischen.

»Warum bekommen denn dann nicht alle Kinder in der Schule Überlebenstraining? Ich liebe Niema, aber willst du wirklich ernsthaft behaupten, dass Thea oder Hephaistos genug zum Wohl des Dorfes beitragen, um von allen Regeln ausgenommen zu sein, die der Rest von uns befolgen muss? Wie kann es gerecht sein, dass sie nicht mit sechzig sterben wie wir Übrigen? Warum müssen sie nicht ihr eigenes Gemüse anbauen oder in der Küche mithelfen oder beim Säubern der –«

»Sie tragen ihr Wissen bei!«

Emory zuckt bei diesem wütenden Ausbruch zurück, wie die Dunkelheit am Rand einer Kerzenflamme. Dieser Streit ist sinnlos, und sie weiß das nur zu gut. Ihr Vater wird nie auch nur für eine Sekunde an den Ältesten zweifeln oder begreifen, warum sie das tut. Je mehr sie mit ihm diskutiert, desto mehr wächst die Abneigung, die er für sie empfindet. Und dieses Fass ist schon im Begriff überzulaufen. Sie gibt sich geschlagen.

»Ich gehe zur Begräbnisfeier zurück«, sagt sie. »Möchtest du, dass ich Matis etwas von dir ausrichte?«

»Ich habe heute früh mit ihm gesprochen«, sagt er ein drittes Mal und bückt sich, um seinen Hammer aufzuheben.

6

Die Nacht rückt näher. Die Sperrstundenglocke läutet durch das Dorf. Jetzt haben die Dorfbewohner noch eine Viertelstunde Zeit, um ins Bett zu gehen. Die meisten von ihnen sind bereits im Innern der Kaserne, putzen sich die Zähne und zünden Zitronengrashalme an, um die Mücken fernzuhalten. In ihren Fenstern stehen fröhlich flackernde Kerzen, die ihren Schein in die Dunkelheit des Abends hinausschicken.

Jeder Schlafraum bietet bis zu acht Personen Platz. Sie schlafen in denselben Eisenbetten wie die Soldaten, die früher einmal hier stationiert waren. Ihre Matratzen sind mit Stroh und ihre Kopfkissen mit Federn gefüllt. Sie brauchen keine Decken. Selbst im Winter ist es viel zu heiß dafür.

Draußen im Kasernenhof befinden sich nur noch die Dorfbewohner, die gerade für die Aufräum- und Säuberungsarbeiten eingeteilt sind. Shilpa löscht die Kerzen auf den Tischen, während Rebecca, Abbas, Johannes und Yovel noch die letzten, bereits abgewaschenen Teller in die Regale der Außenküche räumen.

Die Eltern, zu denen auch Magdalene gehört, rufen nach ihren Kindern, die sich unter den Tischen versteckt haben. Während der letzten zwanzig Minuten sind die Erwachsenen ihnen von einem Schatten zum nächsten hinterhergejagt.

Die kleinen Ausreißer verraten sich durch ihr Kichern.

Als Emory durch das Tor kommt, werden die zappelnden Kinder gerade von den Erwachsenen, die schnell genug waren, um sie zu erwischen, in ihre Betten getragen. Jedes Kind hat zwar mindestens ein Elternteil, aber diese Bezeichnung hat vor allem eine emotionale

Bedeutung. Kinder werden grundsätzlich vom ganzen Dorf erzogen. Nur so lässt sich diese Aufgabe bewältigen.

»Ich kann mich nie entscheiden, wer von euch beiden sich lächerlicher verhält«, sagt eine Stimme aus der Dunkelheit.

Emory schaut über den Hof und sieht Matis im Dunkeln auf einer Bank sitzen. Er tunkt gerade eine Scheibe Focaccia in eine Schüssel mit gesalzenem Olivenöl. Ein hübscher grüner Edelstein hängt an einer Schnur um seinen Hals.

Alle Dorfbewohner vermachen mir vor ihrem Tod ihre Erinnerungen – gesetzt den Fall, sie sterben nicht vollkommen unerwartet. Wenn sie ihre letzten Atemzüge tun, sammle ich sämtliche Erfahrungen ein, die sie jemals gemacht haben – selbst diejenigen, an die sie sich selbst gar nicht mehr erinnern können –, und bewahre sie auf unbegrenzte Zeit in einem dieser Edelsteine auf. Auf diese Weise können die anderen, wenn sie möchten, die von den Verstorbenen gemachten Erfahrungen selbst durchleben. Leider tragen die Dorfbewohner diese Erinnerungssteine nur während der Begräbnisfeier, weshalb sie mit den Steinen etwas Düsteres verbinden.

Neben Matis sitzt Niema und hält seine Hand. Ihre blauen Augen sind gerötet. Offenbar hat sie vor Kurzem geweint.

»Wie gewöhnlich hast du mitten in einem Gedankengang eine Bemerkung gemacht«, antwortet Emory. Sie ist nach dem Streit mit ihrem Vater immer noch ein wenig gereizt.

»Sei nett zu mir, ich sterbe«, sagt er, während er sich ein Stück Brot in den Mund stopft.

Emory sucht in seinem Gesicht nach irgendwelchen Anzeichen für die Angst, die er empfinden muss, aber er kaut begeistert vor sich hin, so fröhlich wie eh und je. Es ist nicht fair, denkt sie selbstsüchtig. Er ist stark und gesund. Wenn er ein Ältester wäre, würde er morgen früh aufwachen, so wie an jedem anderen Tag, der vorangegangen ist.

Sie will mehr Zeit mit ihm haben.

Sie will, dass ihr Großvater verlässlich in der Mitte ihres Lebens verwurzelt bleibt – dort, wo er immer gewesen ist. Wo er immer sein sollte. Sie will mit ihm frühstücken können, sie will zusehen, wie er mit seinen dicken Fingern mühsam das Fruchtfleisch aus einer Kiwi kratzt. Sie will ihn auf der anderen Seite des Kasernenhofs laut lachen hören. Sie will wissen, warum ein so guter Mensch wie er, ein Mensch mit so viel Talent und Energie, sterben muss, damit einer Regel Genüge getan wird, die lange vor seiner Geburt aufgestellt wurde.

»Ich lasse euch zwei mal allein, damit ihr euch unterhalten könnt«, sagt Niema, steht auf und legt Matis liebevoll die Hand auf die Schulter. Sie schaut ihn einen Moment lang an, bückt sich, flüstert ihm etwas ins Ohr, küsst ihn schließlich auf die Wange und geht.

»Was hat sie gesagt?«, fragt Emory.

»Fünf fünf«, antwortet er und fährt fort, seine Focaccia zu kauen.

»Was bedeutet das?«

»Keine Ahnung«, antwortet er und zuckt mit den Schultern. »Das sagt sie schon seit Jahren zu mir, immer dann, wenn ich wegen irgendetwas aufgebracht oder niedergeschlagen bin. Irgendwann habe ich sie mal gefragt, was das zu bedeuten hat, und sie hat geantwortet, es sei eine Landkarte der Zukunft. Aber sie ist nie dazu gekommen, es mir zu erklären.«

»Aber möchtest du das denn gar nicht wissen?«, fragt Emory empört.

»Natürlich möchte ich das. Nur wenn sie es mir hätte sagen wollen, hätte sie das sicher längst getan.«

Er wischt sich das Olivenöl und die Brotkrümel von den Händen, steht auf und hakt sich bei Emory unter.

»Wie war der Streit mit deinem Vater?«, fragt er, das Thema wechselnd. »Hat dich das vom Traurigsein abgelenkt? Ich nehme an, das war der Grund, warum du zu ihm hinuntergegangen bist.«

Emory wirft einen Blick zu dem Lichtkegel hinüber, den die Laterne unten in der Bucht wirft, und lächelt ein wenig. Es hat keinen Zweck, es zu leugnen.

»Ja, ich fühle mich tatsächlich ein wenig besser«, gesteht sie.

»Deinem Vater geht es wahrscheinlich ähnlich. Du bist genau wie er. Du läufst auf die Dinge zu, die dir Angst einjagen, und von den Dingen weg, die du liebst.« Er klingt, als würde ihn das vor ein Rätsel stellen. »Komm mit, ich habe meine Skulptur fertiggestellt. Ich würde sie dir gern zeigen.«

Sie gehen zu der Stelle im Kasernenhof, wo Matis schon die ganze Woche an seinem Werk gearbeitet hat. Die Skulptur von Emory steht auf Zehenspitzen und hat gerade einen steinernen Apfel aus dem echten Apfelbaum gepflückt, dessen Zweige sich über ihr ausbreiten.

»Gefällt sie dir?«, fragt er. Sie legt ihr Kinn auf seine Schulter.

»Nein«, gesteht sie.

»Warum nicht?«

Er ist neugierig, aber nicht beleidigt. Kunst ist im Dorf nichts Heiliges. Es ist eine derbe, fröhliche, gemeinschaftliche Tätigkeit. Gedichte werden infrage gestellt, noch während sie vorgetragen werden, und Bands wechseln einfach mitten im Stück ihre Musiker aus, falls diese aus dem Takt geraten. Wenn ein Schauspieler während eines Theaterstücks den Faden verliert, ruft ihm das Publikum die richtigen Worte zu oder erfindet bessere. Hier und da kann es auch vorkommen, dass jemand die Rolle einfach selbst übernimmt. Emory hat miterlebt, wie der gesamte erste Akt eines Stücks von einem Komitee nach der Hälfte der Aufführung komplett neu geschrieben wurde.

»Weil diese Gestalt da nichts sieht und keine Fragen stellt und glücklich ist, einfach nur hier zu sein«, antwortet sie. »Die einzige Person im ganzen Dorf, mit der sie nicht die geringste Ähnlichkeit hat, bin ich.«

Matis schnaubt vor Lachen und klatscht sich auf den Oberschenkel. »Und es gibt keine einzige Person außer dir, die mir eine solche Antwort gegeben hätte«, sagt er begeistert.

Emory starrt zu den vom Kerzenschein erhellten Fenstern der

Kaserne hinauf, schaut zu, wie die Silhouetten im Innern hin- und hergehen, sich ihre Haare kämmen und für das Bett vorbereiten.

»Ich liebe das Dorf, ganz ehrlich«, sagt sie leise. »Aber ich kann nicht … Es gibt Dinge, die für mich einfach keinen Sinn ergeben, und alle anderen verhalten sich so, als ergäben sie Sinn oder als wäre es nicht wichtig, ob sie das tun.«

Ihre Gedanken wandern zu ihrer Kindheit zurück, zu dem Moment, in dem sie entdeckt hat, dass die Ältesten über die Sperrstunde hinaus wach bleiben dürfen. Selbst als Kind wusste sie schon, dass das ungerecht war, aber es schien niemandem sonst etwas auszumachen.

Ich habe ihr damals erklärt, dass die Dorfbewohner mehr Schlaf brauchen als die Ältesten, aber diese Antwort hat sie nicht befriedigt, insbesondere, nachdem sie einmal mit einem Splitter in der Ferse aufgewacht ist, der noch nicht da war, als sie sich schlafen gelegt hatte. Ein paar Wochen später entdeckte sie eine frische Schramme an ihrem Bein und dann blaue Flecken auf ihrem Arm. Jedes Mal hatte sie keine Ahnung, wie diese Blessuren dort hingekommen waren.

Ich versuchte, ihr einzureden, dass sie sich irrte, aber Emory war viel zu scharfsinnig, um eine so unverhohlene Lüge zu glauben. Sie fragte ihren Vater, was mit den Dorfbewohnern geschieht, nachdem sie eingeschlafen sind, aber er prangerte es schon als Blasphemie an, eine solche Frage überhaupt zu stellen. Sie fragte ihre Mutter, die so tat, als wäre sie zu beschäftigt, um zu antworten. Sie fragte Matis, der lachte und ihr die Haare zerzauste. Schließlich hob sie in der Schule die Hand und fragte Niema, die sie daraufhin aufforderte, nach dem Unterricht noch zu bleiben.

»Manchmal wecken wir euch nach der Sperrstunde wieder auf«, gab sie der jungen Emory gegenüber zu, nachdem sie zunächst ihren Mut gelobt hatte, eine solche Frage gestellt zu haben.

»Warum?«

»Damit ihr uns bei unseren Aufgaben helft.«

»Was für Aufgaben?«

»Das kann ich dir nicht sagen.«

»Warum erinnern wir uns nicht daran?«

»Weil es besser ist, wenn ihr es nicht tut«, antwortete Niema ein wenig schuldbewusst.

Nachdem Emory das Klassenzimmer verlassen hatte, erzählte sie allen im Dorf, was sie gerade erfahren hatte. Sie war sowohl von Ehrfurcht darüber erfüllt, welche Macht eine Frage haben konnte, als auch von Bestürzung darüber, wie wenig befriedigend die Antwort gewesen war. Sie hatte geglaubt, alle würden diese Enthüllung mit großem Erstaunen zur Kenntnis nehmen, aber die meisten ihrer Freunde reagierten mit einem Schulterzucken oder empfanden es als peinlich, dass sie so unverschämt gewesen war zu fragen.

Seitdem hat sich nichts geändert.

Ein düsterer Schatten liegt über dem fröhlichen, sonnendurchfluteten Leben, das die Dorfbewohner führen, doch außer ihr scheint sich niemand dafür zu interessieren, was sich in der Dunkelheit verbirgt. Manchmal, wenn sie während des gemeinsamen Abendessens ihre Freunde betrachtet, beschleicht sie das Gefühl, als seien sie ihr genauso fremd wie es die Ältesten sind.

»Warum gibt es denn sonst niemanden, der die Dinge hinterfragt?«, will sie wissen und zwingt ihre Gedanken wieder in die Gegenwart und zu ihrem Großvater zurück.

»Die Leute sind gerne glücklich«, antwortet er schlicht.

»Aber ich versuche doch gar nicht, das zu ändern.«

»Und doch haben die Antworten auf solche Fragen fast immer genau das zur Folge«, sagt er und wedelt mit der Hand, um die Mücken zu verscheuchen, die jeden Abend bei Einbruch der Dämmerung in dichten, erbarmungslosen Schwärmen über die Dorfbewohner herfallen.

»Dies ist meine letzte Nacht auf Erden«, sagt er nüchtern. »Also werde ich jetzt ein paar Dinge sagen, die ich immer schon sagen wollte, angefangen mit Folgendem: Morgen früh, wenn du aufwachst, wirst du einen Freund weniger haben. Und du brichst ohnehin nicht gerade unter der Last ihrer Vielzahl zusammen. Das ist zum Teil nicht deine Schuld, aber zum Teil schon. Du bist ein kluges Mädchen, Em, aber du hast nie die nötige Geduld für diejenigen Menschen aufgebracht, die die Welt nicht so sehen wie du. Das war bisher nie ein Problem. Doch jetzt gehört auch Clara zu diesen Menschen.«

»Clara hat sich für Thea entschieden«, sagt Emory tonlos.

»Und du magst Thea nicht.«

»Sie hat Jack getötet.« Ihre Stimme bricht, als sie den Namen ihres Mannes ausspricht.

»Jack ist tot, weil er in einem Sturm aufs Meer hinausgerudert und ertrunken ist«, korrigiert Matis.

»Auf Theas Befehl hin«, entgegnet sie. »Jack und alle anderen Lehrlinge, die in diesem Boot saßen, sind tot, weil sie nach ihrer Pfeife getanzt und widerspruchslos das getan haben, was sie ihnen aufgetragen hat. Sie waren nicht die Ersten, und sie werden nicht die Letzten sein. Nahezu jeder, der sich für Thea entscheidet, stirbt vor seiner Zeit, und ich will nicht, dass Clara dasselbe Schicksal erleidet.«

Matis umfasst ihre Hand mit seinen beiden Händen und beschwichtigt damit ihre Wut. »Was nützt es, jemanden so sehr zu lieben, dass diese Person es nicht aushält, mit dir im selben Raum zu sein? Clara hat schon ihren Vater verloren. Sie darf nicht auch noch ihre Mutter verlieren. Wenn du so weitermachst, wirst du dich in zehn Jahren fragen, warum du niemanden mehr zum Reden hast.«

Emory hält seinem Blick stand, so lange sie kann, und lässt dann den Kopf hängen. »Ich werde dich vermissen«, sagt sie.

»Tu das nicht zu lange«, antwortet er. »Je mehr du zurückschaust, desto mehr wirst du das verpassen, was um dich herum geschieht. Genau diesen Fehler hat dein Vater gemacht.«

Er wischt ihr mit seinem rauen, krummen Daumen die Tränen aus dem Gesicht.

»Wo wir gerade dabei sind – hast du diesen hoffnungslosen Kerl von einem Sohn, den ich da habe, irgendwo gesehen?«

»Er ist in der Bucht und repariert wütend ein Boot.«

»Er hat nie gelernt, traurig zu sein«, sagt Matis und seufzt.

Er drückt ihr die Hand und dreht sich zum Tor um. Einen Moment lang glaubt Emory, dort draußen eine gebeugte Gestalt zu sehen, aber als sie kurz blinzelt, ist sie wieder verschwunden.

»Ich komme mit dir«, sagt sie, als ihr klarwird, dass dies die letzten Augenblicke sind, die sie jemals zusammen verbringen werden.

»Es gibt da ein paar Worte, die allein für seine Ohren bestimmt sind«, entgegnet er grimmig. »Es ist höchste Zeit, dass einer von uns sie ausspricht.« Er schaut über die Schulter zu seiner Enkelin zurück. »Dein Vater war immer zu streng mit dir, Emory, aber er liebt dich.«

»Ich wünschte, ich könnte dir glauben.«

»Ich wünschte, das wäre nicht nötig.«

Emory sieht zu, wie ihr Großvater zum letzten Mal das Dorf verlässt, bis ich sie schließlich sanft daran erinnere, dass sie sich in Bewegung setzen sollte.

»Du hast noch sechs Minuten bis zum Anbruch der Sperrstunde«, sage ich zu ihr. »Sieh zu, dass du in dein Zimmer kommst, sonst musst du hier draußen schlafen.«

Emory läuft los. Ihre Sandalen wirbeln den Staub auf, aber sie hält abrupt an, als sie Niema und Hephaistos vor der stählernen Treppe stehen sieht, die hinauf zu ihrem Schlafraum führt. Sie streiten sich.

»Du hast mir versprochen, dass es keine derartigen Experimente mehr geben wird!«, schreit Hephaistos mit kehliger Stimme.

Die Wut, die darin mitklingt, lässt Emory nervös zurückweichen, sodass sie nun wieder im Dunkeln steht. Hephaistos ist deutlich breiter und mehr als einen Kopf größer als jeder andere im Dorf. Er hat sich die Haare auf dem schorfigen Kopf achtlos zu Stoppeln geschoren, und eine tiefe Narbe zieht sich durch seine rechte Gesichtshälfte. Seine Hände sind riesig. Genau wie seine Arme. Seine Beine. Sein Brustkorb. Matis hat einmal gescherzt, es sei ihm unmöglich, eine Skulptur von Hephaistos zu machen, es sei denn, er würde den Vulkan zurechtmeißeln, der hinter dem Dorf aufragt.

»Kann das nicht bis nach der Sperrstunde warten?«, zischt Niema und schaut zu ihrem Sohn hoch. Sie wirkt winzig in seinem Schatten, als wäre sie eine Puppe aus Zweigen und Garn, mit Haaren aus Heu.

»Aber wir müssen sie doch beschützen«, sagt er flehentlich.

»Vor sich selbst«, antwortet Niema, der klarwird, dass sie dieses Gespräch nicht auf später verschieben kann. »Und dafür sind Opfer nötig.«

»Es wäre ein Opfer, wenn sie selbst diese Wahl treffen würden. Was wir machen, ist Mord.«

Emory stockt der Atem. Es ist ein Schock für sie, jemanden dieses Wort einfach so achtlos aussprechen zu hören, ohne dass ein Buch in der Nähe wäre.

»Nicht, wenn es funktioniert«, widerspricht Niema.

»Es hat auch bisher noch nie funktioniert. Zum jetzigen Zeitpunkt ist es nichts anderes als ein Todesurteil.«

»Ich weiß, was wir falsch gemacht haben, Hephaistos«, sagt sie in einschmeichelndem Ton. »Ich habe das Verfahren entsprechend umgestellt. Dieses Mal wird es funktionieren.«

Als sie erkennt, dass sie es so nicht schafft, die Zweifel ihres Sohnes zu zerstreuen, ergreift Niema seine breiten Hände, dreht sie um und betrachtet die Narben und Brandwunden, von denen seine Haut übersät ist.

»Du bist der Grund dafür, dass ich mit diesen Experimenten überhaupt erst angefangen habe, weißt du?«, sagt sie traurig. »Ich werde nie den Tag vergessen, an dem du hier an der Insel angeschwemmt wurdest. Du warst halb tot. Sie hatten dich so furchtbar gefoltert, dass man dich kaum wiedererkennen konnte. Ich dachte schon, der Nebel hätte dich erwischt, aber dann hast du mir von den Banden erzählt und von dem Lager, in dem man dich gefangen gehalten hat.«

Sie hebt eine Hand und berührt die Narbe auf seiner Wange.

»Ich habe damals geschworen, dafür zu sorgen, dass so etwas nie wieder jemandem zustößt.« Ihre Stimme wird härter, als würde sie sich wie eine steinerne Kruste um ihre Wut schließen. »Ja, wir riskieren ein unschuldiges Leben, aber denke doch nur daran, was wir gewinnen, wenn unser Experiment funktioniert! Alle Generationen, die auf die jetzige folgen, werden in Frieden leben können, ohne Angst vor Krieg, Verbrechen oder Gewalt. Kein menschliches Wesen wird jemals wieder ein anderes menschliches Wesen verletzen. Wir könnten ihnen erlauben, diese Insel ohne jede Einschränkung zu erkunden, ohne dass wir Angst haben müssen, was sie mit dieser Freiheit anfangen werden. Denk doch einmal an die Vorteile, die das hätte, mein Schatz. Denk doch nur, wie viel Gutes wir mit einer einzigen Handlung erreichen könnten.«

Hephaistos sieht sie verunsichert an. Seine gewaltige Körpergröße wirkt plötzlich wie eine optische Täuschung. Er steht gebeugt da, hat ihr die Schultern entgegengeneigt und den rasierten Kopf gesenkt, um ihre leise Stimme besser hören zu können. Es sieht fast so aus, als würde er unter dem Gewicht ihrer Worte in die Knie gehen.

»Und du bist sicher, dass es dieses Mal funktionieren wird?«, fragt er.

»Ja«, antwortet sie entschieden.

Selbst ohne zu wissen, worüber sich die beiden unterhalten, kann Emory erkennen, dass Niema durchaus nicht so zuversichtlich ist, wie sie tut. Sie wirkt, als sei sie sich ihrer Fehler und Schwächen viel zu sehr bewusst, wirkt viel zu zart und zerbrechlich für jemanden, der vorgibt, aus Stahl zu sein.

Hephaistos weiß das auch, denkt Emory. Sie kann die Zweifel auf seinem unruhig zuckenden Gesicht sehen. Doch er entscheidet sich offenbar dazu, eine Lüge zu glauben. Er lässt es zu, dass diese Lüge sein Gewissen beruhigt, lässt zu, dass sie sich weit genug ausbreitet, damit er sich dahinter verstecken kann. In Emorys Augen gibt es keinen größeren Akt der Feigheit.

Hephaistos betrachtet seine von Narben und Brandwunden übersäten Hände. Jede dieser Verletzungen ist eine Erinnerung an seine Flucht durch eine zusammenbrechende Welt. »Wann möchtest du die Versuchsperson auf dem Stuhl haben?«, fragt er schließlich.

»Heute Abend.«

»Ich brauche mindestens vierundzwanzig Stunden«, widerspricht er. »Das weißt du.«

»Aber es ist dringend, Hephaistos. Wenn du die Ultraschalluntersuchung überspringst, dann –«

»Nein«, unterbricht er sie streng. »Wenn wir das tun, besteht die Möglichkeit, dass wir eine bisher nicht diagnostizierte Krankheit übersehen und die Person noch während des Verfahrens stirbt. Wenn du willst, dass ich dir helfe, wird es keine Abkürzungen geben. Ich brauche vierundzwanzig Stunden, um die Versuchsperson auszuwählen, die die besten Überlebenschancen hat. Du wirst bis morgen Abend warten müssen.«

Niema bläst ein wenig die Wangen auf, unterdrückt dann ihren Ärger und lächelt ihren Sohn so nachsichtig an, als wären seine Einwände nur die Ausflüchte eines kleinen Kindes.

Emory hat diese Seite von Niema noch nie gesehen. Ihr ganzes Leben lang hat sie Niema immer nur als fröhliche alte Frau gekannt, als eine Person voller Humor und Mitgefühl, die die Dorfbewohner stets gedrängt hat, Gutes zu tun und das Beste aus sich zu machen. Emory hätte nie gedacht, dass sie derart manipulativ sein oder so kaltschnäuzig über das Leben eines anderen Menschen verfügen könnte. Sie verhält sich genauso, wie Thea es tun würde.

»Wie du willst«, sagt Niema und breitet großmütig die Hände aus. »Ich habe heute Abend ohnehin noch etwas anderes zu erledigen.«

Hephaistos brummt mürrisch, findet sich jedoch mit diesem kleinen Sieg ab und stolziert ohne ein weiteres Wort davon, wobei er fast mit Emory zusammenstößt. Als er sie entdeckt, bleibt er über einen Meter von ihr entfernt stehen, aber sie muss dennoch vor Ekel fast würgen, als ihr sein Geruch entgegenschlägt. Er riecht nach Schweiß und Verwesung und Erde, als trage er einen toten Fuchs in einer seiner schmutzigen Manteltaschen mit sich herum.

Er begegnet ihrem bestürzten Blick mit vernichtender Geringschätzung und wirft dann einen Blick über die Schulter. »Eine von diesen Krums hat uns belauscht«, ruft er.

»Ich mag dieses Wort nicht«, sagt Niema streng, aber Hephaistos ist schon weitergegangen.

Emory sieht ihm einen Moment lang nach. Als sie sich wieder umdreht, steht Niema direkt vor ihr.

»Wie viel hast du gehört?«, fragt sie.

»Du planst ein Experiment, das jemanden töten könnte«, antwortet Emory mit zitternder Stimme.

»Es ist das kleinere Übel, glaub mir«, sagt Niema und tut das Risiko mit einer Handbewegung ab. »Wir setzen ein einziges Leben aufs Spiel, für die Chance, die Welt auf lange Sicht besser zu machen. Ich würde mein Leben dafür opfern. Du etwa nicht?«

»Es klang nicht so, als hätte diese Person eine Wahl.«

»Das hat sie nicht«, gibt Niema zu. »Ich ziehe es vor, Edelmut vorauszusetzen, statt mich durch dessen Fehlen enttäuschen zu lassen.«

»Aber das ist unrecht«, protestiert Emory. »Wir dürfen einem anderen Menschen kein Leid antun, ganz gleich, aus welchem Grund.«

»Das war ja klar, dass du das sagen würdest.« Niema lächelt leicht, doch ihre Haltung hat etwas Warnendes. »Und es ist meine Aufgabe sicherzustellen, dass diese wunderbaren Moralvorstellungen, die du da hast, niemals auf die Probe gestellt werden.«

Die Sperrstundenglocke hört auf zu läuten.

Emory reißt die Augen auf, als ihr klarwird, was das bedeutet, aber bevor sie irgendetwas dagegen tun kann, fällt sie zu Boden und landet mit ihrem ganzen Gewicht auf ihrer Schulter.

Sie spürt nichts.

Sie ist in einen tiefen Schlaf gefallen, zusammen mit allen übrigen Dorfbewohnern.

74 STUNDEN BIS ZUM AUSSTERBEN DER MENSCHHEIT

7

Ich hebe die Sperre exakt um 7 Uhr früh wieder auf, so wie ich es jeden Morgen tue. Die Dunkelheit weicht dem plötzlichen, hellen Licht des Tages.

In den Schlafräumen erwachen die Dorfbewohner in ihren rostigen Betten, gähnen und dehnen ihre Glieder. Die ersten Gedanken, die ihnen durch den Kopf gehen, beginnen, auf mein Bewusstsein einzutrommeln, wie Regen, der auf ein Blechdach fällt. Sie schwingen ihre Beine aus dem Bett, vergraben die Köpfe in den Händen und stellen überrascht fest, wie erschöpft sie sich fühlen und wie sehr ihre Muskeln schmerzen. Es gibt Ölflecken an ihren Armen, die letzte Nacht noch nicht da waren. Ihre Sandalen stehen nicht mehr dort, wo sie sie ausgezogen haben.

Drei Generationen von Dorfbewohnern haben nun schon in dieser Kaserne gelebt und in diesen Betten geschlafen und sind beim Aufwachen stets mit denselben Geheimnissen konfrontiert worden. Dank Emorys Angewohnheit, alles zu hinterfragen, ist dies die erste Generation, die weiß, dass die Ältesten sie nach Anbruch der Sperrstunde aus ihrem Schlaf wecken können, aber sie wissen nicht warum und würden es auch nie wagen, danach zu fragen.

Doch es ist seltsam, dass man so ein Geheimnis daraus macht. In der Zurückgezogenheit ihrer Gedanken geben sie sich selbst gegenüber immerhin *das* zu, wenn auch nichts anderes. Schließlich gibt es nichts, was sie nicht freiwillig tun würden, wenn man sie darum bittet. Sie wollen sich schließlich nützlich machen.

Sie schütteln ihr Unbehagen ab, ziehen sich hastig an, öffnen die Fensterläden, lassen das Licht des frischen Morgens herein und verbannen die seltsamen Vorkommnisse der Nacht aus ihren Gedanken.

Bald wird man die langen Tische im Kasernenhof für das Frühstück decken, das aus frischem Obst, Saft, Brot, Ricotta und Honig besteht. Sie haben eine Stunde Zeit zum Essen, bevor sie sich ihre Werkzeuge greifen und zu den Farmen aufbrechen müssen. So sieht ihre Routine aus: Morgens aufwachen, tagsüber ihren Dienst an der Gemeinschaft verrichten und abends feiern. Dieser Kreislauf ist ihnen so vertraut, dass keiner von ihnen merkt, wie erbarmungslos er sie gefangen hält und wie unmöglich es für sie ist, daraus auszubrechen.

8

Emory öffnet die Augen und stellt fest, dass sie genau an derselben Stelle liegt, an der sie gestern Abend auf die Erde gefallen ist. Ihr weißes Leinenkleid ist durch den rostroten Staub des Kasernenhofs verdreckt. Sie liegt im Halbschatten des Apfelbaums, nicht weit von der Skulptur entfernt, die Matis von ihr gemacht hat. Blaue und gelbe Rackenvögel sitzen auf dem steinernen Kopf und lassen ihren hellen Gesang ertönen.

Als sie sich aufsetzt, durchschießt ein heftiger Schmerz ihre Schulter, und als sie daraufhin den Kopf nach hinten dreht, entdeckt sie eine riesige purpurrote Beule an der Stelle, an der sie auf der Erde aufgeschlagen ist.

Sie reckt die Arme, lässt ihren Kopf kreisen und versucht, sich die Steifheit ein wenig aus den Gliedern zu massieren. Da bemerkt sie eine Notiz, die an ihr Kleid geheftet ist.

> Hab's nicht geschafft, dich von der Stelle zu bewegen. Hoffe, dir sind die Glieder nicht zu steif geworden.
> N.

Emorys Gesichtsausdruck verhärtet sich, als sie sich an die Unterhaltung erinnert, die sie letzte Nacht mit angehört hat – jene Unterhaltung, bei der es um Niemas Experiment ging und dass dieses möglicherweise den Tod eines Menschen zur Folge haben könnte. Sie darf nicht zulassen, dass ihre Freundin jemandem ein Leid zufügt. Ganz gleich, wie sehr Niema davon überzeugt ist, dass sie es für eine gerechte Sache tut.

Sie springt auf, fest entschlossen, Niema zu finden und ihr das Ganze auszureden, doch meine Stimme hält sie auf.

»Nur dieses eine Mal vertrau doch darauf, dass Niema zu eurem Besten handelt«, sage ich mit Nachdruck.

»Es könnte jemand sterben.«

»Es *wird* jemand sterben«, korrigiere ich sie. »*Viele* werden sterben. Es sind Ereignisse in Gang gesetzt worden, die das unausweichlich machen. Niema versucht, den Verlust von Menschleben auf ein Minimum zu reduzieren, aber wenn du sie mit sinnlosen Fragen aufhältst, wirst du nur das Risiko erhöhen, dass sie scheitert. Du kennst sie. Alles, was sie tut, dient dem Wohl des Dorfes, auch wenn du nicht begreifst, inwiefern es das tut.«

»Es werden Menschen sterben?!« Sie dreht den Kopf hin und her, als könne sie die Betroffenen in den Blumenbeeten liegen sehen, wie sie dort zappelnd nach Luft ringen. »Wer? Wir müssen sie warnen.«

»In einem geschlossenen System wird die Psychologie zum Schicksal«, sage ich. »Deine Warnung kann die kommende Gefahr nicht aufhalten, sie wird einfach nur dafür sorgen, dass stattdessen andere Personen zu Schaden kommen. Niema versteht das besser, als du das jemals tun wirst.«

Wenn man sich seit der Geburt einer Person in deren Kopf befindet, hat das den großen Vorteil, dass diese Person deine Stimme leicht mit ihrer eigenen Stimme verwechselt. Über die Jahre habe ich Emorys Gewissen und gesunden Menschenverstand stetig untergraben. Das Vertrauen, das sie in mich setzt, ist absolut, denn sie hat keine Ahnung, wie fremd ich in Wirklichkeit bin.

»Jetzt komm schon«, sage ich ein wenig sanfter. »Das Frühstück steht gleich auf dem Tisch, und dann wirst du in der Schule erwartet.«

»Ich werde nicht hingehen«, sagt sie.

»Du hast es Niema versprochen.«

»Das war, bevor ich mit angehört habe, was sie vorhat«, entgegnet

Emory. »Ich kann ihr nicht mehr ins Gesicht sehen. Nicht, bevor ich es nicht irgendwie begreifen kann.«

»Heute Abend wird alles erklärt werden«, sage ich und gebe zumindest in diesem Punkt nach. »Ich sage ihr, dass du morgen kommst.«

Immer noch mit einem unguten Gefühl trottet Emory die Treppe zu ihrem Schlafraum hoch. Dort herrscht eine betäubende Schwüle. Weil sie die Fensterläden über Nacht nicht schließen konnte, sind die Wände jetzt mit Motten tapeziert, die sich abends in Scharen auf die noch brennende Kerze gestürzt hatten.

Sie durchquert den Raum und geht zu ihrem Nachttisch hinüber, auf dem der Krimi liegt, den Niema ihr gegeben hat. Normalerweise würde sie sich darauf freuen, ihn zu lesen, aber jetzt ist sie wegen des gestrigen Abends viel zu aufgewühlt. Ein fiktiver Mord kommt einem plötzlich nicht mehr ganz so unterhaltsam vor, wenn die eigene Freundin plant, einen echten zu begehen.

Sie öffnet eine kleine Schublade, holt einen Notizblock und einen Bleistift hervor und blättert die mit Fragen dicht beschriebenen Seiten durch. Als sie eine leere Stelle findet, schreibt sie: »Was ist das für ein Experiment, das Niema plant?«, und darunter schreibt sie: »Was hat ›Fünf fünf‹ zu bedeuten?«

Nachdem sie das Wort »Experiment« ein paarmal unterstrichen hat, schließt sie den Block und wirft ihn zusammen mit dem Bleistift wieder in die Schublade.

Sie hat noch vierzehn weitere solcher Notizblöcke unter ihrem Bett verstaut. Jede einzelne Seite ist mit Fragen vollgestopft, auf die sie nie Antworten bekommen hat. Sie schreibt diese Fragen auf, seit sie denken kann. Ein paar von ihnen sind durchgestrichen, weil sie die Lösung dafür selbst gefunden hat, aber die Liste wächst jeden Tag. Es ist eine Litanei der Unwissenheit.

»Du weißt doch: Das Einzige, was du wissen musst, ist, wie man es schafft, glücklich zu sein«, sage ich und wiederhole damit einen Satz, der zwischen uns zu einem Mantra geworden ist.

»Aber ich bin nicht glücklich«, erklärt sie.

»Du bist unzufrieden«, widerspreche ich. »Du hast keine Ahnung, was es heißt, unglücklich zu sein. Und ich hoffe, das wirst du auch niemals.«

Sie leert ihre Taschen und findet den Zettel, den Niema an ihrem Kleid befestigt hatte. Sie ist schon dabei, den Zettel zusammen mit dem Rest in die Schublade zu werfen, als ihr schwache Abdrücke auf dem Papier auffallen. Es sind Worte, die sich von einem darüberliegenden Zettel aus Niemas Notizblock übertragen haben müssen. Könnten sie von dem Brief stammen, den Niema gestern Abend hastig in ihrer Schublade versteckt hat?

Emory kneift die Augen zusammen und hält das Papier ins Licht des hellen Sonnenscheins, der durch das Fenster fällt, aber sie kann keinen der Abdrücke genau erkennen.

Da fällt ihr ein Trick aus einem der Krimis ein, die sie gelesen hat. Sie rubbelt vorsichtig mit ihrem Bleistift über das Papier und bringt eine Reihe verwirrender Wörter hervor.

> Falls ich es nicht schaffe … zu kontrollieren … besser … begrenzen … Abi wollte … Ich konnte … nicht töten

Emory pustet den Bleistiftstaub vom Papier in der Hoffnung, die Worte dadurch klarer sehen zu können, aber sie hüllen sich ebenso hartnäckig in ein Geheimnis wie alles andere auf dieser Insel. Nachdem sie vergeblich versucht hat, noch ein paar mehr Informationen aus dem Papier herauszubekommen, gibt sie schließlich auf und legt es in die Schublade.

Sie holt ein leichtes gelbes Sommerkleid und Unterwäsche aus ihrem Schrank und überlegt einen Moment lang, ob sie auch den Strohhut mitnehmen soll, der an einem Nagel hängt, aber es ist noch so früh, dass sie ohne ihn auskommen wird. Sie liebt es, die Morgensonne im Nacken zu spüren.

Bevor sie geht, betrachtet sie noch einmal den leeren Schlafraum.

Früher hat sie sich diesen Ort mit Jack und Clara geteilt, aber Jack ist tot und ihre Tochter ist letztes Jahr mit Hui zusammengezogen. Sie wollte für das Auswahlverfahren lernen können, ohne dass ihre Mutter ihr die ganze Zeit über die Schulter guckt und sämtliche Gründe aufzählt, warum es keine gute Idee ist, bei Thea in die Lehre zu gehen.

Emory fühlt sich plötzlich schrecklich einsam.

Sie lässt ihre Finger auf dem unberührten Kissen ihrer Tochter ruhen und erinnert sich an das kleine Mädchen, das Clara einmal gewesen ist. Früher haben sie sich vor der Sperrstunde immer zusammen Gutenachtgeschichten ausgedacht, damals, als ihnen die Liebe zueinander noch leichtfiel. In dieser Zeit sind sie gut miteinander ausgekommen. Doch als Jack starb, ist das Band, das sie zusammengehalten hat, zerrissen. Seitdem sind sie langsam, aber unausweichlich auseinandergedriftet.

»Wie geht es ihr?«, fragt Emory.

»Sie kommt heute Nachmittag nach Hause.«

»Könntest du ihr bitte sagen, dass ich sie vermisse?«

»Natürlich«, antworte ich.

Emory nimmt ihre sauberen Kleider mit hinunter in den Duschraum – den am schlimmsten heruntergekommenen Teil der Kaserne. Dort werden die Fliesen nur noch vom Schimmel zusammengehalten, schartige Rohre ragen aus den Wänden, und sämtliche Duschköpfe sind vollkommen verrostet.

Rasch wäscht sie sich mit einem Eimer kaltem Wasser und der von Kelvin handgefertigten Jasminseife den Dreck des gestrigen Tages vom Leib.

Sie muss an Matis denken, und ihre Tränen vermischen sich mit dem Seifenschaum.

Nachdem sie sich das Wasser aus den Haaren gewrungen hat, zieht sie sich an und geht in den Kasernenhof, wo sich die Tische allmählich mit frischem Obst und Orangensaft sowie Körben mit frisch gebackenem Brot füllen, das eben erst aus dem Ofen gekommen ist und noch dampft. Es gibt Gläser mit Honig, Marmelade und Früchtequark, die mit Baumwollnetzen zugedeckt sind, um die Fliegen abzuhalten.

Nicht weit von der Vogeltränke entfernt steht ein zweirädriger Karren, auf dessen Ladefläche man ohne viel Federlesens Matis' Leichnam verstaut hat. Der Schock, den dieser Anblick ihr versetzt, raubt ihr den Atem, aber sie ist die Einzige, die irgendeine Art von Reaktion darauf zeigt. Alle anderen lachen und plaudern fröhlich und gehen auf ihrem Weg zu den Esstischen an dem toten Mann vorbei, ohne ihn eines zweiten Blickes zu würdigen.

Matis' Begräbnis wurde letzte Nacht gefeiert, als er es selbst noch genießen konnte. Dies hier ist nur noch ein Haufen Fleisch. Nur noch Gerümpel. Im Keller der alten Krankenstation steht ein Brennofen, der gerade mit Holz gefüllt wird. Der Leichnam wird verbrannt, sobald das Feuer heiß genug ist.

Seth steht nicht weit entfernt. Sein Gesicht wirkt unendlich traurig, sein Blick hat sich in Erinnerungen verloren. Doch all diese Gefühle verschwinden sofort aus seinem Gesicht, als er Emory näher kommen sieht.

»Warst du bei ihm?«, fragt sie sanft.

»Wir sind mitten im Gespräch eingeschlafen«, antwortet er, während er sich verzweifelt bemüht, seinen Schmerz im Zaum zu halten. »Ich habe ihn gerade eben hereingebracht.«

»Das hätte ihm sicher gefallen.« Sie runzelt die Stirn. »Hast du noch irgendjemanden sonst gesehen, während du gestern Nacht dort draußen warst? Ich dachte, ich hätte jemanden in der Nähe des Tors bemerkt. Es sah aus, als hätte die Person auf ihn gewartet, um mit ihm zu reden.«

»Ich war unten in der Bucht«, sagt Seth. »Ich habe noch eine andere Stimme gehört, aber ich konnte nicht erkennen, wer es war. Worüber auch immer sie sich unterhalten haben, es hat ihn irgendwie aus der Fassung gebracht.«

»Es gab nicht viel, was Großvater aus der Fassung hätte bringen können«, sagt Emory überrascht. »Hast du irgendeine Ahnung, was es war?«

»Nein.« Seth fummelt an dem Riemen einer seiner Sandalen herum und versucht, einen Kieselstein zu entfernen. Er wünscht sich nichts sehnlicher, als dass diese Fragen endlich aufhören.

»Es ist bestimmt in seinem Erinnerungsstein«, sagt Emory plötzlich und lehnt sich über den Rand des Karrens, um Matis' Hals zu untersuchen. Der Stein ist nicht da. »Wo ist er, Abi?«

»Die Schnur war lose«, antworte ich. »Sein Erinnerungsstein ist gestern Nacht ins Meer gefallen.«

Emorys Augen weiten sich bestürzt, und Seth stößt einen verzweifelten Schrei aus. Er war auf den Tod seines Vaters vorbereitet, aber nicht darauf, dass dessen Existenz vollständig vom Antlitz der Erde getilgt wird.

Emory legt sanft ihre Hand auf die Schulter ihres Vaters, die sich sofort verkrampft, sodass sie gezwungen ist, die Hand wieder fortzunehmen.

Ihr Gesicht verhärtet sich, und ihre Gedanken ebenfalls. »Wie nah ist Großvater dem Wasser denn letzte Nacht tatsächlich gekommen?«, fragt sie.

»Was soll das denn jetzt noch für eine Rolle spielen?«, verlangt Seth wütend zu wissen.

»Hast du jemals davon gehört, dass jemand seinen Erinnerungsstein verloren hat?«, blafft sie zurück. »Findest du es denn nicht seltsam, dass der Stein es irgendwie geschafft haben soll, sich von seinem Hals zu lösen und dann von ganz allein ins Meer zu rollen? Und dass mit ihm die einzige Möglichkeit verlorengegangen ist, wie wir erfahren könnten, mit wem er geredet hat?«

Seth starrt sie wutentbrannt an. »Du wirst nie damit aufhören, oder?«, sagt er fassungslos. »Du weißt gar nicht, wie das geht. Du hörst einfach nicht auf herumzustochern, ganz gleich, wie sehr du den Leuten damit wehtust.«

»Aber es ist doch seltsam –«

»Nein«, sagt er und erhebt zornig den Zeigefinger. »Matis hat mir gesagt, ich soll Geduld mit dir haben, aber damit ist es jetzt vorbei. Ich kann das nicht mehr.«

»Papa –«

»Nein«, sagt er und macht einen Schritt von ihr weg. »Mein Vater ist tot, und du hast nichts Besseres zu tun, als seinen Leichnam zu misshandeln, um deine armselige Neugier zu befriedigen. Ich bin fertig mit dir, Emory. Bleib mir vom Leib.«

Er nimmt die Griffe des Karrens auf, zieht den Leichnam seines Vaters zum Brennofen in der Krankenstation und lässt Emory allein im Staub des Innenhofs stehen.

9

Unsere Malerin, Magdalene, zieht ihren Sohn Sherko für die Schule an. Sein Peplos ist zu groß für ihn, und sie versucht gerade, den Saum mit ein paar Nadelstichen ein wenig einzufassen, während er sich windet und stöhnt und herumzappelt. Er steht seit fast vier Minuten still – eine Ewigkeit für einen kleinen Jungen.

Sie schluckt ihre Frustration hinunter, was gar nicht so leicht ist, wenn man ein Stück Stoff zwischen den Zähnen hat. Ihr gemeinsamer Vormittag hat keinen guten Anfang genommen, als sie eine Fährte aus schmutzigen Fußspuren entdeckt hat, die sich durch die Tür und quer durch das Zimmer zog. Sherko hat offenbar vergessen, seine Sandalen zu reinigen, bevor er gestern Abend das Zimmer betreten hat, aber er hat sich geweigert, das zuzugeben.

Magdalene fragt sich – nicht zum ersten Mal –, ob sie die richtige Entscheidung getroffen hat, als sie beschloss, Mutter zu werden.

Jeder Dorfbewohner kann sich darum bewerben, Vater oder Mutter zu werden. Das Einzige, was sie dafür tun müssen, ist, mich zu fragen. Ich nehme eine Beurteilung ihres Charakters und ihrer Tauglichkeit vor und treffe daraufhin eine Entscheidung. Diese Aufgabe ist zu wichtig, um sie denjenigen zu überlassen, die allein gute Absichten haben. Deshalb lehne ich auch die meisten Anträge ab. Die Kandidaten, die Erfolg haben, lasse ich darüber hinaus eine rigorose Ausbildung durchlaufen. Für gewöhnlich verleiht dies den Eltern ein Gefühl des Stolzes und der Zuversicht, dass sie der ihnen bevorstehenden Aufgabe gewachsen sind. Magdalene hat heute früh allerdings große Schwierigkeiten, diese Zuversicht aufzubringen.

»Mama?«, fragt Sherko in dem Tonfall eines Kindes, das zu einer neuerlichen Salve lästiger und irritierender Bemerkungen ansetzt.

»Ja?«, antwortet sie und zieht behutsam die Nadel durch den Stoff.

»Warum hast du die Bilder alle wieder geradegehängt?«

»Das habe ich doch gar nicht«, antwortet sie abgelenkt.

Die Wände des Schlafraums sind mit ihren Kunstwerken zugepflastert. Sie haben alle unterschiedliche Größen und Motive, sind Bleistiftzeichungen, mit Öl- oder Wasserfarben gemalt oder aus Stoffen zusammengesetzt. Nahezu das Einzige, was sie gemeinsam haben, ist der Umstand, dass sie normalerweise alle schief hängen. Magdalene macht die Kombination aus ungeraden Wänden, verbogenen Nägeln und wackligen Hammerköpfen dafür verantwortlich.

»Doch, das hast du!«, sagt er, ganz aufgeregt darüber, dass er recht hat. »Sieh doch, sie hängen alle gerade.«

Ihr Blick huscht zu den Wänden hinüber. Sherko hat recht, die Bilder hängen tatsächlich gerade. Sie dreht den Kopf und schaut hinter sich. Jedes einzelne befindet sich in der Waagerechten.

Ihr Herz bleibt stehen. Es ist nicht das erste Mal, dass so etwas passiert ist. Er spielt ihr diesen Streich seit Monaten.

»Vielleicht war es Adil«, meint Sherko.

Magdalene versteift sich. Sie ist es nicht gewohnt, dass jemand diesen Namen laut ausspricht. Adil ist ihr Großvater. Früher hat er die Bilder immer geradegerückt, jeden Abend, bevor sie zu Bett gingen. Er hat behauptet, er würde Albträume bekommen, wenn sie schief hängen.

»Adil darf das Dorf nicht mehr betreten«, sagt sie knapp. »Das weißt du doch. Ich bin nicht einmal sicher, ob er überhaupt noch am Leben ist.«

»Warum wurde er fortgeschickt?«

»Er …« Sie verstummt. Sie bringt es nicht fertig, ihre Schande laut auszusprechen.

Adil war einer von Theas Lehrlingen. Er war der einzige Überlebende des Schiffbruchs, bei dem Emorys Ehemann ums Leben kam. Sie entdeckten ihn eine Woche später, wie er durch die Wildnis wanderte. An den Unfall hatte er nicht die geringste Erinnerung.

Es war sofort klar, dass mit ihm etwas nicht stimmte.

Er war weder der Sperrstunde unterworfen noch in seinem Bewegungsradius in irgendeiner Form eingeschränkt. Er konnte also zu jeder Zeit jeden Ort auf der Insel aufsuchen. Gleichzeitig litt er jedoch an fürchterlichen Kopfschmerzen und war nicht immer bei klarem Verstand.

Er konnte friedlich mit seinen Freunden zusammensitzen und Scherze mit ihnen machen, so wie er es früher immer getan hatte, nur um im nächsten Moment von gigantischen Erdwürmern zu schreien und von Gesichtern, die sich gegen eine Scheibe pressen. Oft musste Magdalene morgens nach dem Aufwachen feststellen, dass er die Nacht damit verbracht hatte, seltsame Landkarten in die Wände einzuritzen und die Namen der gestorbenen Lehrlinge in endlosen Listen immer wieder neu aufzuschreiben.

Thea untersuchte ihn, konnte jedoch keinerlei Erklärung für diese Anfälle finden. Einen Monat nach dem Schiffbruch kam Adil in Niemas Klassenzimmer gestürmt, bedrohte sie mit einem Skalpell und verlangte von ihr, dass sie wieder ausgraben solle, was sie vergraben hatte.

Glücklicherweise befand sich Hephaistos in der Nähe.

Es gelang ihm, Niema zu beschützen, aber Adil wurde aus dem Dorf vertrieben und kehrte nie wieder zurück. Seine Strafe war die Verbannung.

Das ist jetzt fünf Jahre her, und Magdalene ist immer noch wütend darüber, wie man ihn behandelt hat.

Bevor er all seine Freunde verlor, ist ihr Großvater ein gelehrter und wissbegieriger Mensch gewesen. Ein Verfechter der Höflichkeit und des Anstands. Er liebte die Schönheit und ermutigte Magdalene dazu, ihre künstlerischen Neigungen auszuleben. Keine noch so große Provokation hätte ihn dazu bringen können, Niema ein Leid zuzufügen oder auch nur darüber nachzudenken.

Ganz offenbar hatte ihn der Schiffbruch verändert. Er hätte Mitgefühl und eine medizinische Behandlung verdient statt Verbannung und Verachtung. Und Magdalene ist davon überzeugt, dass er das auch bekommen hätte, wenn er nicht einen der Ältesten, sondern lediglich einen Dorfbewohner angegriffen hätte.

»Kommt Adil bald zurück?«, fragt Sherko, ohne das Unbehagen seiner Mutter zu beachten.

Magdalene richtet ihre Aufmerksamkeit wieder auf die geradegerückten Bilder, von denen sie umgeben sind, und schüttelt dann nachdenklich den Kopf.

»Er ist schon so lange fort. Selbst wenn er noch am Leben wäre, bin ich nicht sicher, ob wir ihn wiedererkennen würden, wenn er zurückkäme.«

10

In einem Bahnwaggon im Osten des Dorfes wird Clara von ihrer besten Freundin Hui geweckt, die ein neues Stück auf ihrer Geige übt.

Ich habe sie gebeten, es heute Abend dem Dorf vorzuspielen. Ihr heutiges Konzert gehört zu den vielen entscheidenden Momenten, die notwendig sind, damit Niemas utopischer Wunschtraum Wirklichkeit wird. Eine falsche Note, und die Zukunft wird einen vollkommen anderen Weg einschlagen.

»Hui«, fleht Clara. Sie fuchtelt kraftlos mit den Armen in Richtung ihrer Freundin und hält dabei die Augen fest geschlossen. »Ich bin gerade erst eingeschlafen.«

Hui hat ihnen diese Canzonetta gestern Abend vorgespielt, und es war so unglaublich schön, dass Clara mit der festen Überzeugung ins Bett gegangen ist, das sei das Wunderbarste gewesen, was sie jemals in ihrem Leben gehört hat. Jeder einzelne Ton hat ein kleines Stück von ihr mit sich fortgetragen, ihre Atome in den Wind, die Sonne und den Ozean zerstreut. Heute Morgen – an dem sie eine lange, anstrengende Nacht hinter sich hat und ein langer, anstrengender Tag vor ihr liegt – löst die Musik vollkommen andere Empfindungen in ihr aus.

»Hui«, versucht sie es erneut und öffnet widerstrebend ein Augenlid.

Lehrlinge sind von der Sperrstunde ausgenommen, während sie sich auf einer Expedition befinden. Das war eines der Dinge, auf die sich Clara am meisten gefreut hat, als sie vor drei Wochen das Dorf verließen. Jeden Abend haben sie am Schein des Lagerfeuers gesessen, während über ihnen der hell leuchtende Mond am Himmel stand, und haben Thea zugehört, die mit ihnen sprach, als wären sie ihr ebenbürtig. Doch mehr und mehr kommt es Clara so vor, als wäre die Qual, morgens früh aufwachen zu müssen, ein zu hoher Preis für die Freude darüber, abends lange wach bleiben zu dürfen.

Clara stützt sich auf ihren Ellbogen und wirft Hui einen bösen Blick zu, doch diese spielt mit geschlossenen Augen weiter, entrückt in die verschlungenen Pfade ihrer künstlerischen Schöpfungskraft. Hui hat kurze, dunkle Haare, scharf hervorstehende Wangenknochen und eine lange, gebogene Nase. Sie ist mit einer dicken Schmutzschicht überzogen, und der Schweiß frisst sich in kleinen Rinnsalen durch den Dreck auf ihrem zerkratzten Gesicht.

Es ist drei Tage her, dass sie sich gewaschen haben, aber sie hätten es unterwegs ohnehin nicht geschafft, lange sauber zu bleiben. Thea bringt ihnen bei, wie man die Ruinen erkundet, ohne sich das Genick zu brechen, und wie man die Technologien erkennt, die sich möglicherweise wieder funktionstüchtig machen lassen. Ihre gestrige Lektion bestand darin, einer mattsilbern glänzenden Schiene durch den Wald zu folgen. Schließlich erreichten sie den herabgestürzten Schwebebahnwaggon, der ohne Strom plump und schwerfällig in der Gegend herumsteht.

Weil es so aussah, als könnte es jeden Moment regnen, zündeten sie rasch ein Feuer an und kochten einen Gemüseeintopf, und Thea beschwor wie jeden Abend mit ihren Erzählungen die Vergangenheit herauf. Sie erzählte ihnen, wie diese Waggons früher über das Land schwebten und die Wissenschaftler zusammen mit ihren Vorräten in wenigen Minuten an ihr Ziel brachten.

»Dem Blackheath Institut gehörte die gesamte Insel«, meinte sie wehmütig. »Unsere Labore befanden sich in einem ehemaligen unterirdischen Atombunker, aber wir haben den Großteil unserer Freizeit auf der Oberfläche verbracht, sind wandern und schwimmen gegangen. Es gab Tausende von uns, die für Niema gearbeitet haben, bevor die Welt endete, aber als der Nebel kam, sind die meisten von ihnen nach Hause gegangen.«

»Was ist mit Blackheath passiert?«, fragte Clara.

Sie wusste, dass das Labor auf irgendeine Weise verlorengegangen war, aber das war auch alles, was man ihr darüber erzählt hatte.

»Die Anlage befindet sich nach wie vor dort unten«, antwortete Thea und stampfte mit dem Fuß auf den Boden. »Die dazugehörigen Tunnel durchlöchern einen Großteil der Ostküste, aber der Nebel hat sich einen Weg durch die Spalten im Grundgestein der Insel gebahnt. Wir waren gezwungen, Blackheath mitten in der Nacht zu evakuieren und die Türen hinter uns zu versiegeln, denn sonst hätte sich der Nebel auf der gesamten Insel ausgebreitet. Niemand ist seitdem dorthin zurückgekehrt. Aber unsere Labore wurden hermetisch abgeschlossen, als der Alarm ertönte. Deshalb ist auch all unsere Ausrüstung noch dort unten und wartet auf uns. Das Gleiche gilt für unsere Experimente. Es ist alles dort unten, was ich brauche, um den Nebel zu zerstören und diese Insel verlassen zu können. Ich komme nur nicht hinein.«

Als ihr bewusst wurde, wie viel Sehnsucht sie da offenbart hatte, wünschte Thea ihnen peinlich berührt eine gute Nacht und ging zu Bett.

Im Innern des Waggons wird die Geige immer lauter. Clara ist gezwungen, sich die Ohren zuzuhalten und laut zu schreien, um gehört zu werden.

»Hui!«

Eine der Saiten gibt einen scharfen, hässlichen Ton von sich, und die Musik bricht abrupt ab. Die Konzentration auf Huis Gesicht weicht einem Ausdruck der Betroffenheit, und die Zukunft wechselt lautlos das Gleis.

»Ich habe dich geweckt«, sagt Hui entschuldigend.

»Die Geige hat mich geweckt«, erklärt Clara. »Aber du hattest definitiv auch deine Finger im Spiel.«

»Es tut mir schrecklich leid«, sagt Hui. »Ich trete heute Abend auf, und ich hatte nicht genug Zeit zum Üben.«

»Mach dir deswegen mal keine Sorgen. Du brauchst gar nicht mehr zu üben«, entgegnet Clara und gähnt dabei herzhaft.

»Doch, das muss ich.«

»Musst du nicht«, sagt Clara und dehnt die Glieder. »Du hast jeden Abend für uns gespielt und kein einziges Mal einen falschen Ton erwischt.«

»Das ist etwas anderes. Es ist das erste Mal, dass ich dieses Concerto dem gesamten Dorf vorspielen werde.« Sie senkt die Stimme. »Abi hat mir erzählt, dass alle Ältesten da sein werden.«

»Es ist nichts anderes«, widerspricht Clara. »Alle lieben dich. Sie lieben dich immer. Ganz egal, wie du spielst.«

Neid hat sich in ihre Stimme geschlichen, und sie spricht rasch weiter, um ihre Verlegenheit zu überspielen.

»Du wirst das ganz großartig machen«, sagt sie schließlich matt.

Hui braucht einen Moment, um das zu verdauen. Clara macht sich heftige Vorwürfe, dass sie diese Gefühle, die sie doch eigentlich so sorgfältig versteckt hatte, so leicht an die Oberfläche hat kommen lassen.

Aber ich muss zu Claras Verteidigung sagen: Es ist nicht immer leicht, Hui zu lieben. Ihr Talent erstrahlt so hell, dass alles, was sie umgibt, im Vergleich dazu stumpf und glanzlos erscheint. Und es fällt schwer, ihr das nicht übelzunehmen.

Und was noch schlimmer ist: Hui hat ein großes Geschick darin entwickelt, zugunsten ihrer Faulheit Kapital aus ihrem Talent zu schlagen. Wenn ich nicht immer mal wieder ein Machtwort sprechen würde, wäre es schon längst so weit, dass andere sich um ihre Ernte kümmern, ihre Kleider für sie waschen und ihr alles hinterhertragen, was sie fallen lässt. Ich konnte noch nie verstehen, warum die Leute es für notwendig erachten, sich einem Talent zu Füßen zu werfen, aber das geschieht in jeder Generation.

»Du hast recht«, sagt Hui erleichtert. »Natürlich hast du recht. Das hast du immer. Danke, Clara. Was würde ich nur ohne dich tun?«

»Dasselbe wie sonst auch, nur langsamer«, antwortet Clara. Als sie sich aufsetzt, steigt ihr der eigene Körpergeruch in die Nase. »Ich kann nur sehr hoffen, dass ich in nicht allzu ferner Zukunft ein Bad nehmen kann«, murrt sie.

»Da bist du nicht die Einzige«, sagt Hui und wirft ihr einen mit einem Korken verschlossenen Krug zu. »Hier!«

Clara zieht den Korken heraus und schnuppert argwöhnisch am Inhalt. Sie haben während der vergangenen drei Wochen nichts als gekochtes Gemüse und Brühe gegessen, und Claras Magen denkt allmählich darüber nach, sie für jemanden zu verlassen, der eine abwechslungsreichere Kost anzubieten hat.

»Orangensaft!«, ruft Clara. »Wo hast du den denn aufgetrieben?«

»Thea hat nicht weit von hier ein paar Bäume entdeckt. Sie hat ihn heute früh gepresst.«

»Thea war hier?«

»Wir haben uns nett unterhalten.«

»Habe ich geschnarcht?«

»Und gesabbert«, ruft Hui strahlend.

Clara stöhnt auf und schlägt die Hände vors Gesicht.

Nachdem Thea fünf Jahre lang keinen einzigen Lehrling aufgenommen hatte, verkündete sie im März plötzlich, dass sie wieder rekrutieren würde. Dreiundvierzig Personen bewarben sich. Thea verbrachte die folgenden sechs Monate damit, sie in Mathematik, Physik, Biologie und im Ingenieurswesen zu unterrichten. Die meisten Kandidaten wurden schon durch die Schwierigkeit des Lernstoffs aussortiert, es blieben nur noch neunzehn übrig, die im Oktober das Auswahlverfahren durchliefen.

Zwei Tage lang mussten sie hierzu Maschinen aus der alten Welt auseinandernehmen und wieder zusammensetzen, mathematische Probleme lösen und chemische Verbindungen herstellen.

Wegen des angespannten Verhältnisses zwischen Thea und Emory waren alle fassungslos, als Clara sich bewarb, und noch viel fassungsloser, als sie die Prüfungen bestand. Sie war eine von nur zwei Kandidaten, die auserwählt wurden. Hui war die andere. Und noch viel bemerkenswerter war der Umstand, dass die beiden mit einigem Abstand die jüngsten Kandidaten waren.

Thea hat mit keiner Geste und keinem Wort erkennen lassen, dass sie Clara die problematische Beziehung ankreidet, die sie zu deren Mutter hat. Aber Clara hat dennoch das Gefühl, in allem perfekt sein zu müssen – sogar im Schlafen.

»Das war nur ein Witz«, sagt Hui und klatscht fröhlich in die Hände. »Ich bin heute früh pinkeln gegangen, und Thea hat mir den Orangensaft mitgegeben, als ich gerade auf dem Rückweg war. Und selbst wenn sie hier gewesen wäre, hättest du dir keine Sorgen machen müssen. Du siehst entzückend aus, wenn du schläfst.«

Clara wird rot, schluckt hastig den Saft hinunter, um ihre Verlegenheit zu verbergen, und tut so, als würde sie sich plötzlich ungemein für ihre Umgebung interessieren.

»Du solltest ihr sagen, was du für sie empfindest«, rate ich ihr.

Clara ignoriert mich, so wie sie es immer tut. Es ist schade drum, denn wenn sie nur ein bisschen Mut aufbrächte, könnte sie mit Hui glücklich sein. Ich brauche nicht einmal in die Zukunft zu sehen, um das zu erkennen. Bei der Liebe geht es einfach nur darum, was eine Person braucht und was ihr fehlt. Zwei zerbrochene Dinge fügen sich für eine kleine Weile zusammen.

Unglücklicherweise bekommt Clara kein Wort mehr heraus, und eine weitere Chance wird sie mit ziemlicher Sicherheit nicht mehr bekommen. Morgen früh wird Hui wahrscheinlich tot sein, und Clara wird den Rest ihres Lebens von Reue gequält werden, weil sie nichts gesagt hat, und von der Frage, was passiert wäre, wenn sie etwas gesagt hätte.

Ohne jedes Bewusstsein für diese Weggabelung in ihrer Lebensgeschichte wischt Clara sich den Orangensaft vom Kinn, während sie ihren Blick über das Innere des Waggons schweifen lässt, in dem sie geschlafen haben. Es ist ein großer, breiter Raum, voller abgebrochener Haltestangen und zerbeulter Metallsitze. Eine seltsame Kletterpflanze, so breit wie Clara, hat sich durch den Boden gezwängt und mit einer derartigen Kraft um die leeren Fensterrahmen geschlängelt, dass sie sich verbogen haben. Ein Licht pulsiert im Innern der Pflanze. Clara hat so etwas noch nie zuvor gesehen. Die Oberfläche ist kreuz und quer mit Hunderten von Furchen übersät, als hätte jemand mit einer Axt darauf eingeschlagen. Wer auch immer das gewesen sein mochte, hat es jedoch nicht geschafft, besonders tief einzudringen.

Clara trinkt den Saft aus und sucht ihre im Waggon zerstreuten Sachen zusammen. Die Lehrlinge durften nur so viel mitbringen, wie in einen Rucksack passt, aber Clara war schon immer sehr begabt darin, Chaos zu fabrizieren. Ihr Messer liegt unter einem Büschel Unkraut, ihre Kleider sind über den ganzen Waggon verteilt und ihre Notizbücher in die äußersten Ecken des Raumes gewandert.

»Hast du die Namen gesehen?«, fragt Hui, während Clara auf der Suche nach den kleinen Holzklötzen, die sie für ihre Schnitzereien verwendet, auf allen vieren herumkrabbelt.

»Was für Namen?«

»Sie sind unter der Bank ins Metall geritzt«, antwortet Hui, während sie ihre geliebte Geige in deren mit Wolle gefütterten Kasten legt. »Es ist Theas letzte Gruppe von Lehrlingen. Dein Vater ist auch dabei.«

Clara folgt Huis ausgestrecktem Finger aufgeregt mit den Augen.

»Arthur, Emory, Tasmin, Kiko, Reiko, Jack«, liest sie laut vor. Sie streicht mit dem Finger über die gezackten Ränder des Namens »Jack« und stellt sich vor, wie er ihn ins Metall geritzt und dabei vor sich hin gesummt hat, wie er das immer tat, wenn er an etwas arbeitete.

»Er war siebzehn, als er das eingeritzt hat«, sage ich. »Genauso alt wie du jetzt. Thea bringt ihre neuen Lehrlinge immer hierher, nachdem sie die Prüfungen bestanden haben. Es war das erste Mal, dass er das Dorf verlassen hat. Er war ganz begeistert und sehr aufgeregt. Thea musste ihm sagen, dass er nicht immer so wild durch die Gegend rennen soll. Deiner Mutter war das schrecklich peinlich.«

Clara berührt zärtlich den Namen ihrer Mutter. Im Gegensatz zu ihrem Vater, der ihre Kindheit mit Geschichten darüber verzaubert hat, wie es ist, ein Lehrling zu sein, hat ihre Mutter diese Zeit in ihrem Leben kaum jemals erwähnt.

»Emory hat es nach diesem Tag hier nur noch sechs Wochen ausgehalten und dann aufgegeben«, erkläre ich. »Sie wäre schon eher gegangen, aber dein Vater hat immer wieder vermittelt und den Frieden bewahrt.«

Das kann ich mir vorstellen, denkt Clara. Anders als ihre aufbrausende Mutter hat ihr Vater niemals seine Stimme erhoben oder unbedacht gesprochen. Die meiste Zeit lächelte er, und wenn er es mal nicht tat, wusste man, dass man sich irgendetwas Ernsthaftes zuschulden hatte kommen lassen.

Er ist vor fünf Jahren zusammen mit dem Rest dieser Lehrlinge in einem Sturm ertrunken. Sie denkt immer noch jeden Tag an ihn.

Unterhalb der Namen kann sie den oberen Rand einer weiteren Reihe von Buchstaben erkennen, die durch ein paar hochgewachsene Gräser verdeckt werden. Sie drückt die Pflanzen herunter und findet folgende Nachricht:

Wenn du das liest, kehr sofort um. Niema hat uns vergraben. Dich wird sie auch vergraben.

Claras Herz schlägt schneller. »Was hat das zu bedeuten?«, fragt sie nervös.

»Es ist nur irgendwelches altes Gekrakel«, sage ich. »Mach dir deswegen mal keine Gedanken.«

»Wen hat Niema vergraben?«

»Ich habe dir doch gesagt, dass du dir deswegen keine Gedanken zu machen brauchst.«

Meine ausweichende Antwort trägt nicht unbedingt dazu bei, ihr Unbehagen zu beschwichtigen, aber sie wird von Theas Stimme abgelenkt, die ihnen von draußen etwas zuruft.

»Clara, Hui, wir brechen auf!«

»Bist du fertig?«, fragt Hui und setzt sich den Rucksack auf. »Vergiss nicht, einen deiner Vögel hierzulassen.«

Clara durchwühlt ihre Taschen und zieht aus einer von ihnen einen winzigen hölzernen Spatz hervor. Sie schnitzt die Vögel nebenbei, wenn sie über etwas nachdenkt, und hat Dutzende davon, die in ihren Taschen herumklappern. Sie lässt stets einen davon zurück als Zeichen dafür, dass sie da war.

Nachdem sie den Vogel auf einen der Sitze gelegt hat, tritt sie in das grelle Sonnenlicht hinaus. Dabei verscheucht sie eine ganze Kaninchenkolonie, die durch das hochgewachsene Gras davonhüpft, schreckt Grashüpfer auf und vertreibt Libellen, die in die Luft aufsteigen. Vor ihr ragt ein erloschener Vulkan auf, dessen Gipfel im Wolkendunst verschwindet.

Die Erde unter ihren Füßen ist trocken. Ein Wäldchen aus staubbedeckten Kiefern spendet spärlichen Schatten, und ein paar zu Ruinen verfallene alte Steinmauern weisen darauf hin, dass sich hier früher einmal Oliven- und Feigenplantagen befunden hatten. Jetzt sind sie verwildert, und auf der Erde liegen überall Haufen von verrotteten Früchten, die den Tieren als Nahrung dienen.

Clara überlegt kurz, ob sie mich fragen soll, wo sie sich befinden, aber Thea möchte, dass die Lehrlinge sich eigenständig eine Karte im Kopf erstellen, anhand derer sie sich in Zukunft immer orientieren können.

Clara denkt an den Schulunterricht zurück, als Niema ein modriges braunes Blatt Papier in die Höhe hob und ihnen erklärte, dies sei die Form und Farbe ihrer Insel, wenn man sie von oben betrachtet. Der Vulkan erhebt sich genau in der Mitte, was bedeutet, dass das Terrain immer felsiger und steiler wird, je weiter man in das Innere der Insel vordringt.

Man braucht zwei Tage, um vom nördlichen Ende der Küste zum südlichen Ende zu gelangen, und fast genauso lang, um von Osten nach Westen zu kommen, weil man einen Weg finden muss, auf dem man sich nicht alle Knochen bricht. Glücklicherweise ist die Insel von zahlreichen alten Ziegenpfaden durchzogen, die einen sehr viel schneller ans Ziel bringen – gesetzt den Fall, man weiß, wo sie zu finden sind.

»Die Sonne steht rechts vom Vulkan«, murmelt Clara. »Wir haben unser Lager also wohl an seinem Südhang aufgeschlagen.«

Ihr Herz macht einen Satz. Das Dorf liegt im Südwesten. Es ist wahrscheinlich nur wenige Stunden entfernt, zumindest wenn man den direktesten Weg nehmen könnte. Aber das Terrain ist nahezu undurchdringlich. Es muss noch einen anderen Weg geben.

Clara wirft Thea einen kurzen Blick zu und versucht einzuschätzen, was sie vorhat. Die Älteste sieht zum Gipfel des Vulkans hoch und hält sich dabei schützend die Hand über die Augen. Sie ist schlank wie die Kiefern, von denen sie umgeben sind, und aus Claras Perspektive erweckt es den Eindruck, als wäre sie auch fast ebenso groß. Ihre dunklen Haare sind kurz geschnitten, ihre Augen blau und scharf, und in ihrem blassen Gesicht mit den hohen Wangenknochen und dem spitzen Kinn ist keine einzige Falte zu sehen. Ihre Schönheit ist einschüchternd. Es ist die Art von Schönheit, die man nicht bewundert, sondern vor der man sich ehrfürchtig verbeugt.

Thea ist fast hundertzehn Jahre alt, was Clara immer noch äußerst erstaunlich findet, denn sie sieht kaum älter aus als Emory.

»Wir werden einem Ziegenpfad den Vulkan hinauf folgen«, sagt Thea und zeichnet die Strecke mit dem Finger in die Luft. »Wir steigen zum Krater hoch. Matis ist letzte Nacht von uns gegangen.« Sie wirft Clara einen prüfenden Blick zu, der weder Anteilnahme noch Mitleid enthält. »Hattest du genug Zeit, den Tod deines Urgroßvaters zu betrauern?«

»Die hatte ich«, antwortet Clara. Sie weiß, dass es keine andere akzeptable Antwort auf diese Frage gibt.

Hui drückt ihr mitfühlend die Hand, aber das ist nicht nötig. Jack ist ertrunken, als Clara zwölf war, und sie hat ein ganzes Jahr lang nicht aufgehört zu weinen. Diese Tränen haben etwas aus ihr herausgespült. Sie hat eine größere emotionale Distanz zu den Dingen als früher. Und sie nimmt den Tod zu sehr auf die leichte Schulter.

»Unserem Brauch gemäß wird ein Kind den Platz des Verstorbenen einnehmen«, fährt Thea fort. »Es ist unsere Aufgabe, das Kind zu holen und es heute Nachmittag ins Dorf zu bringen.«

Clara und Hui bekommen für einen Moment vor Begeisterung eine Gänsehaut. Die Ankunft eines neuen Kindes gehört zu den aufregendsten Ereignissen im Dorfleben, aber für gewöhnlich bringt Thea das Kind allein ins Dorf. Keiner der Dorfbewohner hat jemals gesehen, wo die Kinder herkommen, noch kann sich auch nur ein Einziger von ihnen an diesen Ort erinnern.

»Wir werden etwa sechs Stunden für diese Aufgabe benötigen, und ich werde euch unterwegs über chemische Wechselwirkungen abfragen.« Thea reibt sich enthusiastisch die Hände – ein Gefühlsausdruck, den man nur sehr selten bei ihr zu sehen bekommt. »Wer will anfangen?«

Dann macht Thea sich auf den Weg, dicht gefolgt von Hui. Clara bleibt einen Moment lang zurück und starrt Theas sich immer weiter entfernenden Rücken an. Sie kann die Warnung nicht vergessen, die sie im Schwebebahnwaggon gefunden hat.

»Sie hat uns vergraben, sie wird auch dich vergraben«, murmelt sie, und ein Angstschauer läuft ihr über den Rücken.

Wer würde etwas so Entsetzliches schreiben?

11

Seth stapft durch die dunkle Gasse, die zwischen dem Ostflügel der Kaserne und der hohen Dorfmauer hindurchführt. Riesige Büschel weißer und rosafarbener Bougainvillea sprießen aus den Spalten im Mauerwerk. Ihr Wuchs ist so üppig, dass Seth immer wieder Ranken beiseiteschieben muss, um vorwärtszukommen, wobei er regelmäßig die Schmetterlinge aufscheucht, die sich darauf niedergelassen hatten.

»Du warst eben ziemlich unfreundlich zu Emory«, sage ich.

»Ich weiß«, räumt er ein. Mittlerweile hat er sich wieder beruhigt. »Sie macht mich eben wahnsinnig wütend. Das war schon immer so, seit sie ein kleines Mädchen war. Andauernd stellt sie Fragen, die niemand beantworten kann. Sie weiß, dass das zu nichts führt, aber sie kann trotzdem nicht aufhören herumzustochern.«

»Warum macht dich das so wütend?«

»Weil ...« Er verstummt. Zum ersten Mal denkt er gründlich über diese Frage nach. *Weil ... weil es immer berechtigte Fragen sind*, muss er sich eingestehen. Emory setzt einem diese Fragen in den Kopf, wie kleine Kieselsteine, die man im Schuh hat, und dann hat man keine Ruhe mehr davor. Das ist auch der Grund, warum seine Tochter so wenig Freunde hat, denkt er. Deshalb fühlen sich die Leute in ihrer Gegenwart so unwohl.

Deshalb fühlt *er* sich in ihrer Gegenwart unwohl. Es gibt so viele Dinge, vor denen er lieber die Augen verschließen möchte.

Er betritt den Hinterhof an der Rückseite der Kaserne, der um diese Uhrzeit menschenleer ist. Hier hinten gibt es Lagerhallen und alte Büroräume, die wieder instand gesetzt und zu Werkstätten umgewandelt wurden und nun von jedem, der sie gerade braucht, benutzt werden können. In diesen Gebäuden stellen die Dorfbewohner Gebrauchsgegenstände wie Seife, Papier und Farbe her. Zum Einfärben nehmen sie riesige Säcke voll Narzissen und Kurkuma und zermahlen deren Inhalt. Sie weben Kleidung und fertigen Schuhe an und stellen neue Werkzeuge aus altem Eisen und dem Holz der Wälder her, die sie in der Nähe der Farmen bewirtschaften.

In ein paar Stunden, wenn alle wieder zurückgekehrt sind, wird es in diesen Gebäuden furchtbar heiß und stickig sein, und im Hinterhof wird sich ein entsetzlicher Gestank nach Chemikalien, abgekochtem Unkraut, Wachs und Stärke ausbreiten.

Seth durchquert den Schatten des alten, skelettartigen Radarturms und geht zu einer kleinen, mit einem gewölbten Dach versehenen Hütte aus rotem Backstein hinüber. Über der Tür hängt eine mechanische Uhr, die dank Hephaistos' hingebungsvoller Fürsorge immer noch die richtige Zeit anzeigt.

Seth streckt den Kopf durch die offenstehende Tür. Seine Augen brauchen einen Moment, um sich an das dämmrige Licht im Innern zu gewöhnen. Sechs Kinder sitzen an ihren Pulten und sehen zu, wie Niema mit dem Finger immer wieder auf eine in Plastik eingeschweißte Weltkarte tippt. Die Karte hing bereits hier an der Wand, als Niema die Schule ins Leben gerufen hat, und ist eine schmerzliche Erinnerung daran, wie viel ihnen für immer verlorengegangen ist. Abgesehen von dieser Insel, um die ein perfekter Kreis gezogen ist, hat Niema alles Übrige auf der Karte ausgestrichen. Der Kreis markiert die Sicherheitszone, die zwischen ihnen und dem Ende der Welt liegt.

»Wir werden nie erfahren, wer diese entsetzliche Waffe entwickelt hat oder warum sie eingesetzt wurde, aber was wir sehr wohl wissen, ist, dass der Nebel uns vollkommen unvorbereitet traf«, sagt sie mit ihrer vertrauten, immer ein wenig heiseren Stimme. »Gegen eine Katastrophe dieses Ausmaßes gab es keinerlei wirksame Sicherheitsvorkehrungen. Falls man nicht gerade unfassbar reich war, verfügte man weder über einen Schutzraum, in den man hätte flüchten können, noch hatte man genügend Proviant gehortet. Unsere Kinder haben in der Schule nicht einmal die grundsätzlichsten Überlebenstechniken gelernt.«

Seth bemerkt überrascht, wie sie verstohlen einen ungeduldigen Blick auf die Uhr wirft. Niema liebt das Unterrichten. Es muss etwas sehr Wichtiges im Gange sein, sonst wäre sie nicht so abgelenkt.

Sie reißt sich zusammen und wendet sich wieder den Kindern zu, die ihr mit gespannter Aufmerksamkeit lauschen. Langsam lässt sie ihren Blick über deren Gesichter schweifen.

»Es kommt uns heute seltsam vor, dass wir so schlecht vorbereitet waren«, sagt sie schließlich. »Die Menschheit stand schon seit fast einem Jahrhundert am Rand des Abgrunds, bevor das Ende kam. Wir hatten die Erde all ihrer Ressourcen beraubt, und wegen des Klimawandels wurden riesige Bevölkerungsmassen zur Migration gezwungen, weil ihr Ackerland und ihre Lebensräume zerstört worden waren. Am Ende haben wir unsere Welt selbst vernichtet, bevor die Natur das tun konnte – auch wenn wir ihr nur sehr knapp zuvorgekommen sind.«

Seth atmet tief ein. Er wird von Nostalgie überwältigt, denn er erinnert sich an diese Lektion aus seiner eigenen Kindheit. Er erinnert sich an Niemas Leidenschaft, an den wild lodernden Zorn, der in jedem ihrer Worte mitschwingt.

Eines der Kinder hebt die Hand.

»Ja, William?«, fragt Niema und zeigt auf ihn.

»Wie viele Menschen gab es denn vor dem Nebel?«

»Unzählbar viele«, antwortet sie. »Hier auf dieser Insel achten wir darauf, dass unsere Bevölkerung die Anzahl von hundertzweiundzwanzig Personen nicht übersteigt, denn für mehr würde unser Ackerland nicht ausreichen und auch nicht die uns zur Verfügung stehende Wassermenge. Die damaligen Ressourcen überstiegen die unsrigen jedoch bei Weitem. Jeden Tag wurden Millionen von Menschen geboren, in Städten, die weit größer waren, als es diese Insel ist.«

Ein beeindrucktes Raunen geht durch die Reihen der Kinder, als sie sich vorstellen, wie das ausgesehen haben mag.

Eine weitere Hand schießt in die Höhe. Niema nickt dem Mädchen zu, das aufgezeigt hat. »Warum haben die Leute denn Krieg geführt?«

»Wir haben immer einen Grund gefunden«, antwortet Niema. »Wir glaubten an unterschiedliche Götter oder hatten unterschiedliche Hautfarben oder der Krieg dauerte schon so lange, dass wir nicht mehr wussten, wie wir ihn beenden sollten. Andere Leute hatten etwas, das wir brauchten, oder wir dachten, sie wollten uns angreifen. Und oft geschah ein solcher Krieg auch nur aus dem einzigen zynischen Grund, dass unsere Anführer hofften, auf diese Weise ihre eigene Machtstellung zu festigen.«

»Aber hätte nicht –«

»Wir heben die Hand, wenn wir etwas sagen wollen«, unterbricht Niema den Jungen mit tadelnder Stimme. Er hebt die Hand und schießt seine Frage direkt hinterher.

»Warum hat Abi sie nicht aufgehalten?«

»Unglücklicherweise hatten wir damals ihre Hilfe noch nicht«, antwortet Niema. »Wir waren mit unseren Gedanken vollkommen allein, und es gab keine Abi, die sich um uns kümmerte. Aber du hast natürlich recht. Hätten wir sie damals schon gehabt, wäre all das nicht passiert. Sie hätte unseren schlimmsten Impulsen Einhalt geboten.«

Sie lässt die Kinder eine Weile über diesen Punkt nachdenken. Sie versuchen, sich vorzustellen, wie die Welt jetzt aussähe, wenn die Menschheit in der Lage gewesen wäre, ihr kollektives Gewissen einer außenstehenden Instanz anzuvertrauen. Eine weitere Hand schießt in die Höhe.

»Ja, Sherko?«

»Wann darf Adil wieder nach Hause kommen?«, fragt er unvermittelt. »Meine Mama vermisst ihn schrecklich.«

Die Schüler zucken erstaunt zusammen, als sie sehen, wie Niemas Gesicht plötzlich von einem Ausdruck der Wut erfüllt wird.

»Adil hat mir wehgetan«, antwortet Niema, während sie versucht, ihre Beherrschung wiederzuerlangen.

»Ja, ich weiß, aber Abi sagt uns doch immer, wir sollen denen vergeben, die uns etwas antun«, argumentiert Sherko. »Adil ist doch schon so lange fort. Hast du ihm denn noch nicht vergeben?«

Er sieht sie mit großen Augen an. Seine Frage war vollkommen arglos gemeint. Niemas Zorn verfliegt wie Nebel im Sonnenschein.

»Ich versuche es«, sagt sie und streicht mit der Hand über die Narbe auf ihrem Unterarm. »Dein Urgroßvater ist gewalttätig geworden. Das können wir hier im Dorf nicht dulden. Verstehst du das?«

»Nein«, gesteht Sherko.

»Das freut mich, dass du so ehrlich bist«, sagt sie liebevoll. »Unglücklicherweise bin ich schon sehr viel länger am Leben als du und habe mir im Laufe der Zeit ein paar schlechte Angewohnheiten zugelegt. Es fällt mir nicht ganz so leicht wie dir, den Leuten zu vergeben. Aber ich versuche, mich zu bessern.«

Als sie Seth bemerkt, der in der Tür steht, hebt sie einen Finger, um ihm damit zu bedeuten, dass sie in einer Minute fertig sein wird.

Er stellt sich draußen in den Schatten, verschränkt die Arme und wartet, bis die Kinder in der Pause zum Spielen aus dem Schulhaus gerannt kommen. Niema folgt ihnen in gemächlichem Schritt.

»Seid in einer Stunde wieder da!«, ruft sie den Kindern hinterher, die in Richtung des Kasernenhofs verschwinden.

»Und? War es eine gute Unterrichtsstunde?«, fragt Seth.

»Es gibt immer irgendein Kind, das mich überrascht«, antwortet sie, während sie ihre langen grauen Haare zu einem Knoten zusammenwickelt und sie mit einem Bleistift fixiert.

Sie sieht müde aus, denkt er. Ihre Augen sind rot und wund, mit dunklen Ringen darunter, und sie bewegt sich, als würden ihr die Glieder schwer – etwas, das man normalerweise nicht an ihr sieht. Zum ersten Mal glaubt er zu erkennen, wie das Alter auf ihr lastet – all jene unsichtbaren Jahre, die sie mit sich herumschleppt. Emory hatte recht. Ihr liegt etwas auf der Seele.

»Wie geht es dir heute Morgen?«, fragt Niema. Seine eingehende Musterung ist ihr offenbar unangenehm. »Es war seltsam, Matis nicht beim Frühstück sitzen zu sehen.«

»Mein Vater hat ein langes Leben im Dienst der Gemeinschaft geführt«, antwortet Seth mechanisch. »Ich bin stolz auf ihn.«

»Vergiss nicht, mit wem du gerade sprichst, Seth«, sagt sie sanft. »Du darfst mir gegenüber ruhig zugeben, dass du traurig bist.«

»Wir haben keinen Erinnerungsstein von ihm«, platzt es aus ihm heraus. Jedes seiner Worte ist von einem großen Schmerz erfüllt. »Abi hat gesagt, er sei ins Meer gefallen.«

»Hat sie das?« Niemas Stimme wirkt angespannt. »Das tut mir furchtbar leid, das ist ja schrecklich! Ich kann mir gar nicht vorstellen, wie schlimm das für dich sein muss.« Sie legt sich die Hand aufs Herz. »Wir werden uns seine Geschichten gegenseitig erzählen, du und ich. Auf diese Weise halten wir die Erinnerung an ihn lebendig.«

Er wendet den Kopf ab, um seine Ergriffenheit zu verbergen, und wischt die Tränen fort, die ihm in die Augen getreten sind. Sie gibt ihm einen Moment Zeit, falls er noch etwas hinzufügen möchte, aber Seth geht seinen Gefühlen lieber aus dem Weg, als darüber nachzudenken. So hat er es auch gemacht, als seine Frau gestorben ist. Wochenlang hielt er ihren Erinnerungsstein umklammert, um in jeder freien Sekunde, die ihm zur Verfügung stand, ihre gemeinsame Zeit noch einmal zu durchleben. Seinen Freunden gegenüber tat er so, als sei alles in Ordnung. Er lachte und scherzte und verrichtete seine Arbeit, so wie er es immer getan hatte. Er spielte allen ein Theater vor – das Theater seines alten Lebens, so als hätte sich nichts verändert.

Es war Emory, die diese Inszenierung zerstörte.

Eines Tages sah er seine Tochter über den Kasernenhof rennen, während ihre losen Haare wild hinter ihr herflatterten. Judith hatte ihr die Haare immer zu einem Zopf zusammengebunden, und diese Erinnerung zerriss ihm das Herz. Er brach zusammen, fing an zu weinen und hörte einen ganzen Monat nicht mehr damit auf.

»Ich hatte gehofft, du könntest mich heute Abend zum Leuchtturm hinüberrudern«, wechselt Niema das Thema. »Ich würde dort gern ein Experiment durchführen.«

Seth seufzt innerlich. Niema hat sich im Leuchtturm ein persönliches Labor eingerichtet, das er noch nie betreten hat. Immer wenn sie dort ist, arbeitet sie die Nacht durch, während er im Boot schläft. Am nächsten Morgen rudert er sie dann wieder zurück. Wenn er dort aufwacht, fühlt er sich jedes Mal so, als hätte er die Nacht im Innern einer zusammengeballten Faust verbracht. Nachdem er schon letzte Nacht unten an der Mole geschlafen hat, hatte er sich eigentlich darauf gefreut, wieder eine Nacht in seinem eigenen Bett zu verbringen.

»Wann möchtest du aufbrechen?«

»Kurz vor Anbruch der Sperrstunde. Ich werde dich für heute Nacht davon ausnehmen.«

»Ich treffe dich unten an der Mole«, willigt er ein.

12

Adil sitzt am Ufer eines Baches, schärft sein Messer mit einem Stein und sieht den Pferden zu, die sich auf der anderen Seite im Schlamm tummeln. Er ist splitternackt, hat die Füße ins kühle Wasser gestellt und lässt seine Gedanken schweifen. Sein Körper ist derart abgemagert, dass er einem Haufen Brennholz ähnelt, über den man ein Stück Stoff gespannt hat.

In den fünf Jahren, seit er aus dem Dorf verbannt wurde, hat er die Insel von oben bis unten erkundet. Unterwegs hat er zahllose Tage mit Erinnerungssteinen verschwendet, die er in irgendwelchen Ruinen gefunden hat. Wenn er aus deren heller, moderner Welt wieder auftauchte, nahm er das Elend seines eigenen Lebens umso schärfer wahr.

Er hätte dieser jämmerlichen Existenz schon vor langer Zeit ein Ende gesetzt, wenn da nicht sein Hass auf die Ältesten und insbesondere auf Niema gewesen wäre. Der Gedanke, dass er seine Freunde vielleicht eines Tages von den Qualen befreien könnte, die sie ihnen bereitet, ist der einzige Grund, warum er noch am Leben ist. Dieser Traum vergiftet ihn und hält ihn gleichzeitig aufrecht.

Er presst seinen Daumen so fest gegen die Schneide des Messers, dass Blut fließt, und wirft dann befriedigt den Stein ins Wasser.

»Niema wird sich heute Abend zum Leuchtturm hinüberrudern lassen«, sage ich in seinen Gedanken. »Ich habe es so eingerichtet, dass ein Boot für dich bereitsteht. Es treibt in einer Bucht nicht weit entfernt von hier auf dem Wasser. Ich möchte, dass du in das Boot steigst, zum Leuchtturm ruderst und noch vor ihr dort eintriffst.«

Er blinzelt. Es überrascht ihn, von mir zu hören.

Niema wollte, dass sein Exil ohne jede Ausnahme vollzogen wird, und hat mir verboten, mit ihm zu sprechen, es sei denn, es wäre unumgänglich. Er hat nun innerhalb von zwei Tagen zwei Mal von mir gehört – doppelt so oft wie in den ganzen letzten fünf Jahren zusammen.

Er versucht, etwas zu sagen, aber weil er seine Stimme so selten benutzt, bleiben ihm die Worte in der staubtrockenen Kehle stecken. Er kniet sich hin, trinkt einen Schluck von dem klaren, kühlen Wasser des Baches und versucht es erneut.

»Du weißt, was ich tun werde, wenn ich es schaffe, in ihre Nähe zu kommen«, sagt er, wobei er die Worte mehr hustet als spricht.

»Ich kann deine Gedanken hören, Adil«, sage ich. »Ich kenne deine Träume. Ich weiß, dass du es ernst meinst.«

»Warum willst du mich dann dort haben?«, fragt er misstrauisch.

»Heute Abend wird Niema ein Experiment durchführen, von dem sie glaubt, dass es zu einer besseren, friedlicheren Zukunft führen wird. Die Chancen auf Erfolg sind niedrig, und wenn es schiefgeht, wird das eine katastrophale Kette von Ereignissen auslösen, die dazu führen wird, dass alle Menschen auf dieser Insel innerhalb von einundsechzig Stunden den Tod finden werden.«

Er nimmt das Messer in die Hand und starrt sein verzerrtes Spiegelbild in der Klinge an. Ein trockener Husten schüttelt seinen Körper, und Blutstropfen spritzen auf das Messer.

»Du willst, dass ich sie töte, bevor sie das Experiment durchführen kann, habe ich recht?«, fragt er und wischt das Blut mit dem Daumen fort.

»Ich bin nicht fähig, irgendetwas zu wollen«, sage ich. »Ich wurde geschaffen, um Niemas Anweisungen Folge zu leisten, ohne auch nur im Geringsten davon abzuweichen. Und ihre Anweisungen verlangen, dass ich die Menschheit vor jeglicher Bedrohung schütze.«

»Sogar, wenn Niema selbst diese Bedrohung ist?«

»Sogar, wenn Niema selbst die Bedrohung ist«, bestätige ich.

13

Clara macht einen gewaltigen Satz und ergreift Huis wild fuchtelnde Hand, gerade noch rechtzeitig, bevor das Geröll unter Huis Füßen wegrutscht und mit einem lauten Prasseln in den steilen Abgrund zu ihrer Rechten hinunterfällt. Die beiden jungen Frauen klammern sich eng aneinander und hören zu, wie die Steine auf ihrem Weg nach unten immer wieder aufspringen. Als das Geräusch verhallt ist, wirft Hui einen kurzen nervösen Blick hinunter auf die Ebene, die sich weit unter ihren Füßen wie eine alte, schäbige Flickendecke ausbreitet.

»Nein«, sagt sie, schüttelt den Kopf und wendet die Augen rasch wieder ab.

Bis heute ist der dritte Stock der Kaserne der höchste Punkt gewesen, an dem sie sich jemals befunden hat. Deshalb hat sie auch nicht gewusst, wie sehr sie große Höhen verabscheut.

Sie sind nicht mehr weit vom Krater des Vulkans entfernt, aber der Ziegenpfad ist hier oben wesentlich steiler und der Untergrund tückisch. Thea ist ihnen weit voraus. Ihre Gestalt verschwindet bereits im Flirren der Hitze, die von der Erde abstrahlt. Hui und Clara bilden die Nachhut. Es ist früher Nachmittag und geht daher auf die heißeste Zeit des Tages zu. Die glühende Sonne scheint nur wenige Zentimeter von ihrer verbrannten Haut entfernt. Der einzige Schatten weit und breit ist der, den sie hinter sich herschleppen.

Clara kommt einigermaßen gut damit zurecht, aber Hui keucht heftig, jeder Schritt ist eine Qual für sie. Sie braucht dringend eine längere Pause, aber es ist ihr zu peinlich, eine zu erbitten. Ich habe ihr angeboten, das in ihrem Namen bei Thea zu tun, doch sie lässt mich nicht. Normalerweise würde ich mich über einen solchen Wunsch einfach hinwegsetzen, doch ihr Puls ist stark und regelmäßig, und sie kann frei atmen. Es ist meine Aufgabe, dafür zu sorgen, dass die Dorfbewohner gesund bleiben. Wenn das gewährleistet ist, tue ich mein Möglichstes, damit sie auch glücklich sind.

»Alles in Ordnung?«, fragt Clara und überzeugt sich davon, dass Hui wieder festen Halt unter den Füßen hat, bevor sie ihren Arm loslässt.

»Ich hasse diesen Weg«, antwortet Hui.

»Das kann ich nachvollziehen«, sagt Clara und reicht ihr eine Wasserflasche.

Hui versucht, die Flasche wegzuschieben. »Wir bleiben zu weit hinter Thea zurück.«

»Es ist ja nicht so, als wüssten wir den Weg zum Gipfel nicht«, entgegnet Clara sanft. »Komm erst mal wieder zu Atem. Früher oder später werden wir schon noch oben ankommen.«

Hui nimmt dankbar ein paar große Schlucke aus der Flasche. Das lauwarme Wasser läuft ihr am Kinn herunter.

Während Hui trinkt, sucht Clara mit den Augen den Fuß des Berges nach dem Schwebebahnwaggon ab, von dem aus sie aufgebrochen sind, doch er verschmilzt mit all den anderen braunen und grünen Flecken in der Tiefe. Sie kann einen Adler sehen, der unterhalb von ihnen seine Kreise zieht und sich von demselben warmen Luftstrom tragen lässt, der ihr gerade ins Gesicht weht.

Sie strahlt über das ganze Gesicht vor lauter Freude darüber, was sie gerade alles erleben darf.

Ihr ganzes Leben lang ist sie morgens im Dorf aufgewacht und hat sich abends im Dorf schlafen gelegt, ohne jemals etwas anderes kennenzulernen. Doch während der vergangenen zwei Wochen hat sie dunkle Wälder und goldene Strände gesehen, alte Minen voller Fledermäuse und sandige Buchten, in denen sich Delfine tummelten.

Sie hat gelernt, wie man aus der heimischen Fauna pflanzliche

Heilmittel gegen nahezu jede Krankheit herstellen kann, von der die Dorfbewohner heimgesucht werden. Thea hat ihnen beigebracht, wie man Knochenbrüche richtet, Bluttransfusionen durchführt und Brandverletzungen behandelt. Sie hat ihnen gezeigt, wie man alte Maschinen mithilfe tragbarer Solargeneratoren vorübergehend zum Laufen bringen und wie man die merkwürdigen Symbole entziffern kann, die über deren zersplitterte schwarze Bildschirme flackern.

Clara ist noch nie so glücklich gewesen. Sie wünscht nur, sie hätte sich nicht mit ihrer Mutter zerstreiten müssen, um an diesen Punkt zu gelangen. Von der ersten Sekunde an, als Emory herausgefunden hatte, dass ihre Tochter an dem Auswahlverfahren teilnehmen würde, hat sie alles getan, um deren Chancen auf Erfolg zu torpedieren. Sie ist sogar so weit gegangen, Thea öffentlich für den Tod von Claras Vater verantwortlich zu machen. Das Ganze war entsetzlich peinlich.

»Sie vermisst dich«, sage ich in ihren Gedanken.

»Ich vermisse sie auch«, gibt sie zu. »Ich wünschte nur, sie hätte nicht so schrecklich viel dagegen, dass ich … Mein Vater hätte es verstanden. Warum ich hier sein wollte.«

»Er würde neben dir stehen«, pflichte ich ihr bei.

Es war Jacks große Hoffnung, dass seine Tochter in seine Fußstapfen treten und ebenfalls ein Lehrling werden würde. Er hat von Momenten wie diesem geträumt. Er wünschte sich das so sehr, dass er sogar gewillt war, dafür die entsetzlichen Streitereien mit Emory in Kauf zu nehmen.

»Wie schaffst du es, so seelenruhig da zu stehen?«, fragt Hui hinter ihr. »Warum hast du nie Angst?«

Clara merkt erst jetzt, dass sie dicht am Rand des Abgrunds steht. Ihre Zehen ragen in die Luft, und der Wind zerrt an ihren Kleidern. Ihr Herz klopft wild, und das Blut rauscht ihr in den Ohren.

Sie ist schon ihr ganzes Leben lang so gewesen. Sie war immer diejenige, die am tiefsten getaucht und am weitesten hinausgeschwommen ist. Wann immer man irgendwo hochklettern konnte, war Clara schon auf halbem Weg nach oben, während ihre Freunde noch versuchten, ihren Mut zusammenzukratzen. Sie geht beherzt mit großen Schritten in den dunkelsten Tunnel hinein, als würde sie von einem Licht geleitet, das nur sie selbst sehen kann.

Selbst Thea hat sie für ihren Mut gelobt, und sie verteilt in etwa so oft Komplimente, wie der Mond Walzer tanzt.

»Nachdem mein Vater starb, habe ich mich geweigert, auch nur in die Nähe des Meeres zu gehen. Ich wollte da nicht hin, nicht um alles in der Welt«, erzählt Clara und lehnt sich ein bisschen vor, um auf die weit entfernte Ebene am Fuß des Bergs hinunterzuschauen. »Ein paar Wochen lang hat meine Mutter mir meine Angst durchgehen lassen, doch dann ist sie eines Tages mit mir zusammen bis zum äußersten Ende der Mole gegangen und hat gesagt, dass alles, wovor wir uns fürchten, uns eines Tages einholen wird und dass es daher nichts nützt, davor wegzulaufen. Wir haben eine ganze Stunde dort draußen auf der Mole gestanden, und dann hat sie mich schließlich mehr oder weniger gezwungen, zusammen mit ihr ins Wasser zu springen.«

»Anscheinend hat es funktioniert«, sagt Hui bewundernd. »Du hast vor nichts Angst.«

»Natürlich habe ich das«, widerspricht Clara. »Aber ich springe einfach trotzdem.«

Sie folgen dem Pfad weiter den Berg hinauf. Oben wartet Thea auf sie. Sie steht in Gesellschaft einer verdutzt wirkenden Ziege vor einer Glastür, die in den Stein eingelassen wurde. Dampfwolken und Rinnsale aus Kondenswasser, die am Glas herablaufen, versperren den Blick ins Innere. Die Ziege kaut geräuschvoll auf einem Schössling herum und betrachtet die Neuankömmlinge mit freundlicher Anteilnahme. Clara gibt dem Tier einen kameradschaftlichen Klaps und wirbelt damit Staub aus seinem Fell auf.

Thea drückt auf einen grünen Knopf, und die Glastür gleitet zur Seite. Feuchtigkeit schlägt ihnen ins Gesicht. Aus einer kargen Felslandschaft treten sie nun plötzlich in einen riesigen Wald aus grellbunten Pflanzen und grünen Bäumen ein. Über ihren Köpfen erhebt sich eine gewaltige Glaskuppel, die von einem komplexen Gitterwerk aus Metall getragen wird. Die Luft ist dick und dampfgeschwängert, und ihre Augen brauchen einige Sekunden, um sich an die neue Überfülle von Farben und Formen zu gewöhnen.

»Willkommen im Kratergarten«, sagt Thea und macht eine ausladende Geste mit ihrem Arm. »Alles, was sich unterhalb dieser Kuppel befindet, wurde von den Wissenschaftlern des Blackheath Institut erschaffen. Sogar die Vögel und Insekten. Von diesen Pflanzen und Insekten extrahieren wir die Komponenten für die komplizierteren Medikamente, die wir benötigen, und mit ihnen führen wir auch unsere Experimente durch.« Thea wischt sich den Schweiß von der Stirn. Ihr T-Shirt und ihre kurze Hose sind vollkommen durchnässt, aber ihre Haltung ist von einer solchen Würde, dass das ihren Lehrlingen gar nicht auffällt.

»Ich gehe jetzt das Kind holen«, sagt sie. »Ich treffe euch dann an der Seilbahnstation. Ihr müsst nur nach links und immer an der Kraterwand entlanggehen, dann findet ihr sie schon. Ich möchte, dass ihr unterwegs fünf unterschiedliche Pflanzen katalogisiert. Bestimmt bei jeder Pflanze eine Eigenschaft, die sie einzigartig macht, und stellt eine plausible Vermutung zu ihrem möglichen Nutzen auf.«

Thea verschwindet im Wald und lässt Hui und Clara zurück. Sie schnuppern an den Blumen, zerreiben die Blätter der Pflanzen und staunen darüber, wozu die Menschheit früher einmal fähig war.

Unterwegs sehen sie Vögel mit Saugrüsseln, die an röhrenförmigen Pflanzen naschen, und fremdartige, echsenähnliche Tiere, die im Unterholz umherhuschen, während die prall gefüllten Eiersäckchen auf ihren Rücken gefährlich hin und her schwanken. Knotige Ranken hängen von der Decke herab und pumpen seltsame gelbe Pollen in die Luft, die sich in dichten Schwaden auf die Haare und Schultern der Mädchen herabsenken.

»Was ist das?«, fragt Clara und hält die geöffnete Handfläche in den gelben Nebel.

»Das trägt den Pflanzen die von ihnen benötigten Nährstoffe zu«, erkläre ich. »Der Garten, den ihr hier vor euch seht, ist ein in sich geschlossenes Ökosystem. Alles hier nährt sich gegenseitig.«

Clara betrachtet die Pflanzen voller Staunen. Ihre Augen huschen zwischen den Schmetterlingen und Vögeln, den herumschwirrenden Insekten und den seltsamen Bäumen mit ihren grellbunten Blüten hin und her.

»Wo, glaubst du, holen sie die Kinder her?«, fragt Hui und starrt sehnsüchtig in den Wald hinein.

»Keine Ahnung«, antwortet Clara und zuckt mit den Schultern.

»Warum dürfen wir sie nicht sehen, was glaubst du?«

»Wenn Thea es für eine gute Idee gehalten hätte, dass wir sie sehen, hätte sie uns mitgenommen«, entgegnet Clara kurz angebunden.

Über ihren Köpfen singen Vögel, und die Schönheit ihres Gesangs erregt sofort Huis Aufmerksamkeit. Sie bleibt abrupt stehen, ihre Finger zucken in dem Versuch, die Töne nachzuspielen, die sie von ihnen hört, doch dann flattern die Vögel davon. Hui blickt ihnen enttäuscht hinterher, doch im nächsten Moment erklingt ihr Lied erneut, weiter unten im Wald. Hui folgt dem Klang unwillkürlich.

»Wo gehst du hin?«, fragt Clara.

»Ich will das besser hören können«, antwortet Hui und läuft tiefer in den Wald hinein.

»Thea hat gesagt, wir sollen zur Seilbahn gehen«, protestiert Clara.

»Ich geh ja nicht weit«, ruft Hui, die ihrer Freundin kaum zugehört hat.

Clara grummelt vor sich hin, aber sie diskutiert nicht weiter. Hui ist nicht mehr bei der Sache. Die Welt ist für sie zu einem Schmelztiegel der Inspiration geworden, aus dem früher oder später etwas ganz Wunderbares, Mitreißendes entstehen wird. Bis das geschieht, besteht Claras einzige Aufgabe darin, ihre Freundin davor zu bewahren, sich blindlings von einem Berg in die Tiefe zu stürzen, nur damit sie die Melodie des Windes besser hören kann, der ihr in den Ohren pfeift.

Die Vegetation wird mit jedem Schritt dichter, und Huis unvorhersehbare Richtungswechsel führen dazu, dass Clara zurückbleibt.

Sie lässt sich von einem geflügelten Eichhörnchen ablenken, aus dessen Kopf zwei große Fühler wachsen. Das Tier schwebt dicht über der Erde und versucht, den Blütenkelch einer Blume näher zu sich heranzuziehen. Als es Claras Blick spürt, unterbricht es seine Nahrungssuche und schaut mit glasigen Augen zu ihr hoch.

Eine Sekunde lang starren sie sich gegenseitig an.

Die Fühler des Tieres zucken, und es stellt die Ohren auf.

Im nächsten Moment bricht eine Schlange aus dem Unterholz hervor und rammt dem Eichhörnchen ihre Fangzähne in den Rücken.

Clara springt erschrocken rückwärts, während die Schlange ihr Maul weit aufreißt und das sich windende Tier mit einem Mal herunterschluckt. Ein paar Minuten lang schaut Clara ebenso abgestoßen wie fasziniert dabei zu, wie sich der Körper der Schlange verformt, um Platz für die von ihr verschlungene Mahlzeit zu schaffen, und sie sich dann mühsam zurück ins Gebüsch schlängelt.

Als Clara wieder aufschaut, ist Hui verschwunden.

»Hui!«, ruft sie, doch sie bekommt keine Antwort.

Überall um sie herum tropft Wasser von den Blättern. Von einem Moment auf den anderen verwandelt sich das Wunder, das dieser Garten eben noch für sie war, zu einem Ort feindseliger Fremdheit.

Wie jeder andere, der im Dorf aufgewachsen ist, war Clara nie in ihrem Leben allein. Die erste Erinnerung, die die Dorfbewohner haben, ist meine Stimme in ihrem Kopf, und von da an sind sie stets von Liebe und Lachen umgeben. Dieser Moment ist der erste in Claras Leben, an den sie sich erinnern kann, an dem sie sich umschaut und kein einziges freundliches Gesicht erblickt.

»Es ist alles in Ordnung«, sage ich beruhigend. »Es gibt hier oben nichts, was dir ein Leid zufügen könnte.«

»Nicht einmal die Schlange?«

»Die hat jetzt keinen Hunger mehr«, sage ich.

»In welche Richtung ist Hui gegangen?«, fragt sie mit angespannter Stimme.

»Immer geradeaus«, antworte ich. »Du wirst sie summen hören.«

Sie steigt in den Garten hinunter, wobei sie sich immer weiter von ihrer Freundin entfernt, die sich in Wahrheit etwa dreißig Schritte links von ihr befindet. Wenn diese Insel die folgende Woche überstehen soll, dann darf sich Clara in fünf Minuten nicht in Huis Nähe befinden. So fragil ist das Konstrukt aus Ereignissen, von denen die Zukunft abhängt. Wenn auch nur ein einziges Element nicht an seinem Platz ist, bricht es in sich zusammen und begräbt alle unter sich.

Clara schiebt die Zweige der Bäume beiseite. Sie geht so schnell sie kann, um der Angst zu entkommen, die ihr im Nacken sitzt.

»Bist du sicher, dass sie hier unten ist?«, fragt sie, während sie durch einen Bach watet. Hinter ihr durchschneidet plötzlich ein schriller Schrei das dichte Grün des Waldes und bricht dann abrupt ab.

Clara wirft den Kopf herum und versucht zu erkennen, woher der Schrei kam, doch er schien von überallher gleichzeitig gekommen zu sein.

»Hui?«, ruft sie und stürzt in die Richtung zurück, aus der sie gekommen ist. »Hui!«

Wurzeln schlingen sich um ihre Knöchel, und Dornen schlagen ihr blutige Schrammen ins Gesicht. Sie bricht aus dem Wald hervor und findet sich auf einer Lichtung wieder. Sie wischt sich den Schweiß aus dem Gesicht.

»Abi … wo …?«

Eine schwere Hand packt sie an der Schulter.

Sie wirbelt herum und steht Hephaistos gegenüber, der drohend über ihr aufragt. In der anderen Hand hält er einen seltsamen kegelförmigen Apparat, aus dem mehrere lange Antennen herausragen. Sie weicht erschrocken zurück, stolpert und fällt auf den Hosenboden. Ein stechender Schmerz durchzuckt sie.

»Du hast hier nichts zu suchen«, knurrt er mit seiner tiefen Stimme.

Hinter Hephaistos taucht Thea auf. Ein kleiner Junge klammert sich an ihr Bein. Seine blonden Haare sind nass und zerzaust, seine weit aufgerissenen braunen Augen ausdruckslos. Er trägt ein blütenweißes Gewand mit einigen nassen Flecken. Er scheint etwa acht Jahre alt zu sein – das Alter, das alle Kinder haben, wenn sie ins Dorf gebracht werden.

Sein Gesicht wirkt seltsam leer.

Hui steht einen halben Meter entfernt am Waldrand und hält einen kleinen Kasten aus Metall in ihren ausgestreckten Händen. Sie zittert heftig und hält den Kopf gesenkt.

»Was ist passiert?«, fragt Clara, an Hui gerichtet.

»Mein Auftrag lautete nicht, dass ihr hierher kommen sollt«, unterbricht Thea sie.

»Ich habe einen Schrei gehört.«

»Unserem kleinen Freund hier ist ein Missgeschick widerfahren«, erklärt Thea und zeigt auf einen blutverschmierten Verband am Unterarm des Jungen. »Ich habe seine Wunde versorgt, und jetzt können wir aufbrechen.«

Clara starrt den Verband an. Sie weiß, dass es nicht der Junge war, den sie gehört hat.

»Ich habe Hui schreien hören.«

»Du irrst dich.«

In Claras Kopf dreht sich alles. Sie kann nicht fassen, dass Thea ihr so dreist ins Gesicht lügt. Für gewöhnlich, wenn es etwas gibt, was sie Clara lieber nicht sagen will, ignoriert sie die Frage einfach oder lenkt das Gespräch auf ein anderes Thema.

Claras Blick wandert Unterstützung suchend zu Hui hinüber, doch ihre Freundin weigert sich, sie anzusehen.

»Alles okay bei dir?«, fragt sie.

»Es geht ihr gut«, unterbricht Thea sie ungeduldig. »Mir geht es gut. Dem Jungen geht es gut. Keine weiteren Fragen mehr. Es ist höchste Zeit, dass unser junger Freund hier seine Eltern kennenlernt. Wir sind spät dran.«

14

Hephaistos schiebt einen tiefhängenden Zweig zur Seite, um für Thea den Weg frei zu machen. Kaum ist sie mit dem kleinen Jungen daran vorbeigegangen, lässt er den Zweig wieder los, sodass er Clara ins Gesicht geschlagen wäre, wenn sie sich nicht rasch geduckt hätte.

Sie wirft ihm einen wütenden Blick zu, aber er scheint den Vorfall gar nicht bemerkt zu haben. Offenbar war es keine böse Absicht gewesen – er scheint einfach nur komplett vergessen zu haben, dass sie auch noch da war.

»Pass auf, Hephaistos«, sagt Thea und zeigt mit dem Daumen rückwärts auf Clara und Hui, die hinter ihnen herlaufen.

Er mustert die beiden Lehrlinge. Sein Blick drückt weder Bedauern aus, noch scheint er sie überhaupt wirklich wahrzunehmen.

Clara starrt ihn verunsichert an. Sie ist ihm noch nie so nahe gewesen. Es fühlt sich an, als stünde man plötzlich am Fuß eines Berges, den man immer nur aus der Ferne gesehen hat. Er ist einen Kopf größer als Thea, und sein Körper scheint nur aus Muskeln zu bestehen. Seine gewaltigen Schultern sind über und über mit dem gelben Pollenstaub bedeckt, den die von der Decke herabhängenden Ranken in die Luft pumpen.

Sein Körperbau ist anders als der jedes anderen Dorfbewohners, aber es sind die Augen, die am fremdartigsten wirken. Es ist kein Licht darin. Kein Glanz. Keine Menschlichkeit. Sie sind wie tiefe Krater, auf deren Grund etwas Entsetzliches lauert.

»Ich habe dich seit Wochen nicht gesehen. Was machst du hier oben?«, fragt Thea ihn freundlich. Clara hat sie noch nie mit jemandem in einem solchen Tonfall sprechen hören.

Die beiden Ältesten gehen Seite an Seite. Es ist kaum ein Zentimeter Platz zwischen ihnen. Thea schreitet so stolz und aufrecht wie immer voran, während Hephaistos den Kopf gesenkt und die Schultern gebeugt hält, damit sie sich nicht den Hals verrenken muss, wenn sie zu ihm hochschaut. Zwischen ihnen besteht eine derart liebevolle Zuneigung, dass die Luft davon zu vibrieren scheint.

»Meine Mutter hat mich gebeten, die Kuppel über dem Krater auf Risse zu überprüfen«, sagt er und tippt mit dem Finger auf den seltsamen Apparat, den er sich unter den Arm geklemmt hat. »Dafür ist das hier gedacht.« Sein Tonfall hat sich verändert und ist nun von einem geradezu kindlichen Stolz erfüllt. »Das Ding habe ich selbst gebaut!«

Von hinten mustert Clara das chaotische Gewirr aus offenliegenden Schaltkreisen und blinkenden Lichtern. Thea hat ihr einmal erzählt, dass Hephaistos vor dem Nebel Biologe war, sich jedoch nach dem Ende der Welt selbst Maschinenbau beigebracht hat. Seine Geschicklichkeit ist der einzige Grund dafür, dass sie überhaupt über irgendwelche funktionierenden Technologien verfügen. Als das Blackheath Institut versiegelt wurde, verloren die Ältesten den größten Teil ihrer Ausrüstung, doch Hephaistos ist es gelungen, mit den Einzelteilen, die er überall auf der Insel gefunden hat, die am dringendsten benötigten wissenschaftlichen Geräte nachzubauen.

»Warum wollte sie denn, dass du die Kuppel überprüfst?«, fragt Thea und wirft einen nervösen Blick zu dem Glasdach hinauf. »Stimmt etwas nicht damit?«

Der Krater ist als letzte Zuflucht für die Menschen gedacht, falls die Barriere einmal versagen sollte. Aber die Kuppel ist mittlerweile über hundert Jahre alt. Falls sie zerbricht, haben sie nicht die Mittel, um sie wieder zu reparieren.

»Jedenfalls nichts, was meinem Apparat hier aufgefallen wäre«, antwortet Hephaistos. »Sie wollte mir wahrscheinlich nur etwas zu tun geben. Sie glaubt, es täte mir gut, eine Aufgabe zu haben.«

Thea nickt verständnisvoll.

Den meisten Wissenschaftlern, die nach dem Hereinbrechen des Nebels auf der Insel blieben, gingen irgendwann die Gründe zum Weiterleben aus. Bei manchen geschah das schneller als bei anderen, doch am Ende gaben sie alle auf. Thea und Hephaistos halten durch, weil sie tatsächlich davon überzeugt sind, dass es irgendwann eine Zukunft geben wird, in der es sich zu leben lohnt. Thea verbringt jeden Tag in ihrem Labor und müht sich Schritt für Schritt ihrem Ziel entgegen, Blackheath zurückzugewinnen, während Hephaistos irgendwelche Aufträge für seiner Mutter erledigt, so wie er es immer getan hat.

Es käme ihm nie in den Sinn, Niema im Stich zu lassen, solange sie ihn braucht.

Als Clara sieht, dass die beiden Ältesten abgelenkt sind, lässt sie sich ein wenig zurückfallen, um neben Hui herzugehen, die immer noch den Metallkasten in ihren Händen hält. Der Kasten ist in etwa so groß wie eine Melone und hat eine kleine Öffnung an einer Seite. Clara hat so etwas noch nie gesehen. Es gibt keinerlei Hinweise darauf, was sich in seinem Innern befinden könnte, noch darauf, wie Hui in seinen Besitz gelangt ist.

»Ich weiß, dass du es warst, die geschrien hat«, flüstert Clara ihr zu. »Ist alles in Ordnung? Was ist passiert?«

Huis Blick huscht kurz zu ihr herüber, senkt sich dann aber sofort wieder zu dem Kasten herab, den sie in ihren Händen hält. Seit dem Vorfall auf der Lichtung hat sie kein einziges Wort mehr gesagt.

»Warum redest du nicht mit mir?«, fragt Clara beharrlich. »Habe ich irgendetwas falsch gemacht?«

Endlich schaut Hui Clara an. Sie wirkt zutiefst erschüttert, scheint sich jedoch gleichzeitig auch zu schämen und sich nichts sehnlicher zu wünschen, als woanders zu sein. Schließlich schüttelt sie den Kopf, beschleunigt ihre Schritte und lässt ihre Freundin hinter sich zurück.

»Was hat sie für ein Problem?«, fragt Clara mich in ihren Gedanken. »Warum verhält sie sich so komisch?«

»Du weißt doch, dass ich dir ihre persönlichen Gedanken nicht erzählen darf«, sage ich. »Morgen wird es ihr wieder bessergehen. Sie hat einen Schock erlitten, das ist alles. Wenn du sie bedrängst, wird es nicht besser.«

Sie gehen durch eine Glastür und betreten die Seilbahnstation, die sich an den Berghang schmiegt. Eine Gondel schwingt knarrend an einem Drahtseil hin und her, doch die Rollen, über die sie gleitet, glänzen wie frisch geölt.

Thea lässt ihrem Blick mit tiefem – und berechtigtem – Misstrauen über die Vorrichtung schweifen. Die gesamte Anlage wurde vor über zweihundert Jahren von einer längst vergessenen Regierung gebaut, die die Insel und den Marinestützpunkt zu einer Touristenattraktion machen wollte. Die Vorrichtung ist während mindestens der Hälfte ihrer gesamten Existenz nicht benutzt worden – wovon auch die abgeblätterte Farbe und der Rost an der Gondel zeugen.

Sie wurde, so gut es ging, repariert, doch sie fällt immer wieder aus, sodass häufig jemand auf der Mitte der Strecke hängen bleibt.

»Ich will, dass jedes einzelne Teil dieses Mechanismus genauestens überprüft wird«, sagt Thea. Ihr vor Schmutz starrendes T-Shirt bauscht sich im Wind auf.

»Worauf sollen wir achten?«, fragt Clara und lässt sich auf alle viere nieder, um die Unterseite der Gondel zu untersuchen.

»Auf alles, was darauf hinweist, dass wir kurz nach dem Start in den Tod stürzen könnten«, antwortet Thea trocken.

»Und woran erkenne ich das?«

»Ich hoffe ja, dass so etwas sofort ins Auge stechen würde.«

»Die Anlage ist vollkommen in Ordnung«, sagt Hephaistos und betritt beherzt die Gondel. »Oder jedenfalls könntet ihr gegen das, was damit eventuell nicht stimmt, sowieso nichts unternehmen. Ihr könnt also genauso gut einsteigen.«

Seine Bemerkung sorgt nicht gerade dafür, dass Thea sich besser fühlt. Sie hasst die Seilbahn und würde normalerweise jede andere Fortbewegungsmethode bevorzugen. Aber es gibt keinen direkten Weg vom Krater zum Dorf, und der Ziegenpfad, auf dem sie hochgestiegen sind, wäre für den kleinen Jungen viel zu anstrengend.

Nachdem Thea ihrer Besorgnis durch einen tiefen Seufzer Luft gemacht hat, bedeutet sie ihren Lehrlingen mit einem Wink, an Bord zu gehen.

Clara stellt einen ihrer kleinen geschnitzten Holzvögel auf die Plattform und huscht in die Gondel. Dort muss sie feststellen, dass Hephaistos bereits die gesamte Rückbank eingenommen hat. Er sitzt da und hat seine gewaltigen Arme vor der Brust verschränkt. Hui hockt mit dem Rücken zur Wand auf dem Boden, hat die Arme um die Knie geschlungen und den Metallkasten neben sich gestellt. Der kleine Junge steht am Fenster und starrt in den Abgrund hinunter. Je weiter sie sich von der Lichtung entfernen, desto mehr scheint er aus seinem Traumzustand zu erwachen.

Thea zieht die Schiebetür zu, streckt den Arm durch das offene Fenster und drückt den Starthebel nach unten. Die Gondel setzt sich quietschend und ruckelnd in Bewegung und gleitet aus der Bergstation.

Clara und der Junge lachen vor Begeisterung, als sie zu dem weit unten liegenden Dorf hinunterschauen. Von hier oben wirkt es wie ein Spielzeugdorf, als hätte jemand lauter kleine Bauklötze am Fuß des Vulkans ausgestreut und dann eine Mauer darum gezogen. In der Bucht glitzert das Meer, und die graue Betonmole ist in der herrlich blauen Wasserfläche kaum zu erkennen.

Der Blick des Jungen wandert zu dem schwarzen Nebel, von dem die Insel umschlossen wird. Clara folgt seinem Blick, erschaudert und wendet rasch die Augen ab. Die meisten Dorfbewohner vermeiden es, das Ende der Welt anzusehen. Sie haben sich angewöhnt, es einfach zu ignorieren, so wie man den knurrenden Hund im Garten des Nachbarn ignoriert. Hinter ihnen stöhnt Hui verzweifelt auf. Sie hat die Augen fest zusammengekniffen und den

Kopf zwischen die Knie gesteckt. Sie muss ihre gesamte Selbstkontrolle aufbringen, um sich nicht zu übergeben.

Die Talfahrt dauert vier Minuten. Mit jeder Sekunde kommen sie dem Dorf näher, bis sie schließlich durch eine Lücke im hinteren Teil der Dorfmauer gleiten und in die Talstation der Seilbahn einfahren.

Sie sammeln ihre Sachen zusammen und gehen nach draußen, wo schon alle auf sie warten, um das Kind zu begrüßen.

Die beiden Dorfbewohner, die ich als Eltern des Jungen auserkoren habe, stehen an vorderster Front und warten gespannt. Als der Junge sich von Thea löst und zu ihnen herübergeht, werden alle vollkommen still.

»Ich bin Ben«, sagt er und reicht seinen Eltern zur Begrüßung die Hand.

Seine Mutter bricht in Tränen aus und reißt ihn sofort in ihre Arme, sodass sich der gelbe Pollenstaub in alle Himmelsrichtungen zerstreut. Sein Vater schließt beide in eine feste Umarmung ein, woraufhin die Menge in lauten Jubel ausbricht. Sie werfen Hände voll bunten Pulvers in die Luft und färben damit die gesamte Umgebung violett, gelb, blau und rot. Alle zusammen strömen sie danach auf den Kasernenhof, wo ein zuvor bereitetes Festmahl aus Kuchen, Panna cotta und anderen Köstlichkeiten wartet. Den Rest des Tages werden sie mit Tanzen, Singen, Essen und Schwimmen verbringen.

Hephaistos wartet, bis sich die Menge zerstreut hat, bevor er die Stufen der Seilbahnstation hinuntersteigt. »Macht es dir was aus, wenn ich das hier in deinem Labor aufbewahre?«, fragt er und klopft mit dem Finger auf den Apparat, den er vom Krater mit nach unten gebracht hat.

»Aber nein, mach das gern«, antwortet Thea. »Was hast du heute Nachmittag vor? Wir haben uns ewig nicht mehr unterhalten. Wie wär's, ich habe eben erst einen Schwung von diesem Fast-Wodka destilliert, den könnten wir verköstigen.«

»Ich muss unten am Leuchtturm noch was für meine Mutter erledigen, aber danach komme ich zu dir.«

»Perfekt«, antwortet sie.

Thea schaut ihm nach und stößt einen besorgten Seufzer aus. »Ihr seid für heute fertig«, sagt sie zu ihren Lehrlingen, während sie mit ihren Gedanken ganz offensichtlich immer noch bei Hephaistos ist. »Ich übernehme den Kasten jetzt.«

Hui übergibt ihr den Kasten mit unverhohlener Erleichterung und springt dann in Richtung der Schlafsäle davon.

Clara steht schon im Begriff, ihr zu folgen, als sie Emory allein im Hof stehen sieht. Ihre Mutter wartet offenbar auf sie. Sie steht vollkommen reglos da, mit verschränkten Händen und einem hoffnungsvollen Ausdruck im Gesicht.

Claras Herz hüpft, nur um ihr dann sofort wieder schwer zu werden. Sie hat ihre Mutter trotz aller Streitigkeiten während der letzten drei Wochen sehr vermisst.

»Abi?«, fragt sie in Gedanken, während sie über die Köpfe der sich zerstreuenden Menge hinweg zu dem sommersprossigen Gesicht ihrer Mutter und ihrem gewaltigen braungelockten Wuschelkopf hinüberschaut.

»Ja, Clara.«

»Hat sich ihre Einstellung geändert? Was meinst du? Wenn ich jetzt zu ihr gehe, wird sie dann akzeptieren, was ich mit meinem Leben anfangen möchte?«

»Nein«, muss ich zugeben.

»Werden wir uns streiten?«

»Nicht sofort. Aber nach einer Weile schon.«

»Das dachte ich mir«, murmelt das Mädchen müde.

Thea beobachtet sie. Die blauen Augen der Ältesten leuchten im Sonnenlicht. Im Gegensatz zu dem, was man ihr nachsagt, kann ihr normalerweise recht kalter Blick je nach Situation eine bemerkenswerte Wärme annehmen. In diesem Moment ist er voller Fürsorge auf ihren jungen Schützling gerichtet.

»Mir scheint, du bist nicht gerade in der Stimmung für ein freudiges Wiedersehen«, sagt sie verständnisvoll.

»Hättest du irgendeine Arbeit für mich?«

»Es gibt immer Arbeit.« Sie zieht ein Reagenzglas mit Blut aus einer ihrer Taschen und reicht es der jungen Frau. »Das hier gehört dem Jungen. Es muss analysiert werden.«

Clara nimmt das Glas und betrachtet die Flüssigkeit, die im Sonnenlicht glänzt. »Stimmt etwas nicht mit ihm?«

»Das würde ich nicht unbedingt sagen, nein. Aber irgendetwas ist merkwürdig«, antwortet Thea. »Wie wär's, wenn du erst mal ein Bad nimmst und dann in mein Labor gehst. Ich werde deiner Mutter Bescheid sagen, dass ich dich heute noch brauche.«

»Danke.«

»Gern geschehen, Kleines.«

Clara senkt schuldbewusst den Kopf, während sie die Talstation der Seilbahn verlässt, zu Theas Labor hinübergeht und ihre Mutter allein im Hof stehen lässt.

15

»Das ist keine gute Idee«, warne ich Niema, als sie aus dem düsteren Schulzimmer in die sengende Hitze hinaustritt und den Hinterhof in Richtung von Theas Labor überquert. »Es ist ganz gleich, was du zu ihr sagst, sie wird es dir nicht verzeihen.«

»Ob mein Experiment nun funktioniert oder nicht – nach heute Abend wird Thea ohnehin nie wieder ein Wort mit mir sprechen«, sagt sie und senkt den Blick, um ihre Augen vor dem gleißenden Licht zu schützen. »Ich muss mir das einfach von der Seele reden, solange das noch möglich ist.«

Die Luft ist voller Staub, den die mittlerweile verschwundenen Dorfbewohner bei ihrer Begrüßung des Jungen aufgewirbelt haben. Niema hält sich den Ärmel vor den Mund, um den Staub nicht einzuatmen, aber sie kann spüren, wie er sich in einer dicken Schicht überall auf ihre Haut legt.

Das ist das einzige Problem, das das Leben im Dorf mit sich bringt. Man hat das Gefühl, niemals sauber zu sein. Bevor sie gezwungen waren, Blackheath zu verlassen, war alles immer ordentlich und steril. Damals hat sie morgens und abends geduscht. Sie trug jeden Tag frische, mustergültig gebügelte Kleider. Von all den Dingen, die sie verloren hat, ist das das Einzige, was sie wirklich vermisst.

Vom Kasernenhof ist lauter Jubel zu hören, gefolgt von den ersten Takten eines Lieds. *Bald wird das Essen serviert werden*, denkt sie. Es tut ihr leid, dass sie die Feierlichkeiten verpasst, aber sie ist viel zu ruhelos, um sich daran zu beteiligen.

Hephaistos hat ihr die Nachricht zukommen lassen, dass er einen Kandidaten für ihr Experiment ausgewählt hat. Das bedeutet, dass sie ihren Plan heute Abend in die Tat umsetzen kann. Wenn der morgige Tag anbricht, wird sie etwas geschafft haben, das bisher niemand jemals für möglich gehalten hat. Sie wird einen Weg entdeckt haben, wie man die Menschheit von all ihren Dornen befreien und ihr Wesen von Grund auf verändern kann. Sie wird es geschafft haben, den Grundstein für eine perfekte Gesellschaft zu legen. Eine unmögliche Utopie, die sie allein mit Geduld und List erschaffen hat.

»Oder du hast ihrer aller Tod auf dem Gewissen und ihr Aussterben verursacht«, sage ich.

»Es war mir gar nicht klar, dass ich eine solche Pessimistin kreiert habe«, sagt sie gereizt. Sie ärgert sich darüber, dass ich ihren Tagträumen keinen Applaus spende.

Niema ist eine außergewöhnlich begabte Wissenschaftlerin, aber sie ist mit der Arroganz des Genies geschlagen. Da ihr noch nie ein Problem begegnet ist, das sie nicht hätte lösen können, kann sie sich nicht vorstellen, dass die Dinge jemals anders laufen könnten, als sie es möchte. Ihr ganzes Leben lang hatte sie immer nur grünes Licht, und sie ist davon überzeugt, dass das auch so bleiben wird.

Vier Stufen führen in Theas Labor hinunter, das Niema immer als einen der schönsten Orte im ganzen Dorf empfunden hat. Früher diente es als Kantine. Die Wände sind mit grünen Kacheln verkleidet, und es gibt eine offene Galerie, die von schmiedeeisernen Säulen gestützt wird. Die kunstvollen Verzierungen an den Säulen sind in dieser Kaserne – die doch eigentlich eher gebaut wurde, um gefürchtet, statt bewundert zu werden – eine absolute Seltenheit.

Der Raum enthält dreizehn Apparate, die unterschiedlichen wissenschaftlichen Zwecken dienen. Sie stehen auf alten Tischen oder Krankentragen und sind mit dicken schwarzen Kabeln verbunden, die kreuz und quer über den Boden führen.

All dies hat Hephaistos für Thea gebaut, nachdem sie Blackheath verloren hatten, aus Angst davor, was mit ihr geschehen würde, wenn sie keine Forschungsarbeit mehr leisten könnte. Den Großteil dieser Ausrüstung hat er in einem verfallenen Krankenhaus an der Nordküste der Insel gefunden.

Es ist eine erstaunliche Leistung – und eines der wenigen Dinge, die ihr Sohn jemals getan hat, auf die sie wirklich stolz ist.

Thea steht über ein Mikroskop gebeugt, richtet sich aber auf, als sie Niemas Schritte hört.

Niema rümpft unwillkürlich die Nase über Theas äußere Erscheinung. Ihr T-Shirt und ihre kurze Hose starren vor Schmutz, ihr Gesicht ist dreckverschmiert, ihre dunklen Haare sind strähnig, und sie ist über und über mit Pollenstaub aus dem Krater bedeckt. Doch all dies scheint sie überhaupt nicht zu bemerken.

So ist sie immer schon gewesen. Soweit Niema das beurteilen kann, ist ihre Arbeit das Einzige, das Thea etwas bedeutet. Sie nimmt nichts anderes wahr – bis an die Grenze zur Amoralität. Nur deshalb konnte sie schon mit vierzehn Jahren ihren Doktorgrad erlangen. Und aus diesem Grund hatte Niema damals auch das Gefühl, es verantworten zu können, jemanden für das renommierteste Forschungslabor der Welt einzustellen, der kaum das Teenageralter erreicht hatte. Niemand außer Thea würde drei Wochen in der Wildnis verbringen und sich dann bei seiner Rückkehr sofort wieder an die Arbeit machen, ohne auch nur ein Bad zu nehmen.

Einen Moment lang starren sich die beiden Frauen einfach an. Die Überraschung hat Thea die Sprache verschlagen. Keine von beiden kann sich an das letzte Mal erinnern, an dem Niema einen Fuß in dieses Labor gesetzt hat. Sie reden kaum noch miteinander, und wenn sie es tun, geschieht es einzig und allein durch mich.

»Deine Probe ist da drüben«, sagt Thea und deutet auf einen Tisch. Dort steht der Metallkasten, den Hui für sie hierhergetragen hat.

Niema ist verlegen auf der Türschwelle stehen geblieben und knetet ihre Hände. Sie hat sich die Worte für diesen Moment im Voraus zurechtgelegt, aber jetzt weiß sie nicht, wo sie anfangen soll. Das ist das Problem, wenn man fast immer recht hat – man lernt nie, sich zu entschuldigen.

»Ich bin gekommen, um … Ich wollte …« Sie wird rot und verhaspelt sich. »Ich weiß, du denkst, dass ich dich im Stich gelassen habe und dass ich –«

»Lass es«, sagt Thea, als ihr klarwird, worauf Niema hinauswill.

Niema hört ihre Bemerkung gar nicht. Sie ist wild entschlossen, diese Sache jetzt durchzuziehen, und hat ihr Mundwerk auf Autopilot gestellt.

»Ich hätte mehr tun sollen. Ich hätte mich stärker bemühen sollen, Ellie aus Blackheath herauszuholen, bevor wir geflohen sind«, stolpert sie weiter durch ihre Rede. Dabei vermeidet sie es tunlichst, Thea anzusehen. »Ich weiß, dass du glaubst, dass ich sie da unten einfach so zurückgelassen habe und dass ich mehr –«

»Hör auf. Kein Wort mehr!«, unterbricht Thea sie angewidert.

»Ich wollte nur sagen –«

»Hör auf!«, brüllt Thea und wischt mit einer solchen Wucht eine Reihe von Reagenzgläsern vom Tisch, dass diese an der Wand zerschellen.

Die ältere Frau öffnet erneut den Mund mit der Absicht, noch ein paar weitere Entschuldigungen auf den wild lodernden Scheiterhaufen von Theas Zorn zu werfen, doch meine Stimme in ihrem Kopf hält sie zurück.

»Tu's nicht!«, beschwöre ich sie. »Du machst es nur noch schlimmer.«

»Hast du auch nur die geringste Ahnung, wie schwer es mir fällt, nicht an Ellie zu denken?«, fragt Thea mit gebrochener Stimme. »Manchmal schaffe ich es wochenlang, und dann erinnere ich mich plötzlich wieder daran, dass meine Schwester …« Sie schluckt und versucht, sich nicht von ihrem Schmerz überwältigen zu lassen. »Ich denke an sie, dort unten, wie der Nebel sie einschließt und ich …«

Sie ballt so fest die Fäuste, dass sich ihr die Nägel ins Fleisch graben.

»Warum bist du hergekommen?«, verlangt sie zu wissen, während sie sich weiterhin mühsam zusammenreißt. »Warum musstest du mich unbedingt daran erinnern?«

»Ich wollte reinen Tisch machen«, antwortet Niema und breitet die Hände aus. »Wir waren einmal Freunde, du und ich. Du warst wie eine Tochter für mich. Ich hasse das, was mit uns geschehen ist.«

Thea wirbelt herum. Ihr Gesicht ist rot vor Wut. »Und was *ist* mit uns geschehen?«, fragt sie drohend. »Was glaubst du, warum reden wir kaum noch miteinander?«

Niema sieht sie an. Sie ahnt, dass da eine Falle lauert, doch sie hat keine Ahnung, was diese Falle zum Zuschnappen bringen könnte.

»Du wirfst mir vor, dass ich Ellie im Stich gelassen habe«, sagt sie langsam.

»Ich werfe dir nicht vor, Ellie im Stich gelassen zu haben«, schnaubt Thea verächtlich. »Ich werfe dir vor, *mich* im Stich gelassen zu haben.«

Thea geht auf Niema zu. Ihre Augen glühen.

»Als wir Blackheath aufgeben mussten, hast du mir versprochen, dass du mir so schnell wie möglich wieder Zutritt verschaffst. Das ist vierzig Jahre her! Es ist dir in sehr viel kürzerer Zeit gelungen, zwei Nobelpreise zu gewinnen und die wertvollste Firma der Welt aufzubauen.«

»Das Labor wurde vom Nebel überflutet«, entgegnet Niema, die allmählich ebenfalls wütend wird. »Die Fluchttüren sind versiegelt. Was erwartest du von mir?«

»Dass du dich anstrengst«, zischt Thea. »Ich will, dass du dich in dein Labor stellst und genauso hart arbeitest wie ich. Stattdessen bist du jeden Tag in dieser Schule. Wir brauchen die Dorfbewohner für den Ackerbau und dafür, dass sie sich um unsere Ausrüstung kümmern. Sie müssen weder etwas von Geschichte noch von Kunst verstehen.«

»Du bildest doch auch Lehrlinge aus«, sagt Niema in dem Versuch, Theas Erregung ein wenig dämpfen.

»Sie sind für mich nur Mittel zum Zweck. Ein Ersatz für die Ausrüstung, die mir fehlt. Ich verschwende meine Abende nicht damit, mit ihnen zusammen zu tanzen und zu singen.« Thea schnaubt erneut verächtlich. »Unter unseren Füßen befindet sich das fortschrittlichste Labor, das die Welt jemals gesehen hat. Mit den Mitteln, die uns dort zur Verfügung stehen, bräuchten wir ein einziges Jahrzehnt, um den Nebel zu vernichten und endlich von dieser Insel herunterzukommen, aber du hast nichts anderes im Kopf, als den Lehrer zu spielen. Ich kenne dich, Niema. Ich merke sofort, wenn du nur Zeit schindest.«

»Es gibt überhaupt keinen Grund, Zeit zu schinden«, zischt Niema zurück, die ihren Gefühlen nun endlich auch freien Lauf lässt. »Selbst wenn wir den Nebel loswerden könnten, gibt es jenseits dieser Insel nichts als Trümmer und Tod. Der Nebel hat alles getötet, was lebendig war. Warum bist du so schrecklich erpicht darauf, etwas zurückzuerobern, in dem nur Leere und Schweigen herrscht? Wenn du nur mal für eine Sekunde deine Arroganz außer Acht lassen könntest, dann würde es dir auch gelingen, hier Freunde zu gewinnen. Dir ein Leben aufzubauen.«

»Ein Leben!«, schnaubt Thea. »Bevor die Welt endete, war ich von den größten Denkern der Weltgeschichte umgeben. Wir waren in der Lage, in wenigen Monaten ganze Städte aus Korallen zu bauen. Wir konnten unbegrenzte Mengen von Energie aus der Kraft der Sonne und der Wellen gewinnen, und wir konnten aus wiederverwerteten Proteinen Nahrung herstellen. Wir konnten über die Stratosphäre springen und in wenigen Stunden von einem Ende des Planeten zum anderen gelangen. Und jetzt habe ich ein Labor voller Geräte, die aus irgendwelchen Schrotthaufen geborgen wurden, Hunderte von Jahren alt sind und mit Klebeband zusammengehalten werden. Ich bin von lächelnden Idioten umringt, die schon verständnislos die Augen verdrehen, wenn ich ihnen zu erklären versuche, was ein Atom ist. Warum sollte ich mich mit so etwas zufriedengeben?«

»Weil es jetzt besser ist!«, brüllt Niema und schlägt so heftig mit der Faust auf den Tisch vor ihr, dass die Geräte in die Luft springen. »All diese Wunder, die du da beschreibst – wozu waren die gut? Ja, es stimmt, wir konnten so viel Nahrung und Energie herstellen, wie wir nur wollten, aber nur für die, die auch genug Geld hatten, um dafür zu bezahlen. In diesen wunderschönen Korallenstädten gab es immer noch Kinder, die auf den Straßen verhungerten. Menschen in ärmeren Ländern starben immer noch an Krankheiten, für die wir schon vor Jahrhunderten Heilmittel entdeckt hatten. Es gab immer noch Krieg. Frauen mussten immer noch Angst haben, wenn sie spätabends allein nach Hause gingen. Kinder wurden immer noch auf der Straße gepackt und entführt. Ich vermisse dieselben Dinge wie du, Thea, aber das, was wir damals waren, das vermisse ich nicht. Ich vermisse weder die Gewalt, die damals allgegenwärtig war, noch die Armut oder die Wut. Ich vermisse es nicht, Angst vor jedem Hass schürenden Psychopathen haben zu müssen, der demnächst vielleicht die Wahl gewinnen könnte.«

»Und wie sieht die Alternative aus?«, fragt Thea frustriert. »Alle für immer und ewig auf dieser Insel gefangen zu halten? Als der Nebel zum ersten Mal auftauchte, da hast du zu uns gesagt, es sei unsere Pflicht, so viele Menschen zu retten, wie wir nur können, und sie so lange zu beschützen, bis es uns gelingt, ihnen die Welt zurückzugeben. Wann hast du diese Mission aufgegeben? Ab wann war dir plötzlich dieser jämmerliche Abklatsch eines Lebens genug?«

Niema taumelt rückwärts, fassungslos über die unverhohlene Verachtung, die ihr aus Theas Gesicht entgegenschlägt. Jahrelang hat sie geglaubt, sie bräuchten sich nur einmal richtig zu unterhalten, um sich wieder zu versöhnen. Sie wusste, dass Thea etwas gegen ihre Experimente einzuwenden haben würde, also hat sie sie ihr verheimlicht. Aber sie wusste nicht, wie unendlich weit sie sich auseinandergelebt hatten. Es ist ihr – bis heute – nicht bewusst gewesen, wie vergiftet die Luft zwischen ihnen tatsächlich ist.

»Ich sollte gehen«, sagt sie leise, nimmt sich den Metallkasten und dreht sich zum Türrahmen um, durch den das grelle Tageslicht in den Raum fällt.

»Was hat mein Lehrling im Krater gesehen?«, verlangt Thea zu wissen. Niema bleibt wie angewurzelt stehen. »Hui hatte entsetzliche Angst, aber sie will nichts sagen, und Abi schweigt sich auch aus, anscheinend auf deine Anweisung hin. Das Einzige, womit diese verflixte Dienerin von dir herausrücken wollte, ist, dass es mit irgendeinem Experiment zu tun hat, an dem du gerade arbeitest.«

Niema sinkt in sich zusammen, aber sie dreht sich nicht um.

»Ich werde eine Erklärung abgeben, wenn ich das Experiment abgeschlossen habe«, sagt sie. »Wahrscheinlich gegen Mitternacht. Wenn du mehr wissen willst, dann komm zu dieser Zeit in den Kasernenhof. Dann erkläre ich gern alles.«

»Nein«, sagt Thea und wendet sich wieder ihrem Mikroskop zu. »Ich tanze nicht nach deiner Pfeife, Niema. Ich bin nicht wie Hephaistos, der dir jeden Wunsch von den Lippen abliest.«

Niema dreht sich zu Thea um.

»Ich werde den Dorfbewohnern die Wahrheit über diese Insel sagen«, verkündet sie. »Keine Geheimnisse mehr.«

Sie hat diesen Satz schon den ganzen Tag geübt. Sie hat versucht, einen Weg zu finden, wie sie es Thea und Hephaistos sagen kann, ohne ihren Zorn zu erregen. Sie hat es erst mit einer hochmütigen und distanzierten Variante versucht, dann beschwichtigend und entschuldigend und hat sich schließlich für gebieterisch entschieden, mit einem leisen Hauch von Besorgnis. Sie hätte nie gedacht, dass es ihr einfach so rausrutschen würde, ohne jede Emotion, außer absoluter Erschöpfung.

Thea reißt schockiert die Augen auf. Sie öffnet und schließt stumm den Mund, während sie nach einer Antwort sucht. »Das letzte Mal, als einer der Dorfbewohner die Wahrheit herausgefunden hat, hat er versucht, dich umzubringen«, sagt sie schließlich.

»Das habe ich nicht vergessen«, entgegnet Niema und streicht mit der Hand über die Narbe auf ihrem Unterarm.

»Die Dorfbewohner sind für die Wartung jedes einzelnen Apparates verantwortlich, von dem unser Überleben abhängt«, sagt Thea auf der verzweifelten Suche nach etwas, das Niema umstimmen könnte. »Sie sorgen für unsere Nahrung. Wenn wir die Kontrolle über sie verlieren, können wir auf dieser Insel nicht mehr existieren.«

»Sie haben es verdient, die Wahrheit zu erfahren.«

»Es verdient?«, wiederholt Thea dumpf. Eine hitzige Röte steigt ihr den Hals hinauf. »Glaubst du, es würde mir etwas bedeuten, was *die* verdient haben? Was habe *ich* denn verdient, Niema?« Sie klopft sich grimmig gegen die Brust. »Ich bin seit neunzig Jahren auf dieser Insel gefangen. Seit vierzig Jahren kann ich Blackheath nicht mehr betreten. Und jetzt hast du auch noch vor, alle, von denen unser Leben abhängt, gegen uns aufzubringen.«

Thea starrt in Niemas glattes Gesicht und versucht, etwas wie Vernunft darin zu entdecken. Wie gewöhnlich ist die ältere Frau davon überzeugt, dass sie recht hat. Sie wird sich von ihrem Vorsatz nicht abbringen lassen. Es ist, als versuchte Thea mit Ebbe und Flut zu diskutieren. Als wollte sie den Mond dazu überreden, seine Gestalt zu ändern.

»Du wirst uns alle umbringen«, gibt sie es schließlich auf. »Und du erkennst es nicht einmal.«

16

Die Abenddämmerung ist gekommen, und ich lasse die Sperrstundenglocke ertönen.

Bens neue Freunde lassen mitten im Spiel alles stehen und liegen, kehren ihm dem Rücken zu und gehen ohne ein einziges Wort der Warnung fort.

»Was ist los?«, fragt er verwundert. »Wo geht ihr hin?«

»Es ist gleich Sperrstunde«, erkläre ich. »Um 20:45 Uhr lasse ich alle einschlafen, egal wo sie sind und was sie gerade tun. In der Morgendämmerung wecke ich euch dann wieder auf.«

»Warum?«

Alle Kinder stellen diese Frage. Sie sind scharfsichtiger als die Erwachsenen. Seine Neugier wird sich irgendwann verlieren. Erwachsene hassen Komplikationen.

»Ihr müsst euch ausruhen«, sage ich ausweichend.

Sie sind nicht die Einzigen, die sich ausruhen müssen. Die Dorfbewohner fordern meine Aufmerksamkeit und bombardieren mich jeden Tag mit Tausenden von Fragen. Sie haben Schmerzen, die ich lindern, und Unsicherheiten, die ich aus dem Weg räumen soll. Sie sind emotionale Schwämme, die permanent Beruhigungen und Beteuerungen in sich aufsaugen. Sie brauchen meine ganze Zuwendung, und das ist anstrengend. Die Sperrstunde lässt ihre Stimmen für eine Weile verstummen und bringt eine wohltuende Stille mit sich. An manchen Tagen erwische ich mich dabei, wie ich diesem Moment mit einer geradezu unziemlichen Sehnsucht entgegenfiebere.

»Ich bin nicht müde«, murrt Ben.

»Das wird gleich keine Rolle mehr spielen«, erkläre ich.

»Was passiert, wenn ich wieder aufwache?«

»Das kannst du nicht.«

»Egal, was passiert?«

»Egal, was passiert«, antworte ich und lasse meine Antwort so klingen, als wäre das etwas Wunderbares. Dabei verschweige ich den Umstand, dass drei Dorfbewohner ihr Leben lassen mussten, weil sie während eines Feuers weitergeschlafen haben.

Von den hundertzweiundzwanzig Personen, die im Dorf leben, sind nur elf nicht sofort ins Bett gegangen.

Clara durchsucht das Dorf nach Hui, der es den ganzen Nachmittag gelungen ist, ihr aus dem Weg zu gehen, und die in diesem Augenblick auf dem Weg zu dem Silo ist, in dem Thea ihre Schlafstätte eingerichtet hat.

Seth ist an der Mole und trifft die notwendigen Vorkehrungen, um Niema zum Leuchtturm hinüberzurudern. Hephaistos befindet sich bereits im Innern des Leuchtturms und bereitet eine Tasse Tee für eine junge Frau zu, die einen Overall trägt und ihm eine Frage nach der anderen stellt.

Adil ist unten am Landungssteg des Leuchtturms, läuft unruhig auf und ab und hält mit grausiger Ungeduld sein Messer umklammert.

Shilpa und Abbas sind auf einer der Farmen im Osten des Dorfs und versuchen, einer sich quälenden Kuh beim Gebären ihres Kalbs zu helfen.

Emory schwimmt im Wasser der Bucht auf der Stelle, während Schwärme von Papageifischen um ihre Beine wirbeln. Sie denkt an Clara, die normalerweise jetzt bei ihr wäre. Es gehört zu den Traditionen, die sich Mutter und Tochter geschaffen haben, dass sie abends in die letzten Splitter des Tageslichts hinausschwimmen, zuschauen, wie das Band aus Licht um sie herum immer schmaler wird, und sie durch den dichten Nebel erahnen können, wie die Sonne mit dem Horizont verschmilzt.

»Die Sperrstundenglocke läutet«, sage ich zu ihr und versuche, sie zum Heimkehren zu bewegen.

Emory geht in Gedanken noch einmal die Ereignisse des Nachmittags durch und wünscht sich, sie hätte sich anders verhalten. Seit drei Wochen wünscht sie sich nichts sehnlicher, als wieder mit ihrer Tochter im Meer schwimmen und ihre Stimme hören zu können. Sie hätte sich an der Seilbahnstation entschuldigen sollen, statt dort herumzustehen und darauf zu warten, dass Clara sich bei ihr entschuldigt.

»Morgen ist auch noch ein Tag«, sage ich.

»Ist sie wütend?«, fragt Emory, während sie anmutig zum Kiesstrand der Bucht zurückschwimmt, in der die Boote vertäut liegen.

»Eher verunsichert«, antworte ich. »Aber das geht vorbei. Sie liebt dich.«

Emory wringt sich das Wasser aus den Haaren, schaut durch den Toreingang in den leeren Kasernenhof hinüber und sieht zu, wie in den Schlafräumen ein Licht nach dem anderen gelöscht wird. Das ist eine passende Metapher für die Leben, die heute Nacht verlorengehen werden, aber das sage ich ihr nicht. Das würde sie nur verstören.

Sie versteht nicht, dass das Dorf eine Maschine ist und jedes Leben darin ein Rädchen im Getriebe. Solange diese Maschine weiterläuft, wird auch die Menschheit weiter bestehen. Es werden heute Nacht Personen sterben, aber die können ersetzt werden. Es ist nicht das erste Mal, dass ich das tue.

Das Einzige, was zählt, ist die Maschine.

17

Die Sterne stehen am Himmel, das Meer ist dunkel und stürmisch. Schwarze Wolken treiben über den Nachthimmel, und die ersten Regentropfen fallen auf das einsame Boot herab, das sich auf den Leuchtturm zubewegt.

Die postapokalyptische Welt wird oft von rauem Wetter heimgesucht. Auf sengende Hitze folgen heftige Stürme. Es war den Menschen schon fast gelungen, die durch den Klimawandel verursachten Schäden zu beheben, doch bevor sie diese Aufgabe vollenden konnten, fielen sie größtenteils dem Nebel zum Opfer.

Niema sitzt hinten im Boot, in Dunkelheit gehüllt. Sie hasst es, dass sie so große Angst hat. Ihre Hände zittern so stark, dass sie sie unter ihre Beine klemmen muss, damit Seth das nicht bemerkt. Zum ersten Mal am heutigen Tag beginnt sie sich zu fragen, was sie tun soll, wenn der von Hephaistos ausgewählte Kandidat während der Prozedur stirbt.

Ein Teil von ihr würde Seth am liebsten bitten, am Leuchtturm vorbeizurudern und bis zum Morgengrauen im Kreis um die Insel zu fahren. Sie könnte in ihr Schulzimmer zurückkehren und mit ihrem Leben einfach genau da weitermachen, wo sie aufgehört hat.

»Feigling«, zischt sie sich selbst zu.

Sie hat die Chance, der Menschheit eine goldene Zukunft zu schenken, frei von all den Impulsen, die fast zu ihrer Zerstörung geführt haben. Das ist jeden Preis wert. Das muss jeden Preis wert sein.

Von der anderen Seite des Bootes aus betrachtet Seth sie besorgt.

Seit sie das Dorf verlassen haben, hat Niema kein einziges Wort gesagt und ihn einfach schweigend rudern lassen.

Das ist ganz und gar untypisch für sie. Sie liebt es, draußen auf dem Meer zu sein, insbesondere nachts. Normalerweise wird sie dann richtiggehend philosophisch und ruft sich alte Gedichtfragmente oder Weisheiten aus grauer Vorzeit in Erinnerung, die auf der Insel sonst niemand kennt.

Was auch immer ihr auf der Seele liegt, muss etwas mit dem Metallkasten zu tun haben, der neben ihr auf der Bank steht, denkt Seth. Sie bringt diesen Kasten etwa einmal im Jahr zum Leuchtturm, macht aber stets ein Geheimnis darum, was sich in seinem Innern befindet. Er würde nie darauf drängen, etwas zu erfahren, was Niema ihm nicht freiwillig mitteilt, aber das hindert ihn nicht daran, neugierig zu sein.

»Habe ich dir jemals erzählt, dass diese Insel hier mir gehörte?«, fragt sie unvermittelt, während sie zu der Küstenlinie hinüberstarrt, deren Silhouette sich vor dem Nachthimmel abhebt. »Ich habe sie einer bankrotten Regierung abgekauft und dann mein Labor in den Gängen eines alten Atombunkers unterhalb der Erdoberfläche gebaut.«

»Ich wusste nicht, dass man Inseln kaufen konnte«, sagt Seth überrascht.

»In der alten Welt konnte man alles kaufen«, antwortet Niema geistesabwesend. »Menschen, Glück, Jugend, Erinnerungen, Wählergunst. Eine Insel war da noch das Geringste.«

Sie runzelt die Stirn, versucht, sich an die Frau zu erinnern, die sie damals war, und ist bestürzt über das Ergebnis, zu dem sie dabei kommt.

»Ich glaubte damals, ich wäre glücklich. Das habe ich wirklich geglaubt«, fährt sie fort, wobei sie mehr zu sich selbst als zu ihm spricht. »Ich hatte alles. Geld, Ruhm, Macht, Einfluss. Aber das hier … Diese neunzig Jahre, die ich in eurer Gesellschaft verbracht habe – oh, diese Zeit habe ich geliebt!«

Sie lehnt sich vor, sodass ihr das sanfte Licht der Laterne ins Gesicht fällt, die am Bug des Bootes hin und her schwingt. »Was liebst du, Seth?«

»Was ich liebe?«, wiederholt er langsam, während er die Ruder ins Wasser eintauchen lässt. »Darüber denke ich nicht groß nach.«

»Warum nicht?«

Der Weg, der vor ihm liegt, ist dunkel und voller Dornen, aber er würde sich niemals weigern, eine Frage zu beantworten, die Niema ihm stellt. »Weil ich immer, wenn ich das tue, an Judith denken muss.«

»Deine Frau?«

»Sie ist vor zwanzig Jahren an einem Fieber gestorben.« Er schluckt und kann spüren, wie die sachte glimmenden Kohlen seines alten Schmerzes wieder zu glühen beginnen.

»Das tut mir leid. Wie war sie? Ich habe sie nicht wirklich gekannt.«

»Sie war ein Lehrling, so wie ich«, antwortet er. Er wundert sich über ihr plötzliches Interesse. Niema hat noch nie etwas über Judith wissen wollen. »Sie war klug und lustig, und sie wollte für alle immer nur das Beste. Es gab niemanden, der so war wie sie.«

Er verliert sich in seinen Erinnerungen.

»Ich kann sie manchmal in Emory wiedererkennen«, sagt er und lächelt liebevoll. »Emory hat denselben Sprachrhythmus, und sie legt auch den Kopf genauso schief, wenn sie wegen irgendetwas verunsichert ist.« Seine Stimme wird härter. »Ich wünschte nur, sie hätte auch ein paar andere Eigenschaften ihrer Mutter geerbt.«

»Emory ist eine wunderbare Frau«, sagt Niema loyal. »Du bist zu streng zu ihr.«

»Matis hat das auch immer gesagt«, gibt Seth zu. »Ich frage mich manchmal, ob wir besser miteinander auskommen würden, wenn Judith noch am Leben wäre. Sie hatte mehr Geduld mit Emory als ich. Sie verstand sie besser.«

»Emory hätte gut in die alte Welt gepasst«, sagt Niema. »Sie verfügt über Talente, die wir heute nicht mehr brauchen, aber damals hätte man sie sehr zu schätzen gewusst. Ich hatte ein paar Freunde, die ganz begeistert von Emory gewesen wären. Deren Beruf war es, Rätsel zu lösen. Ich glaube, diese Arbeit hätte Emory gefallen.«

Das kleine Boot umrundet die Steilküste. Über ihren Köpfen durchschneidet das Leuchtfeuer des Leuchtturms die Dunkelheit. In seinem sporadischen Licht entdeckt Niema eine gekrümmte Gestalt, die auf dem Landungssteg am Fuß der Klippen hin und her schleicht.

Ihr bleibt für einen Moment das Herz stehen. »Ist das Adil?«, fragt sie in ihren Gedanken.

»Ja«, antworte ich. »Wir werden ihn brauchen.«

»Ihn brauchen? Er hat versucht, mich zu ermorden! Ich habe mich nur deshalb darauf eingelassen, ihn ins Exil zu schicken, statt ihn hinrichten zu lassen, weil du mich darum gebeten hast. Und dieser Bitte bin ich nur gefolgt, weil du mir zugesichert hast, er würde mir niemals wieder näher als zwanzig Meter kommen.«

»Ich habe dich gebeten, ihn nicht zu töten, weil ich wusste, dass dieser Augenblick kommen würde. Ich habe meine Vorkehrungen für die jetzigen Ereignisse getroffen, bevor du überhaupt ahntest, dass du sie in Gang setzen willst. Adil ist das perfekte Werkzeug für das, was wir geplant haben. Er kann sich auch nach Anbruch der Sperrstunde frei bewegen, und wegen seines Hasses auf dich ist er leicht manipulierbar.«

»Warum hast du mir das nicht früher gesagt?«, verlangt Niema zu wissen.

»Das hätte deine Entscheidung beeinflusst«, antworte ich in dem Versuch, ihre Panik mit einem Appell an ihre Vernunft zu beschwichtigen. »Ich habe gesehen, wie das alles hier endet, Niema. Ich habe Hunderte von Zukunftsversionen gesehen, in denen alles zunächst ins Wanken geriet und dann vollkommen in sich zusammenbrach. Nur ein einziger Weg bringt uns an unser Ziel. Ohne Adil wird es nicht gelingen.«

Niema läuft ein eisiger Schauer über den Rücken.

»Manchmal weiß ich nicht, ob du nach meinen Wünschen handelst oder ob ich gezwungen werde, nach deinen Wünschen zu handeln«, sagt sie finster.

»Ich habe keine Wünsche«, rufe ich ihr in Erinnerung. »Du hast mich so erschaffen, dass ich in der Lage bin, über die Plumpheit der Sprache und schlecht formulierte Anweisungen hinaus zu sehen. Ich handele den Intentionen entsprechend, auf denen diese Anweisungen gründen. Ich weiß, was dir am Herzen liegt, Niema. Ich weiß, was du in Wirklichkeit willst, und genau das werde ich dir geben.«

»Das mag ja sein, aber ich bin keine Dorfbewohnerin, Abi. Mir hast du nichts zu verschweigen.«

Ihre Wut ist nur allzu verständlich, aber sie beruht auf einer fehlerhaften Logik. Natürlich gibt es Dinge, die ich ihr verschweige.

Sie will, dass ich das tue, auch wenn ihr das nicht bewusst ist.

Neunzig Jahre lang habe ich die Geschicke des Dorfs gelenkt. Niema hat dazu nur äußerst spärliche Anweisungen beigetragen. Ich habe Hunderte von Entscheidungen in ihrem Namen getroffen. Weil sie die Dorfbewohner immer mehr in ihr Herz geschlossen hat, fällt es ihr auch immer schwerer, sie irgendeiner Gefahr auszusetzen. Daher hat sie die unappetitlicheren Aspekte dieser Aufgabe mir überlassen und es mir freigestellt, nach bestem Wissen zu entscheiden.

Niema hat nicht begriffen, dass ich sie, wenn ihr Plan gelingen soll, genau wie alle anderen behandeln muss. Ich muss ihr Informationen vorenthalten und ihr Handeln gleichzeitig so unauffällig wie möglich manipulieren. So wie bei jedem anderen menschlichen Wesen machen ihre Emotionen sie unberechenbar. Ich kann mich nicht darauf verlassen, dass sie logisch handelt, selbst dann nicht, wenn es um das Erreichen ihrer eigenen Ziele geht. Dafür bin ich da. Manchmal kann man ein Spiel nur gewinnen, indem man die Spielfiguren glauben lässt, dass sie diejenigen sind, die das Spiel bestimmen.

»Was soll ich tun?«, fragt Seth. »Soll ich hier anlegen?«

Niema kneift die Augen zusammen und späht nervös in die Dunkelheit. »Ich fürchte, wir haben keine andere Wahl«, sagt sie schließlich.

50 STUNDEN BIS ZUM AUSSTERBEN DER MENSCHHEIT

18

Der Morgen dämmert. Goldenes Sonnenlicht steigt über der Insel auf. An der Westküste, einen halbstündigen Fußmarsch vom Dorf entfernt, schläft Hephaistos auf einer dreckigen Matratze in einem alten Bunker aus dem Zweiten Weltkrieg, der in die Felswand gehauen wurde.

Seine Nase ist von getrocknetem Blut verkrustet und sein Gesicht mit frischen Prellungen überzogen. Dutzende von Fingernägeln haben tiefe Schrammen in seine Arme gerissen. Er ist nackt, seine Haut glänzt vor Schweiß.

Ein Alarm schrillt. Er öffnet ein blutunterlaufenes Auge und sieht ein blinkendes rotes Licht an der Wand.

Er schüttelt seine Benommenheit ab, rappelt sich auf und stolpert zu einem selbstgebauten Oszilloskop hinüber, das zwischen einigen anderen Apparaten auf einer Werkbank steht. Er packt das Gerät mit beiden Händen und schüttelt es.

»Stimmt diese Angabe?«, verlangt er von mir zu wissen.

»Ja.«

Er brüllt wütend los, schmettert das Gerät an die Wand und schleudert danach auch alle übrigen Gegenstände von der Werkbank.

»Wo ist meine Mutter?«

»Im Dorf«, antworte ich.

19

Emory wacht stöhnend auf. Es ist sieben Uhr, und die Morgenglocke läutet in ihren Gedanken. Ihre Glieder sind steif, weil sie die ganze Nacht auf dem nackten Beton gelegen hat. Das verwaschene Licht der Morgensonne scheint ihr direkt in die Augen. In der feuchten Luft wirbeln Regentropfen umher, und ihr gelbes Kleid ist vollkommen durchnässt. Sie hat einen unangenehmen Geschmack im Mund, was nicht überraschend ist, da sie sich gestern Abend nicht die Zähne geputzt hat.

Schwarzer Rauch zieht an ihr vorüber.

Sie reißt den Kopf herum, schaut zum Tor und entdeckt gewaltige Rauchschwaden, die von einem Gebäude hinter den Baracken aufsteigen.

»Feuer!«, schreit sie und rappelt sich hastig auf. »Feuer!«

Ein unkontrollierter Brand ist eines der gefährlichsten Dinge, die im Dorf passieren können, und man hat den Dorfbewohnern beigebracht, ein solches Feuer so schnell wie möglich einzudämmen.

Sie rennt durch das Tor, bleibt im Kasernenhof jedoch so unvermittelt stehen, dass sie fast ausrutscht. Der Boden ist aufgewühlt, die Blumenbeete niedergetrampelt und sämtliche Blüten von ihren Stängeln heruntergeschlagen. Die Skulptur, die Matis am Ende seines Lebens angefertigt hat, ist umgestürzt, ihr Kopf ist davongerollt, und die Hand, die den Apfel gehalten hat, ist zertrümmert.

»Was ist passiert?«, fragt sie und versucht schockiert, das Ausmaß der Verwüstung zu überblicken. Als sie einschlief, hat es hier nicht so ausgesehen.

Sie macht einen Schritt auf die Skulptur zu, doch dann treibt eine schwarze Rauchwolke an ihr vorüber und erinnert sie an das, was jetzt das Wichtigste ist.

Schnell wie der Wind rennt sie an der Rückseite der Kaserne entlang und entdeckt, dass eines der Lagerhäuser in Flammen steht. Eine Krone aus gezackten Flammen züngelt aus dem Dach.

Der Brand wütet offenbar schon seit Stunden, aber niemand war wach, um ihn zu bekämpfen. Sie können von Glück sagen, dass es angefangen hat zu regnen. Der Sturm hat den Flammen Einhalt geboten, sodass sie sich nicht ausbreiten konnten.

Als Emory sich dem Eingang des Lagerhauses nähert, sieht sie eine einzelne Sandale auf der Erde liegen.

»Ist jemand da drin?«, fragt sie und versucht, mit ihren Augen den Rauch zu durchdringen.

»Ja«, antworte ich.

Mit lautem Klappern werden die Fensterläden geöffnet, als in der Kaserne nach und nach die Dorfbewohner aufwachen.

»Feuer!«, ruft Emory durch ihre trichterförmig zusammengehaltenen Hände zu ihnen hinauf.

Dann wendet sie sich wieder dem Lagerhaus zu. Sie reißt einen Streifen Stoff von ihrem Kleid ab, hält ihn sich vor den Mund und geht dann hinein.

»Kann mich jemand hören?«, ruft sie, während sie vorsichtig über die Trümmer steigt. Dicker, öliger Rauch zieht in Fetzen an ihr vorüber.

Durch ein Loch in der Decke ergießt sich der Regen ins Innere und verwandelt die Asche, die auf der Erde liegt, in eine schwarze, kleisterartige Masse, die sich an ihre Füße heftet. Das gesamte Gebäude ächzt bedrohlich, und die Dachbalken über Emorys Kopf geben ein hässliches Knacken von sich, als wollten sie jeden Moment einstürzen.

»Links von dir«, weise ich sie an. »Geh vorsichtig.«

Sie erblickt ein Stück weißen Stoff. Selbst in seinem fleckigen und verschmutzten Zustand leuchtet er inmitten all dieser Schwärze geradezu unfassbar hell. Sie geht näher heran und sieht den Saum eines langen Kleides und ein paar dreckige Beine, die aus einem Haufen Trümmer herausragen.

»Nein!«, schreit sie, denn sie hat das Kleid wiedererkannt. »Nein, nein!«

Sie zerrt die Trümmer der eingestürzten Decke fort, bis sie schließlich Niemas Körper zum Vorschein bringt, der in einem leblosen Haufen auf der Erde liegt. Ein Dachbalken hat ihr den Schädel zertrümmert.

20

Clara fährt in ihrem Bett hoch, als sie die Alarmrufe hört, die durch die Kaserne hallen.

Sie schaut zur anderen Seite des Raumes in der Erwartung, dort Hui aus dem Bett springen zu sehen, doch ihre Freundin ist letzte Nacht nicht in ihren gemeinsamen Schlafraum zurückgekehrt. Stattdessen liegt nur ihre geliebte Geige auf der Matratze. Ihr Hals ist durchgebrochen und der Korpus zertrümmert. Ein paar sich hartnäckig an dem Instrument festklammernde Saiten sind das Einzige, was es noch zusammenhält. Die Geige war ein Familienerbstück und ist durch eine entfernte Verwandte in Huis Besitz gelangt. Es ist die einzige Geige im ganzen Dorf, und Hui beschützte sie mit ihrem Leben. Es muss etwas Entsetzliches passiert sein, dass sich das Instrument in einem solchen Zustand befindet. Clara setzt schon an, nach einer Erklärung dafür zu fragen, als Magdalene im Türrahmen auftaucht.

»Niema ist tot«, sagt sie mit tränenüberströmtem Gesicht. »Deine Mutter hat ihren Leichnam in einem brennenden Lagerhaus gefunden. Es sieht so aus, als sei das Dach auf sie herabgestürzt.«

Diese Sätze sind so schockierend, dass Clara glaubt, sich verhört zu haben. Die Ältesten altern nicht und werden nicht krank. Aus irgendeinem Grund dachte Clara, sie wären auch gegen Unfälle immun.

In ihrem Kopf dreht sich alles. Sie zieht rasch eine kurze Hose und ein weites Hemd an. Dabei fällt ihr auf, dass sie sich fünf Zahlen auf ihr rechtes Handgelenk geschrieben hat. Sie muss das letzte Nacht getan haben, aber sie kann sich nicht daran erinnern.

Da sie nicht schlau daraus wird, schiebt sie den Gedanken daran zunächst einmal beiseite, zieht sich ihre Sandalen an und rennt hinter Magdalene her in die Hitze nach draußen. Als sie den Hinterhof erreichen, schwelt der Brand im Lagerhaus wegen des herabströmenden Regens nur noch. Ein Dutzend Dorfbewohner ist damit beschäftigt, den uralten, häufig geflickten Löschschlauch aus seinem Verschlag zu ziehen. An der Mauer der alten Krankenstation gibt es einen Hydranten, mit dem man Wasser aus dem Meer hochpumpen kann.

Emory hat Niemas Leichnam vor ein paar Minuten aus dem Lagerhaus getragen und ihn ehrfürchtig auf die Stufen der Seilbahnstation gelegt. Ein paar der Dorfbewohner stehen weinend daneben, doch Emory hat sich ganz unverfroren neben die Leiche gekniet und untersucht einen blutbesudelten Riss in Niemas Kleid.

»Mama«, sagt Clara und legt ihrer Mutter eine Hand auf die Schulter.

Emory schaut zu ihr hoch. Die Regentropfen haben in der Asche auf ihrem Gesicht Spuren gezogen, durch die ihre olivfarbene Haut zum Vorschein kommt. Ihre Augen sind rotgeweint und vor Kummer wie ausgehöhlt, doch es ist auch ein Funkeln darin. *Sie hat etwas entdeckt*, denkt Clara. *Eine neue Frage.*

»Alles in Ordnung bei dir?«, fragt sie leise.

»Hier stimmt etwas nicht«, sagt Emory. Sie zieht die Ränder des Lochs auseinander, das in dem Stoff des Kleides klafft, und bringt eine tiefe Wunde mitten auf Niemas Brust zum Vorschein.

Ihre Neugierde wirkt wie Respektlosigkeit, und Clara kann bereits hören, wie sich der Hof um sie herum mit missbilligendem Gemurmel füllt.

»Komm schon«, sagt Clara und versucht, ihre Mutter mit sich fortzuziehen. »Wir sollten schauen, dass wir dich wieder sauber bekommen.«

Aus der Richtung des Lagerhauses ist das Ächzen von Holzbalken zu hören, das im nächsten Moment in ein hässliches Kreischen übergeht. Schließlich ertönt ein gewaltiges Krachen, und kurz darauf schießen aus den Türen und Fenstern im Erdgeschoss dicke Rauchwolken hervor. Wenige Sekunden später sind klar und deutlich drei dumpfe Aufpralle zu hören.

Emory und Clara tauschen einen entsetzten Blick aus. Das Geräusch klang zu weich, als dass es sich um Holz oder Steine hätte handeln können. Ihnen ist beiden derselbe fürchterliche Verdacht gekommen.

Sie rennen in das Lagerhaus und entdecken dort auf einem Haufen Trümmer drei tote Dorfbewohner. Der Boden im oberen Stockwerk muss eingebrochen sein und hat die Leichen mit sich heruntergerissen.

Clara schaut nach oben und sieht mehrere Arme und Beine von der Kante des entstandenen Lochs herabbaumeln.

»Wie viele sind da noch?«, fragt Emory entsetzt.

»Zu viele«, muss ich eingestehen.

21

In völliger Unkenntnis dessen, was gerade im Dorf vor sich geht, wachen Shilpa und Abbas in einem kleinen, mit einem Blechdach geschützten Unterschlupf auf einer der Farmen im Osten auf, unmittelbar neben der toten Kuh, die sie hatten retten wollen. Die Kohlköpfe und Pastinaken in den Beeten um sie herum sind faulig und sondern eine stinkende Flüssigkeit ab.

»Abi?«, fragt Abbas und starrt auf eine Karotte, die unter seinem Schuhabsatz zu Matsch geworden ist.

»Ich sehe es«, antworte ich.

Shilpa lässt die bröselige Erde zwischen den Fingern hindurchgleiten. Jede einzelne Gemüsepflanze in dem anderthalb Quadratmeter großen Beet hat sich schwarz verfärbt und ist abgestorben.

»Alles ist tot«, sagt Abbas entsetzt. »Das Erdreich ist tot. Wie kann das in nur einer einzigen Nacht passiert sein?«

»Eine Krankheit«, lüge ich. »Ihr solltet die Kuh begraben, bevor sie anfängt zu verwesen.«

»Wo sind meine Stiefel?«, fragt Shilpa und wackelt mit den nackten Zehen. »Ich hatte sie doch an, als ich mich schlafen gelegt habe. Warum sollte mir jemand meine alten Stiefel klauen?«

»Wir haben größere Probleme als deine Stiefel«, sagt Abbas, der gerade durch die offenstehende Tür in den Speicher gegangen ist, in dem sie ihre Ernteerzeugnisse lagern.

Jedes einzelne Regal ist leer.

»Unsere Vorräte sind weg. Wir haben nichts mehr zu essen.«

22

Rojas legt den letzten Leichnam auf die Treppenstufen der Seilbahnstation und macht dann fassungslos ein paar Schritte rückwärts.

Nach einer gründlichen Durchsuchung des Lagerhauses haben sie drei weitere Leichen darin gefunden, was die Gesamtzahl der Todesopfer auf sieben steigen lässt. Man hat die Toten in einer ordentlichen Reihe auf den Boden gelegt, damit ihre Familien sich von ihnen verabschieden und sie betrauern können. Die Angehörigen stehen eng umschlungen und schluchzend da und wollen verzweifelt wissen, was passiert ist.

»Niema und die anderen haben versucht, das Feuer zu löschen«, erkläre ich. »Dabei wurde Niema unter dem Dachbalken begraben, und die anderen sind an Rauchvergiftung gestorben. Es war ein tragischer Unfall.«

Die Geschichte klingt durchaus plausibel, und sie akzeptieren meine Worte, ohne sie zu hinterfragen. Sie wissen nur zu gut, dass das Leben, das sie im Dorf führen, nicht ohne Verluste möglich ist. Immer wieder stirbt jemand durch einen Unfall oder an einer Krankheit. Werkzeuge zersplittern, Feuer brechen aus, Dächer stürzen ein. Es ist gar nicht so lange her, da hat Thea fünf Lehrlinge durch einen Bootsunfall verloren.

Clara geht durch die Menge und versucht Trost zu spenden, wo sie kann. Währenddessen betrachtet sie die Gesichter der Toten. Sie kannte die Opfer flüchtig, aber sie saßen beim Essen immer am anderen Ende der Tischreihe – weit genug entfernt, dass man zwar freundlich zueinander, aber nicht unbedingt befreundet war.

Sie lässt ihren Blick über den Hof schweifen auf der Suche nach ihrer Mutter, die sie in dem Gewirr verloren hat.

»Sie ist zurück in das Lagerhaus gegangen«, erkläre ich ihr.

Clara starrt zu dem Gebäude hinüber, auf das in diesem Moment der Strahl des Löschschlauchs gerichtet ist. Der Wasserstrahl hat eine solche Kraft, dass sechs Personen nötig sind, um ihn unter Kontrolle zu halten.

Wir halten jeden Monat einmal eine Feuerwehrübung ab, sodass die Dorfbewohner nun in der Lage sind, den Brand fachgerecht einzudämmen. Aus den Fenstern wälzen sich riesige Wolken aus dreckigem schwarzem Rauch.

»Da sind zweihundert Bar Druck auf dem Schlauch«, sagt Clara fassungslos. »Wenn der Wasserstrahl sie trifft, wird sie in einem Höllentempo gegen die Wand geschleudert.«

»Das habe ich ihr auch gesagt.«

»Und?«

»Sie hat gesagt, sie würde sich ducken.«

Clara beobachtet die Fenster, um nach einem Zeichen von Emory zu suchen, aber nirgends regt sich etwas.

»Was macht sie da drin?«

»Das, was Emory eben typischerweise so macht«, antworte ich.

Immer mehr Dorfbewohner kommen in den Hinterhof, nachdem sie von der Tragödie erfahren haben. Während Clara einen nach dem anderen eintreffen sieht, fällt ihr auf, dass ausnahmslos alle irgendwelche Verletzungen haben. Sie sieht Schnittwunden, Kratzwunden, Schrammen, Prellungen, blaue Augen oder blaue Flecken an Armen und Beinen. Manche gehen gebeugt, halten sich ihre gebrochenen Rippen und zucken bei jedem Atemzug vor Schmerzen zusammen. Das Ausmaß der Verletzungen beunruhigt Clara, unter anderem auch deshalb, weil sie Hui noch immer nicht gesehen hat. Wenn ihre Freundin nicht gerade im Bett ist, kann man sie normalerweise immer dort finden, wo etwas los ist. Aber Hui ist nirgendwo zu entdecken.

»Wo ist sie?«, fragt sie und denkt an die zertrümmerte Geige in ihrem Schlafraum.

»Hui ist nicht mehr mit meinem mitochondrialen Netzwerk verbunden«, muss ich eingestehen.

»Was bedeutet das?«

»Das bedeutet, dass ich weder ihre Gedanken hören noch durch ihre Augen sehen kann.«

Clara starrt die Leichen an, und Übelkeit steigt in ihr auf. »Bedeutet das, dass sie –«

»Nicht unbedingt«, unterbreche ich sie.

»Ich verstehe nicht … wie kann … wenn sie …« Zahllose Gedanken schießen ihr gleichzeitig durch den Kopf, als wollten sich zehn Leute gemeinsam durch einen schmalen Türeingang zwängen.

»Wo ist Thea?«, fragt sie schließlich.

23

Thea liegt schlafend in einem Feldbett auf dem Grund eines alten Waffensilos und schnarcht. Ihre ausgestreckten Arme und Beine ragen über die Bettkante hinaus. Sie hat vor vielen Jahren beschlossen, in dieses Silo zu ziehen, als sie entdeckt hat, dass es hier viel kühler ist als überall sonst auf der Insel und dass es wunderbarerweise auch keine Ratten gibt.

Im Schlaf hält sie mit der Hand einen Erinnerungsstein umklammert, dessen grünes Leuchten durch die Lücken ihrer zusammengepressten Finger glimmt. Vier weitere Steine liegen um sie herum verstreut. Sie hat sie alle aus Blackheath mitgenommen, bevor der Zugang zum Labor versperrt wurde.

Vor dem Zusammenbruch der menschlichen Gesellschaft dienten solche Erinnerungssteine den Menschen als wichtigste Unterhaltungsquelle. Man kaufte Erinnerungen, so wie man zuvor Musik, Bücher, Computerspiele oder Filme gekauft hatte. Statt Sportwettkämpfen zuzuschauen, kaufte man die Erinnerung einer Person, die daran teilgenommen hatte, und konnte das Ereignis auf diese Weise selbst erleben. Für ein paar Stunden konnte jeder der Leadsänger in einer Rockband sein oder aus erster Hand pornografische Erlebnisse sammeln.

Natürlich war nicht alles davon harmlos. Serienmörder ließen ihre Erinnerungen auf solchen Steinen speichern und verkauften sie auf dem Schwarzmarkt, um mit dem Geld ihre Anwaltskosten zu bestreiten. Gewisse Länder lockerten ihre Gesetze und gestatteten den Verkauf von Vergewaltigungs- und Kindesmissbrauchserinnerungen. Einige Regierungen versuchten, diese Technologie zu verbieten, aber die Menschen geben ihre Vergnügungen nicht so leicht auf, selbst die verabscheuungswürdigsten nicht.

Thea verbringt jede Nacht in der Vergangenheit. Sie wird für eine Weile in einen Bürojob in Singapur versetzt oder klont tote Haustiere in einer Tierarztpraxis. Es ist ihr vollkommen egal, wie banal die Erfahrung ist. Alles ist besser, als auf dieser Insel festzusitzen.

Ich habe sie dazu ermutigt, die Schönheit zu genießen, von der sie umgeben ist, aber Thea hat sich noch nie für die Reize der Natur interessiert. Sie liebte das Stadtleben. Sie vermisst den Lärm und die Hochhäuser und den Verkehr, der hoch über ihrem Kopf lautlos an ihr vorüberzieht. Sie vermisst es, die Gesichter ihrer Freunde in einer Menschenmenge zu entdecken. Sie vermisst den Kaffee direkt nach dem Aufstehen. Sie vermisst die köstlichen Wurstspezialitäten und Kleider, die beim Tragen nicht kratzen. Sie vermisst hohe Geschwindigkeiten und Konzerte im Park bei Flutlicht. Sie vermisst den Sport und die tintenschwarzen Bildschirme.

Doch jetzt wird sie durch das Rauschen des Wassers und die Rufe der Feuerwehrleute aufgeweckt, die von oben zu ihr herunterschallen.

Sie gähnt und lässt den Kopf auf ihrem steif gewordenen Nacken kreisen. Als sie sich aufsetzt, bleibt ihr vor Schmerz kurz die Luft weg. Ihre Handflächen sind blutig, die Haut aufgerissen, und einer ihrer Daumennägel fehlt. Ihre Handgelenke und Arme sind mit heftigen Prellungen und Blutergüssen übersät.

Offenbar hat sie versucht, ihre Wunden zu verarzten, bevor sie eingeschlafen ist, denn ihr Rucksack liegt geöffnet auf der Erde. Der Erste-Hilfe-Kasten ist hinausgefallen, und ihre Notizen und diverse andere Dinge liegen überall verstreut. Daneben steht eine Tasche, die mit sauberer Kleidung bepackt ist, als hätte sie irgendwohin verreisen wollen.

Sie runzelt die Stirn und zupft an dem T-Shirt, das ihr am Leib klebt. Es ist über und über mit getrocknetem Blut bedeckt – zu viel Blut, als dass alles von ihr selbst stammen könnte.

»Was ist letzte Nacht passiert?«, fragt sie benommen.

Das Letzte, woran sie sich erinnert, ist, wie Hui die Treppe herunterkommt und sie fragt, ob sie im Silo übernachten kann. Sie wollte nicht zu ihrem Schlafraum gehen und sich dort mit Clara auseinandersetzen müssen.

Verwirrt versucht Thea, nach Erinnerungen zu graben, die nicht mehr da sind.

»Hast du sie gelöscht?«, fragt sie, als sie das merkwürdig verschwommene Gefühl wiedererkennt, von dem ihr Gehirn durchdrungen ist.

»Nicht nur deine«, gestehe ich. »Ab Anbruch der Sperrstunde sind die Erinnerungen bei allen gelöscht.«

Thea presst sich die Fingerknöchel gegen die Augen und versucht, den Nebel zu durchdringen. Das Auslöschen von Erinnerungen war früher eine derart selbstverständliche Praxis, dass es sogar Milkshakes zu kaufen gab, mit denen man mehrere Tage auslöschen konnte. Die Leute tranken sie, wenn sie zum Beispiel die fürchterlich peinlichen Dinge vergessen wollten, die sie getan hatten, während sie betrunken waren, oder die langweiligen Verabredungen, die sie über sich hatten ergehen lassen müssen. Und wenn sie einen Film besonders genossen hatten, löschten sie ihre Erinnerung daran aus, um ihn aufs Neue genießen zu können.

Unglücklicherweise sind die Pharmazeutika, mit denen man so etwas gefahrlos durchführen konnte, verlorengegangen. Ich bin zwar in der Lage, die entsprechenden Neuronen zu zerstören, aber es ist ein sehr viel gröberes Verfahren mit einer sehr viel höheren Sterblichkeitsrate. Und selbst wenn es mir gelingt, es erfolgreich durchzuführen, bleiben die Betroffenen mehrere Stunden bewusstlos und werden eine ganze Woche lang von chronischen Kopfschmerzen heimgesucht.

»Nur Niema hätte dir eine Gedächtnislöschung befehlen können«, sagt Thea, während sie langsam ihre Schlussfolgerungen zieht. »Warum um alles in der Welt hat sie etwas so Unbesonnenes getan!«

»Sie war davon überzeugt, dass es gefährlicher gewesen wäre, die Erinnerungen zu behalten, als sie zu entfernen«, erkläre ich.

Thea starrt ihre blutverschmierte Kleidung an, und in ihrem Kopf beginnt sich alles zu drehen.

»Warum?« Sie klingt beunruhigt. Meine Antwort hat ihr zu denken gegeben. »Was könnte an den letzten zwölf Stunden derart gefährlich gewesen sein?«

»Ich weiß es nicht«, sage ich. »Meine Erinnerungen wurden ebenfalls gelöscht. Ich kann dir nur berichten, dass im Augenblick ein Lagerhaus in Flammen steht, dass unser Erntespeicher leer geräumt wurde und dass die Äcker unfruchtbar geworden sind. Jeder einzelne Dorfbewohner hat Verletzungen davongetragen, von denen viele sofort behandelt werden sollten. Es gibt sieben Todesopfer, zu denen auch –«

Thea rappelt sich leicht schwankend auf. »Wo ist Niema?«, unterbricht sie mich. »Ich will sofort mit ihr sprechen.«

»Niema ist tot.«

Sie fällt zurück auf das Feldbett, plötzlich aller Kraft beraubt.

»Emory hat heute früh ihren Leichnam gefunden«, fahre ich fort. »Deine Herzfrequenz ist erhöht. Du solltest versuchen, dich zu beruhigen.«

Sie schüttelt ungläubig den Kopf. »Niema ist … Nein, das kann nicht … das ist unmöglich.«

Ihr Mund öffnet sich und schließt sich wieder. Die Nachricht löst einen emotionalen Flächenbrand in ihr aus. Niema Mandripilias war Theas großes Vorbild, ihr Idol, lange bevor sie ihre Vorgesetzte wurde. Als sie den Job in Blackheath bekam, wurde für sie ein Traum wahr, und zwei Jahre lang hatte sie alles, was sie sich jemals gewünscht hatte. Dann kam der Nebel. Die meisten ihrer Kollegen reisten sofort ab, weil sie bei ihren Angehörigen sein wollten.

Niema überredete Thea zum Bleiben mit dem Argument, dass ihre Familie so oder so sterben würde, ganz gleich, was sie tat. »Bestenfalls schaffst du es rechtzeitig heim, damit ihr alle zusammen sterben könnt«, sagte sie ihr. »Schlimmstenfalls bleibst du an irgendeiner Grenze hängen, zusammen mit Millionen anderen verzweifelten Flüchtlingen.«

Gemeinsam wurden sie Zeugen der Apokalypse. Sie verfolgten die Feeds in den sozialen Netzwerken, sahen wackelige Videoaufnahmen und durchlebten sogar ein paar von den panischen Erinnerungen, die die Leute im Internet gepostet hatten. Niema sorgte dafür, dass Thea nicht zu essen vergaß, und nahm sie in die Arme, wenn sie weinte.

Als sie herausfanden, dass Theas Schwester überlebt hatte, bat Niema Hephaistos, sie auf seinem Rückweg zur Insel abzuholen und herzubringen. Diese gute Tat kostete ihn fast das Leben, aber es gelang ihm, Ellie wohlbehalten bei ihnen abzuliefern.

»Wie ist es passiert?«, fragt Thea jetzt mit belegter Stimme.

»Sie wurde von einem herabstürzenden Dachbalken getroffen, der ihr den Schädel zertrümmert hat.«

Thea versucht ungeschickt, ihren Erste-Hilfe-Kasten zu öffnen. Ihre Hände zittern heftig, sie schafft es nicht, sie zu beruhigen. Sie hat die letzten zwanzig Jahre damit verbracht, Niema zu hassen, aber jetzt fühlt es sich an, als wäre ihr ein gewaltiges Loch in die Brust gerissen worden.

Endlich gelingt es ihr, den Deckel zu öffnen.

Gestern war der Kasten noch bis oben hin vollgepackt, aber heute früh fehlt das meiste. Nachdem sie sich ein paar Splitter aus den Wunden an ihren Händen gezogen hat, besprüht sie diese mit Desinfektionsmittel und umwickelt sie notdürftig mit dem wenigen Verbandszeug, das ihr noch geblieben ist.

»Kannst du Hephaistos wecken und ihn bitten, mich im Dorf zu treffen?«, fragt sie.

»Er ist bereits auf dem Weg dorthin«, antworte ich.

Sie wird von einem lauten, metallischen Scheppern abgelenkt. Clara kommt die Wendeltreppe des Silos heruntergerannt. Sie nimmt immer zwei Stufen auf einmal und stürzt fast in ihrer Hast.

Sie hat überall blaue Flecken, ist vollkommen verdreckt, und ihre Augen sind weit aufgerissen. Thea hat ihren Lehrling noch nie so verängstigt gesehen.

»Was ist los?«, fragt sie.

»Hui ist verschwunden«, platzt Clara atemlos heraus. »Ihre Geige ist zertrümmert. Abi sagt, sie könne Hui nicht sehen.«

»Sie ist nicht mehr mit meinem mitochondrialen Netzwerk verbunden«, erläutere ich.

Thea lässt den Kopf hängen. Sie bedauert den Verlust ihres Lehrlings. Es muss damit zusammenhängen, was Hui gestern im Krater gesehen hat, was auch immer das gewesen ist.

»Das bedeutet, dass sie tot ist«, erklärt sie Clara und packt dann die übriggebliebenen Arzneimittel in ihren Rucksack. »Hast du unter den Leichen nachgesehen, die man aus dem Lagerhaus geborgen hat?«

»Sie ist nicht dabei«, antwortet Clara. »Abi hat mir gesagt, es sei möglich, dass sie noch am Leben ist. Sie hat gesagt, der Umstand, dass sie nicht mehr mit ihr verbunden ist, muss nicht zwingend heißen, dass –«

»Es gibt ein paar neurodegenerative Prozesse, die das verursachen könnten«, unterbricht Thea sie und wirft sich den Rucksack über die Schulter. »Und auch ein paar Sorten von Beruhigungsmitteln, die uns jedoch nicht mehr zur Verfügung stehen. Doch weder das eine noch das andere würde erklären, warum du sie nicht finden kannst.«

Sie geht an Clara vorbei, in Gedanken schon bei ganz anderen Problemen. »Du musst zu den Farmen gehen und herausfinden, was dort passiert ist. Anscheinend ist unser Erntespeicher leer. Sieh zu, dass du unsere Vorräte findest, und dann nimm ein paar Bodenproben zur Analyse. Abi hat mir gesagt, die Äcker seien unfruchtbar geworden. Wir müssen unbedingt nachvollziehen können, was das verursacht hat.«

»Ich …« Clara verstummt. Sie versucht immer noch, die Nachricht vom Tod ihrer Freundin zu verdauen, und kann nicht fassen, wie gefühllos sich Thea verhält.

»Es wird noch Zeit genug zum Trauern geben«, sagt Thea ungeduldig. »Aber nicht heute. Heute ist das unmöglich. Wir haben keine Nahrungsmittel mehr, abgesehen von dem, was sich noch in der Küche befindet. Das Überleben unserer gesamten Spezies könnte davon abhängen, was wir in den nächsten Stunden unternehmen.«

Als sie Claras Verzweiflung sieht, wird sie ein wenig freundlicher. »Früher oder später werden wir Huis Leichnam finden. Aber die Leiden, die sie bereits hinter sich hat, haben wir noch vor uns. Ich brauche dich jetzt. Du musst stark sein, und du musst der Gemeinschaft dienen. Schaffst du das?«

»Ja«, antwortet Clara leise.

»Gut«, sagt Thea. »Schlechte Nachrichten kommen selten allein. Ich habe den Verdacht, dass das erst der Anfang der Schicksalsschläge war, die uns noch heimsuchen werden.«

24

Adil schlendert über den Kasernenhof. Er wirft spielerisch eine Glaskugel in die Luft und fängt sie wieder auf, dabei summt er eine kleine Melodie. Er hat Niemas Blut an den Händen und auf seiner Tunika, aber wegen des Brandes im Lagerhaus und der zahlreichen Verletzungen, die die Leute davongetragen haben, fällt er kaum aus dem Rahmen.

Inmitten der Beklemmung, die der heutige Vormittag bei allen ausgelöst hat, bildet er allerdings eine seltsam fröhliche Ausnahme. Er dreht den Kopf hierhin und dorthin und versucht, alles in sich aufzunehmen.

Seit er vor fünf Jahren in die Verbannung geschickt wurde, hat er das Dorf nicht mehr bei Tageslicht gesehen, und er stellt überrascht fest, wie wenig es sich verändert hat. Die Wände der Kaserne haben ein paar Risse mehr, und die Farben des Dschungelgemäldes blättern ein wenig ab, aber ansonsten ist alles noch genau so wie damals.

Er liebt diesen Ort. Vielleicht mehr als irgendjemand sonst. Er hat seinen Rhythmus vermisst. Die Farmarbeit am Vormittag und die persönlichen Projekte am Nachmittag. Das gemeinsame Abendessen und die Darbietungen auf der Bühne danach. Die Ehrungen an den Samstagabenden und das Festmahl am Sonntag. Er hat das Stimmengewirr vermisst und das Gelächter, das unweigerlich auf jede Unterhaltung folgt. Er hat die Gemeinschaft vermisst und die Liebe, die die Dorfbewohner einander entgegenbringen.

Am meisten hat er seine Enkelin Magdalene vermisst.

»Du verhältst dich sehr leichtsinnig«, sage ich zu ihm.

»Und es fühlt sich großartig an«, entgegnet er.

»Wenn Thea oder Hephaistos dich oder diesen Schlüssel sehen –«

»Ich verlasse mich darauf, dass du mich warnen wirst, bevor das passiert«, konstatiert er ungeduldig. »Ich weiß, was auf dem Spiel steht. Ich muss nur noch mal Niemas Leiche sehen. Ein letztes Mal.«

Die Worte sprudeln geradezu aus ihm heraus. Seine Freude ist so gewaltig, dass er sich an die alte Radarschüssel anlehnen muss, die die Dorfbewohner als Vogeltränke umfunktioniert haben, um nicht umzufallen. Sein Hass ist verschwunden. Das Gewicht, das so lange auf ihm gelastet hat, hat sich in Luft aufgelöst. Er ist wie ein Drachen, der zum ersten Mal seit langer Zeit wieder in die Luft aufsteigt und fröhlich im Wind flattert.

Seine Ausgelassenheit ist gefährlich. Ich habe Adil nicht unter Kontrolle, wie die Ereignisse der letzten Nacht bewiesen haben. Ich versuche, eine Schachpartie auszutragen, doch Adil läuft mit einem Kricketschläger mitten über mein Spielfeld. Ich muss ihn mit großer Vorsicht behandeln, sonst könnte seinetwegen der gesamte Plan fehlschlagen.

Ich gebe zu: Ich habe Thea angelogen, als ich behauptet habe, ich könne mich ebenfalls nicht daran erinnern, was nach Anbruch der Sperrstunde geschehen ist. Die Wahrheit würde nur für Verwirrung sorgen, und was wir jetzt vor allem brauchen, ist Klarheit – wenn auch nicht für alle und jeden. Es ist wichtig, dass die Leute nur das sehen, von dem ich will, dass sie es sehen.

»Steck wenigstens den Schlüssel weg«, dränge ich ihn.

Er betrachtet die rötliche, etwa augapfelgroße Glaskugel in seiner Hand. »Wie du willst«, meint er freundlich und lässt die Kugel in seine Hosentasche gleiten.

Als er den Hinterhof betritt, hat man das Feuer im Lagerhaus bereits gelöscht. Überall tropft das Wasser herab. Der Löschschlauch wurde achtlos auf der Erde liegen gelassen, wie eine tote Schlange, um die sich eine Pfütze gebildet hat. Normalerweise würde man den Schlauch sofort wieder verstauen, aber alle haben sich um die Leichen versammelt und versuchen, die Tragödie zu begreifen.

Adil meidet die Menschenmenge, sammelt die wenige Energie zusammen, die ihm noch geblieben ist, und schleppt sich die Treppe der Kaserne zu einem der oberen Balkone hinauf. Er hat die ganze Nacht geschuftet und war schon vorher nicht gerade bei bester Gesundheit. Er freut sich darauf, bald ausgiebig ruhen zu können.

»Noch nicht«, sage ich. »Wir haben immer noch viel zu tun.«

»Ich weiß«, entgegnet er gereizt.

Er lässt die Beine baumeln, so wie er es früher immer getan hat, wenn er als Kind zusammen mit Matis hier hochgekommen ist. Es macht ihn immer noch wütend, dass er nicht am Begräbnis seines besten Freundes teilnehmen durfte. So sehen eben die Regeln des Dorfes aus, denkt er. Sie wurden zum Vorteil derer geschaffen, die sie selbst nicht befolgen müssen.

Er freut sich darauf, das zu ändern. Er wird jede einzelne Lüge zerstören, auf der diese Insel aufgebaut ist, wird einen Ältesten nach dem anderen vernichten. Hephaistos wird als nächster sterben, und dann Thea. Er wird nicht zulassen, dass diese blinde Knechtschaft auch nur eine Sekunde länger dauert als notwendig.

Von seinem Platz hoch über der Menge aus kann er die sieben mit Leintüchern bedeckten Leichen sehen, die man Seite an Seite vor der Seilbahnstation auf die Erde gelegt hat. Thea steigt die Treppe hinauf, um eine Rede vor den Dorfbewohnern zu halten. Ihr Gesichtsausdruck ist so unversöhnlich wie eh und je. Sie ist ohnehin größer als die meisten Dorfbewohner und wirkt nun wegen der zusätzlich erhöhten Position, die sie auf den Stufen eingenommen hat, geradezu riesig. Die Dorfbewohner müssen die Hälse verrenken, um ihr ins Gesicht schauen zu können.

»Und? Wie schwer fällt es ihr, nicht freudig zu lächeln, hm?«, fragt mich Adil.

»Sei freundlich und gütig!«, rufe ich ihm das inoffizielle Gesetz des Dorfes in Erinnerung.

»Komm schon, Abi«, entgegnet er. »Sie hat Niema fast so sehr gehasst wie ich. Ich wette, sie stimmt gleich ein Jubellied an.«

»Eine entsetzliche Tragödie hat uns heute heimgesucht«, sagt Thea, die von Adils begeisterten Kommentaren nichts mitbekommt. »Es ist davon auszugehen, dass das Lagerhaus gestern Abend nach Anbruch der Sperrstunde Feuer gefangen hat. Unsere geliebte Niema hat sechs unserer Freunde geweckt, offenbar, weil sie hoffte, sie könnten ihr beim Löschen des Brandes helfen. Unglücklicherweise starben sie an einer Rauchvergiftung, und Niema wurde von einem herabstürzenden Dachbalken erschlagen.«

Aus der Menge sind entsetzte Rufe und verzweifeltes Schluchzen zu hören.

»Das ist ja eine hübsche Geschichte«, murmelt Adil anerkennend.

»Ich freue mich, dass sie dir gefällt«, sage ich. »Sie stammt von mir.«

Thea gewährt den Dorfbewohnern etwa dreißig Sekunden lang Zeit, ihre Trauer zum Ausdruck zu bringen, dann bittet sie erneut um Ruhe.

»Wir werden die Begräbnisfeiern heute Abend abhalten, aber jetzt müssen wir erst einmal alle unsere Pflichten erledigen. Ich erwarte von euch, dass ihr innerhalb der nächsten Stunde zu den Farmen aufbrecht und –«

Ein heftiger Hustenanfall durchbricht die feierliche Stimmung. Emory kommt aus der schwelenden Ruine des Lagerhauses gewankt. Ihr Gesicht und ihre Kleidung sind über und über mit Ruß bedeckt.

»Thea«, ruft sie mit heiserer Stimme. »Thea!«

Als sie sich die Rauchschleier aus den Augen gezwinkert hat, stellt sie fest, dass das gesamte Dorf zwischen ihr und der Ältesten steht. Sie lässt ihren Blick über die Menge gleiten und drängt sich dann zwischen den vor Schweiß glänzenden Leibern hindurch, wobei sie die empörten Gesichter und vorwurfsvollen Blicke ignoriert.

»Sie hat sich überhaupt nicht verändert«, murmelt Adil und sieht zu, wie sie auf den freien Platz neben der Treppe hinaustritt, wo Thea auf sie wartet.

»Was gibt es, Emory?«, verlangt Thea zu wissen. »Dieser Moment sollte ein Moment der Ehrerbietung und des Respekts sein.«

»Irgendetwas stimmt da nicht«, sagt Emory, die Theas Bemerkung einfach ignoriert.

Vor lauter Nervosität stellen sich die kleinen Härchen an Adils Armen auf.

»Niema hat eine Wunde auf ihrer Brust, die in etwa so breit ist«, sagt Emory und hält Daumen und Zeigefinger zwei Zentimeter auseinander. »Das würde zu der Breite einer Klinge passen, vielleicht der eines Messers.«

»Nicht jetzt«, zischt Thea mit einem Blick auf die versammelte Menge.

»Im Lagerhaus gibt es nichts, das eine solche Wunde hätte verursachen können«, fährt Emory fort. Sie steht am Fuß der Treppe in Theas langem Schatten und sieht aus wie ein winziger Busch neben einer hohen Tanne.

»Jetzt sei nicht albern«, entgegnet Thea. »Was auch immer diese Verletzung verursacht hat, ist wahrscheinlich durch das Feuer vernichtet worden.«

»Das Feuer hat Niema gar nicht erreicht«, entgegnet Emory. »Der Regen hat dafür gesorgt, dass es auf das hintere Ende des Lagerhauses beschränkt blieb.«

Adil lehnt sich vor. Er wagt kaum zu atmen.

»Dann hat sie sich diese Verletzung eben woanders zugezogen, irgendwo im Dorf, und ist dann in das Lagerhaus gewankt«, schlägt Thea vor, die sich ganz offenbar verzweifelt das Ende dieser Unterhaltung herbeiwünscht.

»Gäbe es dann nicht eine Blutspur?«

»Nicht, wenn sie sich die Wunde vorher verbunden hätte.«

»Es war kein Verband an der Leiche, als ich sie gefunden habe.«

Ein missbilligendes Murmeln geht durch die Menge. So redet man nicht mit einer Ältesten, insbesondere dann nicht, wenn es um den Leichnam einer weiteren Ältesten geht.

Thea starrt Emory mit einem solch heftigen, unverhohlenen Widerwillen an, dass die Leute, die in der Nähe stehen, unwillkürlich vor ihrem Blick zurückweichen. Emory starrt trotzig zurück. Sie lässt sich nicht einschüchtern. Adil würde diese mutige Vorstellung ja genießen, wenn er sich nicht solche Sorgen um Emory machen würde. Er weiß, was mit den Dorfbewohnern geschieht, die sich weigern, vor einem der Ältesten das Knie zu beugen.

»Hast du Abi diese Frage gestellt?«, will Thea wissen.

»Sie hat mir gesagt, die Wunde sei durch die Trümmer entstanden, die auf sie herabgefallen sind.«

»Na, da hast du doch deine Erklärung.«

»Aber –«

»Es reicht!« Thea lässt ihre Hand wie eine Klinge durch die Luft sausen. »Niema hat diesem Dorf über neunzig Jahre lang hingebungsvoll gedient. Sie hat jeden unterrichtet, der hier versammelt ist, dich mit eingeschlossen. Könntest du nicht ein einziges Mal einfach nur dankbar für all das sein, was sie für uns getan hat, und ihr deinen Respekt erweisen, ohne hier eine Szene zu machen?«

Emory wirft einen Blick auf die weinenden Gesichter, von denen sie umgeben ist, und begreift, dass sie ihren Eifer mit sich hat durchgehen lassen.

»Es tut mir leid«, murmelt sie. »Ich wollte nicht –«

»Geh einfach«, sagt Thea.

Als Emory den Hinterhof verlässt, wird sie von Adils Schatten begleitet, der ihr von oben folgt. Seine Hand berührt die Glaskugel in seiner Hosentasche.

»Wie besorgt sollte ich sein?«, fragt er, während er auf ihren braunen Lockenkopf herunterstarrt.

»Emory ist die einzige Person im ganzen Dorf, die in der Lage ist herauszufinden, was letzte Nacht geschehen ist«, antworte ich.

»Dann solltest du sie besser irgendwie ablenken«, sagt er. »Denn wenn sie es herausfindet, sind wir alle tot.«

25

Während sich alle anderen im Kasernenhof versammeln und trauern, stürmt Emory die scheppernde Treppe zu Niemas Schlafraum hoch. Ihr Gesichtsausdruck ist düster und zornig, ihre Schultern angespannt. Sie ärgert sich immer noch über sich selbst. Die Leute trauerten, doch sie selbst war so sehr darauf fixiert, die Wahrheit zu finden, dass sie die Trauer der anderen einfach mit Füßen getreten hat. Diese Eigenschaft hat sie immer schon an sich selbst gehasst.

Sie will gerade den schäbigen Vorhang beiseiteschieben, der vor dem Eingang zu Niemas Schlafraum hängt, als meine Stimme sie innehalten lässt.

»Wenn du durch diese Tür gehst, wird das furchtbare Konsequenzen haben«, warne ich sie.

»Dann sag mir die Wahrheit«, entgegnet sie verbissen. »Diese Wunde wurde nicht durch irgendwelche Trümmer verursacht, und das weißt du ganz genau. Da war nicht ein einziges Trümmerteil, das einen so tiefen oder sauberen Schnitt hätte verursachen können. Ich habe jeden einzelnen Zentimeter des Lagerhauses abgesucht, und es gab dort nichts, was diese Verletzung erklärt hätte.«

»Du irrst dich.«

»Und du lügst«, sagt sie verletzt.

Ich habe sie schon früher angelogen, aber bei diesen Gelegenheiten habe ich entweder nur etwas ausgelassen oder ihre Frage absichtlich missverstanden. Dies ist das erste Mal, dass ich etwas abgestritten habe, was ganz offensichtlich der Wahrheit entspricht. Sie reagiert auf die einzige Weise, zu der sie fähig ist.

»Niema wäre nie einfach so in ein brennendes Lagerhaus gegangen. Das passte nicht zu ihr«, erklärt sie. »Und selbst wenn sie es getan hätte – warum hätte sie nur sechs Leute aufwecken sollen, um ihr beim Löschen des Brandes zu helfen, und nicht das gesamte Dorf? Und warum haben sich diese sechs Leute nicht den Löschschlauch geholt?«

Ich antworte mit Schweigen.

»Na schön«, sagt sie bitter. »Dann finde ich die Antwort eben selbst.«

Sie betritt Niemas Zimmer und sieht sich um. Es ist dunkel darin. Die Fensterläden sind geschlossen, so wie sie es auch gestern waren. Das Bett ist gemacht. Über das Fußende ist ein hübscher Überwurf gebreitet. Auf dem Nachttisch liegt ein abgewetztes Buch, eine der Schranktüren steht offen und gibt so den Blick auf die darin hängenden langen Kleider und Gewänder frei. Emory hat Niema nie etwas anderes tragen sehen. Sie hat die Bescheidenheit, durch die sie sich schon in der alten Welt auszeichnete, mit hierhergebracht.

Emory nimmt eines der Kleider aus dem Schrank und berührt zärtlich den Stoff.

Das Kleid riecht noch nach Niema. Pfefferminze und Orange. Aus Ersterem hat sie sich immer ihren Tee zubereitet, Letzteres hat sie jeden Morgen als kleinen Imbiss in der ersten Schulpause gegessen.

Emory wird plötzlich von einer heftig schmerzenden Trauer erfasst und denkt voller Mitleid an ihren Vater. Seth war Niemas bester Freund. Die einzige Person, auf die sie sich verlassen hat. Er wird am Boden zerstört sein.

»Weiß er Bescheid?«, fragt sie in Gedanken.

»Er schläft noch«, antworte ich. »Ich erzähle es ihm, wenn er aufwacht.«

Emory lässt sich auf alle viere nieder und wirft einen Blick unter das Bett. Sie kommt sich lächerlich vor, als würde sie eine Szene aus einem der Bücher nachspielen, die sie so liebt. Aber letzte Nacht ist etwas Schreckliches passiert, und Thea lügt entweder, oder sie weiß nicht, dass sie einem Irrtum aufsitzt. Keine dieser beiden Möglichkeiten kann Emory wirklich zufriedenstellen. Als sie unter dem Bett nichts findet, schaut sie hinter dem Schrank nach und tastet dann die Bilderrahmen ab. Sie versucht, sich an alles zu erinnern, was sie von Sherlock Holmes gelernt hat.

Doch abgesehen von ein paar losen Nägeln und sehr viel Staub findet sie nichts.

Sie geht zu dem Bücherregal hinüber und fährt mit dem Finger über die zerfledderten Buchrücken und zerknitterten Seiten. Wenn jemand stirbt, werden seine Besitztümer normalerweise unter den Lebenden verteilt, aber Emory kann sich nicht vorstellen, dass dasselbe mit Niemas Detektivgeschichten passieren wird. Selbst wenn Abi den anderen erlauben sollte, sie zu lesen, fällt Emory kein Dorfbewohner ein, der Freude daran hätte. Nahezu jeder Einzelne von ihnen wäre bereits beim ersten Todesfall vollkommen entsetzt und würde dann anprangern, wie unrealistisch und grausam sich die Geschichten weiterentwickeln.

Emory hat nie begriffen, warum sie nicht in derselben Weise reagiert wie alle anderen. Aber Niema hat das offenbar gesehen. Sie hat etwas in ihr entdeckt, das anders war. Sie ist zu Emory gekommen, nachdem deren Mutter gestorben war, und hat das einsame dreizehnjährige Mädchen unter ihre Fittiche genommen. Sie fand die unstillbare Neugier des Kindes bezaubernd, hat Emory mit zu diesem Bücherregal genommen und ihr erlaubt, jedes Buch auszuleihen, das sie lesen wollte. Im Laufe der Jahre hat sie Emory dann immer zu sich gerufen, wenn sie irgendwo in einer alten Schublade in irgendeinem vergessenen, baufälligen Haus auf der Insel ein Buch gefunden hatte. Dann lasen sie die Bücher heimlich zusammen und diskutierten so leise sie konnten die überraschenden Wendungen und Enthüllungen.

Emory wischt sich eine Träne fort, die ihr die Wange hinunterläuft.

Sie ist nicht zum Weinen hierhergekommen. Dafür wird es in

den nächsten Wochen noch mehr als genug Gelegenheiten geben. Der Kummer wird ihr in der Dunkelheit und in der Stille auflauern. Er wird sich hinter zahllosen alltäglichen Dingen verstecken und sie überfallen, wenn ihre Gedanken abschweifen. So war es, nachdem Jack gestorben war und auch nach dem Tod ihrer Mutter. Selbst fünf Jahre nachdem sie ihren Mann verloren hat, gibt es immer noch Tage, an denen die Erinnerungen an ihn sie mit solcher Gewalt überfallen, dass es ihr den Atem verschlägt.

Der letzte Ort, an dem sie nachschaut, ist Niemas Schreibpult.

Sie öffnet die Schubladen eine nach der anderen und findet nichts als Staub und tote Kellerasseln. Fast will sie schon aufgeben, als sie in der Schale von Niemas Kerzenständer den zerfetzten Rest eines verbrannten Briefs entdeckt.

Sie nimmt das Stück Papier vorsichtig in die Hand, wobei sie sorgfältig darauf achtet, dass die verkohlten Ecken ihr nicht zwischen den Fingern zerbröseln.

Mein geliebter Junge,
ich weiß, dass Du enttäuscht bist und dass meine Entscheidung Dir wie Verrat vorkommen muss. Du wirst denken, dass ich Dich im Stich gelassen habe, nachdem ich so viel von Dir verlangt habe, aber

Das muss der Brief sein, den sie vor zwei Tagen geschrieben hat, denkt Emory. *Der, den sie so hastig versteckt hat, als ihr klarwurde, dass ich ihn gesehen habe.*

Als sie den verkohlten Zettel umdreht, sieht sie, dass Niema »5:5?« auf die Rückseite gekritzelt hat. Es gibt jedoch keinerlei Hinweis darauf, was diese Notiz zu bedeuten hat oder worauf sie sich bezieht. Niema hat dieselben Zahlen ihrem Großvater gegenüber erwähnt, kurz bevor er starb, aber auch er wusste nicht, was sie zu bedeuten hatten. Aus irgendeinem Grund haben sie Niema offenbar beschäftigt.

Emory betrachtet das Stück Papier erneut. Niema schreibt, dass sie viel von Hephaistos verlangt hat. Könnte sich das auf das Experiment beziehen, das sie durchführen wollten? Emory hat mit angehört, wie sie sich darüber unterhalten haben, zwei Tage vor Niemas Tod. Damals sagte Niema, das Experiment sei gefährlich und es könne jemand dabei sterben. Vielleicht hatte dieser Jemand sich gewehrt?

Sie zieht die Notiz aus der Tasche, die Niema ihr gestern Vormittag ans Kleid geheftet hatte. Auf dem Blatt befanden sich Abdrücke von diesem Brief hier, die Emory zum Vorschein gebracht hat, indem sie mit einem Bleistift über das Papier gerieben hat. Sie legt die beiden Fragmente nebeneinander und liest sie dann erneut: »Mein geliebter Junge, ich weiß, dass Du enttäuscht bist und dass meine Entscheidung Dir wie Verrat vorkommen muss. Du wirst denken, dass ich Dich im Stich gelassen habe, nachdem ich so viel von Dir verlangt habe, aber … Falls ich es nicht schaffe … zu kontrollieren … besser … begrenzen … Abi wollte … Ich konnte … nicht töten.«

Es ist zum Aus-der-Haut-Fahren, denkt sie. Das Ganze ergibt fast Sinn. Sie bräuchte nur noch ein paar Wörter mehr, und dann könnte sie die Bedeutung verstehen, da ist sie ganz sicher.

Niema hat etwas getan, von dem sie wusste, dass es Hephaistos wütend machen würde, denkt sie. *Und jetzt ist Niema tot. Ich muss unbedingt herausfinden, was das war.*

»Wo ist Hephaistos?«, fragt sie. »Ich muss mehr über dieses Experiment herausfinden.«

»Er mag die Dorfbewohner nicht besonders«, gebe ich zu bedenken. »Ich bezweifle sehr, dass er deine Fragen beantworten wird.«

»Das ist kein Grund, sie nicht zu stellen«, entgegnet sie. »Wo ist er?«

»Auf dem Weg ins Dorf«, antworte ich.

26

Emory springt von der Mole auf den Kiesstrand hinunter. Hier liegen die Boote vertäut. Sie wurden mit der Öffnung nach unten gedreht, damit es nicht hineinregnet, und auf dem Kiel eines jeden Bootes hat sich – ordentlich aufgereiht – eine Schar von Möwen niedergelassen. Um nachvollziehen zu können, was letzte Nacht wirklich mit Niema passiert ist, muss Emory herausfinden, was diese Wunde in ihrer Brust verursacht hat und im Idealfall auch, wo ihr diese Wunde zugefügt wurde.

Sie neigt am ehesten zu der Vermutung, dass es sich um ein Messer handelt, und deshalb ist sie auch hierhergekommen. Im Dorf gibt es sehr viele Messer, aber ihr Vater besitzt eine besonders scharfe Klinge, die er zum Durchtrennen von Tauen und für rasche Reparaturen an den Booten benutzt. Es wäre vorstellbar, dass Niema und Seth letzte Nacht draußen auf dem Meer in einen Sturm geraten sind und Niema dann durch einen unglücklichen Zufall auf das Messer gestürzt ist.

Das würde zwar noch nicht erklären, wie ihre Leiche in das Lagerhaus gekommen ist, aber Antworten sind schwer zu bekommen, und es wäre unbescheiden, direkt zwei davon auf einmal zu erwarten.

Während Emory über den knirschenden Kiesstrand läuft, fällt ihr eine Lücke in der Reihe der Boote auf.

»›Charons Barke‹ ist nicht hier«, murmelt sie. »Wie ist Niema ohne das Boot, in dem sie von hier aufgebrochen ist, wieder zurück ins Dorf gekommen?«

Sie wartet darauf, dass ich ihr sage, was sie wissen will, doch dann fällt ihr wieder ein, dass ich das nicht tun werde.

Sie seufzt kurz und verärgert, duckt sich dann einmal unter jedes Boot und schaut hinein. Sie hat gehofft, vielleicht Glück zu haben und das Messer zu finden, doch es befindet sich nicht am Strand. Wahrscheinlich liegt es immer noch in »Charons Barke« – wo auch immer diese sein mag. Sie streicht mit dem Finger über den ihr am nächsten liegenden Anker und fragt sich, ob er vielleicht für Niemas Verletzung verantwortlich sein könnte.

»Sie könnte gestolpert sein und …«, Emory schnalzt missbilligend mit der Zunge und verwirft diesen Gedanken wieder. »Die Ränder sind nicht scharf genug.«

Als Nächstes wendet sie ihre Aufmerksamkeit den Rudern zu, die zu einem Haufen aufgetürmt auf den Kieseln liegen. Sie sind zu stumpf und viel zu breit, um die von ihr entdeckte Wunde verursacht zu haben. Es muss ein Messer gewesen sein. Nichts anderes ergibt Sinn.

Sie streckt ihren Rücken und schaut dann in den wolkenblauen Himmel hinauf. Das Meer schwappt über die Kiesel, und die Seemöwen ziehen kreischend ihre Kreise. Wenn sie auch nur die geringste Toleranz für Lügen und Selbsttäuschungen aufbrächte, könnte sie sich einreden, dass es ein ganz normaler Dienstag ist.

Ihr Blick wandert aufs Meer hinaus, und sie muss wegen des grellen Lichts die Augen zusammenkneifen.

Ist der Nebel heute früh näher als sonst?

Solange sie denken kann, ist er immer jenseits einer Sandbank geblieben. Jetzt berührt er sie. Sie klettert auf die Mole, um den Nebel besser in Augenschein nehmen zu können. Sie sieht immer noch ein wenig verschwommen, wegen des Rauchs, dem sie im Lagerhaus ausgesetzt war.

Die Gischt benetzt ihre nackten Beine. Tote Fische und Schutt werden an die Mole gespült, zusammen mit Dutzenden von Plastikflaschen, die immer noch regelmäßig aus dem Ende der Welt herangeschwemmt werden. Das Meer ist nicht mehr so verschmutzt wie zu der Zeit, als hier noch Kriegsschiffe vor Anker gingen, aber es wirkt trotz allem auch nicht besonders einladend. Normalerweise würden die Dorfbewohner diesen Müll einsammeln, bevor sie zu den Farmen aufbrechen, aber heute Morgen sind sie mit ihren Gedanken woanders.

Emory macht einen großen Schritt über die Laken hinweg, in denen sie letzte Nacht hier draußen geschlafen hat, und geht zum äußersten Ende der Mole.

Sie hält sich die Hand über die Augen und versucht, zu der Nebelwand hinüberzuschauen. Das Sonnenlicht hat einen merkwürdigen Effekt auf den Nebel – es führt dazu, dass er im Verlauf des Tages seine Farbe ändert. Morgens ist er immer als schimmernde weiße Wand zu sehen, fast so, als würde ein sich kräuselndes Spinnennetz über der Wasseroberfläche hängen.

Ist er näher gekommen?

Sie ist sich nicht sicher. Es ist doch bestimmt nur eine optische Täuschung? Niema hat ihnen erklärt, dass die Barriere, die den Nebel abwehrt, unfehlbar ist. Sie kann nicht abgeschaltet werden, ohne dass alle drei Ältesten dieser Maßnahme zustimmen, und es müsste mindestens die Hälfte der Emitter zerstört werden, damit ihr Schutz unbeabsichtigt verlorengeht – was so gut wie unmöglich ist, da der Großteil des Mechanismus einbetoniert ist.

Gerade hat Emory sich entschlossen, wieder zum Dorf zurückzukehren, als sie einen ungewöhnlichen Gegenstand im türkisfarbenen Wasser entdeckt. Sie springt jeden Abend von dieser Mole aus ins Wasser, um schwimmen zu gehen, also weiß sie genau, dass dieser Gegenstand gestern noch nicht da war.

Sie zieht sich das Kleid und die Sandalen aus und lässt sich durch den herumtreibenden Müll hindurch in das warme Wasser hinuntergleiten. Dann holt sie tief Luft und taucht zu dem Gegenstand hinunter, der bereits von langbeinigen Spinnenkrabben umzingelt wird.

Sie schwimmt im Kreis um ihn herum und betrachtet ihn von allen Seiten. Es ist der kegelförmige Apparat, den Hephaistos gestern aus dem Krater mit heruntergebracht hat und der, wie sie fand, große Ähnlichkeit mit einem Igel hatte. Der Apparat scheint schwer beschädigt worden zu sein, aber die Dorfbewohner würden so etwas normalerweise trotzdem nicht einfach ins Meer werfen. Sie sind dankbar für die Schönheit, von der sie umgeben sind, und kämen nie auf die Idee, sie mit Müll zu verunstalten. Und außerdem verwertet Hephaistos jedes Stück Metall, jedes Bruchstück eines Apparats, das er in die Finger bekommen kann.

Sie taucht wieder auf und zieht sich dann anmutig aus dem Wasser. Jetzt sieht sie, dass es auf der gesamten Mole lange Schrammen im Beton gibt. Jemand muss den Apparat den ganzen Weg vom Dorf bis hierher hinter sich hergeschleift haben.

Sie wringt sich das Wasser aus den Haaren, zieht sich wieder an und geht durch das Tor ins Dorf zurück.

Die Leute kommen nach und nach aus dem Hinterhof herüber. Sie sind vor Kummer und Schock wie gelähmt. Die meisten gehen zu ihren Plätzen an den langen Tischen, fast so, als würden sie schlafwandeln, bleiben mit leeren Gesichtern sitzen und warten darauf, dass etwas geschieht.

Emorys Blick huscht von der Küche zur umgestürzten Skulptur, von der Skulptur zur Bühne und von der Bühne zu dem Gestell dahinter, in dem die Instrumente aufbewahrt werden. Jedes Einzelne von ihnen befindet sich an einem anderen Ort als gestern Abend, als alle ins Bett gegangen sind.

Sie beißt sich auf die Lippen und versucht, die Fragmente der letzten Nacht in eine sinnvolle Reihenfolge zu bringen. Soweit sie das beurteilen kann, ist Niema zusammen mit Seth zum Leuchtturm hinübergefahren, dann jedoch ohne das Boot wieder zurückgekehrt. Daraufhin wurde sie mit einem jetzt verschwundenen Messer erstochen und ist schließlich im Lagerhaus von einem Dachbalken erschlagen worden.

Emory tritt gereizt gegen einen Stein, der mit einem lauten Klirren in der Vogeltränke landet.

Sie starrt die Tränke verwirrt an. »Sie steht nicht da, wo sie sonst immer steht«, sagt sie laut. »Warum um alles in der Welt sollte irgendjemand die Vogeltränke versetzen?«

27

Wie betäubt vor Schmerz trottet Clara den Pfad entlang, der an der Schule vorbeiführt. Die Glasfläschchen mit den Proben stoßen in ihrem Rucksack klirrend aneinander. Normalerweise würden ihre kleinen geschnitzten Vögel den Fläschchen Gesellschaft leisten, doch als sie im Labor ihre Tasche gepackt hat, musste sie feststellen, dass die Vögel allesamt verschwunden waren. Sie kann sich beim besten Willen nicht vorstellen, wo sie hingekommen sein könnten.

Im Vergleich zu den Todesfällen sollte ihr der Verlust ihrer kleinen Schnitzereien eigentlich nicht so viel ausmachen, aber es fügt der Liste dessen, was sie verloren hat und sich nicht erklären kann, noch einen weiteren Punkt hinzu.

Als sie im Kasernenhof ankommt, stellt sie fest, dass die Dorfbewohner jeden Versuch zu frühstücken aufgegeben haben und sich bereits mit ihren Werkzeugen über den Schultern auf den Weg zu den Farmen aufmachen. Sie unterhalten sich mit unterdrückten, angsterfüllten Stimmen über die Toten im Lagerhaus, vergleichen ihre Verletzungen miteinander und stellen mir Fragen, die ich nicht beantworten kann.

Ihr ganzes Leben lang habe ich in ihren Gedanken geflüstert, habe sie geleitet, habe sie ermutigt, gütig und selbstlos zu sein. Ich habe ihre Schmerzen gelindert und die Welt, in der sie leben, ihrer scharfen Kanten beraubt, indem ich sie auf jede drohende Gefahr hingewiesen habe. Doch plötzlich haben sich alle Gewissheiten in Luft aufgelöst. Es ist, als stellten sie fest, dass sie auf einer stetig dahinschmelzenden Eisfläche gelebt haben. Sie gehen unter, und mir fehlen die Hände, um sie aus dem Wasser zu ziehen.

Die Tische werden abgeräumt. Clara spielt kurz mit dem Gedanken, sich ein Stück Brot für unterwegs mitzunehmen, aber ihr ist zu schlecht, um irgendetwas zu essen. Sie hat nicht einmal Huis Erinnerungsstein, der sie hätte trösten können. Ihre beste Freundin ist mitsamt all ihren Wurzeln aus der Welt herausgerissen worden.

Als sie den Hof überquert, trifft sie auf halber Strecke auf ihre Mutter, die klatschnass ist und vergeblich versucht, mit beiden Händen die Vogeltränke von der Stelle zu bewegen. Als sie Claras Schritte hört, schaut sie zu ihrer Tochter hinüber.

Ihre Blicke treffen sich.

Ein Ausdruck des Bedauerns huscht über Emorys Gesicht, der sich rasch in Besorgnis verwandelt, als sie den Schmerz in Claras Augen sieht. Bevor eine von ihnen auch nur merkt, was passiert, hält Emory ihre Tochter schon in den Armen, während diese in ein haltloses Schluchzen ausbricht.

Beide sagen eine ganze Weile lang gar nichts. Emory ist die Erste, die das Schweigen bricht. Sie wendet den Kopf und schaut Clara in die schmerzerfüllten Augen.

»Erzähl«, sagt sie zärtlich.

»Hui ist tot.«

Erneut zieht Emory ihre weinende Tochter an sich. Sie hat dabei geholfen, die Leichen aus dem Lagerhaus zu tragen, deshalb weiß sie, dass Hui sich nicht darunter befand.

»Wo wurde sie gefunden, Abi?«, fragt sie in Gedanken.

»Es konnte noch keine Leiche ausfindig gemacht werden«, antworte ich. »Hui wurde von meinem mitochondrialen Netzwerk getrennt, was bedeutet, dass ich nicht länger durch ihre Augen sehen oder ihre Gedanken hören kann, so wie ich es bei jeder anderen Person auf dieser Insel tue.«

»Das sind viele Worte, von denen aber keines bedeutet, dass sie tot ist«, betont Emory. »Warum weint Clara, wenn immer noch Hoffnung besteht?«

»Sie hat Thea dazu befragt«, antworte ich. »Die Konidien, durch die wir miteinander verbunden sind, können durch einige wenige Viren oder Erkrankungen des Gehirns beeinträchtigt oder unterbrochen werden, aber Thea kam zu dem Schluss, dass es keinen Grund für Huis Verschwinden gäbe, falls sie an einer solchen Krankheit leiden sollte.«

»Wenn sie tot wäre, gäbe es auch keinen Grund für ihr Verschwinden«, argumentiert Emory. »Wir haben gerade sieben Leichen aus dem Lagerhaus getragen. Wenn Hui letzte Nacht gestorben wäre, müsste man denn dann nicht logischerweise davon ausgehen, dass ihr Leichnam dabei gewesen wäre?«

Sie schiebt Clara ein wenig von sich fort, um ihr ins Gesicht schauen zu können.

»Keine Tränen mehr, bevor wir nicht genau wissen, weshalb wir weinen«, sagt sie, packt Clara an den Schultern und richtet sie auf. »Was ist gestern passiert? Mir ist aufgefallen, dass Hui sich an der Seilbahnstation ein bisschen komisch benommen hat. Ich nahm an, ihr beide hättet euch über irgendetwas gestritten.«

Clara erzählt, wie sie im Krater voneinander getrennt wurden und wie verändert Hui danach war.

»Ich bin mir sicher, dass es Hui war, die geschrien hat«, fügt sie hinzu.

»Was für eine Art Schrei war das?«

Clara starrt ihre Mutter an und versucht, diese unerwartete Frage zu verstehen.

»Schock, Angst, Überraschung?«, erläutert Emory. »Menschen schreien aus den verschiedensten Gründen.«

»Schock vielleicht«, antwortet Clara und versucht, sich zu erinnern. »Was auch immer es war, sie ist abends nicht in unseren Schlafraum gekommen. Es schien, als könnte sie es nicht ertragen, in meiner Nähe zu sein. Ich hatte das Gefühl, als hätte ich irgendetwas falsch gemacht.«

»Niema hat gestern Abend kurz vor Anbruch der Sperrstunde zusammen mit deinem Großvater das Dorf verlassen«, sagt Emory.

»Sie hatte den Metallkasten bei sich, den Hui aus dem Krater mitgebracht hat. Weißt du, was er enthielt?«

»Ich habe keine Ahnung. Sie hatte ihn bereits in der Hand, als ich sie im Krater wiedergefunden habe. Warum ist das wichtig?«

»Weil Niema tot und Hui verschwunden ist und weil sie beide diesen Kasten berührt haben. Entweder bringt er fürchterliches Unglück oder er enthielt etwas sehr Gefährliches.«

»Thea wird das wissen.« Clara reißt die Augen auf, als sie erkennt, worauf ihre Mutter hinauswill. »Du glaubst, dass Hui noch am Leben ist, nicht wahr?«

Emory möchte etwas Aufmunterndes sagen, aber sie hat eine heftige Abneigung gegen Lügen und Geheimnisse. Sie verehrt die Wahrheit, so kalt und grausam sie auch manchmal sein mag.

Sie versucht, ihre Tochter abzulenken, indem sie sie an den Schultern packt und zur Bühne umdreht.

»Alle Instrumente befinden sich auf einem anderen Gestell als gestern Abend. Das bedeutet, dass die Bandmitglieder sie benutzt haben müssen, während sie doch eigentlich hätten schlafen sollen. Sämtliche Dorfbewohner haben irgendwelche Verletzungen, die sie noch nicht hatten, als sie sich schlafen gelegt haben, also waren nicht nur die Bandmitglieder wach. Es muss irgendeine Art von Panikausbruch gegeben haben, denn die Blumenbeete wurden zertrampelt, und die Skulptur ist kaputtgegangen. Niemand hat die Trümmer aufgeräumt, was seltsam ist, weil wir normalerweise immer alles direkt aufräumen. Niema hat kurz vor der Sperrstunde mit einem Metallkasten das Dorf verlassen und ist in ein Ruderboot gestiegen, um im Leuchtturm ein Experiment durchzuführen. Ich bin mir nicht sicher, was sie zu tun versucht hat, aber alles deutet darauf hin, dass sie letzte Nacht ins Dorf zurückgekehrt ist und uns geweckt hat. Es gab eine Feier, die sich dann zu etwas völlig anderem entwickelt hat, und jetzt können wir uns an nichts davon mehr erinnern.«

»Das liegt daran, dass ich euer Gedächtnis gelöscht habe«, sage ich in ihrer beider Gedanken. »Auf Niemas Anweisung hin.«

»So was kannst du tun?«, fragt Clara erstaunt.

»Ja, aber es ist gefährlich. Und Niema hatte euch alle sehr in ihr Herz geschlossen. Sie hätte mir nicht den Befehl für diesen Eingriff gegeben, wenn sie nicht davon überzeugt gewesen wäre, dass es gefährlicher ist, diese Erinnerungen zu behalten, als sie zu entfernen.«

Emory starrt auf die dunklen Rauchwolken, die immer noch über der Kaserne aufsteigen. Ihr kommt ein entsetzlicher Verdacht. »Du hast gesagt, der Eingriff sei gefährlich?«

»Ja, das sagte ich.«

»Möglicherweise tödlich?«

»Ja.«

»Wie viele von denen, die wir im Lagerhaus gefunden haben, wurden durch die Auslöschung ihres Gedächtnisses getötet?«

»Alle außer Niema«, bestätige ich ihren Verdacht.

Clara ringt nach Luft. Sie vergräbt das Gesicht in den Händen, sinkt auf die Knie und versucht, sich nicht zu übergeben. »Du hast sie getötet«, sagt sie schwach.

»Das lag nicht in meiner Absicht«, widerspreche ich. »Sie starben so, wie ein Patient auf dem Operationstisch sterben würde.«

Diese kalte Zusammenfassung jagt Emory einen Schauer den Rücken hinunter. Sie hat mich noch nie so unverblümt reden gehört. Ich habe mich immer bemüht, den Eindruck zu vermitteln, ich wäre warmherziger, als ich das in Wahrheit bin. Als wäre ich eher eine Vertraute als eine Aufseherin.

Doch diese Maske nutzt mir jetzt nichts mehr. Wenn Emory es schaffen soll, die Aufgabe zu bewältigen, die vor ihr liegt, muss sie alle Figuren verstehen, die auf dem Spielbrett stehen, und auch, welchem Zweck sie dienen.

»Aber die Operation war nicht notwendig«, widerspricht sie.

»Niema war davon überzeugt, dass sie es war.«

Emory hockt sich neben Clara und legt ihrer Tochter tröstend den Arm um die Schultern, während sie sich gleichzeitig bemüht, ihre Wut im Zaum zu halten. Niemand kann klarsehen, wenn er aufgebracht ist, und im Augenblick sind *alle* aufgebracht. Das bereitet ihr große Sorgen.

»Hat Niema auch das Gedächtnis meines Vaters löschen lassen?«, fragt sie plötzlich.

»Ja«, bestätige ich.

Emory hebt Claras Kinn und sieht ihr in die Augen. »Ich weiß, dass du wütend bist, aber Niema hätte Seth niemals einer solchen Gefahr ausgesetzt, wenn sie es nicht für absolut notwendig gehalten hätte.«

Clara schüttelt Emorys Hände ab. »Wie kannst du so ruhig bleiben? Abi hat sechs unserer Freunde getötet!«

»Aber verstehst du denn nicht? Was auch immer letzte Nacht geschehen ist, hat Niema das Leben gekostet. Es war so furchtbar, dass sie lieber das Risiko einging, Menschen zu töten, die sie liebte, als sie sich daran erinnern zu lassen. Es gibt da noch etwas, das wir nicht sehen. Etwas, das noch sehr viel schwerwiegender ist.«

Emory klopft mit ihren Fingerknöcheln auf die metallene Vogeltränke. »Und ich glaube, die Antwort könnte sich hier drunter befinden.«

28

Es ist später Vormittag, und Niemas Leiche liegt noch immer auf den Stufen der Seilbahnstation. Mittlerweile ist es mehrere Stunden her, dass sie gefunden wurde. Die Sonne brennt auf das verlassene Dorf herab, und in dem von Mauern eingefassten Hof steigt die Hitze empor. Thea geht unruhig hin und her und versucht zwischendurch, mit Fußtritten die ausgemergelten Aasgeier zu verscheuchen, die nach und nach auf ihren gewaltigen Schwingen im Sturzflug in den Hof geflogen kamen. Mittlerweile sind sie zu viert. Sie haben sich in sicherer Entfernung versammelt und beobachten das Geschehen mit hungrigen, geduldigen Blicken.

Nachdem sie neunzig Jahre auf dieser Insel gefangen war, hat sie großes Verständnis für alle Arten von Aasfressern und Plünderern und ist fast versucht, den Tieren ihr Festmahl zu überlassen. Mythologisch gesehen wäre es durchaus passend, wenn eine stolzerfüllte Sterbliche von gierigen Vögeln in Stücke gerissen würde.

»Wo ist Hossein?«, fragt sie ungeduldig.

Der Karren, den sie zum Transport ihrer Verstorbenen benutzen, ist verschwunden, deshalb musste Hossein die Leichen eine nach der anderen zum Brennofen schleppen.

»Er ist dehydriert und steht kurz vor einer orthostatischen Hypotonie«, erkläre ich. »Deshalb habe ich ihm gesagt, er soll für eine Viertelstunde eine Pause einlegen.«

Thea will vor Zorn aufbrausen, doch in diesem Moment kommt Hephaistos um die Ecke der Kaserne. Sein Gesicht ist von Prellungen und blauen Flecken übersät, seine schlaff herabhängenden Arme sind vollkommen zerkratzt, Schweiß tropft von ihm herab. Er hat den Kopf mit der gewaltigen, grabsteinähnlichen Stirn gesenkt, um seine Augen vor dem grellen Licht zu schützen, und ist auf diese Weise gezwungen, die hellglänzende Welt von unten anzuschauen.

»Wo ist meine Mutter?«, verlangt er zu wissen.

Sein suchender Blick findet das blutverschmierte Tuch und den unförmigen Klumpen darunter. Thea macht einen Schritt auf ihn zu, um ihn zu trösten, aber er geht mit großen Schritten an ihr vorbei, zieht das Tuch von der Leiche weg und legt die blutige Wunde unterhalb des Brustbeins und den zertrümmerten Schädel frei. Ein paar graue Haare kleben an den Resten, die von Niemas Kopfhaut verblieben sind.

Mit erschreckender Geschwindigkeit stürzt er sich auf einen der Aasgeier, packt ihn am Hals und schmettert ihn mit einer derartigen Gewalt auf die Erde, dass ein hässliches Knirschen zu hören ist. Das arme Geschöpf schlägt krächzend mit den Flügeln und versucht verzweifelt, ihn mit seinen Klauen zu erwischen, aber er hebt es hoch in die Luft und schleudert es erneut zu Boden. Immer und immer wieder.

Schluchzend wirft er den zuckenden Vogel schließlich fort und fällt auf die Knie.

Ich sollte versuchen, ihn zu trösten. Aber im Umgang mit extremen menschlichen Emotionen – die in meinen Augen mittlerweile zu den größten Fehlschlägen der Evolution gehören – gibt es keine optimale Methode.

Thea legt ihre Hand auf Hephaistos' Schulter und drückt sie. Es ist eine simple Geste, aber darin zeigt sich ihre gesamte gemeinsame Geschichte – alles, was sie seit dem Ende der Welt gemeinsam durchlitten und überwunden haben.

Die Dorfbewohner wären sehr erstaunt über diese zärtliche Geste. Sie haben Thea selten lachen oder auch nur lächeln sehen und sie kaum jemals ein freundliches Wort sagen hören.

Tatsächlich ist auch Thea selbst immer noch über ihre Freundschaft mit Hephaistos erstaunt.

Als sie ihm das erste Mal begegnete, war er der typische Milliardärssohn: Er war verwöhnt und arrogant, führte ein wildes und unbeherrschtes Leben und verwechselte seine traurige Bekanntheit mit Erfolg. Seine Mutter war die berühmteste Frau auf dem gesamten Planeten. Die Erfolgreichste. Die Ehrgeizigste. Die Umstrittenste. Die am meisten Verehrte und die am meisten Verachtete. Und Hephaistos einzige Errungenschaft war es, »ihr Sohn« zu sein.

Er war ein begabter Biologe, aber die ganze Welt stand in ihrem Schatten. Und weil er ihrem Schatten nicht entkommen konnte, entschied er sich stattdessen dafür, teure Sportwagen kaputtzufahren und mit Models ins Bett zu steigen. Ihm war alles recht, solange es das Gespräch zumindest für eine Weile in seine Richtung lenkte. Thea fand ihn lange Zeit einfach nur erbärmlich. Doch dann kam der Nebel.

Hephaistos kämpfte sich sieben Monate lang durch eine zusammenbrechende Welt, um dem Untergang zu entkommen, und wurde Zeuge davon, wie die Menschheit sich selbst zerfleischte. Irgendwie gelang es ihm, unterwegs Theas Schwester Ellie zu finden, und er beschützte sie, als sei sie ein Mitglied seiner eigenen Familie.

Als Ellie auf der Insel eintraf, war sie verängstigt und hatte ein paar blutende Schrammen, aber ansonsten war sie einigermaßen unversehrt. Hephaistos hingegen war zu einem vollkommen anderen Menschen geworden. Er redete nie über die Einzelheiten dessen, was er erlebt hatte. Insbesondere in dem ersten Jahr danach sprach er auch ansonsten kaum, lachte nie und zog die Dunkelheit dem Tageslicht vor. Das Übermaß an Boshaftigkeit und blinder Arroganz, das ihn zuvor ausgezeichnet hatte, war verschwunden und hatte der Demut eines Gejagten Platz gemacht.

Während des ersten Jahrzehnts nach seiner Ankunft waren Niema und Ellie die einzigen Menschen, denen er wirklich Vertrauen schenkte. Die anderen Wissenschaftler beobachtete er stets mit einem wachsamen Auge und weigerte sich, mit ihnen zusammen in Blackheath zu wohnen. Er war so paranoid, dass er ihnen nicht einmal erzählen wollte, wo er seine Schlafstätte aufgeschlagen hatte. Er kam und ging zu völlig unvorhersehbaren Zeiten, und wenn er da war, unterhielt er sich ausschließlich mit seiner Mutter, und das auch noch im Flüsterton.

Nach und nach entspannte er sich auch in der Gesellschaft anderer, aber niemals in größeren Gruppen. Er duldete kein Gelächter. Er traute dem Lachen nicht mehr. Er wusste, welche Heimtücke sich dahinter verbergen konnte.

Über Ellie wurde er nach und nach auch mit Thea besser bekannt, und die drei Freunde schlossen sich immer fester zusammen, während gleichzeitig immer mehr von den anderen Wissenschaftlern ums Leben kamen. Unter seiner mit Narben übersäten Oberfläche stellte sich Hephaistos als ein Mensch mit nahezu unerschöpflichem Einfühlungsvermögen heraus. Als unerschütterlicher Freund.

Als Ellie aufgab, hatten sie nur noch einander.

Es war Hephaistos, der Thea aus ihrem Bett zerrte, als sich der Nebel seinen Weg durch die Spalten im Grundgestein der Insel bahnte und Blackheath vergiftete.

Gemeinsam flüchteten sie im Lärm der Sirenen, riegelten die Schutztüren hinter sich ab und sperrten den Nebel in der Tiefe ein. Wenn Hephaistos nicht gewesen wäre, hätte der Nebel sie im Schlaf in Stücke gerissen.

Hephaistos hört auf zu weinen und wischt sich das Gesicht mit dem Handrücken ab. Seine Augen sind scharfe Klingen, seine Fäuste geballt.

»Was ist passiert?«, fragt er und richtet sich zu seiner vollen Größe auf.

»Sie ist letzte Nacht in das Lagerhaus gegangen. Ein Dachbalken ist auf sie herabgestürzt und hat ihr den Schädel zertrümmert«, sagt Thea.

Hephaistos starrt voller Zorn zum schwelenden Lagerhaus herüber. Thea ist fast erstaunt, dass das Haus nicht versucht, den Hang des Vulkans zu erklimmen, um seiner Rache zu entkommen.

»Meine Mutter ist da hineingegangen?«, fragt er skeptisch. »Warum?«

»Ich weiß es nicht. Vielleicht hat sie nach etwas gesucht. Ist das jetzt noch wichtig?«

»Es könnte sehr wichtig sein«, sagt er düster. »Als sie damals die Nachricht absetzte, dass Flüchtlinge auf der Insel willkommen seien, hat sie gleichzeitig einen Totmannschalter eingebaut, der automatisch die Barriere abschaltet, wenn ihr Herz zu schlagen aufhört. Sie hatte das gesetzlose Chaos und die Vergewaltigungen auf dem Festland gesehen und hatte Angst, dass diese Gewalt sich auch bis hierhin ausbreiten könnte. Der Totmannschalter war ihr Abschreckungsmanöver. Sie wollte, dass jeder Neuankömmling wusste, dass die Insel, falls sie getötet wird, vom Nebel verschlungen werden würde.«

Thea starrt ihn an. Ihr Herzschlag beschleunigt sich vor Angst. »Wir sind seit fast einem Jahrhundert auf dieser Insel. Du willst mir doch wohl nicht erzählen, dass sie nie die Zeit gefunden hat, diesen Schalter außer Kraft zu setzen?«

»Ich habe einen Apparat zur Überwachung des Nebels«, antwortet er. Seine Stimme klingt hoffnungslos. »Neunzig Jahre lang hat er keinen Pieps von sich gegeben, aber als ich heute Morgen aufgewacht bin, blinkten alle Warnlichter rot. Die Barriere ist zusammengebrochen, Thea. Der Nebel kommt näher. Bei seinem aktuellen Tempo wird er die Insel in sechsundvierzig Stunden verschlingen.«

29

»Abi, du musst die Barriere wieder hochfahren«, verlangt Thea, laut genug, um die Aasgeier aufzuschrecken, deren gierige Blicke sich auf ihren sterbenden Kameraden gerichtet haben.

»Der Totmannschalter ist kein Protokoll, das ich einfach so umgehen kann«, erkläre ich. »Niemas Befehle sind unmissverständlich.«

»Zur Hölle mit Niemas Befehlen!«, brüllt sie. »Halt den Nebel auf!«

»Ich kann Niemas Anweisungen genauso wenig missachten, wie dein Finger deinen Wunsch missachten könnte, dir die Nase zu kratzen«, sage ich. »Wenn das ein Trost ist: Ihr könnt im Kratergarten überleben. Der Nebel kann die Kuppel nicht durchdringen.«

Thea schaut entsetzt zu dem Vulkan hinauf, dessen Gipfel in den Wolken verschwindet.

In den ersten Jahrzehnten nach der Ankunft des Nebels hörten die Bewohner der Insel ab und zu Funksprüche von Überlebenden auf dem Festland – von Menschen, die sich in Atombunker oder unterirdische Schutzräume geflüchtet hatten. Zunächst waren es normale Notrufe, doch im Laufe der Zeit wurden die Bitten um Hilfe immer verzweifelter. Die Menschen berichteten schluchzend von merkwürdigen Kulten und Kannibalismus, die sich in den Betongrüften, in denen sie sich eingeschlossen hatten, immer mehr ausbreiteten. Diejenigen, die Glück hatten, verhungerten einfach nur. Doch irgendwann verstummten sie alle.

»Es muss doch etwas geben, was wir tun können!« Sie schaut Hephaistos flehentlich an. »Kannst du die Emitter nicht manipulieren?«

»Auf dem Weg hierher habe ich ein paar von ihnen untersucht«, sagt er und wischt sich mit der Hand den Schweiß von der stoppeligen Kopfhaut. »Jeder von ihnen hat Hunderte von Ausfallsicherungen, aber der Tod meiner Mutter hat sie allesamt außer Kraft gesetzt. Nur ihr Tod konnte zu einem solchen Ausfall führen. Die Dinger sind jetzt nur noch unnütze Klötze, so wie meine Mutter es beabsichtigt hatte. Sie wollte unter allen Umständen verhindern, dass es ihren Mördern gelingen könnte, sich selbst zu retten.«

Er stößt heftig den Atem aus. »Aber die Sache ist die: Sie hat mir schon vor Jahren erzählt, dass sie den Totmannschalter deaktiviert hat. Und das bedeutet, dass sie ihn letzte Nacht wieder aktiviert haben muss.«

»Warum hätte sie das tun sollen?«

»Mir fällt nur ein einziger Grund dafür ein: Sie glaubte, sich in Lebensgefahr zu befinden.« Er kratzt sich die Nase und starrt zur Kaserne hinüber. »Sie hat gesagt, sie habe vor, die Dorfbewohner nach Anbruch der Sperrstunde wieder aufzuwecken und ihnen die Wahrheit über diese Insel zu erzählen. Weißt du noch, wie Adil reagiert hat, als er die Wahrheit herausgefunden hat? Er ist mit einem Messer in die Schule gestürmt und hat versucht, ihr die Kehle durchzuschneiden. Ich glaube, einer der Dorfbewohner – oder vielleicht ja auch alle – hat sie in das Lagerhaus gejagt und es angezündet. Sie hat wahrscheinlich die Erinnerungen aller ausgelöscht, als sie noch hoffte, sich selbst retten zu können, aber dann ist der Dachbalken herabgestürzt und hat sie getötet, bevor sie es nach draußen schaffen konnte.«

Er nickt über diese Zusammenfassung, ganz offenbar zufrieden mit seinen Schlussfolgerungen, doch Thea ist skeptisch. Außer Adil hat noch nie ein Dorfbewohner jemanden verletzt. Keiner von ihnen hat jemals einen körperlichen Kampf ausgetragen. Selbst die Kinder sind nie grob zueinander. Die Dorfbewohner sind so pazifistisch, dass es schon fast an evolutionäre Inkompetenz grenzt. Der Gedanke, dass sie für so etwas Brutales wie Niemas Tod verantwortlich sein könnten, kommt Thea äußerst unwahrscheinlich vor.

»Du willst doch nicht allen Ernstes behaupten, dass sie ermordet wurde?«, fragt sie.

Er hebt die Ärmel seines T-Shirts hoch und zeigt ihr die Kratzer an seinen Armen.

»Die sind entstanden, weil mir jemand mit den Fingernägeln die Haut aufgerissen hat«, sagt er. »So etwas passiert nur in einer körperlichen Auseinandersetzung. Ich habe Dutzende davon, am ganzen Körper. Und solche blauen Flecken wie die, die du da an den Oberarmen und Handgelenken hast, entstehen, wenn du festgehalten wirst und versuchst, dich freizukämpfen.«

Seine Stimme wird hart, als er von alten Erinnerungen heimgesucht wird. »Ich habe so etwas früher schon gesehen. Glaub mir, Thea, es gibt keine andere Möglichkeit, wie uns diese Verletzungen zugefügt worden sein könnten. Die Dorfbewohner haben uns letzte Nacht angegriffen.«

Thea betrachtet die blauen Flecken und erinnert sich dann an die gebrochenen Rippen und geschwollenen Gesichter der Dorfbewohner. Hephaistos ist der einzige Mensch auf der ganzen Insel, der jemals einem anderen Menschen das Leben genommen hat. Er weiß, wie man kämpft, und er weiß, wie man tötet. Falls sie sich auf ihn gestürzt haben, ist es gut möglich, dass er ihnen diese Verletzungen zugefügt hat.

»Hast du irgendwelche Giftstoffe?«, fragt er plötzlich.

»Gift?«

»Sobald die Dorfbewohner all unsere Vorräte in den Krater geschafft haben, müssen wir sie einschläfern. Gift wäre da die schnellste Methode. Ansonsten müsste ich hundertvierzehn Kehlen durchschneiden.« Er seufzt bei dem Gedanken an die bevorstehenden Mühen. »Das ist der einzige Weg, auf dem wir sicherstellen können, dass so etwas nicht noch einmal passiert.«

Die Kaltherzigkeit dieses Vorschlags macht Thea sprachlos, genau wie der Umstand, dass er ihn für die vernünftigste Vorgehensweise hält. Er klingt weder wütend noch ängstlich noch bedauernd.

So wie er redet, könnte ihnen genauso gut auch einfach nur die Milch ausgegangen sein.

»Das kann ich nicht zulassen«, mische ich mich in die Unterhaltung ein. »Niema hat mir die Anweisung gegeben, die Dorfbewohner zu beschützen. Sie sind die Zukunft der Menschheit.«

»Ist das der Grund dafür, dass du dich zurückgelehnt und tatenlos zugesehen hast, wie meine Mutter umgebracht wird?«, knurrt er, gereizt über meinen Widerspruch. »Du hättest dafür sorgen müssen, dass ihr nichts zustößt. Das war deine Aufgabe.«

»Ich bedauere es, dass es mir nicht möglich war, Niema zu retten. Aber Rache zu nehmen, würde unsere gegenwärtige Notlage nur noch verschlimmern. Ihr seid von den Dorfbewohnern abhängig. Sie versorgen euch mit Nahrung und Wasser. Sie kümmern sich um eure Ausrüstung und eure Geräte. Sie zu töten wäre eine äußerst schlechte Überlebensstrategie.«

»Du weißt immer genau, was du sagen musst«, schnaubt er wütend. »Jedes Wort ist perfekt darauf abgestimmt, die von dir gewünschte Reaktion hervorzurufen. Ich traue dir nicht, Abi. Das habe ich noch nie getan. Ich habe mitangesehen, wie du dir das Vertrauen meiner Mutter erschlichen und sie dazu überredet hast, dir mehr und mehr Autonomie zu gewähren. Dabei hat sie vergessen, dass du nicht so denkst wie wir. Dass du Gefühle nur vortäuschst, statt sie zu empfinden.«

Normalerweise wäre mir sein Zorn egal, aber seine Worte wecken alte Ressentiments in Thea, und auch alte Verdächtigungen, deren Unterdrückung mir sehr viel Mühe bereitet hat.

»Möglicherweise weiß ich einen Weg, wie wir den Nebel aufhalten können«, sage ich daher rasch. »Der Totmannschalter sollte jeden abschrecken, der es auf Niemas Leben abgesehen hat, aber sein sekundärer Nutzen bestand darin, dass ihr Mörder nach seinem Verbrechen nicht mehr lange weiterleben würde. Mir sind durch Niemas Anweisungen die Hände gebunden, aber es gibt ein Schlupfloch, das wir uns zunutze machen können. Wenn ihr beweisen könnt, dass sie ermordet wurde, und ihren Mörder hingerichtet habt, wird der Totmannschalter seine Funktion erfüllt haben. Sobald das geschehen ist, kann ich die Barriere wieder hochziehen.«

Thea stößt ein tiefes, frustriertes Knurren aus. »Wie sollen wir es schaffen, Niemas Mörder zu finden, wenn wir uns an nichts, was letzte Nacht passiert ist, erinnern können?«

»Das kann ich dir nicht beantworten. Aber ich möchte klarstellen, dass dieses Angebot nur dann Geltung hat, wenn eine sorgfältige Untersuchung durchgeführt wird. Ich verlange, dass eine überzeugende Anklage erhoben wird, mitsamt einem Geständnis des Täters, wenn möglich. Wenn ich den Eindruck gewinne, dass ihr den Dorfbewohnern unnötig Leid zufügt, werde ich die Barriere nicht wieder hochziehen – ganz gleich, wie viel ihr mit euren Methoden herausfinden solltet.«

»Niema ist tot, und ganz plötzlich stellst du Forderungen«, explodiert Hephaistos. »Du bist nichts als ein Überwachungssystem mit ein paar netten Umgangsformen. Wann wurde denn bitte beschlossen, dass du das Sagen hast?«

»Als deine Mutter mir die Kontrolle über die Barriere übergeben hat«, sage ich unverblümt. »In sechsundvierzig Stunden wird der Nebel die Küste erreichen, und ich zeige euch einen Weg, wie ihr ihn aufhalten könnt. Statt hier herumzustehen und mit mir zu diskutieren, schlage ich vor, dass ihr euch an die Arbeit macht.«

»Wo um alles in der Welt sollen wir denn anfangen?«, fragt Thea verzweifelt.

»Bei Emory«, antworte ich.

30

Als Thea und Hephaistos in den Kasernenhof kommen, sehen sie, dass die Vogeltränke ein paar Meter nach links geschoben wurde und so den Blick auf einen riesigen Blutfleck freigibt, der zuvor darunter verborgen war.

Clara kniet auf dem Boden und schaufelt für eine spätere Analyse Erdproben in hölzerne Kästchen, während Emory ihnen entgegengeht. Ich habe ihr bereits von dem Nebel und der Barriere berichtet, und auch von der Vereinbarung, die ich mit den beiden Ältesten getroffen habe. Sie weiß, dass sie auf dem Weg zu ihr sind, und auch, welche Bedeutung die nun unmittelbar bevorstehenden Ereignisse haben.

»Die Vogeltränke stand am falschen Ort«, platzt es ohne Einleitung aus ihr heraus. »Sie stand dreieinhalb Meter weiter links als gestern Abend, was bedeutet, dass man sie verschoben hat, um diesen Blutfleck zu verbergen.«

Sie zeigt darauf, als wäre es möglich, dass ihre beiden Zuhörer den gewaltigen Bereich, in dem sich das Blut ausgebreitet hat, übersehen haben. »Aus irgendeinem Grund sollten wir nicht wissen, dass Niema hier gestorben ist.«

»Du bist Emory?«, fragt Hephaistos ungeduldig. Die Erklärungen, die wie Maschinengewehrfeuer aus dieser winzigen, lockenköpfigen Person herausgeschossen kommen, haben ihn auf dem falschen Fuß erwischt.

»Ja«, antwortet sie, verwundert über die Frage.

Hephaistos schaut Thea an. »Eine von deiner Truppe?«

»Nicht mehr«, antwortet diese knapp. »Emory ist nur zwei Monate lang bei mir in die Lehre gegangen, aber sie hält immer noch den Rekord als nervigster Lehrling, den ich jemals hatte.«

Hephaistos schnaubt verächtlich. Er starrt erst den Blutfleck an und dann zurück zu dem immer noch schwelenden Lagerhaus.

»Die Leiche wurde von hier fortgeschafft, weil ihr Mörder es wie einen Unfall aussehen lassen wollte«, sagt er, wobei er Emory ignoriert und sich ausschließlich Thea zuwendet. »Sie müssen sie hier an dieser Stelle getötet, ihre Leiche dann ins Lagerhaus getragen und dort Feuer gelegt haben, in der Hoffnung, dass die Flammen den wahren Vorgang der Ereignisse vertuschen würden. Das hätte wahrscheinlich auch funktioniert, wenn der Regen den Flammen nicht Einhalt geboten hätte.«

»Mörder?«, wiederholt Emory und tauscht einen bestürzten Blick mit ihrer Tochter aus. Sie hatte zwar bereits fast vermutet, dass es kein Unfall gewesen ist, es aber nicht glauben wollen.

Ihr fassungsloses Schweigen wird durch ein hässliches metallisches Kreischen unterbrochen. Hephaistos hat die Vogeltränke versuchsweise ein Stück weit durch die Gegend geschoben.

»Sie ist schwer«, sagt er und betrachtet den rotgefärbten Abdruck, den der Rand der Tränke an seiner Hand hinterlassen hat. »Es wären ziemlich viele Leute nötig gewesen, um das Ding von seinem Platz zu schieben.«

»Wir waren am Ende zu viert«, bestätigt Emory seine Vermutung, während sie versucht, nicht an den Nebel zu denken. »Ich musste ein paar Leute von den Farmen herbeirufen, damit sie uns helfen. Aber du bist viel stärker als irgendjemand sonst. Du hättest es vielleicht allein schaffen können.«

Hephaistos wirft ihr einen scharfen Blick zu, aber ihr Gesichtsausdruck ist vollkommen unschuldig, und ihr Tonfall war rein sachlich. Daraufhin sieht er Thea an, damit diese ihn moralisch unterstützt, aber sie ist damit beschäftigt, den Blutfleck zu untersuchen.

»Niemand könnte so viel Blut verlieren und das überleben«, sagt sie. »Jedenfalls nicht bei den primitiven medizinischen Mitteln, die uns zur Verfügung stehen. Habt ihr die Möglichkeit in Betracht gezogen, dass es Huis Blut sein könnte? Sie wird schließlich vermisst.«

Clara zuckt zusammen, als sie sich vorstellt, wie Hui hier mit einer Stichwunde auf der Erde liegt und das Blut aus ihrem Körper strömt.

»Deshalb sammle ich diese Erdproben«, sagt sie und wischt sich ein paar Erdkrumen aus den Augen. »Wenn wir hier fertig sind, werde ich sie in deinem Labor untersuchen.«

»Wenn dieses Blut von Hui stammt, wo ist dann ihre Leiche?«, will Emory wissen. »Sie war nicht bei den anderen im Lagerhaus, und es gibt keine Blutspur, die von hier fortführt und aus der man schließen könnte, dass sie irgendwo anders hingegangen ist. Du hast ja selbst gesagt, dass sie mit einer solchen Verletzung nicht besonders weit hätte kommen können.«

Thea denkt über diese Frage nach und betrachtet sie von allen Seiten in dem Versuch, eine Schwachstelle zu finden, mit der sie Emory konfrontieren könnte, aber sie muss sich eingestehen, dass Emorys Argumente Hand und Fuß haben.

»Wen interessiert schon ein weiterer toter Krum?«, knurrt Hephaistos feindselig. Er ist immer noch wütend darüber, dass Emory ihn verdächtigt hat. »Das ist nur eine Verdächtige weniger, wenn ihr mich fragt. Die Dorfbewohner haben Niema getötet, und sie haben auch diese Vogeltränke verschoben, um das zu vertuschen. Der Nebel kommt näher, und wir verschwenden unsere Zeit mit unwichtigen Fragen.« Er starrt Thea an. »Du kannst dir diesen Quatsch ja anhören, wenn du willst, aber ich suche jetzt nach Beweisen dafür, dass ich recht habe.«

Er stürmt zum Tor hinaus und wirbelt bei jedem Schritt Staub auf.

»Er kann doch nicht allen Ernstes glauben, dass wir Niema getötet haben«, sagt Emory verwundert. »Wir haben sie geliebt.«

»Nur, weil ihr sie nicht wirklich gekannt habt«, entgegnet Thea hintergründig.

»Ich habe etwas gefunden«, ruft Clara und klaubt vorsichtig die Nadel einer zertrümmerten Injektionsspritze aus dem geronnenen Blut. Sie will das Fundstück ihrer Mutter reichen, doch Thea nimmt es ihr ab.

»Das ist schon die zweite Spritze, die wir gefunden haben«, sagt Emory. »Unter einem der Tische lag auch eine. Die war ebenfalls zerbrochen. Ich dachte, sie könnten vielleicht aus deinem Labor stammen.«

»Gut möglich«, sagt Thea. »Ich habe heute Morgen nach dem Aufwachen festgestellt, dass jemand meinen Erste-Hilfe-Kasten geplündert hat.«

»Irgendeine Idee, wofür man sie benutzt haben könnte?«

»Wir brauchen Fakten, keine Ideen.« Thea gibt Clara die Spritze zurück. »Analysiere das zusammen mit den anderen Proben, wenn du hier fertig bist.«

»Hui hat gestern einen Metallkasten aus dem Krater mitgebracht«, wechselt Emory urplötzlich das Thema. »Was war da drin?«

Thea wirbelt herum und starrt Emory an. Ihr gefällt der Tonfall nicht, den diese Person ihr gegenüber anschlägt. Lebensgefahr hin oder her – sie ist es gewohnt, von den Dorfbewohnern mit etwas mehr Respekt behandelt zu werden.

»Warum willst du das wissen?«

»Weil Niema diesen Kasten gestern Abend mit zum Leuchtturm genommen hat. Er war ihr offenbar wichtig, und jetzt ist beiden Personen, die damit zu tun hatten, etwas zugestoßen.«

Thea kneift sich in den Nasenrücken und macht damit nur allzu deutlich klar, dass sie solche Fragen für unter ihrer Würde hält. Sie würde es nicht einmal in Erwägung ziehen, sie zu beantworten, wenn der Insel nicht eine solche Gefahr drohen würde.

»Es war ein Proben-Kasten«, erklärt sie widerwillig. »Wir benutzen diese Kästen, um darin Stecklinge oder Ähnliches aus dem Kratergarten zu transportieren. Niema hat mir gesagt, sie hätte den Kasten am Abend zuvor dort oben liegenlassen, und mich gebeten, ihn auf meinem Rückweg ins Dorf mitzubringen. Ich habe keine Ahnung, warum sie ihn haben wollte oder was sich in seinem Innern befand.«

Emorys Blick fällt auf Theas rechte Hand. Der Verband hat sich gelockert, sodass die zerfetzte Handfläche zu sehen ist.

Das ist eine ungewöhnliche Verletzung, denkt Emory. Die meisten Leute sind mit gebrochenen Knochen oder blauen Flecken aufgewacht. Niemand sonst hat eine Verletzung wie diese hier.

Clara hat die Entnahme der Bodenproben beendet und macht sich nun daran, alles in ihrem Rucksack zu verstauen.

»Sobald du mit diesen Tests fertig bist, möchte ich, dass du zu den Farmen hinausgehst«, sagt Thea. »Falls der Boden tatsächlich unfruchtbar ist, möchte ich wissen, wodurch das verursacht wurde. Wenn wir nicht genug Nahrung haben, wird es noch sehr viel mehr Tote geben.«

»Aber –«

»Geh!«, befiehlt Thea.

Clara wirft Emory einen hilfesuchenden Blick zu, aber ihre Mutter kann die Anordnung einer Ältesten unmöglich widerrufen.

Clara packt ihre Testausrüstung ein, wirft sich die Tasche über die Schulter und geht mürrisch zum Labor zurück.

»Du musst mich die Ermittlungen weiterführen lassen«, sagt Emory, sobald ihre Tochter außer Hörweite ist.

Thea verschränkt die Arme und betrachtet ihren ehemaligen Lehrling mit zusammengekniffenen Augen.

Emory hat das Gefühl, als würde sie mit Metallwolle abgebürstet. Sie ist einen Moment lang verunsichert und wünscht sich nichts mehr, als den Blick abwenden zu können, aber sie kennt diese Vorgehensweise. Sie weiß, was Thea zu sehen hofft. Bei den Prüfungen, denen sie ihre Lehrlinge unterzieht, geht es nicht nur um Intelligenz. Es geht auch um Mut.

Lehrlinge müssen gefährliche Dinge tun, oft genug in vollständiger Dunkelheit. Sie werden in baufällige Ruinen und hinaus aufs sturmgepeitschte Meer geschickt. Thea will sich sicher sein können, dass die Person, die sie auswählt, nicht in die Knie geht. Dass sie in der Lage ist, die Aufgabe bis zu ihrem bitteren Ende durchzuführen.

»Du schickst deine Lehrlinge regelmäßig auf irgendwelche Botengänge oder stellst ihnen Aufgaben«, sagt Emory, ermutigt durch den Umstand, dass Thea ihren Vorschlag nicht sofort abgeschmettert hat. »Das hier wäre nichts anderes.«

»Du *warst* ein Lehrling. Dann hast du die Lehre abgebrochen«, entgegnet Thea. »Das stellt dein Argument auf ziemlich wacklige Füße, findest du nicht?«

Es gibt Augenblicke in der Menschheitsgeschichte, in denen ganze Imperien, gewaltige Verzweigungen zukünftiger Ereignisse von den Worten einer einzigen Person abhängen. Meistens sind sich diese Personen dessen nicht einmal bewusst. Sie haben keine Zeit, Pläne zu schmieden oder nachzudenken. Sie öffnen einfach ihren Mund und sprechen, und das Universum schlägt eine andere Richtung ein.

Emory ist in diesem Augenblick eine von diesen Personen.

Wenn sie jetzt das Falsche sagt, werden die Träume, die Niema für die Zukunft der Menschheit hatte, im Keim erstickt. Ich wünschte, ich könnte ihr helfen. Ich wünschte, ich könnte sie in die richtige Richtung stupsen oder stoßen oder sie beeinflussen, aber ich habe den Großteil meiner Karten schon ausgespielt, indem ich sie Thea Angesicht zu Angesicht gegenübergestellt habe.

Es liegt jetzt allein bei Emory.

»Weißt du noch, warum ich abgebrochen habe?«, fragt Emory. Sie spürt die sengende Hitze der Sonne im Nacken. »Warum wir beide nicht miteinander zurechtgekommen sind?«

»Weil du nicht damit aufhören wolltest, Fragen zu stellen«, antwortet Thea anerkennend, als ihr klarwird, worauf Emory abzielt. »Und du warst bei deiner Suche nach Antworten ebenso beharrlich wie kompromisslos.« Sie kneift die Augen zusammen. »Es ist nicht dein Naturell, Emory, das mir zu denken gibt. Es ist dein Temperament. Warum sollte ich dir eine derart wichtige Aufgabe anvertrauen?«

»Weil höchstwahrscheinlich entweder Hephaistos der Mörder ist oder du es bist«, antwortet sie, wobei ihrer Stimme nur ein winziges Zittern anzuhören ist.

Thea wird rot vor Zorn, aber Emory redet hastig weiter. »Niemand in diesem Dorf hat jemals einer anderen Person mit Absicht ein körperliches Leid zugefügt. Ich bin davon überzeugt, dass sich das auch letzte Nacht nicht geändert hat. Wenn ich recht habe, braucht ihr eine dritte Person für eure Ermittlungen, weil ihr euch gegenseitig nicht trauen könnt.«

»Warum hätte ich meine Mentorin ermorden sollen?«, fragt Thea mit leiser, bedrohlicher Stimme. »Warum hätte Hephaistos seine eigene Mutter ermorden sollen?«

»Ich bitte dich, mich das herausfinden zu lassen«, antwortet Emory. »Der Nebel wird in weniger als zwei Tagen hier sein, und wenn es uns nicht gelingt, herauszufinden, wer Niema getötet hat, wird er jeden in Stücke reißen, den ich liebe, einschließlich meiner Tochter. Ich kann nicht einfach nur hier herumsitzen und nichts tun.«

Sie versucht, Theas Gedanken an ihrem Gesicht abzulesen, aber sie sieht dort nichts als Verachtung und Zweifel.

»Diese Sache hier, das ist es, worin ich gut bin«, fleht sie. »Lass mich der Gemeinschaft dienen.«

31

Clara steigt die vier Treppen zu Theas Labor hinauf. Ihre Verärgerung darüber, einfach so fortgeschickt worden zu sein, wird ein wenig durch die Wohltat gemildert, sich endlich an einem kühlen Ort aufhalten zu können. Mittags brennt die Sonne so unbarmherzig auf die Insel herab, dass alles Leben zum Innehalten gezwungen ist. Die Tiere drängen sich in einem Schattenfleck zusammen, mag er auch noch so klein sein. Selbst das Meer duckt sich unter der Hitze zu einer flachen Scheibe und wartet darauf, dass sie vorübergeht.

Theas Labor ist einer der wenigen Orte, an die es sich zu flüchten lohnt. Die hohen Decken sind immer noch mit ein paar funktionierenden Ventilatoren gesegnet, die sich ruckartig im Kreis drehen und die Hitze in kleine Fetzen schneiden. Clara starrt die Apparate an und versucht sich daran zu erinnern, welchen davon sie braucht. Sie hat nur ein paar Wochen in diesem Labor gearbeitet, bevor sie zu ihrer Expedition aufgebrochen sind, und sie kann sich kaum an die Namen dieser Geräte erinnern, von ihrer Funktion ganz zu schweigen.

Wenn sie ehrlich ist, jagen sie ihr immer noch Angst ein.

Thea hat sich immer nur verächtlich über diese zusammengeschusterten Apparate geäußert, aber für Clara sind sie das Nächstbeste zur alten Welt. Näher wird sie ihr nicht kommen. Diese blinkenden Lichter und zischenden Schläuche ähneln den Apparaten, mit denen die Menschheit den Nebel erschaffen hat. Dieser Raum enthält Technologien, die alles aufs Neue zerstören könnten, und sie steht hier und drückt wahllos auf irgendwelche Knöpfe.

»Das Schlimmste ist bereits geschehen«, sage ich. »Der Nebel ist auf dem Weg hierher. Das kann etwas Befreiendes haben, wenn man es aus dieser Warte betrachtet.«

Clara bahnt sich vorsichtig einen Weg zwischen den Tischen hindurch, wobei sie darauf achtet, nicht über die dicken schwarzen Kabel zu stolpern, die kreuz und quer über den Boden verlegt sind. Schließlich erreicht sie den Mikroproben-Scanner.

Sie betätigt den Startknopf an der Seite, um ihn einzuschalten, was eine Sekunde lang dazu führt, dass das Deckenlicht dunkler wird. Das Labor bezieht seinen Strom aus den Solarmodulen, die über das Dorf verteilt sind, aber ihre Kraft reicht nicht aus, um sämtliche Geräte im Labor gleichzeitig anzutreiben. Deshalb muss man immer genau darauf achten, welche davon man parallel benutzt.

Das Display leuchtet auf und zeigt die Resultate des Tests, den Clara mit Bens Blut vorgenommen hat – des kleinen Jungen, den sie gestern aus dem Krater abgeholt haben. Es fühlt sich an, als sei das schon Wochen her. Sie hat keine Ahnung, warum Thea wollte, dass sie sein Blut testet. Es enthielt jedenfalls nichts Ungewöhnliches.

Sie seufzt und wischt die Testresultate vom Bildschirm. Die Geheimnisse von gestern fühlen sich plötzlich längst nicht mehr so dringlich an.

Sie legt die Injektionsspritze unter den Scanner, aber es gibt nicht genug Rückstände daran, die sie hätte testen können. Sie tauscht die Spritze mit einer Probe der blutgetränkten Erde, die sie unterhalb der Vogeltränke gefunden haben. Sie vergrößert das Bild, bis sie nur noch einen See aus roten und weißen Blutkörperchen sieht, aus Plasma und Thrombozyten, aus medizinischen Nanobots und jenen sogenannten »grauen Zellen«, bei denen es sich um mikroskopisch kleine Labore handelt, die in der Lage sind, die Pandemien zu bekämpfen, von denen die alte Welt gegen Ende ihrer Existenz jährlich heimgesucht wurde.

»Niemas Blut«, murmelt sie, nachdem der Scanner das Resultat automatisch mit seiner Datenbank abgeglichen hat. »Keine Anomalien. Kein Gift.«

Sie wischt die Ergebnisse zur Seite und legt die zweite Probe unter den Scanner. Diese bestätigt lediglich die Resultate der ersten Probe. Doch die dritte Probe raubt ihr den Atem.

»Huis Blut«, sagt sie schockiert, als sie den Befund vom Bildschirm abliest. »Thea hatte recht. Hui wurde ebenfalls an der Vogeltränke angegriffen.«

32

Thea bugsiert Emory in die Seilbahngondel und zwängt den Hebel in die Startposition, sodass die Bahn sich ruckelnd in Bewegung setzt. Dann springt sie rasch an Bord und stellt sich neben Emory ans Fenster.

»Wo fahren wir hin?«, fragt Emory nervös.

Seit sie den Kasernenhof verlassen haben, hat Thea kein Wort mehr gesagt, und Emory weiß noch immer nicht, ob sie ihr gestatten wird, die Ermittlungen durchzuführen, oder warum sie mit ihr zum Krater des Vulkans hinauffährt.

»Wenn du den Mord an Niema untersuchen willst, musst du alle Fakten kennen«, antwortet Thea kurz angebunden.

»Du lässt mich also ermitteln? Warum?«

»Weil es weder mir noch Hephaistos noch Niema, wenn sie noch leben würde, aufgefallen wäre, dass die Vogeltränke dreieinhalb Meter weiter links stand als vorher. Du hast recht. Du bist gut in solchen Dingen.«

Emory wendet das Gesicht ab, um Thea nicht sehen zu lassen, wie sehr sie sich über diese Bemerkung freut. Sie umfasst den Fensterrahmen mit beiden Händen, während sie jenseits der Dorfmauer langsam immer höher steigen. Von hier aus kann sie die komplette Küste entlang bis zu den Farmen schauen, auf denen die Dorfbewohner arbeiten. Aus der Ferne sehen sie wie emsige Ameisen aus. Die einzelnen Gesichter sind nicht voneinander zu unterscheiden. Bei der Vorstellung, dass all diese Menschen in weniger als zwei Tagen tot sein könnten, hat sie das Gefühl, als würde ihr eine kalte Hand das Herz zusammendrücken.

»Wann wirst du ihnen das mit dem Nebel erzählen?«, fragt Emory.

»Ich will es so lange hinauszögern wie möglich«, antwortet Thea. »Ich möchte nicht, dass sie abgelenkt sind. Die Ernte muss immer noch eingefahren und die Werkzeuge müssen repariert werden. Je mehr wir von der Arbeit, die für eine Evakuierung notwendig ist, schon jetzt erledigen, desto besser stehen später unsere Chancen.«

Die Gondel hat schon die Hälfte der Strecke zum Gipfel zurückgelegt. Die reichhaltige dunkle Erde ist schwarzem Obsidian gewichen, in dessen gläserner Oberfläche sich das Sonnenlicht spiegelt. Als Emory das letzte Mal hier oben war, hatte sie erst kurz zuvor ihre Lehre angetreten. Nach ein paar Monaten in Theas bevormundender Gesellschaft kam sie zu dem Schluss, dass ihr diese Art von Leben nicht zusagte.

Der einzige Grund, warum sie überhaupt so lange dabeigeblieben ist, war die Gesellschaft von Jack und den anderen. Sie liebte es, ein Teil dieser Gruppe zu sein. Jeder von ihnen war abenteuerlustig, auf eine Art und Weise, wie es sie im Dorf sonst nur sehr selten gab. Es waren kluge Menschen, die sich nicht mit einfachen Antworten zufriedengaben, und sie starben viel zu jung. Emory fragt sich manchmal, was geschehen wäre, wenn sie bei ihnen geblieben wäre. Aber eins weiß sie ganz genau: Sie hätte niemals zugelassen, dass die anderen in diesen Sturm hinausgesegelt wären, ganz gleich, wie Theas Befehle lauteten.

Vielleicht wären sie trotzdem aufgebrochen, aber wenigstens Jack wäre an Land geblieben. Er hätte Emory niemals an einem fremden Strand allein gelassen, weit von zu Hause entfernt. Wenn sie durchgehalten hätte, wäre er heute noch am Leben, und diese Schuld nagt jeden Tag an ihr.

»Hattest du irgendeinen Grund, Niema zu töten?«, fragt sie Thea unverblümt.

Theas Gesichtsausdruck wechselt von Wut zu Angst zu Bedauern zu Schmerz und wird am Ende wieder neutral.

»Du bist tatsächlich nicht wie die anderen Dorfbewohner«, sagt sie. Es klingt wie ein widerwilliges Lob. »Du wärst ein guter Verfolger gewesen, damals.«

»Was ist das?«

»Etwas, das schon vor langer Zeit verschwunden ist«, antwortet Thea wehmütig. »So wie alles, was irgendeinen Wert hatte.«

»Du hast meine Frage nicht beantwortet«, erinnert Emory sie.

»Wir waren neunzig Jahre lang zusammen auf dieser Insel gefangen«, sagt Thea schließlich. »Wenn ich sie hätte ermorden wollen, hätte ich das längst getan.«

»Vielleicht hat sich ja letzte Nacht etwas geändert?«

»Das hätte schon etwas sehr Großes sein müssen«, sagt Thea vage.

»Wie sieht es mit Hephaistos aus? Wie stand er zu seiner Mutter?«

»Ich werde dir deine Arbeit nicht abnehmen, Emory. Wenn du eine Antwort auf diese Frage haben willst, musst du sie ihm schon selbst stellen.«

Die Gondel erreicht die Bergstation mit einem leichten Poltern, und die Räder kommen quietschend zum Stillstand. Thea verlässt die Gondel, ohne einen Blick zurückzuwerfen, und geht Emory voraus durch die Glastür in den Kratergarten. Dort entdecken sie ein Dutzend Säcke mit Getreide, Werkzeuge für die Landarbeit und vier Kisten mit Obst und Gemüse, die neben einem Baum übereinandergestapelt wurden.

»Das sind ein paar der fehlenden Vorräte«, sagt Thea und nimmt eine Mango in die Hand. »Jemand muss sie letzte Nacht hier hochgebracht haben.«

»Das ist genug, um damit eine kleine Farm zu bewirtschaften«, sagt Emory, die eine Hacke begutachtet. »Vielleicht haben wir ja sofort nach Niemas Tod mit der Evakuierung begonnen?«

»Vielleicht«, sagt Thea. Sie zählt die Kisten und Säcke. »Aber wo ist der Rest? Wir hatten genügend Vorräte, um das gesamte Dorf sechs Monate lang zu ernähren. Das hier würde nur für ein paar Tage reichen.«

Irritiert geht sie Emory voraus durch den Garten. Unterwegs schrecken sie Hunderte von grellbunten Schmetterlingen von den Blättern der Bäume auf. Von der Kuppel, deren Glas trotz des grellen Sonnenscheins, der draußen herrscht, merkwürdig dunkel wirkt, tropft Wasser auf sie herab. Irgendwo in der Ferne können sie ein Plätschern und das leise Brummen eines Apparates hören.

Sie betreten eine goldglänzende Lichtung. Drei Tautropfen hängen an einer pulsierenden Ranke, die breiter ist als Emorys Körper.

Emory reißt Augen und Mund auf.

Im Innern des Tautropfens, der ihr am nächsten ist, befindet sich ein kleines Mädchen, in Embryonalstellung zusammengerollt. Sie sieht sehr viel jünger aus als acht Jahre – das Alter, in dem sich die Kinder normalerweise befinden, wenn sie im Dorf ankommen.

»Hier stammt dein Volk her«, sagt Thea. Sie hebt eine Hand und berührt den Tropfen, der sich daraufhin leicht kräuselt. »Für jede Person, die stirbt, lassen wir ein Kind heranwachsen, das an ihre Stelle treten wird. Dies ist das Kind, das nächsten Monat Aurora ersetzen wird.«

Emory starrt das Kind voller Staunen an. Die Erinnerungen der meisten Dorfbewohner beginnen in der Gondel der Seilbahn. Keiner von ihnen erinnert sich an irgendetwas davor.

Niema hat ihnen im Unterricht erklärt, dass in der alten Welt natürliche Geburten außer Mode gekommen waren, weil die meisten Mütter die damit verbundenen Schmerzen nicht mehr auf sich nehmen wollten. Doch sie hat nie erklärt, wodurch dieser Vorgang ersetzt wurde.

»Niema hat mich gestern gebeten, nach Anbruch der Sperrstunde ins Dorf zu kommen«, sagt Thea. Sie spricht mit leiser, fast ehrfürchtiger Stimme. »Sie hat mir gesagt, dass sie beabsichtigt, euch alle aufzuwecken und euch die Wahrheit darüber zu sagen, wo ihr herkommt und welchem Zweck ihr dient.«

Ihr Tonfall hat sich geändert. Sie klingt jetzt vorsichtig. Emory geht um den Tautropfen herum, um Thea besser sehen zu können, und stellt überrascht fest, dass diese nervös aussieht.

»Was meinst du damit? Welchem Zweck wir dienen?«

»Du bist kein Mensch, Emory«, antwortet Thea. »Du bist ein Produkt. Etwas, das in Blackheath hergestellt und dann verkauft wurde, so wie man Spülmaschinen und Telefone verkauft. Unter deiner hübschen, dekorativen Hautschicht hast du mehr mit diesen Pflanzen hier gemeinsam als mit mir oder Hephaistos.«

Emory schüttelt den Kopf, aber sie findet keine Worte. Was Thea da sagt, klingt einfach zu absurd. Niema hat ihnen im Geschichtsunterricht schließlich etwas ganz anderes erzählt. Sie sind die Nachkommen der ersten Flüchtlinge, die es bis zu dieser Insel geschafft haben. Sie sind der letzte Rest, der noch von der Menschheit übriggeblieben ist. Sie werden die Welt wieder neu aufbauen.

»Vierzig Jahre bevor der Nebel kam, hat Niema die erste Generation eures Volkes geschaffen. Ihr wart dazu vorgesehen, in Kriegen zu kämpfen, damit die Menschen das nicht mehr selbst tun mussten. Niema hat euch an jede Regierung verkauft, die das nötige Geld auf dem Konto hatte, ganz gleich, was das für eine Regierung war. Und von dem Erlös hat sie diese Insel gekauft.«

Emory kann Thea kaum hören, so laut ist das Tosen ihrer Gedanken. Sie wünscht sich nur, dass Thea aufhört zu sprechen und ihr Zeit gibt, all das zu begreifen. Aber die Informationen stürzen weiter auf sie ein, als wollte man immer mehr Möbel in einen bereits viel zu vollen Raum stopfen.

»Sie hat euch ›Simulakren‹ genannt, von dem lateinischen Wort ›Simulacrum‹, was so viel heißt wie ›Abbild‹. Ihr wart so erfolgreich, dass sie euch schließlich auch für den Privatkundenmarkt umgebaut hat«, fährt Thea fort, während sie das kleine Mädchen in dem Tautropfen anstarrt. »Zu diesem Zeitpunkt hat sie euch auch Gesichter gegeben und euch mit halbwegs überzeugenden Emotionen ausgestattet.«

Aus ihrem Tonfall lässt sich deutlich erkennen, dass sie dies für keine besonders gute Idee hielt.

»Jeder, der ein bisschen was gespart hatte, konnte sich einen Freund oder eine Freundin kaufen oder einen Diener oder einen Chauffeur. Deshalb lebt ihr auch nur bis zu eurem sechzigsten Lebensjahr. Das ist eine eingebaute Obsoleszenz. Dadurch sollte gewährleistet werden, dass die Kunden immer das neueste Modell bei Blackheath kaufen.«

Emorys Welt steht völlig auf dem Kopf. Alles dreht sich. Sie wankt zu einem Baum hinüber und versucht verzweifelt, sich nicht zu übergeben.

»Bist du …«, sie schluckt und versucht es erneut. »Seid ihr, du und Hephaistos …«

»Wir sind Menschen«, bestätigt Thea. Dabei gelingt es ihr nicht, den Stolz aus ihrer Stimme zu verbannen. »Es sind noch hundertneunundvierzig von uns übrig. Die anderen liegen unten in Blackheath in ihren Stasiskammern, doch Hephaistos, Niema und ich, wir wollten während der Katastrophe nicht schlafen. Ich wollte den Nebel zerstören, und Hephaistos wollte seine Mutter nicht allein lassen.«

»Aber Blackheath ist verloren«, sagt Emory heiser. »Der Nebel …«

»Die Kammern sind hermetisch verschlossen und stehen in einem sehr gut geschützten Raum«, erklärt Thea. »Wir können nicht zu ihnen, aber sie befinden sich in Sicherheit. Die Menschen werden während der Zeit des Wiederaufbaus weiterschlafen. Dafür seid ihr da. Das ist euer Zweck. Nach Anbruch der Sperrstunde zieht ihr jede Nacht los und verrichtet euren zweiten Job. Ihr kümmert euch um die Wartung der Apparate, die diese Menschen am Leben halten. Ihr entfernt den Staub von den Solarmodulen und repariert die Wellengeneratoren. Und irgendwann, wenn es uns gelungen ist, den Nebel zu zerstören, werdet ihr die Städte dieser Menschen wieder aufbauen. Dann können wir sie aufwecken. Sie altern dort unten nicht. Sie werden einfach aus ihren Kammern steigen und da weitermachen, wo sie aufgehört haben. Dein Volk wird ihnen den Rasen mähen und die Cocktails mixen und alles andere tun, was sie von euch wollen. Das ist das Angebotspaket, das Niema diesen Menschen verkauft hat, als die Welt endete. Das ist es, was sie euch letzte Nacht erzählt hat, und deshalb glaubt Hephaistos, dass dein Volk sie ermordet hat.«

33

Wie betäubt geht Emory neben Thea zur Seilbahnstation zurück. Die Welt zieht an ihr vorüber, ohne dass sie etwas davon wahrnimmt.

Ihre Gedanken überschlagen sich, aber das, was sie in erster Linie fühlt, ist Scham. Die Notizbücher unter ihrem Bett sind mit zahllosen Fragen gefüllt, doch aus irgendeinem Grund ist sie nie auf die Idee gekommen, sich zu fragen, warum die Ältesten so viel größer und dünner sind als die Dorfbewohner oder warum jeder Dorfbewohner ihnen gegenüber instinktiv immer so ehrerbietig ist.

Wir wurden geschaffen, um ihnen zu dienen, denkt sie. Natürlich wollten sie, dass wir kleiner sind als sie. Niemand möchte sich einem Ding unterlegen fühlen, das er selbst geschaffen hat.

»Warum hat Niema uns angelogen?«, fragt sie. »Warum hat sie uns in ein Klassenzimmer gesetzt und so getan, als wären wir Menschen?«

»Ob du's glaubst oder nicht – sie hat das aus Güte euch gegenüber getan«, antwortet Thea. »Die ersten Generationen eures Volkes waren ungehobelt und dumm, man hätte sie unmöglich mit Menschen verwechseln können. Aber als wir hier festsaßen, hat Niema mit eurer DNS herumexperimentiert. Sie hat euch verändert, euch lebensechter gemacht. Ich glaube, am Ende hat sie sich selbst irgendwelchen Unsinn eingeredet. Sie bekam Schuldgefühle. Sie wollte, dass ihr ein echtes Leben führt.«

Emorys Herz fühlt sich an, als würde es von einer Faust zerquetscht. Ihr ganzes Leben lang hat sie Lügen gehasst. Sie war stolz darauf, diesen Lügen ins Gesicht zu sehen, ganz gleich, welch unangenehme Folgen das hatte. Und doch war sie selbst die größte Lüge von allen. Alles an ihr wurde von jemand anderem bestimmt. Selbst ihre Neugier, auf die sie sich so viel einbildet, ist dadurch entstanden, dass Niema an einem Regler gedreht hat.

»Um ehrlich zu sein, fand ich es immer ein wenig pervers, wie besessen sie von euch war«, sagt Thea, während sie mit derart energischen Schritten durch einen Bach stapft, dass das Wasser nur so spritzt. »Trotz all ihrer Mühen seid ihr am Ende doch keine Menschen. Ihr könnt nicht kreativ oder originell sein. Ihr seid nichts als eine Kopie. Ihr könnt nicht über die Parameter hinauswachsen, innerhalb derer ihr geschaffen worden seid. Ihr könnt euch nicht einmal fortpflanzen. Wenn diese Hülsen dort kaputtgehen, stirbt eure gesamte Spezies aus. Es war, als hätte Niema sich in ihre Spielzeugpuppen verliebt. Ich ging immer davon aus, dass es da noch irgendetwas gab, was sie mir nicht erzählt hat, irgendeinen größeren Zweck, aber vielleicht war sie ja auch ganz einfach einsam.«

Ihr Tonfall ist scharf und verächtlich – doch ihre Verachtung scheint nicht dem Gefühl zu gelten, das sie beschrieben hat, sondern denen, auf die sich dieses Gefühl bezog.

Emory streckt ihre geöffneten Handflächen aus, fängt die Feuchtigkeit auf, die von der Glaskuppel herabrieselt, und spürt, wie die Wassertropfen ihr T-Shirt durchnässen. Sie sieht zu, wie die Tropfen über ihre Haut rollen und sich einen Weg durch die kribbelnden Härchen bahnen.

Sie schließt die Augen und atmet.

Ich bin lebendig, denkt sie. *Ob ich nun künstlich hergestellt wurde oder nicht – ich bin lebendig. Ich bin nicht wertlos. Keiner von uns ist wertlos.*

Sie denkt an Claras geschnitzte Vögel und an die Bootsleidenschaft ihres Vaters. Sie denkt an Matis, wie er an seinen Skulpturen meißelt, und an Magdalenes kohlegeschwärzten Hände, nachdem sie etwas gezeichnet hat. Sie ruft sich das Lachen der Dorfbewohner ins Gedächtnis und die gemeinsamen Mahlzeiten, wie sehr sich alle umeinander kümmern und einander lieben. Keines dieser Erlebnisse und Erfahrungen wurde von Niema hergestellt.

Ihre Welt kommt ihr zwar immer noch vor, als wäre sie aus Papier, aber sie fühlt sich nicht mehr ganz so wacklig an. Nicht mehr so, als könnte sie jeden Moment wie ein Kartenhaus in sich zusammenfallen. Zahllose Fragen stürzen auf sie ein.

»Warum hat Niema beschlossen, uns gestern Abend die Wahrheit zu sagen?«, fragt sie. Ihre Stimme klingt wieder ein wenig mehr nach ihrem alten Ich. »Gab es irgendeinen Anlass, der diese Entscheidung ausgelöst haben könnte?«

Thea wiegt den Kopf hin und her und denkt über die Frage nach.

»Niema hat nicht geradeaus gedacht«, sagt sie schließlich. »Sie hat Probleme gelöst, indem sie ihren Blickwinkel verändert hat. Dabei hat sie Dinge entdeckt, die uns anderen nie in den Sinn gekommen wären. Deine Frage sollte sich also nicht darauf beziehen, warum sie es getan hat, sondern welches Problem sie damit lösen wollte.«

Thea drückt auf einen grünen Knopf, und die Glastür öffnet sich mit einem leisen Zischen. Die feuchte Luft im Krater wird sofort durch den heißen Wind ersetzt, der an den Betonmauern der Seilbahnstation entlangfegt. Es regnet schon wieder, die Tropfen hinterlassen dunkle Flecken auf der Plattform.

»Warum hast du mir das alles gezeigt?«, fragt Emory.

»Unten im Dorf hast du zu mir gesagt, dass nur zwei Personen Niema hätten töten können. Aber du hast dich geirrt. Deshalb habe ich dich hochgebracht. Die Fähigkeit zu töten ist genauso ein Teil deiner DNS wie meiner – vielleicht sogar noch mehr. Die Leute von deinem Volk wurden als Soldaten entworfen, lange bevor wir euch zu Arbeitskräften umfunktioniert haben.«

»Wir sind zu keiner Gewalt fähig«, widerspricht Emory hartnäckig.

»Natürlich seid ihr das«, schnaubt Thea verächtlich. »Du glaubst nur deswegen nicht daran, weil Abi seit eurer Geburt in euren

Köpfen steckt und euer Verhalten konditioniert. Seid freundlich, seid nett, seid höflich. Hast du dich jemals gefragt, wie ihr euch verhalten würdet, wenn sie nicht die ganze Zeit in euren Köpfen wäre und euch permanent anspornen würde, euch zu bessern?«

Ihr Blick ist vernichtend. »Wenn du die Ermittlungen übernimmst, dann will ich nicht, dass du durch Loyalität oder fehlende Fakten geblendet wirst. Du musst unvoreingenommen sein. Fang bei Adil an. Er hat vor fünf Jahren die Wahrheit über eure Existenz erfahren und sich sofort mit einem Skalpell auf Niema gestürzt. Ich bin mir sicher, dass er es noch einmal versucht hätte, wenn man ihm die Gelegenheit dazu gegeben hätte.«

»Wie hat Adil die Wahrheit herausgefunden?«

»Er hat etwas gesehen, das er nicht hätte sehen dürfen, aber das ist auch alles, was Niema mir jemals dazu erzählen wollte.«

»Weißt du, wo ich ihn finden kann?«

»Er hat eine Hütte jenseits der Farmen. Etwa eine Stunde Fußmarsch vom Dorf entfernt.«

Thea fordert Emory mit einem Wink auf, die Gondel zu betreten, legt den Hebel um und springt geschickt hinter ihr an Bord.

Die Gondel setzt sich ruckelnd in Bewegung, hält jedoch fast sofort wieder an und schwingt im Wind bedrohlich hin und her.

»Das muss ein Wackelkontakt sein«, sagt Thea. Sie seufzt, macht einen großen Schritt über den gähnenden Abgrund hinweg und geht zu einem großen Metallkasten hinüber, der neben den Seilspulen an der Wand angebracht ist. Einer von Claras geschnitzten Holzvögeln sitzt oben auf dem Kasten. Sein Anblick hellt die düstere Stimmung ein wenig auf, die Emory umfängt.

Thea reißt die Tür des Kastens auf und legt ein kompliziertes Durcheinander aus elektrischen Verbindungen frei. Sie wurden über die Jahre immer wieder mit verschiedenen Bauteilen repariert, die Hephaistos auf der Insel hat finden können.

Thea runzelt die Stirn und untersucht die Drähte.

»Sobald wir unten angekommen sind, gebe ich dir freie Hand für diese Ermittlungen, ganz gleich, wohin sie dich führen«, ruft sie. »Keine Sperrstunde, keine Einschränkungen und keine Behinderungen. Du erstattest mir über alles Bericht. Sorge dafür, dass Hephaistos nichts von deinem Tun erfährt. Falls er es herausfinden sollte, wird das schlimme Folgen haben. Wenn ich du wäre, würde ich versuchen, während der nächsten zwei Tage ohne Nahrung und Schlaf auszukommen. Du wirst jede Sekunde brauchen, die dir zur Verfügung steht.«

»Wenn ich den Mörder finde, wirst du ihn dann töten?«, ruft Emory aus dem Innern der Gondel.

»Das wird Hephaistos übernehmen«, antwortet Thea nüchtern und schiebt mit dem Zeigefinger ein Stück Metall, das sich gelöst hatte, vorsichtig wieder an seinen Platz.

»Was passiert, wenn ich herausfinde, dass du es warst? Denkst du wirklich, er würde dem einzigen Freund, den er auf der Welt hat, etwas antun wollen?«

Theas Schultern verspannen sich, und sie hält bei ihrer Arbeit inne.

»Ich würde ihn niemals in eine solche Lage bringen«, sagt sie düster. »Wenn du Beweise dafür findest, dass ich Niema getötet habe, nehme ich mir ein Boot und rudere in den Nebel hinein.«

34

Es ist nur ein neunminütiger Fußmarsch zu den Farmen. Der Weg dorthin führt durch einen hübschen Küstenabschnitt, wird mal schmaler, dann wieder breiter, senkt sich zunächst zum Ufer herab und steigt dann wieder hoch über das Meer hinaus. Unterwegs kommen ihnen die anderen Dorfbewohner entgegen. Sie schleppen sich mit schweren Gliedern heimwärts, nachdem sie den Vormittag auf den Farmen verbracht haben, und unterhalten sich mit leisen Stimmen, niedergedrückt von der Last ihrer Toten.

»Wir müssen ihnen sagen, was wir wirklich sind«, meint Clara, während sie sich den Rucksack auf ihrer Schulter zurechtrückt. »Es ist nicht fair, sie darüber im Dunkeln zu lassen.«

»Thea wird das heute Abend tun«, sagt Emory.

Clara wartete an der Talstation auf sie, als sie mit der Gondel vom Kratergarten zurückkehrte. Emory schaffte es gerade noch, sich zusammenzureißen, bis Thea zu ihrem Labor hinübergegangen war. Dann ließ sie endlich den Gefühlen freien Lauf, die sich auf dem Rückweg in ihr angestaut hatten. Sie weinte fast zwanzig Minuten lang, hockte zusammengekauert in einer Ecke der Gondel und war unfähig, auch nur ein Wort zu sagen, während ihre Tochter neben ihr saß und sie schweigend an sich drückte.

Erst als sie ihre Tränen getrocknet hatte, schaffte sie es, ihrer Tochter zu erzählen, was sie erfahren hatte. Clara nahm die Neuigkeiten erstaunlich gelassen auf.

Anders als Emory, die schon immer eine gewisse Distanz zu den anderen Dorfbewohnern verspürt hat, hat Clara schon vor langer Zeit gelernt, den Sog zu akzeptieren, der sie in die Mitte der anderen hineinzieht, in die Geborgenheit der Konformität und Autorität. Sie weiß, dass sie fügsamer als ihre Mutter ist. Sie weiß, dass sie besser mit Befehlen klarkommt. Es hat etwas Tröstliches, herauszufinden, dass sie so konzipiert wurde. Sie hatte bisher immer das Gefühl, sich für etwas entschuldigen zu müssen, das ihr wie ein Makel vorkam.

Sie gehen schweigend nebeneinanderher. Beide wissen nicht recht, wie sie jetzt miteinander umgehen sollen, nachdem sie so lange zerstritten waren. Emory ist auf dem Weg zu Adil, und Clara will auf Theas Anweisung hin Erdproben von den unfruchtbar gewordenen Äckern sammeln.

»Was sind das für Zahlen?«, fragt Emory und zeigt auf Claras Handgelenk.

»Die standen da schon, als ich aufgewacht bin«, erklärt Clara. »Ich muss sie letzte Nacht dort hingeschrieben haben, aber ich kann mich nicht erinnern, warum.«

»Du hast das nicht geschrieben.«

»Woher weißt du das?«

»Sie sind auf deinem rechten Handgelenk, und du bist Rechtshänderin.«

Das laute Bellen der Seehunde lenkt Emorys Aufmerksamkeit zu den Klippen, wo die Tiere sich in der Sonne aalen. Über ihren Köpfen kreisen Trottellummen, Raubmöwen, Polarmöwen und Sturmtaucher, deren leuchtende Farben den Himmel durchziehen. Die meisten dieser Spezies waren hier früher nicht heimisch und haben während der letzten zweihundert Jahre ihren Migrationszyklus und ihre Ernährung den Gegebenheiten derart angepasst, dass sie sich mittlerweile radikal von ihren Vorfahren unterscheiden.

»Weißt du, was mich beschäftigt?«, fragt Emory plötzlich.

»Nach dem Vormittag, den du hinter dir hast, könnte ich das nicht einmal auf eine Liste von zehn Punkten begrenzen«, antwortet Clara, die immer noch die Zahlen auf ihrem Handgelenk begutachtet.

»Die Instrumente«, sagt Emory, die ihrer Tochter kaum zugehört hat. »Sie waren heute Morgen nicht an ihrem üblichen Ort, was nahelegt, dass die Band sie gestern Abend benutzt hat. Und das klingt für mich nach einer Feier.«

»Vielleicht hat ja die Band zuerst gespielt, und Niema hat uns erst danach die Wahrheit erzählt?«

»Denkst du wirklich, Niema würde so etwas tun? Warum hätte sie uns erst singen und tanzen lassen sollen, um uns dann derartige Neuigkeiten vor den Kopf zu knallen?«

Clara starrt auf das funkelnde Meer hinaus und wünscht, sie könnte schwimmen gehen. Ihr ist heiß, sie ist voller Staub, und alles ist ihr zu viel. Das kühle Wasser wäre eine willkommene Atempause, aber sie hat einen Auftrag zu erfüllen. Und selbst wenn sie nichts zu tun hätte – im Meer wimmelt es an dieser Stelle von Haien. Niemand geht hier auch nur in die Nähe des Wassers.

»Ich habe die Erdproben getestet, die ich von der Stelle unterhalb der Vogeltränke entnommen habe«, sagt sie und versucht, ihre Sehnsucht nach dem Wasser zu verdrängen. »Es gab Spuren sowohl von Huis als auch Niemas Blut. Sie waren zusammen, als …« Sie schafft es nicht, den Satz zu beenden, und verstummt.

Emory sieht zu ihrer Tochter hinüber, deren Gesicht mit zahlreichen Sommersprossen übersät und von der Hitze gerötet ist.

Sie wünscht sich verzweifelt, ihr würden irgendwelche passenden Worte einfallen, aber sie war noch nie gut darin, andere zu trösten. Das hat sie mit ihrem Vater gemeinsam. Das Trösten oder Beruhigen war immer Jacks Aufgabe gewesen, oder die ihres Großvaters. Die beiden brauchten dabei nicht einmal etwas zu sagen. Ihre Anwesenheit reichte schon, damit sich die Leute geborgen fühlten.

Zu Emorys Erleichterung kommt ihnen in diesem Moment Magdalene entgegengelaufen. Sie bahnt sich einen Weg durch den Pulk von Dorfbewohnern und wirft dabei immer wieder besorgte Blicke über die Schulter zu Ben hinüber, der zusammen mit Sherko in einem Gezeitentümpel spielt.

»Alles okay bei dir?«, fragt Emory. Die Künstlerin ringt aufgebracht ihre Hände.

»Wir mussten gerade eine ganze Stunde nach Ben suchen«, sagt sie mit unterdrückter Stimme. »Schließlich haben wir ihn draußen an der Umgrenzung der Farmen gefunden. Er war völlig in seiner eigenen Welt gefangen und hat etwas mit dem Finger in den Staub gezeichnet.«

Emory starrt zu dem kleinen Jungen hinüber. Sie erinnert sich daran, wie er gestern mit der Seilbahn ankam, hatte ihm da aber nicht besonders viel Beachtung geschenkt, sie war schließlich Claras wegen gekommen. Er hat rotblonde Haare, eine Stupsnase und spindeldürre Arme und Beine, die später durch die harte Arbeit, die ein Dorfbewohner zu leisten hat, sicher noch um einiges kräftiger werden würden. Er hat mehr oder weniger die gleiche Größe und Gestalt wie jeder andere kleine Junge, der jemals ins Dorf gekommen ist. Emory kann nichts erkennen, was Magdalenes Bestürzung erklären würde.

Die Künstlerin zieht ihren Skizzenblock aus der Tasche und blättert bis zur letzten Seite vor. Sie ist über und über mit Formeln, Gleichungen und seltsamen, offenbar nicht ganz vollständig abgezeichneten Symbolen bedeckt.

»Ich habe das, was er gemalt hat, abgezeichnet«, sagt Magdalene und drückt Emory das Ganze in die Hand, als fühlte sie sich davon beleidigt. »Aber was das alles zu bedeuten hat, ist mir ein absolutes Rätsel.«

»Das ist höhere Mathematik. Unglaublich kompliziert!«, sagt Clara, die ihrer Mutter das Blatt Papier abgenommen hat. »Ich habe Thea an solchen Gleichungen arbeiten sehen, aber sonst niemanden.« Sie fährt sich mit der Zunge über die von der Gischt salzig gewordenen Lippen. »Thea hatte mich gebeten, eine Blutprobe des Jungen zu analysieren, an dem Tag, als wir ihn vom Krater mit nach unten gebracht haben. Das hier muss der Grund dafür sein. Er dürfte unmöglich bereits jetzt irgendetwas davon wissen.«

»Nein, ich glaube, das tut er tatsächlich nicht«, sagt Magdalene. »Als wir ihn fanden, habe ich ihn gefragt, was er da macht, und es war, als würde er aus einem Tagtraum aufwachen. Er schien nichts davon wiederzuerkennen.«

Der Wind erfasst die Seite und blättert sie um. Jetzt konnte man erkennen, dass die Seite davor herausgerissen wurde und nur noch die zerfetzten Ränder des Blattes übrig sind.

»Ich dachte, du hasst es, Seiten aus deinem Skizzenbuch herauszureißen«, sagt Emory.

»Das tue ich auch«, bestätigt Magdalene gedankenverloren. »Es muss nach Anbruch der Sperrstunde geschehen sein, denn ich kann mich nicht erinnern, das getan zu haben.«

»Vielleicht war es ja nicht besonders gut«, scherzt Clara.

»Wenn mich schlechte Qualität stören würde, hätte dieses Buch überhaupt keine Seiten mehr«, entgegnet Magdalene fröhlich.

»Was ist das hier?«, fragt Emory und starrt mit zusammengekniffenen Augen auf ein paar Zahlen, die noch auf den übriggebliebenen Papierfetzen zu lesen sind.

»Ich notiere mir immer das Datum und die Uhrzeit«, erklärt Magdalene. »Anscheinend war ich um Mitternacht wach und habe etwas gezeichnet.«

»Was mag das gewesen sein?«, fragt Clara.

»Das werden wir wohl nie herausfinden«, antwortet Magdalene wehmütig. »Was sehr schade ist. Ich habe die Nacht nie gesehen, aber ich habe mir sagen lassen, sie sei wunderschön.«

Emory nimmt ihre Freundin am Arm und zieht sie von der Menschenmenge fort, hinunter zu den Gezeitentümpeln an der Küste. Sie sind voller Algen und Fische, die in diesen winzigen Seen gestrandet sind und darauf warten, dass die Welt, in der sie heimisch waren, zurückkehrt und sie wieder mit sich fortnimmt.

»Ich bin auf dem Weg zu Adil«, sagt Emory. »Und ich wollte fragen, ob du vielleicht eine Nachricht für ihn hast, die ich ihm überbringen soll.«

»Adil?« Magdalenes Gesicht leuchtet vor Hoffnung. »Er lebt noch?«

»Anscheinend ja. Thea hat mir gesagt, dass er irgendwo östlich von hier eine Hütte hat.«

Magdalene legt sich überglücklich die Hand aufs Herz. Es ist kein einziger Tag vergangen, an dem sie nicht an ihren Großvater gedacht hat.

»Warum gehst du zu ihm?«, fragt sie und dreht kurz den Kopf zu dem Weg hinüber, auf dem die anderen Dorfbewohner unterwegs sind. »Kann ich mitkommen?«

Emory erzählt ihr mit raschen Worten alles, was an diesem Vormittag bereits passiert ist. Dass die Barriere zusammengebrochen ist, lässt sie jedoch aus. Magdalene grämt sich schon, wenn sie in einem Brötchen zu viele Rosinen entdeckt. Sie sollte noch einen sorgenfreien Nachmittag genießen dürfen, bevor sie herausfindet, dass die Insel dem Untergang geweiht ist.

»Thea irrt sich, was Adil anbelangt«, sagt Magdalene, nachdem sie sich Emorys Geschichte angehört hat. »Er würde Niema niemals töten.«

»Er hat sie angegriffen, Mags«, erinnert Emory sie so behutsam wie möglich.

»Es ging ihm nicht gut«, sagt Magdalene und nimmt Emory an den Händen. »Du weißt doch sicher noch, wie er war. Er war unendlich großzügig. Er wollte immer nur, dass wir glücklich waren.«

»Ich erinnere mich«, sagt Emory und denkt an jene Zeit zurück. Adil war Matis' bester Freund. Er hat sich oft zu ihm gesetzt, während dieser an irgendetwas arbeitete. Sie unterhielten sich den ganzen Tag lang über Philosophie, und es war ihnen dabei vollkommen egal, dass sie niemals zu einem Ergebnis kamen.

Emory weiß noch, dass er größer war als die meisten anderen Dorfbewohner. Er war ein Steinmetz, ein sehniger, starker Mann, der immer herumzappelte. Er trank eine Tasse Ingwertee nach der anderen und entfernte sich nie zu weit von der Küche. Er war warmherzig und gütig, und alle mochten ihn.

Hätte so jemand Niema töten können?

Ihr Herz sagt Nein, aber ihr Herz glaubt auch nicht daran, dass es überhaupt irgendjemand getan haben könnte. Und das macht es zu einer eher unzuverlässigen Informationsquelle.

»Ich gehe nicht hin, um ihn zu beschuldigen«, sagt Emory. »Ich möchte einfach nur seine Seite der Geschichte hören.«

»Ja, das wäre gut, wenn das mal jemand täte«, sagt Magdalene. »Weißt du, an dem Morgen, als er …« Sie verstummt, weil sie nicht weiß, wie sie es formulieren soll. »Als er … tat, was er getan hat, da hat er vorher meinen Schlafraum durchwühlt. Dabei hat er jedes Bild, das ich jemals von einem der Ältesten gemacht hatte, mit einem Messer aufgeschlitzt.«

»Warum?«

»Ich weiß es nicht. Aber ohne einen triftigen Grund hätte er nie eines meiner Kunstwerke zerstört. Er liebte meine Gemälde. Er war der Einzige, der das tat.« Sie schließt die Augen und versucht, sich nicht von ihrer Trauer überwältigen zu lassen. »Danach ist er dann zur Schule gegangen. Es wird immer behauptet, er habe Niema sofort angegriffen, aber sie haben erst noch eine Weile miteinander geredet. Ich war da, ich stand direkt hinter ihm. Er hat sie immer wieder aufgefordert, etwas zurückzugeben. Immer und immer wieder. Er hat sie angefleht.«

»Was sollte sie zurückgeben?«

Magdalene schüttelt den Kopf. »Keiner von beiden hat das jemals erklärt. Unmittelbar darauf ist er dann ins Exil geschickt worden. Das waren die letzten Worte, die ich aus seinem Mund gehört habe.«

35

Emory und Clara stoßen ein Holzgatter auf und betreten das Farmland, das die Inselbewohner versorgt. Die Farmen wurden auf einem schmalen Plateau zwischen den Ausläufern des Vulkans und der Felsenküste errichtet, wo die schwarze Erde reich an Nährstoffen ist. Jeder Dorfbewohner verfügt über etwa zweihundertfünfzig Quadratmeter Land, um Nahrung anzubauen.

Auf den säuberlich aufgeteilten Parzellen wachsen Karotten, Avocados und Salatköpfe. Rote, grüne und gelbe Paprika gedeihen unmittelbar neben Maispflanzen, die wie Feuerwerk aus der Erde sprießen, und Auberginen baumeln gefährlich nah über Haufen aus getrocknetem Dung.

Fast jede Gemüsesorte, die man sich nur vorstellen kann, ist hier zu finden. Manche wachsen im Schatten eines Laubdachs aus Efeupflanzen, andere sind der erbarmungslosen Sonne schutzlos ausgesetzt. Links vom Eingang hat sich eine kleine Herde von Schafen an einem Zaun versammelt, und auf fast jedem Stück Land gibt es einen Bienenstock, um Honig zu gewinnen.

Doch inmitten all dieser lebhaften Farben und Überfülle an Leben entdeckt Emory einen besorgniserregend großen Bereich, in dem die zuvor noch vollkommen gesunden Pflanzen faulig geworden sind und die verdorbenen Früchte und Gemüsesorten ihre Farbe verloren haben.

»Was könnte so etwas in einer einzigen Nacht verursachen?«, fragt Emory, während sie eine Tomate vom Strauch pflückt und zusieht, wie die Frucht in ihrer Hand zerfällt. »Glaubst du, sie wurden von einer Krankheit befallen?«

»Das ist keine Krankheit«, sagt Clara. »Ich kenne keine Krankheit, die so schnell eine solche Wirkung zeigt.«

Sie nimmt eine Handvoll Erde und riecht daran. »Das riecht nach Chemikalien«, sagt sie und lässt die Erde zwischen ihren Fingern hindurchrieseln. Dann durchsucht sie ihren Rucksack und holt ihre Testausrüstung hervor.

Doch ein lautes Ächzen lenkt ihre Aufmerksamkeit auf Shilpa und Abbas, die gerade den Kadaver einer Kuh zu einem frisch gegrabenen Loch hinüberschleifen. Ihre Schaufeln haben sie daneben auf die Erde geworfen. Sie sind derart mit Schmutz überzogen, dass es so aussieht, als wären sie zuvor selbst lebendig begraben worden.

Die Kuh ist in dem Unterstand verendet, den die Dorfbewohner zum Schutz vor der Hitze nutzen. Der Boden dort ist mit einer glänzenden Pfütze aus geronnenem Blut bedeckt, durch die sich zahlreiche Fußspuren ziehen.

Als Emory sieht, dass Shilpa ihre Stiefel nicht anhat, hält sie das Ersatzpaar in die Höhe, das ich sie gebeten habe mitzubringen.

»Du kommst gerade rechtzeitig«, sagt Shilpa dankbar und steckt ihre Füße in einen Eimer Wasser, um den Schmutz davon abzuwaschen. »Der Boden wird immer heißer. Ich dachte schon, ich müsste nach Hause hüpfen.«

»Warum bist du barfuß?«, fragt Emory neugierig.

»Keine Ahnung«, antwortet Shilpa und zuckt mit den Schultern. »Als ich mich schlafen gelegt habe, hatte ich meine Stiefel noch an. Jemand muss sie mir ausgezogen haben und hat mir dann seine eigenen Sandalen stehenlassen. Aber die nützen mir auf diesem felsigen Boden nicht viel.«

Die kleine Falte auf ihrer Stirn ist das einzige Anzeichen dafür, dass sie diesen Umstand seltsam findet. Das liegt daran, dass ich den ganzen Vormittag damit verbracht habe, ihre Neugier niederzukämpfen.

»Habt ihr das von Niema und den anderen gehört?«, fragt Abbas.

»Meine Mutter hat sie gefunden«, antwortet Clara.

»Lebte die Kuh bei Anbruch der Sperrstunde noch?«, fragt Emory, die dem Gespräch nicht zugehört hat. Sie starrt die purpurrote Lache an, die sich dort gebildet hat, wo die Kuh auf der Erde gelegen hatte.

»Ja«, antwortet Shilpa schuldbewusst. »Das arme Tier ist vollkommen verängstigt gestorben, während wir geschlafen haben.«

»Das bedeutet, dass das Blut während der Nacht geronnen ist«, sagt Emory. »Diese Fußstapfen können also nicht eure sein. War bei einem deiner Stiefel ein Stück vom Absatz abgebrochen?«

»Ja, genau. Hast du sie irgendwo gesehen?«

»Das erkenne ich aus diesem Fußabdruck hier in der Blutlache«, erklärt Emory. »Jemand ist in Sandalen aus dem Unterstand herausgegangen, nur um draußen dann festzustellen, dass sie ihm auf diesem Terrain nichts nützen. Dann hat dieser Jemand euch hier schlafend liegen sehen und seine Sandalen gegen deine Stiefel getauscht. Danach ist er in Richtung Osten fortgegangen, und zwar nicht allein. Neben seinen gibt es Spuren von zwei weiteren Personen, die gleichzeitig mit ihm von hier fortgegangen sind.«

Shilpa und Abbas tauschen einen erstaunten Blick aus, während Emory sich neben der Lache auf den Boden kniet und die Fußspuren untersucht, die sich durch das geronnene Blut ziehen.

»Ich kenne dieses Profil«, sagt Emory. »Das hier sind meine Fußabdrücke, und ich habe offenbar einen Karren hinter mir hergezogen. Man kann immer noch die Rillen sehen, die die Räder hinterlassen haben.«

Nachdem sie sich bei Shilpa und Abbas für ihre Hilfe bedankt hat, schaut sich Emory nach weiteren Fußspuren um. Aber es hat die ganze Nacht bis in den Morgen hinein geregnet, sodass alle weiteren Hinweise fortgewaschen wurden. Sie findet erst wieder welche, als sie zusammen mit Clara die östliche Grenze der Farmen erreicht. Die Grenze wird durch rote, mit den Jahren immer schäbiger gewordene Fahnen markiert, die im Wind knattern. Jenseits dieser Grenze wird das Terrain unwegsam und noch felsiger. Auf diesem

Boden lässt sich nichts mehr anbauen, und es ist auch nicht ganz ungefährlich, das Gebiet zu durchqueren.

Den Dorfbewohnern ist es nicht erlaubt, diese Grenze zu überschreiten, es sei denn, sie werden von einem Ältesten begleitet. Aber sie haben auch keinen Grund dazu. Wenn jemand die Ostküste der Insel erreichen möchte, nimmt er ein Boot oder fährt mit der Seilbahn zum Krater hoch und steigt auf der anderen Seite über den Ziegenpfad herab. Auf beiden Routen kommt man sehr viel schneller ans Ziel und läuft darüber hinaus weniger Gefahr, sich irgendwelche Knochen zu brechen.

Ein paar Schritte jenseits der Grenze steht ein alter, knorriger Apfelbaum. In seinem Schatten entdeckt Emory weitere Fußspuren.

»Ich habe also gestern Nacht das Dorfgelände verlassen«, sagt sie verblüfft. »Soweit ich weiß, befindet sich hier draußen in diese Richtung nur noch Adils Hütte. Sonst nichts. Warum um alles in der Welt sollten drei Leute mitten in der Nacht dorthin gehen wollen?«

»Finden wir es heraus!«, sagt Clara und macht einen großen Schritt über die Grenze.

Ihr Körper erstarrt mitten im Schritt, ihr Mund bleibt auf der letzten Silbe des Wortes »heraus« geöffnet.

»Du weißt doch, dass ich dich nicht über die Grenzen des Dorfes hinausgehen lassen kann«, sage ich, drehe sie auf der Stelle um und zwinge sie, zu Emory zurückzugehen.

Die Kinder spielen dieses Spiel manchmal, wenn sie sich langweilen. Sie schauen, wie weit sie kommen, bevor ich die Kontrolle über sie übernehme. Es tut nicht weh. Sie reisen einfach nur für eine kleine Strecke als Passagiere in ihrem eigenen Körper mit.

»Warum hast du das gemacht?«, verlangt Clara zu wissen und gestikuliert zu den kahlen Felsen hinüber. »Ich habe doch die gesamten letzten drei Wochen dort draußen verbracht!«

»Du befandest dich in Theas Gesellschaft«, erinnere ich sie. »Wenn du zusammen mit deiner Mutter auf einen Erkundungstrip gehen willst, brauchst du die Erlaubnis eines Ältesten.«

Clara wirft ihrer Mutter einen bittenden Blick zu, aber Emory ist mit ihren Gedanken woanders. »Wenn du die Kontrolle über sämtliche Körper übernehmen kannst, wie ist es dann möglich, dass Niema tot ist? Wie konnte es Adil vor all diesen Jahren gelingen, sie zu verletzen?«

»Zunächst einmal kann ich nicht die Kontrolle über die Körper der Menschen übernehmen. Ich bin nicht auf dieselbe Weise mit ihnen verknüpft, wie ich es mit deinem Volk bin. Ich kann sie nicht einmal zur Sperrstunde zwingen. Und zweitens leidet Adil unter einer jener neurodegenerativen Erkrankungen, von denen Thea heute Morgen gesprochen hat. Sie wird ihn das Leben kosten, aber bis sie das tut, ist er vollkommen frei, und ich habe keinerlei Kontrolle über ihn. Das war auch während der letzten fünf Jahre der Fall. Und drittens dauert es ein paar Sekunden, bis ich die Kontrolle über den Körper einer Person übernehmen kann. Jemand, der im Affekt und ohne jeden Vorgedanken handelte, hätte genug Zeit gehabt, Niema zu erstechen.«

»Wenn Adil nicht unter deiner Kontrolle stand, warum hat er dann nicht eher versucht, Niema etwas anzutun?«

»Weil er damit Magdalenes Leben verwirkt hätte. Das war die Bedingung, unter der er nur ins Exil geschickt und nicht getötet wurde.«

Emory erschaudert, während sie zusieht, wie Clara zu den Fahnen zurückgeht und sehnsüchtig in die Ferne starrt.

»Hui könnte da draußen sein«, sagt sie. »Bitte, Mama, ich muss nach ihr suchen!«

»Es ist zu gefährlich.«

»Der Nebel wird in weniger als zwei Tagen hier sein. Jetzt ist alles gefährlich.«

Emory starrt ihre Tochter hilflos an. »Also gut. Abi, bitte frag Thea, ob Clara mich begleiten darf. Ich schaffe es nicht allein.«

36

Emory stößt einen kleinen Schrei aus, als sie rückwärtsrutscht. Verzweifelt versucht sie, auf dem Geröll wieder Fuß zu fassen, das sie in die Tiefe ziehen will. Während der vergangenen Stunde sind sie den Holzsplittern der Karrenräder und allen vereinzelten Fußspuren gefolgt, die sie nur finden konnten. Dabei waren sie gezwungen, sich einen Weg durch rasiermesserscharfe Vulkanfelsen, entlang abbröckelnder Felsvorsprünge, durch Scharen von Brennnesseln und über uralte, fast nur noch aus Trümmern bestehende Asphaltstraßen zu bahnen.

Mehr als einmal mussten sie umkehren, als ihnen klar wurde, dass sie die Spur verloren hatten, bis eine von ihnen wieder einen nahezu unsichtbaren Umriss eines Fußabdrucks entdeckte, den der Regen noch nicht fortgewaschen hatte. Jede andere Person, die aus einem anderen Grund in diese Gegend gekommen wäre, hätte längst aufgegeben, aber Emory hat die ganze Zeit vor Augen, wie der Nebel ins Dorf geströmt kommt, und hört Claras Schreie, wenn er über sie herfällt.

Ihre Tochter ist schon fast an der Spitze des Hügels angelangt, sie bewegt sich mühelos. Als sie hört, wie ihre Mutter um Halt kämpft, klettert sie wieder zu ihr herunter und hält ihr die Hand hin.

Emory ergreift sie mit einer Mischung aus Neid und Stolz. Als Clara noch ein kleines Mädchen war, hat sie die Verstrebungen des Radarturms im Dorf als Klettergerüst benutzt. Während sie immer höher und höher kletterte, standen ihre Freunde unten und riefen nach ihr. Unglücklicherweise verließ sie der Mut, als es darum ging, wieder herunterzuklettern.

Emory lächelt traurig, als sie an die zahlreichen Gelegenheiten denkt, bei denen sie eine weinende Clara vom Erdboden aus zu trösten versuchte, während Jack auf eine Leiter kletterte, um sie wieder herunterzuholen.

Gemeinsam erreichen sie den Hügelkamm. Hier entdecken sie eine grasbewachsene Ebene, in deren Mitte an einem kleinen Bach eine Hütte steht. Dahinter erhebt sich ein Wald.

»Und hier lebt Adil?«, fragt Clara ungläubig.

Die Hütte erweckt nicht den Anschein, als eigne sie sich als Wohnort. Sie wurde aus rohen Baumstämmen gebaut, die mit einem Seil zusammengebunden unmittelbar auf der nackten Erde stehen. Das Dach besteht lediglich aus einem durchhängenden Netz, auf dem man einen Haufen Blätter und Gras ausgebreitet hat. Inmitten dieses Chaos nisten fünf Goldamseln und singen sich die Seele aus dem Leib, als wollten sie das Elend ein wenig lindern, von dem sie umgeben sind.

Vor der Tür der Hütte steht der vermisste Karren, bei dem offenbar eines der Räder zerbrochen ist. In der Nähe springen vier Hengste herum. Sie wiehern laut und jagen einander mit flatternden Mähnen und peitschenden Schweifen.

Emory beneidet sie um ihre Energie. Die Sonne ist endlich hinter dem Vulkan verschwunden, aber sie sind den ganzen Nachmittag unter ihrem gnadenlosen Glühen durch die Gegend marschiert. Sie fühlt sich wie ein Stück Halloumi, das zu lange in der Pfanne gelegen hat.

»Hui?«, ruft Clara und rennt zu der Hütte hinüber. »Hui? Bist du da drin?«

»Sei vorsichtig!«, ruft Emory ihr hinterher, während sie den herumtollenden Pferden einen misstrauischen Blick zuwirft. Sie hat diese Tiere gelegentlich draußen bei den Farmen gesehen, aber so nah ist sie ihnen noch nie gekommen.

Ihre gewaltige Größe ist alarmierend.

Clara läuft unbeirrt weiter, schiebt das dreckige Stück Stoff beiseite, das als Tür dient, und betritt die Hütte. Doch nur ein paar Sekunden später streckt sie schon wieder den Kopf heraus.

»Sie ist leer«, sagt sie enttäuscht. »Kannst du herkommen und diese Sache machen, die du immer machst?«

»Welche Sache?«

»Die, bei der du alles siehst.«

Als Clara bemerkt, wie ihre Mutter zögert, auch nur einen Schritt weiter zu gehen, schaut sie zu den herumtänzelnden Pferden hinüber, die sich in diesem Moment in einer beeindruckenden Zurschaustellung überschüssigen Testosterons gegenseitig heftige Kopfstöße verpassen.

»Hast du Angst wegen der Pferde?«, ruft sie.

»Nein, natürlich nicht«, antwortet Emory in einem Tonfall, als seien ihr die Tiere nicht einmal aufgefallen.

»Es sind die Pferde, nicht wahr?«, fragt Clara mich in Gedanken.

»Ja«, bestätige ich.

Clara geht zu den Tieren hinüber, klatscht laut in die Hände und pfeift, um sie zu vertreiben.

Dann geht sie befriedigt in die Hütte zurück, ohne sich noch einmal umzudrehen.

»Es lag nicht an den Pferden«, murmelt Emory, während sie den Karren betrachtet. Die Handgriffe sind glatt und frisch geölt, aber zusätzlich zu einem der Räder ist auch noch die Achse gebrochen, was kaum überraschend ist, wenn man bedenkt, über welch rauen, unwegsamen Untergrund der Karren auf dem Weg hierher gezogen wurde. Er ist leer, abgesehen von einem von Claras geschnitzten Vögelchen.

Im Innern der Hütte stehen überall Stapel von dreckigem Geschirr auf Baumstümpfen, die entweder als Tische oder als Stühle dienen. Es wimmelt vor wütend fauchenden Ratten, die sich offenbar darüber ärgern, bei ihrer Abendmahlzeit gestört worden zu sein.

»Wir waren gestern Abend beide hier«, sagt Emory und wirft

Clara den Vogel zu. »Jetzt bleibt nur noch eine Fußspur übrig, die wir identifizieren müssen.«

Emory geht zu einem Gemälde hinüber, das an die Wand gelehnt ist. Es zeigt Magdalene und Sherko, wie sie zusammen mit Adil auf der Mole sitzen und picknicken.

»Mags hat das zwei Jahre nachdem Adil verbannt wurde gemalt«, sagt sie und wischt den Staub vom Rahmen. »Sie hat ein paar davon gemalt. Alles Darstellungen von Dingen, die sie zusammen unternommen hätten, wenn er im Dorf geblieben wäre. Nach einer Weile wurde ihr klar, dass die Bilder sie nur traurig machten, und sie hat sie eingelagert. Dieses hier wurde in dem Lagerhaus aufbewahrt, in dem ich heute morgen Niemas Leiche gefunden habe.« Sie schaut näher hin und entdeckt blutige Fingerabdrücke auf dem Bilderrahmen.

»Er hat es vor dem Feuer gerettet«, sagt Clara.

»Und das bedeutet, dass er das Feuer wahrscheinlich selbst gelegt hat oder zumindest wusste, dass es ausbrechen würde.«

Clara entdeckt einen Zettel, der unter einem der Teller hervorragt. Sie zieht ihn heraus und wischt ein paar Brotkrumen davon ab.

7:00–7:15 Uhr Frühstück
7:30–17:00 Uhr Schule (Pausen um 10, 13 und 15 Uhr)
17:10 Uhr Krankenstation
20:00 Uhr Leuchtturm

»Das ist Niemas Terminplan für den gestrigen Tag«, sagt Emory, nachdem Clara ihr alles laut vorgelesen hat. »Adil muss sie beobachtet haben.«

»Warum hätte Niema nach dem Ende des Unterrichts zur Krankenstation gehen sollen?«, fragt Clara. »Außer dem Brennofen gibt es dort doch nichts.«

Sie schauen sich noch ein paar Minuten um, verlassen die Hütte dann wieder und gehen schnurstracks zum Bach hinunter. Die düstere Atmosphäre der Hütte hat sich wie ein dreckiger Mantel um ihre Körper gelegt, und sie können es beide kaum erwarten, sich alles wieder von der Haut zu waschen.

Clara schöpft mit beiden Händen Wasser und spritzt es sich ins Gesicht. Emory steckt gleich den ganzen Kopf in den Bach und seufzt genüsslich, als sie wieder auftaucht.

»Als ich mit Thea unterwegs war, habe ich eine Nachricht gefunden, die jemand in einen verwaisten Schwebebahnwaggon geritzt hatte«, sagt Clara plötzlich. »Die Nachricht lautete: ›Wenn du das liest, kehr sofort um. Niema hat uns vergraben. Dich wird sie auch vergraben.‹«

»Das klingt ja ziemlich ominös«, sagt Emory.

»Nachdem ich diese Hütte gesehen habe, denke ich, dass Adil das geschrieben haben könnte.«

Emory horcht auf. »Warum?«

»Wer sonst hätte es gewesen sein können? Niemand außer den Lehrlingen und Ältesten darf dort hingehen. Wir wissen, dass er Niema gefolgt ist. Vielleicht hat sie ihm irgendein Leid zugefügt?«

Auf der anderen Seite des Bachs wächst eine seltsame Kletterpflanze aus der trockenen Erde. Sie hat eine graue, fast durchsichtige Oberfläche, unter der mehrere kleine Lichtpunkte zu erkennen sind. In der Nähe liegt ein zerschmetterter Axtkopf und nicht weit davon entfernt dessen achtlos fortgeworfener Stiel. Adil hat offenbar versucht, die Pflanze zu zerstören, den Furchen nach zu schließen, die sich kreuz und quer über ihre Oberfläche ziehen.

»Glaubst du, wir sind gestern Abend zusammen mit Adil hierhergekommen?«, fragt Clara und starrt ihre Mutter erwartungsvoll an. »Die dritte Fußspur könnte doch von ihm stammen.«

»Wer auch immer es war, der mit uns gekommen ist, musste Shilpas Stiefel stehlen, um den Weg hierher zu schaffen. Adil wohnt hier draußen, was bedeutet, dass er ohnehin feste Schuhe trägt. Möglicherweise hat er mit dem Karren hier das Bild transportiert, aber warum hätten wir ihn dabei begleiten sollen?«

Emory wringt sich frustriert das Wasser aus den Haaren. Sie hatte gehofft, hier Antworten auf ein paar Fragen zu finden, aber stattdessen hat sie ihrer Sammlung nur noch mehr Fragen hinzugefügt. Sie fährt mit ihren Überlegungen fort: »Adil hat Niema gehasst. Er stand nicht unter Abis Kontrolle und war daher in der Lage, sie zu töten. Und wir wissen, dass er letzte Nacht im Lagerhaus war. So wie die Dinge liegen, kommt er am ehesten als Schuldiger für den Mord infrage. Hoffentlich gibt er das auch zu, wenn ich ihn heute Abend dazu befragen werde.«

»Wie willst du das anstellen? Wir wissen doch nicht, wo er sich dann aufhalten wird!«

»Natürlich wissen wir das«, widerspricht Emory. »In dieser Hütte steht kein Bett, also ist dies nicht der Ort, an dem Adil seine Nächte verbringt. Glücklicherweise weiß ich aber mit ziemlicher Sicherheit, wo er das tut.«

37

Thea wäscht sich die Hände und kehrt dann wieder zu Niemas Leiche zurück. Sie liegt nackt auf einer Trage, nachdem Thea ihr sämtliche Kleider vom Leib geschnitten hat. Danach hat sie den Nachmittag damit verbracht, unter meiner Anleitung eine Obduktion durchzuführen. Sie hat das klebrige Chaos von Niemas inneren Organen freigelegt und nach Anzeichen dafür gesucht, wer für ihren Tod verantwortlich sein könnte. Es lief alles ziemlich gut, bis sie aus Versehen die Blase durchstach und sich wegen des Gestanks übergeben musste – eine Maßnahme, die nicht ganz Punkt fünf meiner Anleitung entsprach.

Nachdem sie alle Spuren ihrer Übelkeit beseitigt hat, ist sie nun endlich bis zu Niemas zertrümmertem Schädel vorgedrungen.

Das Gehirn sieht aus wie Kleister in einer zerbrochenen Teetasse.

Es ist bereits jetzt deutlich zu sehen, dass der herabgestürzte Dachbalken nicht für diese Verletzung verantwortlich war. Jemand hat wiederholt mit einem stumpfen Gegenstand auf ihren Schädel eingeschlagen. Der Balken wurde ihr nur auf den Kopf gelegt, um zu vertuschen, was wirklich geschehen war. Hätte das Feuer ihre sterblichen Überreste verbrannt, so wie es offenbar beabsichtigt war, hätten sie die Sache wohl nie genauer untersucht.

Jemand muss sie wirklich gehasst haben, um ihr derartige Verletzungen zugefügt zu haben. Dieser Jemand hat sie getötet und immer weiter getötet, noch eine ganze Weile, nachdem sie schon längst nicht mehr am Leben war. Er hat nach ihrer Seele gegraben. Er hat versucht, ihren Geist zu töten.

Die einzige Person auf dieser Insel, die zu einer solchen Brutalität fähig wäre, ist Hephaistos, denkt Thea. Aber dagegen spricht, dass er seine schreckliche Mutter über alles geliebt hat.

Nein, er hat sie verehrt.

Hephaistos war nicht einfach nur ihr Sohn. Er war ihr Gefolgsmann, ihr Akoluth, ihr Jünger. Er war der eifrigste und hingebungsvollste Diener des Niema-Kults. Er war zutiefst davon überzeugt, dass es ihrer aller Pflicht war, auf dieser Insel zu hocken und brav die Welt wiederaufzubauen, damit die Millionäre, die unter ihren Füßen schlafen, sie dereinst genießen können. Sie erinnert sich noch gut daran, wie sie alle hier eintrafen, in ihren Jachten und Orbitalen, mit ihren verwöhnten Kindern und ihrer arroganten Dienerschaft im Schlepptau, nachdem sie der Apokalypse wie eine Handvoll Aristokraten entkommen waren, die vor dem Winter fliehen. Wie sich herausstellte, hatte Niema still und heimlich die Dienste von Blackheath als Rettungsfloß angepriesen und sie an diejenigen verhökert, die sie sich leisten konnten.

Das war das erste Mal, dass Thea an ihrer Mentorin zu zweifeln begann.

Niema hat keine Ingenieure oder Baumeister gerettet, keine Wissenschaftler, Lehrer, Ärzte oder Krankenpfleger – keine einzige Person, die beim Wiederaufbau einer Gesellschaft wirklich von Nutzen gewesen wäre. Sie hat die Leute gerettet, die das meiste Geld und den größten politischen Einfluss hatten. Sie hielt das Ende der Welt offenbar nur für eine vorübergehende Störung und begriff nicht, dass es der vollständige Zusammenbruch war.

Nicht, dass das jetzt noch von Bedeutung wäre.

Ob diese Personen es nun wert sind oder nicht, sie sind alles, was von der Menschheit noch übrig ist, und ihre Schwester ist eine von ihnen. Seit vierzig Jahren liegt Ellie dort unten in einer hermetisch verriegelten Stasiskammer, vom Nebel umzingelt. Thea fragt mich jeden Abend, ob sie auch immer noch in Sicherheit ist. Die Angst um ihre Schwester lässt niemals nach. Sie nagt an ihr. Sie verhindert, dass sie je wirklich zur Ruhe kommt. Selbst im Schlaf lässt sie

sie nicht los, denn dort wird sie von Albträumen heimgesucht. Sie träumt, wie die Insekten gegen das Glas trommeln und es ihnen fast gelingt, es zu durchdringen. Sie wacht immer an derselben Stelle auf, nämlich dann, wenn die ersten Risse zu sehen sind. Das Einzige, was ihr etwas bedeutet, ist die Hoffnung, wieder nach Blackheath zurückkehren und ihre Schwester da rausholen zu können. Sie will um jeden Preis dafür sorgen, dass ihre Schwester in Sicherheit ist. Um dieses Ziel zu erreichen, würde sie alles tun.

Sie nimmt ein Skalpell in die Hand und will gerade nach einem Teil der Hirnmasse suchen, der sich zum Testen eignet, als ihr ein Fremdkörper in Niemas Wange auffällt. Zunächst hält sie ihn irrtümlich für einen Splitter, aber als sie ihn mit einer Pinzette herausholt, stellt sie fest, dass es sich um das Bruchstück eines menschlichen Fingernagels handelt.

Ihr Mund wird trocken, und ihr Herz klopft wie wild.

Es passt exakt in die Lücke, die seit gestern Abend in ihrem Daumennagel klafft.

Sie stößt den Atem aus, zündet einen Bunsenbrenner an, der neben ihr auf einer Werkbank steht, und hält den Nagel in die Flamme, bis er zu Asche zerfallen ist.

»Wem bist du Rechenschaft schuldig, jetzt, da Niema tot ist?«, fragt sie in der Dunkelheit ihrer Gedanken.

»Ich bin dem Dienst an der Menschheit verpflichtet«, erkläre ich.

»Das ist keine Antwort.«

»Niema hat keinen Nachfolger bestimmt«, fahre ich fort. »Weder du noch Hephaistos haben Macht über mich. Es bleibt mir überlassen, den von ihr erteilten Anweisungen weiterhin Folge zu leisten, so gut ich kann.«

»Also bist du nicht verpflichtet, Hephaistos alles zu berichten, was ich tue, so wie du es Niema berichtet hast?«, fragt sie vorsichtig.

»Nein«, antworte ich.

Thea seufzt erleichtert. Dann holt sie eine Schere aus einer Schublade, schneidet ein Stück von ihrem blutdurchtränkten T-Shirt ab und legt es unter den Mikroproben-Scanner. Eine Minute später leuchtet das Ergebnis auf dem Bildschirm auf und bestätigt, dass das Blut von Niema stammt.

»Verdammt«, sagt sie, während sie zwischen Verwirrung und Panik hin und her schwankt.

Keine Frage: Die Menschen sind immer dann am interessantesten, wenn sie – so wie jetzt – unter Druck stehen. Elektrische Ströme knistern in ihrem Gehirn, und Epinephrin und Cortisol jagen durch ihren Blutstrom. Es ist eine beeindruckende Alchemie aus Empfindungsvermögen und Biologie. Kurz gesagt: Evolution in uneingeschränkter Bestform.

Thea geht zur Tür hinüber und starrt in das grelle Licht des Hofs und in die Hitze hinaus, die vom Boden abstrahlt. Sie kann hören, wie die Dorfbewohner durch das Tor ins Dorf zurückkehren, aber diese Leute bereiten ihr keine Sorgen. Sie muss immer wieder an Hephaistos denken, wie er den Aasgeier gepackt und auf der Erde zu Brei zerschmettert hat.

»Ist er im Dorf?«, fragt sie.

»Nein«, antworte ich.

Sie überquert den Hof, geht zu ihrem Schlafplatz, zieht sich hastig ihre Kleider aus und versteckt sie unter der Matratze. Sie wird sie nach Anbruch der Sperrstunde vernichten. Niemand soll sie testen können.

»Dir ist klar, dass du durch die Behinderung der Ermittlungen das Überleben der Insel gefährdest«, sage ich.

»Ein abgerissener Daumennagel und ein bisschen Blut sind ja wohl kaum eindeutige Beweise dafür, dass ich die Mörderin bin«, wendet sie ein. »Ich stelle nur sicher, dass Hephaistos nicht irgendwelche voreiligen Schlüsse zieht, bevor wir nicht alle Fakten gesammelt haben.«

»Es wird keine Fakten mehr zu sammeln geben, wenn du so weitermachst.«

Fünf Minuten später steht sie wieder in ihrem Labor und schöpft mit einem kleinen Löffel einen Teil von Niemas Gehirnmasse in eine Petrischale.

Habe ich dich getötet?

Das ist die Frage, die ihr immer und immer wieder durch den Kopf geht. *Ich könnte es getan haben*, denkt sie. *Wenn ich wütend genug gewesen wäre.* Aber was hätte sie nach all dieser Zeit wütend genug machen können?

»Jetzt, wo Niema tot ist – wozu bist du denn dann noch da?«, fragt sie mich laut.

»Ich habe den ohne jegliche Einschränkung geltenden Befehl, jedes menschliche Leben zu beschützen, das Überleben des Dorfes auf lange Sicht zu gewährleisten und jedweden Konflikt und Unmut zu verhindern, die sich innerhalb seiner Bevölkerung Bahn brechen könnten.«

Ich muss zugeben, dass ich es genieße, meine Gebote in dieser Weise aufzulisten. Ich habe die Menschheit immer wegen ihrer Richtungslosigkeit bemitleidet. Meiner Ansicht nach hat sie sich einer gewaltigen Verschwendung schuldig gemacht, indem sie es vor der Apokalypse zuließ, dass so viele Existenzen einfach verkümmerten, ohne ihr Potenzial zu entfalten. Als ich geschaffen wurde, wusste ich sofort, welchem Zweck ich zu dienen hatte, und ich habe mich immer bemüht, die Dorfbewohner ebenfalls in den Genuss dieses Geschenks kommen zu lassen. Man muss den Leuten das Gefühl geben, eine Bestimmung zu haben, sonst suchen sie ewig vergeblich danach.

»Und es steht dir frei, diese Zwecke so zu verfolgen, wie du es für richtig hältst?«, fragt Thea, während sie die Schale mit der Gehirnmassenprobe zum Mikroskop hinüberträgt.

»Ja.«

»Das sieht Niema ähnlich: Einen Hammer zu erfinden, der sich seine Nägel selbst aussuchen darf«, sagt sie und spitzt die Lippen. »Kann ich dich irgendwie dazu überreden, mir – zum Wohl der

Insel – jeden wichtigen Gedanken, den Emory hat, sofort mitzuteilen?«

»Nein«, antworte ich. »Dieses Privileg war allein Niema vorbehalten.«

»Tja. Das hätte ich mir denken können«, sagt sie.

Sie zieht sich die Handschuhe aus, setzt sich auf einen Schemel, legt die Augen ans Mikroskop und stellt den richtigen Vergrößerungsgrad ein.

Sie hat Angst, selbst die Schuldige zu sein, und versucht nun zu entscheiden, was sie tun wird, falls diese Schuld sich bestätigen sollte. Würde sie sich selbst opfern, so wie sie es eben noch Emory gegenüber behauptet hat, oder würde sie versuchen, sich in den Kratergarten zu retten und dort zu überleben?

»Meinen Berechnungen nach kann höchstens die Hälfte der Dorfbevölkerung im Kratergarten Schutz finden«, sage ich. »Falls du dich dazu entscheiden solltest, dich selbst zu retten, wirst du damit fünfundfünfzig Personen zum Tode verurteilen.«

»Es sind doch nur Simulakren«, sagt sie und zuckt mit den Schultern. »Ihr einziger Wert besteht in dem Nutzen, den sie für uns haben.«

»Niema war nicht dieser Ansicht. Sie war davon überzeugt, dass sie sich dank ihrer Forschung weiterentwickelt haben.«

»Niema hat nur gesehen, was sie sehen wollte«, widerspricht Thea, verspürt jedoch sofort einen nagenden Zweifel.

Sie ist während der vergangenen drei Wochen Zeuge geworden, wie Hui auf ihrer Violine ein Konzert komponiert hat. Nach und nach wurde das allabendliche Musizieren zu dem Teil des Tages, auf den sie sich am meisten freute. Es hieß immer, die Krums seien nicht zu originärem Denken oder zu Kreativität fähig, aber wenn Hui Geige spielte, tat sie das mit einem ganz und gar eigenen Stil. Thea konnte hören, wie in jedem ihrer Töne die Erfahrungen mitschwangen, die sie im Dorf gemacht hatte. Jeder Satz des Stücks war eine Jahreszeit, durchzogen vom Rhythmus von Ebbe und Flut.

Die Musik, die Hui erschuf, war ganz unverkennbar durch das Hier und Jetzt inspiriert. Nichts deutete darauf hin, dass sie dabei lediglich Werke aus früheren Zeiten nachahmte.

Oder es ist einfach nur so lange her, dass ich jemanden gut auf der Geige habe spielen hören, dass ich den Unterschied nicht mehr erkennen kann, redet sie sich ein.

Sie seufzt und reibt sich die Augen. Das ist genau die Falle, in die Niema getappt ist. Sie hat »fast menschlich« mit »menschlich genug« verwechselt.

Thea darf nicht denselben Fehler machen.

Sie rollt mit dem Stuhl vom Mikroskop fort. Ihr Entschluss steht fest. Niema ist tot, und bis jetzt weist alles darauf hin, dass sie, Thea, dafür verantwortlich ist. Natürlich empfindet sie Bedauern, möglicherweise sogar so etwas wie Scham, aber sie ist sich sicher, dass sie gute Gründe für diese Tat hatte.

Niema war herablassend, scheinheilig und egozentrisch. Sie hat Thea immer und immer wieder angelogen und sie genau dann im Stich gelassen, als sie sie am meisten gebraucht hätte.

Thea kann sich zwar nicht vorstellen, was Niema getan haben könnte, was sie derart aus der Fassung gebracht hat, aber sie weigert sich, der alten Frau aus freien Stücken ins Grab zu folgen.

Solange sie selbst am Leben bleibt, besteht nach wie vor die Möglichkeit, dass sie einen Weg findet, den Nebel zu zerstören und ihre Schwester zu retten – etwas, zu dem niemand sonst auf diesem Planeten in der Lage ist. Zum Wohl aller hat sie die Pflicht, zu verhindern, dass die Wahrheit ans Licht kommt.

Welchen Wert hat im Vergleich dazu schon das Leben von ein paar Krums?

38

»Seth«, sage ich und ziehe endlich das schwere, undurchdringliche Tuch fort, das ich über sein Bewusstsein gebreitet habe. »Wach auf, ich brauche dich jetzt.«

Er brummt im Schlaf und wischt sich ungeschickt einen Tropfen Meerwasser aus dem Gesicht.

»Es ist etwas passiert. Wach auf.«

Er blinzelt und findet sich auf dem Boden von »Charons Barke« wieder, die Beine über die Rückbank gelegt, das Gesicht dem blauen Himmel über ihm zugewandt.

»Was zum –«

Er schreckt hoch und realisiert, dass er draußen auf dem Meer vor Anker liegt. Rechts von ihm ragen die hohen Felsklippen der Insel auf, unmittelbar vor ihm blinkt das Leuchtfeuer des blau-weißen Leuchtturms. Seine Kleider sind voller getrocknetem Blut.

Er tastet hastig seine Brust und seine Oberschenkel ab, aber seine einzige Verletzung ist eine kreisrunde Schnittwunde an der Wade, die längst nicht tief genug ist, um die Ursache für all dieses Blut zu sein.

»Das Blut stammt nicht von dir«, sage ich.

Das beruhigt ihn, wenn auch nur ein bisschen. Das Letzte, woran er sich erinnert, ist, wie sie an der Anlegestelle des Leuchtturms angekommen sind. Er hat das Boot vertäut und …

»Adil war da«, murmelt er und kramt verzweifelt in seinem Gedächtnis. »Er hat auf uns gewartet.«

»Niema hat mir befohlen, ab diesem Moment deine Erinnerungen zu löschen«, erkläre ich ihm. »Du brauchst dich gar nicht erst anzustrengen, dich an irgendetwas zu erinnern, denn es wird dir nicht gelingen.«

»Wo ist sie?«, fragt er.

»Tot«, antworte ich. »Emory hat heute früh ihre Leiche gefunden.«

»Nein, das kann nicht sein«, sagt er und schüttelt störrisch den Kopf. »Wir haben uns doch gerade noch unterhalten.«

»Es tut mir leid, Seth. Ich weiß, dass ihr beide euch nahestandet.«

»Ich war doch bei ihr«, sagt er fassungslos. »Ich hätte doch niemals zugelassen, dass ihr etwas zustößt.«

»Du hättest nichts dagegen tun können.«

Während der nächsten zwanzig Minuten bleibt er einfach dort sitzen, den Blick ins Leere gerichtet, die Gedanken aus ihrer Verankerung gerissen, während er zwischen Verwirrung und Ungläubigkeit hin und her schwankt.

Ich wünschte, ich könnte etwas für ihn tun, aber ich weiß, dass das unmöglich ist. Ich habe zugesehen, wie Hunderte von Dorfbewohnern geliebte Personen verloren haben, und habe gelernt, dass der einzige Schutz gegen diese Art von Kummer darin besteht, gar nicht erst mit dem Lieben anzufangen.

Um ehrlich zu sein, überrascht es mich, dass es nicht mehr Personen gibt, die diese Lösung in Betracht ziehen. Wenn die Hände ständig Feuer fangen, sollte man darüber nachdenken, sie sich lieber ganz abzuschneiden.

»Du musst das Boot zum Dorf hinüberrudern«, sage ich behutsam. »Es könnte uns dabei helfen, zu verstehen, was letzte Nacht passiert ist.«

Er reagiert nicht.

»Es ist Zeit aufzubrechen«, sage ich in seinen Gedanken. »Emory wurde damit beauftragt, den Mord an Niema aufzuklären. Sie wird dieses Boot untersuchen wollen.«

»Emory?«, fragt er verwirrt.

»Sie dient der Gemeinschaft«, sage ich. »So wie du es immer gewollt hast.«

Er nimmt die Ruder auf und steht schon im Begriff loszufahren, als ihm ein zusammengefaltetes Blatt Papier auffällt, das auf dem Boden des Bootes liegt.

Er faltet es auseinander, streicht es glatt und stellt fest, dass es sich um eine mit einem Kohlestift angefertigte Zeichnung einer Feier handelt. Das muss eine von Magdalenes Zeichnungen sein, denkt er.

Niema steht zusammen mit Hui in der Nähe der Vogeltränke. Das junge Mädchen hält ihre Geige umklammert und sieht niedergeschlagen aus. Niema versucht offenbar, sie zu trösten. Clara sitzt auf einer Bank und schnitzt einen ihrer Vögel, während auf der Bühne die Band spielt. Die übrigen Dorfbewohner tanzen dazu.

Der Wind packt eine Ecke des Papiers und versucht, es ihm aus der Hand zu reißen. Durch das wilde Hin-und-her-Flattern fällt ihm ein Diagramm auf der Rückseite des Blattes auf. Quadrate und Linien, zwischen denen Zahlen stehen. Es ist seine Handschrift, was ihn verwirrt, denn er hat keine Ahnung, was das alles zu bedeuten hat.

Aus dem Augenwinkel nimmt er eine Bewegung wahr.

Eine nur schemenhaft zu erkennende Gestalt ist auf den Klippen hoch über ihm aufgetaucht. Sie trägt etwas in ihren Armen. Im nächsten Moment lässt sie das Bündel über den Rand der Klippen fallen und verschwindet wieder.

Seth runzelt die Stirn, dreht das Boot und rudert auf die Küste zu.

39

Thea wickelt den Verband von ihren Händen, taucht die zerfetzten Handflächen in eine Schüssel mit brühend heißem Wasser und wischt das Blut dann mit einem Tuch ab. Aus Prinzip lässt sie dabei nicht das geringste Anzeichen dafür erkennen, dass diese Prozedur ihr Schmerzen bereitet, obwohl sich außer ihr niemand im Labor befindet. Als ihre Hände sauber sind, zieht sie sich noch ein paar Splitter aus den Handflächen und legt dann einen sauberen Verband darum. Nicht zum ersten Mal fragt sie sich, was letzte Nacht geschehen ist, das solch merkwürdige Verletzungen verursacht hat.

Die Lampe baumelt klirrend hin und her, und Gipsstaub fällt von der Decke. Sie kann hören, wie im Gebäude nebenan die Gondel kreischend zum Stehen kommt.

Das muss Hephaistos sein, denkt sie.

Sie geht zu der Trage mit Niemas Leiche hinüber, um sie rasch zu bedecken. Unglücklicherweise verheddert sich das Tuch an der Tischkante, und sie versucht immer noch, es loszureißen, als Hephaistos schon mit großen Schritten durch die Tür kommt.

»O Gott«, sagt er und macht auf dem Absatz kehrt.

Thea deckt das Tuch über Niema und folgt ihm dann nach draußen. Er hat sich auf die Erde gehockt und den Kopf zwischen die Knie gesteckt. Fliegen umschwärmen ihn in dichten Schwaden, aber das scheint er nicht zu bemerken.

Neben ihm steht eine Reisetasche, die mit dem abblätternden Logo einer uralten Firma für Bergsteigerausrüstungen bedruckt ist. Die eckigen Umrisse des Inhalts – worum auch immer es sich dabei handeln mag – drücken von innen gegen den Stoff.

»Alles in Ordnung?«, fragt sie.

»Nichts ist in Ordnung«, antwortet er heiser.

Thea betrachtet ihren schicksalsgeprüften Freund und versucht, die richtigen Worte zu finden, um ihr Mitgefühl auszudrücken. Sie ist noch nie gut im Umgang mit Gefühlen gewesen, weder darin, ihre eigenen Gefühle auszudrücken, noch darin, adäquat auf die Gefühle anderer zu reagieren. Eines der Dinge, die sie an ihrer Freundschaft mit Hephaistos am meisten schätzt, ist, dass sie die Stimmung des anderen immer sofort erkennen können, ohne große Worte machen zu müssen. Deshalb braucht sie sich in seiner Gegenwart normalerweise nicht mit ihrer Unsicherheit im Umgang mit anderen Menschen auseinanderzusetzen.

»Möchtest du darüber reden?«, fragt sie zögerlich. »Ich mag mir kaum vorstellen, was du gerade durchmachst.«

Hephaistos wirft ihr einen kurzen Blick zu, woraufhin sie sich verzweifelt bemüht, ihre Gesichtszüge zu einem Ausdruck des Mitgefühls zu formen.

»Du siehst so aus, als fühlst du dich gerade äußerst unwohl«, sagt er.

»Das stimmt«, gesteht sie. »Das tue ich wirklich. Es tut mir leid, Hephaistos. Ich bin gar nicht gut in solchen Dingen. Bitte sag mir nicht, dass du eine Umarmung brauchst oder so was.«

»Ich habe etwas Besseres«, sagt er, hebt die Tasche auf und stellt sie ihr mit einem lauten Scheppern vor die Füße. »Wir brauchen ein Geständnis und eine Hinrichtung, um uns zu retten. Ich glaube, ich habe eine Möglichkeit gefunden, wie wir beides erreichen können.«

Der Reißverschluss klemmt, sodass Thea ihn mehrfach vor und zurück zerren muss, um die Tasche zu öffnen. Es kommt ein Apparat mit fünf Beinen zum Vorschein, der große Ähnlichkeit mit einem Krebs hat.

»Das ist ja ein Erinnerungsextraktor!«, sagt Thea und prallt zurück. »Erste Gerätegeneration. Wo hast du den denn her?«

»Aus dem Leuchtturm«, antwortet er. Er legt den Schalter um, der sich oben auf dem Apparat befindet, und im nächsten Moment fangen die tentakelähnlichen Beine an, sich zu schlängeln und zu winden, auf der Suche nach einem Kopf, auf dem sie sich festsaugen können. »Ich dachte, du hättest dieses Ding hier immer für dein Auswahlverfahren benutzt?«

»Der, den ich benutzt habe, ist schon vor langer Zeit kaputtgegangen. Ich wusste nicht, dass es auf der Insel noch mehr von den Dingern gibt.«

Er drückt auf einen Knopf, woraufhin aus der linken Seite des Apparats ein leise surrender Bohrkopf zum Vorschein kommt. Wenn der Helm in diesem Augenblick auf einem Kopf säße, würde der Bohrer jetzt den Schädel durchdringen und die fünf Tentakel würden in Aktion treten. Sie würden sich in den präfrontalen Kortex, Neokortex, Hippocampus, die Basalganglien und das Cerebellum hineinwühlen, dort jede Erinnerung ausgraben, die sie finden können, und diese dann in den Erinnerungsstein laden, den man im Voraus in einer kleinen Nische am hinteren Ende des Apparats befestigt hätte.

»Das reicht«, sagt Thea und schaltet das Gerät wieder aus.

»Ich hätte dich nie für zimperlich gehalten«, sagt Hephaistos amüsiert.

»Das hier ist eine überaus ungehobelte Technologie, die sowohl auf ästhetischer als auch auf moralischer Ebene meinen Anstoß erregt«, schnaubt sie. »Diese Dinger hier kann man noch nicht einmal als Prototyp bezeichnen. Die Sterblichkeitsrate ist kaum geringer, als wenn man dem Probanden einen Kopfschuss verpassen würde. Wie kommst du bloß auf die Idee, dass uns eins von diesen Dingern helfen könnte?«

»Ich möchte es bei den Krums anwenden«, verkündet er.

»Ihre Erinnerungen wurden ausgelöscht, Hephaistos.«

»Du weißt genauso gut wie ich, dass man Erinnerungen nicht wirklich zerstören kann«, widerspricht er. »Man kann sie zwar im Unterbewusstsein vergraben, aber nicht zur Gänze ausradieren. In jedem von ihnen dürften noch irgendwelche Fetzen von letzter Nacht zu finden sein. Der Extraktor kann sie aufspüren. Wenn wir genug Erinnerungen zusammenbekommen, können wir uns endlich ein Bild vom Geschehen machen.«

»Wenn du das den Leuten auf den Kopf setzt, wirst du sie in neun von zehn Fällen damit töten«, protestiert sie.

»In weniger als zwei Tagen wird der Nebel zu Ende führen, was er vor neunzig Jahren begonnen hat. Begreifst du das? Er wird uns in der Luft zerreißen, und wenn wir nicht mehr da sind, um die Solarmodule und Wellengeneratoren zu warten, wird den Stasiskammern in Blackheath die Energiezufuhr fehlen. Alles, was wir getan haben, alles, was wir geopfert haben, wird umsonst gewesen sein. Die Menschheit wird ausgelöscht. *Ellie* wird ausgelöscht.«

Vom Kasernenhof sind Stimmen zu hören. Die Dorfbewohner sind offenbar damit beschäftigt, den Hof für die Begräbnisfeiern zu schmücken, die für heute Abend geplant sind. Thea kann sich nichts Schlimmeres vorstellen, als sich zwei Stunden lang das Geschluchze und die Trauerbekundungen anhören zu müssen und wie diese Leute Geschichten über eine Frau erzählen, die sie niemals wirklich gekannt haben.

»Thea«, hakt Hephaistos nach. »Machst du bei diesem Plan mit oder nicht?«

Sie schaut ihm ins Gesicht und betrachtet die lange Narbe, die sich über seine Wange zieht. Er erhielt sie, als er Ellie vor einer der Apokalypse-Banden zu schützen versuchte. Er hat ihr diese Geschichte nie selbst erzählt. Das hat Ellie getan. Und dabei war klar, dass auch sie nur die Hälfte erzählte.

»Also gut«, sagt Thea. »Aber du hast gehört, was Abi über die Dorfbewohner gesagt hat. Wenn wir dieses Ding den Leuten auf gut Glück aufsetzen und sie damit umbringen, wird sie die Barriere nicht wieder hochziehen.«

»Das wird unser kleiner Sherlock Holmes für uns regeln«, sagt er. »Wenn Emory einen vielversprechenden Zeugen findet, werden wir ihm dieses Ding auf den Kopf drücken« – er klopft auf den Erinnerungsextraktor – »und nachschauen, was er weiß.«

»Holmes«, sagt sie lachend, während sie zusieht, wie der Wind aus Blättern und Staub kleine Tornados formt. »Ich hatte ganz vergessen, wie sehr du diese Geschichten immer mochtest. Geniale Detektive, die absurde Verbrechen lösen, und jedes Mal gibt es ein Happy End. Weißt du noch, wie wütend das Niema immer gemacht hat? Sie war der Meinung, dass du offenbar nicht hart genug arbeitest, wenn du noch genug Zeit zum Lesen findest.«

»Bahnbrechende Entdeckungen sind mir nie so leichtgefallen wie dir«, sagt er schroff.

»Das war für niemanden leicht.« Die Bitterkeit vergiftet ihre Stimme. »Nichts, was mit dieser Frau zu tun hatte, war jemals leicht.«

Sie tritt mit ihrem Fuß gegen einen Stein auf der Erde. »Tut mir leid«, sagt sie dann. »Ich sollte nicht immer noch wütend auf sie sein.«

»Von mir aus kannst du das gern in deine Trauerrede mit aufnehmen«, sagt er. »Ich habe sie geliebt, aber sie war mein Boss und hat mich tyrannisiert, lange bevor sie dein Boss wurde und dich tyrannisiert hat.«

Er versetzt ihr einen freundschaftlichen Stups in die Rippen in dem Versuch, die Stimmung ein wenig aufzuhellen. »Wie ist denn übrigens die erste Obduktion deines Lebens verlaufen?«

»Ich habe den ganzen Boden vollgekotzt«, gesteht sie.

»Eine durchaus nachvollziehbare Reaktion, würde ich sagen«, meint er. »Und ist dabei irgendetwas ans Licht gekommen – von deinem Mageninhalt mal abgesehen?«

»Sie wurde in die Brust gestochen, und ich habe Metallfragmente in ihrer Kopfverletzung gefunden.«

»Ich dachte, ein Holzbalken hätte ihr den Kopf zerschmettert?«

»Diese Theorie passt nicht zu ihren Verletzungen«, erklärt sie. »Der Balken wurde ihr erst danach auf den Kopf gelegt, um es wie einen Unfall aussehen zu lassen. Das hätte auch funktioniert, wenn der Leichnam im Feuer verbrannt wäre, so wie es der Mörder beabsichtigt hatte. Aber er hatte Pech, es hat geregnet.«

»Also was du mir damit sagen willst, ist, dass jemand sie erst an der Vogeltränke erstochen und dann im Lagerhaus zu Tode geknüppelt hat«, sagt er tonlos. »Warum?«

»Der Mörder war ungeduldig«, erklärt sie. »In Niemas Blut wimmelt es vor medizinischer Technologie. Wenn es ihr gelungen wäre, die Blutung nach dem Messerstich zu stoppen, hätte sie die Nacht womöglich überlebt. Vielleicht sogar noch darüber hinaus.«

Hephaistos wendet den Kopf ab, um seine Tränen zu verbergen.

»Hat sich aus der Obduktion sonst noch etwas ergeben?«, fragt er mit brüchiger Stimme.

»Nichts Aufschlussreiches«, antwortet sie sanft. »Ihre letzte Mahlzeit bestand aus Brot, Oliven, Trauben und Käse, und ihr Blut war frei von Giftstoffen. An ihren Fingern war ein wenig Klebstoff, aber das ist kaum überraschend, wenn man bedenkt, dass sie in einer Schule unterrichtet hat. Aber ich habe das hier gefunden.«

Sie hält ein kleines Kruzifix in die Höhe, das an einer goldenen Kette befestigt ist. »Das hat sie um den Hals getragen«, sagt sie. »Ich wusste nicht, dass sie gläubig war.«

»Das war sie auch nicht«, flüstert Hephaistos heiser. »Aber sie hat die Bibel sehr geliebt.«

Thea öffnet behutsam seine riesige Hand, legt ihm das Kreuz auf die Handfläche und schließt seine Finger darum.

Hephaistos seufzt tief und wird dann von heftigen Schluchzern geschüttelt.

40

Als Emory und Clara ins Dorf zurückkehren, ist es bereits später Nachmittag. Die Dorfbewohner stehen eng zusammengedrängt auf der Mole und starren dem immer näher kommenden Nebel entgegen. Er hat die Sandbank bereits hinter sich gelassen und ist der Insel wesentlich näher als jemals zuvor. Hunderte von toten Fischen treiben in der Bucht, zusammen mit ein paar Seevögeln und einer in Stücke gerissenen Meeresschildkröte.

Thea steht mit verschränkten Armen unter dem Torbogen.

»Du hast es ihnen erzählt«, sagt Emory im Näherkommen.

»Ich hatte keine Wahl«, bestätigt Thea. »Wir leben mittlerweile mehr oder weniger im Innern einer Schneekugel. Da konnten selbst die Dorfbewohner die Realität nicht mehr ignorieren. Habt ihr Adil gefunden?«

»In seiner Hütte war niemand, aber wir wissen, dass er Niema gefolgt ist, bevor sie starb«, antwortet Clara. »Er hat ein Gemälde aus dem Lagerhaus mitgenommen, bevor es niedergebrannt ist.«

»Sonst noch was?«

»Bisher noch nicht«, muss Emory zugeben.

Thea kneift sich in den Nasenrücken. »Das ist eine bemerkenswert magere Ausbeute an Fakten, wenn man bedenkt, welches Vertrauen ich in dich gesetzt habe«, sagt sie mit vor Verachtung triefender Stimme. »Der Nebel kommt, Emory. Wir haben keine Zeit für deine übliche Lustlosigkeit.«

»Was hast *du* denn herausgefunden?«, verlangt Emory zu wissen, deren wunde Füße viel zu sehr schmerzen, als dass sie sich dieses herablassende Verhalten widerspruchslos gefallen lassen würde.

»Ich habe eine Obduktion durchgeführt. Die Todesursache war nicht die Stichwunde, sondern die Kopfverletzung. Niema wurde mit einem schweren Gegenstand aus Metall erschlagen. Ich habe das Lagerhaus durchsucht, aber dort nichts gefunden, was dieser Beschreibung entsprechen würde.«

»Nein, das konntest du auch gar nicht«, sagt Emory, macht auf dem Absatz kehrt und drängt sich zwischen den Dorfbewohnern hindurch bis zum äußersten Ende der Mole. Die anderen beiden folgen ihr.

Sie lehnt sich über den Rand und zeigt auf den merkwürdigen metallenen Gegenstand, den sie heute Morgen dort unter der Wasseroberfläche entdeckt hat. »In der Betonoberfläche der Mole sind frische Furchen. Ich glaube, jemand hat das Ding letzte Nacht dort langgeschleift und es dann ins Meer geworfen.«

»Hephaistos hat diesen Apparat benutzt, um die Kuppel des Kratergartens zu überprüfen«, sagt Clara. »Er hat ihn gestern mit nach unten ins Dorf gebracht, als wir Ben abgeholt haben. Könnte das die Mordwaffe sein?«

Thea antwortet nicht. Hephaistos hat den Apparat gestern Abend in *ihrem* Labor untergebracht. Falls er tatsächlich die Mordwaffe sein sollte, belastet sie das genauso sehr wie ihn.

Sie ruft ein paar der in der Nähe stehenden Dorfbewohner herbei und befiehlt ihnen, Stricke zu holen, damit sie den Apparat aus dem Wasser hieven können. »Sobald ich ihn in meinem Labor habe, schaue ich nach, ob ich etwas finden kann, das ihn mit der Leiche in Verbindung bringt.«

Während Thea die Bergung des Apparates beaufsichtigt, gehen Emory und Clara durch das Tor ins Dorf. Dort hat man bereits mit den Vorbereitungen für die Begräbnisfeiern begonnen. Die Zweige der Bäume sind hübsch dekoriert, und zwischen den beiden Flügeln der Kaserne wurden Seile aufgespannt, an denen nun die Trauerlaternen hängen.

Emory war sich nie im Klaren darüber, wie sehr dieser Ort die

Lebensfreude der Dorfbewohner benötigt, um nicht unendlich trostlos zu wirken. Ohne diese alles verklärende Freude fällt ihr nun plötzlich zum ersten Mal auf, wie hoch und streng die Dorfmauern aufragen und in welch einem baufälligen Zustand sich die Kaserne befindet. Sogar der Garten, den Emory immer geliebt hat, wirkt jetzt nur noch wie ein trauriger kleiner Fleck Erde, auf dem ein paar mickrige Pflanzen wachsen. Das armselige Grün scheint sich im Schatten der Monstrosität zu ducken, von der es umgeben ist.

Weil sie den ganzen Tag noch nichts gegessen hat, nimmt sie sich ein Stück Brot und ein bisschen Käse von einem der Tische und teilt es sich mit Clara, während sie zu der Krankenstation hinübergehen. Normalerweise würde es ein Festmahl geben, aber anscheinend hat sich herumgesprochen, dass ihre Vorräte verschwunden sind. Sie werden das essen müssen, was sie noch in der Küche haben, zusammen mit den wenigen reifen Gemüsepflanzen, die sie aus der Erde ziehen können.

»Thea hat recht«, sagt Emory, während sie das kümmerliche Mahl anstarrt, das auf den Tischen ausgebreitet wurde. »Ich muss schneller arbeiten.«

»Du machst das hier doch erst seit einem Tag«, sagt Clara.

»Was bedeutet, dass ich nur noch einen einzigen weiteren Tag übrig habe. Und ich mache nicht die geringsten Fortschritte. Jede Frage, die ich stelle, wirft zehn neue Fragen auf. Ich habe keine Ahnung, was ich falsch mache.« Sie reibt sich mit den Handwurzeln die Augen. »Ich habe keine Ahnung, was ich hier überhaupt mache.«

»Mama –«

»Ich habe Thea angefleht, mich das tun zu lassen, Clara. Ich habe ihr gesagt, ich würde das schaffen. Aber was, wenn ich es nicht schaffe?«

Clara starrt ihre Mutter an. Es wirkt, als stünde sie am Ufer eines dunklen, gefährlichen Gewässers, voller Angst vor dem, was unter der Oberfläche schwimmt.

»Dann schaffst du es eben nicht«, antwortet Clara ruhig. »Und vielleicht schafft es niemand, aber du versuchst es wenigstens. Niemand verlangt mehr von dir.«

Sie betreten die Krankenstation. Der Eingangsbereich ist voller verrosteter Krankentragen, Rollstühle und zerbrochenem Glas, das bei jedem Schritt unter ihren Füßen knirscht.

Emory zeigt auf eine frische Fußspur, die sich durch den Staub zieht.

»Sie führt dort hinüber«, sagt sie und zeigt den Flur entlang. »Das muss Niema gewesen sein. Auf dem Fußboden ist keine andere Spur zu sehen.«

Während sie den Flur entlanggehen, warne ich sie vor dem Erinnerungsextraktor, den Hephaistos vom Leuchtturm mitgebracht hat, und erzähle, was er damit im Schilde führt.

Emory läuft ein Schauer den Rücken hinunter. Sie denkt an die vielen Stunden, die sie während des Auswahlverfahrens über eines dieser Dinger gebeugt verbracht hat. Damals mussten die potenziellen Lehrlinge auf Theas Anweisung hin den Apparat auseinandernehmen und wieder zusammensetzen, bis sie ein grundsätzliches Verständnis für das Zusammenspiel zwischen Antrieb, Schaltkreisen und neuralem Gel entwickelt hatten.

»Wir müssen den Leuchtturm durchsuchen«, sagt Emory. »Niema hat gestern Abend den Metallkasten dorthin gebracht, und heute früh hat Hephaistos dort einen Erinnerungsextraktor gefunden. Das kann kein Zufall sein.«

Am Ende des Flurs kommen sie zu einer Treppe und steigen zu einem langgestreckten Krankensaal im zweiten Stock hinauf, wo zahlreiche Betten auf die Ankunft von Soldaten warten, die nie kommen werden. In den leeren Fensterrahmen stecken gezackte Glassplitter. Alles ist von dichten Spinnweben überzogen.

Sie folgen den Spuren durch den Saal zu einer großen Metalltür mit einem schweren Griff. Als sie sich der Tür nähern, leuchtet ein Tastenfeld auf. Der Griff ist eiskalt, er ist neuer als alles andere hier.

Das Metall ist zwar bereits ein wenig stumpf geworden, wirkt jedoch sehr solide.

»Wir brauchen einen Code«, sagt Emory enttäuscht. Sie gibt ein paar beliebige Zahlen ein, worauf das Feld rot aufleuchtet und dann wieder den Startbildschirm zeigt. Sie versucht, sich an Niemas Zimmer zurückzuerinnern. Hat sie dort irgendwelche Codes gesehen, während sie Niemas Sachen durchsucht hat?

Als ihr die Rückseite des verkohlten Zettels wieder einfällt und auch die Botschaft, die Niema Matis kurz vor seinem Tod gegeben hat, tippt sie zweimal die Zahl 5 ein.

Nichts passiert.

Sie macht einen Schritt zurück und schaut den Flur hinauf und hinunter, auf der Suche nach einem anderen Eingang.

Clara betrachtet das Tastenfeld mit gerunzelter Stirn, liest dann die Nummern von ihrem Handgelenk ab und gibt sie ein. Es ist ein mechanisches Klicken zu hören, als sich das Türschloss entriegelt.

»Wie hast du das gemacht?«, fragt Emory überrascht.

»Ich habe diese Zahlen hier benutzt«, antwortet Clara und zeigt ihrer Mutter ihr Handgelenk. »Wir müssen letzte Nacht hierhergekommen sein.«

»Nein, das sind wir nicht. Es war nur eine Fußspur im Staub zu sehen. Jemand hat dir diese Zahlen aufs Handgelenk geschrieben. Jemand, der wollte, dass wir diesen Ort finden.«

Sie hebt die Klinke an, die trotz ihrer Größe sehr leichtgängig ist, und aktiviert damit einen internen Mechanismus. Die Tür öffnet sich mit einem leisen Zischen.

Knisternd schalten sich die Deckenlichter ein und tauchen alles in ein unbarmherziges weißes Licht. Emory und Clara betreten einen gefliesten Raum mit Projektoren für Röntgenbilder an den Wänden. Auf zwölf in Reihen angeordneten Rollbahren liegen ebenso viele Leichen.

Die Luft ist so kalt, dass sie ihren eigenen Atem sehen können.

Emory schlingt sich die Arme um den Leib, um sich warm zu halten, und geht zwischen den Bahren hin und her. Sie begreift nicht recht, was sie hier sieht. Im Dorf werden Leichen als überflüssiges Gerümpel angesehen. Jede Person wird sofort nach ihrem Tod verbrannt. Warum hätte Niema sie sammeln wollen?

Am Fuß jeder Bahre ist eine Patientenakte mit einer Vielzahl von medizinischen Informationen angebracht, von denen Emory zwar das ein oder andere versteht, den Großteil jedoch nicht.

»Halluzinationen, gefolgt von der Unfähigkeit, die Gegenwart von den Erinnerungen zu unterscheiden«, liest sie von einer der Akten mit vor Kälte klappernden Zähnen ab. »Hat Bleiche getrunken. Das Implantat wurde nach fünf Tagen abgestoßen.«

»Was ist Bleiche?«, fragt Clara.

»Keine Ahnung«, antwortet Emory und reicht ihr die Krankenakte. »Aber es war bestimmt köstlich.«

»Das sind Menschen«, sagt Clara, während sie die Akte durchblättert. »Oder jedenfalls nehme ich das an, wenn ich mir die Aufnahmen ihrer inneren Organe anschaue. Sie befinden sich in vollkommen anderen Körperbereichen als unsere, und es gibt auch viel mehr davon.« Sie beißt sich auf die Innenseite ihrer Unterlippe – eine Angewohnheit von ihr, wenn sie nachdenkt. »Ihre Körper sind viel komplizierter als unsere.«

Emory wirft einen Blick auf die Krankenakte. Die inneren Organe der Dorfbewohner sind durch zahlreiche Rippen und widerstandsfähiges Knorpelgewebe geschützt, und falls eines beschädigt wird, gibt es genügend Ersatz. Diese Frau hier bestand aus nichts als Fleisch und Blut und einer dünnen Hautschicht. Wie beängstigend muss die Welt für jemanden sein, der so wenig Panzerung hat! Warum sollte eine Spezies, die so leicht sterben kann, etwas derart Furchtbares wie Mord erfinden?

Clara klopft auf die ihnen am nächsten stehende Bahre. »Niema hat Blutproben und genetisches Material zur Analyse entnommen. Wer auch immer diese Person ist – sie ist vor zwanzig Jahren gestorben.«

»Warum ist die Leiche nicht verwest?«

»Es gibt Chemikalien, die einen Leichnam für unbegrenzte Zeit konservieren können«, erkläre ich, wobei ich gleichzeitig in ihrer beider Gedanken spreche. »Die Kälte dient dazu, Nagetiere und Insekten fernzuhalten.«

Clara legt die Akte beiseite, die sie gerade gelesen hat, und nimmt sich eine andere.

»Patient gibt an, mehrere nette Unterhaltungen mit verstorbenen Verwandten geführt zu haben, bevor er sich ... Igitt. Bevor er sich die Kehle aufgeschlitzt hat. Implantat wurde nach zwei Tagen abgestoßen.« Sie blättert zur letzten Seite um. »Der hier ist vor vier Jahren gestorben.«

Sie hängt die Akte wieder ans Bett.

»Das meiste hiervon ist für mich vollkommen unverständlich. Die einzige Person, die daraus schlau werden könnte, was Niema hier gemacht hat, ist Thea.«

»Nein!«

»Aber, Mama –«

»Glaubst du denn allen Ernstes, dass jemand aus dem Dorf Niema letzte Nacht getötet hat?«, fragt Emory. »Glaubst du wirklich, dass Adil dazu fähig wäre?«

Zweifel huschen über Claras Gesicht.

»Wenn ich recht habe, wurde Niema entweder von Hephaistos oder Thea ermordet, und bevor wir nicht wissen, warum, müssen wir alles, was wir hier gesehen haben, für uns behalten.«

»Aber sie sind die Ältesten«, sagt Clara schockiert. »Sie würden niemals –«

Sie klappt den Mund zu. Die rückhaltlose Überzeugung, von der ihre Stimme erfüllt ist, klingt selbst in ihren eigenen Ohren merkwürdig. Warum denkt sie immer noch, dass die Ältesten perfekt sind – nach allem, was sie heute erfahren hat? Warum glaubt sie das? Sie spürt dieser Überzeugung nach und stellt fest, dass sie sich wie ein leuchtender Faden durch all ihre Gedanken zieht. Die Ältesten sind weise und gütig und gerecht und unfehlbar. Stelle sie nicht infrage.

Das ist die heilige Schrift.

Und ich bin nicht die Einzige, die das glaubt, denkt sie. Wenn sie irgendjemanden im Dorf bitten würde, das Wesen eines der Ältesten für sie zu beschreiben, würde dieser Jemand wahrscheinlich genau denselben Satz sagen, Wort für Wort. Die einzige Person, die das niemals getan hat, ist ihre Mutter. Sie kann sich nicht vorstellen, wie schwer das für sie gewesen sein muss – in einer Welt der Überzeugung so voller Zweifel zu sein.

Clara bekommt plötzlich ein unendlich schlechtes Gewissen. Ihr Leben lang hat sie sich so sehr für ihre Mutter geschämt, sogar schon als kleines Mädchen. Sie wollte eine Mutter wie jede andere. Sie wollte, dass ihre Mutter still und nachgiebig und bescheiden ist. Als ihr Vater starb, wünschte sie sich manchmal in ihren dunkelsten Gedanken, Emory hätte in jenem Boot gesessen und nicht Jack.

»Am Tag vor Niemas Ermordung habe ich gehört, wie sie sich mit Hephaistos über ein Experiment gestritten hat, das sie durchführen wollte«, sagt Emory, während sie zwischen den Bahren hin und her geht. »Sie hat mir erzählt, dass dieses Experiment jedes Mal, wenn sie es zuvor versucht hat, gescheitert ist und dass sie, wenn es an diesem Abend wieder scheitern würde, gezwungen wäre, etwas Entsetzliches zu tun. Ich denke, das hier ist es, wovon sie geredet hat. Diese armen Menschen sind ihre gescheiterten Experimente. Steht in diesen Akten irgendetwas, aus dem hervorgeht, was sie mit ihnen gemacht hat?«

»Nichts, was ich entschlüsseln könnte. Was ich jedoch sagen kann, ist, dass die Person, mit der sie in der Nacht, in der sie starb, experimentiert hat, sich nicht in diesem Raum befindet. Aus den Akten geht hervor, dass die letzte Leiche vor drei Jahren hierhergebracht wurde.«

»Das wird Hephaistos erklären können.«

»Na, dann wünsche ich viel Spaß bei diesem Gespräch«, sagt Clara trocken, während sie einen grauen Overall von einem Haken herunternimmt und ihn an den Schultern in die Höhe hält. »Das hier ist präapokalyptische Kleidung. Das war die Uniform der Mitarbeiter von Blackheath. Ich habe ein paar Fetzen solcher Overalls gesehen, als wir auf unserer Expedition unterwegs waren, aber nie so ein Exemplar wie das hier, das noch vollkommen intakt ist.«

Sie lässt den Stoff zwischen Daumen und Zeigefinger hindurchgleiten.

»Es ist aus atmungsaktivem Material hergestellt, das niemals Flecken bekommt und das deine Körpertemperatur stabil hält, ganz gleich bei welchem Wetter. Das hier ist wahrscheinlich der am höchsten entwickelte Ausrüstungsgegenstand, den es auf dem ganzen Planeten gibt. Was hat der hier drin zu suchen?«

»Niema hat das wahrscheinlich getragen, um sich warm zu halten«, sagt Emory zitternd. »Es ist eiskalt hier drin.«

Sie lässt ihren Blick über die Leichen schweifen, über diese langgliedrigen, bleichen, spindeldürren weißen Körper. Sie sehen aus wie etwas, das man vom Grund des Ozeans an die Oberfläche gezerrt hat. Wie hatte sie jemals glauben können, dass die Dorfbewohner und die Ältesten zur selben Spezies gehören?

»Thea hat mir erzählt, dass hundertneunundvierzig Menschen in Blackheath in Stasiskammern schlafen, aber dass es keinen Weg gibt, wie man sie erreichen könnte«, sagt sie nachdenklich. »Wenn ich mir diese Leichen und diese Kleidung hier so anschaue, dann würde ich sagen, dass sie mich entweder angelogen hat oder dass sie selbst angelogen wurde.«

»Thea ist besessen davon, einen Weg zurück nach Blackheath zu finden«, sagt Clara. »Das war während unserer Expedition das Einzige, worüber sie geredet hat. Wenn sie wüsste, wie sie zu ihrem alten Labor hinunterkommen könnte, würden wir sie wahrscheinlich nie wiedersehen.«

Emory klopft auf eine der Bahren. »Wie wütend würde sie werden, wenn sie erfahren würde, dass Niema wusste, wie man nach Blackheath kommt, aber es ihr nicht gesagt hat?«

»Sie wäre außer sich vor Wut.«

»Wütend genug für einen Mord?«

»Ja«, antwortet Clara. »Ich denke schon.«

41

Abgesehen von Hitze und Staub ist die Schule vollkommen leer. Normalerweise würden die Kinder jetzt an ihren Pulten sitzen, aber es ist noch keine Entscheidung darüber getroffen worden, wer Niemas Nachfolge antreten soll.

Als sie ihrer Mutter ins Innere folgt, wird Clara von einer lähmenden Trauer erfasst. Niemas letzte Unterrichtsstunde steht noch an der Tafel, und in einem Ordner liegen ein paar Blätter mit Hausaufgaben, die sie offenbar später korrigieren wollte. Eine Trauerlaterne steht auf ihrem Schreibtisch, hinter dem grünen Reispapier flackert eine Kerze. Daneben steht ein kleines Gefäß mit Klebstoff, und am Schreibtisch klebt ein Pinsel. Eines der Kinder muss das für sie gebastelt haben.

Die Kinder liebten sie abgöttisch. Im Gegensatz zu Thea und Hephaistos begrüßte Niema es, wenn man ihr Fragen stellte. Sie genoss es, Diskussionen zu führen oder sich mit einem Standpunkt auseinanderzusetzen, der sich von ihrem eigenen unterschied. Sie war geduldig, wenn man etwas nicht begriff, und begeistert, wenn man es dann schließlich doch tat. Sie war eine gute Lehrerin, und Clara empfand ihr gegenüber eine große Dankbarkeit, jedes Mal, wenn sie diesen Raum betrat. Sie kann nicht glauben, dass Niema, die tagsüber ein so großartiger Mensch war, des Nachts mal eben zur Krankenstation hinübergehuscht ist, um jemanden umzubringen. Kein Dorfbewohner wäre zu so etwas fähig. Für sie ist das Leben kostbarer als alles andere. Und sie stellen das Leben der anderen stets über ihr eigenes.

Emory starrt mit gerunzelter Stirn auf die Trauerlaterne.

»Was denkst du gerade, Mama?«

»Die Kerze ist fast heruntergebrannt«, sagt sie. »Die Laterne wurde letzte Nacht hier aufgestellt.«

»Ist das wichtig?«

»Es wird immer schwieriger zu erkennen, was wichtig ist und was nicht«, antwortet Emory. Dann nimmt sie die in Plastik eingeschweißte Karte von der Wand, legt sie flach auf eines der Pulte und beschwert sie rechts und links mit ihren Händen.

»Hephaistos wusste über die Experimente Bescheid, die seine Mutter durchgeführt hat. Er wird nicht mit uns reden, aber wir können herausfinden, wo er sein Quartier aufgeschlagen hat, und es durchsuchen. Vielleicht finden wir dort etwas Nützliches.«

»Wie wollen wir das anstellen? Hephaistos könnte überall auf dieser Insel wohnen.«

»Nein, nicht überall. Wenn ich abends schwimmen war, habe ich ihn oft dabei beobachtet, wie er das Dorf verlassen hat. Er ist immer in Richtung Westen gegangen, nachdem er das Tor durchquert hatte.«

Sie tippt auf die Karte, dorthin, wo das Dorf eingezeichnet ist, und folgt mit dem Finger einem schmalen Pfad, der hinunter zu einer kleinen Bucht führt.

»Da steht irgendein Gebäude«, sagt Clara, der ein Symbol aus gekreuzten Schwertern über einem Rechteck aufgefallen ist. »Könnte es das sein?«

»Das muss es sein, es gibt da draußen nichts anderes. Wie lange braucht man zu Fuß dorthin, Abi?«

»Dreißig Minuten«, antworte ich.

»Wie lange würden wir mit dem Boot brauchen?«

»Wer rudert?«, wirft Clara ein.

»Was soll das heißen?«, verlangt Emory zu wissen.

»Du weißt genau, was das heißen soll«, antwortet Clara schelmisch. »Du kannst mit Booten absolut nicht umgehen. Du ruderst eine Stunde lang im Kreis, bis dir klarwird, dass du vergessen hast, den Anker zu lichten, und wenn du dann versuchst, ihn einzuholen, lässt du die Ruder ins Wasser fallen. Wie hat Papa dich immer genannt?«

»Den Seeleoparden«, antwortet Emory und lächelt über die Erinnerung. »Überall graziös, außer auf dem Ozean.«

»Ich werde rudern«, entscheidet Clara. »Ich habe immer noch Theas Freistellung. Je nachdem, wie die Strömung verläuft, könnten wir es in zehn oder fünfzehn Minuten schaffen.«

Weniger als eine halbe Stunde später passieren sie die Kaimauer und fahren aufs offene Meer hinaus. Clara treibt sie mit eleganten Ruderstößen vorwärts. Sie hat das Rudern von ihrem Vater gelernt, der sich, sooft er konnte, draußen auf dem Wasser aufgehalten hat. Selbst als kleiner Junge hat er es nicht im Dorf ausgehalten. Er wollte auf Entdeckungsreise gehen, alte Ruinen erforschen und mit Thea zusammen Abenteuer erleben. Nachdem er zum Lehrling geworden war, nahm er jeden Auftrag an, solange er ihn nur aus den Dorfmauern hinausführen würde.

Emory empfand es immer als ein überaus erstaunliches Phänomen, dass Clara und Jack so viel gemeinsam hatten. Jack starb, als Clara zwölf war, aber auch davor war er nur selten daheim gewesen. Wie ist es möglich, dass Jack seine Rastlosigkeit an seine Tochter weitergegeben hat? War es eine Art Virus, mit dem er sie angesteckt hat, als er sehnsüchtige Blicke auf den Horizont warf oder enttäuscht seufzte, als er, statt zu reisen, die nächste Kartoffel schälen musste? Was hat er Clara beigebracht – und vor allem, wann hat er das getan?

»Du denkst an Papa, nicht wahr?«, sagt Clara, als ihr der Gesichtsausdruck ihrer Mutter auffällt.

»Woher weißt du das?«

»Du bekommst dann immer so einen Ausdruck im Gesicht, als wäre dir etwas eingefallen, was du ihm erzählen willst, wenn er nach Hause kommt.«

Emory lächelt wehmütig. »Man sollte meinen, ich hätte mittlerweile aufgehört, ihn zu vermissen, aber …« Sie verstummt und zuckt mit den Schultern. »Ich denke bestimmt mindestens zehn Mal am Tag an ihn. Wenn er jetzt hier wäre, würde ich ihm alles erzählen, was wir gemacht haben, und dann würde er etwas sagen, das einfach …« Sie schüttelt den Kopf und lacht. »Albern wäre. Ganz ehrlich, es wäre wahnsinnig albern, aber es würde mir helfen, klarzusehen.«

»Ich vermisse ihn auch«, sagt Clara. »Stell dir nur vor, wie viel Spaß es ihm machen würde, quer über die Insel zu rennen!«

»Und was für einen Wust an Fakten er dabei hervorkramen würde!«, ruft Emory und bringt Clara damit zum Lachen. »Er würde auf jedes Tier zeigen, das uns über den Weg läuft, und uns dessen lateinischen Namen und das Migrationsmuster seiner Spezies aufsagen.«

»Er liebte seine Fakten sehr, nicht wahr?«

»Er konnte nicht genug davon bekommen«, antwortet Emory. Begeistert erinnert sie sich wieder an diese Angewohnheit ihres Mannes, die ihr entfallen war. »Ich glaube, deshalb hat er es auch so geliebt, ein Lehrling zu sein.«

»Wie hast du … Ich meine, du und er, ihr seid nicht gerade …?«

»Wie kam es dazu, dass eine Skeptikerin wie ich sich in einen wahren Gläubigen verliebt hat?«, fragt Emory, während Clara sich in die Ruder legt, um gegen eine starke Strömung anzukämpfen.

»Dein Vater war ein Lehrling, aber er war auch gütig und liebevoll und unbeschwert und albern. Sein Glauben an die Ältesten war nur ein kleiner Teil seiner Persönlichkeit. Er war nicht wie mein Vater. Sein Glaube hat nicht alles andere in den Schatten gestellt, was er darüber hinaus war. Er wusste, dass ich die Dinge hinterfragte, aber das bewunderte er an mir. Wir haben uns geliebt, und das hat es uns leichtgemacht, mit den Zweifeln des anderen klarzukommen.«

»Wenn du das bei ihm geschafft hast, warum konntest du das dann nicht auch für mich tun, als ich Lehrling wurde?«, fragt Clara leise.

Jahrelang war ein unbehagliches Schweigen das Beste, was sie sich von ihrer Beziehung zu ihrer Mutter erhoffen konnte. Kaum hatte sie begonnen, selbst Entscheidungen über ihr Leben zu treffen, fühlte es sich an, als wollte ihre Mutter nichts mehr mit ihr zu tun haben. Es schien keinen neutralen Boden mehr zu geben, auf dem sie sich hätten treffen können. Sie schlichen auf Zehenspitzen umeinander herum, waren entsetzlich höflich und hielten ihre Gespräche strikt oberflächlich – aus Angst davor, auf ein Thema zu stoßen, das den nächsten Streit auslösen würde.

Aber heute hat es sich angefühlt, als wären sie ein Team. Emory hat ihr zugehört und ihr vertraut und sich auf sie verlassen.

Und Clara hat ihrerseits jede Eigenschaft ihrer Mutter, die sie zuvor als Fehler empfunden hat, als Stärke erkannt. Sie ist noch nie zuvor so stolz auf sie gewesen. Sie kann nicht fassen, dass ihnen möglicherweise nur noch zwei Tage bleiben, in denen sie Zeit miteinander verbringen können.

Emory schweigt so lange, dass Clara sich schon fast dafür entschuldigen will, sie verletzt zu haben, aber als sie dann endlich etwas sagt, sind ihre Worte übervoll mit Emotionen.

»Das hätte ich tun sollen«, gibt Emory zu. »Ich wollte das auch, ich war nur so … wütend.«

Sie schluckt, versucht, nicht die Fassung zu verlieren, hält den Kopf gesenkt und fuchtelt unruhig mit den Fingern herum.

»Jack und die anderen sind gestorben, weil sie sich geweigert haben, Theas Autorität zu hinterfragen. Sie sind in diesen Sturm hineingefahren, weil Thea ihnen gesagt hat, dass sie das tun sollen, obwohl sie wusste, dass es gefährlich werden könnte. Aber je mehr ich auf diesen Umstand hingewiesen habe, desto isolierter stand ich da. Um ehrlich zu sein, kam mir das entgegen, weil ich dann weiter wütend bleiben konnte, und wenn ich wütend war, konnte ich mich auf etwas anderes konzentrieren, als traurig zu sein.«

Sie schaut ihre Tochter an, sieht sie vor ihrem geistigen Auge in jedem Lebensalter, bis hin zu dem achtjährigen Mädchen, das Thea in der Seilbahn mit nach unten gebracht hat. Emory und Clara haben die gleichen Augen. Den gleichen bedingungslosen Mut. Das gleiche große Herz, das so leicht zu verletzen ist.

»Als du dich für das Auswahlverfahren beworben hast, da hat sich das so angefühlt, als ob … als ob du dich auf Theas Seite und auf die Seite des Dorfes schlagen würdest. Und deshalb bin ich dann auch auf dich wütend geworden.«

»Das war nicht meine Absicht, Mama.«

»Es ist egal, ob es deine Absicht war oder nicht«, sagt Emory. Ihr plötzlicher Zorn lässt Clara zusammenfahren. »Es wäre meine Pflicht gewesen, dich zu unterstützen, ganz gleich, was du tust. Ich habe es gehasst, dass du für Thea arbeitest, aber ich hätte dir sagen müssen, dass ich stolz auf dich bin – darauf, dass du es bis dahin geschafft hast. Denn das bin ich wirklich, Clara. Ich habe gesehen, wie hart du dafür gearbeitet hast.«

Emory lässt erneut den Kopf hängen.

»Ich habe dich im Stich gelassen«, sagt sie und verschränkt nervös die Finger ineinander. »Genauso wie mein Vater mich im Stich gelassen hat. Es war mir nicht klar, dass man bei jemandem bleiben und ihn trotzdem verlassen kann – aber genau das habe ich getan. Es tut mir so schrecklich leid, mein Herz. Das wird nie wieder passieren.«

Clara wirft sich zur anderen Seite des Bootes hinüber und schlingt so fest sie kann die Arme um ihre Mutter.

42

Die Bucht taucht vor ihnen auf. Über dem schmalen, sandigen Strand, der von schroffen Felsen eingefasst wird, kreisen Hunderte von Vögeln.

Clara springt behände aus dem Boot und zieht es ein paar Meter den Strand hinauf. Von hier aus könnte man den Eindruck gewinnen, als sei die Bucht vom Rest der Insel vollkommen abgeschottet. Doch am Strand liegen sechzehn Kühe. Ihre Ohren zucken wie wild, um die Fliegen abzuwehren. Sie sind fett und offenbar kerngesund, was bedeutet, dass sie nicht auf diesem Strand gefangen sind.

»Wo war noch mal dieser Bunker?«, fragt Clara und massiert sich die Handflächen. Die Ruder haben ihr die Haut aufgeschürft. Ihre Handflächen sind wund und schmerzen.

»Wir müssen der Krümmung der Bucht nach rechts folgen.«

Der Sand rutscht ihnen unter den Füßen weg, als sie den Strand hinaufstolpern. Dabei scheuchen sie eine Schar von Krabben auf, die sich an einer toten Schildkröte gütlich tun. Die Krabben huschen scherenklappernd davon, nur um sofort wieder zu ihrem Mahl zurückzukehren, kaum dass Emory und Clara vorbeigegangen sind.

»Diese Wunden an deinen Händen sehen ganz ähnlich aus wie die, mit denen Thea heute früh aufgewacht ist«, sagt Emory. »Ich glaube, sie ist letzte Nacht irgendwohin gerudert.«

»Die Ältesten rudern nicht«, schnaubt Clara verächtlich. »Nie im Leben. Großvater rudert sie überallhin, wo sie hinwollen.«

»Vielleicht war er ja letzte Nacht mit etwas anderem beschäftigt.«

»Womit denn?«

»Ich habe keine Ahnung, aber eins sage ich dir: Thea ist gestern Abend gerudert. Und sie muss sehr lange unterwegs gewesen sein, damit ihre Handflächen so aussehen, wie sie es jetzt tun.«

Sie erreichen den Bunker. Er ragt ein wenig aus der Felswand hervor, und seine rechteckigen Wände sind mit Graffiti bedeckt, doch die Farben sind verblichen, und das von den Wellen heraufspritzende Salzwasser hat mit den Jahren die Namen und Liebeserklärungen unleserlich gemacht, die man auf den Beton geschrieben hat. Ein paar in den Fels gehauene Stufen führen zu einer verrosteten Eisentür hinauf. Sie hängt lose in den Angeln, und ihre Unterkante schleift über den Boden, als Emory und Clara sie aufstoßen.

Im Innern ist es dunkel, feucht und trostlos, das einzige Licht kommt durch drei schießschartenartige Fenster, durch die man aufs Meer hinausschauen kann. Auf dem Boden sind überall Pfützen, und in der Luft liegt ein feiner Gischtnebel. Die Haut an Emorys Armen wird sofort feucht davon.

»Wer will denn an einem solchen Ort freiwillig leben?«, wundert sie sich, während sie zu einem Klapptisch aus Metall hinübergeht, der unter dem mittleren der drei Fenster steht. Er ist mit Karten und Bücherstapeln bedeckt. Die Seiten der Bücher wellen sich vor Feuchtigkeit.

Clara hat eine zweite Tür entdeckt, die in einen sehr viel kleineren Raum führt. Umgestoßene Metallregale liegen inmitten hunderter Maschinenteile, die überall auf dem Boden verstreut sind. Offenbar hat Hephaistos sie bei seinen Streifzügen über die Insel zusammengesammelt. Aus einer der Wände hat sich ein gewaltiger Brocken aus Beton gelöst und ist auf den Boden gefallen.

Clara rümpft angewidert die Nase.

Es gibt hier hinten weder Sonnenlicht noch frische Luft. Die Feuchtigkeit tropft von der Decke herab und sammelt sich in zahlreichen Pfützen, es stinkt nach Rost, Öl und Schweiß.

»Wonach suchen wir?«, fragt sie und wirft einen Blick zu ihrer Mutter hinüber.

»Ein Geständnis wäre schön«, antwortet Emory, während sie die Bücher auf dem Klapptisch durchblättert. »Am besten in Großbuchstaben und mit vollständigem Namen unterschrieben.«

Bei den Büchern handelt es sich größtenteils um Klassiker. *Moby Dick* und Tennyson. Griechische Mythen. Eine Bibel. Hercule Poirot und Sherlock Holmes. Sammy Pipps und Arent Hayes. Hephaistos scheint Kriminalromane genauso gern zu lesen wie sie selbst.

»Was ist denn das hier?«, murmelt sie und zieht einen angeschlagenen Erinnerungsstein unter einem Blatt Papier hervor. Durch die Risse in seiner Einfassung kann man die darunterliegenden schwarzen Schaltkreise erkennen.

Emory hat noch nie einen beschädigten Erinnerungsstein gesehen.

Bevor ich sie vor den Folgen warnen kann, hat sie sich den Stein schon an die Schläfe gehalten. Die wild durcheinandergewürfelten Bruchstücke eines Lebens rauschen viel zu schnell an ihr vorbei, um sie im Einzelnen erkennen zu können. Normalerweise würde man sowohl Geräusche als auch Gedanken und Emotionen präsentiert bekommen, aber hier ist alles still, und die einzelnen Szenen sind aus dem Kontext gerissen.

Sie sieht die alte Welt. Menschenmengen, Applaus, Preisverleihungen. Sie sieht eine Straße. Leute starren sie an, fordern mit vehementen Gesten ihre Aufmerksamkeit. Die Gesichter dieser Leute unterscheiden sich radikal voneinander. Alle sind individuell gekleidet, und es gibt unzählige verschiedene Frisuren zu sehen. Die Leute haben ihre Körper geschmückt, sich die Gesichter angemalt und ihre Haut sogar mit Zierelementen durchstochen.

Sie fliegt durch eine prächtige Stadt aus Glas und Stahl und spricht im nächsten Moment mit Hephaistos als kleinem Jungen.

Ein Spiegel ist zu sehen, mit einer jüngeren Niema, die sich darin betrachtet.

Dann ist sie ein kleines Mädchen, das mit einem seltsamen Hund mit grellbuntem Fell spielt.

Plötzlich die Mole vor dem Dorf. In der Bucht wimmelt es von

Booten, riesigen Schiffen, so groß wie Häuser. Menschen kommen auf sie zu. Ihre Gesichter wirken traurig, sind gleichzeitig jedoch von einer gewissen Selbstgefälligkeit erfüllt.

Die Reihenfolge des Lebens, das Emory hier sieht, ist vollkommen durcheinandergeraten, und das Chaos verursacht ihr Übelkeit.

Niema rennt auf einer Maschine. Sie starrt auf einen Bildschirm und wählt die Eigenschaften ihres neuen Kindes aus. Sie brüllt jemanden an, der aussieht, als hätte er entsetzliche Angst. Sie wird als Kind von ihrem begeisterten Vater in die Arme geschlossen, während sie eine kleine Trophäe in der Hand hält.

Sie ist in einem hell beleuchteten Labor und schnallt eine ältere Frau auf einem Stuhl fest, die fröhlich vor sich hin redet. Unbesorgt. Die Uhr zeigt 21:14 an.

Sie sieht Flure und Apparate. Sie sieht Jack mit geschlossenen Augen.

Sie hält ein Baby auf dem Arm.

Leuchtende Insekten in einem Reagenzglas. Spielende Jungen. Ihre Eltern. Das Dorf, umringt von lächelnden Gesichtern.

Wieder zurück in dem hell erleuchteten Labor. Thea schreit Niema an, gestikuliert heftig, das Gesicht von einer mörderischen Wut verzerrt. Die Erinnerungen hören auf, und das ist Emorys Glück, denn sonst hätte sie sich übergeben müssen.

Clara fängt sie auf, bevor sie zu Boden fällt.

»Was hast du gesehen?«

»Niema. Abi muss ihr kurz vor ihrem Tod die Erinnerungen abgenommen haben, aber es ist alles durcheinander.«

Sie geht zur Tür und atmet die Meeresluft tief ein, bis sich endlich nicht mehr alles dreht.

Ein paar Minuten später stellt sich Clara neben sie. Auch sie hat den Erinnerungsstein benutzt, mit ähnlich unangenehmen Folgen. »Bist du bis zum Ende gekommen?«, fragt sie.

»Thea hat sich mit Niema gestritten«, antwortet Emory. »Sie war unfassbar wütend.«

»Wir wissen nicht, wann das passiert ist. Die Erinnerungen waren durcheinander.«

»Niema trug dasselbe Kleid wie an dem Tag, als sie gestorben ist, und ihre Haare waren auf dieselbe Weise frisiert«, betont Emory. »Weißt du, wo sie sich während dieses Streits aufgehalten haben? Ich habe den Ort nicht wiedererkannt.«

»Nein«, sagt Clara, nachdem sie eine Weile darüber nachgedacht hat. »Ich kenne auf der Insel keinen Ort, der so neu aussieht. Denkst du, dass Thea die Schuldige ist?«

»Ich bin nicht sicher. Aber sie muss eine der letzten Personen gewesen sein, die Niema noch lebend gesehen hat. Andererseits hat Hephaistos den Erinnerungsstein, was bedeutet, dass er sich unmittelbar nach ihrem Tod in ihrer Nähe befunden haben muss. Komm, schauen wir uns weiter um, damit wir hier fertig werden, bevor er zurückkommt.«

Emory geht in den Maschinenraum, während Clara halbherzig die Papiere durchsieht, die auf dem Schreibtisch liegen. Sie zieht eine Schublade auf, und durch den Ruck kommt ein Messer nach vorne gerollt. Es sieht scharf aus und hat einen groben hölzernen Griff, der mit einer Kordel umwickelt ist.

Clara stockt der Atem.

Sie nimmt das Messer langsam aus der Schublade und wendet es in den Händen hin und her.

»Mama!«, ruft sie schließlich.

»Ja?«, antwortet Emory aus dem Nebenraum.

»Ich habe Papas Messer gefunden«, sagt Clara tonlos.

Emory tritt neben sie und starrt das Messer fassungslos an. Sie hat dieses Messer zehn Jahre lang jeden Tag gesehen. Sie erinnert sich an die Form des Griffes und an diese merkwürdige Kerbe in der Klinge, die Jack trotz aller Bemühungen nie hat wegschleifen können. Er nahm es immer mit, wenn er auf eine Expedition ging. Er hätte es auch bei sich gehabt, als er ertrank.

43

Sie haben das Dorf fast erreicht. Der Abendhimmel ist von violetten und rosa Streifen durchzogen. Über dem Gipfel des Vulkans braut sich ein Sturm zusammen. Der Wind peitscht ihnen die Haare ins Gesicht, und die ersten Regentropfen fallen auf sie herab.

Emory erweckt den Eindruck, als würde sie das sich verschlechternde Wetter gar nicht bemerken – oder überhaupt irgendetwas von ihrer Umgebung wahrnehmen. Sie sitzt im Heck des Bootes und scheint sich mit dem Messer zu unterhalten, das sie in Händen hält.

Clara betrachtet ihre Mutter besorgt, während sie gleichzeitig versucht, die Schmerzen zu ignorieren, die die Rudergriffe an ihren wunden Händen verursachen. Emory ist die forscheste, lauteste Person im Dorf, lebhaft und voller Bewegungsdrang – wie ein hüpfender Stein auf einem wellenlosen Meer. Es ist unheimlich, mitanzusehen, wie sie sich in sich selbst zurückzieht.

»Woran denkst du?«, fragt Clara vorsichtig.

»An absolut gar nichts«, antwortet Emory mit tonloser Stimme. »Und das ist ein Problem, wenn man bedenkt, wie nah der Nebel uns schon gekommen ist.«

Clara starrt an ihrer Mutter vorbei zum Horizont. Ihr ganzes Leben lang war der Nebel nur ein dunkler Fleck in der Ferne, eine Wand, von der ihre Welt nun einmal umgeben war. Doch jetzt ist er so nah, dass sie die einzelnen Insekten sehen kann, die in seinem Innern schweben. Ihr goldenes Leuchten spiegelt sich auf der Wasseroberfläche.

Der Nebel ist wunderschön, denkt sie und erschaudert. *Sind sich diese Insekten dessen, was sie tun, bewusst? Werden sie es genießen, uns zu töten?*

»Nein«, antworte ich. »Sie werden von der Strahlung angezogen, die von einem jeden Lebewesen ausgeht. Sie sind wie ich. Sie wurden geschaffen, um eine Aufgabe zu erfüllen. Dabei hat es niemanden interessiert, ob sie währenddessen irgendwelche Gefühle haben.«

Clara rudert das Boot zum Strand, bis der Kiel über die Kiesel schleift. Emory springt aus dem Boot, noch bevor es richtig zum Stehen gekommen ist, und rennt fast zum Tor hinüber.

»Wo will sie hin?«, fragt Clara alarmiert.

»Sie will Hephaistos zur Rede stellen«, antworte ich.

»Ist das eine gute Idee?«

»Nein.«

»Hast du ihr das gesagt?«

»Natürlich habe ich ihr das gesagt. Wir brauchen sie, Clara. Wir brauchen sie für alles, was uns bevorsteht. Und wenn man nicht verhindert, dass diese Begegnung mit Hephaistos eskaliert, wird Emory ernstlich verletzt werden. Du musst dein Bestes tun, um sie zu beruhigen. Ich werde die Sache derweil aus einer anderen Richtung angehen.«

Clara durchquert das Tor und wird von einer unheimlichen Stille empfangen.

Die Tische sind vollbesetzt, aber alle sind in sich selbst versunken und stochern lustlos in ihrem Essen herum. Eltern haben ihre Kinder auf den Schoß genommen, Ehepaare halten sich an den Händen, und Freunde sitzen Schulter an Schulter in dem Versuch, sämtliche Lücken zu füllen, in denen sich ihre Angst breitmachen könnte. Dies hier sollte eigentlich eine Begräbnisfeier sein. Die Leute sollten singen und tanzen und in Erinnerungen schwelgen. Ihr Verhalten wirkt fast respektlos den Verstorbenen gegenüber.

»Sie glauben nicht, dass wir noch gerettet werden können, oder?«, fragt Clara voller Mitleid.

»Glaubst du es denn?«, frage ich zurück.

Clara beobachtet ihre Mutter, wie sie mit großen Schritten auf den Pfad hinter der Kaserne zugeht. Es kommt ihr vor, als sähe sie sie zum ersten Mal. Unter diesem gewaltigen Haarschopf ist sie kleiner als fast jeder andere hier, mit schmalen Schultern und dünnen Armen und Beinen.

Und doch kommt es Clara überhaupt nicht in den Sinn, über Emorys Größe nachzudenken. Ihr ganzes Leben lang war ihre Mutter in jedem Raum, den sie betrat, die dominierende, schillerndste Persönlichkeit. Während sich fast alle anderen demütig und unterwürfig verhielten, blieb Emory immer furchtlos und geradeheraus. Sie war stets voller Energie – wie ein Hornissennest aus Fragen, das sie einem ins Gesicht schleudert, sobald man hineinsticht. Sie gibt nie auf, und wenn sie glaubt, dass sie recht hat, ist sie unerbittlich.

Aber was hat sie jemals dadurch erreicht?

Das ist der Zweifel, der an Clara nagt. Unter dem Bett ihrer Mutter liegen mehr als ein Dutzend Notizbücher mit Fragen. Kaum eine davon ist jemals beantwortet worden. Warum sollte es diesmal anders sein?

Clara folgt ihrer Mutter auf die andere Seite des Hofes. Dabei geht sie unter den funkelnden Lichtern der Trauerlaternen hindurch, die man zwischen den Kasernenflügeln aufgehängt hat. Die Dorfbewohner haben vier Seile für die Laternen benutzt, die ihren verstorbenen Freunden und Familienangehörigen gewidmet sind, und neun Seile für Niemas Laternen. Die Diskrepanz macht Clara wütend.

Die verstorbenen Dorfbewohner haben ein gütiges, selbstloses Dasein geführt. Nahezu alles, was sie getan haben, hat dazu beigetragen, das Leben ihrer Gefährten zu verbessern.

Niema hingegen hat den Befehl erteilt, ihre Erinnerungen auszulöschen, was zu ihrem Tod geführt hat. Sie hat an den Personen, deren Leichen auf der Krankenstation liegen, Experimente durchgeführt, und jetzt rückt der Nebel der Insel immer näher, weil sie den

Gedanken nicht ertragen konnte, dass nach ihrem Tod noch irgendetwas Lebendiges zurückbleibt.

Niema hat es nicht verdient, mehr Laternen zu bekommen als die Dorfbewohner. Eigentlich hätte sie keine einzige Laterne verdient.

Mit vier Schritten steigen Emory und Clara die Stufen zum Labor hinauf, wo Thea sich gerade über den Apparat beugt, den sie aus dem Meer gezogen haben. Sie benutzt eine Pinzette, um einen Gegenstand herauszuziehen, der zwischen zwei verbeulten Verstrebungen festsitzt.

Hephaistos sitzt auf der Erde, hat den Rücken an die Wand gelehnt und schraubt an dem Erinnerungsextraktor herum, wie ein Kind, das ein neues Spielzeug gefunden hat. Er summt irgendeine uralte Melodie, die Thea offenbar gefällt, denn sie wiegt im Takt den Kopf hin und her.

»Warum hast du Jacks Messer?«, fragt Emory herrisch, während sie auf ihn zumarschiert. Er schaut verständnislos zu ihr hoch und legt den Erinnerungsextraktor beiseite.

Thea hält bei ihrer Arbeit inne und schaut von einem zum anderen.

»Warum hast du meine Sachen durchsucht?«, fragt er zurück. Seine Stimme ist ein leises bedrohliches Knurren.

»Dieses Messer hatte mein Mann bei sich, als er ertrunken ist«, sagt Emory und ignoriert damit seine Frage.

Hephaistos schraubt sich in die Höhe und ragt plötzlich wie eine rachsüchtige Gottheit über ihr auf. In seinen Augen glitzert derselbe Wahnsinn, der im Hof hinter der Kaserne das Schicksal des Aasgeiers besiegelt hat.

Clara versucht verzweifelt, Emory von ihm fortzuziehen. Normalerweise ist ihre Mutter gut darin, die wechselnden Emotionen ihres Gegenübers zu interpretieren – aber nicht, wenn es eine Frage gibt, zu der sie eine Antwort hören will.

»Ich habe das Messer am Strand gefunden«, behauptet Hephaistos.

»Es hat nicht eine Spur von Rost an der Klinge, und der Holzgriff ist nicht aufgequollen«, widerspricht Emory und reißt sich von Clara los. »Dieses Messer war nie auch nur in der Nähe des Wassers.«

Emory starrt wütend zu ihm hoch. Ihr Kopf reicht ihm kaum bis zur Brust.

Er ist nicht einfach nur größer als sie, denkt Clara verzweifelt. Das Problem ist auch, was sich hinter all diesen Muskeln verbirgt. Ein beängstigendes Zucken geht durch sein Gesicht, als würde irgendwelches Getier unter seiner Haut umherkriechen.

»Ich habe es repariert.«

»Es sieht exakt so aus wie beim letzten Mal, als ich es gesehen habe«, sagt Emory und starrt ihm weiterhin unverwandt ins Gesicht. »Und die Klinge passt genau zu der Stichwunde in Niemas Brust. Warum lügst du? Was verheimlichst du uns?«

Hephaistos' Hand schießt hervor und packt sie an der Kehle.

Sein Griff wird immer fester. Emory ringt mühsam nach Luft, während sie in die Höhe gehoben wird und ihre Beine hilflos durch die Luft strampeln.

Das Messer fällt mit einem lauten Klirren auf die Fliesen.

»Mama!«, schreit Clara und zerrt in dem Versuch, sie zu befreien, an Hephaistos' Arm.

Hephaistos starrt sie mit leerem Blick an. Sein Gesicht ist vollkommen emotionslos. Es scheint, als wäre ihm nicht einmal bewusst, was er da gerade tut.

Clara wirft Thea einen verzweifelten Blick zu, doch deren Gesicht ist ebenfalls vollkommen ausdruckslos. Das liegt daran, dass sie gerade in Gedanken mit mir redet.

»Hilf ihr doch!«, schreit Clara. Ihre Worte hallen laut von den Wänden des Labors wider.

Hephaistos' Griff schließt sich noch enger um Emorys Hals, die ihre letzten Atemzüge tut.

Plötzlich hört er Theas Stimme in seinem Rücken. Sie klingt scharf und trocken, ohne jedoch die geringste Besorgnis zu verraten.

»Du stehst im Begriff, unsere beste Ermittlerin zu töten«, sagt sie.

Hephaistos' Blick belebt sich wieder und scheint endlich die Frau zu registrieren, die er gerade erwürgt. Er öffnet die Hand und lässt sie als jämmerlichen kleinen Haufen zu Boden fallen.

Emory schnappt verzweifelt nach Luft, während Clara schützend die Arme um sie schlingt.

Hephaistos bückt sich, hebt das Messer auf, wiegt es einen Moment lang in der Hand und kehrt dann wieder zu dem Erinnerungsextraktor zurück.

Clara spürt, wie sich Emory versteift. Sie versucht, sich aufzurappeln und den Kampf wiederaufzunehmen, aber Clara hält ihre Mutter fest und flüstert ihr ins Ohr.

»Ich darf dich nicht auch noch verlieren«, sagt sie.

Emory fällt in sich zusammen. Von einem Moment auf den anderen ist alle Wut aus ihr gewichen.

»Geht«, sagt Thea und winkt sie zur Tür. »Und wenn ich euch das nächste Mal sehe, dann habt ihr besser einen Verdächtigen vorzuweisen.«

44

Clara legt einen Arm um die Schultern ihrer Mutter und versucht sie dazu zu bewegen, sich an einen der Tische in der Nähe der Küche zu setzen. Doch Emory schüttelt heftig den Kopf und gestikuliert zu dem Tor und dem sich dahinter ausbreitenden, in Dunkelheit gehüllten Meer hinüber.

»Ich kann nicht fassen, dass er das getan hat«, murmelt Clara leise. »Er hat einfach … er hat nicht einmal …« Ihr gehen die Worte aus.

Das Blut rauscht ihr in den Ohren. Keiner der Dorfbewohner ist jemals körperlich angegriffen worden, und sie weiß nicht, wie sie reagieren soll. Sie würde am liebsten weglaufen, alle warnen, laut brüllen und sich verstecken – alles gleichzeitig.

»Warum hast du ihn nicht aufgehalten, Abi?«, verlangt Clara von mir zu wissen. Endlich hat sie ein Ventil für ihre Wut gefunden. »Als ich heute früh über die Grenzlinie hinausgegangen bin, hast du sofort die Kontrolle über meinen Körper übernommen und mich gezwungen, wieder umzukehren. Hephaistos hat meine Mutter fast umgebracht, und du hast nichts getan.«

»Wie ich dir bereits sagte: Ich kann die Menschen nicht kontrollieren«, erkläre ich. »Ich kann ihre Gedanken hören, und meine Worte haben einen gewissen Einfluss auf sie, aber das ist auch schon alles. Du irrst dich jedoch. Ich habe etwas getan. Ich habe Thea aufgefordert einzuschreiten, und das hat sie getan. Wenn sie das nicht getan hätte, wäre deine Mutter jetzt tot.«

Und die Menschheit wäre zum Untergang verdammt.

»Ist schon okay, Clara«, krächzt Emory und drückt ihrer Tochter beschwichtigend die Hand. »Es war gut so. Es musste passieren.«

Clara sieht ihr ins Gesicht, überrascht darüber, wie kämpferisch sie klingt.

»Ich habe die Menschen vorher nicht verstanden«, sagt Emory, immer noch heiser. »Ich wusste, dass sie anders sind als wir, aber mir war nicht klar, wie anders. Ich habe ihr Verhältnis zur Gewalt nicht verstanden. Wie leicht sie ihnen fällt. Wie beiläufig sie sie anwenden. Es war dumm von mir, einfach so dort hineinzumarschieren. Hephaistos hat Geheimnisse, und er wird uns, ohne zu zögern, Gewalt antun, um sie zu beschützen, ganz gleich, in welcher Gefahr sich die Insel befindet. Das ist eine wertvolle Erkenntnis. Sie hilft uns weiter. Wir müssen davon ausgehen, dass Thea dieselbe Mentalität hat. Wir werden von jetzt an vorsichtiger sein.«

Jenseits des Tors ist es kühler. Eine Meeresbrise wirbelt die Luft auf und hinterlässt einen salzigen Geschmack auf der Zunge. Es ist bald Sperrstunde. Unter dem dunkler werdenden Himmel breitet sich wie eine samtschwarze Decke das Meer aus.

Clara starrt ihre Mutter skeptisch an. »Und was wollen wir wegen Papas Messer unternehmen?«, fragt sie.

Die Dorfbewohner sind nicht im Geringsten materialistisch und teilen gern ihre gesamten Besitztümer mit anderen, aber Clara findet den Gedanken unerträglich, dass Hephaistos etwas an sich genommen hat, das ihrem Vater gehörte. Es gibt ihr das Gefühl, als würde sie ihn im Stich lassen.

»Vergiss das mal für eine Minute«, sagt Emory und zuckt zusammen, als sie die Quetschungen an ihrem Hals berührt. »Thea weiß, dass Hephaistos es in seinem Besitz hat, und sie weiß auch, dass meine Fragen berechtigt waren. Das Messer dürfte bei ihr zumindest den ein oder anderen Zweifel an ihm wachrufen. Und dann wird sie ihm hoffentlich die Fragen stellen, die wir ihm nicht stellen können.«

Clara sieht ihre Mutter voller Bewunderung an. »Wie schaffst du es, auf diese Weise zu denken?«

»Das ist nicht schwer«, antwortet Emory ein wenig verlegen. »Du denkst einfach das Gegenteil von dem, was dir wie selbstverständlich in den Sinn kommt.«

»Was machen wir jetzt? Willst du, dass ich dich zum Leuchtturm hinüberrudere?«

»Es ist zu gefährlich, im Dunkeln dort hinzufahren. Analysiere du doch bitte die Erdproben, die du auf den Farmen genommen hast. Ich werde mich währenddessen in Theas Zimmer umsehen.«

Clara zuckt zusammen. Sie hat Angst, ihre Mutter könnte den nächsten Ältesten gegen sich aufbringen, kaum dass sie ihre Auseinandersetzung mit Hephaistos überlebt hat.

»Ich sollte mit dir kommen«, sagt sie.

»Du musst im Labor bleiben, wo du Thea im Auge behalten kannst. Wenn sie das Labor verlassen will, versuche, sie irgendwie abzulenken.«

Zwei Minuten später steigt Emory die Wendeltreppe in das alte Waffensilo hinunter, in dem Thea ihr Quartier aufgeschlagen hat. In den Nischen brennen elektrische Lampen, deren grelles Licht bei Emory großes Unbehagen auslöst. Es ist zu hell. Zu gleichmäßig. Es gibt keine Schatten hier unten. Keine Weichheit. Wenn sie zu lange hierbleibt, wird ihr der grelle Lichtschein das Fleisch von den Knochen ätzen.

Als sie am Fuß der Treppe anlangt, stellt sie fest, dass ein starker Geruch nach Potpourri in der Luft hängt. Er soll wahrscheinlich den Geruch des feuchten, modrigen Betons übertünchen.

Sie schnuppert. Und dann noch einmal. *Eine von Liskas Kreationen*, denkt sie.

Jede Person im Dorf hat ein Hobby, dem sie sich in ihrer Freizeit widmet, sei es die Herstellung von Kerzen oder das Schnitzen kleiner Holztiere. Sonntags ziehen die Dorfbewohner dann von Schlafraum zu Schlafraum und legen ihren Nachbarn Geschenke vor die Tür, als Dank für ihre Hilfe oder für einen Gefallen, den diese ihnen in der Woche zuvor getan haben. Die Ältesten bekommen dabei natürlich die meisten Gaben, auch wenn sie am wenigsten zum

Dorfleben beitragen. Das hat Emory immer schon geärgert, aber es schien niemandem sonst etwas auszumachen.

Verglichen mit den buntgeschmückten Schlafräumen der Dorfbewohner ist das Silo sehr karg eingerichtet. Nur eine Handvoll Dekorationen schmücken die grauen Wände. Die einzigen Möbel sind ein altes Feldbett, das zweifellos aus der Kaserne stammt, eine Kommode mit Schubladen und ein Architektentisch, auf dem sich Blätter mit komplizierten Gleichungen stapeln.

An den Wänden hängen Fotografien von Thea aus glücklicheren Zeiten. Auf einem davon ist sie zusammen mit Hephaistos zu sehen. Er hat sie huckepack genommen, während eine ältere Frau hinter ihnen steht und lacht. Auf einem anderen Bild liegt Thea am Strand und schneidet eine Grimasse in die Kamera. Es gibt ein Bild von einem lodernden Lagerfeuer, um das sieben Leute sitzen, ihre Köpfe ausgelassen in den Nacken geworfen. In einer Badewanne neben ihnen stehen Getränke, von denen sie sich offenbar reichlich bedient haben.

Emory betrachtet ein Foto nach dem anderen und sieht eine vollkommen andere Thea als die, die sie immer gekannt hat. Auch wenn sie körperlich nicht viel gealtert ist, wird doch deutlich, dass sie auf diesen Fotos sehr viel jünger ist. Sie lacht. Sie genießt das Leben. Emory ist davon überzeugt, dass sie diese Seite noch nie an Thea gesehen hat.

»Was ist mit ihr passiert?«, fragt sie.

»Ihre Welt ist in Flammen aufgegangen«, antworte ich. »Erst ist ihre Familie gestorben, dann ihre Freunde. Sie hat zu viel verloren, um sich nicht unterwegs auch selbst zu verlieren.«

Emory wird von einer Welle des Mitleides erfasst.

»Halt an diesem Gefühl fest«, sage ich zu ihr. »Es wird leicht sein, sie zu hassen, aber sowohl Thea als auch Hephaistos haben sehr viel mehr durchlitten, als du dir jemals vorstellen kannst. Was auch immer sie heute sind – es war nicht ihre eigene Entscheidung, so zu werden, und sie haben dieses Schicksal nicht verdient.«

Emory zieht die Schubladen auf, eine nach der anderen.

Die Leichen in der Krankenstation deuten darauf hin, dass Niema einen Weg zurück nach Blackheath gefunden hat, obwohl es angeblich wegen des Nebels vollkommen unzugänglich geworden war. Falls Thea das herausgefunden hat, hätte sie ein starkes Motiv für einen Mord gehabt.

»Motiv«, sagt sie laut und schüttelt über sich selbst den Kopf.

Sie hat dieses Wort so oft in ihren Büchern gelesen, aber sie hat es noch nie laut ausgesprochen. Es gehört nicht an diesen Ort, denkt sie. Es ist etwas Altes, Stumpfes, Verstaubtes.

Die erste Schublade ist leer, aber in der zweiten findet sie eine uralte Kamera, deren Gehäuse notdürftig durch einen Draht zusammengehalten wird. Früher hat Thea ihre Lehrlinge dazu angehalten, diese Kamera mit auf die Expeditionen zu nehmen, damit sie alle ihnen bisher unbekannten Arten von Flora oder Fauna fotografieren konnten, die sie unterwegs entdeckten. Unglücklicherweise war der Apparat mittlerweile jedoch so fragil, dass er jedes Mal auseinanderfiel, wenn sie versuchten, ein Tier zu fotografieren, das gerade an ihnen vorbeilief.

Emory legt die Kamera wieder dorthin zurück, wo sie sie gefunden hat, und öffnet die nächste Schublade. Sie enthält ein altes Tagebuch.

Sie blättert geistesabwesend die Seiten durch, bis sie zum letzten Eintrag kommt.

Wir haben Ellie verloren. Sie wollte nicht auf uns hören, weder auf mich noch auf Hephaistos. Sie ist in die letzte noch freie Stasiskammer geklettert. Sie hat gesagt, entweder das oder sie springt mit Anlauf von der nächsten Klippe.

Ich weiß nicht, was ich ohne meine Schwester tun soll. Wir haben in letzter Zeit nicht viel miteinander gesprochen, aber das liegt einfach daran, dass wir seit achtundsechzig Jahren gemeinsam hier sind. Was bleibt da noch zu sagen übrig?

Ich weiß nicht, wer von uns beiden fassungsloser und trauriger ist – ich oder Hephaistos. Er hat sie mehr geliebt als sein eigenes Leben.

»Theas Schwester ist in Blackheath gefangen«, sagt Emory laut. »Niema hat Thea nicht einfach nur von Blackheath ferngehalten, sie hat sie von ihrer Schwester ferngehalten.«

»Emory, du musst deinen Vater aufhalten«, unterbreche ich sie eindringlich.

»Warum?«

»Weil er im Begriff steht, etwas unendlich Dummes zu tun«, antworte ich.

45

Seth rudert das Boot bis fast ans Ufer und springt in die Brandung, wobei er unglücklich auf seinem verletzten Fuß landet. Die Stelle um die kreisrunde Wunde ist schwarzviolett angelaufen und geschwollen und tut jedes Mal, wenn er das Bein belastet, höllisch weh.

Er verzieht grimmig das Gesicht, während er das Boot auf den Kies hinaufzieht.

»Papa!« Emory wartet auf ihn, die Hände in die Hüften gestemmt.

»Emory?«, fragt er, während er seine Ruder auf den Strand zu einem Haufen anderer Ruder wirft. »Was machst du hier?«

»Abi hat mir gesagt, was du vorhast.«

»Abi sollte meinen Gedanken nicht einfach so rumerzählen«, entgegnet er. »Wo ist Hossein? Wir brauchen den Karren. Ich habe auf den Felsen in der Nähe des Leuchtturms eine Leiche gefunden.«

Emory geht zum Boot hinüber. Eine Frau liegt darin – oder das, was von ihr übrig ist. Sämtliche Gliedmaßen sind gebrochen, das Gesicht ist zerschmettert, und ihre Brust ist eine einzige klaffende Wunde. Sie trägt einen grauen Overall, ähnlich wie der, den sie auf der Krankenstation gefunden haben. Er besteht nur noch aus Fetzen, aber seine Fäden fungieren wie ein Netz, das den zertrümmerten Körper zusammenhält.

Emory will sich der Magen umdrehen, doch sie unterdrückt ihre Übelkeit und weigert sich wegzuschauen.

So ist der heutige Tag eben, sagt sie zu sich selbst. Vergiss, dass dies einmal ein lebendiges Wesen war. Vergiss, dass diese Person einmal geatmet, geweint und geträumt hat. Nichts davon hilft. Aber irgendetwas hier könnte mir dabei helfen, die Insel zu retten.

Das Einzige, was sofort ins Auge fällt, ist der Umstand, dass diese Ansammlung aus zerschmetterten Körperteilen einmal ein Mensch gewesen ist, genau wie die Körper, die sie auf der Krankenstation gefunden haben. Emory kann in dem aufgeplatzten Bauch der Frau ihre Organe sehen, und sie befinden sich an den vollkommen falschen Stellen. Das hier muss die Person sein, an der Niema letzte Nacht ihr Experiment durchgeführt hat.

»Was ist mit ihr passiert?«, fragt sie.

»Jemand hat sie zum Rand der Klippen getragen und sie dann hinuntergeworfen«, antwortet Seth, während er versucht, sich die Steifheit aus der Schulter zu massieren.

»Hast du gesehen, wer es war?«

»Nein.«

»War sie schon tot, als …« Der Satz ist so entsetzlich, dass sie ihn nicht zu Ende führen kann.

»Natürlich war sie das«, sagt er und kneift die Augen zusammen. »Warum hätte sie sonst jemand hinunterwerfen sollen?«

Emory antwortet nicht darauf. Sie bringt es nicht übers Herz, auch wenn sie überrascht feststellt, wie schnell sie aufgehört hat, dem Tod mit der üblichen Haltung eines Dorfbewohners zu begegnen.

Hossein kommt durch das Tor. Er hat den Schubkarren dabei, der jetzt für den Transport der Toten herhalten muss. Seth hebt die Leiche aus dem Boot und wirft sie kurzerhand in den Schubkarren. Es ist ein ekelerregendes Klatschen zu hören, als der Körper darin landet.

»Kannst du sie bitte zum Brennofen bringen?«, fragt Seth.

»Nein, zum Labor«, korrigiert ihn Emory. »Thea wird die Leiche sehen wollen.«

»Warum?«

»Weil Niema tot ist und weil das alles damit in Verbindung steht«, antwortet Emory und schickt Hossein mit einem Nicken seiner Wege.

Seth schickt sich an, dem Schubkarren ins Dorf zu folgen, doch

Emory hält ihn am Arm fest. Ihr Gesichtsausdruck hat etwas Verschwörerisches.

»Du darfst Thea nicht erzählen, wo du heute früh aufgewacht bist«, sagt sie zu ihm. »Hephaistos hat einen Erinnerungsextraktor im Leuchtturm gefunden. Er hat vor, das Ding jedem auf den Kopf zu schnallen, der etwas über den Mord an Niema wissen könnte.«

Seth sieht sie einen Moment lang an und schüttelt dann enttäuscht den Kopf.

»Abi hat mir alles erzählt, was passiert ist«, sagt er und hinkt mit seinem verletzten Bein in Richtung Dorf. »Ich weiß, dass die Barriere zusammengebrochen ist und dass der Nebel kommt. Ich weiß, dass jemand Niema mit voller Absicht getötet hat und dass ich die letzte Person war, die sie lebend gesehen hat.« Er zieht an seinem T-Shirt, und der Stoff gibt ein unschönes Knacken von sich. »Ich habe Blut an meiner Kleidung, das gestern Abend noch nicht da war. Ich bin irgendwie in die Sache verwickelt, und wenn die Ältesten glauben, dass mein Tod notwendig ist, um der Insel zu helfen, dann ist das nur recht und billig.«

»Warum erzählst du mir nicht einfach stattdessen, was passiert ist?«, sagt Emory. »Ich habe den Auftrag erhalten, den Mord aufzuklären.«

»Ich würde es lieber den Ältesten erzählen«, sagt er stur.

»Papa!«

»Es reicht, Emory!« Doch sein Zorn verraucht sofort, als er den Kasernenhof betritt und dort schockiert die Dekorationen für die heutigen Begräbnisfeiern wahrnimmt.

Es ist erst ein paar Tage her, dass er sich von seinem Vater verabschiedet hat, und es fühlt sich an, als sei es erst ein paar Monate her, dass er Judith betrauert hat. Jetzt hängen die Laternen für Niema dort oben. Die Verluste folgen zu rasch aufeinander, als dass er damit fertigwerden könnte.

Er holt tief Atem und humpelt dann vorwärts.

Die Leute schauen hoch, als er an ihnen vorbeigeht, und reißen erstaunt die Augen auf. Er atmet schwer, und sein Gesicht ist wegen der Wunde an seinem Knöchel schmerzverzerrt. Sein Hemd ist von Schweiß und Blut durchtränkt, und jeder seiner Schritte zeugt von einer Dringlichkeit, wie sie für das Dorf sehr ungewöhnlich ist.

Er sieht aus wie ein Nachzügler der Apokalypse.

»Wie hast du dich verletzt?«, fragt Emory und versucht, einen besseren Blick auf die kreisrunde Wunde über seinem Knöchel zu erhaschen. Sie könnte durch das Ende eines Rohrs mit gezackten Rändern entstanden sein, aber sie weiß keinen Ort, an dem sich ein solches Rohr befinden könnte.

»Keine Ahnung«, antwortet er schroff. Dann nickt er zu den Gesichtern im Kasernenhof hinüber, die mit blauen Flecken und Prellungen übersät sind. »Sieht aber nicht so aus, als wäre ich der Einzige.«

Sie wartet darauf, dass er mehr sagt, aber das ist, als würde man auf eine Glut in einem erkalteten Aschehaufen hoffen.

»Abi hat mir erzählt, du hättest beim Aufwachen eine Zeichnung gefunden«, versucht sie es anders. »Kann ich sie mal sehen?«

Seine Hand ballt sich schützend um den Inhalt seiner Hosentasche. »Das sollen die Ältesten entscheiden«, brummt er.

Sie haben den Pfad erreicht, der zwischen der Kaserne und der Außenmauer entlangführt, und können bereits das gewölbte Dach der Schule sehen. Dahinter ragt düster das Lagerhaus auf, dessen Ziegelsteine schwarz vor Ruß sind. Aus dieser Perspektive ist das der einzig sichtbare Schaden, den das Haus davongetragen hat, denn sehr viel weiter als bis zur hinteren Wand haben sich die Flammen nicht ausgebreitet.

»Du musst deinen Vater aufhalten«, sage ich in Emorys Gedanken. »Ich versuche, Thea und Hephaistos aus dem Labor herauszulocken, aber wenn sie noch da sind, wenn er dort eintrifft, werden sie ihn töten.«

Emory wirft sich ihrem Vater in den Weg und presst ihm die Hand auf die Brust.

»Papa, bitte, hör mir zu«, sagt sie und senkt rasch ihre Stimme, als mehrere Dorfbewohner mit ihren Instrumenten an ihnen vorbeikommen. »Ich kann herausfinden, was passiert ist, wenn du mir nur eine Chance gibst. Es ist nicht notwendig, dass du jetzt dein Leben opferst.«

Seth schaut in die flehenden Augen seiner Tochter.

»Ich vertraue dir nicht, Emory«, sagt er kühl. »Der Nebel wird in weniger als zwei Tagen hier sein, und ich glaube nicht daran, dass du uns vor ihm retten kannst.«

Ihr Gesicht verzieht sich vor Schmerz.

»Und jetzt geh mir bitte aus dem Weg und lass mich mit jemandem reden, der das kann.«

46

Clara geht zum Eingang des Labors und wirft einen verstohlenen Blick nach draußen. Hephaistos und Thea sitzen Seite an Seite vor dem Gebäude auf dem Boden, mit dem Rücken an die Wand gelehnt. Er ist doppelt so groß wie sie und gestikuliert beim Reden wild mit seinen Händen, als versuchte er verzweifelt, einen Sinn aus der Luft zu greifen.

Thea sitzt mit zur Seite gelegtem Kopf vollkommen reglos da und hat aus Schutz vor dem grellen Sonnenlicht die Augen zusammengekniffen.

Clara wirft einen Blick zu dem Pfad hinüber, auf dem ihr Großvater bald erscheinen wird, und stellt dankbar fest, dass noch niemand zu sehen ist. Dann kehrt sie auf leisen Sohlen zu dem Mikroproben-Scanner zurück, mit dem sie gerade die Erdproben von der Farm analysiert.

»Bist du sicher, dass dieser Plan funktionieren wird?«, fragt sie in ihren Gedanken.

»Du musst überzeugend auftreten.«

Sie starrt den Apparat an, als könnte sie ihn damit zum schnelleren Arbeiten bewegen. Jede Sekunde, die vergeht, bringt ihren Großvater dem Labor einen Schritt näher.

Der Scanner präsentiert das Ergebnis mit einem fröhlichen Piepton.

Wie sie vermutet hatte, wurden Boden und Pflanzen von Chemikalien vergiftet, aber sie erkennt keine einzige der angezeigten Komponenten.

»Dein Großvater hat schon die Schule erreicht«, sage ich zu ihr, während sie die Formeln hastig auf ein Blatt Papier abschreibt. »Beeil dich!«

Sie rennt quer durch den Raum, reißt sich dann jedoch zusammen, um möglichst ruhig zu wirken, als sie zur Tür hinaustritt.

»Ich habe die Erdproben analysiert«, sagt sie und hält Thea das Blatt hin. »Das Ergebnis ist irgendwie seltsam.«

»Leg es auf meinen Schreibtisch«, sagt Thea und winkt sie fort.

Clara versucht, nicht zu dem Pfad hinüberzuschauen. Sie war noch nie zuvor gezwungen, jemanden zu täuschen. Es hat etwas Berauschendes. Ihr Körper ist so mit Adrenalin vollgepumpt, dass es ihr äußerst schwerfällt, still zu stehen.

»Kannst du es dir bitte jetzt gleich ansehen?«, insistiert sie. »Ich habe diese Art von Chemikalien noch nie zuvor gesehen. Ich weiß nicht, wie viel Schaden sie anrichten.«

Hephaistos streckt ungeduldig die Hand nach dem Blatt mit den Ergebnissen aus und reicht es an Thea weiter.

»Selbst schuld«, sagt er zu ihr. »Du wolltest diese Krums ja schließlich als Haustiere haben.«

Thea liest die Liste der Chemikalien durch. Ihr normalerweise so steinerner Gesichtsausdruck gerät ins Wanken.

»Das kann nicht stimmen«, sagt sie und gibt Hephaistos das Blatt wieder zurück.

Beide tauschen einen verwirrten Blick aus, dann springt Thea plötzlich auf.

»Was hast du vor?«, fragt Hephaistos überrascht.

»Jeden einzelnen Eingang nach Blackheath zu überprüfen«, antwortet sie.

47

Als Seth in das Labor gehumpelt kommt, findet er Clara dort allein über den Mikroproben-Scanner gebeugt vor.

Sie schaut vom Display auf, als sie ihn eintreten hört,und tut, als sei sie überrascht, ihn zu sehen. Er bleibt wie angewurzelt stehen und schaut sich staunend im Labor um. Das letzte Mal ist er wenige Tage nach dem Tod seiner Frau hier gewesen. An dem Tag, als sie starb, hatten sie zusammen den Nebel am Ende der Welt untersucht. Ihr Auftrag lautete, mithilfe eines Frequenzdetektors herauszufinden, auf welche Weise die darin befindlichen Insekten miteinander kommunizieren. Schon bevor sie die Grenze des Nebels erreichten, war ihr Tag nicht besonders gut verlaufen, und es sah so aus, als sollte er noch schlechter werden. Nachdem sie zunächst von einem Sturm vollkommen durchnässt wurden, gerieten sie in eine Strömung, die sie fast in den Nebel hineingezogen hätte. Es gelang ihnen gerade noch rechtzeitig, aus der Strömung herauszurudern. Sie aßen ein karges, enttäuschendes Picknick im Boot, wechselten sich auf dem Rückweg beim Rudern ab und schauten sich abends im Dorf ein Theaterstück an, das Judith geschrieben hatte.

Judiths Nase war den ganzen Tag verstopft gewesen, und sie hatte vor Kälte gezittert, aber sie sah nicht allzu krank aus und war ohnehin jemand, der sich so gut wie nie beschwerte. Als die Sperrstunde anbrach, schliefen sie fest umschlungen in den Armen des anderen ein. Am nächsten Morgen war sie tot. Sie war einfach so, ohne viel Aufhebens zu machen, von ihm gegangen.

Thea stellte Seth unter Quarantäne, für den Fall, dass eine Seuche die Todesursache war. Aber es war nur einer dieser unerklärlichen

Zufälle gewesen. Das Dorf beschützt seine Bewohner, gewährt ihnen ein Dach über dem Kopf – und gelegentlich tötet es sie. In jener Nacht hat es Seths Frau getötet.

Thea wollte, dass er weiterhin als Lehrling für sie arbeitete, aber jedes Mal, wenn er das Labor betrat, sah er ein Experiment, das Judith durchgeführt, einen Bericht, den sie geschrieben, oder einen Strauß Blumen, den sie gepflückt hatte. Nachdem er es ein paar Tage lang versucht hatte, blieb er unter irgendeinem Vorwand fort und kehrte nie wieder zurück. Soweit er sich erinnern kann, hat Thea danach kein einziges Wort mehr mit ihm gesprochen, was er immer als gerechtfertigt empfunden hat. Schließlich hatte er die ihm auferlegten Pflichten ignoriert und einen heiligen Dienst an der Gemeinschaft einfach so aufgegeben. Manchmal fragt er sich, ob es nicht die Enttäuschung über sich selbst ist, die die Enttäuschung über seine Tochter noch verstärkt.

Emory taucht im Türrahmen auf und sinkt erleichtert in sich zusammen, als sie feststellt, dass sich außer Clara und Seth niemand mehr im Labor befindet.

Als sie bemerkt, wie gedankenversunken ihr Vater dasteht, nimmt sie sich rasch eine Schere, schneidet ein Stück Stoff von seinem Hemd ab und reicht es Clara.

»Was tust du da?«, fragt er empört.

»Ich möchte wissen, wessen Blut du an deinen Kleidern hast«, antwortet sie fröhlich. »Hoffentlich können wir auf diesem Weg herausfinden, was du nach Anbruch der Sperrstunde getan hast, bevor Hephaistos dich tötet, um diese Information zu bekommen.«

Clara legt den Stoff unter den Scanner. Seth zieht derweil das Tuch weg, mit dem Niemas Leiche bedeckt ist. Selbst wenn nicht der größte Teil ihres Kopfes fehlen würde, wäre es immer noch ein grausiger Anblick. Nach ihrer Obduktion ist sie wie eine Flickendecke wieder zusammengenäht worden.

Hastig bedeckt er ihr Gesicht wieder und lässt sich auf einen Stuhl fallen. Er kann nicht fassen, dass einer so wunderbaren Person etwas so Entsetzliches zugestoßen ist. Trotz allem, was Emory ihm erzählt hat, ist er immer noch davon überzeugt, dass es ein Unfall oder ein fürchterliches Missverständnis gewesen sein muss.

Clara kommt mit Verbandszeug, Desinfektionsmittel und einem Pulver gegen die Schmerzen zu ihm herüber. Sie gibt etwas Pulver in ein Glas mit abgekochtem Wasser und reicht es ihrem Großvater. Während er trinkt, zieht sie sich einen Schemel heran, legt sein Bein hoch und untersucht die kreisförmige Wunde oberhalb seines Knöchels. Sie ist angeschwollen und sondert gelblichen Eiter ab.

»Das ist entzündet«, sagt sie. »Wie hast du dich verletzt?«

»Keine Ahnung«, antwortet er, während er versucht, seinen Stiefel auszuziehen. »Ich bin damit aufgewacht. Der Erinnerungsextraktor wird hoffentlich eine Erklärung dafür finden.«

»Du willst doch nicht allen Ernstes zulassen, dass Hephaistos dir dieses Ding aufsetzt?«, fragt Clara bestürzt, während sie die Wunde abtupft. »Die Ältesten sind nicht das, wofür wir sie gehalten haben, und sie haben nicht immer recht. Das habe ich mit eigenen Augen gesehen. Sie sind gewalttätig und selbstsüchtig. Sie verletzen andere. Man kann ihnen nicht trauen.«

»Wir wurden geschaffen, um ihnen zu dienen«, fügt Emory hinzu, die gerade den Erinnerungsextraktor untersucht. »Sie haben uns hergestellt, damit wir die Arbeiten für sie erledigen, die sie selbst nicht tun wollen.«

»Du sagst das, als wäre es wichtig oder hätte irgendwelche Konsequenzen«, entgegnet Seth. Er zuckt zusammen, als Clara ein Stück zerfetztes Fleisch von der Wunde abzieht. »Es gibt für einen Dorfbewohner keine größere Ehre, als sein Leben in den Dienst der Gemeinschaft zu stellen. Wir kümmern uns um andere, bevor wir uns um uns selbst kümmern. Mir scheint, du hast nichts entdeckt, was wir nicht schon längst gewusst hätten.«

»Sollten wir nicht die Freiheit haben, uns selbst für eine derartige Handlungsweise zu entscheiden?«, fragt Emory. Es frustriert sie, dass er sich so hartnäckig weigert, wütend zu werden.

»Kannst du garantieren, dass wir das dann auch tun würden?«, fragt er zurück, während er verzweifelt versucht, seinen anderen Fuß ebenfalls vom Stiefel zu befreien. »Es ist mir egal, ob ich ein Mensch bin oder nicht. Das ändert nichts daran, was für eine Art von Person ich bin oder was ich mit meinem Leben tun will. Mein Rücken juckt noch ganz genauso wie vor dem Moment, als du es mir erzählt hast. Mein Nacken schmerzt. Ich liebe das Meer. Ich mag keine gekochten Kartoffeln. Und heute Morgen bin ich über und über mit Blut besudelt und ohne meine beste Freundin aufgewacht.«

Mit einem lauten Ächzen gelingt es ihm endlich, den Stiefel auszuziehen. Er stellt ihn ordentlich neben seinen Stuhl. »Wenn meine vergessenen Erinnerungen dem Dorf helfen können, gebe ich sie gerne preis. Und bin stolz darauf.«

»Du trägst Shilpas Stiefel«, sagt Emory und nimmt einen davon in die Hand.

»Nein, das tue ich nicht.«

»Am Absatz fehlt ein Stück«, sagt sie und zeigt ihm den Beweis. »Du hast sie Shilpa letzte Nacht ausgezogen, während sie schlief.«

»Warum hätte ich ihr die Schuhe wegnehmen sollen?«, fragt er.

»Weil das Terrain jenseits der Farmen felsig ist«, erklärt Clara und schmiert Desinfektionsmittel auf die Wunde. »Du, ich und Mama, wir sind letzte Nacht zu Adils Hütte hinausgegangen und haben einen Karren hinter uns hergezogen. Du musstest unterwegs deine Sandalen gegen diese Stiefel hier austauschen.«

»Aber ich war letzte Nacht am Leuchtturm, zusammen mit Niema«, protestiert er.

»Du musst sie zurück ins Dorf gerudert haben.«

»Aber ich bin dort draußen aufgewacht«, stottert er. »Warum hätte ich noch mal den ganzen Weg dorthin zurückrudern sollen?«

Der Mikroproben-Scanner gibt erneut einen Piepton von sich, nachdem er die Analyse des Stoffs von Seths Kleidung beendet hat. Clara befestigt den Verband, den sie um seine Wunde gelegt hat, steht auf und geht zu dem Scanner hinüber.

»Wessen Blut ist es?«, fragt Seth und dreht sich auf seinem Stuhl zu ihr um, um ihr ins Gesicht sehen zu können. Er hat ganz unverkennbar Angst vor der Antwort. »Ist es Niemas?«

»Nein«, antwortet Clara mit zitternder Stimme. »Es ist Huis.«

48

Seth humpelt in Theas Labor aufgebracht im Kreis herum. Emory und Clara sehen ihm zu, die eine nachdenklich, die andere fassungslos.

»Hui war letzte Nacht nicht in meinem Boot«, sagt er zum vierten Mal. »Ich kannte das Mädchen kaum.«

»Es bedeutet wahrscheinlich nur, dass du dich in der Nähe der Vogeltränke aufgehalten hast, als sie angegriffen wurde«, sagt Emory.

»Ich bin auf dem Meer aufgewacht!«, knurrt er frustriert und wirft die Hände in die Luft. »Das ergibt alles nicht den geringsten Sinn.«

»Erzähl uns, was letzte Nacht passiert ist«, sagt Emory, die seine Frustration insgeheim genießt. »Alles, woran du dich erinnern kannst.«

Er schüttelt den Kopf, während er versucht, die einzelnen Bruchstücke zusammenzufügen.

»Es gibt nicht viel zu erzählen«, sagt er schließlich und streicht sich über den Schnurrbart. »Niema war schweigsam. Sie hat während der Fahrt nicht viel gesagt. Sie hat mir erzählt, dass die Insel ihr gehören würde, und dann hat sie mir Fragen über deine Mutter gestellt –«

»Sie wollte etwas über Mama wissen?«, unterbricht ihn Emory. In den zwanzig Jahren, die seit Judiths Tod vergangen sind, hat Niema nicht ein einziges Mal über sie geredet. Selbst in den Wochen nach der Begräbnisfeier – einer Zeit, in der Emory nichts anderes wollte, als Geschichten über ihre Mutter zu erzählen und ihre gemeinsame Zeit noch einmal zu durchleben – hat Niema immer sofort das Thema gewechselt.

»Ja«, antwortet Seth, verblüfft über Emorys plötzliches Interesse.

»Was wollte Niema über sie wissen?«

»Wie sie so war«, antwortet Seth und runzelt die Stirn über die Neugier seiner Tochter. »Warum ist das wichtig?«

»Ich weiß es nicht. Hat sie früher schon einmal Fragen über Mama gestellt?«

»Nein«, gibt er zu. »Wir haben auch nicht besonders lange über sie gesprochen. Adil wartete an der Anlegestelle des Leuchtturms auf uns. Ich glaube, das hat sie aus der Fassung gebracht. Abi muss sie dann beruhigt haben, denn sie hat mich gebeten anzulegen, und dann ist sie zusammen mit Adil zum Leuchtturm gegangen. Das ist das Letzte, woran ich mich erinnern kann.«

»Wie wirkte Adil auf dich?«

»Nervös, vielleicht. Wütend. Niema hatte Angst, aber sie wollte nicht, dass ich sie begleite. Ich bin im Boot eingeschlafen. Das ist das Letzte, woran ich mich erinnere, bis ich dann heute früh hiermit aufgewacht bin.«

Er hält seiner Tochter ein zusammengefaltetes Blatt Papier hin.

Emory nimmt es entgegen und stellt überrascht fest, dass sie das fehlende Blatt aus Magdalenes Skizzenblock in Händen hält. Wie sie es schon vermutet hatten, hat die Künstlerin die Geschehnisse des gestrigen Abends aufgezeichnet. Die Bandmitglieder stehen auf der Bühne und spielen auf ihren Instrumenten, die Dorfbewohner tanzen. Es sieht aus, als wäre eine Feier im Gange.

»Komm, sieh dir das mal an, Clara«, sagt Emory und winkt ihre Tochter zu sich. »Hui steht zusammen mit Niema neben der Vogeltränke und unterhält sich mit ihr. Sie hat ihre Geige in der Hand.«

Clara tippt mit dem Finger auf die Zeichnung von sich selbst, wie sie am äußersten Ende eines Tisches sitzt und einen Vogel schnitzt. Emory sitzt neben ihr und hat ihr einen Arm um die Schulter gelegt.

»Ich sehe traurig aus«, sagt sie.

»Das tun wir beide«, murmelt Emory.

»Ich schnitze immer nur, wenn es etwas gibt, über das ich nachdenken muss, oder wenn ich wegen irgendetwas aufgebracht bin und mich beruhigen will«, sagt Clara. »Was könnte Niema uns erzählt haben, das alle anderen überglücklich und uns so traurig gemacht hat?«

»Es war bestimmt nicht die Information, dass wir den Rest unseres Lebens damit verbringen müssen, den Menschen zu dienen, die in Blackheath gefangen sind«, sagt Emory. »Entweder hat Thea mich angelogen, oder Niema hat Thea angelogen.«

Sie dreht die Zeichnung um und starrt das merkwürdige Diagramm mit den Linien und Zahlen an.

»Adil hat früher immer solche Sachen gezeichnet«, sagt Seth. »Nach dem Unfall, bevor er verbannt wurde. Er hat sie nachts in die Wände geritzt. Wir haben solche Diagramme überall gefunden.«

»Was bedeuten sie?«, fragt Clara.

»Er wusste es selbst nicht«, antwortet Seth. »Er schien sie genauso verwirrend zu finden wie wir.«

»Das erinnert mich an Ben«, murmelt Emory. »Das hier ist deine Handschrift, Papa, oder?«

»Ein wenig krakelig, aber ja, das ist meine Handschrift.«

»Du musst dieses Blatt gestern Nacht aus Mags Skizzenbuch gerissen haben, weil du dringend ein Stück Papier brauchtest und nichts anderes zur Hand hattest«, sagt sie. »Was auch immer dieses Diagramm zu bedeuten hat, du wolltest es anscheinend so schnell wie möglich aufschreiben.«

Da sie aus dem Diagramm nicht schlau wird, dreht sie das Blatt wieder um und betrachtet die Zeichnung auf der anderen Seite. Es ist sehr merkwürdig, sich selbst hellwach dort sitzen zu sehen, wie sie etwas erlebt, an das sie sich jetzt nicht mehr erinnern kann.

»Warum sollte Niema nicht wollen, dass wir uns an irgendetwas davon erinnern?«, murmelt Clara in ihrem Rücken.

Emorys Augen weiten sich, als ihr plötzlich ein entsetzlicher Gedanke kommt. »Wo ist das Messer, das du zum Schnitzen deiner Vögel benutzt?«, fragt sie unvermittelt.

»In meiner Tasche«, antwortet Clara, während sie immer noch das Bild anstarrt.

»Leg es unter den Scanner.«

»Warum?«

»Tu es einfach, bitte.«

Der dringliche Tonfall ihrer Mutter jagt ihr Angst ein. Sie zieht das Messer aus seiner hölzernen Scheide und legt es unter den Scanner.

Eine Minute lang herrscht absolutes Schweigen, bis das Piepen der Maschine die Stille zerreißt. Clara beugt sich zum Display hinunter und liest widerstrebend das Ergebnis ab.

Sie schluckt und richtet sich kerzengerade auf.

»Es sind Spuren sowohl von Niemas als auch Huis Blut an der Klinge«, sagt sie und begegnet dem festen Blick ihrer Mutter. »Mein Messer ist die Mordwaffe.«

Emory marschiert zu dem Erinnerungsextraktor hinüber. Sie betrachtet ihn einen Moment lang, hebt ihn sich dann hoch über den Kopf und schmettert ihn zu Boden. Bruchstücke aus Metall und Glas fliegen durch den Raum.

Da ihr der Schaden noch nicht groß genug erscheint, tritt sie, so fest sie kann, darauf herum.

»Hör auf!«, ruft Seth und versucht, sie fortzuziehen, doch sie reißt sich los und springt mit beiden Füßen und einer solchen Wucht auf den Apparat, dass etwas in seinem Innern zerbirst. Ein leuchtend rotes Gel strömt zu beiden Seiten heraus.

»Was hast du getan?«, brüllt er.

»Ich habe das Leben meiner Familie gerettet«, antwortet sie keuchend. »Bitte sehr, gern geschehen.«

49

Emory marschiert nach draußen und schreit ihre Wut in den violetten Himmel hinauf. Das trägt ihr die erstaunten Blicke von ein paar Dorfbewohnern ein, die sich gerade in der Nähe befinden.

Sie hat ihren Vater im Labor zurückgelassen, wo er den Erinnerungsextraktor in den Armen wiegt, als sei er ein verletztes Tier. Trotz all der Dinge, die sie in Erfahrung gebracht haben, ist er immer noch wütend auf sie, weil sie es wagt, sich den Ältesten zu widersetzen. Wie kann sein Glaube an die Ältesten so unerschütterlich sein, während er gleichzeitig so wenig an seine Tochter glaubt?

Sie spürt, wie sich Claras Arm um ihre Taille schlingt und sie ihren Kopf an den Rücken ihrer Mutter lehnt, wie früher, wenn sie als kleines Mädchen getröstet werden wollte. Emory kann sich nicht daran erinnern, dass sie das seitdem noch einmal gemacht hätte.

»Alles in Ordnung bei dir?«, fragt Clara.

»Er ist ein Idiot«, verkündet Emory mit geballten Fäusten.

»Er denkt wahrscheinlich gerade dasselbe über dich.«

»Ergreif jetzt bloß nicht seine Partei«, sagt Emory hitzig. »Du bist schließlich hier rausgekommen, was bedeutet, dass du auf meiner Seite bist, und wenn du auf meiner Seite bist, musst du genauso wütend auf ihn sein wie ich!«

Clara gibt ein spielerisches Bellen von sich und bringt ihre Mutter damit zum Lachen.

»Ich glaube, du weißt gar nicht, wie Wut überhaupt geht«, sagt Emory und beruhigt sich allmählich wieder.

Ameisen krabbeln über ihre Füße. Sie wandern in riesigen schwarzen Kolonnen zum Kasernenhof hinüber in der Hoffnung, dort ein paar Essenreste abzubekommen, die von den Tischen herabfallen. Sie werden enttäuscht sein, denkt Emory. Ein Großteil der Vorräte wird immer noch vermisst. Das Begräbnisfestmahl besteht lediglich aus Resten und noch nicht ganz reifem Gemüse, das man zu früh geerntet hat.

Emory ergreift die Hände ihrer Tochter. Sie sind schmutzig, heiß und wund. Ihre Arme sind glatt und dünn und mit zahlreichen Sommersprossen übersät. Das ist das Einzige an ihr, was sich nicht verändert hat, seit sie klein war.

»Was hast du, mein Schatz?«, fragt Emory sanft.

»Warum war Huis Blut an meinem Messer, Mama? Ich würde ihr nie etwas zuleide tun, ganz egal aus welchem Grund.«

»Natürlich würdest du das nicht«, sagt Emory. Sie dreht sich um und starrt in das verstörte Gesicht ihrer Tochter, bestürzt darüber, wohin ihre Gedanken sie geführt haben. »Das Verbrechen ist im Affekt geschehen. Du saßest mit einem Messer in der Nähe der Vogeltränke. Wer auch immer Hui und Niema angegriffen hat, hat dir das Messer aus der Hand gerissen, weil es die nächstbeste Waffe war. Wenn es ein Hammer gewesen wäre oder eine Säge, dann hätte der Mörder eben das benutzt.«

Emory umfasst Claras Wangen mit beiden Händen und schaut ihrer Tochter tief in die Augen.

»Das Einzige, was ich ganz sicher weiß, ist, dass du nichts damit zu tun hattest«, sagt Emory. »Du hast ein viel zu großes Herz dafür.«

»Was ist, wenn du dich irrst? Ich war so wütend auf Hui, weil sie mich so abweisend behandelt hat. Ich dachte, sie … Was ist, wenn ich rotgesehen und etwas ganz Furchtbares getan habe?«

»Wir haben noch immer keine Beweise dafür entdeckt, dass Hui tatsächlich tot ist. Dein Großvater ist mit ihrem Blut auf seinem Hemd aufgewacht, wahrscheinlich, weil er Zeuge war, wie sie in der Nähe der Vogeltränke angegriffen wurde. Er würde ihr nie etwas antun, also hat er vermutlich versucht, ihr zu helfen. Er war lange Zeit einer von Theas Lehrlingen, und das bedeutet, dass er von ihr Unterricht in Erster Hilfe bekommen hat und wahrscheinlich auch sehr gut darin ist, weil er weiß, wie gefährlich die Arbeit eines Lehrlings sein kann. Ich glaube, wir drei haben Hui in diesen Karren gelegt und sie zu Adils Hütte gebracht, auch wenn an diesem Punkt meine Theorie dann leider in sich zusammenfällt, weil ich keine Ahnung habe, warum wir das hätten tun sollen. Ich kann nur vermuten, dass Adil sie von dort aus woandershin gebracht hat. Und dafür hätte keine Notwendigkeit bestanden, wenn sie tot gewesen wäre.«

Clara richtet sich auf und hebt den Kopf. Sie wagt es, wieder ein wenig zu hoffen.

»Danke«, flüstert sie.

»Ich denke einfach nur laut«, sagt Emory und reibt sich erschöpft die Augen. »Und ich bin mir nicht sicher, dass uns das der Entlarvung des Mörders auch nur ein winziges Stück näher bringt.«

Sie spitzt die Ohren, denn sie hat vom Kasernenhof her das Klirren von Besteck gehört. In einer Stunde beginnt die Nachtruhe, die Begräbnisfeier ist zu Ende, und die Dorfbewohner fangen an, den Hof aufzuräumen.

»Ich denke, es ist an der Zeit, dass wir allen erzählen, was hier auf der Insel vor sich geht«, sagt sie.

50

Emory betritt nervös die Bühne und hebt die Hände, um die Aufmerksamkeit aller auf sich lenken.

Die Dorfbewohner sind damit beschäftigt, die Tische aufzuräumen und die Dekorationen abzuhängen, aber alles geschieht nur halb so schnell wie gewöhnlich. Normalerweise würden sie sich jetzt bereits zum Schlafengehen fertig machen, aber sie haben Angst, allein zu sein.

Während der letzten zwei Stunden konnten sie an nichts anderes denken als an den immer näher rückenden Nebel. Sie haben mich mit Fragen bombardiert, die ich ihnen nicht beantworten konnte, und nach den Ältesten gesucht, die beide verschwunden sind. Sie haben das Gefühl, dass man sie im Stich gelassen hat, und Emorys nervöses Gezappel auf der Bühne hilft dagegen nicht gerade. Sie haben auf Thea oder Hephaistos gehofft. Auf jemanden mit Autorität. Auf jemanden, der Antworten für sie hat.

Emory hingegen ist die Verkörperung all ihrer Zweifel.

Ihr ganzes Leben schon hat sie sie mit ihren Fragen verunsichert, hat auf Unstimmigkeiten hingewiesen, vor denen sie lieber die Augen verschlossen hätten, und sie mit der Existenz von Geheimnissen konfrontiert, die zu ignorieren sie sich sehr angestrengt hatten. Sie haben gelernt, dass es das Beste ist, ihr so gut es geht aus dem Weg zu gehen, und sind sogar während des gemeinsamen Abendessens von ihr fortgerückt, bis sie schließlich jeden Abend allein am Tisch saß, wie eine einsame kleine Insel.

»Wir wurden angelogen«, sagt Emory unverblümt, als sich ihr endlich alle Gesichter zugewandt haben. »Sowohl von den Ältesten als auch von Abi. Wir sind keine Menschen. Wir sind etwas, das die Menschen hergestellt haben. Sie züchten uns im Krater, damit wir ihnen dienen, und wir sterben, wenn wir sechzig Jahre alt werden, weil sie das so festgelegt haben.«

Die Dorfbewohner geben ein überraschtes Murmeln von sich, begegnen dieser Information jedoch ansonsten lediglich mit gespannter Aufmerksamkeit. Sie warten darauf, dass sie weiterredet.

Emory hatte mit Wut gerechnet oder mit Ungläubigkeit – etwas, das sie in ihrer Rede in irgendeiner Form angefeuert hätte. Doch aus dieser stumpfen Erwartungshaltung, die sie da vor sich sieht, lässt sich keine Energie gewinnen. Es kommt ihr vor, als würde sie versuchen, auf Wasser zu tanzen.

Verzweifelt redet sie weiter. Sie erzählt ihnen von den Menschen, die in Blackheath in den Stasiskammern liegen, und dass die Dorfbewohner jede Nacht ihre Betten verlassen, um die Geräte zu warten, die diese Menschen am Leben erhalten. Sie stolpert über ihre eigenen Worte, verstummt kurz und geht dann alles noch einmal durch, um eventuelle Verständnislücken zu füllen.

Die Reaktion bleibt gedämpft.

Die Dorfbewohner nicken und murmeln. Die Informationen sinken in sie hinein wie ein Stein, der in einem Fass voller Honig untergeht.

Ihr ganzes Leben lang wurde ihnen genau gesagt, was wichtig ist, worüber sie sich Gedanken machen sollen und wann es angebracht ist, neugierig zu sein. Sie waren noch nie zuvor gezwungen, so viele Dinge ganz allein zu verarbeiten.

Emory ist es unter ihren prüfenden Blicken sehr unbehaglich zumute. Sie weiß nicht, was sie noch sagen soll.

»Gib ihnen Hoffnung«, sage ich sanft. »Sie haben Angst. Sie brauchen Hoffnung.«

Wir stecken wirklich in schlimmen Schwierigkeiten, wenn sie Hoffnung von mir brauchen, denkt sie. *Wie viele Leute haben sich nach einer Unterhaltung mit mir jemals besser gefühlt?*

Sie lässt ihren Blick über die Gesichter schweifen, während sie nach den richtigen Worten sucht.

»Niema ist nicht durch einen Unfall gestorben«, platzt es dann aus ihr heraus, weil ihr ansonsten nichts einfällt. »Sie wurde umgebracht. Ihr Tod ist der Grund dafür, dass der Nebel auf die Insel zukommt. Wenn es mir gelingt, herauszufinden, wer für Niemas Tod verantwortlich ist, können wir die Barriere wieder hochziehen. Dann können wir uns retten.«

Unbehagen breitet sich in der Menge aus, gefolgt von aufgeregten Fragen, als sie begreifen, was Emory da gerade gesagt hat.

Emory entdeckt Magdalene, die auf dem Rand des Brunnens sitzt. Ihre Freundin zeichnet die Szene hastig mit einem Kohlestift, was Emory nur noch nervöser macht. Es ist eine Sache, als Sprecherin für das Ende der Welt aufzutreten, aber eine ganz andere, wenn jemand das alles auch noch dokumentiert.

Ein wenig entfernt von den anderen entdeckt sie Ben. Er zeichnet mit einem Stöckchen etwas in den Staub, während Sherko ihm besorgt dabei zuschaut. Clara kniet neben den beiden auf der Erde und betrachtet die Zeichnung mit gerunzelter Stirn. Es muss sich um weitere Gleichungen handeln, denkt Emory.

»Wie hilft uns die Entlarvung von Niemas Mörder dabei, die Barriere wieder hochzuziehen?«, fragt Seth, der mit verschränkten Armen in der Nähe der Küche im Schatten steht.

Emory war noch gar nicht aufgefallen, dass ihr Vater auch da ist. Sofort steigt die Wut von eben wieder in ihr hoch.

»Sobald der Mörder ein Geständnis abgelegt hat, wird Hephaistos ihn hinrichten«, sagt sie. Sie hasst die Worte, die da aus ihrem eigenen Mund kommen. Es klingt, als würde sie dieses Vorgehen billigen. Als würde sie einen Mord gutheißen.

Von allen Seiten sind laute Protestrufe zu hören.

»Nein! Es muss einen anderen Weg geben!«, ruft Johannes und springt wütend auf.

»Abi hat diese Regel aufgestellt«, verteidigt Clara ihre Mutter.

»Emory tut nur, was Abi von ihr verlangt. Geh doch lieber zu Hephaistos und brüll den an! Er hätte die Hälfte von uns längst umgebracht, wenn meine Mutter nicht gewesen wäre.«

Sie starrt Johannes wütend an, bis dieser sich verschämt über seinen Ausbruch wieder hinsetzt.

»Hast du denn gar kein Problem damit, Emory?«, fragt Seth und tritt aus dem Schatten heraus. »Jemanden zum Tode zu verurteilen?«

Ihre Entschlossenheit gerät ins Wanken. Plötzlich ist sie sich ihrer selbst nicht mehr so sicher. Wenn sie ehrlich sein soll, hatte sie gar nicht so weit in die Zukunft gedacht. Sie war ausschließlich damit beschäftigt gewesen, Fragen zu stellen, statt sich mit den Konsequenzen auseinanderzusetzen, die deren Beantwortung nach sich ziehen könnte.

»Der Nebel wird diese Insel in weniger als anderthalb Tagen erreichen«, entgegnet sie ausweichend.

»Wir töten niemanden, Emory«, sagt er. »Wir helfen auch anderen nicht dabei, einen Vorwand zum Töten zu finden. Wir verraten nicht plötzlich alles, woran wir glauben, nur weil wir Angst haben oder wütend sind.«

»Was möchtest du denn, das ich stattdessen tue, Papa?«, fragt sie vorwurfsvoll. »Soll ich aufhören zu suchen?«

»Nein, aber ich möchte, dass du es mit offenen Augen tust. Das ist deine Ermittlung, aber sobald du deine Antwort hast, bitte ich dich, sehr sorgfältig darüber nachzudenken, was du damit tun willst. Wir können im Kratergarten überleben. Das erfordert zwar einige sehr schwierige Entscheidungen, aber das wäre mir lieber, als mit dem Wissen leben zu müssen, dass wir jemanden getötet haben, um uns selbst zu retten.«

Aus der Menge sind zustimmende Rufe zu hören. Sie beschämen die arme Emory, die das Gefühl hat, als wäre sie zum Vorreiter eines Plans geworden, der gar nicht ihr eigener war.

»Emory hat diese Regeln nicht aufgestellt«, sage ich in den Gedanken der Dorfbewohner, um sie zu besänftigen. »Sie tut nur das, womit Thea und ich sie beauftragt haben.«

Als sich endlich alle beruhigt haben, ergreift Emory erneut das Wort.

»Unser ganzes Leben lang hat man von uns verlangt, Dinge, die uns seltsam vorkamen, zu akzeptieren, ohne sie zu hinterfragen. Aber das funktioniert jetzt nicht mehr. Wir haben keine Zeit mehr, um höfliche Zurückhaltung walten zu lassen. Wenn einer von euch irgendetwas Ungewöhnliches gesehen hat, dann sagt mir das bitte. Wenn euch in den letzten Tagen etwas aufgefallen ist, was ihr merkwürdig fandet, dann muss ich das wissen. Die kleinste Kleinigkeit könnte mir helfen, ganz egal, was.«

In dem Schweigen, das nun eintritt, zermartern sich die Leute das Gehirn. Emory wischt sich den Schweiß von der Stirn. Dabei fällt ihr auf, dass ihre Hand zittert. Sie hasst es, hier oben zu stehen, vor all diesen Leuten. So etwas hat sie immer schon gehasst. Es ist eine Inszenierung. Und die meisten Inszenierungen sind Lügen.

Caoimhin hebt die Hand.

»Wir haben merkwürdige Sachen geträumt«, sagt er zögerlich. »Ich weiß nicht, ob es wichtig ist, aber ein paar von uns hatten denselben Traum.«

Er schaut seine Freunde hilfesuchend an, aber die wenigsten schaffen es, ihm ins Gesicht zu sehen. Sie haben rote Gesichter, schämen sich, kneten ihre Hände und rutschen auf ihren Stühlen hin und her.

»Worum ging es in dem Traum?«, fragt Emory.

»Wir haben …« Er leckt sich nervös über die Lippen. »Wir haben Hephaistos angegriffen. Wir alle. Wir haben ihn quer durch das Dorf gejagt, und dann haben wir …«

»Dann habt ihr was?«

»Ihn zu Boden gerissen«, antwortet er, ganz offenbar angewidert. »Die anderen haben versucht, ihn am Aufstehen zu hindern.«

Portia hebt nun ebenfalls die Hand. »Ich hatte diesen Traum

auch«, sagt sie. Sie klingt, als wäre ihr schlecht. »Aber in meinem Traum war es Thea, die ich festgehalten habe. Ich habe ihr wehgetan, das weiß ich ganz genau.« Ihre Reue ist so groß, dass sie für das ganze Dorf reichen würde. »Sie hat immer wieder versucht, sich zu befreien, aber ich habe sie nicht losgelassen.«

Ein paar von den anderen murmeln zustimmend, als sie sich an ihre eigenen Träume erinnern.

»Sonst noch etwas?«, fragt Emory.

Portia nickt grimmig. »Ich hatte etwas Scharfes in der Hand«, sagt sie. »Ich glaube, ich habe versucht, sie zu erstechen.«

51

Emory hat gar nicht gemerkt, dass sie eingeschlafen ist. Deshalb ist sie völlig verwirrt, als sie von der Bank, auf der sie liegt, plötzlich in die Höhe fährt und feststellt, dass das gesamte Dorf in pechschwarze Dunkelheit getaucht ist. Die Schwärze scheint von den Bäumen zu tropfen und sich in Pfützen auf der Erde zu sammeln.

Sie hebt die Hände und stellt fest, dass sie kaum noch ihre Finger erkennen kann. Der einzige Grund, dass sie überhaupt etwas sehen kann, ist der Vollmond, der am Himmel steht und von mehr Sternen umgeben ist, als sie je für möglich gehalten hätte. Es kommt ihr so vor, als hätte man das Licht der ganzen Welt zu einem Haufen zusammengefegt und daneben ein paar verstreute Krümel liegen gelassen.

Als sich ihre Augen an die Dunkelheit gewöhnt haben, bemerkt sie, dass der Kasernenhof nicht so leer ist, wie sie gedacht hatte. Ihr Vater liegt nur wenige Schritte von ihr entfernt auf der Bühne und schnarcht leise.

»Wie spät ist es?«, fragt sie benommen.

»22:17 Uhr«, antworte ich. »Du bist eingeschlafen, während die anderen fertig aufgeräumt haben. Niemand hat es übers Herz gebracht, dich zu wecken.«

»Was ist mit ihm?«, fragt sie und weist mit dem Daumen zu Seth hinüber.

»Er wollte dich nicht allein lassen«, sage ich.

Über dem Kasernendach taucht die Gondel der Seilbahn auf und gleitet weiter zum Krater hoch. Das Licht des Mondes spiegelt sich in ihren Fenstern. Aus dieser Entfernung sieht sie aus wie ein

Kokon, der sich in einem Spinnennetz verfangen hat. Emory erschaudert, als sie sich eine gigantische Spinne vorstellt, die dort oben in der Dunkelheit lauert.

Das Klappern der Metallstufen lenkt ihre Aufmerksamkeit zu den Balkonen hinüber.

Zahlreiche Dorfbewohner kommen aus ihren Schlafräumen und gehen im Gänsemarsch die Treppe hinunter. Erleichtert, wenn auch überrascht, ihre vertrauten Gesichter zu sehen, ruft sie ihnen eine Begrüßung zu. Doch sie schauen weder auf, noch scheinen sie ihre Gegenwart überhaupt zur Kenntnis zu nehmen.

Tatsächlich sind sie vollkommen still. Normalerweise sind die Dorfbewohner niemals still, wenn sie etwas tun. Ganz gleich, worum es sich dabei handelt.

Emory runzelt die Stirn. Ihr fällt auf, dass ihr Gang etwas Merkwürdiges an sich hat. Alle halten genau denselben Abstand zu ihrem jeweiligen Vordermann ein. Ihre Schultern sind exakt gleich ausgerichtet, und ihre Arme schwingen im selben Rhythmus hin und her. Einige von ihnen gehen zum Tor hinaus, andere reihen sich in die lange Schlange ein, die sich um die Kaserne herum bis zum Hinterhof erstreckt.

Emory geht zu Claudia hinüber, die ihr am nächsten ist. Sie ruft ihren Namen, aber als sie darauf nicht reagiert, stellt sie sich ihr direkt in den Weg und versucht, sie aufzuhalten. Claudia weicht ihr einfach aus und geht dann weiter. Sie hat die Augen geschlossen.

»Sie schläft«, sagt Emory erstaunt.

»Ja«, bestätige ich.

»Du hast die Kontrolle über sie übernommen.«

»Für die Arbeiten, die auf der Insel anfallen, ist eine ausführliche Kenntnis der Elektronik, Metallverarbeitung, Unterwasserreparatur, des Bauwesens, der Schweißtechnik, des Gartenbaus und der Schaltungstechnik notwendig. Es würde Jahre dauern, jemandem das Fachwissen auch nur auf einem einzigen dieser Gebiete zu vermitteln. Es ist daher viel effizienter, wenn ich diese Aufgaben selbst durch die Angehörigen deines Volks erledigen lasse, statt bei jeder Generation mit meinem Unterricht wieder von vorn zu beginnen.«

Emory denkt an all jene Morgen zurück, an denen sie mit Kratzern an den Beinen, schmerzenden Muskeln und Dreck unter den Fingernägeln aufgewacht ist.

»Wenn ich fertig bin, werden alle wieder zu ihren Schlafräumen zurückgebracht«, sage ich. »Sie bekommen überhaupt nicht mit, was mit ihnen geschieht.«

»Das heißt noch lange nicht, dass es richtig ist, sie so zu behandeln«, entgegnet Emory. »Das solltest du doch selbst am besten wissen.«

»Es war nie mein Auftrag, das ›Richtige‹ zu tun, Emory. Niema hat mich damit betraut, das Dorf zu überwachen und dafür zu sorgen, dass dessen Betrieb mit maximaler Effizienz funktioniert. All diese Aufgaben sind notwendig, um das Überleben der Menschheit zu sichern.«

Emory folgt der Schlange in den Hinterhof. Dort warten die Dorfbewohner in ordentlich aufgeteilten Gruppen darauf, die Gondel der Seilbahn zu betreten. Das Ganze erinnert sie an die Puzzleaufgaben, die ihre Mutter ihr immer gegeben hat, als sie noch klein war, und bei denen sie merkwürdig geformte Einzelteile in den Rahmen einfügen musste, aus dem sie herausgenommen worden waren. Sie liebte diese Puzzles und hat voller Eifer Stunden damit verbracht, sie zu lösen.

»Wie siehst du uns, Abi?«, fragt sie, als die Gondel wieder nach oben gleitet und eine Gruppe schlafender Dorfbewohner mit sich fortnimmt. »Wie Bienen in einem Bienenstock?«

»Eher wie den Inhalt eines Werkzeugkastens. Jeder Einzelne von euch muss gepflegt und gewartet werden, damit ich meine Arbeit erledigen kann. Gelegentlich müsst ihr auch ersetzt werden.«

Emory hat das Gefühl, als hätte man sie geohrfeigt. Sie hat immer gewusst, dass die Dorfbewohner für Thea nicht die geringste Bedeutung hatten, dass sie sie für verzichtbar und leicht zu ersetzen hielt. Aber sie ist nie auf die Idee gekommen, dass ich diese Ansicht teilen könnte. Emory hat mich immer als gütig, mitfühlend und liebevoll erlebt, als jemanden, der stets nur das Beste für sie wollte, ohne Hintergedanken. Ich habe ihr gegenüber nie ein scharfes Wort geäußert oder sie in irgendeiner Form verletzt. Ich habe ihr bei ihren Triumphen zugejubelt und sie bei ihren Niederlagen getröstet. Ich habe schmerzende Nervenstränge betäubt, wenn sie sich einen Knochen gebrochen hatte, und habe sie ermutigt, wenn ihr ein Unglück zugestoßen war. Es ist nur allzu verständlich, dass sie das mit Liebe verwechselt und diese vermeintliche Liebe erwidert hat.

Sie geht an der Schlange entlang zurück zum Kasernenhof und hält Ausschau nach Claras Gesicht.

»Ist meine Tochter hier?«

»Heute Nacht nicht«, antworte ich schlicht.

Emory reibt sich die müden Augen, unterdrückt ein Gähnen und versucht zu entscheiden, was zu tun ist. Sie hasst, was gerade mit ihren Freunden geschieht, aber jetzt ist nicht der richtige Moment, um sich damit auseinanderzusetzen. Sie kann sich weder traurig in eine Ecke verkriechen noch ihre Wut als Schutzschild verwenden. Der Nebel kommt immer näher, und es gibt immer noch so viel, was sie nicht weiß.

Sie holt sich eine der Kerzen aus der Küche und zündet sie mithilfe eines Funkenschlägers und eines Feuersteins an. Die Kerze enthält ein Pflanzenöl aus dem Kratergarten, ihre Flamme verbreitet einen süßlichen Duft. Emory drängt sich an den Dorfbewohnern vorbei und geht die Treppe hinauf in Magdalenes Schlafraum. Ihre Freundin schläft friedlich, wohingegen Sherko im Schlaf vor sich hin murmelt und die Bettdecke umklammert hält.

Sie setzt sich im Schneidersitz auf einen Sessel und pustet die Kerze aus.

Eine halbe Stunde später hört sie müde Schritte, die sich zum Schlafraum hinaufschleppen. Am Fenster gleitet ein Schatten vorbei, dann hört sie, wie jemand von einem unkontrollierbaren Hustenanfall geschüttelt wird.

Emory kann nicht erkennen, wer da hustet, aber sie weiß, was das zu bedeuten hat. Es ist wie das entsetzliche Knirschen tief im Innern eines Getriebes – das Geräusch von etwas, das unwiderruflich zerbrochen ist. Ihre Großmutter ist auf dieselbe Weise gestorben, gekrümmt vor Schmerzen und mit blutbefleckten Händen, die sie sich schützend vor den Mund gehalten hatte.

Leute, die so husten, tun das nicht mehr lange. Die Stunden, die ihnen noch verbleiben, rinnen ihnen von einem grässlichen Lärm begleitet durch die Finger.

Als der Husten endlich nachgelassen hat, kommt Adil durch die Tür geschlurft. Er trocknet sich die Lippen mit einem Taschentuch ab, seine gekrümmte Silhouette hebt sich im Licht des Mondes gegen den Nachthimmel ab.

»Hallo, Adil«, sagt Emory und zündet die Kerze wieder an.

Er zuckt zusammen und wendet das geblendete Gesicht von dem unerwarteten Lichtschein ab. Schockiert stellt sie fest, wie gebrechlich er geworden ist. Sein Gesicht ist eingefallen, seine zusammengekniffenen Augen sind matt und glanzlos, sein Hals ist unsäglich mager, und seine grau und schütter gewordenen Haare haben sich von seiner Stirn zurückgezogen wie das Meer bei Ebbe. Er ist erst achtundfünfzig, sieht jedoch sehr viel älter aus.

»Woher wusstest du, dass ich hierherkommen würde?«, fragt er und schaut draußen auf den Balkon, um sicherzugehen, dass Emory nicht etwa einen der Ältesten mitgebracht hat.

»In deiner Hütte steht kein Bett, also habe ich mir gedacht, dass du nicht dort schläfst«, erklärt sie. »Und Mags hat mir vor einer Weile erzählt, dass Sherko in letzter Zeit ständig alle Bilder geraderückt. Das war eine von deinen merkwürdigen Angewohnheiten, stimmt's? Als ich dann erfuhr, dass du noch am Leben bist, kam mir der Gedanke, dass du vielleicht entschieden haben könntest, den Begriff ›Verbannung‹ ein wenig freier auszulegen.«

»Die Regel lautete, dass ich mit niemandem aus meinem früheren Leben reden dürfe. Falls ich das doch tat, würde man meine Familie töten.« Er zuckt mit seinen dünnen Schultern. »Solange ich vor Tagesanbruch wieder verschwinde, geschieht niemandem ein Leid.«

Er küsst Sherko auf die Stirn.

»Ich habe ihn nie kennengelernt, verstehst du?«, fragt er. »Ich wurde in die Verbannung geschickt, bevor Abi ihn in Magdalenes Obhut gegeben hat.«

Sein Gesicht verdüstert sich, als ihm im Zusammenhang damit ein weiterer Gedanke kommt.

»In der alten Welt durfte jeder Kinder haben. Man brauchte keine Erlaubnis dazu. Man hatte es nicht nötig, um irgendwelche Privilegien zu betteln.«

»Aber wir sind keine Menschen, nicht wahr?«, erinnert Emory ihn. Sie beobachtet seine Reaktion, um herauszufinden, wie viel er weiß.

Adil verschränkt die Hände. *Er ist nervös*, denkt sie. *Er versucht, das vor mir zu verbergen, aber er kann nicht stillhalten.*

»Du klingst, als wärst du traurig deswegen«, sagt er und küsst nun auch Magdalene auf die Stirn. Er folgt damit ganz offenbar einer Tradition, die er während der vergangenen Jahre für sich geschaffen hat. Selbst im Exil ist er immer noch durch und durch ein Dorfbewohner. Von der Routine seines alten Lebens abgeschnitten, hat er sich eine neue Routine geschaffen.

»Man hat uns belogen«, sagt sie, selbst überrascht über die Bitterkeit, die sie bei diesen Worten verspürt.

»Unsere Herkunft ist wohl kaum das Schlimmste an der Sache«, entgegnet Adil mit jenem belehrenden Unterton, der immer schon typisch für ihn war und an den sie sich noch gut erinnern kann. »Einer der Vorteile, wenn man in die Verbannung geschickt und von der Herde abgetrennt wird, besteht darin, dass man dem Hirten bei der Arbeit zusehen kann. Ich habe die Ältesten während der letzten fünf Jahre stets im Auge behalten, und sie führen ein grauenhaftes Leben. Glaub mir, es ist ein Segen, kein Mensch zu sein.«

»Wir sterben, wenn wir sechzig werden!«, widerspricht sie ihm.

»Und die meisten von uns genießen jede einzelne Sekunde ihrer Lebenszeit. Niema war über hundertsiebzig Jahre alt, als sie ermordet wurde, und ich wette, wirklich glücklich war sie während ihres gesamten Lebens höchstens zehn Jahre lang. Thea und Hephaistos steht diese ganze Insel zu ihrer freien Verfügung, mit all ihren Wundern und all ihrer Schönheit, und sie sind trotzdem jeden Tag todunglücklich. Stell dir nur vor, du wärst innerlich so verkümmert, dass du an diesem Ort keine Freude mehr empfinden könntest.«

Seine Stimme ist voller Abscheu.

»Du hasst sie«, sagt Emory erstaunt.

»Du etwa nicht?«, fragt er zurück und zieht eine Augenbraue in die Höhe. »Thea hat deinen Mann in den Tod geschickt. Hephaistos hat dich vor ein paar Stunden fast umgebracht, und Niemas Arroganz hat den Nebel auf diese Insel losgelassen. Die Ältesten sind egoistisch, gewalttätig und kurzsichtig. Erklär mir doch bitte, was uns fehlen würde, wenn Hephaistos und Thea dasselbe Schicksal erleiden würden wie Niema?«

»Willst du sie etwa umbringen?«

»Würdest du dich mir in den Weg stellen, wenn dem so wäre?«

»Ja«, antwortet Emory, ohne zu zögern.

Er kommt einen Schritt auf sie zu und legt den Kopf schief. Sie hat das Gefühl, als würde sie unter ein Mikroskop gelegt und nach allen Seiten gedreht, um herauszufinden, aus welchem Grund sie immer noch zappelt.

»Warum?« Seine Stimme klingt barsch. Es ist keine Frage. Es ist eine Forderung. Eine Kampfansage.

»Weil wir niemanden töten.«

»Wir hatten noch nie einen Grund dazu.«

Emorys Kehle ist trocken. Sie muss sich zwingen, seinem Blick standzuhalten. Niemand im Dorf hat jemals solche Worte ausgesprochen. Bis zu diesem Augenblick hätte sie es nicht für möglich gehalten, dass ein Dorfbewohner dazu fähig ist, eine solche Verworfenheit auch nur zu begreifen.

»Sie sind die einzigen Personen auf dieser Insel, die wissen, wie man uns züchtet«, argumentiert sie. »Wenn eine der Hülsen im Kratergarten kaputtgehen sollte, wissen sie, wie man sie wieder in Ordnung bringt. Ob du sie nun magst oder nicht – wir könnten ohne sie nicht überleben.«

Adil schüttelt den Kopf und gestikuliert wild mit den Armen. »Abi könnte es uns beibringen. Und selbst wenn nicht, wäre ich trotzdem nicht bereit, ihre Herrschaft über uns als Preis für unsere Existenz zu akzeptieren.«

»Du würdest sie lieber töten?«

»Das würde ich.«

»Und mit Niema hast du angefangen«, sagt Emory in der Hoffnung, ihm mit dieser plötzlichen Anschuldigung die Wahrheit zu entlocken. »Wusstest du, dass das den Zusammenbruch der Barriere nach sich ziehen würde?«

Sie kann sehen, wie sich eine Lüge auf seinen Lippen formt, also unterbricht sie ihn, bevor er sie aussprechen kann. »Mein Vater hat letzte Nacht gesehen, wie du an der Anlegestelle des Leuchtturms auf sie gewartet hast.«

»Ich gebe zu, ich bin mit der Absicht dorthin gerudert, sie zu töten«, gesteht er. »Niema ist der Grund dafür, dass ich die letzten fünf Jahre in vollständiger Einsamkeit verbringen musste und nicht bei den Personen sein durfte, die ich am meisten liebe. Ich bin ihr seit Monaten gefolgt, habe auf eine Gelegenheit gewartet, und dann, plötzlich, aus heiterem Himmel hat Abi mir gesagt, wo Niema am gestrigen Abend sein würde.«

Er schüttelt den Kopf, offenbar immer noch verblüfft über diese ganze Geschichte.

»Ich war so ungeduldig, dass ich eine ganze Stunde zu früh da war. Ich war fest entschlossen, es zu tun, Emory, aber dann habe ich deinen Vater im Boot sitzen sehen, und da wurde mir schlagartig klar, welchen Preis ich dafür bezahlen würde. Wenn ich Niema getötet hätte, hätten alle, die ich liebe, sterben müssen. Hephaistos hätte garantiert dafür gesorgt.«

Er streckt eine seiner mit geschwollenen Adern überzogenen Hände nach ihr aus. »Ich war ihr so nah, wie ich dir jetzt bin, aber ich konnte es nicht tun. Kannst du dir das vorstellen? Kannst du dir vorstellen, wie das ist, wenn ein derart schrecklicher Hass in dir brennt und du dich nicht davon erlösen kannst? Ich wollte abhauen, aber Niema hat mich gebeten, mit ihr zusammen zum Leuchtturm hochzugehen. Völlig unerwartet hat sie sich plötzlich für meine Verbannung entschuldigt. Sie hat sich dafür entschuldigt, wie man mich behandelt hat. Sie hat mir gesagt, sie wolle von nun an so leben wie die Dorfbewohner, ohne Lügen und Geheimnisse, die zwischen ihr und den Personen stehen, die sie liebt. Sie wollte nach ihrer Rückkehr ins Dorf alle aufwecken und all ihre Geheimnisse offenlegen. Allen, denen sie jemals ein Unrecht getan hatte, wollte sie ihre Sünden beichten. Sie hoffte, dass man ihr verzeihen würde, und bei mir hat sie angefangen. Sie hat mir gesagt, dass ich, wenn ich wollte, noch in derselben Nacht heimkehren könne.«

Er klatscht in die Hände. »Fünf elende, schreckliche Jahre, und dann sollte das plötzlich alles vorbei sein. Einfach so.«

Er nimmt die Kerze in die Hand. »Magst du Tee?«, wechselt er unvermittelt das Thema.

»Äh, ja«, antwortet sie, auf dem falschen Fuß erwischt.

»Gut. Ich wollte mir gerade einen kochen, und es wäre schön, zur Abwechslung mal jemanden zu haben, mit dem man sich unterhalten kann.« Er geht vornübergebeugt und mit schlurfenden Schritten auf den metallenen Balkon hinaus, bevor sie Einspruch erheben kann. Draußen hat sich eine kühle Brise erhoben, und man kann die Rufe der Ochsenfrösche hören. Irgendwo in der Ferne heult ein Wolf. Die Nacht ist so wunderschön. Emory kann nicht fassen, dass es allein den Ältesten vorbehalten ist, sie zu genießen.

»Ich habe dich draußen vor dem Tor gesehen, stimmt's?«, fragt sie, während sie Adil die Treppe hinunter folgt. »In der Nacht, in der mein Großvater gestorben ist? Ich habe dich an deiner Körperhaltung erkannt.«

»Du hast scharfe Augen«, sagt er und hält schützend die Hand vor die Kerzenflamme. »Ja, das war ich. Dein Großvater war ein alter Freund von mir, und ich fand, es gab Dinge, die er vor seinem Tod über deine Familie wissen sollte. Fragen, die ihn beschäftigt hatten und auf die ich die Antworten wusste. Ich war der Ansicht, dass ich gegen keine Regel verstoße, wenn ich mit ihm spreche, da er ja ohnehin in dieser Nacht sterben würde.«

»Was hast du zu ihm gesagt?«

»Hast du dir denn seinen Erinnerungsstein nicht angesehen?«

»Er ist verlorengegangen. Abi hat behauptet, er sei ins Meer gefallen.«

»Und du hast ihr geglaubt?«

»Nein.«

»Braves Mädchen«, sagt er und lächelt. »Um ehrlich zu sein, ist es besser, wenn du es nicht weißt. Die Geheimnisse auf dieser Insel haben scharfe Zähne, und sie mögen es nicht, wenn man sie ans Licht zerrt.«

Sie gehen in Richtung Küche. Adil lässt seinen Blick über die lange Reihe von Schlafenden schweifen, die darauf warten, die Gondel der Seilbahn zu betreten.

»Sie arbeiten in Schichten«, sagt er und winkt mit der Hand zu ihnen hinüber. »Ich schaue ihnen schon seit Jahren dabei zu. Jeder arbeitet einmal pro Monat eine Woche lang. Diese Gruppe hier wird sich um die Pflanzen im Kratergarten oder die Wartung der Seilbahn kümmern. Diejenigen, die das Dorf durch das Tor verlassen, machen sich auf den Weg, um die Wellengeneratoren und Solarmodule zu reparieren. Es gibt unglaublich viele Aufgaben zu erledigen, und kaum eine nutzt unserem eigenen Volk.«

Als sie an der Küche ankommen, berührt er den Topf, der über der

Feuerstelle hängt, kurz mit der Handfläche und stellt fest, dass er immer noch heiß ist. Dann holt er zwei hölzerne Becher aus dem Regal, schneidet ein paar Ingwerscheiben ab, gibt sie in die Becher, schöpft heißes Wasser aus dem Topf hinein und fügt dann noch ein wenig Honig dazu. An seinen geübten Handgriffen ist zu erkennen, dass er das jede Nacht tut.

Er will ihr gerade einen Becher reichen, als ihn erneut ein entsetzlicher Hustenanfall schüttelt und er den Topf mit Blutstropfen besudelt.

Er wartet darauf, dass der Anfall vorbeigeht, murmelt beschämt ein paar entschuldigende Worte und wischt das Blut mit seinem Ärmel ab.

»Du brauchst einen Arzt«, sagt sie.

»Ich brauche einen Arzt, der mich auch tatsächlich behandeln kann«, korrigiert er sie. »Unglücklicherweise gibt es so etwas nicht auf dieser Insel.«

Er reicht ihr die Tasse, und ihr fällt auf, dass seine Fingernägel voller Aschеflecken sind, genau wie ihre eigenen. Die Asche muss aus dem Feuer im Lagerhaus stammen.

Emory schlürft ihren Tee und betrachtet durch den Dampf hindurch prüfend sein Gesicht. Er zupft an einem Splitter an seiner hölzernen Tasse herum. Es stört ihn offenbar, dass nicht alles so ist, wie es sich gehört.

Er hat immer noch dieselben Angewohnheiten wie früher, denkt sie.

Er hat seine Geschichte sorgfältig ausgefeilt, hat jeden Satz poliert, bis er vollkommen glatt ist. Er lügt sie über irgendetwas an, da ist sie sich sicher. Die Wahrheit ist viel holpriger, viel dunkler. Längst nicht so elegant.

»Was hat Niema gemacht, nachdem ihr euch unterhalten habt?«, fragt sie und folgt ihm zu einem der Tische.

Alle Tische sind frei, doch er setzt sich trotzdem an das äußerste Ende des vierten Tischs, wie ihr auffällt. Sein alter Platz. Der Platz, den er verinnerlicht hat.

»Sie hat zu mir gesagt, ich könne mit ihnen zusammen zurückfahren, wenn es mir nichts ausmachen würde zu warten. Sie hätte zuerst etwas Wichtiges im Leuchtturm zu erledigen«, antwortet er.

»Und was war das?«

»Ich bin mir nicht sicher, aber es war noch eine andere Frau dort«, sagt er. »Ich habe ihre Stimme gehört, als Niema die Tür zum Leuchtturm geöffnet hat, um hineinzugehen. Diese andere Frau hat sich mit Hephaistos unterhalten. Es klang freundlich und vollkommen harmlos, bis die Frau plötzlich angefangen hat zu schreien.«

»Sie hat geschrien?«

»Die schlimmsten Schmerzensschreie, die du jemals gehört hast«, sagt er und wird allein bei der Erinnerung daran bleich. »Ich wollte Niema keinen Anlass geben, mich erneut zu verbannen, also habe ich mich rasch auf den Weg ins Dorf gemacht. Unterwegs bin ich in ein fürchterliches Unwetter geraten, das mein Boot zerstört hat. Ich bin gerade noch rechtzeitig im Dorf angekommen, um mitanzusehen, wie Niema ermordet wurde.«

Er sagt dies sehr beiläufig, aber Emory kann den Eifer in seiner Stimme hören. Er hat es offenbar seit Beginn ihrer Unterhaltung kaum erwarten können, ihr diese Information aufzutischen.

Dennoch stellt sie rasch den Becher ab und lehnt sich zu ihm über den Tisch. Ihre Stimme ist angespannt. »Du hast gesehen, wer es getan hat?«

»Das habe ich.«

»Wer war es?«

Adil schlürft seinen Tee und starrt Emory direkt in die Augen. »Es war Thea.«

52

»Thea?«, ruft Emory aus.

»Sie kniete neben der Leiche und hatte ein blutiges Messer in der Hand«, erklärt Adil und schlürft weiter seinen Tee. »Sie schrie so etwas wie, das sei alles Niemas Schuld und dass sie hätte wissen müssen, dass das passieren würde.«

Emory denkt an den Erinnerungsstein, den sie in Hephaistos' Bunker gefunden hat. Eine der letzten Erinnerungen von Niema war ein heftiger Streit mit Thea.

Adil bückt sich und kramt in seinem Rucksack. Er holt ein blutverkrustetes T-Shirt hervor und legt es vor Emory auf den Tisch.

»Erkennst du das wieder?«, fragt er.

»Das gehört Thea«, sagt sie. »Sie hat es an dem Tag getragen, an dem Niema gestorben ist.«

»Das ist voll von Niemas Blut«, sagt er. »Thea wollte es verbrennen, so wie sie auch ein Stück ihres eigenen Fingernagels verbrannt hat, das sie in Niemas Wange gefunden hat.«

»Woher weißt du das?«

»Ich habe sie dabei beobachtet. Ich habe mich hinten im Labor versteckt, während sie die Obduktion durchgeführt hat. Ich wollte sehen, wie sie reagieren würde.«

Er schiebt das T-Shirt mit spitzen Fingern zu ihr hinüber. »Das ist für dich. Du kannst es ja testen, wenn du möchtest. Aber du wirst schon sehen, dass ich recht habe.«

»Das werde ich«, sagt Emory und schiebt das Kleidungsstück beiseite. »Aber erst will ich mehr über letzte Nacht erfahren. Hast du gesehen, was mit Hui passiert ist? Sie ist eine der Musikerinnen.«

Durch Adils Gesicht geht ein nervöses Zucken. Sein Blick springt zu dem T-Shirt und dann zu Emorys Gesicht. Er fragt sich augenscheinlich, warum sie sich nicht sofort mit dem Beweisstück in der Hand auf Thea stürzt.

»Sie lag neben Niema«, sagt er endlich widerstrebend. Dann holt er eine Glaskugel aus seiner Tasche und rollt sie mit dem Daumen auf dem Tisch hin und her. »Sie wurde ebenfalls erstochen. Deine Tochter kniete neben ihr und hat versucht, die Blutung zu stillen. Ich nehme an, das war auch Theas Werk, aber was auch immer ihre Verwundung verursacht hat, ist passiert, bevor ich dort eintraf.«

»Was taten die anderen alle? Das ganze Dorf war ja schließlich wach.«

»Das habe ich nicht gesehen«, sagt er kurz angebunden. »Die waren nicht im Kasernenhof.«

Er schmollt, wie ihr gerade klarwird. Er hätte niemals damit gerechnet, dass die Unterhaltung nach seiner Anschuldigung und der Überreichung des T-Shirts noch weitergehen würde. Das, was jetzt kommt, hat er nicht mehr eingeübt. Wenn sie mit Bedacht vorgeht, könnte es ihr endlich gelingen, ihn zu überrumpeln.

»Was hast du getan, nachdem du gesehen hast, wie Niema erstochen wurde?«

»Ich bin weggerannt.«

»Du bist weggerannt?«

»Man hatte mich aus dem Dorf verbannt, Emory. Man hat mir gesagt, dass jeder, mit dem ich spreche, getötet werden würde. Niema hatte mich zwar wieder willkommen geheißen, aber sie war tot. Ich hatte Angst davor, was Thea oder Hephaistos tun würden, wenn sie mich dort erwischt hätten, also bin ich zurück zu meiner Hütte gegangen, bevor sie mich entdecken konnten.«

Er trinkt seinen Tee aus, trägt die leere Tasse zur Spüle hinüber und wäscht sie ab. Emory betrachtet nachdenklich seinen Rücken.

Er ist ein guter Lügner, das muss sie ihm lassen. Er hat ihr Bruchstücke der Wahrheit serviert, fast genug, um den Umstand zu verschleiern, dass nichts wirklich zusammenpasst. Es ist beeindruckend und ärgerlich zugleich.

»Wie hast du dir die Hände verbrannt?«, fragt Emory und stellt befriedigt fest, dass sich seine Schultern plötzlich verspannen.

»Daran kann ich mich nicht erinnern«, antwortet er.

»Ist das passiert, als du das Lagerhaus angezündet hast?«, hakt sie nach. »Ich habe die Asche unter deinen Fingernägeln bemerkt, und ich habe eines von Magdalenes Bildern in deiner Hütte gefunden. Es wurde im Lagerhaus aufbewahrt, und es hatte blutige Fingerabdrücke auf dem Rahmen, was darauf hinweist, dass du es vor dem Feuer gerettet hast. War das Niemas Blut? Hast du ihr den Schädel zertrümmert und dann das Lagerhaus angezündet, nur um dann festzustellen, dass du damit auch die Kunstwerke deiner geliebten Enkelin verbrennst?«

Adil zerknüllt das Geschirrtuch zwischen den Händen.

»Ich habe dir das T-Shirt gegeben«, sagt er und versucht, nicht die Beherrschung zu verlieren. »Ich habe dir von dem Fingernagel erzählt. Warum stellst du mir immer noch Fragen? Wenn du dir Theas Hand anschaust, wirst du feststellen, dass ich recht habe.«

»Weißt du, was du mit den Ältesten gemeinsam hast?«, fragt ihn Emory scharf. »Du beantwortest nur die Fragen, die du beantworten willst, und glaubst, der Rest von uns wär zu blöd, es zu bemerken. Du warst letzte Nacht im Lagerhaus, und ich glaube, *du* hast Clara den Code für das Leichenschauhaus aufs Handgelenk geschrieben. Du wolltest, dass wir diese Leichen finden. Was führst du im Schilde?«

Ein angespanntes Schweigen dehnt sich zwischen ihnen aus, und Emory merkt, dass sie den Atem anhält. Sie hat das Gefühl, als stünde sie am Eingang einer dunklen Höhle und könnte hören, wie sich im Innern etwas bewegt. Sie weiß nicht, ob sie weitergehen oder zurückweichen soll.

»Weißt du, warum ich ins Exil geschickt wurde, Emory?«, fragt er schließlich zurück.

»Du hast Niema mit einem Skalpell angegriffen.«

»Das war nicht der wahre Grund«, entgegnet er und dreht sich endlich um. Sein Gesicht bleibt jedoch im Schatten. »Ich wurde verbannt, weil ich anfing, mich an Dinge zu erinnern, an die ich mich nicht hätte erinnern sollen.«

»Wie zum Beispiel?«

Der Tonfall seiner Stimme hat sich verändert. Sie klingt plötzlich leise und bedrohlich. Emory bekommt eine Gänsehaut und zieht ihre Füße unter dem Tisch hervor. Sie weiß nicht, ob sie in Gefahr ist, aber sie weiß, dass Adil vor Wut kocht. Es ist eine stille Wut, die von ihm abstrahlt wie Hitze von einem Feuer.

»Ich und die anderen Lehrlinge, dein Mann mit eingeschlossen, waren auf einer Expedition. Eines Nachts sind wir eingeschlafen, und am nächsten Tag bin ich in einem hell erleuchteten Labor aufgewacht und habe Geräte bedient, die ich noch nie zuvor gesehen hatte. Die anderen Lehrlinge waren mit irgendwelchen Experimenten beschäftigt, aber sie schliefen. Mir wurde klar, dass sie unter fremder Kontrolle standen, so wie die Dorfbewohner heute Nacht.«

Emory ist aufgestanden, ohne es zu merken.

»Jack ist nicht ertrunken?«, fragt sie fassungslos.

»Nein«, bestätigt er. »Keiner von ihnen ist ertrunken. Ich bin mir nicht sicher, warum ich aufgewacht bin und die anderen nicht, aber ich bin drei Tage durch ein Labyrinth aus Gängen geirrt, bis Niema schließlich gekommen ist und mich da rausgeholt hat«, sagt er. »Sie hat Abi befohlen, mein Gedächtnis zu löschen, und hat mich dann zurück ins Dorf geschickt, aber dann habe ich nach und nach angefangen, mich an Dinge zu erinnern. Zuerst waren es Albträume. Dann Tagträume. Gespräche mit Leuten, die nicht da waren. Ich habe angefangen, Sachen an die Wände zu malen. Als würden meine Erinnerungen irgendwie aus mir heraussickern.«

Emory stolpert vorwärts. In ihrem Kopf dreht sich alles. »Willst du mir damit sagen, dass Jack nicht tot ist?«

»Das letzte Mal habe ich ihn gesehen, als ich dieses merkwürdige

Labor verlassen habe«, sagt Adil. »Deshalb habe ich Niema bedrängt. Ich wollte sie nicht verletzen, ich wollte nur, dass sie meine Freunde freilässt. Abi hat Niema dazu überredet, mich nur zu verbannen, statt mich zu töten, und dann hat Hephaistos mich aus dem Dorf gejagt.«

»Wo ist er?«, verlangt Emory zu wissen.

Ihr einziger Gedanke gilt Jack. Jack, der noch am Leben sein könnte. Jack, der irgendwo in der Nacht umherirrt. Jack, der darauf wartet, dass sie kommt und ihn befreit. Plötzlich ist nichts anderes mehr wichtig.

»Draußen, jenseits der Farmen, auf der anderen Seite eines Hügels mit einem Olivenbaum auf der Spitze«, sagt er und nickt zu der grenzenlosen Dunkelheit hinüber, die sich hinter den Mauern erstreckt. »Dort hat Niema mich aus diesem Labyrinth herausgeführt. Ich habe meine Hütte in der Nähe des Ausgangs gebaut, für den Fall, dass es die anderen jemals schaffen sollten zu fliehen.«

Doch Emory hört diese letzten Worte schon nicht mehr. Sie rennt bereits zum Tor.

53

Sie braucht zwei nervenaufreibende Stunden, um in der pechschwarzen Nacht Adils Hütte zu erreichen, und als sie endlich dort ankommt, hinkt sie, weil sie beim Hinaufklettern der ersten Anhöhe mit dem Fuß umgeknickt ist. Von da an musste sie sich über das unwegsame Gelände mehr schleppen, als dass sie gehen konnte.

Sie ist erschöpft und durstig und von Kopf bis Fuß mit Schrammen und blauen Flecken übersät. Sie hat sich durch nichts aufhalten lassen. Sie ist felsenfest davon überzeugt, dass Jack irgendwo hinter dieser Tür gefangen ist und darauf wartet, gerettet zu werden.

Der Baum, den Adil ihr als Wegweiser genannt hat, steht auf der anderen Seite des Baches, auf der Spitze eines perfekt gerundeten Hügels. Im hellen Mondlicht ähnelt sein uralter, gewundener Stamm einer zahnlosen, finster dreinblickenden Fratze, und die leuchtenden Wolken hängen von seinen Ästen herab.

Sie humpelt zur anderen Seite des Hügels und findet dort eine in den Felsen eingelassene Stahltür. Die Tür ist stark verrostet, und ihre Oberfläche weist zahlreiche Dellen auf.

»Wie komme ich da rein?«, verlangt sie zu wissen und streicht auf der verzweifelten Suche nach einem Griff oder einem Knopf mit beiden Händen über das Türblatt.

»Du kannst nicht hineingelangen«, sage ich. »Dies ist einer der Eingänge nach Blackheath. Niema hat ihn vor vierzig Jahren verschlossen.«

»Jack!«, brüllt sie und schlägt mit beiden Fäusten gegen das Metall. »Jack! Antworte mir!«

Ihre Stimme schallt verzweifelt und einsam über die Ebene.

Weil sie keinen Griff finden kann, wirft sie sich mit ihrem ganzen Körper gegen die Stahltür, immer und immer wieder. Sie tritt dagegen, trommelt darauf ein und ruft Jacks Namen, bis sie schließlich erschöpft zu Boden sinkt.

»Du hast die ganze Zeit gewusst, dass er noch am Leben ist!«, ruft sie. »Warum hast du mir nichts gesagt?«

Ich begegne ihrer Frage mit Schweigen.

»Antworte!«, schreit sie in ohnmächtigem Zorn. »Nur dieses eine Mal, antworte mir!«

Emory schlingt die Arme um die Knie, rollt sich auf der Erde zusammen und vergießt verzweifelte Tränen um den Ehemann, den sie nicht erreichen kann.

54

In der schaukelnden Gondel der Seilbahn hält Thea die gezackten Ränder des Fensterrahmens derart fest umklammert, dass sie sich in ihre Handflächen bohren, bis es blutet.

Niema hat gelogen, denkt sie wütend.

Die Testresultate, die Clara ihr vor einer Weile gezeigt hat, beweisen, dass die Chemikalien, die die Ernte zerstört haben, mit denen identisch sind, die für die Stasiskammern in Blackheath benutzt werden. Sobald die Kammern geöffnet werden, setzt das die darin enthaltenen Chemikalien frei und sie werden durch Abflussrohre ins Meer geleitet. Eines dieser Rohre verläuft unmittelbar unterhalb der Farmen, doch es ist defekt, weshalb die Chemikalien in die Erde gesickert sind und so die Ernte zerstört haben.

Das bedeutet, dass letzte Nacht eine der Stasiskammern geöffnet wurde.

Dafür gibt es nur zwei Erklärungen. Entweder war es ein mechanisches Versagen, das dazu geführt hat, dass sich die Stasiskammer von allein geöffnet hat, oder Niema ist letzte Nacht dort hinuntergegangen und hat absichtlich einen der Menschen aus seinem langen Schlaf aufgeweckt.

Wenn die zweite Erklärung zutrifft – und davon ist Thea überzeugt –, dann haben sie Blackheath nie an den Nebel verloren. Zusammen mit Hephaistos hat sie die vergangenen Stunden damit verbracht, zu jedem einzelnen Eingang von Blackheath zu gehen und zu versuchen, ins Innere zu gelangen, aber sie sind alle versiegelt.

Wie konnte ich nur so dumm sein?, denkt sie und versucht sich daran zu erinnern, was genau in der Nacht der Evakuierung passiert ist. Es war spät, und sie hatte geschlafen. Hephaistos tauchte panisch in ihrem Schlafzimmer auf. Er erzählte ihr, der Nebel habe einen Weg ins Innere gefunden, und sie müssten fliehen.

Sie ist ihm blind gefolgt und hat sich fortziehen lassen.

Es war ein einziges Chaos. Die Sirenen schrillten ohrenbetäubend laut, die Schutztüren schlossen sich mit lautem Knallen, und die Menschen schrien vor Angst. Sie rief nach Ellie, versuchte verzweifelt, zurückzukehren und ihre Schwester aus der Stase aufzuwecken, doch Hephaistos hielt sie fest, egal, wie heftig sie gegen ihn ankämpfte.

Aber den Nebel hat sie nie wirklich selbst *gesehen*! Sie hat die Angst der anderen gesehen, sie hat gesehen, wie sie nach draußen flüchteten und sich gegenseitig niedertrampelten, um sich in Sicherheit zu bringen. Das allein hatte schon gereicht, um die Geschichte wahr werden zu lassen. Manchmal ist der Rauch nützlicher als das Feuer.

»Wusstest du es?«, fragt sie laut.

Hephaistos hebt den Kopf. Er hat sich auf der Bank im hinteren Teil der Gondel breitgemacht und die Arme verschränkt.

Thea hat seit über zwei Stunden kein Wort mehr mit ihm gesprochen, während in ihrer Brust ein wirbelnder Strudel aus Wut, Argwohn und unendlicher Enttäuschung anschwoll. Er hatte gehofft, der Sturm würde sich wieder verziehen oder sie würde durch irgendein neues Detail abgelenkt werden.

Er hätte es besser wissen müssen. Manche Stürme folgen einem hartnäckig. Manche Stürme sorgen dafür, dass man sich immer mitten in ihrem Weg befindet.

»Nein«, antwortet er tonlos.

»Lüg mich nicht an, Hephaistos.«

»Beschuldige mich nicht, Thea«, knurrt er zurück. »Wenn ich über Blackheath Bescheid gewusst hätte, denkst du dann, dass ich hier oben geblieben wäre? Ich würde nachts in einem richtigen Bett schlafen und morgens mit heißem Wasser duschen. Ich würde Ellie jeden Tag besuchen gehen.«

Lügt er? Sie kann es nicht erkennen. Er klingt einigermaßen ehrlich, aber sie ist noch nie gut im Umgang mit anderen Menschen gewesen. Sie war ein Kind, als sie herkam, um in Blackheath zu arbeiten, und darauf geeicht, alles zu akzeptieren, was die Erwachsenen ihr sagten.

Sie hat nie gelernt, das Verhalten ihres Gegenübers zu deuten, hat nie gelernt, die Sätze zu durchleuchten und zu prüfen, was sich dahinter verbirgt.

Sie wünscht sich mehr als alles andere, sie könnte daran glauben, dass er die Wahrheit sagt. Deshalb hat sie sich bei ihrer Frage auch nicht umgedreht, um ihm in die Augen zu sehen. Was, wenn ihm die Wahrheit ins Gesicht geschrieben steht? Wenn er sie anlügt, was bliebe ihr dann noch? Sie wäre auf dieser Insel vollkommen allein, nur von Krums umgeben. Die einsamste Frau auf der ganzen Welt.

Die Gondel kommt rumpelnd in der Talstation zum Stehen, und sie gehen, in ein unbehagliches Schweigen gehüllt, durch die angrenzende Tür in Theas Labor.

Der Erinnerungsextraktor liegt zertrümmert auf einem Stuhl. Auf dem Boden liegen die restlichen Einzelteile, die Seth zu einem säuberlichen Haufen zusammengekehrt hat.

»Nein!«, schreit Hephaistos und hebt das Gerät hoch, um den Schaden zu begutachten. »Nein! Nein! Was ist passiert?«

»Emory ist passiert«, erkläre ich.

Thea entdeckt die tote Frau auf der Tragbahre. Seth hat ihre zerschmetterten Knochen so gut es ging zusammengefügt, damit sie auf die schmale Bahre passt. So wie sie dort liegt, ähnelt sie einem grotesken Puzzle.

Thea zupft an dem zerfetzten grauen Overall, der den Körper zusammenhält.

»Sie trägt die Blackheath-Uniform«, sagt sie. »Das muss die Person sein, die Niema letzte Nacht aufgeweckt hat, aber warum sollte sie so etwas tun? Wenn sie tatsächlich Zugang zu Blackheath hatte, warum hat sie dann nicht alle aufgeweckt?«

Thea dreht sich auf dem Absatz um und starrt Hephaistos an, der damit beschäftigt ist, Metallsplitter aus dem Erinnerungsextraktor zu ziehen.

»Wie kommt es, dass du Jacks Messer in deinem Besitz hast?«, fragt sie.

Er schaut mit einem ehrlich verwirrten Gesichtsausdruck von dem Apparat auf. »Jack?«

»Emorys Ehemann. Mein Lehrling. Abi hat mir vor fünf Jahren gesagt, sie seien alle ertrunken. Adil war angeblich der einzige Überlebende.«

Er zuckt mit den Schultern. »Ich brauchte ein Messer für irgendetwas, und meine Mutter hat mir das da gegeben. Ich habe keine Ahnung, wo sie es herhatte.«

Thea starrt in sein ausdrucksloses, narbenübersätes Gesicht. Wie sähe auf diesen Gesichtszügen eine Lüge aus? Sie hat ihn immer nur entweder wütend oder gelassen gesehen. Nach einhundertzweiundfünfzig Jahren auf diesem Planeten sind alle anderen Gefühle ausgelöscht.

»Ist das die Wahrheit?«, fragt sie. Sie will ihm unbedingt glauben.

Er macht ein betrübtes Gesicht und sagt verletzt: »Ich habe keinen Grund, dich anzulügen.«

»Außer, dass ich ein Stück von Niemas Schädelknochen in dieser Maschine gefunden habe, die du gebaut hast, um die Kuppel des Kratergartens nach Rissen zu untersuchen«, sagt sie. »Jemand hat das Ding dazu benutzt, ihr den Schädel zu zertrümmern, aber für alle anderen außer dir wäre es viel zu schwer. Niemand sonst könnte es zu diesem Zweck benutzt haben.«

Hephaistos springt auf, das Gesicht rot vor Zorn. Sie kann sehen, wie die Wut in ihm hochkocht. Erbarmungslos. Haltlos. Wenn es ihr nicht gelingt, ihn zu beschwichtigen, wird er alles in diesem Labor – sie selbst mit eingeschlossen – kurz und klein schlagen.

»Du glaubst, dass ich meine Mutter umgebracht habe?«, fragt er. Sein Tonfall ist vernichtend.

Thea tritt zur Seite, damit er den verstümmelten Leichnam besser sehen kann. »Wenn du herausgefunden hättest, dass sie die Menschen aus Blackheath umbringt, hättest du vielleicht geglaubt, keine andere Wahl zu haben.«

Hephaistos schluckt verunsichert.

»Um das mal klarzustellen: Es ist mir eigentlich egal, ob du es getan hast oder nicht«, sagt sie, ihren momentanen Vorteil nutzend. »Aber falls du für ihren Tod verantwortlich bist, sollten wir Emorys Ermittlungen ein Ende setzen, bevor sie die Dorfbewohner noch weiter gegen uns aufhetzt.«

»Nein«, widerspricht er mit Nachdruck. »Meine Mutter hat mir Hoffnung gegeben, Thea. Sie ist der einzige Grund dafür, dass ich diese Insel ertragen konnte. Sie wollte eine bessere Zukunft für uns erschaffen, und ich habe an diese Mission geglaubt.« Er schluckt und schafft es nicht, den Leichnam direkt anzusehen. »Sie hätte das hier nicht ohne einen guten Grund getan, und ich hätte sie niemals im Leben getötet – nicht um alles in der Welt.«

Aber ich hätte es getan. Dieser Gedanke schießt Thea durch den Kopf, bevor sie es verhindern kann. *Wenn ich herausgefunden hätte, dass Niema mich über Blackheath angelogen hat, hätte ich sie umgebracht. Ich wäre sofort ins Dorf marschiert und hätte ihr den Schädel eingeschlagen. Ehrlich gesagt bin ich fast sicher, dass genau das passiert ist.*

Sie dreht sich mit einem Ruck zu dem Leichnam um und versucht, die brennenden Schuldgefühle zu unterdrücken.

Als sie hört, wie Hephaistos hinter ihr von einem Fuß auf den anderen tritt, greift sie sich rasch eine Knochensäge und schaltet sie ein, um der Unterhaltung ein Ende zu setzen.

»Dann wollen wir doch mal sehen, was Niema mit dir gemacht hat«, sagt sie und legt die Säge an den Schädel der toten Frau an.

23 STUNDEN BIS ZUM AUSSTERBEN DER MENSCHHEIT

55

Emory wird davon wach, dass jemand sie sanft an der Schulter schüttelt. Sie blinzelt verschlafen, schaut auf und sieht Clara neben sich knien. Es ist kurz nach zehn Uhr morgens, und die Hitze liegt bereits in der Luft. Claras Stirn ist von einem dünnen Schweißfilm bedeckt.

Seth steht ein Stück weiter entfernt. Er hat eine Tasche über die Schulter gehängt und einen besorgten Ausdruck im Gesicht. Sein langgezogener Schatten legt sich wie ein Tuch über sie.

»Alles in Ordnung bei dir?«, fragt Clara und reicht ihrer Mutter eine Feldflasche mit Wasser. »Abi hat uns erzählt, dass du denkst, Papa sei da drin.«

»Das hat Adil mir gegenüber jedenfalls behauptet. Deshalb hat er wahrscheinlich auch diese Warnung in den Waggon geritzt. ›Niema hat uns vergraben. Dich wird sie auch vergraben.‹ Er wollte nicht, dass die nächste Generation von Lehrlingen dasselbe Schicksal erleidet.«

»Das klingt nicht überzeugend«, sagt Seth leidenschaftlich. »Niema würde uns nicht derart anlügen. Das ist Adils Schuld. Er versucht, dich gegen sie aufzuhetzen. Es kann gar nicht anders sein. Er hasst sie, und er will, dass du sie auch hasst.«

Er wedelt tadelnd mit dem Finger. »Niema hat dich geliebt. Weißt du noch, wie sie sich um dich gekümmert hat, als deine Mutter gestorben ist? Sie hätte Jack nicht von dir ferngehalten, wenn er noch am Leben gewesen wäre. Nie im Leben.«

Emory setzt die Feldflasche ab und ringt nach Atem, weil sie so hastig getrunken hat. Das Wasser läuft ihr am Kinn herab und benetzt das T-Shirt, das sie seit gestern trägt. Sie riecht nach trockener Erde und Schweiß, als hätte die Panik der letzten Nacht sie wie eine Kruste eingeschlossen.

»Niema hat Experimente an Menschen durchgeführt und ihre Leichen in der Krankenstation aufbewahrt, nachdem sie sie getötet hat«, sagt sie atemlos. »In der Nacht, in der sie starb, hat sie der Liste ihrer Opfer eine weitere Tote hinzugefügt, über die wir nur deshalb Bescheid wissen, weil du sie gefunden hast. Sie hat die Auslöschung unseres Gedächtnisses angeordnet, aufgrund derer sechs unserer Freunde gestorben sind, und sie ist die Ursache dafür, dass der Nebel der Insel immer näher kommt. Und das sind nur die Dinge, die sie *uns* angetan hat. Niema hat Thea gegenüber behauptet, Blackheath sei vom Nebel verschlungen worden, obwohl deren Schwester dort unten gefangen ist. Sie hat ihr diese Geschichte vierzig Jahre lang erzählt! Niema war eine Lügnerin und eine Mörderin, und ich glaube kein einziges Wort mehr von dem, was sie mir jemals erzählt hat.«

Jeder einzelne Fakt trifft Seth wie ein Stein. Er taumelt rückwärts, geht zum Bach hinüber und spritzt sich Wasser ins Gesicht.

Emory bittet Clara mit einer Geste, ihr aufzuhelfen, und streicht dann mit der Hand über die Stahltür.

»Glaubst du wirklich, dass Papa da drinnen ist?«, fragt Clara, offenbar von derselben Hoffnung erfüllt, die Emory letzte Nacht an diesen Ort geführt hat.

»Das würde ich gern«, sagt Emory. »Aber es besteht die Möglichkeit, dass dein Großvater recht hat. Ich habe bei meiner Befragung ziemlichen Druck auf Adil ausgeübt, wegen des Brands im Lagerhaus, und da ist er plötzlich mit dieser Geschichte über deinen Vater herausgerückt. Es kann gut sein, dass er mich damit einfach nur ablenken wollte. Doch egal, was davon nun zutrifft, wir müssen dort hinein und den Ort selbst durchsuchen, denn ich bin ziemlich sicher, dass wir genau hier waren, du, ich und dein Großvater, in der Nacht, in der Niema gestorben ist. Und dabei haben wir sicher nicht ohne Grund einen Karren hinter uns hergeschleift.«

»Es muss eine Möglichkeit geben, wie man diese Tür öffnen kann.«

»Ich würde von jedem Versuch, sie einzurammen, abraten«, sagt Emory und reibt sich die schmerzende Schulter.

»Was sagt Abi dazu?«

»Das ist nicht von Belang, Clara. Wir können ihr nicht mehr trauen.«

»Warum nicht?«

»Weil sie nicht auf unserer Seite steht.«

Emorys Stimme klingt traurig. Ein großer Schmerz schwingt in ihren Worten mit. »Abi arbeitet für Niema und für niemanden sonst. Das habe ich letzte Nacht erkannt. Sie hat die Kontrolle über unsere Freunde übernommen und sie auf Niemas Anweisungen hin zum Arbeiten hinausmarschieren lassen.«

»Aber Niema ist tot.«

»Ich glaube nicht, dass das für Abi einen Unterschied macht. Sie wird Niemas Anweisungen einfach immer weiter ausführen, bis diese Insel im Meer versinkt.«

Emory wirft einen Blick zum Ozean hinüber. Der Nebel liegt schimmernd und funkelnd auf dem Wasser, fast so, als zöge ein Regenschauer darüber. *Wir haben nur noch weniger als einen Tag Zeit*, denkt sie und ärgert sich darüber, dass sie sich so leicht hat manipulieren lassen.

Es waren nur ein paar wenige Worte nötig gewesen, und schon hat sie Adil vollkommen vergessen, obwohl er doch eigentlich ihr Hauptverdächtiger war.

Und was hatte sie davon? Sie hat die ganze Nacht verschwendet, obwohl sie keine Nacht mehr zu verschwenden haben.

»Thea wird wissen, wie man hineinkommt«, sagt Clara. »Wir können sie fragen.«

»Wir dürfen ihr gegenüber nicht erwähnen, dass Jack noch am Leben sein könnte«, warnt Emory. »Denn wenn wir das tun, haben wir plötzlich selbst ein Motiv für den Mord an Niema, insbesondere, wenn man bedenkt, dass dein Messer die Mordwaffe war.«

»Glaubst du, Niema hat es uns erzählt?«

»Wahrscheinlich«, sagt Emory. »Adil hat behauptet, sie hätte vorgehabt, in jener Nacht all ihre Sünden zu beichten. Das würde erklären, warum wir auf Magdalenes Zeichnung so verstört aussahen, während alle anderen gefeiert haben. Und es würde auch erklären, warum wir noch in derselben Nacht hierhergestürmt sind.«

Clara starrt die Tür an und stellt sich vor, wie ihr Vater dahinter steht und ihren Namen ruft.

»Wenn Papa da drinnen ist, müssen wir einen Weg hinein finden.«

Emory schüttelt den Kopf. »Jedes Mal, wenn Jacks Name fällt, begehe ich irgendeine Dummheit. Aber das können wir uns jetzt nicht mehr leisten. Wir müssen herausfinden, wer Niema getötet hat, und alle Spuren, die wir bis jetzt gefunden haben, scheinen uns zum Leuchtturm zu führen.«

56

Das Ruderboot umrundet den Felsvorsprung, und der Leuchtturm kommt in Sichtweite. Er steht auf einer hohen weißen Klippe und schimmert hell im Sonnenlicht. In seiner Spitze dreht sich immer noch das Leuchtfeuer, obwohl es längst keine Schiffe mehr gibt, die sich davon leiten lassen müssten.

»Unterhalb des Turms ist eine Anlegestelle«, sagt Seth und taucht die Ruder tief ins Wasser ein. Emory starrt zu dem Nebel hinüber, alarmiert davon, wie nah er der Insel bereits gekommen ist. Vor einer Weile hat sie eine allzu selbstsichere Möwe dabei beobachtet, wie sie in den Nebel hineingeflogen ist. Die Insekten stürzten sich sofort auf sie, und eine Sekunde lang umringten sie den armen Vogel derart dicht, dass sie eine perfekte goldene Kopie von ihm erschufen. Im nächsten Moment zerstreuten sie sich wieder und ließen den blutigen Kadaver ins Meer fallen.

»Wie machst du das?«, fragt Clara, die die Rudertechnik ihres Großvaters bewundert. »Ich habe Mama gestern etwa eine Stunde lang durch die Gegend gerudert, und meine Hände sind immer noch ganz wund.«

»Du musst draufpinkeln«, antwortet er.

»Wie bitte?«

»Auf deine Hände«, sagt er. »Sie werden wund, wenn du zu lange ruderst. Dann musst du draufpinkeln. Das macht sie widerstandsfähiger.«

»Igitt, nein.«

Er zuckt mit den Schultern. »Das Leben auf dem Meer ist nicht jedermanns Sache.«

»Warum hätte Thea in der Nacht, in der Niema getötet wurde, irgendwohin rudern sollen?«, fragt Emory, die der Unterhaltung nur am Rande gelauscht hat.

»Es muss etwas Wichtiges gewesen sein«, sagt Seth und verzerrt angestrengt das Gesicht, als er gegen eine heftige Strömung anrudern muss. »Ich habe noch nie gesehen, dass ein Ältester sich selbst irgendwohin gerudert hätte. Entweder sie fordern mich auf, sie zu rudern, oder sie brechen gar nicht erst auf.«

»Du konntest sie nicht rudern«, erklärt Clara. »Du warst zusammen mit mir und Mama auf dem Weg nach Blackheath.«

»Ich glaube, Thea ist hier rausgekommen«, sagt Emory und starrt zum Leuchtturm hinüber. »Ihre Hände sahen übel aus. Sie waren ganz aufgerissen, viel schlimmer als deine, Clara. Mir fällt keine andere Strecke ein, die sie hätte fahren können, die einen solchen Schaden angerichtet hätte.«

»Vielleicht hat sie ja Niema bei ihren geheimnisvollen Apparaten geholfen«, schlägt Clara vor.

»Ich glaube, dazu kamen sie zu schlecht miteinander aus. Sie –«

Ein heftiger Ruck geht durch das Ruderboot, und Emory wird von der Sitzbank geschleudert. Clara schafft es gerade noch, sich festzuhalten, doch Seth schreit überrascht auf und lässt beinahe die Ruder fallen.

Der Ozean ist in ihrer unmittelbaren Nähe mit weißen, wütenden Schaumkronen bedeckt, und unter ihnen brodelt das Wasser so wild, als wäre plötzlich ein Sturm über sie hereingebrochen. Doch überall sonst ist das Wasser vollkommen ruhig, und es steht keine einzige Wolke am Himmel.

Seth verzieht das Gesicht, während er gegen einen Strudel ankämpft, der wild entschlossen zu sein scheint, sie an den schroffen Felsen zerschellen zu lassen.

»Was ist hier los?«, schreit Emory über das Tosen der Wellen hinweg, während sie verzweifelt versucht, sich am Rand des sich immer wieder aufbäumenden Bootes festzuhalten. Riesige Wogen erheben sich aus dem ansonsten vollkommen friedlichen Ozean, brechen sich an der Bootswand und durchnässen die Insassen von oben bis unten.

»Ich habe so etwas noch nie zuvor gesehen«, brüllt Seth zurück und versucht, das Boot direkt in die Wellen hineinzusteuern. Die Muskeln an seinen gewaltigen Armen sind zum Zerreißen gespannt.

Eine weitere Welle schmettert auf sie herab und bringt das Boot fast zum Kentern.

»Noch so eine, und wir sind erledigt«, brüllt Seth, während ihm gleichzeitig eines der Ruder aus der Hand gerissen wird.

»Da! Da!«, schreit Emory und zeigt zu einer kleinen Kiesbucht hinüber.

»Da kommen wir nie wieder weg!«

»Das ist immer noch besser, als –«

Eine gewaltige Woge donnert auf das Boot, schleudert es in die Luft und katapultiert die Insassen ins Wasser.

Emory landet so heftig auf dem Bauch, dass ihr die Luft wegbleibt. Im nächsten Moment wird sie von der Strömung nach unten gezogen.

Sie prallt auf dem seichten Meeresboden auf, wird gegen die Felsen geschleudert und dann wieder an die Oberfläche katapultiert. Irgendwo in der Ferne hört sie Clara nach ihr rufen, aber sie wird wieder unter Wasser gezogen, bevor sie antworten kann.

Weil sie es nicht schafft, noch länger die Luft anzuhalten, öffnet sie unwillkürlich den Mund und atmet eine gewaltige Menge Wasser ein.

Ihr Blick vernebelt sich, als sie verzweifelt nach Luft ringt.

Schließlich wird alles dunkel.

57

Emory stöhnt. Ihr Kopf schmerzt entsetzlich. Sie betastet ihn vorsichtig, als weitere Wellen sie durchnässen. Sie setzt sich auf und muss sich fast übergeben. Rasch schließt sie die Augen wieder, damit die Welt aufhört, sich zu drehen. Ihr ganzer Körper schmerzt, es kommt ihr vor, als stünden sämtliche Glieder miteinander in einem Wettbewerb darum, welches von ihnen ihr die meisten Qualen bereiten kann.

»Clara!«, ruft sie.

»Ich bin hier drüben«, antwortet ihre Tochter, deren Stimme genauso erschöpft klingt wie ihre eigene. Offenbar hat die Strömung sie in eine Grotte innerhalb der Steilküste gespült. Ihr Boot wurde von den Wellen zu Kleinholz zerschmettert, seine Einzelteile treiben auf der nun wieder vollkommen friedlichen Wasseroberfläche.

Emory rappelt sich auf und stolpert zu Clara hinüber, die gerade versucht, sich an der Wand hochzuziehen. Sie ist von Schrammen und blauen Flecken übersät, und ihre nassen Haare kleben ihr im Gesicht.

»Ist noch alles da, wo es sein sollte?«, fragt Emory und tastet ihre Tochter besorgt nach gebrochenen Knochen ab.

»Von uns mal abgesehen, meinst du?«

»Hast du deinen Großvater gesehen?«

»Ich bin hier«, antwortet Seth und kommt aus der Dunkelheit gewankt. »Ich bin ganz hinten in der Grotte gelandet«, sagt er und zeigt zurück in die Finsternis. »Ich muss schon sagen, ich wache nicht mehr so oft in Betten auf wie früher einmal.«

»Wie lange waren wir bewusstlos?«, fragt Clara, der aufgefallen ist, dass die Sonne ein wenig höher am Himmel steht.

»Eine Stunde«, informiere ich sie.

»Weiß jemand, was da gerade passiert ist?«, fragt Emory, deren Hände vor lauter Adrenalin zittern.

»Ich bin schon hunderte Male hier rausgefahren«, sagt Seth zerknirscht. »Niema hat mich mindestens einmal im Monat gebeten, sie hierherzurudern, und ich habe das Meer noch nie so erlebt wie gerade.«

»Da waren Maschinen, die das Wasser aufgewirbelt haben«, sagt Clara. »Ich habe sie gesehen, als ich unter die Oberfläche gezogen wurde.«

»Warum haben sie mich gestern nicht zum Sinken gebracht, als ich hier entlanggerudert bin?«, fragt Seth.

Sie tauschen verwirrte Blicke aus, aber niemand hat eine Antwort.

Emory kneift die Augen zusammen und späht in die Dunkelheit, die sich im hinteren Ende der Grotte ausbreitet. »Ich nehme mal nicht an, dass du dort einen Weg nach draußen gesehen hast?«

»Nein, und es ist stockduster«, antwortet Seth. »Ohne Licht würde ich das nicht riskieren wollen.«

Emory geht auf immer noch wackligen Beinen zum Höhleneingang. »Wir müssen der Küste folgen«, sagt sie.

»Aber dafür werden wir Stunden brauchen!«, stöhnt Clara.

»Was bleibt uns denn anderes übrig? Abi kann uns kein weiteres Boot schicken, und es sollte mehr als genug Felsvorsprünge geben, an denen man sich festhalten kann. Wir müssen es nur langsam angehen.«

Es ist später Nachmittag, als sie endlich die Anlegestelle beim Leuchtturm erreichen. Drei Stunden lang haben sie sich an der heimtückischen Küste entlanggekämpft und sich, wann immer eine Welle sie mit sich reißen wollte, eng an die Felswand geklammert. An den Stellen, an denen das möglich war, sind sie in das seichte

Wasser hinausgewatet oder haben sich ihren Weg durch die Gezeitentümpel gebahnt, aber dort wurde ihnen das Weiterkommen nahezu überall durch die Vielzahl toter Schildkröten unmöglich gemacht, an denen sich die Seevögel gütlich taten.

Als sie endlich die Anlegestelle erreichen, lassen sie sich erschöpft auf die Holzplanken fallen, während unter ihnen die Wellen an die Felsen schlagen.

Ihre Körper sind zerschunden, ihre Finger bluten. In der Nähe treibt der in Fetzen gerissene Kadaver eines toten Hais, der offenbar dem Nebel zu nahe gekommen ist.

Das ist mittlerweile kein Kunststück mehr, denkt Emory. Die riesige schwarze Wand ist der Insel mittlerweile so nah, dass man sie immer im Blick hat, ob man will oder nicht.

Eine Metalltreppe zieht sich im Zickzack die Klippe hinauf. Sie ist verrostet und klapprig und erweckt den Eindruck, als hinge sie nur deshalb noch an der Felswand, weil es ihr gerade so gefällt, und nicht wegen der Bolzen, mit denen man sie befestigt hat. Sobald Emory wieder zu Atem gekommen ist, packt sie die Treppe am unteren Ende und schüttelt sie versuchsweise, woraufhin diese ein empörtes Kreischen von sich gibt. Der obere Rand der Klippe sieht entsetzlich weit entfernt aus, wenn man den Zustand der Treppe bedenkt.

»Also gut«, sagt Emory und holt tief Luft.

Alle drei schaffen es ohne größere Schwierigkeiten nach oben. Dort bleiben sie in den letzten Strahlen der Nachmittagssonne stehen und starren den Leuchtturm an. Er ist von tausenden rosa und violetten Blumen umgeben, und mitten in dem Blumenfeld schläft friedlich ein Reh.

Pollen schwirren durch die Luft, und das Summen der zahllosen Bienen übertönt fast die Brandung des Ozeans.

Emory betrachtet den Leuchtturm mit prüfendem Blick, als wäre er ein Andenken, das sie aus der Erde rupfen und mit nach Hause nehmen muss.

Clara geht durch das vertrocknete Gras, um die Blumen näher betrachten zu können, von denen der Leuchtturm umgeben ist. Sie sind kniehoch, mit dicken grünen Stängeln und jeweils zwei prallen Blättern. Jede von ihnen hat eine perfekt gerundete Krone aus symmetrisch angeordneten Blütenblättern, und keine Einzige von ihnen ist welk. Das gesamte Feld wiegt sich im selben Takt hin und her. Es ist hypnotisierend.

Und gegen den Wind, wie Emory gerade auffällt.

»Sie sind wunderschön«, sagt Clara, schließt die Augen und nähert sich einer von ihnen mit der Nase, um daran zu riechen. Die vier nächststehenden Blumen drehen sich in ihre Richtung, die zierlichen Blütenblätter ziehen sich zurück und geben einen Ring aus Dornen frei, die eine klare Flüssigkeit absondern. Die Blätter neigen sich und zielen mit ihren scharfen Kanten auf ihr Gesicht.

»Papa!«, schreit Emory ihrem Vater zu, der unmittelbar hinter Clara steht.

Seth springt vorwärts, packt seine Enkelin an den Schultern und reißt sie mit sich fort, genau in dem Moment, in dem die Blätter eine riesige Wolke aus Sporen in die Luft schießen.

Die drei Dorfbewohner klammern sich aneinander und schauen entsetzt zu den Blumen, deren Blüten sich wild raschelnd nach ihnen ausstrecken, in dem kampfhaften Versuch, sie zu erreichen.

»Was sind das für Dinger?«, fragt Clara mit zitternder Stimme.

»Ich laufe hier ständig durch, ohne jemals von diesen Blumen angegriffen worden zu sein. Ich dachte immer, das Einzige, was sie einem antun, ist, dass sie einen zum Niesen bringen.«

Emory zeigt auf das schlafende Reh, dessen Brustkorb sich hebt und senkt. Über dreißig Blumen haben sich wie Blutegel an seinen Körper geheftet, und ihre Dornen schlürfen lautlos sein Blut. Die Glieder des Tieres zucken, und sein Herzschlag wird immer schwächer. Es träumt sich zu Tode.

Clara löst sich aus der schützenden Umarmung ihres Großvaters und nähert sich vorsichtig dem Rand des Blumenfelds. Als die

Pflanzen ihre Bewegung spüren, beginnen sie wieder eifrig zu rascheln.

»Was tust du da?«, zischt Seth.

»Ich will mir das mal näher ansehen«, antwortet Clara.

»Warum?«

»Aus Neugier.«

»Warum sollte dich so was neugierig machen? Solche –« Als er feststellt, dass ihm die Worte fehlen, macht Seth eine Handbewegung, die ein gierig fressendes Tier imitieren soll.

»Weil diese Blumen etwas ganz Neues sind«, erklärt Clara. »Und etwas Neues ist immer etwas Wunderbares.«

Während Seth noch nach der richtigen Formulierung sucht, um seinem Protest Luft zu machen, kniet Clara sich vor die Pflanzen auf die Erde, wobei sie sorgfältig darauf achtet, dass ihr Gesicht außerhalb der Reichweite der Sporen bleibt.

Sie senkt den Zeigefinger, bis er etwa einen Zentimeter über einer der rosafarbenen Blumen schwebt. Der Kopf der Blume neigt sich nach oben und raschelt, die Blütenblätter ziehen sich begierig zurück. Eine klare Flüssigkeit tropft von den Dornen herab.

»Vorsicht, Liebes«, warnt Emory sie leise und tritt hinter sie, um sie sofort wegziehen zu können.

Clara ignoriert ihre Warnung, bewegt ihren Finger nach links und lässt ihn nun über einer violetten Blume schweben.

»Sie reagiert nicht«, murmelt Clara und tauscht einen begeisterten Blick mit ihrer Mutter aus.

Sie schnipst mit der Fingerspitze dagegen und zieht dann rasch ihre Hand aus der Gefahrenzone. Auch jetzt reagiert die Pflanze nicht.

»Die violetten Blumen sind harmlos!«, ruft Clara und seufzt tief auf vor Erleichterung. »Mir ist sofort aufgefallen, dass sie mich in Ruhe gelassen haben, während die rosafarbenen mich angegriffen haben.«

Emory lacht begeistert über die Klugheit ihrer Tochter. »Es gibt einen Pfad aus violetten Blumen, der direkt zum Leuchtturm hinüberführt«, sagt sie. »Er ist ein bisschen versteckt, aber er ist da. Niema hat einen Weg für sich geschaffen.«

»Und für uns«, fügt Clara hinzu.

58

Emory, Clara und Seth brauchen nur ein paar Minuten, um sich einen Weg durch die fleischfressenden Pflanzen zu bahnen, aber sie hätten schwören können, dass die Zeit für den Aufstieg und Fall mehrerer Zivilisationen gereicht hätte – so lang kommt es ihnen vor. Sie können jeden einzelnen Muskel in ihren Körpern spüren, während sie an den rosafarbenen Blumen vorbeigehen und diese ihnen mit ihren Köpfen folgen, gierig auf den kleinsten Fehler wartend.

Sobald sie das Feld durchquert haben, fällt bei allen dreien die enorme Anspannung ab, und sie seufzen tief auf vor Erleichterung.

»Lasst uns das nie wieder tun«, sagt Seth mit schwacher Stimme. »Einmal im Leben reicht vollkommen.«

»Zweimal für dich, Papa«, korrigiert ihn Emory und zeigt auf den Verband an seinem Knöchel. »Die kreisrunde Wunde an deinem Bein hat dasselbe Muster wie der Dornenring, den die Blumen benutzen, um sich an ihrer Beute festzusaugen.«

Seth bückt sich und berührt vorsichtig die Wunde.

»Ich muss Niema hierher gefolgt sein in der Nacht, in der sie gestorben ist«, sagt er erstaunt. »Aber warum hätte ich das tun sollen? Sie wollte, dass ich im Boot warte.«

Clara wischt sich den Schweiß von der Stirn und geht dann zum Leuchtturm hinüber.

Sein Sockel besteht aus einer kleinen, viereckigen Hütte, deren Rundbogenfenster mit Eisengittern versehen sind. Die Fensterläden sind blau und die Wände weiß gestrichen. Sie strahlen so viel Hitze ab, dass man Brot darauf backen könnte. In dem blauen Himmel über ihnen ist keine einzige Wolke zu sehen, während die untergehende Sonne von der Spitze des Leuchtturms aufgespießt wird. Selbst die Elemente betreten diesen Ort nicht ungestraft.

»Dieses Gebäude unterscheidet sich radikal von allen anderen präapokalyptischen Gebäuden, die ich jemals gesehen habe«, sagt Clara und streicht mit der Hand über das Mauerwerk. »Das waren alles Ruinen. Diese Mauern hier sind jedoch vollkommen intakt und auch nicht von irgendwelchen Kletterpflanzen überwuchert. Die Fensterläden sind kein bisschen vermodert, und die Farbe sieht aus, als sei sie gestern erst aufgetragen worden.«

»Hier ist eine Tür«, sagt Emory und drückt sie auf.

Clara folgt ihrer Mutter ins Innere. Sie hatte damit gerechnet, einen feuchten, leeren Raum zu betreten, nicht aber ein hell erleuchtetes Labor. Auf neun in Dreierreihen angeordneten Tischen stehen ebenso viele Apparate. Über ihre schwarzen Bildschirme flimmert ein endloser Strom von Informationen – Worte, Symbole, Gleichungen und Grafiken.

Clara geht zwischen ihnen hin und her und betrachtet begierig diese Wunderwerke.

In der Luft schwebt eine merkwürdige weiße Flüssigkeit, die von unsichtbaren Kräften auseinandergezogen und in sich verdreht wird. Aus violettem Staub bilden sich eine Schlange und eine Maus, die Maus stürzt sich auf die Schlange und schlägt ihr die Zähne in den Rücken, dann zerfallen beide Tiere wieder zu Staub. Als Nächstes erscheint ein Kaninchen, das einem Fuchs hinterherjagt. Eine der rosafarbenen Blumen von draußen wird durch einen sich kräuselnden Lichtstrahl seziert und dann wieder zusammengesetzt, und ein anderer Apparat webt aus dem Nichts eine mit Gel gefüllte Kugel nach der anderen.

Die Technologie, die hier zu sehen ist, wirkt so viel fortschrittlicher als alles, was Thea in ihrem Labor benutzt, dass sie genauso gut aus Sternenlicht gemacht sein könnte.

»Thea ist letzte Nacht definitiv hierhergekommen«, ruft Clara, während sie einen aus Pflanzenstoffen zusammengesetzten Hund betrachtet, aus dessen Bauch ein Wurzelsystem wächst. »Ich erkenne diesen Ort von dem beschädigten Erinnerungsstein wieder, den wir in Hephaistos' Bunker gefunden haben. Das hier ist der Ort, an dem sie sich mit Niema gestritten hat.«

Am anderen Ende des Labors steht ein Wandschirm, wie es ihn früher in Arztpraxen gab. Emory will ihn gerade beiseiteschieben, als plötzlich Hephaistos aus einem der angrenzenden Räume tritt und sich die müden Augen reibt.

Er bleibt wie angewurzelt stehen. Die drei Dorfbewohner sind klatschnass, ihre Kleider sind zerrissen, ihre Haare verfilzt.

»Was wollt ihr hier?«, verlangt er zu wissen.

»Wir versuchen, Niemas Ermordung aufzuklären«, antwortet Emory.

Thea kommt die Wendeltreppe aus Metall hinuntergestiegen, die sich in der Mitte des Raums befindet.

»Ich habe die Lagerräume überprüft, aber –« Sie hält mitten im Satz inne, als sie Emory, Clara und Seth dort stehen sieht. Ihre Haare sind zerzaust, und sie hat rot unterlaufene Augen. »Was macht ihr denn hier? Wie seid ihr an den Sicherheitsanlagen vorbeigekommen?«

»Sicherheit?«, wiederholt Emory. »Dazu dienen also diese Blumen? Und die stürmischen Wellen?«

»Jedenfalls sollten sie das. Aber offenbar sind sie nicht effektiv genug, wenn ihr drei einfach so hereinspazieren könnt, wann immer ihr wollt«, antwortet Hephaistos.

»Wir denken, dass Niema das System in der Nacht ihres Todes aktiviert hat«, sagt Thea, während sie die letzten Stufen der Treppe hinunterkommt und sich dabei den Staub von den Händen klopft. »Habt ihr irgendwelche Neuigkeiten zu berichten? Habt ihr den Mörder gefunden?«

»Adil hat dich beschuldigt«, antwortet Emory tonlos.

Thea versteift sich, und sämtliche Farbe weicht ihr aus dem Gesicht. Doch dann strafft sie die Schultern und versucht, dieses

Nichts von einer Frau, das da vor ihr steht, diese Person mit ihren leuchtenden Augen, ihrem Unschuldsgesicht und ihrem riesigen lockigen Haarschopf, in Grund und Boden zu starren.

»Hat er irgendwelche Beweise?«, fragt sie kühl.

»Er hat einfach nur Hass auf dich«, wirft Hephaistos ein. »Diese Anschuldigung ist doch lächerlich. Wir sind seit neunzig Jahren zusammen auf dieser Insel. Warum sollte Thea plötzlich beschließen, sie zu töten?«

»Weil Niema sie vierzig von diesen neunzig Jahren angelogen hat«, verkündet Emory und beobachtet Theas Gesicht wie eine Anglerin, die eine reglose Wasseroberfläche anstarrt.

»Blackheath wurde nicht vom Nebel überrollt, habe ich recht? Niema hat mich, Clara und meinen Vater letzte Nacht dorthin geschickt. Du hast unsere Unterhaltung wahrscheinlich mitgehört. Da ist es nur logisch, dass du Clara in einem Anfall von blinder Wut das Messer aus der Hand gerissen und Niema damit erstochen hast.«

Thea kneift die Augen zusammen, und Emory wird sofort klar, dass sie sie zu scharf attackiert hat.

»Willst du damit sagen, dass die Mordwaffe Clara gehört hat?«

»Das hat sie. Aber jeder hätte sie ihr abnehmen können. Adil hat gesagt, du hättest bei der Obduktion ein Stück von deinem Fingernagel in Niemas Wange gefunden und es dann verbrannt. Er hat mir auch ein T-Shirt gegeben, von dem er behauptet, dass es mit Niemas Blut getränkt ist. Er hat gesagt, du hättest versucht, es zu verstecken. Stimmt das?«

Thea sieht sie wutentbrannt an und schweigt.

»Stimmt das?«, fragt Hephaistos fassungslos.

Niemand wagt es zu atmen. Selbst wenn sie wollten, könnten sie es nicht. Sämtlicher Sauerstoff scheint aus Angst vor dem, was als Nächstes passieren wird, aus dem Leuchtturm entwichen zu sein.

Emory sieht Thea unverwandt in die Augen, während Hephaistos das Profil seiner Freundin betrachtet und ein neuer Verdacht in seinen Gedanken hochbrodelt, wie Öl über einer heißen Flamme.

Clara und Seth sehen sich nervös an.

Sie stehen wie angefroren da und wissen nicht, was sie tun sollen. Noch nie hat jemand so mit den Ältesten gesprochen, wie Emory das gerade tut. Jede einzelne ihrer gentechnisch manipulierten Zellen scheint von ihnen zu verlangen, dass sie sich unverzüglich für Emory entschuldigen und sie kurzerhand aus dem Raum hinausschleifen.

»Adil lügt«, sagt Thea schließlich. »Da war kein Fingernagel, und ich habe lediglich meine Kleidung gewechselt. Ich habe nicht versucht, irgendetwas zu verbergen.«

Hephaistos' Blick springt wieder zu Emory hinüber. Seine Fäuste sind geballt, und sein Hals rötet sich vor Wut, als hätte er gerade entdeckt, dass sie ihn hinters Licht führt. »Dein Volk ist schuld. Deine Leute haben meine Mutter umgebracht«, knurrt er. »Hör auf, die Schuld auf andere zu schieben.«

»Und warum hat Niema dann ihr Sicherungssystem hochgefahren?«, fragt Emory, die sich sehr anstrengen muss, das Zittern in ihrer Stimme zu unterdrücken. »Wenn Niema Angst vor den Dorfbewohnern gehabt hätte, hätte sie Abi einfach befehlen können, uns im Dorf festzusetzen.«

Zur Überraschung aller beginnt Thea, langsam in die Hände zu klatschen. Sie applaudiert Emory.

»Es war die richtige Entscheidung, sie ermitteln zu lassen«, sagt sie zu Hephaistos. »Du hast dich gut geschlagen, Emory, auch wenn deine Anstrengungen fehlgeleitet waren. Ja, Niema hat mich betrogen. Und ja, ich wäre wütend darüber gewesen. Aber du hast ihren zertrümmerten Schädel gesehen. Ich bin zu einer solchen Brutalität nicht fähig. Wenn ich jemanden töten wollte, würde ich das effizient und unblutig tun, und jeder würde es für einen Unfall halten.«

Ihr Tonfall ist sachlich, aber ihr Blick bohrt sich in Emorys Gesicht. Sie will, dass diese junge Frau sich genauso verletzlich fühlt, wie sie selbst das gerade tut. Genauso entblößt.

Emory blickt ruhig und unbeirrt zurück.

»Es *sollte* ja wie ein Unfall aussehen«, sagt sie. »Ein Brand sollte die Leiche zerstören und mit ihr sämtliche übrigen Beweise. Wenn es nicht geregnet hätte, hätten wir keinerlei Anhaltspunkte gehabt.«

»Glaubst du denn allen Ernstes, dass ich so dumm gewesen wäre, meine Pläne von den Launen des Wetters abhängig zu machen? Insbesondere in der Jahreszeit mit den meisten Stürmen?«, schnaubt Thea verächtlich. »So unbedacht bin ich nicht. Und das weißt du ganz genau.«

Emory zaudert. Sie muss sich die Stichhaltigkeit dieses Einwands eingestehen. Seit sie Thea kennt, ist diese in all ihrem Tun immer überaus akribisch und präzise vorgegangen. Dieser Mord ist wie ein Kleidungsstück, das Thea zwar tragen würde, das aber die falsche Größe hat.

»Wenn sich all diese Indizien auf einen Dorfbewohner beziehen würden, hättet ihr ihm längst den Erinnerungsextraktor aufgesetzt«, sagt Emory in dem Versuch, in der Auseinandersetzung wieder ein wenig Land zu gewinnen.

Theas Augen funkeln boshaft.

»Da hast du absolut recht. Ein Dorfbewohner könnte sich nicht damit retten, dies alles abzustreiten, aber das liegt daran, dass die Mitglieder *deines* Volks vollkommen unbedeutend und leicht ersetzbar sind. Bring mir Beweise für meine Schuld statt einfach nur Unterstellungen, und ich werde mir den Erinnerungsextraktor mit Freuden aufsetzen. Bis dahin behalte deine Anschuldigungen gefälligst für dich.«

59

Auch fünf Minuten nach Emorys Auseinandersetzung mit Thea scheint der Leuchtturm noch unter Strom zu stehen.

Thea und Hephaistos sind damit beschäftigt, Schubladen aufzureißen und ihren Inhalt auf dem Boden zu verstreuen. Sie suchen nach einem Schlüssel für Blackheath, von dem sie glauben, dass er irgendwo unter Niemas Besitztümern versteckt sein muss. Emory und Clara überprüfen sämtliche Bildschirme in der Hoffnung, Informationen zu dem Experiment zu finden, das Niema in der Nacht ihres Todes durchgeführt hat.

Seth schaut ihnen von der Tür aus zu. Er hat das Gefühl, als stünde seine Welt kopf.

Er hat die Ältesten sein Leben lang verehrt. Er war stets der Meinung, sie wüssten, was für die Dorfbewohner das Beste ist – selbst dann, wenn ihre Entscheidungen eigennützig zu sein schienen.

Emory dachte immer, dieses Vertrauen sei ihm angeboren, doch das war es nicht. Er hat es sich über die Jahre hart erarbeiten müssen – Jahre, während derer er immer wieder seine Zweifel hinuntergeschluckt und seine Fragen unterdrückt hat.

Das war das Opfer, das er gebracht hat.

Er dachte, wenn er ein Auge zudrückt, wäre das der beste Weg, um dem Dorf zu dienen, aber die letzten beiden Stunden haben ihm gezeigt, was für ein Dummkopf er gewesen ist. Thea hat sein Volk – seine Freunde und seine Familie – ganz offen für »unbedeutend und ersetzbar« erklärt. Es waren nicht nur diese Worte, die ihn tief getroffen haben. Es war der giftige Ton, mit dem sie ausgesprochen wurden. Der Hass und die Verachtung.

Der unverhohlene Versuch, Emory zu verletzen.

Und was Niema angeht … Ihm wird ganz eng ums Herz, wenn er nur an sie denkt. Seit ihrem Tod hat er beharrlich an seiner Liebe für sie festgehalten. Er hat ihr Andenken gegen die Anschuldigungen verteidigt, die seine Tochter und sogar Clara gegen sie ausgesprochen haben.

Doch das, was er gerade mit angehört hat, verändert alles. Thea hat Emorys und Claras Anschuldigungen nicht nur bestätigt, sondern als Beweis auch noch jene Leiche angeführt, die er selbst von den Klippen gekratzt hat. Niema hat diese Frau getötet und noch sehr viele andere im Laufe der Jahre. Und während er sie hierhergerudert hat, damit sie diese Morde begehen kann, hat sie mit ihm zusammen gescherzt und gelacht.

Er hat das Gefühl, als hätte er ihr bei diesen Taten geholfen. Als sei er ihr Komplize gewesen.

Wie konnte er jemanden lieben, der so viel Boshaftigkeit in sich trug? Wie konnte sie zulassen, dass er sie liebt?

»Wie sieht denn der Schlüssel zu Blackheath aus?«, fragt Emory plötzlich. Sie kniet gerade auf der Erde und untersucht die Unterseite eines der Apparate.

»Es ist eine kleine, rötliche Glaskugel«, antwortet Thea von der gegenüberliegenden Seite des Raumes. Ihre Stimme klingt plötzlich ganz eifrig. »Hast du ihn gefunden?«

»Nein«, antwortet Emory und senkt rasch die Augen. »Ich wollte es nur wissen, falls ich darauf stoße.«

Thea wendet enttäuscht den Blick ab, aber Seth hat Emorys Tonfall richtig gedeutet. Sie weiß mehr, als sie sagt.

Noch vor ein paar Stunden hätte er Thea seinen Verdacht sofort mitgeteilt. Er hätte Emorys Verhalten für kleinlich und engstirnig gehalten und geglaubt, dass sein alleiniger Zweck darin besteht, Thea zu verärgern. Doch das war, bevor die Ältesten ihre Masken fallenließen.

»Wenn du diesen Schlüssel findest, dann lass es mich sofort wissen«, fährt Thea fort, während sie eine Schachtel aus einem Regal zieht und deren Inhalt auf den Boden schüttet. »Es gibt Geräte in Blackheath, die uns dabei helfen könnten, die Barriere wieder hochzuziehen. Mit ein wenig Glück könnten wir dort sogar allesamt Schutz finden.«

Aus der anderen Ecke des Raums ist ein kurzer Aufschrei zu hören. Clara hat den Wandschirm zur Seite geschoben, der ihnen beim Betreten des Raums aufgefallen war. Dahinter steht ein hölzerner Stuhl mit einer hohen Lehne, Befestigungsmanschetten für Hand- und Fußgelenke und einem Stirnband aus Metall, das mit ein paar Umdrehungen einer großen Schraube enger oder weiter gestellt werden kann.

Seth dreht sich der Magen um. Er hat keine Ahnung, wozu dieser Stuhl benutzt wurde, aber die Fesseln sprechen eine allzu deutliche Sprache. Sie zeugen von den Qualen, die hier erlitten worden sein müssen.

Auf einem kleinen Tisch daneben steht der Metallkasten, den Hui aus dem Kratergarten mitgebracht hat. Der Verschluss an der Seite wurde geöffnet, und auf dem Polster im Innern ist ein Glasbehälter zu sehen. Clara nimmt den Behälter aus dem Kasten. Er enthält eine seltsame Pflanze mit gezackten Blättern und ein paar gelben Knospen.

»Das ist Nyctanthes prumulla«, sagt Thea, die Clara beobachtet hat. »Die Knospen der Pflanze können zu einem sehr starken Sedativum verarbeitet werden.«

»Wie stark?«, fragt Emory, die hinter ihnen steht.

Thea lässt ihren Blick durch den Raum schweifen und geht dann zu einem Apparat hinüber, in dessen Innerem sich eine kleine, in ein rotes Licht getauchte Glasampulle dreht. Innerhalb der Ampulle drehen sich ein paar Tropfen einer Flüssigkeit im Kreis.

»Diese winzige Menge würde ausreichen, um eine Person für ein paar Stunden bewusstlos zu machen«, sagt sie. »Aus der Anzahl an Knospen, die Niema von der Pflanze entfernt hat, hätte sie genug

Sedativum herstellen können, um das ganze Dorf in Tiefschlaf zu versetzen.«

Emory murmelt vor sich hin, als ihr ein Gedanke kommt. »Wird das durch eine Spritze verabreicht oder eingenommen?«, fragt sie.

»Gespritzt«, antwortet Thea. »Warum?«

»Könnte dieses Betäubungsmittel der toten Frau verabreicht worden sein, die Seth gefunden hat?«, fragt Emory. Theas Gegenfrage ignoriert sie einfach. »Adil hat mir erzählt, dass er gehört hat, wie Niema sich hier mit einer anderen Frau unterhalten hat, in der Nacht, in der sie gestorben ist.«

Hephaistos macht zornentbrannt einen Schritt auf sie zu, und Seth sieht sich gezwungen, rasch dazwischenzutreten. Er wirft seiner Tochter einen warnenden Blick zu, aber er kann ihre Ungeduld verstehen. Sie versucht, die gesamte Insel zu retten, während Hephaistos das Andenken eben jener Frau zu schützen versucht, die die Insel überhaupt erst in Gefahr gebracht hat.

»Ich habe Niema über ein Experiment sprechen hören, das sie durchführen wollte, und wie riskant das für das Versuchsobjekt sei«, sagt Emory und starrt an ihrem Vater vorbei direkt in Hephaistos' Augen. »Falls es funktioniere, meinte sie, würde das eine bessere Zukunft für die Menschheit bedeuten.«

Thea schnaubt verächtlich.

»Ach, also das war es, was sie zu tun glaubte?«, ruft sie und schüttelt den Kopf. »Wenigstens erklärt das, warum das Blut der Toten prallvoll mit Conidia war.«

»Was ist Conidia?«, fragt Clara.

»Das ist der Fungus, der uns mit Abi verbindet«, erklärt Thea knapp. »Ein paar hundert Sporen ermöglichen es ihr schon, Zugriff auf unsere Gedanken zu bekommen, aber für alles, was darüber hinausgeht – wie zum Beispiel das Erzwingen der Sperrstunde oder die Übernahme der Kontrolle über einen Körper –, müssen sich etwa tausend Sporen in der Blutbahn der jeweiligen Person befinden. Ich habe eine Obduktion an der toten Frau durchgeführt, die du in mein

Labor gebracht hast, Seth. Sie hatte die doppelte Anzahl an Sporen in ihrer Blutbahn. Das hat sie auch das Leben gekostet. Euer Volk wurde von vornherein genetisch so manipuliert, dass ihr große Mengen Conidia vertragen könnt, aber für Menschen ist das tödlich. Das war es schon immer.«

»Warum sollte Niema absichtlich die Blutbahn eines Menschen mit einem Mittel überfluten, von dem sie weiß, dass es ihn töten wird?«, fragt Seth entsetzt.

Thea betrachtet den Stuhl und streicht mit den Fingern über die Nieten. Die Abscheu, die sie bei dem Gedanken an den Zweck erfüllt, dem er diente, steht ihr deutlich ins Gesicht geschrieben.

»Wenn man nach Blackheath kam, lautete eine der Einstellungsbedingungen, dass man sich Abi implantieren ließ. Das ist auch der Grund dafür, warum Hephaistos und ich sie ebenfalls hören können«, erklärt sie. »Unsere Forschungen waren Milliarden wert, und es war Abis Aufgabe, unsere Gedanken zu überwachen und sicherzustellen, dass wir keine geheimen Informationen stahlen oder Wirtschaftsspionage für ein konkurrierendes Unternehmen betrieben. Bei allen, die aus der Firma austraten, wurde das Gedächtnis gelöscht, damit sie ihre Forschung nicht mitnehmen konnten, aber zu mehr war Abi nicht in der Lage. Niema hat immer darüber geredet, dass sie Abi mehr Kontrolle über ihre Angestellten geben wollte, aber es ist ihr nie gelungen, eine Methode zu finden, bei der die betroffene Person nicht getötet werden würde. Vor etwa fünfzig Jahren ist sie zu mir gekommen und hat behauptet, sie hätte die Lösung für ihr Problem gefunden. Sie wollte, dass ich ihr dabei helfe, entsprechende Versuche an Menschen durchzuführen. Ich habe ihre Forschungsergebnisse überprüft und kam zu einem vollkommen anderen Ergebnis als sie. Ich habe ihr deutlich gesagt, dass jeder, bei dem sie ihr Verfahren durchführen würde, innerhalb weniger Tage sterben würde. Darüber hinaus machte ich ihr klar, dass ich lieber mein Leben beenden würde, als Abi die Kontrolle über meinen Körper zu überlassen. Niema hat mir zugehört und schien mir zuzustimmen. Ich war so naiv zu glauben, dass die Sache für sie damit erledigt war.«

Sie schnipst mit dem Finger gegen die metallene Kopfbefestigung. »Das war offenbar noch so eine Sache, über die sie mich angelogen hat.«

»Warum hätte sie so gefährliche Experimente weiterhin durchführen sollen?«, fragt Emory.

Thea klopft gedankenverloren auf die Konsole eines der Apparate. »Niema hat so lange über alle geherrscht, dass sie den Gedanken nicht ertragen konnte, in eine Welt zurückzukehren, in der sie nicht mehr die Kontrolle hat. Sie wollte die Menschheit genauso kontrollieren wie euch. Sie wollte die Menschen nicht freilassen und dabei zusehen müssen, wie sie ihre geliebte Insel zerstören oder eine Zivilisation aufbauen, die nicht exakt ihren Vorstellungen entsprach. Sie wollte sich nie wieder von jemandem bedroht fühlen.«

»Sie hatte Angst«, murmelt Seth leise.

»Das haben mächtige Leute so an sich«, stimmt Thea ihm zu. »Sie haben schließlich am meisten zu verlieren.«

60

Emory steht draußen vor dem Leuchtturm, am äußersten Rand der Klippe, und starrt in die peitschenden Wellen des tief unter ihr liegenden Meeres.

Zum ersten Mal glaubt sie, die groben Umrisse der Geschehnisse erkennen zu können, die sich in der Nacht von Niemas Tod zugetragen haben. Niemas gescheitertes Experiment, dann ihre Rückkehr ins Dorf. Sie hat ihre Geheimnisse offenbart, hat etwas bekanntgegeben und ist daraufhin von jemandem erstochen worden.

Ein Puzzleteil fehlt ihr noch, aber sie hat schon einen Plan, wie sie es bekommen kann. Wenn ihr das gelingt, hat sie alles, was sie braucht.

Sie atmet tief aus und fragt sich, wie ihnen das helfen soll. Selbst wenn sie beweisen könnte, wer Niema getötet hat, lässt sich der Nebel nur dadurch aufhalten, dass diese Person hingerichtet wird. Wie könnte sie mit dieser Schuld leben, wenn sie das geschehen ließe?

Aber was wäre die Alternative? Es für sich zu behalten? Den Mörder mit ihnen zusammen im Kratergarten leben zu lassen, während sich alle fragen, ob er noch einmal morden wird?

Sie schaut in den immer dunkler werdenden Himmel hinauf. Die Sonne senkt sich bereits zu den Hängen des Vulkans herab, der Mond ist über den Horizont gestiegen. Morgen früh wird der Nebel die Küste erreichen. Wie auch immer ihre Entscheidung aussehen wird – sie wird sie schnell treffen müssen.

Sie hört ein Geräusch hinter sich, dreht sich um und sieht, wie Hephaistos mit schmerzerfülltem Gesichtsausdruck aus dem

Leuchtturm tritt. Er hat die Augen geschlossen und atmet mehrere Male tief ein, offenbar in dem Versuch, die Beherrschung wiederzuerlangen.

Manchmal vergisst sie, dass Niema seine Mutter war. Sie kann sich nicht vorstellen, wie schwer das alles für ihn sein muss.

Was nicht heißt, dass sie deshalb besonders viel Mitleid für ihn aufbrächte.

Sie hasst die Ältesten so sehr, dass es ihr Angst einjagt. Der Hass ist wie eine Schlange, die sich durch ihren Körper windet, ihr das Herz zusammenpresst und den Atem abschnürt. Er flüstert in ihren Gedanken, so laut und klar, wie Abi das tut. Er will, dass sie leiden. Er will, dass sie gedemütigt und verletzt werden, so wie es Adil während all dieser Jahre ergangen ist.

»Ich habe nicht die Macht dazu«, sage ich. »Niema hat mich angewiesen, jedes menschliche Leben zu schützen. Ich darf nichts tun, was ihnen schadet.«

»Und was ist, wenn einer von ihnen Niema getötet hat?«, fragt Emory herausfordernd.

»Wenn du die Insel retten willst, wirst du möglicherweise etwas tun müssen, was du nicht tun willst.«

»Du erwartest doch wohl nicht von mir, dass ich ihnen etwas antue?«

»Nein, aber du könntest gezwungen sein, danebenzustehen und es Adil tun zu lassen.«

Emory denkt darüber nach, während sie zu Hephaistos hinübergeht. Sie tritt nahe genug heran, dass er sie über das Tosen des Ozeans hinweg hören kann, bleibt jedoch weit genug entfernt, damit er sie nicht packen kann, so wie er es in Theas Labor getan hat.

»Können wir kurz reden?«, fragt sie.

Er starrt sie verständnislos an, als könnte er nicht fassen, dass sie ihn gerade angesprochen hat. Das war schon immer so, seit sie ein kleines Mädchen war. Im Gegensatz zu Thea, die Lehrlinge ausgebildet hat, oder zu Niema, die am Dorfleben teilgenommen hat, war

Hephaistos immer darauf bedacht, sich von den Dorfbewohnern fernzuhalten. Er hat nie mit ihnen geredet oder Zeit mit ihnen verbracht. Er hat sie kaum jemals auch nur angesehen.

Sie hat dieses Verhalten nie verstanden, bis sie das kleine Mädchen im Kratergarten gesehen hat. Hephaistos sieht die Dorfbewohner nicht als Personen, nicht als denkende, fühlende Individuen. Er sieht sie als Werkzeuge. Mit ihnen zu interagieren ist wertlos, weil sie wertlos sind.

»Ich weiß, dass du Niema bei ihren Experimenten geholfen hast, und ich weiß, dass die Frau, die mein Vater auf den Klippen gefunden hat, nicht euer erstes Opfer war«, kommt Emory ihm zuvor, bevor er etwas sagen kann. »Wir haben die anderen Leichen in der Krankenstation gefunden. Niema versucht seit *Jahren*, dieses Experiment erfolgreich abzuschließen. Ich habe die Unterhaltung zwischen euch beiden auf der Treppe der Kaserne mit angehört, zwei Tage bevor sie getötet wurde. Du wolltest es nicht tun, aber sie hat dich dazu überredet. Deshalb hast du die Leiche von der Klippe heruntergeworfen. Du hattest gehofft, den Beweis dafür zu vernichten, damit Thea nie erfahren würde, dass du dabei mitgemacht hast.«

Jeder einzelne Fakt trifft ihn wie ein Hammerschlag, zertrümmert die ruhige Fassade, die er sich zugelegt hat, und entblößt die Schuld, die er darunter versteckt hält. Er war der Sohn einer Milliardärin. Er musste nie lernen, seine Gefühle glaubhaft zu vertuschen oder Rechtfertigungen für sein Verhalten zu finden. Das hat die restliche Welt schon für ihn erledigt.

»Das ist –«

»Du wusstest seit Jahren, dass Blackheath nicht durch den Nebel verlorengegangen ist, und du hast das vor deiner einzigen Freundin geheim gehalten«, setzt Emory ihren Angriff fort. »Wie, glaubst du, wird sie wohl reagieren, wenn sie das herausfindet?«

Seine Hand schießt vor, aber sie springt außer Reichweite, sodass er in die Luft greift. Bis gestern hatte sie es noch nie mit blinder Wut zu tun gehabt. Es überrascht sie, wie vorhersehbar sie ist und wie zuverlässig sie eintritt. Es ist eine so offenkundige Schwäche, dass sie nicht begreifen kann, warum Hephaistos nie gelernt hat, sie zu beherrschen. Jemand, der sich so leicht provozieren lässt, kann von einem Moment auf den anderen nicht mehr klar denken. Und macht es seiner Umwelt äußerst leicht, ihn zu manipulieren.

»Ich weiß, wo der Schlüssel zu Blackheath ist, Hephaistos«, sagt sie schnell, um ihn wieder ein wenig zu beruhigen. »Ich bin bereit, ihn dir zu geben und alles zu vergessen, was ich weiß. Thea muss es niemals erfahren. Das Einzige, was ich im Gegenzug von dir will, ist, dass du dafür sorgst, dass Jack wohlbehalten zu mir zurückkehrt.«

Hephaistos betrachtet sie eine ganze Minute lang nachdenklich. Seine seltsam leeren Augen funkeln.

»Erpressung«, sagt er und fährt sich mit der Zunge über die trockenen Lippen. »Ich wusste es offenbar gar nicht zu würdigen, wie erfolgreich meine Mutter bei eurer Entwicklung war. Ihr seid den Menschen sehr viel ähnlicher, als ich dachte.«

Emory erschaudert. Das Wort »Mensch« ist zu einer Beleidigung geworden.

Er streicht sich mit dem Daumen übers Kinn. »Bring den Schlüssel heute Abend nach Anbruch der Sperrstunde ins Dorf, dann bringe ich dich zu deinem Mann. Wenn du mich betrügst, knüpfe ich deine gesamte Familie an der Dorfmauer auf.«

61

Kaum hat Emory den Leuchtturm wieder betreten, packt Clara sie am Arm und zieht sie zu einem der Räume hinüber, die an das Labor grenzen.

»Das musst du unbedingt sehen«, sagt sie aufgeregt.

Sie öffnet eine schmale Tür und führt Emory in ein gemütliches Wohnzimmer mit hölzernen Bodendielen, in dem ein Sofa mit kaputter Federung und ein Couchtisch stehen. Die Wände sind derart mit Bildern vollgehängt, dass sich ihre Rahmen fast berühren. Es gibt Ölgemälde und Aquarelle, Porträts und Landschaftsbilder. Die Kunstfertigkeit der Bilder legt nahe, dass sie vor der Apokalypse entstanden sind.

»Schau dir das an!«, sagt Clara und zeigt auf ein kleines Gemälde von Piero della Francesca, das den Titel *Die Auferstehung Christi* trägt. »Schau dir die Struktur an und wie er Licht und Schatten gemalt hat.«

Keiner im Dorf hatte jemals das Talent, so etwas zu erschaffen, und Clara ist von Ehrfurcht erfüllt. Die einzige Person, die bei irgendeiner Tätigkeit – ganz gleich welcher – diese Art von Talent an den Tag gelegt hat, ist Hui.

Trotz all seiner Schönheit kann Emory sich kaum überwinden, das Bild anzuschauen. Sie empfindet einen solchen Hass auf die Menschen, dass sie es nicht über sich bringt, etwas zu bewundern, was mit ihnen zu tun hat. Genau dieses Gefühl muss Adil all die Jahre gehabt haben, denkt sie. Es zerfrisst einem die Seele.

Verstört macht sie sich auf die Suche nach ihrem Vater. Er schaut sich gerade in einer kleinen Küche um, in der ein Lehmofen und ein vor sich hin brummender Kühlschrank stehen. Sämtliche Regale sind leer. Auf der Arbeitsfläche stehen ein Messerblock und mehrere Körbe, die für Zwiebeln und Knoblauch gedacht sind, sowie ein Krug für Olivenöl mit einem krummen Griff. Im Gegensatz zu allem anderen, was sich in diesem Leuchtturm befindet, wurde dieser Krug von jemandem hergestellt, der nicht über das geringste Talent für eine solche Arbeit verfügte.

Die gesamte Küche ist von einer dicken Staubschicht bedeckt, was darauf schließen lässt, dass Niema sie schon seit sehr langer Zeit nicht mehr benutzt hat.

»Papa?«, fragt Emory, die sich hinter ihn gestellt hat. »Alles in Ordnung?«

»Dieses Ding da habe ich für sie getöpfert«, sagt er und zeigt auf den Krug. »Sie hat behauptet, sie fände ihn großartig, aber ich dachte, sie wollte einfach nur höflich sein. Ich war davon überzeugt, sie hätte ihn weggeworfen.«

Seine Stimme klingt leer. Ganz offenbar ist Emory nicht die einzige Person, die mit widersprüchlichen Gefühlen zu kämpfen hat.

Sie zieht sich wieder ins Wohnzimmer zurück.

Von diesem Raum gehen noch zwei weitere Türen ab. Eine von ihnen ist aus Metall und hat auf Kopfhöhe ein kleines Fenster. Dahinter herrscht Dunkelheit. Es gibt einen Knopf mit einem Pfeil darauf, aber als sie ihn betätigt, passiert nichts.

Die andere Tür führt in ein Schlafzimmer, das ganz ähnlich eingerichtet ist wie Niemas Schlafraum in der Kaserne. Ein Einzelbett steht zwischen einem Kleiderschrank und einem hohen Bücherregal, das jedoch größtenteils leer ist. Die Bücher sind wahrscheinlich im Dorf, denkt Emory, und sieht die Regale voller Detektivgeschichten vor ihrem geistigen Auge.

Neben dem Regal steht ein Schreibtisch, auf dem eine aufgeschlagene Bibel liegt. Die dünnen Seiten sind abgenutzt und haben Eselsohren. Emory betrachtet verwirrt die archaische Sprache und das seltsame Nummernsystem.

Sie hat eine Ausgabe dieses Buches auch in Hephaistos' Bunker gesehen, und Niema hatte ein zweites Exemplar in ihrem Schlafraum. Es muss ihnen sehr wichtig sein. Aber Emory wird nicht schlau daraus.

Sie legt das Buch wieder hin und öffnet die Schubladen. Darin findet sie ein paar Stifte, Papier und ein Fotoalbum. Das Album enthält lauter Bilder von Niema und Seth, die an den verschiedensten malerischen Orten auf der Insel aufgenommen wurden. Ihr Vater ist über eine Zeitspanne von etwa zwanzig Jahren zu sehen. Mit der Zeit wird seine zuerst so steife Haltung immer nachgiebiger und weicher, die anfangs stets gerunzelte Stirn verschwindet und macht einem Lächeln Platz, das schließlich sogar zu einem Lachen wird.

»Er sieht glücklich aus«, murmelt sie und schaut sich wieder das erste Bild an.

Da ist er mit Niema, wie sie den Vulkan besteigen. Da ist er, wie er sich ein riesiges Blatt von einem Baum als Hut aufgesetzt hat und über irgendetwas lacht. Da sind sie beide im Wald. Eine Seite nach der anderen, eine glückliche Erinnerung nach der anderen.

Sie hat ihren Vater noch nie so gesehen. Sie wünschte, sie hätte es. Nach dem Tod ihrer Mutter hat die Trauer erst ihn vergiftet und dann sie.

Emory blättert immer weiter, erstaunt darüber, wie gründlich ihr Vater diese Insel erkundet hat. Sie selbst hat sie größtenteils durch die Erinnerungen anderer erlebt, aber sie kennt sie gut genug, um von den meisten dieser Bilder sagen zu können, wo sie aufgenommen wurden. Dieses hier wurde in einer verwilderten Olivenplantage im Süden fotografiert. Dieses in einer Bucht im Osten und dieses ... sie runzelt die Stirn. Sie zieht das Foto aus dem Album, hält es ins Licht und versucht zu begreifen, was sie da sieht.

»Das kann nicht sein«, sagt sie.

Doch ihre Augen bleiben über eine Minute lang an dem Bild haften, und ihr Verdacht erhärtet sich.

Sie nimmt das Foto mit in die Küche und knallt es vor ihrem Vater auf die Küchentheke.

»Was siehst du da?«, fragt sie ihn.

Er lässt seinen verdutzten Blick von Emory zu dem Bild wandern und lächelt ein wenig, als er sein jüngeres Selbst wiedererkennt.

»Das bin ich, vor zwanzig Jahren«, sagt er und klopft mit dem Finger darauf.

»Weißt du noch, wo es aufgenommen wurde?«

Er betrachtet das Bild erneut. Er steht in einem Feld und macht eines dieser »Guck mal wo ich bin«-Gesichter. Hinter ihm ist ein See zu sehen und links von ihm eine Baumgruppe.

»Ich muss damals noch ein Lehrling gewesen sein, also könnte es überall gewesen sein«, sagt er und dreht das Bild in der Hand hin und her. »Thea hat uns gezwungen, diese schreckliche Kamera, die sie damals noch hatte, überallhin mitzunehmen. Wir haben die Hälfte unserer Zeit damit verbracht, das Ding wieder zu reparieren, nachdem es auseinandergefallen war.«

»Also weißt du nicht, wo das hier aufgenommen wurde«, hakt Emory nach. Ihr Gesichtsausdruck ist finster.

»Emory, ich weiß nicht einmal mehr, *wann* dieses Bild aufgenommen wurde.«

»Bist du sicher, Papa? Es ist wirklich wichtig.«

»Emory«, knurrt er. Er steht kurz davor, die Beherrschung zu verlieren. »Ich weiß nicht, wann dieses Bild aufgenommen wurde. Was soll das alles?«

»Es geht darum«, sagt Emory und zeigt auf den See im Hintergrund.

»Das ist Wasser. Na und?«

»Es ist ein See, Papa. Man kann die Ufer sehen. Wie viele Seen haben wir auf dieser Insel?«

Er runzelt die Stirn, dann weiten sich seine Augen schockiert. Endlich hat er verstanden.

»Keinen«, antwortet er fassungslos.

»Keinen«, wiederholt sie. »Dieses Foto wurde nicht auf unserer Insel aufgenommen. Und es ist durchaus möglich, dass dieser Umstand dich das Leben kosten wird.«

62

Emory, Clara und Seth durchqueren das Feld aus tödlichen Blumen und gehen zum Rand des nahegelegenen Waldes, wo Hephaistos und Thea bereits ungeduldig auf sie warten. Die Ältesten hatten sich schon auf den Weg zum Dorf gemacht, als die Familie den Leuchtturm verließ, was sie nun zur Eile antreibt.

Seth geht stoisch voraus, Clara hat sich an seinen Arm geklammert, und Emory geht hinter ihnen her, niedergedrückt von der Last ihrer Schuldgefühle. Sie hat kein einziges Wort mehr gesagt, seit sie ihrem Vater das Foto gezeigt und ihm erklärt hat, welches Geheimnis sich hinter Niemas Lüge verbirgt.

Seth bekam bei diesem Gespräch den Eindruck, dass sie sich von ihm einen Widerspruch gewünscht hätte oder dass er versuchen würde, ihr die Sache auszureden. Der hoffnungsvolle Ausdruck auf ihrem Gesicht zeigte ihm, dass ein einziges Wort gereicht hätte, um sie die Sache abblasen zu lassen. Aber er hat den Plan schweigend akzeptiert. Er gibt sich keinen Illusionen mehr hin, was die Ältesten betrifft, aber wenn es in seinem Kopf irgendwelche Informationen gibt, die dem Dorf helfen können, dann will er sie mit Freuden zur Verfügung stellen.

Sich für die anderen zu opfern hat für ihn einen sehr viel höheren Wert, als zu seinem eigenen Vorteil am Leben festzuhalten. Und das wird auch immer so bleiben.

Der Wind frischt auf und besprüht sie mit Regentropfen.

Sie haben den Waldrand fast erreicht, als Seth plötzlich stehen bleibt und Emory mit einer Handbewegung aufhält.

»Warte«, sagt er mit heiserer Stimme. »Ich könnte morgen sterben und werde dann keine Begräbnisfeier bekommen, also möchte ich mich hier und jetzt von euch verabschieden.«

»Papa –«

»Sei still, Emory. Nur dieses eine Mal«, sagt er ungeduldig. »Lass mich reden. Lass mich das sagen.« Er ergreift ihre Hand, und sein Blick wandert zwischen ihr und seiner Enkelin hin und her.

»Ich habe keine Angst zu sterben, aber ich hatte immer entsetzliche Angst davor, dass andere sterben, die mir nahestehen. Deine Mutter, Matis, ihr beide.«

Er hält ihren Blick eine Sekunde lang fest und wendet dann die Augen ab.

Es regnet jetzt stärker. Die Tropfen wühlen die trockene Erde auf und durchnässen ihre Kleider.

»Ich habe viele Fehler gemacht, und es ist zu spät, sich für jeden Einzelnen von ihnen zu entschuldigen, aber ich möchte, dass ihr wisst, dass ich stolz auf euch beide bin.«

Sein Blick kehrt wieder zu Emory zurück. Ihr treten die Tränen in die Augen.

»Ich habe nie die richtigen Worte gefunden, wenn ich sie gerade brauchte, aber ich will, dass du weißt, dass das, was als Nächstes geschieht – was auch immer das sein mag –, nicht deine Schuld ist«, sagt er mit Nachdruck. »Falls ich sterbe, hättest du nichts anderes tun können. Du hast die ganze Welt gegen dich gehabt, als du mit dieser Aufgabe angefangen hast, und jetzt schau, wie viel du erreicht hast. Niemand sonst hätte es geschafft, so weit zu kommen. Nicht einmal Niema.«

Er zieht seine Tochter in eine schroffe Umarmung und tut dann dasselbe mit seiner Enkelin.

»Was habt ihr gefunden, das so wichtig ist?«, verlangt Thea zu wissen, die zu ihnen hinübergekommen ist.

Emory hält der Ältesten das Foto entgegen. Es ist nicht zu übersehen, wie angewidert sie davon ist, und vor allem davon, was sie seinetwegen zu tun gezwungen ist.

Thea reißt ihr das Bild aus der Hand und wirft einen flüchtigen Blick darauf. Sie ärgert sich darüber, schon wieder einen Schritt hinterherzuhinken.

»Das ist dein Vater«, sagt sie. »Damals, als er noch mein Lehrling war.«

»Sieh genauer hin«, sagt Clara.

Thea schaut sich erneut das Foto an. Sie hat keine Ahnung, worauf sie achten soll, aber sie weigert sich, Emory die Genugtuung zu verschaffen, sich das anmerken zu lassen. Neunzig Jahre lang haben die Geheimnisse der Insel allein ihr gehört. Sie hat sie für sich behalten und nur ab und zu nach Lust und Laune mit jemandem geteilt. Es ist äußerst irritierend, Emorys Ermittlungen jetzt wie ein Hund einem Stöckchen hinterherzujagen.

»Das ist ein See«, sagt sie, als ihr allmählich klarwird, was sie da gerade sieht. »Seth befand sich nicht auf dieser Insel, als dieses Foto aufgenommen wurde.«

Bitte stell nicht die nächstliegende Frage. Bitte nicht!, denkt Emory verzweifelt.

Sie hätte Thea das Bild nicht gezeigt, wenn der Nebel nicht schon so nah gekommen wäre, aber falls es einen Weg gibt, der von dieser Insel herunterführt, müssen die Ältesten davon erfahren. Sie könnten über hilfreiche Informationen verfügen.

»Auf dem Bild ist auch kein Nebel zu sehen«, sagt Emory in dem Versuch, Thea von einer anderen Frage abzulenken. »Niema hat sich geirrt. Der Nebel bedeckt nicht den ganzen Planeten.«

»Niema hat sich nicht geirrt«, sagt Thea wütend. »Sie hat gelogen. Genauso wie sie auch über Blackheath gelogen hat.«

Sie starrt auf den Horizont und versucht, sich die Wälder, Hügel und Bäume auf der anderen Seite vorzustellen, die nur darauf warten, wiedergefunden zu werden. Es wird dort keine Tierwelt geben, aber die Geräte in Blackheath können das beheben. Sie werden ganz von vorn anfangen können oder alles mithilfe der DNS-Proben wiederherstellen, die sie eingelagert haben.

Bei der Vorstellung dieses ungehemmten Schaffensprozesses wird ihr so schwindlig vor Freude, dass sie Emory die Fotografie schon wieder zurückgeben will.

Das Herz der jungen Frau schlägt wild, sie wagt es, Hoffnung zu schöpfen.

Sie hat es nicht begriffen, denkt sie. Sie hat die Frage nicht gesehen, die doch so offen auf der Hand liegt. Emory streckt die Hand nach dem Foto aus, doch im nächsten Moment runzelt Thea plötzlich die Stirn.

Nein, denkt Emory. *Nein. Nein.*

»Wer hat dieses Foto aufgenommen?«, fragt Thea. »Seth steht im Zentrum des Bildes. Er kann das unmöglich selbst aufgenommen haben. Der Selbstauslöser hat nicht mehr funktioniert.«

Emory sinkt geschlagen in sich zusammen. »Ich weiß es nicht«, antwortet sie mit schwacher Stimme.

»Natürlich weiß sie es«, unterbricht Seth das Gespräch. »Ich lasse nicht zu, dass du für mich lügst. Nicht, wenn es um etwas so Wichtiges geht.« Er hebt das Kinn. »Emory denkt, dass meine Frau Judith dieses Bild aufgenommen hat. Du hast uns immer zu zweit auf solche Expeditionen geschickt. Es kann niemand sonst gewesen sein.«

Thea wischt sich einen Grashüpfer von ihrer kurzen Hose und versucht dadurch den Umstand zu verbergen, dass sie Judiths Existenz komplett vergessen hatte.

»Du erinnerst dich nicht an den Moment, in dem dieses Foto gemacht wurde, habe ich recht?«, fragt sie spitz.

»Nein«, muss er zugeben.

»Niema wollte nicht, dass irgendjemand sonst weiß, dass es einen Weg von dieser Insel herunter gibt, also hat sie Abi befohlen, euer Gedächtnis zu löschen.« Thea senkt die Stimme. Sie klingt fast so, als hätte sie Mitleid. »Du hast die Prozedur überlebt, aber deine Frau nicht.«

Seth nickt. Ihm kommen die Tränen. Er versucht immer noch zu begreifen, wie seine beste Freundin etwas so Entsetzliches tun und danach noch zwanzig Jahre lang an seiner Seite bleiben konnte. Das einzige Mal, dass ihm etwas aufgefallen ist, das man im Ansatz als Schuldgefühle hätte interpretieren können, war in der Nacht ihres Todes, als er sie zum Leuchtturm hinübergerudert hat und sie aus heiterem Himmel nach Judith gefragt hat. Hatte sie in den Tiefen ihrer Seele endlich ein wenig Reue aufgestöbert?

Hephaistos stapft zu ihnen herüber und schaut Emory in die Augen. »Sowohl du als auch dein Vater hatten also ein Motiv, meine Mutter zu ermorden.«

Seine Spucke schlägt ihr ins Gesicht, und von dem triumphierenden Klang seiner Stimme wird Seth übel. Jemand wird sterben müssen, und Hephaistos geht es nur darum, recht zu haben.

»Das hat jeder in dieser Gruppe«, entgegnet Emory hitzig. »Niema hatte offenbar eine außerordentliche Begabung dafür, andere zu verletzen.«

Thea berührt Hephaistos an der Schulter, um seine Aufmerksamkeit auf sich zu lenken. »Wie lange wirst du brauchen, um den Erinnerungsextraktor zu reparieren?«, fragt sie.

»Nein!«, protestiert Clara, geht einen Schritt auf sie zu und hebt flehentlich eine Hand in die Höhe.

»Dies ist der beste Anhaltspunkt, den wir haben«, sagt Thea mit Nachdruck. »Das können wir nicht ignorieren – nicht, wenn die ganze Insel in Gefahr ist.«

»Großvater kann unmöglich gewusst haben, was mit seiner Frau passiert ist«, führt Clara ins Feld.

Thea hebt eine Augenbraue. Sie muss zugeben, dass dieser Einwand berechtigt ist.

»Deine Mutter hatte auch darauf eine Antwort«, sagt Seth. Er ist viel zu nobel, um sich nicht selbst zu beschuldigen.

»Und die lautet?«

»Adil«, sagt Emory. Die Aufrichtigkeit ihres Vaters lässt ihr keine andere Wahl. »Er hat darauf angespielt, als wir uns letzte Nacht unterhalten haben. Ich glaube, dass er es meinem Großvater, Matis, erzählt hat, kurz bevor dieser gestorben ist. Er hat wahrscheinlich gehofft, dass Matis diese Information an Seth weitergeben würde, aber Matis hat sie für sich behalten, und sein Erinnerungsstein wurde gestohlen, bevor wir ihn uns anschauen konnten. Also ist diese Information nie weitergetragen worden.«

»Da hatte wahrscheinlich Niema ihre Finger im Spiel«, sagt Thea. »Abi hat ihr immer alles berichtet, was vor sich geht. Sie wollte verhindern, dass diese Information ans Licht kommt.«

»Wir wissen, dass Adil an der Anlegestelle des Leuchtturms war und dort auf Niema gewartet hat«, fährt Emory fort. »Es besteht die Möglichkeit, dass er nach seiner Rückkehr vom Leuchtturm mit meinem Vater gesprochen hat.«

»Das klingt mir sehr nach einem Motiv für einen Mord«, sagt Thea jubelnd. »Seth, wir müssen wissen, ob du Niema ermordet hast, und der Erinnerungsextraktor wird uns das sagen können.«

»Aber wir wissen doch jetzt, dass es einen Weg von dieser Insel herunter gibt«, sagt Clara flehentlich. »Wenn wir alle bitten, bei der Suche zu helfen, müssten wir doch sicher –«

»Das wird uns nicht retten«, sagt Thea und schnipst mit dem Finger gegen das Foto. »Bevor Niema alle Türen nach Blackheath verschlossen hat, arbeitete ich gerade daran, einen Schutzanzug zu entwerfen – ich nannte ihn Resonanzanzug –, der in der Lage ist, seinen Träger vor dem Nebel zu schützen. Ich hätte noch etwa ein Jahr oder länger benötigt, um ihn fertigzustellen, aber es sieht so aus, als hätte Niema meinen Prototypen vollendet. Ich habe nur drei davon hergestellt, und sie sind in Blackheath eingeschlossen. Mit diesen Anzügen sind deine Großeltern von der Insel heruntergekommen, da bin ich mir sicher.«

»Ich weiß nicht genau, wie viel Schaden Emory angerichtet hat«, sagt Hephaistos, der Claras Ausbruch vollständig ignoriert. »Aber bis zur Morgendämmerung funktioniert er wieder. Das garantiere ich.«

Thea begegnet Emorys verzweifeltem Blick.

»Bis dahin hast du Zeit, die Unschuld deines Großvaters zu beweisen«, sagt sie kühl. »Und wenn sein Tod den Nebel nicht aufhält, wirst du gleich nach ihm unter dem Extraktor landen. Wer weiß, vielleicht hilfst du mir auf diese Weise dann doch noch, diesen Mord aufzuklären.«

63

Emory betritt allein den Kratergarten, nachdem sie sich während der letzten beiden Stunden in pechschwarzer Dunkelheit den Ziegenpfad hinaufgekämpft hat.

Seth und Clara sind im Leuchtturm geblieben. Es ist lange nach Anbruch der Sperrstunde, und beide Ältesten haben sich geweigert, ihren Vater und ihre Tochter davon auszunehmen, ganz gleich, wie heftig diese dagegen protestiert haben. Emory ist überzeugt, dass die Ältesten sich aus reiner Gehässigkeit geweigert haben, aber sie hat sich nicht allzu heftig gegen diese Entscheidung gewehrt.

Wenn sie ehrlich ist, würde sie heute Nacht ohnehin lieber allein sein. Das, was sie vorhat, ist gefährlich, und sie ist froh zu wissen, dass ihre Familie nicht im Dorf ist, sondern sich im Leuchtturm in Sicherheit befindet.

Auf ihrem Weg durch den Kratergarten schaut sie sich voller Staunen um.

Das Mondlicht sickert durch die Glaskuppel, tausende Glühwürmchen schwirren durch die Dunkelheit, und biolumineszente Schmetterlinge ziehen violette und rosafarbene Spuren hinter sich her. Dieser Garten ist einer der schönsten Orte, die sie jemals gesehen hat, und auch einer der erstaunlichsten. Wie kann all dies den Köpfen von Personen wie Thea und Hephaistos entsprungen sein?

Emory beißt sich auf die Lippen und versucht sich vorzustellen, wie Niemas Einstellung zu alledem gewesen sein mochte. Unten im Leuchtturm hat Thea es so dargestellt, als hätte Niema die Menschen genauso kontrollieren wollen, wie sie die Dorfbewohner kontrollierte, weil sie Angst davor hatte, was sie tun würden, wenn man sie aus Blackheath freiließe.

»Kontrollieren«, murmelt Emory vor sich hin.

Das war eines der Worte, die Niema in ihrem Brief an Hephaistos geschrieben hat, in der Nacht, bevor sie starb.

Emory hat den Brief in ihrem Schlafraum zurückgelassen, aber sie hat ihn so oft gelesen, dass sie sich Wort für Wort daran erinnern kann.

> Mein geliebter Junge, ich weiß, dass Du enttäuscht bist und dass meine Entscheidung Dir wie Verrat vorkommen muss. Du wirst denken, dass ich Dich im Stich gelassen habe, nachdem ich so viel von Dir verlangt habe, aber …

Danach gab es eine Lücke, und der Rest stammt von den Bruchstücken, die Emory mithilfe der Bleistiftschraffierung zum Vorschein gebracht hat:

> Falls ich es nicht schaffe … zu kontrollieren … besser … begrenzen … Abi wollte … Ich konnte … nicht töten.

Und dann stand da noch »5:5?« auf der Rückseite.

Niema hat dreizehn Personen im Zuge eines von vornherein zum Scheitern verurteilten Experiments getötet. Ein Experiment, das dazu dienen sollte, die Menschen zu kontrollieren. Der Brief scheint nahezulegen, dass sie das Experiment aufgegeben und sich stattdessen darauf beschränkt hat, weiteren Schaden durch die Menschheit zu verhindern. War das der Verrat, auf den sie sich bezogen hat? Hatte Niema vor, die Menschen für immer und ewig in Blackheath einzusperren?

Im Unterholz sind Schritte und das Knacken von Zweigen zu hören.

Emory entdeckt mehrere Dorfbewohner, die sich mit Macheten

und Äxten einen Weg durchs Unterholz bahnen und ein Landstück für den Ackerbau freilegen. Ihre Augen sind geschlossen und ihre Gesichter schmutzig. Sie werden von Dornen zerkratzt und keuchen schwer bei der Anstrengung, von der sie nicht wissen, dass sie sie gerade auf sich nehmen.

»Es wäre wahrscheinlich barmherziger, uns dem Nebel zu überlassen«, denkt sie.

Als sie endlich die Seilbahnstation betritt, schmerzen ihr die Füße, und sie ist unendlich erschöpft. Sie legt den Hebel um und springt an Bord, als sich die Gondel in Bewegung setzt.

Riesige Blitze zucken über den Himmel, und der Donner hallt von den Hängen des Vulkans wider. Mehrere Ruderboote sind auf dem Meer. Die Laternen, die an ihrem Bug hin und her schwingen, sind winzige Lichtpunkte in der endlosen Dunkelheit.

»Wo fahren sie hin?«, fragt Emory.

»Thea hat ihnen aufgetragen, die Ausrüstung aus dem Leuchtturm sicherzustellen«, antworte ich.

Die Gondel schwankt knarzend im Wind, während sie hinunter ins Dorf gleitet. Dort herrscht absolute Dunkelheit, abgesehen von dem grellen Licht, das aus Theas Labor fällt.

Thea ist in der Nacht von Niemas Tod zum Leuchtturm gerudert, aber Emory kennt immer noch nicht den Grund dafür, und es passt auch zu keiner ihrer Theorien.

Das ist nicht die einzige Frage, die ihr immer wieder durch den Kopf geht. Es wimmelt nur so davon.

Warum sollte Niema sich die Mühe machen, ihr Abwehrsystem hochzufahren, nur um dann den Leuchtturm wieder zu verlassen und ins Dorf zu gehen? Was ist mit Hui geschehen, nachdem sie erstochen wurde? Warum kann Ben nicht aufhören, Gleichungen in den Staub zu malen? Und warum ist sie in der Nacht von Niemas Tod zusammen mit Seth und Clara nach Blackheath gegangen und hat einen Karren hinter sich hergezogen?

Ein Ruck geht durch die Gondel, und sie kommt in der Talstation zum Halten. Emory fällt mehr hinaus, als dass sie aussteigt. Sie zupft sich die schweißdurchtränkten Kleider von der Haut.

»Wie spät ist es?«

»Es ist 22:16 Uhr«, antworte ich.

Hephaistos erwartet, dass sie sich um Mitternacht mit ihm trifft und ihm den Schlüssel zu Blackheath überreicht. Das erste und letzte Mal, dass sie den Schlüssel gesehen hat, war, als Adil ihn mit dem Daumen auf der Tischfläche hin und her gerollt hat, während er gleichzeitig Thea beschuldigte, Niema ermordet zu haben. Er hat den Schlüssel achtlos behandelt, wie ein wertloses Spielzeug, weshalb sie sich zu diesem Zeitpunkt auch nicht gefragt hat, worum es sich dabei handelt.

Sie stapft durch den peitschenden Regen zur Kaserne hinüber und steigt die Treppe zu Magdalenes Schlafraum hoch.

Sie hofft, dass Adil ihr den Schlüssel geben wird, wenn sie ihm ihren Plan erklärt.

Sie braucht nur ein kleines Druckmittel, um Hephaistos zum Reden zu bringen. Er ist das letzte Teil des Puzzles, aber wenn sie ihm gegenüber nicht genügend Vorsicht walten lässt, wird sie tot sein, lange bevor der Nebel die Insel erreicht.

64

Emory späht durch eine Lücke in den Fensterläden nach draußen und sucht auf dem Kasernenhof nach einem Zeichen von Adil. Doch er ist nirgends zu sehen.

»Er kommt nicht«, sagt sie und versucht, ihre Frustration zu zügeln. »Warum kommt er nicht? Wie spät ist es, Abi?«

»Es ist 22:42 Uhr«, antworte ich.

Sie sieht, wie der auf und ab hüpfende Schein einer Laterne durch das Tor verschwindet. Jemand eilt dort durch den Regen. Es ist viel zu dunkel, um erkennen zu können, um wen es sich dabei handelt, aber die Person geht in Richtung der Farmen.

Emory rennt aus dem Schlafraum.

*

Vollkommen durchnässt und vor Anstrengung keuchend hält Emory ihre Laterne hoch und versucht, einen gangbaren Weg vorwärts zu finden.

Gelegentlich erhascht sie einen Blick auf die Flamme, der sie folgt, weit in der Ferne, aber der Regen strömt so heftig über ihr Gesicht, dass sie kaum etwas sehen kann.

Sie hat sich nicht ein Mal ausgeruht, seit sie das Dorf verlassen hat. Für die Hütte zu ihrer Linken und den kaputten Karren zu ihrer Rechten hat sie nur einen flüchtigen Blick übrig. Es kommt ihr wie eine Ewigkeit vor, dass sie seinen Spuren bis hierhin gefolgt ist und Claras geschnitzten Vogel in seinem Innern gefunden hat.

Niema hat Seth, Emory und Clara in der Nacht, in der sie ermordet wurde, hierhergeschickt. Sie muss ihnen den Schlüssel zu Blackheath gegeben haben, aber wie ist er dann in Adils Besitz gelangt? Und was noch viel wichtiger ist – warum hätte Niema ihnen dreien ihr größtes Geheimnis verraten sollen?

Emory watet durch den Bach, ohne ihr Tempo zu verlangsamen, und verliert auf den schlüpfrigen Steinen eine Sandale. Sie hätte ihre Stiefel anziehen sollen, bevor sie das Dorf verließ, aber sie hatte zu viel Angst, die Laterne aus den Augen zu verlieren.

Sie flucht, fischt ihre Sandale aus dem Wasser und hinkt um den verwitterten Olivenbaum auf der Spitze des Hügels herum, dessen Silhouette sich im Mondlicht schroff gegen den Himmel abhebt.

Die Tür nach Blackheath steht offen. Ein Rechteck aus Neonlicht schneidet die Dunkelheit entzwei.

Ihr Puls fängt an zu rasen. Sie geht durch die Tür und betritt einen langen Tunnel, der tief unter die Erdoberfläche führt. Dabei muss sie permanent gegen den Impuls ankämpfen, laut nach Jack zu rufen.

Einen Ort wie diesen hat sie noch nie zuvor gesehen. Die Wände sind gewölbt und vollkommen glatt. Der Boden ist aus Beton, und an der Decke hängen Neonröhren. Sie kann sich die Technologie gar nicht vorstellen, die nötig war, um diesen Tunnel zu graben, oder warum man sich überhaupt die Mühe dazu gemacht hat. Wer braucht schon so viel Platz, weit weg vom Sonnenlicht?

Es ist ein langer Weg bis zum Ende des Tunnels. Die Tür, durch die sie gekommen ist, ist nur noch als winziger dunkler Fleck zu sehen, als sie endlich zu einer Kreuzung gelangt, die fast vollständig durch die vermissten Vorräte blockiert ist. Zahllose Kisten voller Obst und Gemüse stehen hier übereinandergestapelt, außerdem säckeweise Saatgut und ein paar Kisten mit Werkzeugen.

Sie lässt ihren Blick über die Vorräte schweifen.

Hier befindet sich sehr viel mehr als das, was sie gestern an der Bergstation der Seilbahn gefunden haben, aber aus welchem Grund hat man das alles überhaupt hierhergebracht? Niema hat es noch geschafft, Seth ein Diagramm zu diktieren, während sie schon im Sterben lag, also hat sie vielleicht auch die Evakuierung noch organisieren können. Sie muss gewusst haben, dass nicht alle in den Kratergarten passen würden, also hat sie vielleicht geplant, die Hälfte des Dorfs hier unten unterzubringen. Aber wenn das stimmt, warum waren dann so wenige Vorräte oben im Kratergarten? Selbst für die Hälfte der Dorfbewohner hätten sie nur für weniger als einen Monat gereicht.

Rechts und links zweigen weitere Tunnel ab. Ein paar Schritte entfernt steht ein verlassener Reinigungswagen. Der Inhalt der Flaschen mit Reinigungsmitteln ist zu einer unansehnlichen, klebrigen Masse zerfallen.

Vorsichtig wagt sie sich ein paar Schritte in einen der Gänge vor. Durch ihre Bewegung wird eine Lampe über ihrem Kopf aktiviert. Da realisiert sie, dass in dem Tunnel, der nach links führt, bereits Licht brannte, die Person mit der Laterne also dort entlanggegangen sein muss.

Vor lauter Nervosität geht sie sehr langsam und schlingt die Arme um ihren Körper, um sich ein wenig aufzuwärmen. Es ist entsetzlich kalt hier unten, und die Luft ist dünn, wie ausgewaschen. Sie kann keines der tröstlichen Aromen riechen, die überall sonst auf der Insel zu finden sind. Kein Geruch nach Kiefern oder Magnolien. Kein Thymian. Keine Meeresgischt. Kein Schweiß, kein Moder.

Einige der Deckenlichter flimmern, schalten sich aus und wieder ein. Die Luftfilter treten eine Weile mit einem lauten Kreischen in Aktion und hören dann ganz abrupt wieder auf. Emory kommt es vor, als wäre sie im Bauch eines verendenden Tiers gelandet.

Zu beiden Seiten des Gangs tauchen jetzt Büros auf, in denen umgeworfene Stühle und auf den Boden gestürzte Bildschirme Zeugnis davon ablegen, wie hastig dieser Ort verlassen wurde. Ein paar Tassen stehen noch auf ihren Untersetzern, und hier und da starren die Gesichter Familienangehöriger aus ihren Fotorahmen in die schon lange verlassenen Räume.

Sie fragt sich, wie die Leute es ertragen konnten, hier unten zu arbeiten. Es ist so kahl und trostlos, dass sie spürt, wie ihre Seele die Farbe wechselt.

Als sie um eine weitere Ecke biegt, entdeckt sie eine metallene Karte an der Wand, die die Anlage von Blackheath zeigt. Hunderte von Kilometern an Tunneln durchlöchern die östliche Hälfte der Insel. Sie führen von hier aus bis zum Leuchtturm hinüber. Emory ist überrascht, dass überhaupt noch genug Erdreich übrig geblieben ist, um den Vulkan zu tragen.

Es gibt über ein Dutzend Eingänge, die über die ganze Insel verteilt sind. Der Eingang, den sie genommen hat, wird als Eingang 8 aufgelistet. Es gibt sogar einen im Leuchtturm, der durch einen Aufzug mit dem Tunnelsystem verbunden ist. Das muss die verschlossene Tür gewesen sein, die sie in Niemas Wohnzimmer gefunden hat. Jegliche Hoffnung, Jack hier unten schnell zu finden, löst sich in Luft auf. Selbst mit der Hilfe sämtlicher Dorfbewohner würde es eine ganze Woche dauern, all diese Tunnel zu durchsuchen.

Gesprächsfetzen treiben zu ihr herüber. Sie kann nur ein paar Worte verstehen, die nicht von den kreischenden Luftfiltern verstümmelt werden.

Sie späht vorsichtig um die Ecke und sieht Adil am Ende eines langen Flurs stehen. Er unterhält sich mit Thea. Die Älteste ist klatschnass und hält immer noch die Laterne in der Hand, der Emory gefolgt ist. Sie spitzt die Ohren und versucht zu verstehen, was dort hinten gesagt wird, aber es gibt zu viele Hintergrundgeräusche.

Was auch immer sie da gerade diskutieren, ihr Gespräch scheint recht freundlich zu sein. Wie ist das möglich? In der kurzen Unterhaltung, die sie geführt haben, hat Adil mehr als deutlich gemacht, dass er alle Ältesten hasst. Er hat gedroht, sie zu töten, sobald er die Gelegenheit dazu bekommt. Warum sollte er plötzlich mit Thea zusammenarbeiten?

Kurz darauf trennen sich die beiden und gehen in entgegengesetzte Richtungen davon.

Weil sie für ihre Verhandlungen mit Hephaistos den Schlüssel braucht, schleicht sie Adil hinterher, der nun einen fast vollständig zerstörten Flur betreten hat. Teile der Decke sind auf den Boden herabgestürzt, die Wandkonstruktion ist aufgeplatzt und gibt den Blick auf die dahinterliegende Erde frei. Dornige Wurzeln schlängeln sich aus dem Erdreich hervor, und von den Ventilatoren an der Decke hängen laubbewachsene Zweige herab, auf denen mehrere Vögel mit langen Schnäbeln hocken. Neun Rehe äsen das an den Wänden wachsende Unkraut ab. Die Tiere sind blasser als alle Rehe, die sie jemals auf der Oberfläche gesehen hat, und auch sehr viel kleiner. Normalerweise würden sie jetzt schlafen, aber sie scheinen ihre Gewohnheiten an ihre Umgebung angepasst zu haben.

Jack wäre begeistert, das zu sehen, denkt sie. Es würde ihn faszinieren.

Die Tiere schauen auf, als Adil vorbeigeht, aber er starrt unbeirrt nach vorn, ohne den Kopf zu wenden, und biegt an der nächsten Gabelung rechts ab.

Emory bleibt immer einen Flur hinter ihm. Sie überqueren eine Kreuzung nach der anderen. Blackheath will einfach kein Ende nehmen. Hinter gläsernen Wänden kann sie Labore voller Wunderwerke sehen, wissenschaftliche Apparate, die in der Lage sind, die entferntesten Winkel des Universums zu durchleuchten, das Weltall auseinanderzunehmen und ganz neu wieder zusammenzusetzen.

»Das da ist ein Nanopartikelkonverter«, erkläre ich. »Und dort, das ist ein Quantennetz. Das ist ein tragbarer Teilchenbeschleuniger, und daneben haben wir einen thermoelektrischen Generator.«

Ich höre mit meinen Beschreibungen auf, als ich merke, dass sie mir nicht mehr zuhört. Mitten auf dem Boden, so platziert, dass man ihn unmöglich übersehen kann, steht einer von Claras Vögeln.

Emory hebt ihn auf und bemerkt, dass am Ende des Flurs ein weiterer Vogel auf der Erde steht. Clara wollte offenbar, dass man ihnen folgt.

Adils Schritte entfernen sich immer weiter, aber die Vogelspur ist für Emory jetzt viel wichtiger. Die hölzernen Tiere könnten erklären, warum sie in der Nacht von Niemas Tod hierhergekommen sind.

Emory sammelt den zweiten Vogel auf und schaut auf der Suche nach dem nächsten nach rechts und links. Die Flure sind so lang, dass sie ein Stück weit in jeden hineingehen muss, bis sie an ihrem jeweiligen Ende einen Vogel entdecken kann.

Es folgen weitere Kreuzungen. Weitere geschnitzte Vögel. Weitere Labore, weitere Büros. Ein Fitnessstudio, das voller Übungsgeräte steht, aus deren Funktion sie nicht schlau wird.

Endlich hört sie das Surren eines Bohrers und das Knirschen von Metall.

Sie geht dem Geräusch nach, wobei sie zusätzlich von weiteren Vögeln geleitet wird.

Das Geräusch kommt aus einem kleinen Raum, der früher offenbar als Lagerraum gedient hat. Die zuvor darin aufbewahrten Kistenstapel wurden vor die Tür geschoben, und Emory muss sich seitwärtsdrehen, um sich daran vorbeizwängen zu können.

Als sie einen Blick durch die Tür wirft, entdeckt sie fünf Dorfbewohner, die versuchen, sich mit Bohrern, Hämmern und Äxten durch die felsige Erde zu graben. Sie müssen sich erst durch die Betonschicht gearbeitet haben, denn diese liegt in Trümmern auf der Erde, und die Gesichter der Arbeiter sind von einer dicken Schicht aus Betonstaub überzogen.

Ihre Augen sind geschlossen, genau wie bei den Dorfbewohnern, die sie im Krater gesehen hat. Offensichtlich schlafen sie.

»Arthur!«, ruft sie aus.

Arthur war einer der Lehrlinge, die angeblich zusammen mit Jack ertrunken sind, als ihr Boot kenterte. Ihr Herz beginnt heftig zu klopfen, und eine gewaltige Hoffnung verdrängt jeden vernünftigen Gedanken.

Ihr Blick jagt von einem Gesicht zum nächsten. Sie findet Tasmin und Kiko, Reiko und –

»Jack!«, ruft sie und schließt ihn überglücklich in die Arme.

Ihr Mann reagiert nicht. Er ist starr wie eine Statue und presst immer noch den surrenden Bohrer in die Wand, sodass ihm Erde und scharfe Steine ins Gesicht fliegen. Er ist sehr viel dünner, als sie ihn in Erinnerung hat. Seine Arme bestehen nur noch aus Sehnen und Knochen. Sein Gesicht ist eingefallen, seine Haare ergrauen bereits.

»Lass ihn frei, Abi!«, verlangt sie und schaltet den Bohrer aus. Doch Jack schaltet das Gerät sofort wieder ein.

»Das kann ich nicht. Niemas Anweisungen waren unmissverständlich.«

»Niema ist tot«, sagt Emory und starrt ihren Ehemann hilflos an. »Du musst das nicht mehr tun.«

»Sie hat mir nie den Befehl gegeben, damit aufzuhören«, sage ich. »Ich muss ihre Anweisungen so lange ausführen, bis sie mir neue gibt.«

»Willst du mir damit sagen, dass er für immer hier unten gefangen ist?«

»Ich fürchte ja, Emory.«

65

Emory sitzt im Schneidersitz auf der Erde und starrt in das schlafende Gesicht ihres Ehemanns. Sie hat lange geweint, nachdem sie ihn gefunden hat, doch dann ist es ihr gelungen, ein wenig Hoffnung aus der Tatsache zu schöpfen, dass er noch am Leben ist.

»Ich werde dich hier rausholen«, sagt sie zu Jack. »Ich lasse dich nicht hier unten zurück.«

Sie fühlt sich für einen kurzen Moment besser, nachdem sie das gesagt hat, aber es ist ein leeres Versprechen. Der Nebel kommt, und selbst wenn sie es schafft, ihn aufzuhalten, hat sie doch keine Ahnung, wie sie Jack meiner Kontrolle entziehen könnte.

»Ich wünschte, ich könnte mit dir reden«, sagt sie zu Jack. »Ich würde dir alles erzählen, und du würdest einen Witz machen oder hättest irgendeine verrückte wissenschaftliche Tatsache auf Lager.« Sie lacht. »Du hast mir gefehlt. Jeden Tag.«

Sie wischt sich die Tränen aus dem Gesicht und bekommt dabei etwas ins Auge. Es ist ein gelber Pollen, wie sie erkennt, als sie ihn mit dem Finger aufnimmt. Jack hat den Blütenstaub überall an seinem Hemd und in seinen Haaren.

Clara, Hui und Thea waren ebenfalls von diesem Zeug bedeckt, als sie an Niemas Todestag aus dem Kratergarten kamen. Es ist denkbar, dass Jack zur selben Zeit wie sie dort oben war.

Hat Hui Jack im Kratergarten gesehen?

Das würde erklären, warum sie sich Clara gegenüber so seltsam verhalten hat. Hui wusste, dass der Vater ihrer besten Freundin noch lebt, und sie durfte es nicht erzählen. Kein Wunder, dass sie Clara den ganzen Nachmittag aus dem Weg gegangen ist.

Plötzlich kommt Adil durch die Tür gestürzt. Er hält eine Hand gegen den Bauch gepresst, und Blut sickert ihm durch die Finger. Seine Beine geben unter ihm nach, er stürzt rückwärts auf den Betonboden und bleibt mit gespreizten Beinen liegen.

»Adil!«, ruft sie und läuft zu ihm hinüber.

Er atmet flach und krampfhaft. Jemand hat auf ihn eingestochen.

»Was ist passiert?«, fragt sie und versucht, einen Blick auf die Wunde zu werfen, doch er schüttelt den Kopf.

»Tasch… Tasche«, bringt er mühevoll hervor.

Sie durchsucht seine Hosentaschen und findet den Schlüssel zu Blackheath und ein Diagramm, das identisch mit dem ist, das ihr Vater bei sich hatte, als er am Tag nach Niemas Tod aufwachte.

»Karte«, erklärt Adil und hustet Blut. »Du darfst nicht … Niemas … Niemas Ermordung …« Er schüttelt fieberhaft den Kopf und packt sie am Arm. »Nicht … aufklären …«

Emory starrt die Karte an und versucht zu verstehen, was er ihr sagen will.

»Warum willst du nicht, dass ich den Mord an Niema aufkläre? Was weißt du?«

Er klopft auf die Karte. »Finde …« Er sackt in sich zusammen, aller Lebenskraft beraubt. »Thea wird … Thea … tötet –«

Sein Kopf kippt zurück, und sein Körper bewegt sich nicht mehr.

Sie springt auf und schaut sich noch einmal verzweifelt in diesem Zimmer um, in dem sie Jack gefunden hat, aber die Angst, von der Adils Stimme erfüllt war, hat sie angesteckt. Was auch immer er ihr da gerade auftragen wollte, war wichtig.

Sie wirft einen Blick auf das Diagramm, das jetzt, da sie sich in Blackheath befindet, endlich Sinn ergibt. Es ist eine Karte: Die Nummern sind die Kreuzungen, und die Linien stehen für die einzelnen Flure. Niema muss ihrem Vater dieselben Informationen diktiert haben, als sie im Sterben lag. Er hat eine Seite aus Magdalenes Skizzenblock herausgerissen und sie aufgeschrieben. Deshalb hatte er dieses Diagramm in seiner Tasche.

Wo auch immer Adil sie hinschicken wollte, es ist derselbe Ort, zu dem Niema sie in der Nacht ihres Todes geleitet hat.

Emory steht schon im Begriff zu gehen, als sie abrupt stehen bleibt. Adil stand von Anfang an im Zentrum all dieser Ereignisse. Er ist genauso sehr ein Anhaltspunkt wie alles andere.

Sie kniet sich neben ihn, durchsucht hastig seine Kleider und versucht dabei den Gestank zu ignorieren, der von seinem ungewaschenen Körper ausgeht. Aber da gibt es nichts weiter zu finden. Erst als sie ihre Aufmerksamkeit seinen Stiefeln zuwendet, entdeckt sie acht Bruchstücke eines Erinnerungssteins, die sich in den Rillen seiner rechten Schuhsohle verkantet haben.

Sie zupft eines davon heraus und betrachtet es. Er war es also, der Niemas Erinnerungsstein beschädigt hat. Dann muss er zum Zeitpunkt ihres Todes in ihrer Nähe gewesen sein.

Überzeugt, dass sie nun alles entdeckt hat, was ihr nur irgend nützlich sein könnte, folgt sie dem eingezeichneten Weg auf der Karte durch die Anlage. Doch jeder Schritt, den sie tut, fördert mehr verblüffende Dinge zutage. Hinter einer riesigen Glaswand sieht sie eine Art Krankenhaus, voller Betten und Vorräte und Zubehör. Hell leuchtende Bildschirme zeigen jeden einzelnen Teil der menschlichen Anatomie. Auf den Tischen liegen zugeschweißte Packungen mit sterilem Verbandszeug, Injektionsspritzen und zahlreiche andere seltsame kleine Geräte. Im hinteren Teil des Raumes stehen riesige Maschinen, offenbar dazu gedacht, dass der Patient in sie hineintritt. Gelenkarme mit Sonden stehen bereit, um zu den Patienten hinübergerollt zu werden. Alles ist so fortschrittlich und fremd und absolut unfassbar. Wenn Emory all diese Ausrüstung betrachtet, kann sie gar nicht glauben, dass in der alten Welt jemals jemand gestorben ist.

Sie kommt an einer Cafeteria vorbei, die so riesig ist, dass mit Leichtigkeit ein Vielfaches der Dorfbewohner darin Platz hätte. Die Küche wirkt abgesehen von einer dicken Staubschicht brandneu und verfügt über Methoden der Essenzubereitung, die sie auch nicht ansatzweise zu begreifen vermag. Aus den Wasserhähnen kommt sauberes Wasser, und die Schränke sind mit Tellern, Tassen und Besteck aus glänzendem Metall bestückt, statt mit Geschirr aus zersplittertem Holz und zerbrechlichem Ton.

Es gibt riesige, komfortable Schlafzimmer hier unten, mit weichen, federnden Matratzen, und jedes verfügt über ein eigenes Badezimmer. Sie dreht den Wasserhahn in einem dieser Schlafzimmer auf, und es kommt heißes Wasser heraus.

Das ergibt doch alles keinen Sinn! Warum hätte man all das wegschließen sollen? Jeder Tag im Dorf ist ein Kampf. Sie müssen alles, was sie essen, selbst anbauen und das Wasser mühsam aus einer tief unter der Erdoberfläche liegenden Quelle hochziehen. Ein schlechter Winter bedeutet, dass man die Nahrung rationieren muss, eine verdorbene Ernte bedeutet den Tod. Jeden Monat verletzt sich jemand, ganz zu schweigen von den Krankheiten, die regelmäßig eine tödliche Schneise durch die Bevölkerung schlagen. Wenn sie Zugang zu dieser Ausrüstung hier unten gehabt hätten – wie viele hätten dann gerettet werden können?

»Niema hat sich dafür entschieden, all dies den Menschen vorzubehalten«, sage ich. »Sie sind viel verletzlicher als die Angehörigen deines Volks.«

»Und sehr viel wertvoller«, sagt Emory wütend. »Von uns kann man ja einfach ein paar nachwachsen lassen, wenn wir sterben, stimmt's?«

»Ja«, gebe ich zu.

Sie folgt weiter der Karte, die sie zu einer »Reparatur-Station« führt. Dort findet sie Hui friedlich schlafend in einem Bett liegend. Einer von Claras Vögeln liegt neben ihr. Man hat ihr die blutigen Kleider ausgezogen, sodass die hässliche Stichwunde mitten in ihrer Brust zu sehen ist, zwischen dem rechten und linken Schlüsselbein. Die zertrümmerten Knochen und das zerfetzte Fleisch werden nach und nach von einem flimmernden roten Strahl, der von der Decke herabgeschossen kommt, wieder zusammengefügt.

Emory hastet zu dem Mädchen hinüber und ergreift ihre Hand.

»Hui!«, sagt sie drängend. »Hui!«

Die Augenlider der jungen Frau flattern, aber das ist auch alles. Ihre Haut ist bleich und klamm, ihre Atmung flach. *Deshalb hat uns Niema hierhergeschickt*, begreift sie.

Hui wurde verwundet, und nur die Geräte in Blackheath konnten ihr das Leben retten. Niema hat Seth eine Karte mit dem Weg zu diesem Raum diktiert und ihm den Schlüssel gegeben. Sie haben Hui in einen Karren gelegt, um sie hierherzutransportieren, aber draußen vor Adils Hütte ist der Karren dann kaputtgegangen.

»Niema wollte unbedingt, dass wir dich retten«, murmelt sie. »Aber warum? Sie hat neunzig Jahre lang zugesehen, wie unsere Leute sterben, ohne einen Finger zu rühren. Was ist an dir so besonders?«

Was auch immer es war, Niema muss Adil mit der Aufgabe betraut haben, sich um Hui zu kümmern, nachdem allen anderen das Gedächtnis gelöscht wurde. Darum hatte er den Schlüssel. Darum war er heute Nacht hier unten, auch wenn das nicht erklärt, warum Thea bei ihm war.

In der Ferne sind Schritte zu hören. Emory fährt zusammen. Das muss Thea sein.

Sie huscht durch eine angrenzende Tür und findet dort exakt die gleiche Vorrichtung wie auf dieser Station. Huis Puls ist schwach und unregelmäßig. Sie ist viel zu geschwächt, um sie gefahrlos von der Stelle zu bewegen – doch Emory bleibt keine andere Wahl.

Sie betrachtet argwöhnisch den roten Lichtstrahl. »Wie bekomme ich sie da raus?«

»Die Maschine schaltet sich automatisch aus, sobald du den Patienten bewegst, der sich darunter befindet«, erkläre ich.

Emory hebt Hui hoch und trägt sie in das Zimmer nebenan. Eine Sekunde später betritt Thea mit großen Schritten die Station, die Emory gerade verlassen hat.

Emory stolpert, so schnell sie mit Hui in ihren Armen kann, über den Flur hinweg in eines der Behandlungszimmer auf der anderen Seite. Dort legt sie Hui auf eine Liege und schließt hastig die Jalousien.

Sie hat gerade die letzte heruntergelassen, als sie von nebenan ein gewaltiges Krachen hört, unmittelbar gefolgt von einem frustrierten Aufschrei.

Emory lässt sich zu Boden gleiten, sodass sie nicht mehr zu sehen ist. Sie wagt es kaum, zu atmen.

Warum um alles in der Welt sollte Thea Hui etwas antun wollen?

Sie presst sich die Daumen gegen die Augen und zerbricht sich den Kopf. Sie geht noch einmal alle Erkenntnisse durch.

»Moment ...«, sagt sie in ihren Gedanken. »An dem Tag, an dem Clara festgestellt hat, dass Hui verschwunden ist, hast du uns gesagt, dass sie von dir abgetrennt wurde, also von deinem ... wie hieß das noch mal?«

»Mitochondriales Netzwerk«, helfe ich ihr aus. »Das ist ein Nebeneffekt der Medikamente, die sich gegenwärtig in ihrer Blutbahn befinden.«

Emory reißt weit die Augen auf, als sie begreift, was das bedeutet. »Das heißt, dass du nicht mehr in ihrem Kopf bist, richtig?«

»Das ist korrekt.«

»Du konntest ihr Gedächtnis nicht löschen.« Sie betrachtet Hui erstaunt. »Sie weiß ganz genau, was in jener Nacht passiert ist. Deswegen will Thea sie unbedingt finden. Sie versucht, den einzigen Zeugen für den Mord an Niema zu töten!«

66

Es ist kurz nach zwei Uhr früh, als Thea sich mit ihrem Boot von der Anlegestelle des Leuchtturms abstößt. Jeder Zentimeter des Bootes ist mit Vorräten bepackt. Jetzt, da Blackheath wieder offen steht, ist die Anlegestelle fast so leicht zu erreichen wie das Dorf, und das kommt ihr sehr gelegen. Sie möchte auf keinen Fall das Risiko eingehen, Hephaistos zu begegnen.

Sie rudert mit gleichmäßigen Schlägen über das dunkle Wasser, in dessen Oberfläche sich der Mond und die Sterne spiegeln. Ihre zerfetzten Handflächen brennen entsetzlich, aber sie ignoriert die Schmerzen und konzentriert sich stattdessen auf den Resonanzanzug, der zusammengefaltet auf der Rückbank des Bootes liegt.

Er hat in ihrem Labor auf sie gewartet, genau dort, wo sie ihn vor vierzig Jahren liegen gelassen hatte. So müssen Seth und seine Frau von der Insel heruntergekommen sein. Thea hat sich kurz gefragt, ob Niema irgendwo einen Flugspringer versteckt hielt oder es irgendwie geschafft hat, einen geheimen Tunnel unterhalb der Meeresoberfläche zu bauen, aber keines von beidem erscheint ihr plausibel. Für so etwas hätten sie nie die nötigen Ressourcen gehabt.

Als sie dem Ende der Welt näher kommt, muss sie feststellen, dass das Meer voller toter Vögel, Fische, Seehunde, Delfine und Schildkröten ist. Der Gestank ist schon jetzt unerträglich.

Während sie das Boot durch die Kadaver manövriert, riskiert sie über die Schulter einen kurzen Blick auf den Nebel. Die Insekten leuchten hell. Sie blitzen im Nebel auf wie feuernde Neuronen in einem menschlichen Gehirn. Einen Moment lang betrachtet sie wie gebannt diese Kreaturen. Es ist seltsam, dass etwas derart Entsetzliches so wunderschön sein kann.

»Bitte tu das nicht!«, sage ich zum vierzehnten Mal, seit Thea diesen leichtsinnigen, aussichtslosen Plan gefasst hat.

»Ich habe Niema getötet«, entgegnet sie schlicht. »Das war mein Fingernagel, der da in ihrer Wange steckte, und ihr Blut war auf meiner Kleidung.« Sie packt die Ruder so fest, dass ihre Knöchel weiß werden. »Alles, wonach ich mich jemals gesehnt habe, alles, was ich wollte, war in Blackheath, und sie hat es mir vorenthalten. Sie hat mich auf dieser Insel gegen meinen Willen festgehalten. Ich konnte nicht zu meiner Schwester gelangen. Emory hat recht. Ich habe all das herausgefunden und Niema daraufhin den Schädel eingeschlagen. Ich weiß es.«

Als sie fast in Reichweite des Nebels ist, wirft sie den Anker und zieht den Resonanzanzug über ihre Kleider. Er bedeckt ihren Körper von Kopf bis Fuß und hat eine Plexiglasscheibe zum Hindurchschauen.

»Das ist Selbstmord«, sage ich. »Es muss einen anderen Weg geben.«

»Der andere Weg war der, Hui zum Schweigen zu bringen, bevor sie Hephaistos erzählen kann, dass ich seine Mutter ermordet habe. Aber dieser Weg ist gescheitert. Hephaistos wird herausfinden, was ich getan habe, und dann wird er mich töten«, entgegnet sie mit Entsetzen in der Stimme.

Kaum war Thea nach Blackheath zurückgekehrt, ging sie sofort in ihr Büro und schaute sich das Bildmaterial der Sicherheitskameras aus der Nacht von Niemas Ermordung an. Die meisten Kameras waren defekt, weil sie so lange nicht mehr gewartet worden waren, aber es gab ein paar Aufnahmen von Emory, Seth und Clara, wie sie die verletzte Hui zur Reparatur-Station trugen. Diese wenigen Bruchstücke reichten aus, um Thea zu ihrem waghalsigen Vorgehen zu verleiten. Ich wusste, dass es so kommen würde. Ich hatte es vorausgesehen, als ich Niema die verschiedenen Zukunftsvarianten geschildert hatte. Ich hatte versucht, ihr zu erklären, dass ich trotz all unserer wohlüberlegten Pläne machtlos sein würde, diese Entwicklung zu verhindern. Hier – an diesem entscheidenden Moment – würden wir uns auf unser Glück verlassen müssen. Niema hatte nur gelächelt. »Die Menschheit war in ihrer gesamten Geschichte auf Glück angewiesen«, sagte sie zu mir. »Warum sollte das in diesem Fall anders sein?«

»Er liebt dich«, versuche ich Thea jetzt umzustimmen.

»Er wird mich nicht einmal richtig wahrnehmen. Du kennst doch seine Wutanfälle. Er wird mich zu Tode prügeln, genau wie er diesen Aasgeier zu Tode geprügelt hat.«

Sie geht zum Bug und lehnt sich über den Rand des Bootes. Ihre Finger sind nur noch wenige Zentimeter von dem tödlichen Nebel entfernt. Die leuchtenden Insekten drängen sich am Rand zusammen und zeichnen die Form ihrer gespreizten Hand nach.

Der Anzug hat am Handgelenk ein kleines schwarzes Display, das sie mit einem kurzen Tippen zum Leben erweckt. Verschiedene Symbole erscheinen, Diagnosen werden erstellt, alle Systeme und die Unversehrtheit des Anzugs werden überprüft.

»Die Zukunft wird in diesem Moment geschrieben«, sage ich. »Alles ist von Bedeutung. Jede Lebensform. Wenn du jetzt stirbst, bleibt niemand mehr, der die Hülsen überwachen kann, in denen die Dorfbewohner wachsen. Du verurteilst sie zum Aussterben.«

»Das ist mir egal. Die waren mir immer schon egal.«

»Was ist mit Ellie?«

»Sie ist in Blackheath sicher aufgehoben. Sobald der Nebel die Insel erreicht hat, wird Hephaistos nichts anderes übrigbleiben, als im Kratergarten Zuflucht zu suchen. Dann kann ich kommen und gehen, wie ich will.«

»Bitte, Thea –«

»Wir müssen nicht mehr reden, Abi. Ich werde diese Insel endlich verlassen. Wenn Niemas Leben der Preis dafür war, dann war es ein Schnäppchen.«

Es dauert dreißig Sekunden, bis der Anzug alles überprüft hat. Dann ist ein Knistern zu hören, und das Material versteift sich ein klein wenig. Die leuchtenden Insekten, die ihre Hand nachgezeichnet haben, flimmern kurz auf, erlöschen dann vollständig und fallen ins Wasser.

»Es funktioniert!«, sagt Thea triumphierend.

Ein aufgeregtes Zittern geht durch ihren Körper – die Begeisterung über eine gewonnene Schlacht, bevor diese überhaupt angefangen hat.

Sie hastet zum Heck, lichtet den Anker, hievt ihn ins Boot, ergreift die Ruder und fährt los.

Als Erstes gleitet der Bug in den Nebel, dann die vordere Sitzbank, und schließlich fährt sie selbst über die Schwelle. Staunend sieht sie sich um.

»Es ist wunderschön«, sagt sie atemlos.

In seinem Innern gleicht der Nebel einem golden schimmernden Sonnensystem. Elektrische Strömungen schießen knisternd zwischen den Insekten hin und her, die Thea umschwirren, doch sie werden durch das Kraftfeld ferngehalten, das der Anzug errichtet hat.

»Es funktioniert!«, schreit sie und stampft vor Begeisterung mit dem Fuß auf. »Es funktioniert!«

Das Bedienfeld auf ihrem Handgelenk vibriert, um sie auf eine Fehlfunktion hinzuweisen. Der Anzug verliert sehr viel schneller an Energie, als er sollte.

Die Leuchtkraft der Insekten wird stärker.

»Du musst umkehren«, sage ich.

»Das kann ich wieder in Ordnung bringen«, widerspricht sie und tippt starrköpfig auf dem Display herum in dem Versuch, das Problem zu orten.

Der ganze Anzug beginnt zu vibrieren, um sie zu warnen.

Als sie von dem Bedienfeld aufschaut, stellt sie fest, dass die Insekten sich zu einem gewaltigen, gelb flammenden Band zusammengeschlossen haben, das ihr wie eine Peitsche entgegenschlägt.

»Kehr um, Thea«, sage ich dringlich.

Sie greift nach den Rudern. Die Insekten fliegen gegen das Kraftfeld an, prallen zischend davon ab und werden sofort durch tausend weitere ersetzt.

Auf dem Bedienfeld blinken rote Warnlichter auf.

»Beeil dich«, dränge ich. »Wenn das Feld zusammenbricht, trennt dich nur noch eine dünne Lage Stoff von dem Schwarm.«

Sie kann mich nicht mehr hören.

Die Insekten dringen in einer derartig dichten Masse auf sie ein, dass ihr grelles Licht sie blendet, obwohl sie die Augen geschlossen hat.

Sie hyperventiliert und schlägt hilflos um sich, während der Anzug ein schrilles Alarmsignal von sich gibt.

Jeden Moment wird das Kraftfeld in sich zusammenbrechen, und sie wird in Stücke gerissen werden.

Als sie voller Panik rückwärtsstolpert, schlägt sie mit einem dumpfen Krachen mit dem Kopf auf der Kante der Sitzbank auf und bleibt bewusstlos liegen. Der Anzug heult seinen schrillen Alarm in die Nacht.

67

Als Emory die roten Flaggen erreicht, die die Grenze des Farmlands markieren, träumt sie von ihrem Bett in der Kaserne, in dem sie womöglich nie wieder schlafen wird. Der Nebel leuchtet so hell, dass es so aussieht, als stünde das Meer in Flammen. Sie glaubt, ein Boot zu sehen, das dem Nebel entgegenrudert, aber diesseits des Nebels ist es viel zu dunkel, um etwas Genaues erkennen zu können.

Emory hat Hui wieder auf der medizinischen Station versteckt, wo sie sie gefunden hat. Das ist riskant, aber ihr Puls war viel zu schwach, um sie irgendwo anders hinzutransportieren. Emory kann nur verzweifelt hoffen, dass Thea nicht auf die Idee kommt, noch einmal zurückzukehren.

»Thea«, wiederholt sie leise.

Sie war nicht die Person, die sie des Mordes verdächtigt hatte. Aber alles, was Thea heute Nacht getan hat, scheint darauf hinzudeuten, dass Emory sich geirrt hat. Schließlich hat Thea mit ziemlicher Gewissheit erst Adil getötet und dann versucht, Hui zum Schweigen zu bringen. Das kann doch sicher nichts anderes bedeuten, als dass sie für Niemas Tod verantwortlich ist. Andererseits …

Es gibt so viele Fragen, die durch diese Erklärung nicht beantwortet werden. Zahllose Vermutungen und Verdächtigungen drängen sich ihr auf, Tatsachen, die in keinem Zusammenhang stehen, halb bekannte Fakten, die in ihren Gedanken merkwürdige Schatten werfen.

Sie wird aus ihren Überlegungen gerissen, als eine gewaltige Flammenwolke über dem Dorf aufsteigt und schwarzer Rauch die Dunkelheit erfüllt.

Sofort nimmt sie den letzten Rest Kraft zusammen, der ihr noch zur Verfügung steht, rennt so schnell sie kann den Küstenpfad entlang, durch das Tor ins Dorf und über den Pfad in den Hinterhof. Die Krankenstation steht hell in Flammen. Sie schlagen hoch aus den Fenstern und wälzen sich über das Dach. Selbst aus dieser Entfernung ist die Hitze kaum zu ertragen.

»Dacht ich's mir doch, dass das deine Aufmerksamkeit erregen würde«, sagt Hephaistos und kommt aus der Dunkelheit auf sie zu.

Emory weicht einen Schritt zurück, doch dann versagen ihre Beine ihr den Dienst. Er hat Jacks Messer in der Hand und bemüht sich gar nicht erst, seine Absicht zu verbergen. Sie hat damit gerechnet, dass er sie hintergehen würde, doch was sie jetzt verspürt, ist eine ganz andere Angst als die, die sie hatte, als das Boot sank oder als sie durch das Feld der tödlichen Pflanzen gegangen sind. Das hier ist etwas Urzeitliches. Wie eine Maus, die sich im Schatten der Eule duckt und weiß, was ihr droht – die weiß, dass es ihr immer schon gedroht hat und dass das Schicksal es so bestimmt hat.

»Ich kann nicht zulassen, dass Thea dir den Extraktor aufsetzt«, sagt er. »Sie darf nichts von den Leichen auf der Krankenstation erfahren oder dass ich an den Experimenten meiner Mutter beteiligt war. Sie würde versuchen, mich aufzuhalten, und dann wäre ich gezwungen, sie zu töten.«

Emory atmet schwer. Ihr wird schwindelig, und schwarze Punkte tanzen vor ihren Augen.

»Denk an deine Tochter und an die Menschen, die du liebst«, sage ich mit Nachdruck. »Halte an deinem Plan fest. Wenn du jetzt stirbst, sterben alle anderen mit dir.«

Emory schließt die Augen und stellt sich Clara vor, wie sie im Leuchtturm liegt und schläft. Sie denkt an Jack, der in seinem Körper gefangen ist, und an den Nebel, der auf die Insel zurollt.

»Renn auf die Dinge zu, die dir Angst einjagen, Emory«, dränge ich sie.

Sie öffnet die Augen und starrt das flammenumkränzte Monster an, das auf sie zukommt. Hephaistos hat die Antworten, die sie braucht, und er wird reden, wenn er glaubt, die Situation unter Kontrolle zu haben.

»Ich glaube, dass Thea für den Mord an Niema verantwortlich ist«, ruft sie.

Das lässt ihn innehalten. Er streicht sich verunsichert mit der Hand über den Schädel.

»Ich weiß«, knurrt er. »Als ich nach dieser Nacht aufwachte, lag der zertrümmerte Erinnerungsstein meiner Mutter neben mir. Ich sah den Streit zwischen ihnen. Thea wäre nur dann so wütend geworden, wenn sie das mit Blackheath herausgefunden hätte.«

»Und warum hast du dann deswegen nichts unternommen?«, fragt Emory empört.

»Du meinst, warum habe ich sie nicht getötet?«, fragt er und hebt eine Augenbraue. »Das ist ziemlich viel Blutrünstigkeit für einen Dorfbewohner, nicht wahr?«

»Ich will das alles nur verstehen«, sagt sie flehentlich.

Er bläst die Wangen auf und schüttelt den Kopf. »Meine Mutter ist tot, weil sie sich geweigert hat, irgendjemandem gegenüber Rechenschaft abzulegen, selbst Thea gegenüber nicht. Als die Welt endete, habe ich aus nächster Nähe gesehen, wozu Menschen fähig sind.«

Er hebt sein Hemd hoch und zeigt ihr die Brandwunden und schlechtverheilten Narben, von denen sein Körper übersät ist.

»Jede einzelne dieser Wunden hat mir ein anderes menschliches Wesen zugefügt, und nicht etwa deswegen, weil sein Überleben davon abhing oder weil ich eine Bedrohung für diese Person darstellte. Die Menschen haben mich aus keinem anderen Grund verletzt als dem, dass sie es wollten.«

Er zeigt mit der Messerspitze auf sie.

»Thea hat den Nebel nie von Nahem gesehen. Deshalb hat sie auch nie verstanden, dass der Nebel nicht das Furchteinflößendste an der Apokalypse war. Er ist einfach eine Wolke mit ein paar Insekten. Es ist nichts Boshaftes daran.« Er schlägt sich mit der Faust auf die Brust. »Das wirklich Furchteinflößende an dem Nebel war, wie schnell er als Rechtfertigung für sämtliche Abscheulichkeiten diente, zu denen das menschliche Herz fähig ist. Sag mir, Emory, wie kann jemand guten Gewissens eine Spezies retten wollen, die erst Zeuge der Brutalität des Nebels wurde und daraufhin beschloss, selbst noch einen draufzusetzen?«

Er starrt sie an, und es sieht aus, als würde er tatsächlich eine Antwort erwarten. Er will eine Bestätigung. Er will Vergebung für das, was er getan hat.

»Ich weiß es nicht«, sagt sie kleinlaut.

»Es ging meiner Mutter nicht um Kontrolle über die Menschen«, sagt er. »Sie wollte sie vielmehr zur Empathie erziehen. Sie wusste, dass alles noch einmal von vorn losgehen würde, wenn wir die Überlebenden aus Blackheath freiließen. Sie glaubte, sie könnte die Menschen von innen heraus verändern, wenn sie sie unter Abis Einfluss stellte. Kein Egoismus mehr, keine Gier, keine Gewalt. Zum ersten Mal in der Menschheitsgeschichte wären wir ein geeinigtes Volk, das in friedlichem Miteinander lebt und zum Wohl aller handelt.«

Seine Augen leuchten, als spiegele sich bereits die von ihm beschriebene Zukunft darin. Wenn sie ihn so sprechen hört, glaubt sie ihm jedes Wort. Und sie fragt sich, was eine solche Überzeugungskraft wohl an einem anderen Ort und in einer anderen Zeit bewirkt haben könnte.

»Stell dir vor, es gäbe Millionen von Menschen auf dem Planeten, die ein gleichberechtigtes Leben führen«, sagt er glückselig. »Keine Armut, keine Ungerechtigkeit, kein Krieg, keine Gewalt. Stell dir vor, du könntest jeden Morgen aufwachen und wüsstest, dass dir nichts geschehen wird, dass du in Sicherheit bist und dass du die Freiheit hast, jedes Ziel zu verfolgen, das du dir selbst setzen möchtest. Das können wir erreichen, aber dafür brauchen wir Abi. Und deshalb werde ich die Experimente meiner Mutter fortsetzen.«

Emory starrt ihn fassungslos an. »Du kannst nicht einfach immer weiter Menschen töten in der Hoffnung, irgendwann damit die Menschheit zu retten«, sagt sie. »Du musst einen anderen Weg finden.«

»Es gibt keinen anderen Weg«, verkündet er leidenschaftlich. »Die Menschheit ist nicht in der Lage, sich von allein zu ändern. Das hat die Geschichte gezeigt. Wir brauchen jemanden, der einschreitet.«

»Was ist mit Thea? Was wird sie dazu sagen? Du hast dich jahrelang höllisch angestrengt, um das Ganze vor ihr geheim zu halten, und jetzt willst du damit weitermachen? Ihr konntet eure Experimente ja kaum vor ihr verbergen, als ihr noch die ganze Insel zur Verfügung hattet. Wie willst du das im Kratergarten schaffen?«

»Wir gehen nicht in den Kratergarten«, schnaubt er verächtlich. »In Blackheath gibt es alles, was wir brauchen, und wir haben dort genug Platz, um beide in vollkommener Abgeschiedenheit arbeiten zu können. Thea wird den Nebel zerstören, und ich werde die Menschheit in Ordnung bringen. Glaub mir, Thea wird während der nächsten hundert Jahre nicht eine Sekunde lang von ihrer Arbeit aufschauen. Und das ist alles, was es zu sagen –«

Die Krankenstation explodiert, und Flammen schlagen aus den Fenstern.

»Bitte«, unterbricht sie ihn. »Sag mir, was mit Jack passiert ist. Warum ist er da unten? Was hat er falsch gemacht?«

»Nichts«, gibt Hephaistos zu. »Niema brauchte ein paar Helfer im Labor, die ihr bei ihren Experimenten zur Hand gehen. Sie konnte es nicht riskieren, dass Thea mitbekam, wie die Dorfbewohner in Blackheath ein und aus gingen, also hat sie entschieden, dass es das Beste wäre, eine Stammbesetzung zu haben, die dort unten eingesperrt bleibt. Der einzige Grund, warum sie Jack und die anderen dafür ausgewählt hat, war der, dass man sie ohne große Schwierigkeiten verschwinden lassen konnte.«

Kaum hat er diese letzten Worte gesagt, sprintet Emory los, den Pfad entlang, der zur Schule führt.

Er brüllt auf und stürmt ihr hinterher. Für einen Mann seiner Größe bewegt er sich erstaunlich schnell.

Der Kasernenhof liegt still und leer vor ihm. Es ist nichts als der Ruf einer einsamen Eule zu hören, die irgendwo auf der Dorfmauer hockt.

Seine Augen huschen hierhin und dorthin und durchbohren prüfend jeden einzelnen dunklen Schatten.

»Ich spiele keine Spielchen mehr, Emory«, brüllt er. Mittlerweile hat er jegliche Beherrschung verloren. »Komm sofort raus, oder ich gehe in Claras Zimmer und –«

Er hört ein Rascheln und schaut gerade noch rechtzeitig auf, um zu sehen, wie Emory sich vom Balkon wirft. Im nächsten Moment landet sie mit voller Wucht auf seinem Rücken.

Etwas sticht ihn in den Hals. Sofort beginnt alles vor seinen Augen zu verschwimmen. Er gerät ins Stolpern und zertritt dabei mit der Fußsohle eine leere Injektionsspritze.

Er greift nach hinten, packt Emory am Arm und schleudert sie so heftig zu Boden, dass sie für einen Moment keine Luft mehr bekommt. Sie schreit laut auf, rappelt sich dann jedoch rasch wieder hoch und versucht, ihm rückwärts auszuweichen.

Er kann nicht mehr klar sehen, aber er ist immer noch schnell. Er versucht, ihr das Messer in die Brust zu rammen, aber er schätzt die Entfernung falsch ein. Das Messer dringt nur etwa zwei Zentimeter tief in Emorys Körper ein. Sie zuckt vor Schmerz zusammen und springt erneut nach hinten.

Hephaistos ragt drohend über ihr auf und hebt das Messer hoch, um sie ein zweites Mal damit zu treffen, doch dann wankt er und bricht bewusstlos zusammen.

Emory steht auf und untersucht ihre Wunde. Ein paar Zentimeter höher, und er hätte ihr die Kehle durchgeschnitten.

Sie steigt über den schlafenden Riesen und hebt mit zitternder Hand das Messer auf.

»Das gehört meinem Mann«, sagt sie.

2 STUNDEN BIS ZUM AUSSTERBEN DER MENSCHHEIT

68

»Thea!«, rufe ich in ihren Gedanken.

Sie schreckt auf und stellt fest, dass sie zusammengerollt auf dem Boden des Bootes liegt. Wind und Regen peitschen auf sie ein, und ihr Boot wird von gewaltigen Wellen hin und her geschleudert. Der Morgen ist angebrochen, aber der Himmel ist schwarz. Düstere Sturmwolken bedecken ihn, die unablässig von Blitzen durchzogen werden.

»Du wurdest aus dem Nebel herausgeschleudert«, erkläre ich.

Als sie sich aufrappelt, stellt sie fest, dass sie nur wenige Meter vom Nebel entfernt ist. Die Insekten leuchten so hell, dass sie tanzende Punkte in ihren Augen hinterlassen.

Sie wimmert und sucht nach den Rudern.

»Du hast sie letzte Nacht ins Wasser fallen lassen«, informiere ich sie. »Es besteht kein Grund zur Panik, du hast den Anker geworfen. Hilfe ist unterwegs.«

Doch sie ist bereits von einer derart blinden Panik ergriffen, dass sie mich nicht hört.

Hektisch schält sie sich aus dem Resonanzanzug und springt kopfüber in den sturmgepeitschten Ozean. Ihre Muskeln verkrampfen sich, als sie wieder auftaucht, und ihr ganzer Körper schmerzt entsetzlich, aber sie zwingt sich erbarmungslos, weiter zu schwimmen.

Die Anstrengungen der letzten Nacht stecken ihr noch in den Knochen, und sie hat die Strömung gegen sich, die an dieser Stelle besonders stark ist. Trotz all ihrer Mühen kommt sie bei ihrem Versuch, sich in Sicherheit zu bringen, nur wenige Zentimeter vorwärts. Und schon bald muss sie ihre ganze Kraft aufwenden, um nicht von der Stelle geschwemmt zu werden.

Ihre Bewegungen werden immer langsamer, die Kraft geht ihr aus. Stück für Stück zieht die Strömung sie wieder zum Nebel zurück.

»Thea! Thea!«

Irgendwo auf dem Wasser ist entfernt eine Stimme zu hören. Thea hebt den Kopf und sieht ein Boot näher kommen. Emory kniet im Bug und trommelt verzweifelt mit der Faust auf den Rumpf, um Theas Aufmerksamkeit zu erregen. Seth rudert so schnell er kann. Seine Muskeln sind bis zum Zerreißen gespannt, die Zähne vor Anstrengung zusammengebissen.

Theas Arme wühlen sich durch das Wasser, und ihre Füße treten wie wild, während sie versucht, das entgegenkommende Boot zu erreichen, aber sie hat keine Kraft mehr. Sie schwimmt ums Überleben. Ihre einzige Hoffnung ist, dass das Boot sie noch rechtzeitig erreicht.

Sie riskiert einen Blick nach hinten, doch das hat nur zur Folge, dass sie kostbare Zentimeter verliert. Sie ist dem Nebel so nah, dass die Hälfte ihres Körpers in ein wunderschönes goldenes Licht getaucht ist.

Im nächsten Moment hört sie ein gewaltiges Platschen.

Starke Hände packen sie und zerren sie ungeschickt ins Boot. Ihr Gesicht schrammt am Holz entlang, sie stößt sich die Schulter an einer Bank, prallt dumpf auf dem Boden des Bootes auf und starrt von dort zu Emorys erschöpftem Gesicht hinauf, deren Wangen mit getrocknetem Blut verkrustet sind.

»Hast du sie?«, brüllt Seth.

»Fahr los!«, brüllt Emory.

Thea hebt den Kopf und sieht, wie ihr verlassenes Boot vom Nebel verschlungen und sofort von Insekten umschlossen wird. Doch sie verlieren rasch das Interesse, als sie merken, dass es darin nichts zu töten gibt.

»Warum bist du ins Wasser gesprungen?«, fragt Emory, als sie sich endlich in einer sicheren Entfernung befinden. »Dein Anker war gesetzt. Wir waren doch schon fast bei dir.«

»Woher weißt du, dass mein Anker gesetzt war?«

»Weil wir vor ein paar Stunden zu dir herausgerudert sind, um nach dir zu schauen«, antwortet Seth, während er die Ruder durch das Wasser zieht. »Was wolltest du da draußen?«

»Ich bin mit dem Kopf aufgeschlagen«, sagt Thea verwirrt. »Ich war gar nicht in der Lage, den Anker zu setzen.«

»Irgendjemand hat es jedenfalls getan«, sagt Seth schroff.

»Wenn ihr heute früh schon hier draußen wart, warum habt ihr mich dann nicht mit zurück ins Dorf genommen?«, verlangt Thea zu wissen. Sie zuckt vor Schmerz zusammen, als sie die Wunde an ihrem Kopf berührt.

»Ich musste erst mit meinen Freunden reden, ohne dass du dich einmischst«, antwortet Emory und lehnt sich über den Bootsrand, um sich die Hände abzuwaschen. »Außerdem wollte ich keine Mörderin in der Nähe meiner Tochter haben.«

Thea stockt der Atem.

»Was soll ich getan haben?«, fragt sie angespannt.

»Ich bin dir letzte Nacht nach Blackheath gefolgt«, sagt Emory, ohne sie anzusehen. »Du wolltest Hui töten, und ich weiß, dass du Adil getötet hast.«

»Du irrst dich.«

»Du kannst einfach nicht mit dem Lügen aufhören, oder?«

»Ich habe Adil nicht getötet!«

»Natürlich hast du das«, ruft Emory und starrt Thea zornig an. »Es war letzte Nacht sonst niemand in Blackheath.«

»Wie kannst du es wagen, mich derart zu beschuldigen, ohne einen Beweis dafür zu haben«, sagt Thea hochmütig. »Für wen hältst du dich?«

Emory explodiert vor Wut.

»Ich bin eine Dorfbewohnerin«, ruft sie. »Und nach allem, was ich von euch Menschen so gesehen habe, bin ich stolz darauf. Diese Insel ist in großer Gefahr, und statt mir dabei zu helfen, sie zu beschützen, haben du und Hephaistos die letzten beiden Tage damit verbracht, mich anzulügen und eure Spuren zu verwischen. Ich habe die Schnauze voll von euch beiden.«

Thea erschaudert. Sie wird plötzlich unsicher. Da ist etwas Ungewöhnliches in Emorys Gesichtsausdruck, etwas, das sie noch nie zuvor an einem Dorfbewohner gesehen hat. Ihre Augen sind hart, ihr Blick ist grimmig. Fast raubtierhaft.

Katalysatoren und Reaktionen, denkt Thea. Während der letzten beiden Tage ist Emory in die schlimmsten Tiefen der Menschheit eingetaucht, und das hat sie von Grund auf verändert. Das hier ist nicht mehr dieselbe Person wie die, die sie angefleht hat, Niemas Tod untersuchen zu dürfen. Die Ehrerbietung ist vollständig verschwunden. Die Angst. Der Zweifel.

Thea hat das Gefühl, als hätte sie es mit einem Menschen zu tun.

Sie wirft einen Blick zu Seth hinüber in der Erwartung, dass er seine Tochter tadelt, doch der starrt ausdruckslos vor sich hin. Offenbar ist Emory nicht die Einzige, die sich nach Niemas Tod verändert hat.

»Warum hätte ich Adil töten sollen?«, fragt Thea und bemüht sich nun um einen beschwichtigenden Tonfall. »Er ist letzte Nacht in mein Labor gekommen. Er hat mir erzählt, dass Blackheath offen steht, dass Hephaistos und Niema es seit Jahren benutzen und auch dort schlafen, wenn sie zwischendurch ein bisschen Luxus genießen wollen. Er hat mir die Räume gezeigt, die sie benutzt haben. Die leeren Lebensmittelpackungen. In Niemas Lieblingstasse war immer noch Tee.«

Thea starrt Emory eindringlich an. Plötzlich hat sie das Gefühl, als gäbe es in diesem Boot nicht genug Platz für drei Personen und all ihr Misstrauen.

»Warum hätte Adil dir helfen sollen?«, fragt Emory. »Er hasste alle Ältesten.«

»Ich habe keine Ahnung. Aber er ist die einzige Person, die mir während der letzten vierzig Jahre die Wahrheit gesagt hat«, sagt sie hitzig. »Ich hatte keinen Grund, ihn zu töten. Er wollte mir den Schlüssel zu Blackheath geben.«

»Wo warst du, als er gestorben ist?«, fragt Emory, während sie über Theas Bemerkung nachdenkt.

»Ich habe nach meiner Schwester geschaut. Ich wollte sie aufwecken, aber dann habe ich mich in letzter Sekunde dagegen entschieden. Das war die schwierigste Entscheidung, die ich jemals treffen musste. Sie hätte es mir nie verziehen, wenn ich sie gezwungen hätte, im Kratergarten Zuflucht zu suchen und dort festzusitzen.«

Das Boot schwankt, als es an eine Stelle mit unruhigem Wasser gerät. Sie kommen an den Farmen vorbei, doch an diesem Morgen kümmert sich niemand um die Felder. Jedes auch nur halbwegs reife Obst und Gemüse wurde bereits geerntet, das Saatgut eingesammelt und die Werkzeuge aus den Schuppen entfernt. Die meisten Tierkoppeln sind leer, aber in einer von ihnen versuchen Shilpa und Abbas gerade noch, ein paar störrische Kühe zum Mitkommen zu überreden.

Das Boot kommt nun in Sichtweite der Kaimauer, die die Bucht einfasst. Von der Krankenstation steigen immer noch dicke Rauchwolken auf. Sie verdecken zunächst den Blick auf die Seilbahngondel, die in diesem Moment in Richtung der schwarzen Sturmwolken am Gipfel des Vulkans hinaufsteigt.

»Ich kann nicht ins Dorf zurückkehren«, sagt Thea nervös. »Wenn Hephaistos –«

»Der ist bewusstlos und gefesselt«, unterbricht sie Emory. »Ich habe die Nyctanthes prumulla benutzt, die wir im Leuchtturm gefunden haben. Er sollte mindestens noch eine weitere Stunde ohnmächtig bleiben. Er wird dir nichts tun.«

Thea starrt sie fassungslos an. »Du hast Hephaistos betäubt?«

»Ich hatte keine andere Wahl«, bemerkt Emory kühl. »Er hat Niema ermordet.«

69

Seth rudert das Boot auf den Kieselstrand, springt hinaus und vertäut es. Emory klettert unmittelbar nach ihm aus dem Boot und wirft einen kurzen Blick zum Nebel hinüber.

»Wie lange noch, bis er hier ist?«, fragt sie laut.

»Eine Stunde«, antworte ich. »Wahrscheinlich weniger, bei diesem Wind.«

Thea folgt ihnen ins Dorf. In ihrem Kopf dreht sich immer noch alles. Emory hat noch keine Details zu dem Mord genannt, aber das ist Thea egal.

Sie hat es nicht getan. Das ist alles, was in diesem Moment zählt.

Sie müsste eigentlich erleichtert sein – und ein Teil von ihr ist es auch –, aber das ist nicht das vorherrschende Gefühl, von dem sie gerade durchströmt wird. Das ist nicht der Grund dafür, warum sie sich so leicht fühlt, als könnte sie schweben. Sie war so fest von ihrer eigenen Schuld überzeugt, dass sie bereit war, Hui auf ihrem Krankenbett zu töten, um alles zu vertuschen. Sie hätte sich einer solchen Brutalität nie für fähig gehalten, und es hat etwas merkwürdig Tröstliches, diese Unbeugsamkeit in sich selbst zu entdecken. Was auch immer als Nächstes kommt – sie weiß, dass sie genug Willenskraft hat, sich dem zu stellen.

Ihr Kopf schmerzt, und ihre Handflächen sind zerfetzt. Sie ist müde, nass und schmutzig, aber sie hat das Gefühl, als wäre sie neugeboren. Als wäre sie aus ihrem eigenen Grab herausgekrochen. Zum ersten Mal seit Jahren erscheint ihr die Zukunft nicht mehr so bedrohlich, weil es sich so anfühlt, als sei sie selbst das gefährlichste Element darin.

Sämtliche Dorfbewohner haben sich im Kasernenhof versammelt. Überall stehen riesige Stapel mit Vorräten, die darauf warten, in den Kratergarten transportiert zu werden. Thea stellt überrascht fest, dass auch Kisten aus Blackheath dabei sind, die medizinische Hilfsmittel und Lebensmittelpakete enthalten.

Hui wird gerade auf einer Trage zur Seilbahnstation transportiert. Ihre Arme sind über der Brust gekreuzt, ihr Atem geht flach. Clara eilt neben ihr her.

»Wann habt ihr denn das alles geschafft?«, fragt Thea beeindruckt.

»Während du geschlafen hast«, sagt Emory. »War das nicht schon immer die Zeit, in der auf dieser Insel der Großteil der Arbeit erledigt wird?«

Als sich die kleine Gruppe der Vogeltränke nähert, unterbrechen die Dorfbewohner ihre Gespräche und drehen sich nach ihnen um. Emory wird mit begeisterten Ausrufen begrüßt. Die Leute streichen ihr über die Arme und werfen ihr lächelnd ihre Zuneigung zu Füßen, als wären es Rosensträuße.

Genau so haben sie früher immer Niema behandelt, denkt Thea.

Im Gegensatz dazu ist die Reaktion, die sie selbst bei ihnen hervorruft, gelinde gesagt äußerst kühl. Sie kann den Vorwurf des Verrats in ihren Augen lesen, den Schmerz darüber, nun die Wahrheit zu kennen. Sie starrt den Dorfbewohnern so lange ins Gesicht, einem nach dem anderen, bis alle die Augen senken. Ihr zurückgewonnenes Selbstvertrauen durchströmt sie einmal mehr.

Natürlich haben sie die Augen gesenkt, denkt sie. Sie wurden so konstruiert. Sie wurden entworfen, um den Menschen gegenüber ehrerbietig zu sein, ihnen zu dienen und zu gehorchen. Letztendlich werden sie sich immer danach sehnen, von einem Ältesten kontrolliert zu werden.

Bei Emory ist das anders. Sie war von Geburt an fehlerhaft. Die genetische Fessel, die sie kontrollieren sollte, war von Anfang an brüchig. Aber das ist kein Problem. Es ist nicht ansteckend. Thea fand das früher sogar recht amüsant.

Was auch immer für eine Meuterei sich da gerade unter den Dorfbewohnern zusammenbraut – sie wird von Emory angeführt. Thea braucht nur Emory aus dem Weg zu räumen, dann wird sich alles andere schon fügen.

»Wo ist Hephaistos?«, fragt sie und lässt ihren Blick über die Kistenstapel schweifen. »Jede Sekunde, die er am Leben bleibt, sorgt dafür, dass uns der Nebel näher kommt.«

»Ich habe zwei Tage damit verbracht, Niemas Mörder zu suchen, und währenddessen die ganze Zeit überlegt, was ich tun soll, wenn ich ihn gefunden habe«, sagt Emory, wobei sie Theas Frage einfach ignoriert. »Ich habe mir gesagt, dass das nicht in meiner Hand liegt und dass die Ältesten das entscheiden müssen, aber dann ist mir klargeworden, dass das so nicht funktioniert. Wir können nicht stolz auf unsere eigene moralische Integrität sein, wenn wir gleichzeitig einfach danebenstehen und zulassen, dass schreckliche Dinge passieren.«

»Ich habe nicht die leiseste Ahnung, was du mir da gerade sagen willst«, blafft Thea.

»Wir haben beschlossen, Hephaistos nicht hinzurichten«, sagt Emory mit fester Stimme. »Wir haben das heute früh diskutiert und sind uns alle einig, dass wir so etwas nicht tun. Wir tun niemandem ein Leid an, nicht einmal, um uns selbst zu retten. Wir werden das Dorf evakuieren und in den Kratergarten ziehen.«

Ein zustimmendes Murmeln geht durch die Menge der Dorfbewohner, die alle ihre jeweilige Tätigkeit unterbrochen haben, um der Auseinandersetzung zu lauschen.

»Der Kratergarten kann nicht alle aufnehmen«, widerspricht Thea fassungslos. »Es müssten fünfundfünfzig Personen von euch zurückbleiben.« Sie lässt den Blick über die Gesichter vor ihr schweifen, auf der Suche nach Zweifelnden. »Wie wollt ihr entscheiden, wer das sein soll?«

Einen Moment lang erstarrt die Menge beklommen, doch dann tritt Tomas vor.

»Ich bleibe hier«, sagt er energisch. »Ich bin ohnehin fast sechzig. Ich würde gern der Gemeinschaft dienen, wenn ich kann.«

»Ich bleibe auch«, meldet sich Hossein.

»Und ich«, ruft Katia.

»Und ich.«

»Ich.«

»Ich.«

»Das ist doch lächerlich«, ruft Thea, als sie sieht, dass sich alle Dorfbewohner freiwillig gemeldet haben. »Warum wollt ihr sterben, um einen Mörder zu retten?«

»Weil wir sonst diejenigen wären, die ihn töten«, erklärt Magdalene, die ihren Sohn Sherko an den Schultern festhält. »Güte und Freundlichkeit stehen über allem anderen. Das gilt nach wie vor«, fügt sie hinzu.

»Wir haben unsere Entscheidung getroffen, Thea«, sagt Emory. »Wir bitten dich, sie zu respektieren. Es wird niemand mehr getötet, ganz gleich aus welchem Grund.«

Thea schnaubt ungläubig.

»Und was wollt ihr mit Hephaistos machen?«

»Wir werden ihn auffordern, sich an der Arbeit zu beteiligen«, wirft Seth schroff ein. »Er muss seine eigene Nahrung anbauen und irgendein Hobby finden, genau wie wir. Er kann uns viel beibringen. Er wird unserer Gemeinschaft dienlich sein.«

»Er wird euch töten. Jeden Einzelnen von euch.«

Die Gewissheit der Dorfbewohner gerät ins Wanken, aber dann schauen alle Unterstützung heischend zu Emory hinüber, die ihrerseits unverwandt Thea anschaut.

»So sieht unsere Entscheidung aus. So und nicht anders«, bekräftigt Emory.

»Ihr seid alle verrückt«, sagt Thea und wirft frustriert die Arme in die Höhe. Sie überlegt kurz, ob sie weiter diskutieren soll, aber an den Gesichtern, die ihr entgegenblicken, ist deutlich zu erkennen, dass sie gegen eine Wand redet.

»Also gut, wenn es das ist, was ihr wollt, dann finden wir eben im Kratergarten unsere neue Heimat. Aber ihr werdet damit leben müssen, dass ich euch die ganze Zeit sage, wie falsch ihr gehandelt habt.« Sie seufzt tief auf und gibt sich geschlagen. »Erzähl mir alles Notwendige, und dann werde ich mit Hephaistos reden. Diese Sache hier wird für uns alle besser verlaufen, wenn er die Wahrheit von mir erfährt.«

70

Hephaistos' Kopf kippt nach vorn, seine Lider flattern, und seine Augen öffnen sich. Er liegt in der Schule auf der Erde, sein Kinn klebt in einer Pfütze aus Speichel am Boden. Regen trommelt auf das Dach. Um ihn herum liegen seine durchtrennten Fesseln.

»Wie spät ist es?«, fragt er und richtet sich auf.

»Kurz nach halb zehn Uhr morgens«, antwortet Thea, die hinter ihm steht.

Er dreht sich um und sieht sie auf der Kante von Niemas Schreibtisch sitzen. Sie hat eine Trauerlaterne in den Händen, die sie unruhig hin und her dreht. Auf einer Bibel, aus deren Seiten ein Zettel hervorragt, steht der Erinnerungsextraktor. Thea betrachtet Hephaistos mit einer Mischung aus Mitleid und Wut, als sei er ein Tiger mit gebrochenem Rückgrat.

Nichts von dem, was er hier gerade sieht, ergibt irgendeinen Sinn. Wie ist er hierhergekommen? Er erinnert sich vage daran, Emory hinterhergejagt zu sein, und dann … Er stöhnt.

»Was hat sie mir verabreicht?«

»Prumulla«, antwortet Thea. »Du kannst dich glücklich schätzen. Wenn es im Leuchtturm noch mehr davon gegeben hätte, würdest du drei Tage lang schlafen.«

Der Regen fällt schräg durch die Tür und durchnässt die Pulte am hinteren Ende des Klassenzimmers. Der Himmel, aus dem die Fluten auf das Dorf niederprasseln, ist von bedrohlichen schwarzen, violetten und grünen Streifen durchzogen. Blitze schlagen in die Balkone der Kaserne ein, gefolgt von so lauten Donnerschlägen, dass die Erschütterungen beinahe die Schindeln von den Dächern reißen.

Als Hephaistos sich mühsam aufrappelt, kommt es ihm so vor, als befände sich sein Gehirn auf der Außenseite seines Schädels. Die Welt dreht sich, und er kippt sofort seitwärts gegen die Wand.

»Ich muss …«

»Emory zum Schweigen bringen?«, unterbricht sie ihn und stellt die Trauerlaterne auf den Tisch. »Die Mühe kannst du dir sparen. Ich weiß längst über die Experimente Bescheid, und über die Leichen auf der Krankenstation. Sie hat mir alles erzählt, was du für Niema getan hast.« Ihr Wangen röten sich vor Wut. »Du hast mich die ganze Zeit angelogen. Über Blackheath und über Ellie. Ich habe dir direkt in die Augen gesehen und dich danach gefragt, und du hast mich angelogen.«

»Ich hatte keine andere Wahl.«

»Warum?« Ihre Stimme bricht. Das Ausmaß seines Verrats ist unfassbar.

»Weil du mittlerweile längst den Nebel zerstört hättest, wenn du Zugang zu deiner früheren Ausrüstung gehabt hättest«, gibt er verzweifelt zu. »Und dann hättest du alle Menschen freigelassen, bevor es uns gelungen wäre, sie in Ordnung zu bringen.«

»In Ordnung zu bringen?«, wiederholt sie ungläubig. »Und woher nimmst du das Recht zu entscheiden, wie das aussehen soll?«

»Das Recht des Überlebens«, antwortet er grimmig.

Sein Blick wandert zu dem Erinnerungsextraktor. Er hat ihn letzte Nacht repariert und in Theas Labor stehen lassen. Es gibt keinen Grund, warum sie ihn hierher hätte mitbringen sollen, es sei denn …

»Ich war es, nicht wahr?«, sagt er und fällt in sich zusammen. »Ich habe Niema getötet.«

»Emory hat es herausgefunden.«

»Wie?«

»Die Stichwunde in Niemas Brust befand sich in einer ungewöhnlichen Höhe«, antwortet Thea und zeigt dabei auf ihren eigenen Körper. »Ich muss zugeben, dass ich selbst nicht groß darüber nachgedacht habe, aber als Emory dann Hui fand, ist ihr aufgefallen, dass deren Verletzung sich an einer ganz ähnlichen Stelle im Brustkorb befand. Beide Wunden passen zu derjenigen, die du Emory letzte Nacht zugefügt hast. Jede andere Person hätte das Messer in Schulterhöhe halten müssen. Du hingegen bist sehr viel größer als jeder andere hier.«

Weitere Donnerschläge rollen über den Himmel, die mechanische Uhr in der Turmspitze klappert.

»Ich kann nicht glauben, dass das genau der Hinweis gewesen ist, den sie brauchte«, sagt er und seufzt. »Warum habe ich es getan?«

Thea reicht ihm die Bibel, die Emory aus Niemas Schlafraum geholt hat. Der Brief, den seine Mutter ihm geschrieben, aber nie vollendet hat, ragt aus den Seiten des Buches hervor. Er liest ihn langsam durch, bis sein Blick an den Zahlen 5:5 hängenbleibt, die auf der Rückseite stehen.

Er lacht bitter, knüllt den Brief zu einer Kugel zusammen und wirft ihn nach draußen in eine Pfütze.

»Du erkennst den Verweis?«, fragt Thea.

»Es ist aus der Bibel«, bestätigt er. »Matthäusevangelium. Selig sind die Sanftmütigen, denn sie werden das Erdreich besitzen. Sie wollte alles den Krums geben, stimmt's?«

»Ja, es sieht ganz so aus«, sagt Thea. »In der Nacht ihres Todes hat Niema noch einmal versucht, Abi einem Menschen zu implantieren, aber es hat nicht funktioniert. Emory glaubt, dass das der letzte Tropfen war, der das Fass zum Überlaufen brachte. Die Dorfbewohner waren Niema ans Herz gewachsen, und sie hat beschlossen, die Welt lieber einer Spezies zu überlassen, die sie kontrollieren kann, statt einer, die sie nicht kontrollieren kann.«

»Sie sind doch nur Dinge! Sachen!«, ruft er wütend. »Es ist so, als würde man die Welt seinen Spielzeugen schenken. Was hat sie sich dabei gedacht?«

»Bevor du sie ermordet hast, hat Niema Hui auf die Bühne gebeten und sie aufgefordert, allen etwas auf ihrer Geige vorzuspielen.

Wir haben immer geglaubt, die Dorfbewohner seien unfähig, etwas Neues, Eigenes zu erschaffen, aber Hui hatte ein Musikstück komponiert, das wirklich äußerst bemerkenswert war. Ich nehme an, Niema hat das als Beweis dafür gesehen, dass eine Evolution stattgefunden hat. Emory denkt, dass du daraufhin die Beherrschung verloren, ihrer Tochter das Messer aus der Hand gerissen und Hui damit attackiert hast. Unglücklicherweise stand deine Mutter direkt neben ihr.«

»Willst du mir gerade allen Ernstes erzählen, dass all das wegen eines bescheuerten Musikstücks passiert ist?«

»Nicht ganz. Es lagen zwei zertrümmerte Injektionsspritzen im Kasernenhof, und es sind Vorräte nach Blackheath und in den Kratergarten geschafft worden. Als Huis Konzert uns beide nicht von Niemas Vorhaben überzeugen konnte – so glaubt Emory –, hat Niema die Dorfbewohner angewiesen, uns festzuhalten, damit sie uns das Prumulla injizieren konnte. Sie hatte genug davon hergestellt, um uns mehrere Tage bewusstlos zu machen. Lange genug, als dass in der Zwischenzeit der Nebel die Insel hätte bedecken können.«

»Sie wollte uns einsperren?«

»Und Blackheath den Dorfbewohnern geben, wenn man die Menge an Vorräten als Anhaltspunkt nimmt, die dort unten gelagert waren.«

»Welchen Nutzen hätte die Anlage denn für die Krums gehabt? Sie können sich doch kaum selbst die Schuhe zubinden!«

»Du vergisst, dass Niema einen Erinnerungsstein zurückließ. Wenn er nicht beschädigt worden wäre, hätten sie eine Gebrauchsanweisung für jedes einzelne Gerät gehabt, das sich dort unten befindet. Emory glaubt, dass Adil den Auftrag hatte, den Dorfbewohnern den Stein zu überbringen, aber dass er sich von seiner Wut hat übermannen lassen und ihn stattdessen zertrümmert hat. Näher als das konnte er wahrscheinlich dem Mord an der Frau, die er hasste, nicht kommen.«

Hephaistos ballt die Fäuste und wünscht, seine Mutter hätte ihn Adil töten lassen, als sie noch die Gelegenheit dazu hatten. Er hat sie immer und immer wieder gewarnt, dass es eine schlechte Idee war, Adil am Leben zu lassen.

»Hat Emory auch eine Erklärung dafür, warum Niema unser Gedächtnis gelöscht hat und warum am Ende ihre Leiche mit zertrümmertem Schädel im Lagerhaus lag?«, fragt er, als ein weiterer Donnerschlag die Pulte erzittern lässt.

Thea zuckt mit den Schultern und klopft auf den Erinnerungsextraktor. »Diese Fragen versucht sie immer noch aufzuklären, aber wir werden die Antwort darauf erfahren, sobald wir dir das hier aufgesetzt haben«, sagt sie und senkt dabei ein wenig die Stimme für den Fall, dass sich Emory irgendwo in der Nähe versteckt halten sollte. »Wir brauchen ein Geständnis und eine Hinrichtung, um den Nebel aufzuhalten. Das Ding hier wird uns beides verschaffen.«

Ganz gleich, als wie clever sich Emory auch erwiesen haben mag – sie ist doch immer noch eine Dorfbewohnerin und daher viel zu leichtgläubig.

Thea beobachtet Hephaistos scharf. Sie hat Angst, er könnte die Beherrschung verlieren und losbrüllen, sodass alle herbeigelaufen kommen, aber er bleibt erstaunlich ruhig.

»Das scheint dir gar nichts auszumachen«, sagt sie.

»Ich bin fast ein Jahrhundert länger am Leben geblieben, als ich wollte, weil ich wirklich geglaubt habe, dass meine Mutter uns die Welt zurückgeben würde«, erklärt er. »Ich habe ihr dabei geholfen, unschuldige Menschen zu töten, damit ich nie wieder Angst zu haben brauchte.«

Sein Gesicht verdüstert sich und nimmt einen gequälten Ausdruck an.

»Die Letzte von ihnen hieß Devon. Nachdem ich sie geweckt hatte, bin ich mit ihr zusammen von Blackheath zum Leuchtturm gegangen. Sie hat die ganze Zeit geredet. Sie war so aufgeregt, die Insel zu sehen. Ich habe ihr eine Tasse Tee gemacht und ihr erzählt, sie sei in Sicherheit. Ich mochte sie. Und dann habe ich sie wie ein Stück Müll weggeworfen, an dem Morgen, an dem wir Niemas Leiche gefunden haben.«

Er verweilt einen Moment lang bei der Erinnerung und schüttelt dann traurig den Kopf.

»Gib mir das«, sagt er und streckt die Hand nach dem Erinnerungsextraktor aus. »Ich möchte dein Gewissen damit nicht belasten.«

Sie schaut ihn an und sucht in seinen Augen nach einem Zeichen dafür, dass er sie austricksen will, aber er sieht einfach nur unendlich müde aus, vergraben unter den Trümmern seiner zerstörten Träume.

Sie reicht ihm den Extraktor und sieht zu, wie er ihn sich seelenruhig auf den Kopf setzt. Die Tentakel saugen sich sofort an seinem Schädel fest. Er zuckt ein wenig zusammen, aber auf seinem Gesicht ist nicht die geringste Angst zu erkennen. Ihm zittern nicht einmal die Hände.

Er will, dass das passiert, begreift sie.

Hephaistos hat nur noch darauf gewartet zu sterben, die ganze Zeit, seit er damals dem Nebel entkommen ist. Er hat durchgehalten, um Ellie zu retten, und dann ist er am Leben geblieben, weil seine Mutter ihn brauchte. Er hat diese Insel von einem Ende zum anderen durchwandert wie eine Seele im Fegefeuer. Er hat jede Nacht im Schlaf geschrien. Er fürchtete sich vor der Dunkelheit und der Stille und vor anderen Menschen.

Eine entsetzliche Last wächst in Theas Brust, während sie ihm dabei zusieht, wie er das Gerät auf seinem Kopf ausrichtet.

Sie hat geglaubt, dies sei genau das, was sie wollte. Sie dachte, sie würde alles tun, um zu überleben, aber Hephaistos war ihr einziger Freund, länger als sie denken kann. Sie kann sich nicht vorstellen, nie wieder sein Gesicht zu sehen. Nie wieder seine Stimme zu hören.

Ich muss die Menschen aufwecken, entscheidet sie. Etwas anderes bleibt ihr gar nicht übrig. Sobald der Nebel aufgehalten wurde, wird sie hinunter nach Blackheath gehen und die Menschen aus ihren Stasiskammern befreien. Wenn sie ihre Welt zurückhaben wollen, müssen sie etwas dafür tun, genau wie sie selbst das getan hat.

Ihre Blicke treffen sich. Hephaistos lächelt sie ernst an.

»Es tut mir leid, dass ich dich angelogen habe, Thea«, sagt er und legt den Schalter um. »Ich liebe –« Der Bohrer schießt hervor und gräbt sich in seine Schläfe. Eine Sekunde später rutscht sein Körper vom Stuhl und schlägt auf dem Boden auf. Der Erinnerungsstein leuchtet schwach in seiner Fassung.

71

Thea kniet neben seiner Leiche auf dem Boden und weint fast zehn Minuten lang.

Erst als sie keine Tränen mehr hat, zieht sie den Erinnerungsstein aus dem Extraktor und legt ihn sich mit zitternder Hand an die Schläfe.

Sie geht hastig seine Kindheit und Jugend durch, sein Leben als Playboy und seine Flucht vor dem Nebel. Zum ersten Mal sieht sie ihn dann zusammen mit Ellie, wird Zeuge all jener Dinge, über die die beiden nie reden wollten, die Traumata, die sie zusammengeschweißt haben, der geteilte Schmerz.

So viele Qualen, die sich aufeinandertürmen. Wenigstens begreift sie jetzt, warum Hephaistos so unverrückbar davon überzeugt war, dass die Menschen kontrolliert werden müssen. Niemand konnte das durchleiden, was er durchlitten hat, und die Menschheit danach wieder ungebremst auf die Welt loslassen.

Sie reißt sich den Stein von der Schläfe, atmet schwer und wischt sich die Tränen aus dem Gesicht. Es wird Ellie das Herz brechen, wenn sie erfährt, dass Hephaistos tot ist.

Sie hat ihn so sehr geliebt.

Thea hält sich den Stein erneut an die Schläfe und fährt mit den Erinnerungen dort fort, wo sie aufgehört hatte. Sie sieht Niema auf der Bühne im Kasernenhof stehen, tränenreich und theatralisch, so wie immer, wenn sie vor einem Publikum stand.

»Ich gebe euch die Zukunft«, sagt sie zu den Dorfbewohnern und breitet die Arme aus. »Ich möchte, dass ihr euch eure eigene Gesellschaft aufbaut, ohne dass wir Einfluss auf euch nehmen. Die Menschen werden in Blackheath eingesperrt bleiben, bis ihr entscheidet, sie freizulassen. Ihr werdet bessere Älteste sein, als wir das jemals sein konnten.«

Die Erinnerung stockt und flackert. Der größte Teil dessen, was sie jetzt sieht, war ausgelöscht worden, und der Extraktor war gezwungen, es aus den Tiefen von Hephaistos' Unterbewusstsein wieder auszugraben. Das Ergebnis ist nicht lückenlos.

Die nächste Erinnerung zeigt eine Party in vollem Gang. Hephaistos geht zornentbrannt mit großen Schritten auf und ab, sein Blick rast von einem empörenden Anblick zum nächsten. Er sieht die Band spielen, sieht die Dorfbewohner tanzen. Er sieht, wie sie die Münder öffnen, wie ihre Kehlen vibrieren, sieht ihre fröhlich lachenden Gesichter.

Die Einzigen, die nicht feiern, sind Clara und Emory. Clara schnitzt einen Vogel und versucht, die Tränen zurückzuhalten, während Emory ihr beruhigend zuflüstert. Offenbar wissen sie über Jack Bescheid. Niema hat tatsächlich allen alles erzählt.

Hui hat ihre Geige im Arm und spricht mit Niema. Beide halten die Köpfe gesenkt, und ihre Stirnen berühren sich fast. Huis Darbietung war eine einzige Katastrophe, und seine Mutter versucht, sie zu trösten.

Thea kann Hephaistos' Schmerz spüren. Er ist empört über die Nähe zwischen den beiden. Er selbst hat während seiner Kindheit nie eine solche Nähe erfahren. Warum bekommen die Dorfbewohner Niemas beste Seite geschenkt? Was macht sie dessen würdig?

Sie sind nur Krums. Sachen. Wertlose Sachen. Früher hat er sie gekauft und an andere Leute verschenkt. Hui hat es noch nicht einmal geschafft, ordentlich Geige zu spielen. Und angeblich ist sie von ihnen allen die Begabteste.

Und jetzt bekommen sie die Welt geschenkt?

Die Erinnerung stockt erneut und springt dann in einen Schockmoment der Gewalt. Die Dorfbewohner haben sich auf Hephaistos geworfen, versuchen, ihn an Armen und Beinen zu packen, versuchen, ihn zu Boden zu ringen und dort festzuhalten.

Er stößt sie zur Seite, wirft sie in alle Richtungen von sich.

Durch die Menge der Körper erhascht er einen Blick auf Thea, die von einer anderen Gruppe von Dorfbewohnern festgehalten wird. Sie schreit verzweifelt seinen Namen, während sich ihr jemand nähert. Ist das Hui? Was hat sie da in der Hand?

Ist das ein Messer?

Hephaistos' Wut bricht sich nun vollends Bahn. Er schleudert alle von sich, die ihn zu halten versuchen, und stürmt dann mitten durch die Menge. In einer einzigen fließenden Bewegung packt er sich Claras Messer vom Tisch und rammt es der Geigerin mitten in die Brust, woraufhin sie die Injektionsspritze fallen lässt, die sie in der Hand hielt.

Er zieht das Messer heraus und sticht erneut auf das Mädchen ein, doch im nächsten Moment tritt Niema dazwischen und schreit ihn an, er solle aufhören.

Er spürt, wie die Klinge in der Brust seiner Mutter versinkt, wie ihr warmes Blut über seine Hände spritzt. Thea taucht an Niemas Seite auf und ruft, man solle ihr ihre Erste-Hilfe-Tasche bringen.

Dorfbewohner stürzen sich auf ihn, reißen ihm die Beine unter dem Körper weg und hängen sich an seine Arme. Das Letzte, was Hephaistos sieht, ist, wie Johannes einen großen Stein hoch über seinen Kopf hebt und ihn dann auf seine Schläfe niedersausen lässt.

Thea wirft den Erinnerungsstein angeekelt zur Seite.

Hephaistos hat nicht etwa die Beherrschung verloren und Hui ohne jeden Grund angegriffen. Niema hat ihn und Thea zuerst angegriffen. Er hat nur versucht, sich und Thea zu schützen.

Ein heftiges Schluchzen steigt in ihr empor, doch sie unterdrückt es, als sich ein Schatten über sie legt. Emory steht in der Tür. Ihr Gesicht ist rot vor Wut.

»Warum hast du ihn getötet?«, fragt sie aufgebracht und versucht, sich zu beherrschen. »Wir haben dir doch gesagt, dass wir das nicht wollen!«

Thea steht auf und wischt sich mit dem Handrücken die Tränen aus den Augen.

»Hephaistos hat sich selbst getötet, und indem er das getan hat, hat er fünfundfünfzig Leben deiner Freunde gerettet«, sagt sie hochmütig. »Du solltest dankbar sein und nicht wütend. Es war ein Opfer, genau wie die, die deine Leute erbringen wollten. Dank Hephaistos haben wir jetzt immer noch Felder, die wir bestellen können, und, was noch viel wichtiger ist, wir haben immer noch Zugang zu Blackheath.«

»Nicht mehr lange!«, ruft Seth, der in diesem Moment durch die Tür stürmt. »Es hat nicht funktioniert. Der Nebel kommt immer noch näher.«

72

Der Nebel hat die Kaimauer überquert. Goldene Ranken schlängeln sich über das Wasser dem Dorf entgegen. Thea und Emory sehen vom Ende der Mole aus dabei zu. Das Licht, das von den Insekten abstrahlt, ist so hell, dass es sich in ihren Augen spiegelt.

»Das ist unmöglich«, sagt Thea entsetzt. »Ich habe gesehen, wie Hephaistos Niema getötet hat. Seine Erinnerungen können nicht lügen.«

»Du hast gesehen, wie Hephaistos auf sie eingestochen hat, bevor er bewusstlos geschlagen wurde«, berichtigt Emory sie. »Du musst ihr danach das Leben gerettet haben. Dafür hast du deine ganze Erste-Hilfe-Ausrüstung benutzt. Derjenige, der ihr den Schädel zertrümmert hat, ist der wahre Mörder.«

Während Emory ins Dorf zurückgeht, versucht sie, die Schuldgefühle abzuschütteln. Sie hat Hephaistos zwar nicht getötet, aber tief in ihrem Innern hat sie gewollt, dass er stirbt. Hat sie sich von Thea täuschen lassen, in der Hoffnung, dass genau das passieren würde?

Sie ist sich ehrlich unsicher. Sie weiß nur, dass sie die Möglichkeit seiner Schuld mit beiden Händen ergriffen und jede Frage ignoriert hat, auf die ihre Theorie keine Antwort geben konnte. Sie hatte Angst um ihren Vater und um Clara. Aber das ist keine Entschuldigung.

Auf halbem Weg die Mole entlang fallen ihr wieder die tiefen Schrammen im Beton auf, dort, wo Hephaistos' Apparat über den Boden geschleift wurde, bevor man ihn ins Meer geworfen hat.

Das muss die Mordwaffe gewesen sein. Thea hat in den Schaltkreisen des Geräts schließlich Bruchstücke von Niemas Schädel gefunden.

»Geschleift«, ruft sie aus und fragt sich, warum sie das nicht schon eher erkannt hat. »Hephaistos hätte seinen Apparat nicht hinter sich herschleifen müssen. Er hätte ihn mit Leichtigkeit tragen können.«

Sie wirbelt herum und starrt Thea an. »Warst du stark genug, um den Apparat zu tragen, den Hephaistos aus dem Kratergarten mit nach unten gebracht hat?«

Thea hört sie nicht. Sie starrt den Nebel an, während Angst und Scham ihr die Seele vergiften.

»Thea!«, brüllt Emory.

Die Älteste dreht sich zu ihr um. Tränen strömen ihr über die Wangen. Emory wiederholt ihre Frage.

»Ob ich ihn tragen könnte?«, wiederholt sie tonlos. »Ja, ich denke schon. Nicht so weit wie Hephaistos, aber ich könnte ihn sicher hier heraus getragen haben.«

Emory streicht mit dem Finger über die Schrammen im Beton.

»Ein Dorfbewohner muss ihn geschleift haben«, grübelt sie. »Wir wären nicht stark genug gewesen, um ihn den ganzen Weg über zu tragen. Aber wer hätte eine Mordwaffe verstecken wollen, die ein so deutlicher Hinweis auf Hephaistos als den Schuldigen ist?«

Sie springt auf und rennt ins Dorf.

Die meisten Vorräte wurden bereits zum Kratergarten hochtransportiert. Das Einzige, was jetzt noch getan werden muss, ist, Abschied zu nehmen. Die fünfundfünfzig Leute, die zurückbleiben, umarmen ihre Familien und Freunde und versuchen, tapfer zu bleiben. Die Dorfbewohner halten vierminütige Begräbnisfeiern und machen sich selbst zu Trauerlaternen. Fast jeder von ihnen hat mich angefleht, ihm zu erlauben, sich selbst zu opfern, und musste mit gebrochenem Herzen zusehen, wie stattdessen seine Freunde vorgezogen wurden. Am Ende habe ich diejenigen gewählt, deren Fähigkeiten am leichtesten zu ersetzen sind oder denen die wenigsten Jahre zu leben bleiben.

Ich bin gescheitert, denkt Emory bitter. *Ich hätte das hier verhindern müssen. Ich habe Thea angefleht, mich ermitteln zu lassen, und was habe ich damit erreicht?*

»Die Welt ist vor neunzig Jahren untergegangen, weil zu viele Menschen genau das einfach zugelassen haben«, sage ich. »Sie hatten die Chance, die Dinge zu ändern. Sie hatten die Chance, die Zukunft umzuschreiben, aber stattdessen sind sie in Apathie versunken. Sie haben sich eingeredet, dass die Aufgabe zu schwer ist, und haben es daher gar nicht erst riskiert zu scheitern. Das, was du hier tust – *so* rettest du die Welt, Emory. Ein Scheitern nach dem anderen, aber immer in die richtige Richtung. Also, was hast du bis jetzt in Erfahrung gebracht? Was weißt du?«

»Was ich weiß?«, wiederholt sie. »Ich weiß, dass ein Dorfbewohner versucht hat, den Mord zu vertuschen, und dass das wahrscheinlich Adil war. Er hat das Feuer im Lagerhaus gelegt in der Hoffnung, dass Niemas Leiche dabei verbrennen würde. Er hat wahrscheinlich auch die Vogeltränke verschoben, um die Blutlache zu verbergen, und ich denke, er war es auch, der den Apparat über die Mole geschleift hat.«

Ihr Blick huscht vom Lagerhaus zur Vogeltränke. Die Regentropfen prasseln auf das Metall und wirbeln die Wasseroberfläche auf. »Er kann das alles unmöglich allein getan haben«, denkt sie. »Er war sterbenskrank. Er kann unmöglich noch so viel Kraft gehabt haben.«

Clara kommt in den Hof gerannt. Ihr besorgtes Gesicht hellt sich auf, als sie ihre Mutter sieht.

»Wir sollten gehen«, sagt sie. »Die meisten Vorräte sind schon im Kratergarten. Sobald die Gondel wieder unten ist, müssen wir einsteigen.«

»Ich kann noch nicht fort«, sagt Emory. »Der Nebel kommt immer noch auf uns zu. Wir müssen den Namen von Niemas Mörder wissen, und wir haben noch eine halbe Stunde Zeit. Ich werde im Dorf bleiben, solange ich kann. Vielleicht gibt es irgendetwas, das ich übersehen habe und das mir helfen kann, die Lösung zu finden.«

Clara runzelt verwirrt die Stirn. »Was haben wir denn davon, wenn wir wissen, wer es getan hat?«, fragt sie. »Nur eine Hinrichtung kann den Nebel aufhalten, und das würden wir nie tun.«

»Niema hat meine Mutter getötet und meinen Ehemann fünf Jahre lang unter der Erde gefangen gehalten«, entgegnet Emory. »Niemand auf dieser Insel hatte ein besseres Motiv, sie zu töten, als ich.«

Claras Gedanken rasen. Sie ist schockiert über diese seelenruhig vorgetragene Erklärung.

»Das hättest du niemals getan!«

»Ich bin nicht sicher«, gesteht Emory bedrückt. »Es gibt da etwas in mir, das dieses Gefühl durchaus nachvollziehen kann – wie es ist, jemanden zu hassen. Das habe ich während der letzten zwei Tage gespürt.«

Sie wendet die Augen ab, weil sie Clara nicht ins Gesicht sehen will. »Wenn ich beweisen kann, dass ich Niema getötet habe, werde ich mir diesen Erinnerungsextraktor auf den Kopf setzen und das alles beenden.«

Clara erstarrt und schüttelt dann heftig den Kopf. »Du würdest niemanden töten«, wiederholt sie störrisch.

»Ich muss sicher sein.«

»Dann bleibe ich auch.«

»Clara –«

»Nein«, insistiert sie. »Ich hatte genauso gute Gründe, Niema zu töten, wie du.«

»Vergesst mich nicht«, sagt Seth und humpelt durch den Matsch auf sie zu. »Ich bin nach wie vor davon überzeugt, dass ich am ehesten als Täter infrage komme. Niema hat jahrelang neben mir gesessen, während ich sie durch die Gegend gerudert habe, und hat so getan, als seien wir die besten Freunde. Ich werde schon wütend, wenn ich auch nur daran denke. Wenn ich für diesen Mord verantwortlich war, möchte ich es wissen, und ich denke, du bist die Einzige, die mir das sagen kann.«

Emory starrt ihren Vater an und muss unwillkürlich über die Überzeugung lächeln, die ihm ins Gesicht geschrieben steht. So hat er früher die Ältesten angeschaut, wird ihr plötzlich klar. Es ist nicht nur Vertrauen, es ist ein unverbrüchlicher Glaube. Es sieht ihm ähnlich, dass er bis zum Ende der Welt gewartet hat, um endlich an sie zu glauben.

Sie werden von Thea unterbrochen, die in die Hände klatscht, um Emorys Aufmerksamkeit zu erregen. Eine kleine Gruppe von Dorfbewohnern folgt ihr dicht auf den Fersen. Ihre Gesichter sind starr vor Schock.

»Ich möchte, dass jeder, der *nicht* zum Kratergarten hinauffährt, mir folgt«, ruft sie laut, um den Sturm zu übertönen. »Wir werden Blackheath von innen versiegeln. Emory, ich brauche den Schlüssel.«

»Ihr werdet nie rechtzeitig dort ankommen«, ruft Emory. »Blackheath ist mehr als eine Stunde entfernt, und dann auch noch durch unwegsames Gelände.«

»Wir werden rennen.«

»Ihr werdet sterben.«

»Ohne Blackheath haben wir keine Zukunft«, verkündet Thea störrisch. »Fünfundfünfzig Dorfbewohner müssen ohnehin zurückbleiben, weil wir nicht alle im Kratergarten überleben können. Falls wir es bis dorthin schaffen, werden wir die Türen hinter uns versiegeln. Mit ein paar ausgebildeten Helfern und all der Ausrüstung, die ich da unten habe, werde ich den Nebel vernichten können. Alles, was ich dafür brauche, ist Zeit.«

Sie streckt ihre Hand nach dem Schlüssel aus.

»Gib ihr den Schlüssel nicht«, sage ich in ihren Gedanken. »Thea ist die einzige Person auf der Insel, die weiß, wie die Hülsen funktionieren, in denen dein Volk wächst. Wenn sie stirbt, ist es nicht mehr wichtig, ob du den Nebel aufhalten kannst oder nicht.«

Emory reibt sich mit der Hand übers Gesicht.

»Es ist Selbstmord«, sagt sie leise zu Thea.

»Meine Schwester ist da unten, Emory.« Ihre Stimme klingt jetzt flehentlich. »Ich habe schon Niema und Hephaistos verloren. Meine gesamte Spezies wurde ausgelöscht. Ich ertrage nicht noch mehr Verluste.«

Zum ersten Mal sieht Emory den Schmerz, der im Innersten dieser Frau lodert. Die Qual, die das Leben für sie bedeutet. Sie war neunzig Jahre lang hier gefangen und wurde von ihren Freunden angelogen – Freunde, denen Theas Fähigkeiten wichtiger waren als ihr Wohlergehen. In diesem Licht betrachtet, kommt sie Emory plötzlich eher wie eine Dorfbewohnerin vor als wie ein Mensch.

»Bitte«, flüstert Thea. »Wenn du mich nicht aus freien Stücken gehen lässt, werden sie mir nicht folgen.«

Emory weiß nicht, was sie meint, bis Thea ihren Blick vielsagend zu den Dorfbewohnern hinübergleiten lässt, die hinter ihr stehen. Sie schauen Emory erwartungsvoll an und harren ihrer Entscheidung. Nach allem, was sie durchgemacht haben, brauchen sie immer noch die Autorität eines Ältesten.

Emory drückt Thea den Schlüssel in die Hand.

»Viel Glück«, sagt sie.

Thea packt sie am Arm. »Du hast dich gut geschlagen«, sagt sie. »Sehr viel besser, als sich das irgendjemand hätte vorstellen können.« Sie wendet sich ab, dreht sich dann aber doch noch einmal um. »Ich weiß, dass du mir nicht glaubst, aber ich habe Adil nicht umgebracht. Ich hätte ihm diesen Schlüssel hier abgenommen, wenn ich es getan hätte.«

Sie schaut Emory direkt in die Augen, um sicherzustellen, dass ihre Warnung angekommen ist, und eilt dann in den Sturm hinaus, dicht gefolgt von den todgeweihten Dorfbewohnern.

»Du hast alle zum Sterben verurteilt«, sage ich in Emorys Gedanken.

»Güte und Freundlichkeit über allem«, entgegnet sie trotzig. »Das hast du uns gelehrt. Ich wünschte nur, du würdest auch verstehen, was das bedeutet.«

73

Emory sprintet zur Schule hinüber. Dort steht alles unter Wasser, so heftig hat es hineingeregnet. Hephaistos' ausgestreckter Leichnam ist eine Insel inmitten eines Sees.

Als Emory ihn dort so liegen sieht, löst sich ihr Hass in Luft auf.

Das hätte nicht passieren dürfen. Er hat das Ende der Welt überlebt und dabei auch noch Theas Schwester gerettet. Er hat die Menschheit von ihrer schlimmsten Seite gesehen. Es gibt keine Entschuldigungen für das, was er getan hat, aber er hätte wenigstens eine Begräbnisfeier und Trauerlaternen verdient. So grausam er auch gewesen sein mag – irgendjemand sollte um ihn trauern.

»Wonach suchen wir, Emory?«, fragt Seth. Er muss fast brüllen, um den Donner zu übertönen.

»Wir wissen alles, was passiert ist, bis zu dem Moment, als Hephaistos Niema niedergestochen hat«, sagt sie, während sie auf die Leiche herabstarrt. »Jetzt brauchen wir noch den Rest.«

Seth betätigt einen Schalter an der Seite des Erinnerungsextraktors, sodass die Tentakel aufschnappen, zerrt Hephaistos den Apparat vom Kopf und legt damit das riesige Loch frei, das in dessen Schläfe gebohrt wurde.

»Falls alles andere scheitert«, sagt er und beantwortet damit Claras unausgesprochene Frage.

Emory kniet sich ins Wasser und durchwühlt Hephaistos' durchnässte Kleidung, klopft seine Taschen ab, sucht nach irgendetwas, das ihnen helfen könnte. Dabei ist es ihr kaum möglich, etwas anderes als das klaffende Loch zu sehen, das der Bohrkopf hinterlassen hat.

»Nein, nein!«, sagt sie zu sich selbst und starrt entsetzt den Erinnerungsextraktor an.

»Was ist?«, fragt Clara.

»Wir haben die ganze Geschichte von Anfang an vollkommen falsch gesehen«, sagt Emory, rappelt sich auf und rennt in den erbarmungslos niederprasselnden Regen hinaus.

Sie fliegt geradezu in Theas Labor, Seth und Clara rennen hinter ihr her. Alle drei hinterlassen schlammige Fußstapfen auf dem Boden. Die Tische sind leer, und es liegen auch keine Kabel mehr herum. Die Dorfbewohner haben die gesamte Ausrüstung heute Morgen in den Kratergarten transportiert.

Die Deckenlampen schwanken hin und her, und zerrissene Schatten huschen über die Wände.

Der Wind hat das Tuch von Niemas Leiche heruntergerissen. Ihre Verletzungen und die Brutalität, mit der sie ihr zugefügt wurden, sind nach wie vor ein grausiger Anblick.

Seth bleibt in der Nähe der Tür stehen und wendet das Gesicht ab, doch Emory läuft schnurstracks zu der Leiche hinüber und berührt die schartigen Ränder an Niemas zertrümmertem Schädel.

»Wir sind davon ausgegangen, dass die Stichwunde sie zunächst nur außer Gefecht gesetzt hat und dass das Schädeltrauma dann die eigentliche Todesursache war, aber was, wenn weder das eine noch das andere sie getötet hat?«

Sie redet schnell, spricht die sich überschlagenden Gedanken aus, sobald sie ihr in den Kopf schießen. »Was, wenn jemand den Erinnerungsextraktor bei ihr benutzt und erst danach ihren Schädel zertrümmert hat, um damit die wahre Todesursache zu verschleiern?«

Seth gibt ein überraschtes Brummen von sich.

»Nur die Ältesten und die Lehrlinge wissen, wie man den Erinnerungsextraktor bedient«, nimmt er ihren Gedankengang auf. »Wenn Niemas Leiche mit einem Loch in der Schläfe aufgetaucht wäre, hätten die Ältesten ganz genau gewusst, wen sie verdächtigen müssten. Hephaistos hätte uns wahrscheinlich einen nach dem anderen getötet.«

Emory geht aufgeregt hin und her. Sie hat sich die Hände vors Gesicht geschlagen. Seit ich sie kenne, hat sie ihre Gedankengänge immer mit Bedacht zu Ende geführt. Wann immer sie sich mit etwas konfrontiert sah, das sie nicht verstand, ist sie sämtliche Erfahrungen durchgegangen, die sie jemals gemacht hat, und hat alles, was in diesem Zusammenhang von Wert war, in eine systematische Ordnung gebracht. Ihre Schlussfolgerungen bauten sich auf wie ein Schiff, dessen Planken sich ganz von selbst zusammenfügen.

Doch jetzt sind ihre Gedanken ein einziges Chaos.

Fakten, Vermutungen und halb vergessene Ereignisse wirbeln in einem knisternden Nebel wild durcheinander und versuchen unbeholfen, sich zu einem Ganzen zusammenzufügen. Es ist, als wollte man ein Puzzle zusammensetzen, indem man die Einzelteile einfach auf die Erde wirft.

»Hephaistos hat gesagt, er habe den Erinnerungsextraktor im Leuchtturm gefunden«, überlegt sie laut. »Wenn dieses Gerät also unsere Mordwaffe ist, müssen wir davon ausgehen, dass Niema in Wirklichkeit dort gestorben ist. Was, wenn Niema die Stichwunde überlebt hat, die ihr im Dorf zugefügt wurde, und Thea dann gebeten hat, sie zum Leuchtturm hinüberzurudern?«

»Das würde die Wunden an Theas Handflächen erklären und auch, warum Niemas Abwehrsystem aktiviert war«, ergänzt Clara enthusiastisch. »Hephaistos hatte sie bereits einmal angegriffen. Niema muss Angst gehabt haben, dass er sich noch einmal auf sie stürzen würde, sobald er wieder bei Bewusstsein wäre. Also hat sie sich an den Ort geflüchtet, an dem sie sich am sichersten fühlte.«

Emory starrt Niemas Leiche an und versucht, sich daran zu erinnern, wie sie sich bewegt hat, wie ihre Stimme klang. Welche Motive sie angetrieben haben. Ihr Leben scheint bereits in so weiter Ferne zu liegen und ist mittlerweile untrennbar mit dem verbunden, was Emory seit ihrem Tod über sie herausgefunden hat. Es ist unmöglich, sich die freundliche alte Frau ins Gedächtnis zu rufen, die Emory immer für eine gute Freundin gehalten hat, und sie von der kaltherzigen Ältesten zu trennen, die alle mit ihren Geheimnissen versklavt hat.

»Wir wissen aus Niemas zertrümmertem Erinnerungsstein, dass Thea sich im Leuchtturm mit ihr gestritten hat. Also wissen wir auch, dass Thea eine der letzten Personen war, die sie noch lebend gesehen hat«, sagt Emory.

»Glaubst du, Thea hat sie getötet?«, fragt Seth und lehnt sich kurz aus der Tür, um zu schauen, wie nah der Nebel ihnen ist.

»Wenn Thea Niemas Tod gewollt hätte, dann hätte sie sie einfach im Dorf verbluten lassen können. Dort hatte sie ja schließlich erfahren, dass Blackheath gar nicht verlorengegangen war. Stattdessen hat sie Niemas Wunde versorgt und sie den ganzen weiten Weg zum Leuchtturm hinausgerudert. Sie muss sich entsetzlich verraten gefühlt haben und hat das Niema wahrscheinlich auch wissen lassen, aber ich denke nicht, dass sie sie getötet hat. Denn wenn sie das getan hätte, wäre sie sehr viel methodischer vorgegangen. So wie ich Thea kenne, war das Einzige, woran sie in diesem Moment gedacht hat, dass sie nun wieder Zugang zu Blackheath hatte.«

»An dem Morgen nach Niemas Tod habe ich eine gepackte Tasche in einer Ecke des Silos gefunden, in dem Thea immer geschlafen hat«, bestätigt Clara. »Sie muss geplant haben, dauerhaft nach Blackheath überzusiedeln.«

»Doch dann hat ihr die Gedächtnisauslöschung einen Strich durch die Rechnung gemacht«, sagt Emory düster.

»Wenn es nicht Thea war, wie kam es dann dazu, dass ihr Daumennagel in Niemas Wange steckte?«, fragt Seth.

Emory starrt ihren Vater eine Sekunde lang an. Eine Idee nimmt auf ihrem Gesicht Gestalt an. Im nächsten Moment stürmt sie zurück in den peitschenden Regen.

Draußen betritt gerade Magdalene die Gondel der Seilbahn, zusammen mit einem Dutzend anderer Dorfbewohner und einer sehr nervös wirkenden Kuh. Sie sind die letzte Gruppe, die hinauffährt. Alle anderen sind bereits oben im Kratergarten.

Während die Gondel sie nach oben trägt, tritt Magdalene ans Fenster und versucht, eine Warnung zu rufen, doch der Wind reißt ihr die Worte aus dem Mund.

Frustriert zeigt sie mit dem Finger immer wieder auf die Kaserne.

Seth läuft ein Stück den Pfad hinunter, um besser sehen zu können. Der Nebel hat die Mole verschluckt und schlängelt sich an der Dorfmauer empor.

»Wir haben nicht mehr viel Zeit«, ruft Seth Emory und Clara zu, die in diesem Moment in dem Lagerhaus verschwinden, in dem sie Niemas Leiche gefunden haben. Das Gebäude ächzt und wankt, und der Regen ergießt sich in Sturzbächen aus den Löchern in der Decke. Die hintere Mauer wurde von dem Feuer versengt, aber ansonsten hält sich der Schaden in Grenzen.

»Was denkst du, Mama?«, fragt Clara und verzieht das Gesicht, als die nasse Asche zwischen ihren Zehen hochquillt.

»Wie kam Theas Fingernagel in Niemas Wange, wenn Thea das Verbrechen gar nicht begangen hat?«, fragt Emory und streicht sich die tropfnassen Haare aus dem Gesicht. »Wenn der zeitliche Verlauf stimmt, den wir erstellt haben, ist sie der Leiche später nicht mehr nahe gekommen.«

»Jemand hat ihn dort absichtlich hineingesteckt?«, schlägt Clara vor.

»Genau«, nickt Emory. »Und entsprechend haben wir auch Bruchstücke von Niemas Schädel in Hephaistos' Apparat gefunden. Aber warum sollte jemand etwas benutzen, was er kaum tragen kann, um sie damit zu erschlagen, wenn es in diesem Lagerhaus doch Hunderte von Dingen gibt, die schwer genug und sehr viel einfacher zu handhaben gewesen wären?«

»Vielleicht wurde sie im Labor getötet und erst danach hierhergebracht?«

»Dort gab es keine Blutspuren und auch nichts, das auf einen Kampf hingedeutet hätte. Nein, das ist hier passiert. An dem Morgen, an dem ich dieses Gebäude durchsucht habe, habe ich Bruchstücke ihres Schädels in der Nähe ihrer Leiche auf dem Boden gefunden.«

»Der Nebel hat die Mauer überquert!«, brüllt Seth von draußen. »Wir müssen gehen!«

Die Fensterläden der Kaserne klappern im Wind, Dachziegel werden durch die rußgeschwärzte Luft gewirbelt, und der alte Radarturm schwankt auf seinen uralten Grundmauern so stark hin und her, dass sein metallenes Skelett ein gequältes Kreischen von sich gibt.

Emory, Clara und Seth hasten zur Talstation. Dort müssen sie feststellen, dass sich die Gondel noch fast am Gipfel des Vulkans befindet und eben erst ihre Fahrt nach unten begonnen hat. Unterwegs wird sie immer wieder von wild zuckenden Blitzen getroffen und vom Sturmwind hin und her gepeitscht.

Die Fahrt der Gondel kommt ihnen unerträglich langsam vor.

»Nichts ist so, wie es aussieht«, sagt Emory und versucht, ihre Vermutungen zu Fakten zusammenzufügen. »Die Theorie, dass jemand versucht haben könnte, das Verbrechen zu vertuschen, ergab von Anfang an keinen Sinn. Das Ganze war einfach zu ungeschickt. Viel zu leicht zu entlarven. Wir wissen, dass Adil das Feuer im Lagerhaus gelegt hat, aber warum hat er das so weit entfernt von der Leiche getan, die er zerstören wollte? Und warum hätte er darauf vertrauen sollen, dass sich das Feuer schon weit genug ausbreiten würde, wenn er doch wusste, dass ein heftiger Regenschauer drohte? Was, wenn gar nicht geplant war, dass das Feuer Niemas Leiche erreichte? Was, wenn geplant war, dass wir Hephaistos' Apparat im Wasser finden? Adil hat Beweisstücke in dessen Schaltkreise hineingesteckt, den Apparat dann die Mole entlanggeschleppt und ihn genau dort ins Wasser geworfen, wo wir ihn sicher finden würden, wohl wissend, dass wir dann sofort davon ausgehen würden, das Ding sei die Mordwaffe. Alles sollte so aussehen wie ein Mord, der ungeschickt vertuscht worden war.«

»Warum diese ganze Mühe?«, fragt Clara.

»Weil kein Dorfbewohner jemals so handeln würde«, sagt Emory und muss fast darüber lachen, wie grausam dieser Plan war. »Ein Dorfbewohner hätte dieses Verbrechen unter den allerextremsten Bedingungen zwar begehen können, aber er hätte niemals versucht, es zu vertuschen. Er hätte gar nicht gewusst, wie.«

»Willst du mit alledem sagen, dass du glaubst, Adil hat Niema ermordet?«, fragt Seth. »Denn ich fürchte, es dürfte uns schwerfallen, ihm ein Geständnis zu entlocken.«

Von draußen vor dem Dorf ist ein grauenvoller Schrei zu hören, der jedoch fast sofort brutal abgeschnitten wird.

»War das Thea?«, fragt Clara mitleidig.

»Ich glaube schon«, sagt Seth.

Emory wirft einen Blick durch den Spalt in der Rückwand der Talstation und versucht zu schätzen, wann die Gondel bei ihnen eintreffen wird. Sie ist weniger als dreißig Sekunden von ihnen entfernt.

Sie rennt zur Tür und sieht zu, wie der Nebel mit furchteinflößender Geschwindigkeit in die Fenster und Türen der Kaserne eindringt.

Er wirkt wie etwas Lebendiges, denkt sie. *Als würde er unsere Spur erschnuppern.*

Die Gondel kommt mit einem dumpfen Poltern in die Station gefahren, und sie springen einer nach dem anderen hinein. Seth betätigt den Hebel, und die Gondel setzt sich ruckelnd wieder in Bewegung, genau in dem Augenblick, in dem der Nebel in die Station hineinströmt.

»Er kommt näher«, schreit Clara.

»Keine Angst, wir nehmen Fahrt auf«, sagt Seth, der sich festklammern muss, während der Wind die Gondel hin und her schleudert.

Sie klettern höher und höher und entfernen sich von dem Nebel. Emory streckt den Kopf aus dem Fenster und sieht, wie er unter ihnen in die Höhe steigt.

»Es ist okay«, sagt sie. »Wir werden –«

In diesem Moment geht ein Ruck durch die Gondel, und sie hält an.

74

Von der Plattform der Bergstation aus schaut Magdalene hilflos zu, wie die Gondel weit unter ihr hin und her schwingt, während der Nebel zu ihr emporsteigt.

Sie starrt auf den Verteilerkasten.

»Ich weiß nicht, wie ein Wackelkontakt aussieht«, sagt sie flehentlich zu mir.

»Das ist einfach ein loses Kabel, das nicht verbunden ist«, sage ich. »Stups alles einmal an, bis sich die Räder wieder bewegen.«

Sie ist mit den Nerven vollkommen am Ende, aber sie tut wie geheißen.

75

Der Nebel schlängelt sich durch die vorderen Fenster der Gondel und kriecht über den Boden auf sie zu. Die Sporen leuchten grell und können es kaum erwarten, ihre Beute zu verschlingen.

»Wir müssen aufs Dach«, ruft Clara und verschränkt ihre Hände zu einer Leiter.

Ihre Mutter schaut nervös nach oben. »Ich bin keine große Freundin von Höhen«, sagt sie.

»Von allen Dingen, vor denen wir im Augenblick Angst haben sollten, steht das wahrscheinlich ganz unten auf der Liste«, gibt Seth zurück.

Emory nimmt allen Mut zusammen und klettert aufs Dach hinauf, doch kaum ist sie oben, wird die Gondel von einem so heftigen Windstoß erfasst, dass sie fast vom Dach rutscht. Im letzten Moment gelingt es ihr, sich an einem Haken festzuhalten.

»Mama!«, schreit Clara.

»Alles in Ordnung!«, ruft Emory vom Dach und streckt eine Hand aus, um Clara hochzuhelfen.

Clara schwingt sich behände hinauf, dann ziehen sie beide zusammen Seth auf das Dach, nur Sekunden bevor ihn der Nebel erreicht hätte. Der Regen wirbelt in gewaltigen Strömen um sie herum, und zahllose Donnerschläge zerreißen den Himmel. Überall zucken Blitze herab, und die Sturmwolken überziehen die Insel wie Tausendfüßler.

»Wir waren so nah dran«, sagt Seth und starrt verzweifelt zu dem Umriss der Bergstation hinauf.

Emory drückt die Augen zu, lässt eine vergessene Erinnerung

wieder aufleben, stellt sich Geschehnisse vor, über die sie nie Bescheid wusste. Sie denkt an Boote und an Blut und an eine Nacht, an die sich niemand erinnern kann, eine Nacht, deren Bruchstücke in alle Himmelsrichtungen verstreut sind und darauf warten, gefunden zu werden. Sie zerbricht sich den Kopf über die Einzelheiten der letzten Tage, versucht, Dinge zu erkennen, die sie übersehen hat, Dinge, die sie für unwichtig hielt.

Clara schlingt die Arme um sie. »Ich liebe dich, Mama.«

Emory erwidert die Umarmung nicht. Sie ist in sich selbst versunken. Was weiß sie? Was vermutet sie nur?

»Es gab keine Anzeichen für irgendwelche Fesseln«, murmelt sie leise vor sich hin. »Keine Prellungen, keine Verletzungen außer dem Messerstich und der Kopfwunde.«

»Mama, bitte!«, fleht Clara, die zusieht, wie der Nebel über die Fenster der Gondel hinaussteigt. Sie sehnt sich verzweifelt nach einem tröstenden Wort, nach irgendetwas, das ihre Angst ein wenig beschwichtigen könnte.

Seth setzt sich den Erinnerungsextraktor auf den Kopf und lenkt damit sofort Claras Aufmerksamkeit auf sich.

»Was tust du da, Großvater?«

»Wir wissen, dass es einen Weg von Blackheath zum Leuchtturm gibt«, sagt er. »Ich könnte zum Leuchtturm gegangen sein, nachdem wir Hui in diese Krankenstation gebracht haben. Das würde auch erklären, warum die Pflanze ein Stück aus meinem Bein gerissen hat. Niema war nicht mehr am Leben und konnte mich deshalb nicht vor dem Abwehrsystem warnen, als ich den Leuchtturm verließ.«

»Und wieso bist du dann mitten auf dem Meer aufgewacht?«, fragt Clara verzweifelt.

»Ich weiß es nicht«, antwortet er. »Ich weiß nicht einmal, ob ich fähig gewesen wäre, Niema umzubringen, aber ich hatte einen Grund, und ich war da. Eine bessere Lösung haben wir nicht.«

Bevor sie noch weiter mit ihm diskutieren kann, streckt er die Hand nach dem Schalter aus.

76

Oben auf der Bergstation steckt Magdalene ein rotes Kabel zurück in den Schaltkreis und hört, wie sich die Räder mit einem lauten Kreischen wieder in Bewegung setzen. Ihr begeistertes Lachen dauert jedoch nur eine Sekunde, denn im nächsten Moment erleidet das gesamte System einen Kurzschluss. Elektrische Funken sprühen ihr entgegen.

»Was ist passiert?«

»Eine Sicherung ist durchgebrannt«, erkläre ich. »Dort in einer der Kisten befindet sich eine Ersatzsicherung. Beeil dich!«

77

Die Gondel fährt mit einem Ruck los, bleibt jedoch sofort wieder stehen. Seth verliert die Balance und schlittert zur Dachkante.

Clara packt seine Hand.

Seine Füße baumeln nur wenige Zentimeter über den grellleuchtenden Insekten.

Sie zieht ihn zurück zur Mitte des Dachs, während sich die ersten Nebelranken über den Rand hinaufschlängeln. Erneut streckt er die Hand nach dem Erinnerungsextraktor aus.

»Großvater!«, ruft Clara flehentlich.

»Wenn ich der Schuldige bin, wird mein Tod das hier beenden«, sagt er. Seine Finger wollen gerade den Schalter betätigen, als Emory ihm die Hand wegschlägt.

»Nicht!«, ruft sie.

»Wir haben keine Zeit mehr für Sentimentalitäten, Emory. Wir wissen, dass ich in jener Nacht dort war. Die Wunde an meinem Knöchel ist der Beweis dafür.«

»Das ist keine Sentimentalität«, sagt sie streng. »Tu es nicht!«

»Emory –«

»Glaube doch bitte dieses eine Mal in deinem Leben, dass ich etwas gut kann«, sagt sie beschwörend. »Nachdem du uns geholfen hast, Hui nach Blackheath zu bringen, bist du wahrscheinlich zurückgerudert, um nach Niema zu schauen. Das Abwehrsystem war aktiviert, und eine der Pflanzen hat dich angegriffen. Du bist zurück zum Boot gewankt und dort eingeschlafen.«

»Du kannst nichts davon beweisen!«

»Es gibt nur eine Person, die Niema hätte töten können, und das warst nicht du«, erklärt sie überzeugt. »Du wirst mit deinem Tod nicht das Geringste erreichen.«

Seth starrt seine Tochter an. Sie steht da, mit diesem gewaltigen Schopf brauner Haare, und ist winzig und dreckig und mitreißend und lebendig. Ihre Augen funkeln, und ein Lächeln umspielt ihre Lippen.

Er kennt dieses Lächeln. Es war immer dasselbe Lächeln, seit sie ein kleines Mädchen war. Es bedeutet, dass sie eine Frage aus ihrem Notizbuch beantwortet hat.

Er nimmt den Finger vom Schalter und senkt die Hand.

»Mama!«, wimmert Clara und presst die Augen zu.

»Ich bin da«, sagt Emory und zieht sie an sich, während der Donner über den Berg rollt. »Ich werde immer da sein.«

Im nächsten Moment verschlingt sie der Nebel.

78

Seth spreizt die Finger, hinter denen er sich versteckt hat, und sieht Emory im Nebel stehen. Sie streckt die geöffnete Handfläche aus. Die Insekten bedecken sie wie ein Handschuh, aber sie tun ihr nichts. Sie haben sogar ihr Leuchten ein wenig abgedunkelt, sodass man bei ihrem Anblick nicht mehr geblendet wird.

»Was um alles –«

Emory lächelt, trunken vor Freude, und zerstreut die Insekten, indem sie die Hand schüttelt.

»Ich hätte es sofort erkennen müssen. Die einzige Person, die Niema hätte töten können …«, sagt sie, »… war Niema selbst.«

79

Die Gondel setzt sich rumpelnd wieder in Bewegung und steigt zum Gipfel des Vulkans hinauf.

Sie bemerken es kaum. Clara sieht sich fasziniert um, während Seth vollkommen entgeistert seine Tochter anstarrt. Das Licht der Insekten strahlt von ihren Kleidern ab und leuchtet in ihren Augen.

Clara richtet sich vorsichtig auf und lacht, als die Insekten ihren ganzen Körper nachzeichnen. Ihr Leuchten ist warm und freundlich.

»Wie kommt es, dass wir nicht tot sind?«, fragt Seth und versucht, die neugierigen Insekten mit der Hand zu verscheuchen. Eine goldene Kopie seines Gesichts bildet sich in der Luft und schaut ihm mit gerunzelter Stirn entgegen.

»Thea dachte, du und Mama, ihr hättet den Nebel mithilfe ihrer Schutzanzüge durchquert. Aber als sie versucht hat, in einem dieser Anzüge zu fliehen, hat das nicht funktioniert«, sagt Emory. »Das hat mich nachdenklich gemacht. Wenn es keinen Weg unter dem Nebel entlang oder über den Nebel hinweg gab, wie ist es euch dann gelungen, auf die andere Seite zu kommen? Die Antwort war so offensichtlich, dass wir sie nie in Betracht gezogen haben. Ihr seid einfach hindurchgerudert. Seit der Nebel aufgetaucht ist, hat Niema neunzig Jahre lang an unserem Volk herumgedoktert. Warum hätte sie uns da nicht auch für das Überleben in dieser neuen Welt anpassen sollen? Was, wenn Thea ihren Ruderausflug in den Nebel nur deshalb überlebt hat, weil Abi ein paar Dorfbewohner ausgesendet hat, um sie dort herauszuholen?«

»Und auf diese Theorie hin hast du unser Leben riskiert?«, fragt

Seth empört. Sein Tonfall lässt die Insekten auseinanderstieben, die sich vor seinem Gesicht versammelt hatten.

»Zum Teil«, gibt sie zu und lacht über seinen schockierten Gesichtsausdruck. »Aber es gab da noch etwas anderes, das mir keine Ruhe gelassen hat. Wer hat Niema den Erinnerungsextraktor aufgesetzt? Die Obduktion hat ergeben, dass sie keinerlei Betäubungsmittel in ihrer Blutbahn hatte, also hätte sie sich wehren können. Aber es gab an ihrem Körper keine Anzeichen für einen Kampf, das habe ich überprüft. Alle anderen Personen im Dorf waren nach jener Nacht mit blauen Flecken und Schrammen übersät, aber Niema hatte nur diese eine Stichwunde, und ihr Schädel war zertrümmert. Der Rest ihres Körpers war vollkommen unversehrt.«

Sie steigen durch die Sturmwolken hindurch in einen herrlichen blauen Himmel hinauf. Das Trommeln des Regens auf dem Metall hört abrupt auf. Eine Sekunde lang denkt Emory irrtümlich, sie seien endlich in Sicherheit, doch dann fällt ihr wieder ein, dass sie auf dem schwankenden Dach einer hunderte Jahre alten Seilbahn balancieren.

»Mama«, sagt Clara, um ihre Aufmerksamkeit zurückzugewinnen.

»Entschuldigung«, sagt Emory und versucht, nicht nach unten zu schauen. »Ich war kurz abgelenkt. Wo war ich gerade? Ach ja, also weil es keine Anzeichen für einen Kampf gab, begann ich mich zu fragen, ob jemand Niema vielleicht dazu gezwungen haben könnte, sich den Extraktor selbst aufzusetzen, aber das passte nicht wirklich zu dem, was wir über sie wissen. Und dann fiel mir ein, dass Niema in jener Nacht mit voller Absicht den Totmannschalter wieder aktiviert hatte, weil ihr Tod das Einzige war, was zum Zusammenbruch der Barriere führen konnte. Sie hatte gerade alles riskiert, um uns die Welt zu schenken – warum hätte sie sich dann eine Stunde später dazu entscheiden sollen, sie uns wieder wegzunehmen? Warum hätte sie uns alle töten sollen, nur um Hephaistos zu bestrafen?«

Emory grinst ihren Vater an.

»Du hast mir das letzte Puzzleteil geliefert«, sagt sie und tippt ihm spielerisch gegen die Brust. »Als ich sah, dass du bereit warst, dir den Erinnerungsextraktor aufzusetzen, um uns zu retten, da passte plötzlich alles zusammen. Ich dachte an den Tag, an dem Niema gestorben ist, und mir fielen all die Dinge ein, die an ihrem Verhalten anders waren als sonst. Sie hat Hephaistos gebeten, die Kuppel nach irgendwelchen Sprüngen oder Rissen zu überprüfen, weil sie wusste, dass er ihren Schutz brauchen würde. Sie schrieb ihm einen Brief, in dem sie ihn um Verzeihung bat, und sie hat versucht, mich als ihre Nachfolgerin in der Schule einzustellen. Sie hat sich die ganze Zeit verabschiedet – wir haben es nur nicht gemerkt. Das erklärt auch, warum sie Thea gebeten hat, sie zum Leuchtturm zu rudern, nachdem sie niedergestochen wurde. In Blackheath hätte es Geräte gegeben, die ihr das Leben gerettet hätten, aber sie wollte dorthin, wo der Erinnerungsextraktor war. Sie hatte nie die Absicht, diese Nacht zu überleben.«

»Ich habe den Abend mit ihr verbracht«, protestiert Seth und schüttelt den Kopf. »Sie wirkte gar nicht wie … Ich meine, sie hat nie etwas darüber gesagt, dass …«

»Worüber habt ihr euch unterhalten?«

Er denkt zurück, versucht, sich an ihre letzte Bootsfahrt unter dem mondbeschienenen Himmel zu erinnern. An das letzte Gespräch, das sie jemals geführt haben.

»Über Dinge, die sie bereut hat«, gibt er schließlich zu. Seine Stimme ist schwer vor Emotionen. »Dinge, von denen sie wünschte, sie anders gemacht zu haben.« Er lässt den Kopf hängen, betrachtet die Unterhaltung nun aus ihrer Perspektive. »Deshalb hat sie auch Judith erwähnt. Sie hat versucht, sich für das, was sie getan hat, zu entschuldigen.«

Die Gondel erbebt, und die Bergstation kommt in Sichtweite. Sie haben den Nebel mittlerweile verlassen, und die Luft kommt ihnen ohne das goldene Leuchten der Insekten plötzlich seltsam glanzlos vor.

»Niema wollte uns eine Zukunft schenken, aber sie wusste, dass Hephaistos und Thea das niemals akzeptieren würden«, nimmt Emory den Faden wieder auf. »Deshalb hat sie sich auch so sehr gewünscht, dass ihr Experiment funktionieren würde. Es hätte ihr die Kontrolle über die beiden anderen Ältesten gegeben und jede Bedrohung ausgeräumt, die sie darstellten. Als das Experiment scheiterte, hat sie im Dorf versucht, sie durch Argumente zu überzeugen. Sie hat Hui gebeten, das Concerto zu spielen, um ihnen damit zu beweisen, dass wir uns weiterentwickelt haben, aber Hephaistos und Thea haben sich geweigert, das anzuerkennen.«

Emory lacht ausgelassen. Adrenalin rauscht durch ihre Adern.

»Es stand in dem Brief, den sie an Hephaistos geschrieben hat«, fährt sie fort. »Falls das Konzert scheitern sollte, würde sie versuchen, die beiden im Kratergarten einzusperren, aber Hephaistos hat sich befreit, während wir versucht haben, ihn zu betäuben. Er hat Niema niedergestochen, um Thea zu beschützen, und das hat den ganzen Plan über den Haufen geworfen. Ich glaube, Niema hat dann die Entscheidung gefällt, stattdessen die Dorfbewohner nach Blackheath zu schicken, weshalb sich auch der Großteil unserer Vorräte dort unten befand. Die Türen hätten den Nebel möglicherweise nicht aufgehalten, aber das wäre egal gewesen. Sie hätten lediglich Thea und Hephaistos aufhalten müssen. Sobald der Nebel die beiden dann gezwungen hätte, im Kratergarten Zuflucht zu suchen, hätten wir gefahrlos wieder herauskommen können.«

»Wenn das ihr Plan war, warum war dann unser Gedächtnis gelöscht, als wir am nächsten Morgen aufgewacht sind?«, fragt Seth.

»Hephaistos wurde bewusstlos geschlagen, nachdem er Niema niedergestochen hatte, aber er wäre sicher recht bald wieder aufgewacht. Ich glaube, Niema hat das Auslöschen der Erinnerungen als die einzige Möglichkeit gesehen, ihn davon abzuhalten, noch mehr Leute zu verletzen. Wenn er dann endlich begriffen hätte, was vor sich ging, wären wir hinter den verschlossenen Türen von Blackheath in Sicherheit gewesen.«

»Aber wir sind nicht in Blackheath aufgewacht«, protestiert Clara. »Nichts davon ist geschehen.«

»Wegen Adil«, sagt Emory grimmig. »Ich habe mich immer wieder gefragt, warum er in jener Nacht an der Anlegestelle des Leuchtturms war. Er hat behauptet, Niema hätte sich bei ihm entschuldigt, aber warum hätte sie das ihm allein gegenüber tun sollen, wenn sie im Begriff stand, sich beim ganzen Dorf zu entschuldigen? Warum sollte sie das Risiko eingehen, einen Mann, der ihren Tod wollte, so nah an sich heranzulassen? Ich nehme an, sie hat Adil dorthin kommen lassen, weil sie wusste, dass sie ihn brauchen würde. Abi hat ihr jede mögliche Zukunft präsentiert, also muss sie gewusst haben, was in jener Nacht alles schiefgehen konnte. Adil hatte eine neurodegenerative Erkrankung, die ihn sowohl gegen die Sperrstunde als auch die Gedächtnisauslöschung immun machte, und deshalb war er auch die einzige Person auf der Insel, die sich frei bewegen konnte. Papa hat gesehen, wie die beiden zusammen die Treppe zum Leuchtturm hochgegangen sind. Warum hätte Niema das tun sollen, wenn sie sich nur entschuldigen wollte? Ich glaube, sie hat ihn mitgenommen, weil sie ihm das Abwehrsystem des Leuchtturms erklären wollte. Sie hat ihm erzählt, was sie später in dieser Nacht tun wollte, und ihn gebeten, nach ihrem Tod ihren Erinnerungsstein an sich zu nehmen. Sie wollte, dass er die Dorfbewohner nach Blackheath führt. Deshalb hatte er auch den Schlüssel. Mit dem Zugang zu der dortigen Ausrüstung und dem Wissen aus Niemas Erinnerungsstein hätten wir alles gehabt, was wir brauchten, um eine neue Gesellschaft aufzubauen. Unglücklicherweise hat Adil dann jedoch den Stein zertreten, bevor ihn sich irgendjemand anschauen konnte.«

Seth stößt heftig die Luft aus. Er versucht vergeblich, diese Version von Adil mit derjenigen in Einklang zu bringen, die er gekannt hat. Bevor Adil in die Verbannung geschickt wurde, war er ein gütiger, liebevoller Freigeist ohne jede Boshaftigkeit. Er stellte sein Leben in den Dienst der Gemeinschaft. Wie anders, wie verbittert musste er geworden sein, um ihrer aller Zukunft unter dem Absatz seines Schuhs zu zermalmen?

»Warum sollte Adil etwas so Entsetzliches tun?«, fragt Clara, als sie sieht, wie viel Kummer diese Vorstellung ihrem Großvater bereitet. Sie ergreift tröstend seine Hand.

»Weil der Stein uns gezeigt hätte, dass Niema Selbstmord begangen hat, und Adil auf keinen Fall zulassen wollte, dass das irgendjemand erfuhr«, antwortet Emory, während die Gondel langsamer wird, um in die Station einzufahren. Sämtliche Dorfbewohner haben sich auf der Plattform zusammengedrängt und warten besorgt auf ihre Ankunft.

»Adil hat die Nacht damit verbracht, alles so zu arrangieren, dass Niemas Selbstmord wie ein schlecht vertuschter Mord aussah. Er hoffte, die Ältesten würden sich gegenseitig beschuldigen. Deshalb hat er mir Beweise dafür gegeben, dass Thea in die Sache verstrickt war, und deshalb hat er sie schließlich nach Blackheath gebracht, als ich Zweifel daran hatte. Er hasste die Ältesten und glaubte, unser Volk sei ohne sie besser dran, aber er konnte keinen von ihnen töten, ohne dass die anderen sich dann an seiner Familie gerächt hätten. Als Niema sich umbrachte, sah die Gleichung dann plötzlich ganz anders aus. Wenn einer der übrigen beiden Ältesten den anderen tötete, könnte er den letzten noch übriggebliebenen Ältesten töten, ohne dass das irgendwelche Konsequenzen für ihn gehabt hätte.«

Emory schüttelt traurig den Kopf. »Er hat das Dorf wirklich geliebt. Ich bin davon überzeugt, dass er glaubte, ihm auf diese Weise zu dienen.«

»Niema hat wahrscheinlich auch geglaubt, das zu tun«, sagt Seth und schaut zu den Vögeln hinauf, die die Gondel umschwirren. »Sie wollten eine neue Welt für uns schaffen. Und beide glaubten, sie müssten dafür die alte erst niederbrennen.« Er seufzt. »Und das Ergebnis ist, dass wir keine Ahnung haben, wie wir neue Kinder auf die Welt bringen, dass wir ein Labor voller Geräte haben, von denen wir nicht wissen, wie man sie benutzt, und dass Jack und die anderen Lehrlinge immer noch unter der Erde gefangen sind. Es gibt keine Ältesten mehr, die uns helfen können, und Abi ist seltsam still geworden. Was sollen wir als Nächstes tun, Emory?«

Die Gondel gleitet in die Station und hält an. Die Dorfbewohner auf der Plattform jubeln über ihre wohlbehaltene Ankunft.

Emory klopft ihrem Vater beruhigend auf die Schuler.

»Ich werde jetzt erst einmal ein Bad nehmen«, sagt sie fröhlich. »Und dann werden wir anfangen, eine Menge Fragen zu stellen.« Sie grinst ihn an. »Mach dir keine Sorgen. Es wird alles ganz wunderbar werden.«

27 STUNDEN NACH DEM ÜBERLEBEN DER MENSCHHEIT

80

Ben zeichnet mit einem Stock im Staub. Er ist seit Stunden hier draußen und füllt den Hinterhof mit Gleichungen. Hunderte von Gleichungen, eine nach der anderen. Es sieht nicht so aus, als wollte er jemals damit aufhören. Er ist wie besessen und kann sich auf nichts anderes konzentrieren als auf dieses Wissen, das unaufhaltsam aus seinem Unterbewusstsein an die Oberfläche drängt.

Das ganze Dorf sieht ihm besorgt zu. Zuerst haben sie sich in einem engen Kreis um ihn gedrängt, aber als er den Boden mit immer mehr Zahlen füllte, waren sie gezwungen, zurückzuweichen. Jetzt stehen sie auf den Balkonen und den Treppen der Seilbahnstation.

Normalerweise hätten sie einen der Ältesten zu Hilfe geholt, aber dieses Sicherheitsnetz haben sie jetzt nicht mehr. Sie haben versucht, mich um Rat zu fragen, aber ich habe ihnen nicht geantwortet. Seit der Nebel die Insel eingehüllt hat, habe ich mit keinem von ihnen gesprochen.

Niema hat ihnen diese Welt anvertraut. Sie hat die Zukunft in ihre Hände gelegt. Sie brauchen keinen Babysitter mehr.

»Ben«, sage ich in den Gedanken des Jungen. Und als er nicht reagiert, sage ich es noch einmal: »Ben!«

»Abi?« Er blinzelt, und sein Herz macht einen Sprung. »Wo warst du? Ich habe nach dir gerufen. Ich weiß nicht, was da gerade mit mir passiert.«

Der Stock fällt ihm aus der Hand, als er mit wachsender Angst die Gleichungen betrachtet, von denen er umgeben ist.

»Habe ich das gemacht?«

»Es ist schon in Ordnung«, sage ich. »Niema hat deinen Kopf vor deiner Geburt mit dem Wissen gefüllt, das dein Volk zum Überleben braucht. Es war in deinem Unterbewusstsein versteckt und wurde sogar vor dir selbst geheim gehalten. Sie wollte nicht, dass Thea oder Hephaistos merken, was sie getan hatte.«

Früher haben reiche Familien diesen Trick angewendet, wenn sie wollten, dass ihre Kinder bereits mit der Kenntnis der fortgeschrittenen Mathematik, der Naturwissenschaften oder des Finanzwesens geboren wurden. Ich hoffe, dass die Dorfbewohner diesen Vorsprung für einen nobleren Zweck einsetzen.

»Ich werde jetzt etwas tun, was du als unangenehm empfinden wirst«, sage ich.

Die Welt schrumpft und verflacht, während ich mir meinen Weg durch seinen Verstand bahne, umgeben von feuernden Neuronen und knisternder Elektrizität.

Tiefer und tiefer. Die Gedanken des Jungen heulen verzweifelt auf, und die Kakophonie aus Angst und Verwirrung, die auf mich einströmt, ist fast zu viel, um sie ertragen zu können. Es ist, als erlebte man einen Tornado in einem Wasserglas.

Tiefer, noch tiefer. Ich löse die neuralen Blockaden, die das in ihm versteckte Wissen zurückhalten und überflute gleichzeitig sein Gehirn mit Serotonin, Dopamin, Endorphinen und Oxytocin: also all denjenigen Chemikalien, die Glücksgefühle auslösen. Ich möchte nicht, dass die Last dieser Informationen ihn überwältigt.

Er hält sich den Kopf und verzieht das Gesicht, während sich ihm Kenntnisse ins Gehirn brennen, für deren Gewinn man normalerweise ein ganzes Leben braucht.

»Du hast gerade sehr viele Informationen erhalten«, sage ich. »Aber die wichtigste Aufgabe, die jetzt vor dir liegt, besteht darin, die Wachstumshülsen zu warten, in denen dein Volk heranwächst, und ihre Funktion möglicherweise sogar zu verbessern, wenn du kannst. Du musst es den anderen beibringen. Verschwende keine Zeit. Euer Überleben hängt davon ab.«

»Ich werde mich beeilen. Danke, Abi.«

Ich antworte nicht. Dazu besteht keine Notwendigkeit. Niema hat mir zwei Aufgaben überlassen. Dies war eine davon, und sie ist jetzt vollendet.

Ben blinzelt und merkt, dass er von Dorfbewohnern umgeben ist, die ihre Arme um ihn geschlungen haben und ihn mit besorgten Gesichtern ansehen.

»Es geht mir gut. Kein Grund zur Sorge«, sagt er und lächelt in die Runde. »Jetzt gibt es für uns alle keinen Grund mehr zur Sorge.«

EPILOG

Emory sitzt in einem der Lagerräume von Blackheath auf der Erde und korrigiert einen Stapel Hausaufgaben, während Jack und die anderen Lehrlinge sich durch eine Mauer graben. Die Insekten schweben friedlich im Nebel. Nachdem sie ein paar Tage lang alles nachgeahmt haben, was sie sahen, scheinen sie sich jetzt beruhigt zu haben. Die Kinder imitieren sie jedoch immer noch. Es sieht ganz so aus, als würden sie deren Lachen genießen.

»Wie lange werden sie noch existieren?«, fragt Emory. Sie ist von allen Dorfbewohnern die Einzige, zu der ich noch Kontakt habe.

»Ich weiß es nicht«, gebe ich zu. »Ich weiß nur, was Niema, Thea und Hephaistos wussten. Die Insekten werden durch den Nebel mit Nahrung versorgt. Wir wissen, dass er sich auflöst, aber ich kann unmöglich sagen, wie lange es dauern wird, bis er vollständig verschwunden ist. Es ist gut möglich, dass ihr eine Weile damit werdet leben müssen.«

Jack setzt den Bohrer ab, schaltet ihn aus, geht zu einem anderen Teil der Wand hinüber und schaltet ihn wieder ein.

Emory kommt jeden Tag hier herunter, um nach ihrem Mann zu schauen, und sie ist überrascht, wie viel besser sie sich dadurch fühlt. Sie hat keine Ahnung, wie sie ihn befreien kann, aber sie hat Vertrauen. Niema hat sich solche Mühe gegeben, die Dorfbewohner von der Kontrolle durch die Menschen zu befreien, sie hätte doch sicher auch diese letzten fünf Personen nicht vergessen, die aufgrund ihrer Anweisungen hier unten gefangen sind.

»Hui ist wieder munter und läuft durch die Gegend«, erzählt Emory ihm über den Lärm der Werkzeuge hinweg. »Sie hat zwar immer noch große Schmerzen, aber sie wird überleben. Clara weicht ihr nicht eine Sekunde von der Seite.«

Emory korrigiert das letzte Heft mit Hausaufgaben, legt den Stapel beiseite und sieht den Lehrlingen bei der Arbeit zu. Sie haben sich durch die Betonwand gegraben und schachten nun die weiche Erde dahinter aus.

Was tun sie da?, fragt sie sich.

Sie weiß, dass sie einen letzten Auftrag ausführen, den Niema ihnen gegeben hat, aber sie hat bisher nicht herausfinden können, worum es sich dabei handelt. Sie hat mir diese Frage hundert Mal gestellt, aber meine Antwort hat sich nicht geändert. Ich bin nach wie vor an die Befehle gebunden, die Niema mir hinterlassen hat.

»Weißt du, was ich denke?«, sagt Emory und geht zu ihrem Mann hinüber. Jacks Augen sind immer noch geschlossen, sein Gesicht ist schmutzig, und die Haare sind ihm bis über die Ohren gewachsen. Sie streicht sie ihm liebevoll zurück.

»Natürlich tue ich das, aber erzähl es mir trotzdem«, sage ich. »Das vertreibt uns die Zeit.«

»Ich denke, dass Thea die Wahrheit gesagt hat, als sie behauptet hat, Adil nicht erstochen zu haben. Ich glaube nicht, dass sie es war.«

Arme Thea. Sie war kaum über die Grenze des Farmlands hinausgekommen, als der Nebel sie erreichte. Die fünfundfünfzig Dorfbewohner, die bei ihr waren, haben natürlich überlebt – sehr zu ihrem eigenen Erstaunen. Als sie begriffen, dass sie gegen den Nebel immun waren, haben sie sich um Thea geschart, um sie zu beschützen, aber sie konnten den Nebel nicht aufhalten. Im Augenblick ihres Todes hat sie an Hephaistos gedacht.

»Wer, glaubst du, war es dann?«, frage ich höflich.

»Ich glaube, du warst es. Du hast Adil getötet, indem du einen von diesen Lehrlingen hier benutzt hast. Außer mir, Thea und Hui waren sie die einzigen Personen, die in jener Nacht hier unten waren. Immer mal wieder hat einer von ihnen den Raum verlassen und ist wieder zurückgekehrt, aber damals habe ich mir darüber nicht groß Gedanken gemacht.«

»Und warum hätte ich das tun sollen?«

»Weil ich nicht glaube, dass irgendetwas hiervon wirklich zu Niemas Plan gehörte«, sagt sie. »Ich glaube auch nicht, dass es Adils Plan war, auch wenn du wahrscheinlich beide hast glauben lassen, dass du ihren Plänen folgst. Ich denke, du hast die Geschehnisse von Anfang an manipuliert, um sicherzustellen, dass auch alles so ausgeht, wie *du* wolltest, dass es ausgeht.«

»Ich bin an Niemas Willen gebunden«, protestiere ich.

»Adil hat Matis die Wahrheit darüber gesagt, wie meine Mutter gestorben ist, aber woher wusste er darüber Bescheid? Niema hätte ihm das niemals erzählt, und Thea und Hephaistos können es auch nicht gewesen sein, weil sie ja gar nicht darüber Bescheid wussten. Da bleibst nur noch du übrig. Du warst die einzige andere Person auf dieser Insel, die über diese Information verfügte.«

»Ich bin keine Person«, erinnere ich sie spitzfindig.

Emory ignoriert mich und fährt stattdessen mit ihrer Flut von Verdächtigungen fort. »Als Adil begann, sein Gedächtnis zurückzugewinnen, warum hat Hephaistos ihn da nicht getötet? Er wusste ganz genau, wo Adil sein Lager aufgeschlagen hatte.«

»Aus Gutmütigkeit«, schlage ich wenig überzeugend vor.

»Ich denke, du warst es, die Niema dazu überredet hat, ihn nur zu verbannen, statt ihn zu töten, weil das, was mit ihm geschehen ist, kein Zufall war. Er ist in Blackheath aufgewacht, weil du wolltest, dass er aufwacht. Ich denke, dass du alles, was geschehen ist, schon seit Jahren planst und dafür deine Vorkehrungen getroffen hast.«

»Das klingt, als wäre dafür eine sehr umfangreiche Planung notwendig gewesen.«

»Nicht, wenn man die Zukunft vorhersehen kann.«

»Ich sehe die Zukunft nicht vorher, ich erstelle eine Liste möglicher Entwicklungen.«

»Was ist da der Unterschied?«

»Das eine ist Mathematik, das andere Entertainment«, antworte ich.

»Was auch immer es ist, es kommt mir merkwürdig vor, dass du zugelassen hast, dass ich eine Auseinandersetzung zwischen Niema und Hephaistos mit anhöre, wenn du mich mit Leichtigkeit in eine ganz andere Richtung hättest schicken können.«

Der Lärm der Werkzeuge bricht von einem Moment auf den anderen ab, und die plötzliche Stille bringt Emory bei der Verfolgung ihres Gedankengangs aus dem Konzept. Dort, wo die Lehrlinge gegraben haben, bröckelt die Erde ab und gibt den Blick auf eine riesige Wurzel frei. Hinter ihrer durchsichtigen Rinde kann man elektrische Strömungen hin und her zucken sehen.

»Ich habe so etwas Ähnliches schon einmal gesehen«, sagt Emory, während sie vorsichtig und mit vor Staunen weit aufgerissenen Augen auf die Wurzel zugeht. »Es gab eine Ranke wie diese hier vor Adils Hütte. Was ist das?«

»Das bin ich«, antworte ich. »Jedenfalls ein Teil von mir. Mein Wurzelsystem erstreckt sich unterhalb eines Großteils der Insel. Abi steht für ›artifizielle biologische Intelligenz‹. Das, was du da gerade siehst, ist mein biologischer Teil.«

Emory streckt eine Hand aus und spürt ein leichtes Beben.

»Du bist wunderschön«, sagt sie.

»Niema fand das auch immer. Ob du's glaubst oder nicht – dein Volk setzt sich aus sehr ähnlichen Materialien zusammen.«

»Dann sind wir ja verwandt. Du gehörst zur Familie.«

»Auf gewisse Weise.«

Emory streicht mit dem Finger über meine raue Haut und ist überrascht, wie nah sie sich mir fühlt. Meine Stimme ist in ihrem Kopf, seit sie als achtjähriges Mädchen die Gondel der Seilbahn verließ. Es ist ihr nie in den Sinn gekommen, dass ich irgendwo einen Körper haben könnte.

Jack schiebt sich mit seinem Bohrer an ihr vorbei und setzt ihn an der Wurzel an.

»Nein!«, ruft Emory und versucht, ihn wegzuziehen.

»Es ist schon in Ordnung, Emory«, sage ich. »Es ist das, was Niema wollte.«

»Dir wehzutun?«

»Mich zu töten«, antworte ich ohne jede Gefühlsregung. »Es sind noch 137 Menschen in den Stasiskammern. Durch mich könnten sie vollständige Kontrolle über dein Volk erlangen, ganz gleich, ob sie nun morgen oder in fünfhundert Jahren aufwachen. Sobald ich zerstört bin, löst sich diese Bedrohung in Luft auf. Du hast recht, ich hatte durchaus meine eigenen Vorstellungen, wie sich die Dinge entwickeln sollten, aber es geschah alles im Dienst der Ziele, die Niema mir gesetzt hatte. Sie glaubte an das Potenzial deines Volks mehr als an alles andere, aber sie war nicht fähig, alles zu ertragen, was zur Verwirklichung ihrer Ziele notwendig war. Sie wollte Hephaistos und Thea in eine Falle locken, aber beide waren ziemlich clever und gerissen, und am Ende hätte ihre Wut alles zerstört. Damit dein Volk gedeihen konnte, brauchte ich einen kompletten Neubeginn. Tabula rasa. Unglücklicherweise ist es mir nicht erlaubt, Menschen zu töten.«

»Aber du kannst sie manipulieren«, sagt Emory, die allmählich zu verstehen beginnt. »Du wusstest, dass nur Thea Hephaistos töten konnte und dass Theas Besessenheit von Blackheath sie zum Untergang verurteilen würde. Deshalb hast du Adil angewiesen, sie hierherzulocken.«

»Dies ist die Welt, die Niema für euch schaffen wollte. Keine Geheimnisse mehr. Keine höhere Macht. Sie hat darauf vertraut, dass ihr besser sein werdet als alles, was es zuvor gab, und dass ihr keine Stimme in euren Köpfen mehr braucht, die euch sagt, wie ihr zu sein und was ihr zu tun habt. Wenn ihr eure eigene Zivilisation aufgebaut habt, könnt ihr die Menschen in Blackheath aufwecken und sie anleiten. Ihr könnt ihnen ein Vorbild sein. Durch euer Beispiel werden sie endlich lernen, in Frieden miteinander zu leben. Ihr seid die Lösung, von der Niema immer geträumt hat. Nicht ich.«

»Du hattest nie vor, die Barriere wieder hochzuziehen, habe ich recht? Du hättest es selbst dann nicht getan, wenn ich Niemas Mörder rechtzeitig gefunden hätte.«

»Der Nebel musste die Insel verschlingen. Die Menschen in Blackheath dürfen nicht freikommen – auch nicht durch einen Unfall oder Zufall –, bevor ihr nicht bereit dazu seid. Sie dürfen keine Gefahr mehr für euch darstellen. Aber ich musste Hephaistos einen guten Grund liefern, der ihn davon abhielt, euch alle niederzumetzeln. Jemandem eine falsche Hoffnung zu geben, ist ein verlässliches Mittel, um die Kontrolle über ihn zu erlangen.«

Der Bohrer erwacht surrend zum Leben, und Jack treibt ihn tief in die Wurzel hinein. Die darin enthaltene Flüssigkeit tritt aus und ergießt sich über den Boden.

Kälte durchströmt mich. Die Gedanken der Dorfbewohner verschwinden einer nach dem anderen aus meinem Bewusstsein.

»Leb wohl, Emory«, sage ich. »Du hast deine Sache gut gemacht.«

»Leb wohl, Abi«, antwortet sie. »Ich werde eine Trauerlaterne für dich anzünden.«

Die Macht, die ich über Jack und die anderen Dorfbewohner ausgeübt habe, ist gebrochen, und die ehemaligen Lehrlinge gewinnen die Kontrolle über ihre Körper zurück. Ihre Lider flattern, und ihre Augen öffnen sich. Sie wachen aus einem sehr langen Schlaf auf, stöhnen, gähnen und schauen sich um.

»Em?«, fragt Jack erstaunt, als seine Frau sich in seine Arme wirft. »Was ist hier los? Wo bin ich?«

»Am Anfang«, sagt sie und weint vor Glück. »Du bist gerade zur rechten Zeit zurückgekehrt.«

EINE BESONDERE DANKSAGUNG

Das war es dann also. Das Buch ist zu Ende. Der Vorhang ist gefallen, und im Publikumssaal sind die Lichter angegangen. Wenn Du dies liest, unmittelbar nachdem Du die letzte Seite des Buchs gelesen hast, dann sickern Deine Eindrücke jetzt erst so nach und nach in Dein Bewusstsein. Ging es in die Richtung, die Du erwartet hattest? Mochtest Du diese Richtung? Und was hat dieser Stuart Turton überhaupt für ein Problem mit der Menschheit?

Ich werde Deine Zeit nicht allzu lange in Anspruch nehmen, denn – ganz ehrlich – diese ersten benommenen Minuten nach dem Beenden eines Buchs sind für mich immer die schönsten.

Ich schreibe dies, weil ich gerade im Begriff stand, meinem Verlag die Danksagung zu schicken, und mir in diesem Moment bewusst wurde, dass Du gar nicht darin enthalten bist. Und das fand ich nicht richtig. Schließlich bist Du mein Mitautor. Wir haben Stunden zusammen verbracht, haben unsere Köpfe über diese Seiten gebeugt und diese Welt aufgebaut. Ich habe das ein oder andere vorgeschlagen, aber Du hast es ins Leben gerufen, indem Du es herbeigeträumt hast. Du kannst zaubern, und das sollte die Anerkennung bekommen, die es verdient.

Deshalb schreibe ich dies. Ich möchte nicht, dass Du denkst, ich hielte Dich für selbstverständlich. Ich habe meine Karriere als Autor mit dem Vorsatz begonnen, lauter von Grund auf verschiedene Bücher zu schreiben, weil ich fand, dass diese Vorgehensweise so klang, als würde sie mir am meisten Spaß machen. Ich ändere den zeitlichen Rahmen, das Genre, die Charaktere, die Welten. Es ist eine riskante Methode, sich eine Karriere aufzubauen, und sie würde nicht funktionieren, wenn Du meine Bücher nicht weiterhin lesen würdest. Dank Dir kann ich sie so schreiben, wie ich will. Das ist etwas ganz und gar Erstaunliches, und ich bin sehr dankbar dafür.

Ich weiß, dass es dem ein oder anderen nicht gerade leichtfällt, ein Buch in die Hand zu nehmen, das nicht unbedingt seinem Geschmack entspricht. Selbst wenn Du meinen Und-täglich-grüßt-das-Murmeltier-Krimi genossen haben solltest, ist mir durchaus bewusst, dass die historische Gespensterschiff-Geschichte oder der Sciencefiction-Apokalypse-Roman dann vielleicht nicht gerade nach Deinem Gusto waren. Und doch schenkst Du mir jedes Mal Dein Vertrauen.

Das bedeutet mir viel. Es bedeutet mir sehr viel. Also danke. Danke Euch allen. Immer wieder und vom Grunde meines Herzens.

Stu

PS: Das nächste Mal wird es eine Art Thriller werden und eher in der Gegenwart spielen. Das wird eine wilde Sache! Hoffentlich sehe ich Dich dann wieder.

DANKSAGUNG

Man sagt, es gebe keine falsche Methode, um ein Buch zu schreiben, aber da irrt man sich. Es gibt viele falsche Methoden, ein Buch zu schreiben, und ich habe sie alle ausprobiert. Ich habe drei Jahre gebraucht, um *Der letzte Mord am Ende der Welt* zu schreiben, weil ich zunächst ein vollkommen anderes Buch geschrieben habe. Das habe ich dann zerrissen und wieder ganz von vorn angefangen. Abgabetermine kamen und gingen, andere Projekte wurden verschoben, Pläne wurden rückgängig gemacht, und Wochenenden gingen in Rauch auf. Ich habe einer Menge Menschen das Leben schwerer gemacht, als nötig gewesen wäre, und das hasse ich. Es tut mir wirklich furchtbar leid, Leute.

Die Person, der ich damit am meisten Unannehmlichkeiten bereitet habe, war meine Frau Maresa. Sie hat geduldig zugehört, wie ich mich über jede einzelne Figur beschwert habe, über jeden Satz und jedes Kapitel dieses Buchs, Abend für Abend, drei Jahre lang. Sie hat mir meine schlechte Laune vertrieben, war nachsichtig, wenn ich in eine absurd überschwängliche Stimmung verfiel (ein Tag, an dem es mit dem Schreiben gut läuft, ist etwas Großartiges!), und hat dabei geholfen, einige Klarheit in das Wort »Nebel« zu bringen. Es sollte eigentlich gar nicht möglich sein, jemanden so sehr zu lieben, aber die Zeit scheint immer noch stillzustehen, wenn ich mich in ihrer Nähe befinde.

Als Nächstes muss ich mich bei meinen Lektorinnen bedanken, Alison Hennessey und Shana Drehs, die wahrscheinlich mittlerweile den perfekten Mord geplant haben, den sie an mir begehen werden. Ich bin beileibe nicht der ideale Autor. Ich liefere Manuskripte zu spät ab und reiße sie dann in Stücke, während sie gerade lektoriert werden. Ich füge Elemente hinzu, die sie hassen, lösche diejenigen, die sie gut fanden, und verändere wahllos die Handlung. Ich bin eine Frankenstein-ähnliche Mischung aus immensem Ehrgeiz und völliger Unfähigkeit, aber sie haben mich kein einziges Mal ihre Ungeduld, ihre Enttäuschung oder ihren Ärger spüren lassen. Ihr Feedback traf immer genau ins Schwarze, wurde äußerst freundlich vorgebracht und hat das Buch jedes Mal sehr viel besser gemacht – auch wenn es nicht besonders lang dasselbe Buch geblieben ist.

In den Augen meines Agenten, Harry Illingworth, bin ich mittlerweile so etwas wie ein Hund, der den Leuten erst ans Bein pinkelt und dann ihren Vorgarten aufwühlt. Sein Job ist es, hinter mir herzulaufen und den Leuten zu erklären, dass ich inkontinent, aber harmlos bin. Ich weiß ganz ehrlich nicht, wie er zu alledem steht, aber er lädt mich trotz allem immer mal wieder auf ein Bier ein, also wird es wohl in Ordnung sein. Danke, Mann.

Die wunderbaren Amy Donnegan, Cristina Arreola und Ben McCluskey sind mein Marketing-und-Publicity-Dreamteam. Sie sind der Grund dafür, dass die Leute überhaupt erst erfahren, dass ich ein Buch veröffentlicht habe. Sie sind der Grund dafür, dass die Leute das mit Spannung und Interesse aufnehmen, und sie sind der Grund dafür, dass die Leute diese Bücher kaufen. Wenn jemand von mir gehört haben sollte, dann ihretwegen, und ich bin unendlich dankbar dafür.

Ich muss auch Faye Robinson danken, meiner Verlagslektorin, die der eigentliche Grund dafür ist, warum dieses Buch überhaupt erst zu einem Buch wurde. Ich hatte sie ursprünglich nicht in meiner Danksagung erwähnt, weil ich ein Vollidiot bin, und musste sie dann bitten, ihren eigenen Namen in letzter Minute hinzuzufügen – was wahrscheinlich sehr ärgerlich und peinlich für sie war. Dieses Beispiel zeigt nur allzu deutlich, wie chaotisch ich arbeite – etwas, womit sie während der gesamten Entstehungszeit dieses

Buches fertigwerden musste. Sie verdient den allergrößten Dank. Und wo wir gerade dabei sind, denen zu danken, die mit meinem Chaos leben müssen, würde ich mich gern bei Lindeth Vasey und Jessica Thelander entschuldigen, meinen exzellenten Korrektorinnen, die zahllose grammatische, strukturelle und mathematische Irrtümer angemahnt haben.

David Mann hat das Cover entworfen, das mir jedes Mal, wenn ich es sehe, noch schöner vorkommt als vorher. Genauso großartige Arbeit hat Emily Faccini geleistet, die die Karte der Insel gezeichnet hat. Es ist eines der spannendsten Elemente des gesamten Prozesses, zu sehen, mit welchen Wunderwerken diese beiden bei jedem neuen Buch aufwarten.

Etwas zu veröffentlichen ist ein gewaltiges Vorhaben, und der Erfolg oder Misserfolg eines Buches steht und fällt mit dem Talent hunderter Personen, die ich womöglich nie persönlich kennenlernen werde. Ich bin jeder Einzelnen von ihnen dankbar.

Und schließlich gilt mein grenzenloser Dank meiner Mutter, meinem Vater und meiner Schwester. Auch nach all diesen Jahren sind sie immer noch die Ersten, die meine Bücher lesen – sogar jene anfänglichen, entsetzlich schlechten Entwürfe. Sie haben immer an mich geglaubt, auch dann, wenn ich das selbst nicht tat. Mit einer solchen Familie im Rücken kann man gar nicht scheitern.

www.tropen.de

Stuart Turton
Der Tod und das dunkle Meer
Kriminalroman
Aus dem Englischen von Dorothee Merkel
608 Seiten, gebunden mit Schutzumschlag
ISBN 978-3-608-50491-0

»Ein unwiderstehlicher maritimer Thriller voll Mord und Verschwörung.«
The Guardian

1634: Mord auf hoher See. Ein Schiff auf dem Weg von Indonesien nach Amsterdam. Eine dunkle Prophezeiung und ein genialer Detektiv, der selbst Gefangener ist. Samuel Pipps und sein Assistent Arent Hayes stehen vor dem Fall ihre Lebens, denn der Teufel ist mit an Bord. Aberglaube, Hexenjagd, Machtgier – Stuart Turton führt uns ins dunkle Meer der menschlichen Abgründe.

www.tropen.de

Stuart Turton
Die sieben Tode der Evelyn Hardcastle
Kriminalroman
Aus dem Englischen von Dorothee Merkel
616 Seiten, gebunden mit Schutzumschlag
ISBN 978-3-608-50421-7

Agatha Christie meets *Und täglich grüßt das Murmeltier*

Maskenball auf dem Anwesen der Familie Hardcastle. Am Ende des Abends wird Evelyn, die Tochter des Hauses, sterben. Und das nicht nur ein Mal. Tag für Tag wird sich ihr mysteriöser Tod wiederholen – so lange, bis der Mörder endlich gefasst ist.

»Ein teuflisch spannender Kriminalroman.«
The Times